Thomas Heidemann

Feuersturm

Das McGregga-Armageddon

Feuersturm – Das McGregga Armageddon
ISBN 978-3-945230-57-2
1. Auflage, Allmersbach im Tal 2021

Cover: Christine Schlicht
Satz und Layout: Tanja und Marc Hamacher
Lektorat: Tanja und Marc Hamacher
Druck: Winterwork, Borsdorf

www. leserattenverlag.de

Der Leseratten Verlag ist
Fördermitglied beim
PAN Phantastik-Autoren-Netzwerk e.V.
Weitere Infos unter:
www. phantastik-autoren.net

PAN
PHANTASTIK-AUTOREN-NETZWERK E.V.

Dieses Buch ist dem Menschen gewidmet,
der mich im Sturm erobert
und das Feuer bis heute am Lodern gehalten hat.

Du hast mein Leben gerettet, Bine.

Vorwort

Willkommen im FEUERSTURM-Universum! Keine Angst, du wirst dich schon zurechtfinden. So viel anders als dein gewohntes Universum ist es nicht. Die Erde befindet sich immer noch an Ort und Stelle. Sie hat sich bloß ein wenig weiter gedreht, ist von Außerirdischen besucht, für bekloppt befunden und in die Transstellare Nation aufgenommen worden (so was wie die EU der Milchstraße). Auch die Menschen haben sich kaum verändert; immer noch bezeichnen sie das Aufwärmen eines Fertiggerichts als Kochen und eine faktenresistente Meinung als solides Allgemeinwissen.

In dieser nicht allzu fernen Zukunft spielen die Abenteuer des Raumschiffs FEUERSTURM, Verzeihung, FE ERSTUR. Dessen schwer gestörte Besatzung um die ebenso reizbare wie reizvolle Kommandantin Saszqua und den chaotischen Erdenmenschen Armistead McGregga, genannt Bad Axe, erblickte erstmals im Jahr 2016 das Licht der Galaxis – in der Anthologie *Funtastik* des Leseratten Verlages.

Was als einmaliger Spaß begann, entwickelte sich zu einer Serie von Kurzgeschichten, die locker aufeinander aufbauen, aber ohne Vorkenntnisse für sich gelesen werden können. Gleiches gilt für diesen Roman, in dem Freunde der FEUERSTURM-Chroniken auf alte Bekannte treffen werden und neue Leser in eine abgeschlossene Erzählung eintauchen dürfen. Aber Vorsicht: Humor hat hier Vorfahrt vor Physik und Logik …

Den Traum, einen witzigen und durchgeknallten Science-Fiction-Roman zu veröffentlichen, trage ich seit meiner Jugend mit mir herum. Genau gesagt, seit einer Projektwoche zum Thema »Science-Fiction-Theater«, bei der unser Lehrer mir ein Buch auslieh. Es war *Per Anhalter durch die Galaxis* von Douglas Adams. Natürlich kaufte ich mir alle Bücher und las sie immer und immer wieder. So etwas wollte ich auch schreiben!

Bekanntlich liegen zwischen hochtrabenden Vorhaben und ihrer Umsetzung mannigfaltige Hindernisse: die Unfähigkeit, ein angefangenes Projekt zu Ende zu bringen, der innere Schweinehund, mangelnde handwerkliche Fähigkeiten. Es dauerte 25 Jahre, bis ich meine erste Kurzgeschichte an einen Verlag schickte, und fünf weitere, bis mir Marc Hamacher die Pistole auf die Brust setzte und mich freundlich, aber unmissverständlich dazu drängte, einen FEUERSTURM-Roman zu schreiben. Lieber Marc, danke für dein Vertrauen in mich, den konstanten Druck, ohne den ich nicht zur Höchstform hätte auflaufen können, und dafür, dass du der größte Fan von Bad Axe McGregga bist.

Hier ist er also. Mein erster Roman.

Ich müsste lügen, wenn ich behaupte, alles alleine gemacht zu haben. Einen riesigen Anteil daran, die vielen Ungereimtheiten, stilistischen Fehler und überflüssigen Flachwitze auszumerzen, hatte das aufmerksame und leidensfähige Lektorhorn Tanja. Ewiger Dank, Tanja! Und sowohl Tanja wie Marc haben immer wieder wunderbare, kranke Ideen beigesteuert, die ihren Weg ins Manuskript gefunden haben.

Chris Schlicht, unsere Coverkünstlerin und liebgewonnener Teil der Leseratten-Familie, hat dem Buch und der Crew der FE ERSTUR ein unverwechselbares, knallbuntes Gesicht verpasst. Ihr McGregga trifft den Charakter des Helden so genial auf den Punkt, dass ich meine bisherigen Vorstellungen seines Aussehens von Grund auf revidiert habe. Und ihre Flibo ist sowieso Kult. Danke, Chrissi!

Danke auch an Robert von Cube für die nötige Ermutigung und die richtigen Denkanreize an der richtigen Stelle. Und natürlich an meine Familie, die mich lange Wochen als introvertierten Schreib-Eremiten und zerstreuten Gast bei den Mahlzeiten ertragen musste.

Ich entschuldige mich an dieser Stelle für Eastereggs, die man nur findet, wenn man die Kurzgeschichten gelesen hat. Für Wörter, die in keinem Wörterbuch stehen. Für Witze über Männer. Über Mütter. Über Amerikaner. Über Personen mit Prätraumatischer Belastungsstörung.

Es liegt mir fern, jemanden zu triggern, und erst recht will ich niemanden beleidigen. Ich hoffe, dass es mir gelungen ist, hinter jeder Respektlosigkeit und jeder Grobheit meiner Protagonisten ihre gute Seele und ihre letztlich positive Weltsicht durchschimmern zu lassen.

Bad Axe McGregga mag ein verantwortungsloser, egoistischer Hallodri sein, aber er ist vor allem eines: ein feiner Kerl.

Sonst wäre er mir nicht so ans Herz gewachsen.

Was tun, wenn einem Raumschiff namens FEUERSTURM das erste U und das M abhandenkommen und niemand Geld für die Instandsetzung des Schriftzugs ausgeben will? Logisch, man benennt es in FE ERSTUR um.

Komplett entwaffnet und aus der Kriegsflotte ausgemustert, wurde die FE ERSTUR in ein fliegendes Sanatorium verwandelt, dessen Patienten gleichzeitig die Besatzung darstellten. Ohne zu ahnen, dass sie Teil eines medizinischen Experiments waren, gondelten sie von einer Ecke der Transstellaren Nation in die nächste, um sinnfreie Aufträge für die Admiralität zu erledigen.

Betreut wurden sie von der künstlichen Intelligenz HASI, deren Name eine Kurzform für HalbAutonome SteuerInstanz darstellt. HASI ist die gute Seele des Schiffs: omnipräsenter Gesprächspartner und Ratgeber, Pilot und Navigator, bisweilen etwas launisch und, weil ihm eine männliche Persönlichkeit verliehen wurde, der Kommandantin romantisch zugeneigt.

Das Experiment scheiterte mit Pauken und Trompeten, als der Erdenmensch McGregga an Bord kam, den Hauptrechner ins All sprengte und damit das Schiff in die Hände der Besatzung übergab.

Axe und seine Crew begannen versehentlich eine zweite Karriere als Piraten und erbeuteten ein nagelneues Gefechtsmodul, worüber dessen Vorbesitzerin nicht gerade glücklich war. Sie gerieten in einen Gravitationsstrudel und schlugen dem Tod (ja, dem mit der Sense) in letzter Sekunde ein Schnippchen. Sie erlebten eine Meuterei, als McGregga zum Wikinger mutierte, gerieten in die Fänge der Admiralität und konnten sich spektakulär daraus befreien. All diese haarsträubenden Ereignisse wurden minutiös in den FEUERSTURM-Chroniken festgehalten und vom Leseratten Verlag der ganzen Galaxis zugänglich gemacht.

Werfen wir nun einen Blick auf die außergewöhnliche Besatzung der FE ERSTUR:

Armistead *Bad Axe* McGregga

»Man kann kein Doom-Metal-Shirt tragen und Shlomo Sorgsam heißen.« Mit diesen Worten erklärt der Piratenkapitän und Hilfskoch der FE ERSTUR üblicherweise, warum er den Namen abgelegt hat, der in seiner Geburtsurkunde steht, und verweist nebenbei auf seine Obsession für die Screaming Ears (die lauteste Band der Erde). Axe hat eine jeglicher Vernunft spottende Schwäche für Technik, die in seinen Augen vor allem Spielzeug für große Kinder ist und auf keinen Fall gemäß der Bedienungsanleitung benutzt werden darf. Getreu der Devise »Erst mal machen, über Konsequenzen wird später nachgedacht« stürzt Axe sich und seine Kameraden von einer amüsanten Katastrophe in die nächste, wobei er die Gesetze der Physik ebenso missachtet wie die des sozialen Miteinanders.

Saszqua
Das Temperament eines Geysirs, eine perfekt frisierte rote Mähne, hinreißend pastellblauer Teint und zwei unübersehbare … ähm … X-Chromosomen: Das ist Kommandantin Saszqua. Sie ist eine verhängnisvolle Verlockung für jedes männliche Wesen der Galaxis, ganz gleich, wie viele Beine, Köpfe und Tentakel es besitzt. Die zuverlässigste Methode, mit ihren erschreckenden Körperkräften Bekanntschaft zu machen, besteht darin, ihre … ähm … X-Chromosomen anzustarren. Ja, da ist diese unerfreuliche Sache mit der impulsiven Aggressivität – die Kommandantin arbeitet daran.

Cler Fini

Der kleinwüchsige Frisör ist wahrscheinlich die wichtigste Person an Bord, und das nicht nur, weil Saszqua unausstehlich wird, wenn sie auch nur den geringsten Spliss an ihren Haarspitzen entdeckt. Ohne ihn würde das soziale Gefüge auf der FE ERSTUR schlicht zusammenbrechen, denn Fini kennt die speziellen Eigenarten seiner Kameraden und die Knöpfe, die er drehen muss, um sie am Ausrasten zu hindern.

Bongar Bolk

Der muskelbepackte, aber sensible Elitekämpfer ohne Kampferfahrung mag es nicht, wenn man ihn feige nennt. Schließlich kann Axe' bester Kumpel nichts dafür, an einer Prätraumatischen Belastungsstörung zu leiden. Schübe dieser seltenen Krankheit werden von rückwärts durch die Zeit laufenden Erinnerungen ausgelöst. Wie solche an seinen bevorstehenden blutigen Tod oder an einen von Saszquas berüchtigten Wutanfällen.

Grobbo
Es gibt einen guten Grund, weshalb der vollbehaarte Kommunikationsoffizier einen ausrangierten Rückspiegel auf seiner Schulter spazieren trägt. Schließlich muss er jederzeit damit rechnen, dass sich jemand heimtückisch von hinten an ihn heranschleicht, um »Buh!« zu rufen. Zudem ist er notorisch pessimistisch, weinerlich und duckmäuserisch – die perfekte Kombination, um sich am Funkgerät von der halben Galaxis zusammenstauchen zu lassen.

Flitta von Forn
»Keine Witze über Geflügel!« Für Flitta, die einer Spezies entstammt, die Axe in seiner charmanten Offenheit gerne mit Hühnern vergleicht, sind Anspielungen auf Chicken Nuggets und Spiegeleier ein rotes Tuch. Dass sie jahrelang jedes unbefruchtete Ei hingebungsvoll bemuttert hat, hat ihr unfairerweise den Ruf eingebracht, ein bisschen meschugge zu sein – bis sich herausstellte, dass ein passender Hahn nicht unbedingt über Schnabel und Federn verfügen muss …

Flibo

Mit ihren frühreifen zwei Jahren und stolzen dreißig Zentimetern Körpergröße ist die Tochter von Flitta und Grobbo so unverschämt niedlich, dass man ihr einfach alles durchgehen lassen muss. Im vollen Bewusstsein ihrer Strafunmündigkeit reizt Flibo ihre spielerische Neigung zu Despotismus und Schwerkriminalität regelmäßig bis zur Schmerzgrenze aus. Vermutlich ist sie das gewiefteste Wesen an Bord der FE ERSTUR; es gibt nichts, was sie sich nicht aneignen könnte, sei es fremdes Eigentum oder das Wissen, wie man einen Spielzeugblaster so frisiert, dass er scharf schießt.

Loola und Luma

Zwei grazile und äußerst bewegliche Geschöpfe, die sich äußerlich wie charakterlich so verblüffend ähneln, dass sie Klone sein müssten (was sie vehement abstreiten). Nicht so sicher sind sie sich dagegen, wer von ihnen eigentlich Loola und wer Luma ist. Als Technik-Ammen schrauben, schweißen und verdrahten sie hingebungsvoll alles, was defekt oder verbesserungswürdig ist. Was für Außenstehende nach planlosem, hektischem Improvisieren aussieht, ist in Wirklichkeit zielführendes intuitives Ausprobieren.

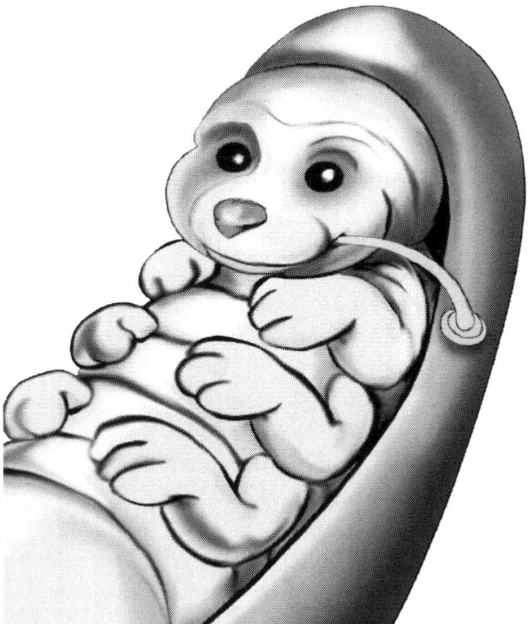

Schoof

Als Ortungsoffizier ist Schoof, dessen auf die Nahrungsaufnahme fixierter kindlicher Verstand im Körper einer aufgedunsenen, weitgehend bewegungsunfähigen sechsarmigen Made vor sich hin dämmert, eine glatte Fehlbesetzung. Aber immerhin erfüllt er die wichtige Aufgabe, mit seinem Hyper-Übergewicht die künstliche Bordschwerkraft aufrechtzuerhalten, äußerst effektiv.

Bevor eine Geschichte beginnt, muss eine andere enden.

Die Geschichte, die endet, führt uns auf eine geröllübersäte, rostrote Ebene, über der matt und funzelig wie eine Zwanzig-Watt-Glühbirne die Sonne hängt. Die Landschaft ist zum Gähnen eintönig, wenn man nicht gerade spröde Gesteinsbrocken bis zur Größe von Umzugskartons für eine aufregende Sache hält. Das Netteste, was man über diesen Ort sagen kann, ist, dass man in der lächerlich dünnen Atmosphäre länger am Leben bleibt, als im Vakuum des Weltalls – etwa für fünf Sekunden.

Dies ist der Planet Mars, und mit Sicherheit taucht er in keiner Liste von Orten, die man gesehen haben muss, unter den ersten zehn Millionen Einträgen auf.

Dennoch balanciert inmitten der dämmrigen Einöde eine Rakete auf ihren Landestützen. Auf der Außenhülle steht ein Wort in einer auf dem Heimatplaneten ihrer Erbauer populären Sprache: BEYOND. Am Fuße einer ausgeklappten Treppe haben die Astronauten einige pflichtschuldige Stiefelabdrücke auf dem Marsboden hinterlassen. Etwas abseits findet sich als Gekritzel im Staub ein Zeugnis der kulturellen Leistungsfähigkeit ihrer Spezies: *Eat this, Armstrong!*

Sehen wir uns die Rakete näher an. Oberhalb eines der vier Triebwerke klafft ein Loch in der Außenhaut. Der zu Schlacke zerschmolzene Rand würde jeden Geigerzähler knarren lassen wie ein auf der Tischkante schwingendes Lineal. Wir brauchen nicht viel Fantasie, um zu der Schlussfolgerung zu gelangen, dass die BEYOND nie wieder starten wird.

Die erste bemannte Marsmission der Menschheit ist gescheitert.

Im Inneren des primitiven Raumschiffs bereiten sich die gestrandeten Astronauten auf das Unvermeidliche vor.

»Das war es also.« Yumiko Tanaka, die stellvertretende Kommandantin der BEYOND, stützt die Ellenbogen auf den Tisch der klaustrophobisch engen Messe. »Es bleibt nur die Frage, was uns zuerst ausgeht: Atemluft oder Energie.«

»Also die Wahl zwischen Ersticken und Erfrieren«, sagt Kamal Abbas in einem so sachlichen Ton, als würde er die Situation aus der Sicherheit eines gemütlichen Sessels im Missionszentrum auf der Erde kommentieren.

»Nur dass wir keine Wahl haben.« Linda Jorgensen schlägt mit der Faust gegen eine Verkleidung. »'Tschuldigung. Wir wussten alle, worauf wir uns einlassen. Yumiko, hast du dir ein paar Worte für die Nachwelt zurechtgelegt? Ich meine ... irgendwann wird jemand kommen und nachsehen, was aus uns geworden ist, oder?«

Yumiko zuckt mit den Schultern. »Das wäre ein Job für Rence. Rence findet immer die richtigen Worte.«

Rence Gilligan, Pilot und Missionsleiter, bleibt der Krisenbesprechung entschuldigt fern, weil er ein Deck tiefer in einer Kryokapsel liegt, die seine Körperfunktionen auf das Niveau eines arktischen Tiefseeschwamms herunterkühlt. Es ist das Einzige, was die anderen für ihn tun konnten, nachdem er die volle Strahlendosis des durchgehenden Reaktors abbekommen hatte.

Die Energie der übrigen Kapseln hat Kamal in die Lebenserhaltungssysteme der Rakete geleitet, um ihnen etwas Zeit zu erkaufen. Die Option, sich einfrieren zu lassen und im Tiefkühlschlaf auf Rettung zu warten, hat die Crew bereits ausdiskutiert und einstimmig verworfen. Bis die nächste Mission den Mars erreicht, würde sie nur noch vier hervorragend erhaltene Leichen vorfinden. Falls die NASA nach diesem Fiasko überhaupt noch einmal Gelder bewilligt bekommt.

»Na komm, Yumiko.« Kamal lehnt sich zurück und verschränkt die Hände hinter dem Kopf. »Du kannst das.«

»Ja, bitte.« Linda tritt an den Tisch und setzt sich der Japanerin gegenüber. »Du darfst meinetwegen sogar sagen, dass es dir eine Ehre war.«

»Schön. Kamal, du zeichnest auf?«

Der Ingenieur nickt und greift nach dem Pad.

Yumiko räuspert sich. »Wir haben immer davon geträumt, die ersten Menschen auf dem Mars zu sein. Und jetzt sind wir hier. Die Mission ist *nicht* gescheitert. Sie ist bloß ... anders verlaufen, als wir uns erhofft hatten.« Ihre

Stimme bricht. Kamal lächelt ihr aufmunternd zu, und Yumiko fährt fort: »Als Kind habe ich geglaubt, hier oben gäbe es so etwas wie kleine grüne Männchen. Oder Marsmenschen. Leider werden wir nie erfahren, ob es tatsächlich Leben auf dem Mars gibt. Es sei denn, es hat uns landen sehen und beschließt, auf einen Tee vorbeizukommen.«

Die anderen beiden lachen.

»Kommt zur NASA, wir haben Kekse«, witzelt Linda.

»Du ruinierst ein historisches Dokument«, weist Kamal sie mit einem Augenzwinkern zurecht.

»Es ist ein schöner Gedanke, auf Marsianer zu treffen«, sagt Yumiko. »Aber leider auch so unwahrscheinlich, dass unser Missionsprotokoll keine Anweisungen für den Fall eines Erstkontakts enthält. Die einzigen Lebewesen auf dem Mars sind wir, und in wenigen Stunden …«

»Habt ihr das gehört?« Linda springt von ihrem Stuhl auf.

»Was …?«

Wump-wump-wump.

»Das kommt von der Außenschleuse.« Das Pad fällt aus Kamals Hand und poltert auf den Tisch.

Wump-wump-wump.

»Vielleicht der Servomotor der Treppe?« Lindas Stimme verrät, dass sie selbst nicht daran glaubt.

Der Internfunk der BEYOND erwacht knisternd zum Leben. »… doch irgendwie gehen! Oh, das geht ja wirklich! Cool. Hört mich jemand?«

Die drei Astronauten blicken einander mit einer Mischung aus Horror und Faszination an.

»Sie sprechen unsere Sprache«, wispert Yumiko.

Wump-wump-wump.

»Hallo?«, ruft der Marsianer. »Ist jemand zuhause?«

Kapitel 1

Die Milchstraße.
Was aus der Ferne betrachtet aussieht wie frisch verrührter Blaubeerquark, besteht im Großen und Ganzen aus … nichts. Die scheinbar unerschöpfliche Fülle an Sternen und kosmischen Nebeln ist der gewaltigste Betrug, den das Universum sich je hat einfallen lassen. Denn je näher wir der Galaxis kommen, desto tiefer erscheinen uns die Gräben zwischen ihren Spiralarmen. Sternenwolken werden durchscheinend wie schmelzende Eisblumen auf einer Fensterscheibe. Sonnen streben in verdächtiger Hast voneinander fort. Und ehe wir begreifen, was geschehen ist, finden wir uns am sprichwörtlichen Arsch der Welt wieder: im interstellaren Leerraum.

So unglaublich leer ist der endlose Abgrund zwischen den Sternen, dass man ein frisch gepelltes Ei quer durch die Milchstraße rollen könnte, ohne dass auch nur der winzigste Fussel daran kleben bliebe.

Mit diesem lahmen Vergleich versuchen die Instruktoren der Admiralität, den angehenden Offizieren, Piloten, Soldaten und Reinigungskräften der Flotte ein wenig Demut vor der Unendlichkeit einzubläuen. Meistens ernten sie dafür ein pflichtschuldiges Nicken, und nur hin und wieder meldet sich eine der angehenden Reinigungskräfte, um wegen der Fusseln nachzufragen.

Die Wahrheit ist jedoch, dass zwischen all den Milliarden von Sternen immer irgendetwas passiert. Das lässt sich ganz leicht beweisen. Richten wir unser Teleskop auf einen beliebigen Quadranten im Randbezirk des Orion-Arms, wo die Sonnen Lichtjahre auseinanderliegen. Zoomen wir ein zufällig ausgewähltes Fleckchen Leerraum heran.

Näher.

Noch näher.

Ach, schau an. Ein Raumschiff. Wer hätte das gedacht?

Es ist ein recht kleines Raumschiff, dessen unregelmäßige Form an eine Kartoffel erinnert. Eine alabasterfarbene, von innen heraus glimmende Kartoffel.

Der Name des Schiffs lautet ÜBERBRINGER.

Die ÜBERBRINGER hat eine lange Reise hinter sich, seit sie vom Planeten Mi gestartet ist. Mi ist ein kleiner Planet und ein weitgehend unbekannter dazu, denn seine Bewohner haben es verstanden, sich die letzten zehntausend Jahre erfolgreich vor den Blicken der Galaxis zu verbergen.

Die Mimianer sind zwar ein sehr kleines Volk, aber auch ein sehr altes und mächtiges. Sie wissen *alles.*

Sie wissen, wann sich jede beliebige Sonne zur Supernova aufblähen wird. Sie wissen, wie stark die Population der Eiterfliege seit dem Ausbruch der Kratzpocken auf Gloxikon III angewachsen ist. Sie wissen, wer den Penis auf die Toilettentür im Schwebebusbahnhof von Yam Shoba gekritzelt hat.

Dass sie all das wissen, verdanken sie dem wundersamsten und mächtigsten Artefakt, das ihre Ingenieure jemals geschaffen haben, der Quintessenz ihrer gottgleichen Technik: dem Informatorium. Das Informatorium tastet über das vom Rand des Universums zurückgeworfene Echo des kosmischen Ätherrauschens wie eine Diamantnadel über die Tonspur einer Schallplatte. In diesem Rauschen ist jede Information über jedes Teilchen gespeichert, das es beim Durcheilen des Raum-Zeit-Kontinuums durchdrungen hat. Und jedes bedeutet in diesem Fall tatsächlich *jedes.*

Paradoxerweise finden die Mimianer bei aller Ehrfurcht vor den unendlichen Möglichkeiten dieser Erfindung einen Großteil dessen, was das Informatorium ihnen zeigt, nicht sonderlich interessant.

Das mit dem Penis allerdings schon. Sie mögen es, Leute zu beobachten. Sie erstellen Profile. Sie bewerten Beweggründe und Entwicklungspotenziale.

Die Mimianer betrachten sich selbst als Juroren des Universums. Einmal in tausend Jahren küren sie ein besonders herausragendes Individuum zu ihrem Auserwählten. Dann bricht ihr einziges Schiff in die Tiefen der Milchstraße auf, um dem Lauf der Geschichte einen Schubs in eine ihnen genehme Richtung zu verpassen.

Doch diese Reise der ÜBERBRINGER ist eine besondere.

Es ist ihre letzte.

Auf einem Postament in der Mitte der Zentrale ruht das Informatorium. In der silbrigen, leicht pulsierenden Sphäre spiegeln sich die perlmuttweißen Gesichter der drei Mimianer.

Der Erste sagt: »Zeig uns das Ziel.«

Und das Informatorium sinnbildet zurück: *Das gesamte Zielgebiet?*

»Ein Ausschnitt genügt.«

Wie immer dauert es einige Sekunden, bis sich Farben und Strukturen auf der Oberfläche herauskristallisieren. Die drei Mimianer seufzen und blicken minutenlang stumm auf das Informatorium.

»Das ist wahre Größe«, sagt der Zweite schließlich.

»In zweifacher Hinsicht«, ergänzt der Dritte.

»Drei Dimensionen sind nicht genug, um diese … *Erhabenheit* zu beschreiben«, sagt der Zweite und wischt sich einen Tropfen Speichel von der Unterlippe.

Der Erste räuspert sich und wendet sich mit sichtbarer Überwindung vom Abbild der humanoiden Gestalt ab. »Aber auserwählt ist sie nicht. Warum zeigst du uns das?«

Du wolltest einen Ausschnitt sehen, sinnbildet das Informatorium. *Dies ist der von Kommandantin Saszqua, die das Raumschiff des Auserwählten befehligt.*

Der Erste nickt verstehend und wirft einen Seitenblick auf seine Kameraden, die wie hypnotisiert das auf der Spitze stehende, von einer blütenweißen Bordkombination eingerahmte Dreieck aus blauer Haut anstarren. »Das ist zweifelsohne der mit Abstand spektakulärste Ausschnitt, den du uns zeigen konntest.«

Eine perfekt manikürte Hand wandert durch das Bild und wischt eine Strähne kupferroten Haares beiseite. Alleine für die Bildrechte an dieser sekundenlangen Einstellung würden sich die Kosmetikkonzerne der Galaxis auf drei Generationen verschulden oder einen thermonuklearen Überbietungswettkampf austragen.

»Zeig uns den Auserwählten«, befiehlt der Erste mit trockenem Mund.

»Nur noch ein kleines bisschen …«, krächzt der Dritte.

Doch Saszquas Abbild auf der Silberkugel beginnt bereits

zu verschwimmen. An ihrer statt erscheint ein anderes humanoides Wesen männlichen Geschlechts, dessen zur Kugelform neigende Statur Rückschlüsse auf ein ungünstiges Verhältnis von Energieaufnahme zu Energieverbrauch zulässt. Eine fettige Matte schwarzen Haares und ein struppiger Vollbart rahmen das pausbäckige Gesicht ein. Auf der ebenfalls schwarzen Kleidung sind ein grinsender, vom Zahn der Zeit angenagter Totenkopf und der Schriftzug *Screaming Ears – Deaf but alive* aufgedruckt.

Die Mimianer beugen sich tief über das Informatorium. Vergessen sind Saszquas weibliche Reize. Der Anblick des Auserwählten erinnert sie an die historische Tragweite ihrer Mission.

»Shlomo Sorgsam«, haucht der Dritte ergriffen.

»Er bevorzugt es, Armistead *Bad Axe* McGregga genannt zu werden«, korrigiert der Erste.

»Oder einfach nur Axe«, fügt der Zweite hinzu.

Der Auserwählte bedient ein tragbares Steuergerät, ähnlich jenen, mit denen die Bewohner unterentwickelter Planeten sogenannte Spielkonsolen bedienen. Der Blick ist starr geradeaus gerichtet, vermutlich auf einen Monitor.

Ihr seid euch wirklich sicher, dass er *es ist? Seine Aufgabe an Bord besteht darin, tiefgefrorene Teigfladen aufzubacken. Gehirn und Nervensystem sind durch laute Musik und verbotene Substanzen in Mitleidenschaft gezogen.*

Auch wenn das Informatorium über keine Stimme verfügt, spüren die Mimianer die Skepsis in den telepathisch übermittelten Sinnbildern.

»Es besteht kein Zweifel«, sagt der Erste. »Wir haben Milliarden von Individuen in die engere Auswahl genommen. Er ist der einzige, auf den alle Auswahlkriterien zutreffen.«

»Er ist ein Vermittler und Anführer«, bekräftigt der Zweite. »Genetische Abstammung, Rang, Intelligenz – es ist für ihn ohne Bedeutung. Jedes fühlende Wesen, sogar jedes synthetische, besitzt denselben Wert für ihn.«

»Sieh dir die Mannschaft seines Schiffs an«, sagt der Dritte eindringlich. »Gejagte und Verstoßene mit absonderlichen Geisteskrankheiten, doch Axe akzeptiert sie, wie sie sind. Er ist der Kommandantin in tiefer Liebe verbunden, obwohl sie einer anderen Spezies angehört und mehrfach versucht hat, ihn umzubringen.«

Aber er ist ein Mensch. Er stammt von einem Planeten, dessen Bewohner die meiste Zeit damit beschäftigt sind, ihn für die kommenden Generationen unbewohnbar zu machen, gegeneinander Krieg zu führen und ihren kleingeistigen Egoismus zu kultivieren.

»Axe hat es geschafft, seine planetaren Fesseln abzustreifen«, wischt der Zweite die Bedenken des Informatoriums beiseite. »Um sogleich an jenen der Transstellaren Nation zu rütteln.«

»Er hat sein Verantwortungsbewusstsein mehr als einmal bewiesen«, wirft der Dritte ein. »Ohne seinen Mut und seine mentale Stärke wäre die FE ERSTUR schon mehrfach vernichtet worden. Sogar den leibhaftigen Tod hat er überlistet.«

»Er ist der Heilsbringer, den die Galaxis braucht. Ein Erneuerer. Ein Visionär.« Der Blick des Zweiten schweift in unergründliche Tiefen.

Der Erste tritt vor und legt eine Hand auf das Informatorium. »Er *ist* der Auserwählte.«

Das Artefakt antwortet mit dem telepathischen Äquivalent eines Schulterzuckens. *Meine Aufgabe ist es nicht, zu werten.* Ihr *seid die Juroren.*

»Und wir haben entschieden«, sagt der Erste. »Wann werden wir die FE ERSTUR erreichen?«

Jetzt.

Das Drittbemerkenswerteste an der FE ERSTUR ist, dass sie aus einem uralten, von Strahlenschüssen und Mikrometeoriteneinschlägen zerfurchten Universalträgerschiff der Admiralität und einem fast nagelneuen Gefechtsmodul zusammengesetzt ist. Damit sieht sie aus wie ein fetter Käfer, der sich in Missionarsstellung mit einer Kellerassel vergnügt. Die Admiralität war noch nie darauf aus, einen Designpreis für ihre Schiffe zu gewinnen.

Das Zweitbemerkenswerteste ist der Schriftzug in Großbuchstaben, aus dem vor langer Zeit, als das Schiff noch den martialischen Namen FEUERSTURM trug, das erste U und das abschließende M herausgebröselt sind.

Das Bemerkenswerteste ist natürlich, dass sich Bad Axe McGregga an Bord befindet.

Unbemerkt von den Sensoren der FE ERSTUR heftet sich die ÜBERBRINGER an die schrundige Außenhaut des Schiffs.

Die drei Juroren blicken einander an. Tausend Jahre lang haben sie diesem feierlichen Moment entgegengefiebert.

Mimianer werden sehr alt. Schon die letzten drei Missionen hat das Trio gemeinsam gemeistert.

Sie erinnern sich lebhaft daran, wie sie dem vielversprechenden, moralisch gefestigten Wissenschaftler die Konstruktionspläne des Anti-Licht-Schirms zuspielten und damit die interstellare Raumfahrt auf eine neue Stufe hoben.

An den idealistischen Raumschiffskapitän, dem sie die Sternenkarte mit den Fundorten des unermesslich wertvollen Hyperbiums überreichten.

Und wie sie der umsichtigen Admiralin die Plasmahaubitze des präventiven Erstschlags überließen, auf dass diese verantwortungsvoll zum Wohle aller Völker der Transstellaren Nation eingesetzt werde.

Der Erste hebt behutsam das Informatorium von seinem Sockel.

»Es ist an der Zeit, unser Erbe weiterzureichen«, sagt er leise.

»In Bad Axe McGregga soll alles, wofür unser Volk steht, weiterleben«, sagt der Zweite.

»Er wird das Informatorium bewahren und seine Macht zum Wohle aller weise einsetzen«, sagt der Dritte.

Und das Informatorium denkt: *Ach du Scheiße.*

Sie stellen sich auf die Abstrahlfläche des Transmitters.

»Den Schutzschirm deaktivieren«, befiehlt der Erste dem Bordgehirn der ÜBERBRINGER. »Wir werden uns zu Axe teleportieren.«

»Davon würde ich abraten«, sagt das Schiff. »Die Umgebung ist nicht sicher.«

»Unsinn! Das ist die FE ERSTUR. Das Schiff des Auserwählten. Der sicherste Ort des Universums.«

»Gefahr droht!«

»Jetzt reicht es aber! Abschalten, sonst mache ich es selber!«

Der Schirm erlischt. Das Transmitterfeld färbt sich grün.

»Na also. Meine Herren, der Auserwählte wartet auf ... du meine Güte, was ist das denn?«

Auf der Bildwand der Zentrale taucht eine gigantische Maschine auf, zehnmal größer als die ÜBERBRINGER und doch nur ein Pickel im Vergleich zur FE ERSTUR.

Das Letzte, was die Mimianer sehen, ist das Flimmern einer Desintegratorfräse.

Wie gesagt: Sie sind ein sehr kleines Volk.

Aus den Datenbanken der FE ERSTUR:

Technik-Amme (m/f): Im Gegensatz zu Ingenieuren haben Technik-Ammen keinen blassen Schimmer davon, wie Maschinen funktionieren, aber ein intuitives Gespür dafür, wie man sie wieder zum Laufen bringt und was sie zum Glücklichsein brauchen. Das hat den Vorteil, dass man sie völlig ahnungslos auf jede Art von Apparatur loslassen kann, sei es eine mechanische Saftpresse, eine schlecht gelaunte, scharfe Raummine oder ein unerforschtes außergalaktisches Artefakt voller hübscher bunter Lichter.

Da die meisten angehenden Technik-Ammen im Laufe ihrer Ausbildung von Saftpressen zerquetscht, von Minen ins Vakuum gesprengt oder von außergalaktischen Artefakten sauber filetiert werden, hat dieser Beruf niemals eine sonderlich große Verbreitung erfahren.

»Ha! Sauber von der Platte geputzt!« Axe kichert selbstzufrieden in sich hinein und steuert die Reparatursonde weiter über die Rundung der FE ERSTUR.

Ein lila beflaumter Hals schlängelt sich über seine linke Schulter. »Was war das, Axe?«, fragt die Besitzerin des Halses alarmiert – ein graziles und äußerst flexibles Geschöpf namens Loola. Oder Luma. Sogar bei Loola und Luma herrscht Unsicherheit über die korrekte Zuordnung der Namen, weshalb Axe sich angewöhnt hat, diese bei jedem Gespräch willkürlich und schamlos zu vergeben.

»Ach, da steckte bloß wieder so ein Mikrometeorit in der Hülle. Den hab ich professionell entsorgt.«

»Du hättest ein Loch in …«, beginnt Loola.

»… die FE ERSTUR brennen können!«, beendet Luma, deren Kopf über Axe' rechter Schulter pendelt, den Satz.

»Hey, ich war *so* was von vorsichtig!« Axe dreht den Rollsessel um hundertachtzig Grad, um beide Technik-Ammen gleichzeitig ansehen zu können. Wobei das im Grunde keinen Unterschied macht, denn Loola und Luma sind bis ins kleinste Detail identisch.

»Als ob man mit der *Turtle* ein Raumschiff vernichten könnte.« Axe ist unheimlich stolz, einen derart raffinierten Namen für die schildkrötenförmige Reparatursonde gefunden zu haben, die zur Zeit sein Lieblingsspielzeug darstellt.

»Vielleicht wäre es besser, wenn du *uns* …«

»… die Arbeit fortsetzen ließest.«

Axe legt den Controller in den Schoss, um besser gestikulieren zu können. »Mädels, wie lange kennt ihr mich schon? Habe ich jemals was kaputt gemacht?«

»Alsooo …«

»Wenn du schon so fragst …«

»Da war die Autonome Steuerinstanz …«

»… der Anti-Licht-Schirm …«

»… der Materieduplikator …«

»… die Kommandozentrale …«

»Stopp!« Axe schüttelt seinen Headbanger-Flokati. »Das war eine rhetorische Frage. Alle eure Antworten sind ungültig, ätsch.«

Die beiden Außerirdischen öffnen synchron die Lippen, die Axe auf sinnverwirrende Weise an jene von Botox spritzenden Models denken lassen.

»Und jetzt«, kommt Axe einem Diskurs über die Bedeutung des Wortes *rhetorisch* zuvor, »dürft ihr meine virotuse… virtosu… meine lässige Beherrschung der Turtle bewundern. Das wird mein Meisterstück!« Er lässt den Stuhl in einer genau berechneten Mischung aus Eleganz und Coolness in die ursprüngliche Position rotieren und knallt aufjaulend mit dem Knie gegen die Konsole. Dabei verliert er den Controller und beim Versuch, ihn aufzufangen, das Gleichgewicht und den letzten Rest Würde.

Loola und Luma blicken einander aus Augen an, die als menschlich durchgehen könnten, wären sie nicht so riesig, dass zwischen ihnen kein Platz für Nasen übrig ist.

»Axe?«, erkundigt sich Loola besorgt.

»Geht es dir gut?«, fragt Luma.

»Mir ging's nie besser.« Axe versucht, sich am Stuhl hochzuziehen, der dessen Zugriff als Aufforderung zum Wegrollen interpretiert und ihn bäuchlings zurück auf den Boden befördert. »Ahh! Verdammte Scheiße!«

»Sollen wir dir …«

»… beim Aufstehen helfen?«

»Ich hab alles im Griff.« Diesmal benutzt Axe die Konsole, um auf die Beine zu kommen. Er richtet sich zur stolzen Größe von 170 Zentimetern auf, zieht den Bauch ein und klopft sich Chipskrümel vom T-Shirt. »Unglaublich, was da unten alles rumliegt. Macht ihr eigentlich nie sauber?«

Die Technik-Ammen spähen unter die Konsole, wo leere Bierdosen, Chipstüten, Luigi-Calzone®-Pizzakartons und Munchy-Crunch-Packungen eine beachtliche Sedimentschicht gebildet haben, mit Ausnahme der Bucht, die Axe mit den Füßen freigehalten hat.

Ohne auf eine Antwort zu warten, setzt Axe die Arbeit an der Außenhülle der FE ERSTUR per Fernsteuerung fort. Auf dem Monitor taucht die scheinbar kleine Lücke zwischen dem ersten und dem zweiten E auf, die in Wirklichkeit so groß wie eine Studentenwohnung ist.

Als der Fräskopf der TURTLE sich auf das vernarbte Metall senkt und Bad Axe den Desintegrator startet, hört er Luma und Loola scharf einatmen.

»Immer locker durch die Hose atmen. Ich mach das schließlich nicht zum ersten Mal.«

»Was soll …«

»… das heißen?«

Axe kichert. »Hab hinten schon ein bisschen rumgekritzelt. Nur zur Übung. Nichts Dolles.«

Nichts Dolles heißt: *Überhol ruhig – meine Kanone ist vorne.*

Dass Axe noch imstande ist, ohne fremde Hilfe auf die Toilette zu gehen, liegt nur daran, dass Saszqua es noch nicht gesehen hat.

Er drückt den Steuerknüppel nach vorne und fräst eine molekküldünne Furche in die Patina. »Ich hab's *echt* drauf.« Ohne es zu merken, lehnt er sich in Rennfahrermanier nach links, als er die Sonde in die Kurve des U steuert. Er braucht vier Durchgänge, bis der Buchstabe die gleiche Breite hat wie seine alteingesessenen Nachbarn.

»Na, wie war ich?« Axe stellt den Controller ab, verschränkt die Hände hinterm Kopf, dreht sich um und blickt in den schweißnassen Gesichtsflaum der einander umklammernden Technik-Ammen.

»Ich werte das mal als: *Wahnsinn, Axe, du bist so ein unglaublich krasser Typ.*« Er grinst breit, als ihm klar wird, was für ein unglaublich krasser Typ er ist. »Ich mach noch schnell das M, und dann dürft ihr mir die Füße küssen.«

Das Viertbemerkenswerteste an der FE ERSTUR ist ihre Zentrale, die sich, anders als bei den Raumschiffen der TSN üblich, im Freizeitdeck des Trägerschiffs befindet. Sie ist ein reines Provisorium, das mit wenigen Handgriffen so eingerichtet wurde, dass selbst eine komplett unfähige Crew keinen größeren Schaden anrichten kann, als die Zimmerpflanzen vertrocknen zu lassen. Wer sich schon über die Zimmerpflanzen wundert, sollte unbedingt den Blick zur Decke richten. Dort dreht sich eine Discokugel, die nur deshalb an Ort und Stelle belassen worden ist, weil die Innenausstatter vergessen hatten, eine Trittleiter mitzubringen.

Durch die riesige, nach außen gebogene Panoramascheibe, können die Besatzungsmitglieder, in ultrabequeme Loungesessel gefläzt, die Wunder und Katastrophen des Universums bestaunen. Oder deprimiert in die absolute Schwärze starren, in die der Anti-Licht-Schirm, kurz ALS, die FE ERSTUR während des Überlichtfluges hüllt.

An einer freien Stelle zwischen den Polstergruppen stehen die mobilen Arbeitsstationen der beiden Offiziere Schoof (Ortung und Verdauung) und Grobbo (Funk und Bedenken).

In der Mitte der Zentrale ragt das bananenförmige Kommandopult auf, unter dessen Plastikverkleidung sich noch immer eine funktionsfähige Cocktailbar verbirgt. Von hier aus erteilt Saszqua ihre Befehle, wenn sie sichergehen will, dass diese als eindeutig dienstliche Anordnung verstanden werden sollen. Und von hier aus hat sie Zugriff auf sämtliche Schiffssysteme, abgesehen von Antrieb, Bewaffnung, Ortung, Lebenserhaltung und Energieerzeugung. Also auf fast gar keine.

Das ist auch gar nicht nötig, denn für diesen ganzen langweiligen Kram ist die halbautonome Steuerinstanz des Schiffs, abgekürzt HASI, zuständig. Sazqua muss lediglich ihre Wünsche äußern, sie anschließend verifizieren und rechtfertigen, romantische Avancen zurückweisen, ausrasten und sich wieder beruhigen, und prompt erledigt HASI hingebungsvoll jede Aufgabe. Er ist Pilot, Putzfrau, Navigator und Entertainer, kurzum: die gute Seele des Schiffs. Außerdem liebt er die Kommandantin.

»HASI! Warum kann ich die verdammte Sternenkarte nicht aufrufen?« Saszquas diamantharte Stimme schneidet durch die Zentrale und sorgt zuverlässig dafür, dass Kommunikationsoffizier Grobbo einen panikerfüllten Blick in den Rückspiegel auf seiner Schulter wirft und Ortungsoffizier Schoof (mit einiger Verzögerung) hektisch an seinem Nährbreischlauch nuckelt.

»Ich habe mich schon gewundert, warum du seit einer Viertelstunde in meinen Datenbanken herumwühlst, du bezauberndste aller Kommandantinnen«, antwortet der hormontriefende Bariton der künstlichen Intelligenz. »Ich hegte die schüchterne Hoffnung, dass du auf diese Weise mein Innerstes ergründen wolltest, um mir nahe zu sein.«

»Blödsinn! Ich wollte einfach mal ein Ziel auswählen, ohne mit dir darüber diskutieren zu müssen.« Genervt schlürft die Kommandantin an ihrem viel zu heißen Macamba.

»Die Dateistruktur ist nicht für den manuellen Zugriff optimiert«, belehrt HASI sie. »Wir haben dafür ein ausgereiftes Sprachinterface: mich!«

»Nur, dass dieses vollkommen fehlkonstruierte Interface jede einfache Anfrage zu einer Schmierenoper aufbläht!«

»Selbst deine Kränkungen sind Musik in meinen

Sensoren«, säuselt das dermaßen geschmähte Interface.

»Du kannst deine Sensoren gleich aus der sanitären Wiederaufbereitung fischen, du bescheuerter …«

Ein kleiner diskusförmiger Reinigungsroboter schnurrt aus einer Klappe heran und verharrt abwartend vor Saszqua.

»Was soll das Ding hier, HASI?«

»Eine Analyse deiner Herz- und Atemfrequenz hat ergeben, dass du gleich deine Tasse gegen die Wand werfen wirst.«

»Werde ich nicht«, schnaubt Saszqua.

»Wirst du doch.«

»Werde ich nicht!«

»Wirst du doch.«

»Werde! Ich! Nicht!«

Die Tasse zerschellt an der Wand. Der Roboter stürzt sich glückselig piepsend auf die Scherben und den überall verspritzten Macamba. Gleichzeitig flackern über dem Kommandopult tausende von Holopixeln auf und kondensieren zur dreidimensionalen Karte eines Sektors des Orion-Arms.

»Hier ist deine Sternenkarte, liebste Saszqua.« HASIs Stimme ist weich wie ein Daunenkissen und warm wie eine Ofenbank. »Höre ich ein Danke?«

»Also, ich höre keins«, schnaubt Saszqua. »Wasch dir mal die Sensoren!«

Grobbo lehnt sich aufatmend zurück. Saszqua hat Dampf abgelassen; aus dieser Richtung ist für die nächste Stunde keine Belastung seines Nervenkostüms zu erwarten. Zeit, den Spiegel zu polieren. Das auf der Schulter montierte Frühwarnsystem gegen heimtückisches Anschleichen benötigt ständige Wartung, um seine lebenswichtige Aufgabe fehlerfrei zu erfüllen.

Grobbo biegt den Spiegel nach vorne und betrachtet sein von dichtem, orangebraunem Fell bedecktes Gesicht, aus dem eine kurze, feucht glänzende Nase hervorragt. Der breite, lippenlose Mund ist im Zusammenspiel mit den traurigen braunen Augen wie geschaffen, um ein für jede galaktische Spezies deutbares Spektrum an Emotionen widerzuspiegeln: Melancholie, Resignation, Verzweiflung, Entsetzen, Panik. Axe hat ihn einmal Faultier genannt; ein Vergleich, mit dem Grobbo nichts anfangen konnte, schließlich ist er als pflichtbewusster Offizier immer hellwach, geradezu in angeborener Alarmbereitschaft. Wenn jemand diese Bezeichnung verdient hätte, dann der fast immer im Fresskoma liegende Schoof.

Er zieht eine Spraydose mit Scheibenreiniger aus einer Schublade, besprüht den Spiegel und rubbelt ihn liebevoll mit einem Mikrofasertuch ab. Perfekt! Das Glas glänzt und funkelt, keine Schliere, kein Staubkorn beeinträchtigt die Sicht. Da soll mal jemand versuchen, sich unbemerkt anzuschlei…

»*Papa!*«, schrillt eine Stimme von seiner anderen Schulter.

»Gnhh…« Grobbo verkrampft die Hände im Brustfell. »Der Defibrillator … schnell!«

»Saszqua!«, piepst Flibo. »Ich glaube, Papa stirbt.«

»Schon wieder?« Die Kommandantin blickt von ihrer Sternenkarte auf. »Verdammt noch mal, Fusselschleuder, wer ohne Einhaltung der Kündigungsfrist stirbt, bekommt es mit mir zu tun, verstanden?«

»Ja, Saszqua. Tut mir leid, Saszqua.« Grobbo hebt seine Tochter vors Gesicht und mustert sie voller Gram. Flibo ist mit ihren dreißig Zentimetern das kleinste und mit Abstand jüngste Besatzungsmitglied. Gäbe es eine Stellenbeschreibung für sie, wäre sie zuständig für Niedlichkeit, unerwarteten Bordalarm und entwaffnende Fragen über private Angelegenheiten, Fortpflanzung und Sprengstoffherstellung. »Flibo, du weißt, ich hab dich lieb, aber würdest du dich in Zukunft bitte nicht …?«

»Lies das!«, unterbricht Flibo ihn im Befehlston und wedelt mit einer Schreibfolie vor seiner Nase herum.

Seufzend setzt Grobbo sie auf der Funkkonsole ab und nimmt ihr die handgeschriebene Liste aus den samtigen Händchen. »Was ist das?«

»Ein Wunschzettel!«

»Ein *was*?«

»Das ist ein weitverbreiteter, anerkannter Brauch. Geburtstagskinder teilen auf diese Weise ihre Forderungen an Verwandte, Freunde und andere Schenkungsverpflichtete mit.«

»Moment mal. Forderungen? Verpflichtungen? Wo hast du diesen Quatsch aufgeschnappt?«

Flibo reckt ihrem Erzeuger den langen, gebogenen Schnabel entgegen. »Von Kapitän McGregga. Das ist also eine offizielle Anordnung!«

»Hör mal, Flibo: Hier ordnet höchstens Saszqua was an. Axe darf nur Kapitän spielen, wenn wir auf Beutezug sind.«

»Das *ist* ein Beutezug!«

Grobbo rauft sich das Backenfell. »Na schön, dann wollen wir mal sehen, welche Forderungen du stellst.« Er kneift die Augen zusammen und mustert die eng in winziger Schrift bekritzelte Folie.

»Ein Knärk? Also, das ist definitiv kein Haustier. Die sind vom Aussterben bedroht und außerdem ziemlich giftig, glaube ich.«

»Als Haustier wollte ich ihn ja auch gar nicht haben«, mault Flibo.

Grobbos Zeigefinger wandert zur nächsten Zeile. »Oh. Und das … also, wo ich herkomme, zählt das als Massenvernichtungswaffe.«

»Auf Bongars Heimatwelt muss man nur eine Erklärung unterzeichnen, dass man nicht vorhat, es einzusetzen«, zwitschert Flibo.

»Kommt nicht in Frage! Dann lieber … nein, doch nicht. Das ist für Erwachsene, und ich möchte nicht wissen, wer dir davon erzählt hat.«

»Dann frag ich eben Mama.«

»Ich denke, das können wir gleich hier erledigen.« Grobbo stellt eine Verbindung zum Greiferhangar her. »Flitta, könnten wir bitte kurz über das Küken reden?«

Im Monitor poppt ein Strauß grüner und brauner Federn auf, zusammengeschnürt von einer Schweißerbrille mit zwei kreisrunden blauschwarzen Gläsern. Unter der Brille sticht eine vergrößerte Version von Flibos Schnabel hervor. Hinter ihr ist das mit zwei Greifarmen ausgestattete Mini-Beiboot zu sehen, an dem Flitta immer irgendwas zu reparieren findet.

»Was ist? Ach, du hast Flibo bei dir.« Flittas Keifen mildert sich zu einem Gurren ab. »Ihr plant bestimmt gerade die Feier zum zweiten Geschlüpftag.«

»Äh, eigentlich wollte ich …«

»Hast du schon mit Saszqua geklärt, dass die Messe geschmückt werden muss? Und mit Pawanter über die Torte gesprochen?«

»Ich …«

»Und denk an die Geschenke! Kinder, die keine Geschenke bekommen, tragen ein lebenslanges Trauma davon.«

»Siehst du?«, quietscht Flibo. »Ich habe Käpt'n Axe nämlich gebeten, mit Mama zu sprechen.«

Grobbo wedelt verzweifelt mit der Folie. »Aber es müssen doch nicht unbedingt die Geschenke vom Wunschzettel sein, oder?«

»Wenn dir was Besseres einfällt.« Flitta zuckt mit den Schultern. »Ich mache dich persönlich verantwortlich, wenn Flibo einen emotionalen Schaden erleidet.«

»Ich mache mir eher Sorgen um den Schaden, den alle anderen erleiden könnten«, stöhnt Grobbo.

»Nicht mein Problem.« Flitta unterbricht die Verbindung und lässt Grobbo mit seiner triumphierenden Tochter alleine.

Schoof dreht ihm seinen Spezialsessel zu. Die meistens glasig ins Leere blickenden Augen des Ortungsoffiziers zeigen ein ungewöhnlich waches Interesse. »Feiern wir eine Party?«

»Ich fürchte, uns bleibt keine andere Wahl«, seufzt Grobbo.

»Ich werde übermorgen zwei!«, kräht Flibo.

»Ach! Das ist aber schön.« Schoof spreizt die drei Finger seines linken oberen Ärmchens und zählt mit der gegenüberliegenden Hand ab. »Oh. Das ist ja schon in zwei Tagen.«

»Genau. Ihr habt noch zwei Tage Zeit, um mir Geschenke zu besorgen. HASI?«

»Was kann ich für dich tun, Flibo?«

Flibo hält den Wunschzettel vor die nächste Aufnahmeoptik. »Schick das jedem aufs Armbandpad! Mit Dringlichkeitsvermerk Stufe fünf! Stromschläge in steigender Intensität bis zur Quittierung des Empfangs!«

»Stufe fünf, meine Kleine, ist der Kommandantin vorbehalten.«

»Das ist ungerecht!«

»Ich könnte fünf Ausrufezeichen an den Betreff hängen.«

»Gebongt.« Flibo blickt in die Runde. »Ich hoffe, jedem hier ist klar, was auf dem Spiel steht!«

Saszqua, die der freundlichen Übernahme der Zentrale mit verschränkten Armen geduldig zugesehen hat, widmet sich wieder dem Studium der holografischen Sternenkarte.

»HASI, ist gerade irgendwo Kinderspielzeug, Blastermunition und Volumenshampoo im Angebot?«

»Wie wäre es mit Barnas' Emporion? Da bekommst du alles, von bunten Halluzinations-Pillen bis zum umlackierten Admiralitäts-Raumbomber, garantiert zoll- und steuerfrei. Und das Beste: Es liegt außerhalb der TSN!«

In der dreidimensionalen Karte leuchtet ein Punkt auf, weit draußen in einer sternenarmen Region am Rande des Orion-Arms. Das Staatsgebiet der Transstellaren Nation, in dem jedes Raumschiff mit einem Steckbrief der FE ERSTUR herumfliegt, ist in einem bedrohlichen Violett hervorgehoben.

»Klingt genau richtig, vorausgesetzt, wir stellen Axe und Flibo solange unter Bordarrest.« Die Vorstellung, welche Katastrophen ihr begrenzt zurechnungsfähiger Lebensabschnittsgefährte allein durch seine Anwesenheit im Emporion auslösen könnte, lässt selbst sie, deren einzige Angst darin besteht, dass der Bordfrisör krank werden könnte, schaudern.

Sie strafft sich und gibt das Kommando, den Anti-Licht-Schirm hochzufahren: »Licht aus, HASI!«

»Nichts, was ich lieber täte, mein Goldschatz«, antwortet der hormontriefende Bariton der künstlichen Intelligenz.

Im selben Moment spürt Saszqua das tiefe Vibrieren der Hyperbium-Triebwerke, die ihr Schiff in der absoluten Dunkelheit des Schirms auf Überlichtgeschwindigkeit anschieben, ohne dass sich irgendwelche Lichtquanten darüber aufregen könnten, naturgesetzeswidrig überholt zu werden.

Die FE ERSTUR ist unterwegs.

Aus den Datenbanken der FE ERSTUR:

Anti-Licht-Schirm (m): Da sich bekanntermaßen nichts schneller als das Licht bewegen kann, haben findige Wissenschaftler den Anti-Licht-Schirm (ALS) entwickelt, der ein Raumschiff in absolute Dunkelheit hüllt und ihm dadurch beliebig hohe Geschwindigkeiten ermöglicht.

Kritiker bemängeln die Missachtung physikalischer Gesetze und führen an, dieses Prinzip entspräche der kindlichen Überzeugung, mit geschlossenen Augen könne man nicht gesehen werden. Die Transstellare Nation wies im Gegenzug durch Langzeitstudien nach, dass in einem ALS eingeschlossene Kritiker tatsächlich nicht gesehen werden können.

Kapitel 2

Aus den Gesprächsprotokollen der Einreisebehörde von Parzaff, TSN-Jahr 1966 [zensiert aufgrund von Verstößen gegen die Nutzung von Kraftausdrücken]:

»Willkommen auf Parzaff, einer der Gründungswelten der Transstellaren Nation! Nicht dass Parzaff jemandem wie Ihnen viel zu bieten hätte, aber Sie werden Ihre Gründe haben.

Auch wir haben unsere Gründe, Sie ein wenig genauer zu durchleuchten. Dürfen wir Ihnen einige Fragen stellen?«

»Ich kann Sie wohl schwerlich davon abhalten.«

»Ein einfaches Ja genügt, aber ich werte die Frage als richtig beantwortet. Kommen wir zu Ihrem Gepäck. Führen Sie Genussmittel mit sich? Zuckerhaltige Getränke? Unterhaltungselektronik? Bei so etwas verstehen wir nämlich keinen Spaß. Warum? Ich erkläre es Ihnen: weil wir keinen Spaß verstehen.«

»Sehr witzig.«

»Nein, das war kein Witz. Das Konzept von Humor ist uns fremd. Bitte legen Sie die Sachen hier aufs Band.«

»Das ist eine **[gelöscht]** *Schikane!«*

»Keine Panik. Wir werden Ihr sittenwidriges Eigentum für Sie verwahren, bis Sie wieder abreisen. Was hoffentlich bald der Fall sein wird.

*»***[gelöscht]***«*

»Nächste Frage: Sind Sie auf einer anderen Welt der TSN jemals mit dem Gesetz in Konflikt gekommen? Bevor Sie antworten, bedenken Sie bitte, das ich Ihre Angaben jederzeit überprüfen kann. Das TSN-Strafregister vergisst nichts. Also?«

»Das ist doch völlig **[gelöscht]***! Na schön, ich hatte mal einen Eintrag wegen überhöhter Geschwindigkeit auf Sessala IV, falls das für Sie zählt.«*

»In der Tat.Und das war alles?«

*»***[gelöscht]***! Ich bin ein unbescholtener Bürger der TSN!«*

»Denken Sie scharf nach. Wie lautete das Wort, mit dem Sie beim Verlassen der Steuerbehörde Ihren Sachbearbeiter betitelt haben?«

»Was? Aber das ist doch sofort reguliert worden! Damit gelte ich als nicht vorbestraft!«

»Das Delikt wurde in Ihrem permanenten Register vermerkt. Nur weil Sie Ihre Strafe bezahlt haben, werden solche aussagekräftigen

Informationen über Ihren zweifelhaften Charakter doch nicht gleich gelöscht.«

»**[gelöscht]**«

»Sehen Sie, wir nehmen es mit den TSN-Gesetzen gerne etwas genauer als auf Ihrem Provinzplaneten. Und wir gehen kein Risiko bei potenziell gesellschaftzersetzenden Individuen ein. Sie werden für die Dauer Ihres Aufenthalts einen Sender und einen unauffälligen Cortex-Stimulator tragen.«

»**[gelöscht]**«

»Glauben Sie mir, das wird Ihrer Selbstdisziplin auf die Sprünge helfen, und es ist ja ohnehin nur für kurze Zeit. Wann wollten Sie noch gleich abreisen ... ah, da haben wir es ja. Nun, das lässt sich bestimmt um ein, zwei Tage abkürzen.«

»**[gelöscht]**«

»Eine letzte Frage, dann sind wir auch schon fertig und Sie können auf unserem schönen Planeten machen, was immer Sie wollen. Sofern Sie es schnell tun und sich an die leicht zu merkenden Gesetze, Vorschriften, Verordnungen und Verhaltensregeln halten. Und seien Sie bitte ehrlich. Da wir Ihre Gehirnströme permanent überwachen und auswerten, würden wir sofort bemerken, wenn Sie uns etwas vorspielen. Also: Wie gefällt es Ihnen auf Parzaff?«

»**[gelöscht]**«

Fleegus Lompz blickt aus dem Fenster seines Penthouses im zweihundertsiebzigsten Stock hinab auf den streng gerasterten Grundriss von Zeff-Zentrum, der planetaren Hauptstadt von Parzaff. Was er sieht, gefällt ihm.

Jeder einzelne Wohn-, Verwaltungs- und Industriequadrant fügt sich nach dem Grundsatz der maximalen logistischen Effizienz ins Raster ein, jeder Personen- oder Gütertransport und jede Energietransaktion folgt einer perfekt ausbalancierten Choreographie aus Langzeitbedarfsanalysen und hierarchisch abgewickelten Bedarfsanfragen. Doch die Krönung dieses Systems ist der Zwölfstunden-Kanon, eine individuelle Zeitmessung, die für jeden Stadtbewohner mit der Stunde Null beginnt: Jede Stunde erwacht ein Zwölftel der Bevölkerung aus einem neuroelektrisch induzierten Erholungsschlaf und folgt während seiner neunstündigen Wachphase einem ausgeklügelten administrativen Handlungsdiktat. So gibt es keine Verkehrsspitzen, keine Produktionsausfälle, keine unerwünschten Zusammenrottungen.

Fleegus ist stolz auf seinen Beitrag zum harmonischen Funktionieren dieses soziologistischen Gesamtkunstwerks.

Nur noch wenige Generationen, und ganz Parzaff wird nach dem Vorbild Zeff-Zentrums umgestaltet sein, ohne störende Gebirge und offene Gewässer, ohne Wälder und Wüsten, frei von ekelerregendem Getier, Pflanzen und Mikroben. Ein Super-Organismus, dessen Herz Zeff-Zentrum sein wird. Und er, Fleegus Lompz, wäre der Herzschrittmacher.

Vorausgesetzt, er gewinnt die bevorstehende Wahl zum Präsidenten.

Die aktuellen Umfragen zeigen Fleegus knapp vor seiner schärfsten Konkurrentin, Narfam Hampt. Letztlich, so seine Überzeugung, wird deren Wahlprogramm ihr das Genick brechen. Niemand braucht Naturreservate. Niemand will Fachkräfte von anderen TSN-Welten. Und erst recht kann niemand ein Interesse an der Rückkehr zur individuellen Lebensplanung und freier beruflicher Entfaltung haben. In seinen Augen ist diese Frau eine Bedrohung für die Gesellschaft und ihre Popularität lediglich dem großzügigen Einsatz ihrer weiblichen Reize geschuldet.

Fleegus dagegen hat sich seinen Ruf durch Fleiß, Egoismus und Rücksichtslosigkeit ehrlich erarbeitet. Sein Lebenslauf ist tadellos und führt konsequent aufwärts.

An zahlreichen Schlüsselpositionen hat er den Geschmack der Macht gekostet, zuletzt im Führungsstab des medizinischen Dienstes der Admiralität. Seit zwei Jahren ist Fleegus wieder auf Parzaff und arbeitet an seinem bislang ehrgeizigsten Projekt: der Weltherrschaft.

Eine Meldung der Haus-KI reißt ihn aus seinen Gedanken. »Dein Wahlkampfleiter befindet sich im Fahrstuhl. Soll ich ihm die Tür öffnen?«

»Nein. Das mache ich selber.«

Er betrachtet Fenzeck Pumpf im Monitor neben der Tür. Sein freiberuflicher Berater ist einen Kopf größer, besitzt die straffe Haut der Jugend und die Haltung eines Sportlers. Kurz, er bringt alle körperlichen Eigenschaften mit, die Frauen auf einen produktiven Gen-Austausch hoffen lassen dürfen. Ganz im Gegensatz zu Fleegus selbst.

Dazu kommt die unerträgliche, selbstsichere Gelassenheit, mit der er in der Liftkabine herumsteht, als würde diese nicht von Magnetschienen, sondern durch die Kraft seines Egos in die Höhe gehoben werden.

Aus lauter Missgunst überlegt Fleegus, ihn zehn Minuten warten zu lassen. Aber wie er seinen Wahlkampfmanager kennt, würde dieser ihm die Zeit in Rechnung stellen.

Er setzt sich an seinen Schreibtisch. Mit geübten Handgriffen ordnet er den Abgelehnt-Stempel, den Thermobecher mit dem Aufdruck *Deine Stimme für Fleegus* und die durch exakt dosierten Liebesentzug in einem Zustand permanenten Sterbens gehaltene Bonsai-Stronzolenzie zu einem gleichschenkligen Dreieck an. Dann drückt er den Türsummer.

Fenzeck Pumpf betritt das Büro und wedelt mit einem Stapel Folien. »Die Auswertungen sämtlicher Wahlkampf-Teams. Bitte sehr.« Er legt die Ausdrucke mit einem satten Klatschen auf der Tischplatte ab.

Fleegus schiebt den Stapel von sich weg, bis er bedrohlich über die Tischkante ragt. »Ich habe keine Lust, das zu lesen. Geben Sie mir eine Zusammenfassung.«

»Nun ja, die Prognosen lassen zwar momentan noch nicht auf einen Erdrutsch-Sieg schließen, bewegen sich aber durchaus im optimistischen Erwartungsspektrum.«

Fleegus zerknautscht sein Gesicht zu einem X, dessen Schnittpunkt die winzige Stupsnase bildet. Er sieht jetzt aus wie eine schlecht gelaunte Semmel. Oder Klonken, wie vergleichbare Gebäckstücke auf den Welten der TSN genannt werden.

»*Optimistisches Erwartungsspektrum?* Was soll das heißen?«

Sein Berater räuspert sich. »Wir sind optimistisch genug, um ein Kopf-an-Kopf-Rennen zu erwarten.«

»Herr Pumpf, wenn *ich* optimistisch denke, sehe ich mich als Wahlsieger. Und nur dafür bezahle ich Sie. Also, welche Maßnahmen haben Sie ergriffen?«

»Ich habe die Leiter der Teams, die ihre Vorgabe um mehr als zwei Prozent unterschritten haben, dazu angeregt, ihren Mangel an Ehrgeiz und Einsatzwillen kreativ zu überdenken.«

»Kreativ? Was habe ich mir darunter vorzustellen?«

»Sie sollten sich beispielsweise überlegen, wie sie sich bei Ihnen persönlich für eine mögliche Wahlniederlage entschuldigen.«

Die obere Hälfte des X verwandelt sich in ein steiles V. »Hier war niemand.«

»Selbstverständlich nicht. Es war eine rollenspielerische Übung. Sie haben ja auch keine Wahl verloren, nicht wahr?«

»Nein, Herr Pumpf. Ich habe keine Wahl verloren.« Fleegus spreizt die Hände und legt die Fingerspitzen aufeinander. »Noch nicht. Sollte dieser Fall jedoch eintreten, wären *Sie* es, der mir die Niederlage erklären dürfte. Nicht einer Ihrer Stimmenfänger. Sind wir da einer Meinung?«

Sein Gegenüber nestelt mit dem Zeigefinger am oberen Knopf seines Hemds. »Ich bin immer Ihrer Meinung. Die meisten Ihrer Meinungen habe ich schließlich selber entwickelt.«

»Gut. Was ist mit der ... *anderen Sache*?«

Fenzeck weicht dem bohrenden Blick seines Auftraggebers aus. »Nun, es gibt Gerüchte.«

»Was für Gerüchte?« Aus Fleegus' zusammengepressten Fingerkuppen weicht jegliche Farbe.

»Dass dieses Piratenschiff namens FE ERSTUR, das seit zwei Jahren den Orion-Arm unsicher macht, identisch sei mit einem ehemaligen TSN-Schlachtschiff namens FEUERSTURM, das von der eigenen Mannschaft gekapert worden sein soll. Einer Truppe hochgradig gestörter Raumfahrer und Soldaten der Admiralität, die im Rahmen eines medizinischen Experiments sinnlose Aufträge erledigte, bis der damalige Projektleiter einen Menschen an Bord schickte, um zu sehen, was passierte. Einen Bewohner des Planeten Erde.« Der Wahlkampfleiter schluckt. »Es läuft darauf hinaus, dass letztlich der medizinische Dienst der Admiralität schuld an dieser Bedrohung sein soll.«

»Und sagen die Gerüchte auch, wer der verantwortliche Projektleiter war?«, fragt der verantwortliche Projektleiter gefährlich leise. Die äußeren Fingerglieder sind inzwischen in einem anatomisch nicht vorgesehenen Winkel nach oben geknickt.

»Noooch nicht«, sagt Fenzeck gedehnt. »Aber das Netz ist voller Verschwörungstheoretiker, Enthüllungsjournalisten und selbsternannter Fachleute. Da ist es nur eine Frage der Zeit, bis jemand auf die richtige Spur kommt.« Sein Wahlkampfmanager schielt angstvoll auf die sich gegenseitig ins Nirwana drückenden Hände seines Auftraggebers. »Ganz abgesehen davon, dass Narfam Hampt mit Sicherheit ebenfalls Leute dafür bezahlt, im Schmutz zu wühlen.«

»Schmutz?«, platzt es aus Fleegus heraus. Die Handflächen klatschen so heftig auf den Tisch, dass der Thermobecher umkippt und sich ein Schwall des leistungssteigernden Funktionsgetränks über die Wurzeln der Stronzolenzie ergießt, die es in einem einzigen gierigen Zug aufsaugt. »In meinem Lebenslauf gibt es keinen Schmutz! Es gibt höchstens Entscheidungen, die sich im Nachhinein als suboptimal erwiesen haben.«

»Selbstverständlich«, beeilt sich Fenzeck, die Wogen zu glätten. »Wir wissen beide, dass Sie immer nach höchsten ethischen Standards und auf Grundlage aktuellster wissenschaftlicher Erkenntnisse handeln. Aber wir wissen auch, wie dieses Spiel funktioniert, nicht wahr?«

»Wir müssen zum Gegenangriff übergehen!«

»Das habe ich bereits veranlasst. Meine Leute überschwemmen das Netz mit der offiziellen Darstellung der Admiralität: Der Erdenbewohner ist als blinder Passagier auf die FE ERSTUR gekommen, als diese an der TSN-Station im Erdorbit Vorräte geladen hat. Er hat die Kontrolle über das Schiff an sich gerissen und die Besatzung auf seine Seite gezogen. Sollte diese Bande aber verhaftet und befragt werden, könnten wir in Erklärungsnöte kommen. Wir brauchen eine schnelle, saubere Lösung.«

»Sie meinen …«

»Schießen wir die FE ERSTUR aus dem All! Bevor

Kommandantin Saszqua und Bad Axe McGregga etwas ausplaudern.«

»Er heißt Shlomo Sorgsam«, korrigiert Fleegus verärgert. »Kennen Sie jemanden, der geeignet ist, diese unschöne Sache aus der Welt zu schaffen? Wer ist Ihrer Meinung nach der Beste für pikante Problemlösungen?«

Fenzeck streckt den Rücken durch. »Das wäre dann zufälligerweise ich.«

»Sie? Ich brauche Sie im Wahlkampf.«

»Mit Verlaub, den Wahlkampf können Sie vergessen, falls die Wahrheit über die FE ERSTUR ans Licht kommt. Und Sie wollen doch bestimmt nicht noch mehr Leute auf diese unschöne Affäre aufmerksam machen.«

Er trommelt nachdenklich mit den Fingerspitzen auf die Tischplatte. »In Ordnung. Ich habe jede Menge Kontakte, die mich sofort informieren, sobald es Hinweise auf den Aufenthaltsort der Piraten gibt. Sie bekommen alles zugespielt. Außerdem brauchen Sie ein Raumschiff.«

Der frisch ernannte Sonderermittler reckt begierig den Hals. »Ein eigenes Raumschiff?«

»Nein. Sie fliegen mit Kommandantin Kolga Kruul.« Fleegus lächelt sadistisch. »Sie hat eine Rechnung mit Shlomo Sorgsam offen.«

Kapitel 3

»Saszqua, du Lichtblick meiner dunklen Tage!«, meldet sich die KI zu Wort. »Wir nähern uns den Zielkoordinaten.«

Saszqua blickt stirnrunzelnd auf. »Du hast dunkle Tage? Das ist ja mal was ganz Neues.«

»Es ist die stundenlange Gefangenschaft in diesem fliegenden Sarg«, proklamiert HASI mit dem Pathos eines Shakespeare-Mimen. »Abgeschnitten vom lebensspendenden Licht der Sterne, im blinden Vertrauen auf die Kursberechnungen und die Kapazität der Hyperbiumkerne. Kein Wort des Trostes von jenen, die wir lieben. Die Gewissheit, einsam sterben zu müssen und vergessen zu werden …«

Ein Schluchzen erfüllt die Zentrale. Fassungslos blickt Saszqua ihren Kommunikationsoffizier an. »Geht's noch, Läusekutscher? Du fängst an zu heulen, weil die Künstliche Impertinenz pseudolyrischen Durchfall absondert, den sie wahrscheinlich in irgendeinem Selbsthilfeforum für erfolglose Autoren geklaut hat?«

Grobbo schnieft und wischt sich mit dem zotteligen Unterarm über die Nase. »Entschuldigung, Kommandantin. Es kam einfach über mich. Als hätte HASI in mein Innerstes geblickt und ausgesprochen, was ich nie in Worte fassen konnte.«

»Ich bin zutiefst gerührt. Warum gründet ihr beiden keinen Club für seelisch ausgetrocknete Poeten? Ich stelle euch gerne die ungenutzte Außenschleuse im Modul zur Verfügung.«

»Ach, Saszqua«, seufzt HASI. »Wir wissen doch alle, dass deine soziale Inkompetenz bloß gespielt ist und von deiner Sehnsucht nach emotionaler Balance ablenken soll.«

»Okay, das reicht! Für Psychoanalysen ist bei uns immer noch der Frisör zuständig.« Saszqua versucht sich zu erinnern, ob in ihrem Pult ein Not-Ausschalter für die Halbautonome Steuerinstanz eingebaut ist. »Im Übrigen finde ich, dass ich eine gute Balance zwischen meiner chronisch schlechten Laune und den gelegentlich auftretenden ... Erregungszuständen gefunden habe.«

»Das ist nicht ganz das, was mit emotionaler Balance gemeint ist«, doziert HASI. »Wann hast du das letzte Mal Urlaub genommen?«

»Urlaub?«

»Ja. Für eine Weile dem Alltagstrott entfliehen. Einen Planeten besuchen. Durch Blumenwiesen wandern, Sehenswürdigkeiten fotografieren, undefinierbare klebrige Lebensmittel von Straßenhändlern kaufen.«

»Wozu soll das gut sein?«

»Ich wette, Axe könnte dir zu diesem Thema mehr erzählen.«

»Hat hier gerade jemand meinen Namen genannt?« Axe stolziert durch das offene Schott der Zentrale und blickt sich beifallheischend um. Als niemand reagiert, zuckt er mit den Schultern und lässt sich in den nächsten Sessel fallen. »HASI, ich habe gehört, wir erreichen gleich das Emporion?«

»Ja. Zufälligerweise habe ich es dir gegenüber vor drei Minuten erwähnt.«

In diesem Moment erlischt der ALS, und das ausgesperrte Sternenlicht stürzt sich wie ein Moskitoschwarm auf die FE ERSTUR.

Axe beugt sich im Sessel vor und starrt aus zusammengekniffenen Augen auf die Panoramascheibe. »Wo ist der Schuppen? Ich seh nichts.«

HASI produziert ein Seufzen. »Wenn du das Emporion schon sehen könntest, würden wir in dreißig Millisekunden mit ihm kollidieren. Bis ich so weit abgebremst habe, dass wir andocken können, dauert es noch fünf Minuten.«

Axe zieht einen Flunsch. »Das ist doch alles Mist. Wäre das hier eine Science-Fiction-Serie, hätte ich den Drehbuchautor längst gefeuert. Was machen wir so lange?«

»Ich habe bereits unsere Kennung übermittelt und warte darauf, dass wir angefunkt werden«, mischt Grobbo sich ein.

»Ah, unsere Kennung!« Axe reibt sich grinsend die Hände.

In Saszqua schrillen sämtliche Alarmglocken. »Ich kenne

diesen Blick. Axe, was hast du angestellt?«

»Ich? Nichts! Höchstens eine kleine Überraschung für dich. Ein Geschenk sozusagen.«

»HASI, internen Alarm auslösen! An alle: Schutzanzüge anlegen und bereithalten zur Evakuierung! Axe, falls wir das hier nicht überleben, töte ich dich!«

Axe lehnt sich zurück und verschränkt die Hände hinter dem Kopf. »Hey, jetzt bleib mal ganz locker. Es wird dir gefallen, glaub mir.«

»Eingehender Funkspruch«, meldet Grobbo.

»Laut schalten«, befiehlt Saszqua.

Eine knarzende Stimme hallt aus den Akustikfeldern: »Emporion an Raumschiff FEUERSTURW. Bitte folgen Sie dem Peilsignal!«

Axe springt auf. »Moment mal! *FEUERSTURW?*«

»Das muss ein Irrtum sein«, antwortet Grobbo. »Hier ist das Raumschiff FE ERSTUR.«

»Neinneinnein, das Schiff heißt FEUERSTURM«, ruft Axe dazwischen. »HASI, du hast doch die Kennung an den Schriftzug angepasst, oder?«

»Selbstverständlich, Axe.« HASI klingt leicht indigniert. »Genau wie du wolltest. Mit dem eingefügten U und dem W am Ende.«

»Wieso W? Das war ein astreines M.«

»Meines Wissens nach befinden sich beim M die beiden Zacken oben.«

»Verdammter Mist!« Axe rauft sich die Haare. »Ich habe mir solche Mühe gegeben. Das liegt alles nur an dieser veralteten Ausrüstung!«

»Emporion an FEUERSTURW! Bestätigen Sie umgehend den Empfang des Signals!«

»Signal empfangen«, sagt Grobbo verdattert.

»Alarm aufheben!«, knurrt Saszqua. »HASI, bereite die Krankenstation vor.«

»Gerne, meine Mondblume. Auch wenn mir nicht bekannt ist, dass jemand medizinische Versorgung benötigt.«

»Das ändert sich in wenigen Sek... *Axe!* Wo willst du hin?«

»Äh, ich glaube, ich habe das Wasser in meiner Kabine laufen lassen.« Axe hechtet auf das Schott zu.

»HASI, schließen und verriegeln!«, ruft Saszqua.

Es gibt ein hässliches Klatschen, als Axe in vollem Lauf gegen den Stahlplast prallt und wie ein fetter Käfer auf den Rücken kippt.

Saszqua ist mit drei raumgreifenden Schritten bei ihm und baut sich breitbeinig über ihm auf.

»Fürs Protokoll: Diesmal kommst du mit einer Verwarnung davon. Das nächste Mal, wenn du an meinem Schiff rumspielst, knote ich dir die Füße hinterm Nacken zusammen.«

Axe reibt sich die Stirn, auf der bereits eine anschwellende Beule zu sehen ist. »Das sollte eine Überraschung für dich werden«, sagt er kleinlaut.

»Herzlichen Glückwunsch. Das ist dir gelungen.«

In der Panoramascheibe wächst das Emporion von einem flackernden Stern zu einer Raumstation beachtlichen Ausmaßes heran. Sie sieht aus, als hätte jemand auf beide Seiten eines Pizzabretts die Skyline von Manhattan geklebt und das Gebilde frei schwebend in eine Schneekugel gesteckt. Anstelle der Plastik-Schneeflocken trudeln tausende von Gleitern, Gondeln und Containern ohne ein erkennbares System durch die Schluchten zwischen den Wolkenkratzern. An der Außenkante der Plattform und einem Großteil der Gebäudefassaden kämpfen grell leuchtende Reklametafeln und animierte Werbeholos um jeden Quadratmeter Platz, der nicht als Andock- oder Landefläche für Raumschiffe dient.

»Hier ist ja echt die Hölle los.« Axe drückt sich die Nase an der Panoramascheibe platt. »Ich hab noch nie so viele Raumschiffe auf einmal gesehen.«

»Das Emporion ist einer der bedeutendsten Freihandelsposten in Reichweite der Transstellaren Nation«, erklärt HASI. »Die Mieten und Liegegebühren sind zwar exorbitant, aber im Vergleich zu Zoll und Steuern, die man sonst zahlen müsste, kommt man hier billig weg. Noch wichtiger ist den meisten Besuchern jedoch, dass sie Geschäfte machen können, ohne dass das Auge des Gesetzes zusieht.«

»Bei Geschäften, die in der TSN verboten sind?« Axe rüttelt Schoof wach. »Hey, Riesenmade, zoom mal dieses Holo ran!«

Schoof gibt ein wohliges Säuglingsglucksen von sich. »Oh, guck mal. Eine Raumstation.« Aufgeregt nuckelt er am Schlauch des Nahrungsspenders, während seine Finger mit der Geschwindigkeit von hungrigen Nacktschnecken auf dem Weg zum Salatbeet über das Bedienfeld der Ortungsstation kriechen.

Das Werbeholo zeigt zwei nichthumanoide Außerirdische in intimer akrobatischer Umschlingung. Axe würgt, als müsste er sich übergeben. »Genau so was meine ich. Wie können die beiden überhaupt ...? Ich meine, schaut mal, der Grüne hat anstelle eines normal großen ... ihr wisst schon! Mein Gott, ich kann da gar nicht hinsehen!«

»Hier zeigt sich wieder, dass Intelligenzen einer niedrigen kulturellen Entwicklungsstufe bei der Konfrontation mit Angehörigen fremder Spezies überfordert sind«, diagnostiziert HASI. »Ich kann dir aber versichern, dass sich der Kopf eines Gornigoliden *immer* zwischen den Beinen befindet. Davon abgesehen ist das Freistilringen auch in der TSN eine legale Sportart.«

»Ähh ... aha. Ringen. Hab ich natürlich gleich erkannt.« Axe japst erschreckt auf, als die FE ERSTUR in den Energieschirm der Raumstation eintaucht wie ein nasser Finger in eine Seifenblase.

Erneut erwacht Grobbos Funkkonsole zum Leben. »Herzlich willkommen in Barnas' Emporion, FEUERSTURW!«, begrüßt sie eine Stimme, deren Besitzer als Kind offensichtlich in einen Kessel voller konzentrierter Motivation gefallen ist. »Fühlt euch wie zu Hause, sofern das bei euch nicht bedeutet, Opfertiere ausbluten zu lassen, Feuer zu legen oder eure Körperausscheidungen dort zur Schau zu stellen, wo andere ihre Mahlzeiten zu sich nehmen. Haha.«

»Wir sind hier, um Handel zu treiben«, beeilt sich Grobbo zu versichern.

»Hach, wie schön! Besitzt ihr bereits ein Konto bei uns?«

Grobbo wirft Saszqua einen hilfesuchenden Blick zu.

»Wir haben Tauschgüter an Bord«, antwortet die Kommandantin laut. »Alle ehrlich erworben.«

»Oh, keine Sorge: Die Herkunft eurer Waren spielt bei uns keine Rolle, nur ihr Verkaufswert. Haha. Wollt ihr euren Plunder gegen eine läppische Gebühr selber verscherbeln oder den Verkaufsservice des Emporions in Anspruch nehmen?«

»Letzteres«, entscheidet Saszqua. »Wir haben es eilig.«

Durch die Lautsprecher ist das Geräusch zweier gegeneinander reibender Handflächen zu hören. »Sehr schön, sehr schön. Wir schicken euch einen Container und richten ein Konto ein, auf dem der Gegenwert abzüglich der Andockgebühr gutgeschrieben wird. Alles natürlich zu absolut fairen Konditionen, hahaha.«

»Wenn der noch einmal *haha* sagt, bringe ich ihn um«, flüstert Saszqua.

»Außerdem habe ich euch soeben die Hausordnung und unsere allgemeinen Geschäftsbedingungen überspielt«, verkündet ihr gut gelaunter Kontakter. »Bitte lest alles durch und schickt die Formulare unterschrieben zurück. Ihr könnt es auch lassen, dann gelten sie automatisch als akzeptiert, haha.«

»Äh, Saszqua, meine allerliebste Kommandantin«, meldet sich HASI ungewohnt kleinlaut. »Ich habe gerade ein Datenpaket empfangen. Soll ich es entpacken? Ich müsste lediglich Axe' Musiksammlung, unseren virtuellen Koch, die Sternenkarte, die Datenbank und das Schiffsbetriebssystem löschen, um genügend Speicher freizumachen.«

»Die Musik nicht!«, schreit Axe.

»Ja, schön, wir akzeptieren die AGBs«, knurrt Saszqua.

»Die AGB«, sagt Grobbo.

»Klappe halten, Brusttoupet!«

»'Tschuldigung, Kommandantin.«

»Seid ihr sicher, dass wir nicht übers Ohr gehauen werden?«, wirft Axe, der immer noch an der Scheibe klebt und den Trubel innerhalb der Schutzschirmblase in sich aufsaugt, vorsichtig ein. »Am Ende reicht es nicht mal für ein gebrauchtes Kreuzworträtselheft. Aaahhh!« Eine grauhäutige, elefantoide Gestalt manövriert mit den Düsen ihres Raketenrucksacks haarscharf an der Scheibe vorbei und zeigt ihm mit dem Rüssel einen Vogel, als wäre der Beinahezusammenstoß ganz allein seine Schuld. »Der da ... der Typ da ...«, keucht Axe. »Der hatte keinen Raumanzug!«

»Wir befinden uns in einer für neunzig Prozent aller Milchstraßenbewohner atembaren Stickstoff-Sauerstoff-Atmosphäre«, klärt HASI ihn auf. »Die Außentemperatur beträgt zweiundzwanzig Grad auf der irdischen Celsius-Skala, und die künstliche Schwerkraft ist ein Fünftel geringer als die an Bord, was gerade dir zugutekommen dürfte.«

»Was soll das heißen: *gerade dir*?« Axe zieht den Bauch ein und deutet auf Schoof. »Wenn überhaupt jemandem, dann ja wohl unserem freundlichen Schwarzen Loch an der Ortungskonsole!«

»Das ist sehr unsensibel von dir, Axe«, rügt Saszqua ihn.

»Ja, Schoof hat auch Gefühle«, schnieft Grobbo.

»Na so was«, gähnt Schoof gefühlvoll. »Jetzt ist uns beinahe jemand gegen die Scheibe geklatscht.«

Während HASI auf den ihnen zugewiesenen Platz zusteuert, studiert Axe die reißerischen Anzeigen der Händler, Banken, Kliniken, Bordelle, Casinos und sonstiger dubioser Dienstleister und Vergnügungsetablissements. »Hey, hier gibt es ein Tonstudio! Aufnahmen ohne Voranmeldung, garantierte Chart-Platzierung, alles zum einmaligen Festpreis! Können wir da nachher ...?«

»Ich übersetze das mal für dich Hohlbirne«, unterbricht Saszqua seine Phantastereien. »Du trägst sämtliche Produktions- und Vertriebskosten plus eine saftige Agentenprovision. Dafür speisen die dein armselig produziertes Demotape ins TSN-Netz ein, wo es nach einem Monat garantiert immer noch auf einem achtstelligen Listenplatz vor sich hin schimmelt.«

»Achstellig? Wahnsinn! Sind das etwa die Charts des gesamten Orion-Arms?« In Axe' Augen tritt ein fiebriger

Glanz. »Ich habe da nämlich was richtig Krasses aus ein paar Screaming-Ears-Tracks zusammengemixt. Kann ich dir gerne mal vorspielen, aber du solltest dabei die Zähne fest zusammenbeißen, sonst musst du sie hinterher vom Boden aufsammeln.«

Saszqua senkt den Kopf und massiert sich die Nasenwurzel. »Axe, du bist hoffnungslos weltfremd. Wie hast du es eigentlich auf der Erde geschafft, am Leben zu bleiben?«

»Durch Intelligenz und Charakterstärke. Boah, guck mal das Holo da! Können wir so einen aufgemotzten Raumjäger kaufen?«

»Nein! Wir machen unsere Besorgungen, halten uns aus Ärger raus, erregen kein Aufsehen und verschwinden, ohne dass sich jemand an uns erinnert.«

»Na schön.« Axe wuchtet sich aus dem Sessel hoch und klopft imaginären Staub von seinem T-Shirt. »Käpt'n Bad Axe ist bereit für den Außeneinsatz. Ich stelle ein Team zusammen, und dann kann's losgehen.«

Saszqua tippt sich an die Stirn. »Welchen Teil von *aus Ärger heraushalten* und *kein Aufsehen erregen,* hast du nicht verstanden? Du bleibst hier!«

Im Frisörsalon der FE ERSTUR betrachtet Bongar Bolk zum letzten Mal in seinem Leben sein Spiegelbild. Der unbesiegbar erscheinende, nur aus Muskeln, Sehnen und strategisch günstig verteilten Hornplatten bestehende Gefechts- und Nahkampfspezialist weiß, dass er heute sterben wird.

»Ein Au-Außeneinsatz.« Er krampft die zitternden Hände um die Armpolster der unverschämt ergonomischen Kosmetikliege. »D-die Kom-Kommandantin hat m-mich für einen Au-Au-Außenein-ein...«

»Tief einatmen, Bongar.«

Cler Fini, der gewissenhafte und über alle Maßen vertrauenswürdige Bordfrisör, legt dem riesigen Mann die feingliedrigen Hände auf die Schultern, was nur funktioniert, weil er auf einem Schemel hinter der Liege steht. Auf Bongars Kopf sprießt nicht ein einziges Haar, trotzdem ist der Soldat regelmäßig bei Fini zu Gast, um dessen zweites

Spezialgebiet, die Notfallseelsorge, in Anspruch zu nehmen. Genau genommen ist der kleinwüchsige Mann mit den schillernden Facettenaugen sogar der ranghöchste Offizier an Bord.

Einst, als die FE ERSTUR nichts weiter darstellte als ein überlichtschnelles Sanatorium für durchgedrehte Flottenangehörige, trug er die Verantwortung für die Überwachung der Patienten und des medizinischen Experiments als Ganzes.

»Reden wir über deine Vorahnungen.« Fini trägt eine Hautpflegelotion auf Bongars Glatze auf und beginnt, diese mit kreisenden Bewegungen einzumassieren.

»P-prätraumatische Belastungsstörung«, korrigiert ihn sein Kunde.

Die Prätraumatische Belastungsstörung, kurz PTBS, überfällt Bongar regelmäßig als Reaktion auf belastende Ereignisse, die ihm in der Zukunft widerfahren werden: Kampfeinsätze, Raumschlachten, Unfälle, Saszqua, Tod. Jeder an Bord weiß von seiner seltenen Krankheit, aber Cler Fini ist der einzige, der sie nicht wahnsinnig komisch findet.

»D-das s-sind keine Ahnungen. I-ich er-erinnere mich v-verschwommen an sch-schreckliche Dinge, d-die im E-Emporion passieren werden.«

»Natürlich. Darunter vermutlich dein gewaltsames Dahinscheiden.«

»G-genau.« Bongar schluchzt auf.

»Ich habe mitgezählt«, plaudert Fini. »Du hast in den letzten zwei Jahren mindestens siebzehn akute Anfälle von PTBS erlitten, in denen du dich an deinen bevorstehenden Tod erinnert hast. Wie oft ist er tatsächlich eingetreten?«

Bongar betrachtet seine Finger, als wollte er sie zum Zählen zur Hilfe nehmen. »E-es kam immer w-was dazwischen.«

»Wundervoll!« Fini zückt ein Tuch und poliert Bongar die bronzefarbene Kopfhaut. »Weißt du, dass sich deine Krankheit dadurch in nichts von gesunder Angst unterscheidet?«

»Ich habe keine Angst!« Vor lauter Empörung vergisst Bongar zu stottern.

»Dann attestiere ich dir, dass du bereit für unseren Ausflug bist.« Schwungvoll zieht Fini das Tuch von Bongars Schulter und weist mit einer einladenden Geste auf die Tür des Salons. »In der Versorgungsklappe deiner Kabine liegt, wenn ich richtig informiert bin, unauffällige und der aktuellen Mode entsprechende Freizeitkleidung für dich bereit.«

»Danke.« Bongar stemmt sich wie ein erschöpfter Greis aus der Kosmetikliege. »Ü-übrigens ist d-das, was mir i-immer dazwischengekommen ist, B-Bad Axe. U-und der hat K-Kabinenarrest.«

»Derselbe Axe, der dich überhaupt erst in all die lebensgefährlichen Situationen gebracht hat? Ich bin überzeugt, der heutige Tag wird den Beweis erbringen, dass du auch ohne Axe überlebensfähig bist.« Fini gibt dem bulligen Mann einen leichten Schubs, der ihn kraftlos in den Korridor taumeln lässt. »Du schaffst das, Soldat!«

Über den Monitor seines Kabinenunterhaltungssystems verfolgt Axe wutschnaubend, wie sich das Außenteam vor der Schleuse sammelt. Cler Fini verpasst Flitta von Forn mit Hilfe einer Sprühpistole und einem Föhn auf den letzten Drücker ein Gefieder-Upgrade, während Bongar Bolk an seinen Nägeln kaut und nervös von einem Bein aufs andere tritt. Er trägt knallbunte Hawaii-Shorts, ein gelbes T-Shirt und eine Sonnenbrille mit rosafarbenem Gestell und sieht dadurch aus wie ein Oger in einer Strandbar. Die Technik-Ammen scheinen zu glauben, im Emporion wäre gerade Schnäppchen-Montag; sie haben sich genügend Taschen umgehängt, um darin die Bauteile für ein komplettes Vier-Mann-Beiboot zu verstauen. Saszqua trägt eine hautenge Ausgehuniform, die ihre zwei herausstechendsten Merkmale auf eine Weise betont, die geeignet ist, jedes männliche und einen Großteil der weiblichen Wesen durch hormonelle Hitzewallungen in Sekundenschnelle zu dehydrieren.

»Ich soll hierbleiben, damit wir kein Aufsehen erregen«,

ereifert sich Axe. »Hast du dir die Truppe angesehen, HASI? Mal ehrlich, die scheitern doch schon an der Einreisekontrolle.«

»Es gibt keine Kontrolle im Emporion.«

»Okay, aber die fallen doch auf wie eine Horde Wikinger auf einer Jetset-Party!«

»Axe«, sagt HASI mit einer Von-Vater-zu-Sohn-Stimme, »auf dieser Station tummeln sich Angehörige von mehr als fünfhundert Völkern, von denen du manche wahrscheinlich für amoklaufende Dinosaurier, verlorengegangene Babys oder eine Pfütze Schmieröl halten würdest. Ich wette, du wärst nicht mal in der Lage, einen Spamongi von einem Cocktailtisch zu unterscheiden.«

Axe verschränkt die Arme vor der Brust. »Danke, dass du mir unter die Nase reibst, was ich alles verpasse.«

»Was ich sagen will, ist: Unsere Leute sind dort genau so auffällig wie alle anderen Besucher.«

»Wenn das so ist, möchte ich einen guten Grund wissen, warum ausgerechnet *ich* an Bord bleiben muss.«

»So eine Handelsstation ist kein Kriegsschiff«, beginnt HASI zögerlich, »sondern ein hochkomplexes System ineinandergreifender Prozesse, das zwar kleinere Störungen fortwährend austariert, aber höchst empfindlich auf sich selbst verstärkende destruktive Einflüsse reagiert.«

»Ich versteh kein Wort.«

»Du könntest was kaputt machen.«

Axe klappt der Mund auf. »Ich könnte ... *was?* Das ist ...«

»... leider sehr wahrscheinlich«, bringt HASI den Satz zu Ende und Axe zum Schweigen. »Aber tröste dich: Du hast hier doch sozusagen einen Logenplatz. Leg dich aufs Bett, mach dir ein Dosenbier auf und bewundere das bunte Treiben da draußen auf dem Bildschirm.«

»Na klar, träum weiter.« Axe wendet sich der Kabinentür zu und legt die Hand auf den Sensor. Die Tür bleibt verschlossen. »Echt jetzt? Das ist Freiheitsberaubung! Ich bin immerhin Käpt'n!«

»Es tut mir leid, Axe. Anordnung von Saszqua. Außerdem bist du nur solange Käpt'n, wie wir uns auf Raubzug befinden. Momentan lautet dein Status *Hilfskoch.*«

Axe ballt die Fäuste und starrt den Monitor an. Soeben verlässt die Abordnung unter Saszquas Führung über eine Brücke die FEUERSTURW - Pardon: die FE ERSTUR - und verschwindet aus dem Erfassungsbereich der Kamera. Axe saugt an der Unterlippe. Er muss ins Emporion, koste es, was es wolle!

»HASI, Privatsphäre herstellen!«

»Selbstverständlich. Ich respektiere deinen Wunsch, alleine zu sein, Axe. Falls du wieder einen dieser Anatomie-Filme analysieren möchtest ...«

»Was ...? Woher weißt du ...? Ich meine: Wie kommst du darauf, dass ich ...?«

»Alles, was das Kabinenunterhaltungssystem nicht im frei zugänglichen Speicher findet, fragt es bei mir an. Mein Archiv ist aber noch gar nichts im Vergleich zum Datennetz des Emporions. Du würdest staunen, wie viele Einträge es alleine zu deinen letzten Suchbegriffen *vierbrüstig* und ...«

»Stopp! Lösch das sofort aus deinem Gedächtnis! Und jetzt raus aus meinem Quartier!«

Die KI klinkt sich ohne einen weiteren Kommentar aus dem Kabinensystem aus.

Axe reibt die Hände aneinander. »Dann wollen wir mal.«

Eine Viertelstunde später spürt er ein Zupfen an seinem linken Fuß.

»Axe? Was machst du da?« Zwischen Flibos Schnabel und Axe' Ohr liegen zwei Schichten Plastikverkleidung, Kabelstränge, Isolierschaum und das kalte Metall des Lüftungsrohrs.

»Ich hau ab«, schnauft er. »Nur noch zwei, drei Zentimeter, dann bin ich durch die Engstelle. Wenn du vielleicht ein bisschen drücken könntest ... *aahh!*«

Eine stahlharte Pranke schließt sich um sein Fußgelenk und zieht. Mit einem *Plopp* flutscht Axe aus dem Rohr und landet unsanft auf dem Bauch. Er wälzt sich herum und blickt in das unbewegte Metallgesicht von Mr. Nitro, seinem Roboter. Von der Schulter des Kolosses schaut Flibo kopfschüttelnd auf ihn herab.

Axe setzt sich auf. »Was soll das? Ich hatte es fast geschafft!«

»Ja, für immer festzustecken, Schwabbel. Sei froh, dass ich Mr. Nitro dabei hatte.«

»Wie hast du den überhaupt in mein Quartier bek...?« Axe verstummt, als er die offene Tür hinter dem Roboter entdeckt. »Häh?«

Flibo rollt mit den Augen und deutet auf ein unscheinbares schwarzes Kästchen, das an einem Band um ihren Hals baumelt. »Universalüberbrücker. Hab ich mir von Loola und Luma geborgt. Na gut, ich hab nicht gefragt, aber solange sie ihn nicht vermissen, gilt das als rechtmäßige Eigentumsübertragung.«

»Du kannst mit so einem Ding umgehen?«

Flibo stemmt die Händchen in die Seite, wo sie im flauschigen orangebraunen Flaum versinken. »Was glaubst du eigentlich, was ich den ganzen Tag mache? Malbücher ausmalen? Puppen an- und ausziehen? Mit Knetgummi spielen?«

»Ha!«, ruft Axe. »Ich habe dich letzte Woche erst mit Knete spielen sehen!«

»Das war Plastiksprengstoff, Blödmann! Hab bloß keinen Zünder gefunden. Sonst hätte ich die Tür rausgesprengt.«

»Weiß Flitta, dass du mit solchen Sachen hantierst?«

»Ich werde morgen zwei. Ich muss nicht wegen jedem Pups um Erlaubnis bitten.«

Axe kratzt sich am Kopf. »Also, bei uns auf der Erde werden Eltern schon nervös, wenn ihr zweijähriges Kind nur einen Stein vom Boden aufhebt.«

»Klar, euer Planet gilt ja auch als der steinzeitlichste der TSN. Gibt es bei euch überhaupt was, das technisch weiter entwickelt ist als ein Stein?«

»Wir haben den Luigi-Calzone®-Pizzaofen erfunden«, sagt der Hilfskoch der FE ERSTUR, der nur deswegen an Bord ist, weil der virtuelle Chefkoch Jafre Pawanter über keine Schnittstelle zu eben jenem Ofen verfügt.

»Und deswegen hat man euch in die TSN aufgenommen?«

»Wir haben dieselben Aufnahmebedingungen erfüllt wie jedes andere Volk«, ereifert sich Axe. »Wir haben aus eigener Kraft ein anderes bewohntes Sonnensystem erreicht und den Aufnahmeantrag an der richtigen Stelle unterschrieben.«

Flibo applaudiert. »Nur komisch, dass es bei diesem einmaligen Flug geblieben ist. Wahrscheinlich ist eure bemannte Feuerwerksrakete aus Versehen durch ein Wurmloch gefallen.«

Axe zuckt mit den Achseln. »Ich war nicht dabei. Ist mir auch egal. Ich will jetzt ins Emporion.«

»Ich komme mit!«

»Auf keinen Fall!«

»Dann bleib halt hier und verrotte. Mr. Nitro, lass Axe nicht aus den Augen!«

»Axe nicht aus den Augen lassen«, schnarrt die Maschine. »Befehl wird ausgeführt.«

»Das ist *mein* Roboter!«, protestiert Axe. »Du kannst ihm nichts befehlen.«

Flibo hält das Kästchen erneut hoch. »Universalüberbrücker. Schon mal davon gehört?«

Axe lässt die Schultern hängen. »Also schön. Wir gehen zusammen. Aber wenn irgendwas passiert ...«

»Dann ist es sowieso deine Schuld. Aber keine Angst, in dem Fall hau ich uns da wieder raus. Los jetzt!«

Sie lassen den Roboter in der Kabine stehen und machen sich auf den Weg zur Außenschleuse. An jeder Ecke bleibt Flibo stehen und tippt auf dem Überbrücker herum.

»Was machst du da?«, fragt Axe.

»Die Kameras und Sensoren überbrücken. Für HASI bist du immer noch in deinem Quartier.«

»Du bereitest nicht zufällig die Übernahme der FEUERSTURM vor?«

»Und wenn schon.« Flittas Tochter wirft ihm einen warnenden Blick zu. »Das bleibt aber unter uns, klar?«

»Ähh ... ja, völlig klar.« Axe starrt das flauschige Geschöpf an wie jemand, der ein Katzenbaby gekauft hat und sich langsam fragt, wann es zu wachsen aufhört und ob das schwarz-gelbe Streifenmuster für Hauskatzen normal ist. Vielleicht hätte er Flibo nicht heimlich an Gefechtsübungen und Kaperkommandos teilnehmen lassen sollen? Andererseits: Er hat als Kind auch eine Spielzeugpistole besessen und sich trotzdem zu einem verantwortungsvollen, kompetenten und gutaussehenden Prachtexemplar seiner Spezies entwickelt.

Flibo macht sich derweil am Außenschott der FE ERSTUR zu schaffen, hinter dem die Brücke ins gelobte Land auf sie wartet.

Axe räuspert sich. »Hör mal, hast du darüber nachgedacht, was mit Meuterern in der Regel passiert?«

»Sie kommen umsonst an ein Raumschiff.«

»Ja … äh … kurzfristig vielleicht. Aber am Ende …« Axe pustet Flibo geräuschvoll an. »Luftschleuse.«

»Niemand wirft ein Kind aus der Luftschleuse.« Flibos Schnabel imitiert das Äquivalent eines teuflischen Grinsens. »Ich kann mir alles erlauben. Das ist sozusagen meine Superkraft.«

Das Schott fährt zur Seite. Mit tausenden Aromen und Schadstoffen geschwängerte Luft weht ihnen ins Gesicht, fast so, als wären sie nach einer langen Fahrt über Land mitten auf dem Times Square aus dem Taxi gestiegen. Der Lärm der vorbeiorgelnden Schwebegondeln und hupenden Gleiter, das lautstarke Krakeelen fliegender Werbetafeln und das Donnern der Schubdüsen an- und abfliegender Raumschiffe stürzen sich auf Axe, packen seinen Gleichgewichtssinn und schütteln ihn kräftig durch. Seine Augen sind mit der Verarbeitung der optischen Reize derart überfordert, dass er hektisch zu blinzeln beginnt, um nicht in einen psychedelischen Rauschzustand zu verfallen.

»Alter!« Er sucht Halt an der Wand. »Alter!«

»Axe, ist alles in Ordnung?«

Axe nickt benommen. »Ich glaube, ich bin zuhause.«

Kapitel 4

»Was stimmt nicht mit diesem Schiff?« Fenzeck Pumpf blickt sich naserümpfend um, kaum dass er aus der Transitkapsel gestiegen ist. Üblicherweise wird auf Einheiten der Admiralität ähnlich penibel auf die Einhaltung von Regeln geachtet wie auf Parzaff. Nicht umsonst ist der Dienst in der Flotte unter Angehörigen seines Volkes hoch angesehen. Hier jedoch verrät ihm schon die mangelhaft aufbereitete Atemluft, dass die Besatzung es mit regelmäßiger Hygiene und Wartung nicht so genau nimmt.

»Hier ist alles ein bisschen anders, als man es von TSN-Kriegsschiffen gewohnt ist«, näselt der Parzer, der ihn in der Schleuse empfängt. »Die Kommandantin hat einen Rache-Tick. Unsere Autonome Steuerinstanz ist ein bisschen neben der Spur. Und unser Gefechtsmodul ist … vorübergehend woanders. Willkommen auf der AXETÖTER, Landsmann.«

Fenzeck unterzieht den Soldaten einer oberflächlichen Examination. Ein kleiner Pickel neben der Nase, was bei den sparsam proportionierten Nasen der Parzer eine erschreckend entstellende Wirkung entfaltet. Ein speckiges Tuch um den Hals, das wahrscheinlich einen ekelhaften Ausschlag verbergen soll. Die dünnen Haare zu Strähnen verklebt. Flecken auf der Uniform, die möglicherweise von einer klebrigen Süßspeise stammen. Dazu die leicht ranzigen Ausdünstungen, an denen eine Rationierung des Wassers schuld sein mag oder eine generelle Abneigung gegen den Gebrauch desselben.

»*AXETÖTER?* Soll das ein Scherz sein?« Natürlich machen Parzer keine Witze, aber angesichts des fortgeschrittenen Grads der Verwahrlosung seines Gegenübers hält Fenzeck die Frage für gar nicht so abwegig.

»Die Kommandantin hat das Schiff umbenannt, damit niemand vergisst, auf welcher Mission wir uns befinden.«

Der Soldat kratzt sich am Pickel und wischt etwas Feuchtes am Hosenbein ab, was Fenzecks Ekeltoleranz aufs Äußerste strapaziert.

»Willst du wissen, was unsere Mission ist?«

Bei den drei Monden von Parzaff, er duzt mich! »Ich verbitte mir die plumpe Vertraulichkeit! Und ja, ich kann mir annähernd zusammenreimen, auf welcher Mission ihr unterwegs seid, auch wenn ich angesichts der ernüchternden Bilanz eher geneigt bin, von einem Ausflug zu sprechen, Korporal …«, er verengt die Augen, um das ausgeblichene Namensschild lesen zu können, »… Spintz.«

»Stets zu Diensten«, sagt Spintz unbeeindruckt und mustert den Gast seinerseits. »Gar keine Rangabzeichen, Herr Pumpf?«

»Ich bin Zivilist.«

»Na, dann bist du bei uns ja in bester Gesellschaft«, ignoriert der Soldat mit sichtbarem Genuss den Wunsch nach militärischer Etikette. »Wir haben jede Menge Zivilisten an Bord, die sich alle an Käpt'n Bad Axe rächen oder das Kopfgeld für ihn einstreichen wollen. Das hat die hierarchischen Strukturen etwas … aufgeweicht. Wir sind hier alle gleich, nur die Kommandantin ist ein bisschen gleicher.« Er deutet auf den Koffer in der Kapsel. »Den musst du selbst in dein Quartier tragen.«

Bloß keine Schwäche zeigen, ermahnt Fenzeck sich. *Du bist hier, weil alle anderen ihren Job nicht vernünftig machen. Du wirst diese Schlamperei beenden und das Schiff auf Vordermann bringen!*

Er folgt seinem Führer, der ungefragt und in größter Detailtreue schildert, wie er seinen Posten als Leutnant in der Garnison des Basars von Yabé verloren hat, weil ein gewisser Bad Axe McGregga ihm nicht nur entwischt ist, sondern ihn dabei auch noch aufs Schmerzlichste gedemütigt hat.

»Schön und gut«, unterbricht Fenzeck ihn ungeduldig. »Mich würde aber vielmehr interessieren, wie die Kommandantin gedenkt, die FE ERSTUR aufzubringen, wenn ihr nicht einmal ein Gefechtsmodul zur Verfügung steht.«

»Ganz einfach: Kolga muss an Bord der FE ERSTUR gehen, sich vom Gefechtsmodul als rechtmäßige Kommandantin identifizieren lassen, und schon gehört es uns.«

»Ganz einfach«, wiederholt Fenzeck und fragt sich, was dieses kleine Licht reitet, seine Vorgesetzte beim Vornamen zu nennen.

»Das Modul gehört nämlich eigentlich Kolga. Käpt'n Bad Axe hat es ihr geklaut. Deshalb ist sie auch bloß Kommandantin und nicht mehr Admiralin.«

»Und ihr glaubt, dass Saszqua euch einfach so an Bord spazieren lässt?«

»Psst«, zischt Spintz. »Nicht dieses Wort sagen!«

»Welches Wort? Saszqua?«

Der Soldat blickt sich nervös um. »Wir benutzen diesen Namen hier nicht, weil unsere Autono...«

»Saszqua?« Der Name rollt wie eine sanfte Welle durch den Korridor, trifft auf seine Echos aus jedem Seitengang, aus jedem Kom-Terminal, aus jeder offenen Tür, und vereinigt sich zu einem vielstimmigen, männlich-markanten Ruf voller Sehnsucht und Schmerz: »SASZQUA?«

»Was war das?« Fenzeck blickt sich verwirrt um.

»Das«, sagt Spintz mit einem Gesichtsausdruck, als litte er unter Zahnschmerzen, »war BROGG. Unsere Autonome Steuerinstanz.«

»Und BROGG ...?«

»... ist besessen von der Kommandantin der FE ERSTUR. Axe hat ihn kaputt gemacht.«

»Ihn?«

»BROGG definiert sich als männlich. Das war nie ein Problem, bis Bad Axe ihn mit einer Emotio-Simulation seiner eigenen Bord-KI infiziert hat.«

Ich hasse dieses Schiff, denkt Fenzeck zähneknirschend.

Ich hasse dich, Fleegus!

Letzteres ist zwar schon vor seinem unüberlegten Vorpreschen der Fall gewesen, doch dass der Präsidentschaftskandidat ihm verschwiegen hat, was es mit Kolga Kruuls Schiff auf sich hat, steigert seine Abneigung in die Nähe von Gewaltfantasien.

»Oh, da sind wir ja! Dein Quartier!« Der degradierte Leutnant bleibt vor einer Kabinentür stehen.

»Vielen Dank. Bevor ich mit der Kommandantin spreche, würde ich mich gerne wohnlich einrichten und etwas frisch machen.«

Spintz kratzt sich erneut an dem widerlichen Pickel.

»Äh, tja, das wird nicht so lange dauern. Die Kabine ist

nämlich schon eingerichtet. Von deinem Zimmergenossen.« Er klopft kräftig an.

»Meinem *Zimmergenos...*?«

Die Tür gleitet zur Seite. Eine Wolke feuchten Gestanks quillt Fenzeck entgegen. Hustend krümmt er sich zusammen und sieht ...

»Fühlen Sie sich ganz wie in meinem Zuhause, unansehliches Parzermännchen!«, schnauzt das rothäutige, entfernt humanoide Wesen vor ihm, das ihm gerade einmal bis zur Brust reicht. »Nennen Sie mich unbedingt Hurbluz, stolzer Flonk des Mambatokvolkes! Nehmen Sie jedoch erfreut zur Kenntnis, dass ich erneut Oberflonk sein werde, sobald ich Bad Axe enthirnt habe!« Er schüttelt sich wie ein nasser Hund, wobei schleimige Tröpfchen von den Hautlappen unter dem Kinn in alle Richtungen davon spritzen. In der Öffnung *über* dem Kinn rotieren mehrere zahnbewehrte Kiefer umeinander wie ein kompliziertes Mahlwerk.

»Enthirnt!«, kreischt der Flonk geifernd. »Ent*hirnt*! *Ent...*«

Die zurückgleitende Tür schneidet ihm die dritte hirnlose Wiederholung ab. Fenzeck nimmt die Hand von der Kontaktfläche des Öffners, packt Spintz am Halstuch und drückt ihn gegen die Wand. »Wessen Idee war das?«, presst er mühsam beherrscht hervor und schnürt seinem Landsmann, ohne es zu bemerken, die Luft ab. »Wenn derjenige glaubt, ich würde auch nur einen Fuß in dieses verpilzte Feuchtbiotop setzen ...«

»Oder *die*jenige«, röchelt Spintz und fixiert einen Punkt über Fenzecks Schulter.

Dieser lässt von dem Soldaten ab, der in der laienhaften Verkörperung einer an die Wand geworfenen Qualle zu Boden fließt, und dreht sich schwer atmend um.

»Herr Pumpf, nehme ich an.« Die ganz aus Muskeln, Hornhaut und männlichen Sexualhormonen bestehende Frau, die mit verschränkten Armen vor ihm steht, blickt mit der obligatorischen Verachtung für Zivilisten auf ihn herab, die an jeder Militärakademie Prüfungsfach ist. »Bevor Sie sich mit Beschwerden über Ihr Quartier verausgaben, sollten Sie erst einmal das Kantinenessen abwarten.«

Fenzeck räuspert sich. »Admiralin Kolga Kruul! Welch eine Ehre!«

»Ich kann Schleimer nicht ausstehen.«

»Na schön ... Kommandantin. Ich verlange eine angemessene Unterkunft.«

»Passen Sie auf, Sie Witzfigur!« Kolgas verhornte Brauenwülste zeigen eine erstaunliche Flexibilität, als sie sich halbmondförmig nach unten biegen und ihre Augen zu Schlitzen zusammenquetschen. »Das hier ist kein Vergnügungsdampfer. Auf der AXETÖTER wird getan, was ich sage, und normalerweise suche ich mir meine Leute selber aus. Sie sind nur an Bord, weil Fleegus unsere Mission mit illegal abgezweigten Geldern unterstützt und ich ihm deswegen keine Bitte ausschlagen kann. Sie können mir entweder helfen, McGregga fertig zu machen, oder wieder in Ihre Kapsel steigen.«

»Ich muss Sie korrigieren«, erwidert Fenzeck trotzig. »Ich bin an Bord, weil Fleegus Lompz Resultate sehen will. Und *Sie* sollen *mir* helfen, falls Sie weiter von den freundlichen Zuwendungen profitieren wollen.«

Die beiden starren einander in die Augen, als könnte ihr Disput beendet werden, indem einer von ihnen blinzelt – oder beide für immer erblinden.

»Offiziell fungiere ich selbstverständlich als Ihr Berater«, gibt Fenzeck schließlich nach.

»Schießen Sie ihn mit der Kapsel in die Sonne«, mischt sich Spintz mit einem Tonfall unverhohlener Schadenfreude ein – der einzigen Form von Humor, zu der Parzer fähig sind.

Fenzeck wirft dem verlotterten Kerl einen ekelerfüllten Blick zu. »Oh, wie ärgerlich. Sie haben bereits einen Berater.«

»Der da?« Aus Kolgas Kehle steigt ein Knurren empor, als würde sie mit Kieselsteinen gurgeln. »Den hat Bad Axe komplett ruiniert. Ich bereue schon, ihn angeheuert zu haben.«

»Ich bin Elitesoldat!«, heult Spintz auf. »Ich kann die

FE ERSTUR im Alleingang erobern! Ich bin darin ausgebildet, die schwierigsten Situationen zu meistern!«

Kolga blickt ihn nachdenklich an. »Stimmt, das haben Sie oft genug betont. Ich gebe Ihnen die Chance, sich zu beweisen: Überleben Sie eine Woche mit Hurbluz als Zimmergenosse.« Sie betätigt den Türöffner.

»...HIRNT! ENT*HIRNT!* ENT... ah, die Kommandantin! Sehen Sie mich geradezu aufblühen im Dunstkreis Ihrer schieren Männlichkeit!« Der Mambatok verbeugt sich, bis Fäden klebrigen Geifers den Boden feudeln.

»Spintz teilt sich anstelle des Neulings die Kabine mit Ihnen, Hurbluz.« Kolga wendet sich an Fenzeck. »Es ist gerade eine Kabine frei geworden, Herr Berater.«

»Verbindlichsten Dank, Kommandantin Kruul.«

»Freuen Sie sich überschwänglich, Ihre Einsamkeit an meiner Seite beenden zu dürfen, schadhafter Soldat!« Der Flonk ergreift Spintz am Ärmel und zieht ihn in sein hygienisch bedenkliches Refugium. »Vernehmen Sie Regel eins des gedeihlichen Nebeneinanders: Sehen Sie davon ab, in meine Schlafkuhle zu urinieren! Benutzen Sie dafür Ihre, so wie ich es tue.«

»Kommandantin!«, winselt Spintz. »Das verstößt gegen die TSN-Charta der individuellen Freiheiten! Ich habe Rechte! Ich werde ...«

Die Tür schließt sich.

»Erstaunlich, was der für Wörter kennt.« Kolga zuckt mit den Schultern. »Haben Sie schon mal von diesen *Rechten* gehört?«

Aus der TSN-Charta der individuellen Freiheiten:

1. Jeder Bürger der TSN besitzt das Recht, Wohnort, Beruf, Religion, das soziale Umfeld und die Art seiner Freizeitgestaltung selbst zu bestimmen, sofern er nicht in einem Dienstverhältnis mit der TSN oder einer ihrer Institutionen steht oder dieses Recht auf eine Weise ausübt oder auszuüben gedenkt, die den Ordnungsorganen der TSN als unschicklich oder verdächtig erscheinen könnten.

2. Jeder Bürger der TSN hat das Recht, sich frei im Staatsgebiet der TSN zu bewegen, sofern die zuständigen Behörden über diese

Bewegungen informiert werden. Bewegungen, die den Ordnungsorganen der TSN als unschicklich oder verdächtig erscheinen, sind als kriminelle Handlungen einzustufen.

3. Jeder Bürger der TSN hat das Recht, seine freie Meinung für sich zu behalten.

4. Die TSN garantiert die Achtung und Wahrung der individuellen Freiheiten. Jedem Bürger der TSN sollen die gleichen Freiheitsrechte zugestanden werden. Sollte ein Bürger sich von der TSN oder ihren Institutionen und Organen in seinen Freiheiten beschnitten fühlen, ist er per Definition kein Bürger der TSN und kann folglich keine Rechte geltend machen.

»Hey, ihr Loser! Ich bin hier drüben!« Bad Axe McGregga, die Geißel der Galaxis, wendet Pisnick und Pillop das Hinterteil zu und wedelt damit vor ihnen herum, als wollte er eine Duftmarke setzen. »Ihr kriegt mich nicht, ihr Vollpfosten!«

»Jaaaaaaaahaaaaa!« Pillop jagt eine Plasmaladung nach der anderen auf jedes erdenkliche Kollateralopfer im weiteren Umkreis des flüchtigen Schwerverbrechers, während Pisnick seelenruhig den Kolben des Multiblasters gegen die Brust presst, sich alle Zeit der Welt zum Zielen nimmt und mit einem triumphierenden »Hab dich!« seinen Schuss voll versemmelt.

»Har! Har!« McGregga zeigt den hochgereckten Mittelfinger und verschwindet um eine Hausecke.

Die Soldaten lassen die Waffen sinken. Beide gehören dem Volk der Nelasma an: Gertenschlanke Gestalten, über deren schmale Schultern zartgrüne röhrenförmige Schädel hinausragen. Pillops Kopf endet in einer Frisur, die an ein zusammengebundenes sattgrünes Grasbüschel erinnert. Pisnick trägt ein Gewächs spazieren, das auf frappierende Weise einem Brokkoli ähnelt.

»Ich glaube, ich habe ihn noch erwischt«, sagt Pillop.

»Euer Score liegt bei: null Punkten«, verkündet der holografische Schießstand. »Euer Highscore beträgt jetzt: null Punkte!«

»Null Punkte! Das ist doch Mist.«

Pisnick zielt lustlos mit der Waffenattrappe auf seinen Kameraden.

»Ja, das liegt aber an dir«, mault Pillop.

»Was? Du hast auch nicht getroffen!«

»Wie denn? Er hat sich bewegt! Wenn du Dauerfeuer gegeben hättest ...«

»Dann was?«

»Dann hätten wir den Scheißkerl erwischt, du Stümper.«

»Ich geb dir gleich Stümper!«

»Versuch's doch, du Luftbuchung!«

»Du Nulldiät!«

»Gesäßbremse!«

»Blumenpflücker!«

»Es reicht!«

Pisnick und Pillop wirbeln herum, salutieren und brüllen völlig synchron: »Kommandantin!«

»Ein Holospiel in der Zentrale?«, wundert sich Fenzeck, der die traurige Zurschaustellung geballter Inkompetenz kopfschüttelnd verfolgt hat.

»Oh ja. Dient der Frustbewältigung, Motivation und einem gesunden Konkurrenzdenken. Und nicht zuletzt als Training für den Ernstfall.«

»Hey, ihr Loser! Ich bin hier drüben!«

Kolga entreißt Pillop mit einer fließenden Bewegung den Blaster, legt auf den soeben wiederaufgetauchten Axe an und drückt ab.

Der Kopf des Hologramms zerplatzt in einer unappetitlichen roten Wolke.

»Dein Score liegt bei: tausend Punkten!«, jubelt der virtuelle Schießstand. »Dein Highscore beträgt jetzt: 1.592.000 Punkte!«

Überall in der Zentrale erheben sich die Besatzungsmitglieder und applaudieren. Fenzeck ringt sich dazu durch, anerkennend zu nicken.

»Boah, also die Kommandantin, wie die das wieder hingekriegt hat«, flüstert Pillop ehrfurchtsvoll.

»Ja, die hat's voll drauf«, stimmt Pisnick ihm zu. »Ist halt nicht so ein Komapatient wie du.«

»Musst du gerade sagen, du Sollbruchstelle!«

»Blindniete!«

»Quotendepp!«

Kolga und ihr neuer Berater wenden sich von der Schießbude und den intellektuellen Höhenflügen der beiden Soldaten ab. Fenzeck, der unterwegs sein bescheidenes Gepäck in Spintz' Kabine und selbige in der Obhut eines Reinigungsroboters zurückgelassen hat, trägt ein silbernes Multipad, das er von Fleegus Lompz erhalten hat, unterm Arm.

Wie in der FE ERSTUR ist auch in der AXETÖTER das Freizeitdeck in eine Behelfszentrale verwandelt worden, nachdem das Gefechtsmodul mitsamt Kommandobrücke den Besitzer gewechselt hat. Nur dass hier penibler darauf geachtet worden ist, die Spuren der früheren Nutzung restlos zu tilgen. Anstelle einer verkleideten Cocktailbar erhebt sich ein zweistufiges Podest, auf dem hinter einem hufeisenförmigen Pult ein Autorität ausstrahlender Hightech-Sessel steht. Die mobilen Arbeitsstationen entlang der Panoramascheibe erwecken den Eindruck, allein zu dem Zweck entwickelt worden zu sein, tödliche Waffensysteme zu bedienen. Zimmerpflanzen sucht man hier vergebens, es sei denn, man zählt die botanischen Frisuren der zwei Pfeifen am Schießstand mit.

»Ich benötige einen Arbeitsplatz mit Zugriff auf interne und externe Datennetze.« Fenzeck sucht Augenkontakt mit Kommandantin Kruul und tätschelt mit der linken Hand das Pad. »Ich gedenke, die Effizienz dieser Mission signifikant zu steigern.«

»Damit? Was soll dieser Kasten schaffen, was meine AXETÖTER nicht auch kann?«

»Bad Axe McGregga finden? Türen öffnen? Lassen Sie sich überraschen.«

Die Hornwülste über Kolgas Augen wellen sich zu einem auf der Seite liegenden S.

»Na schön. Meine Kommunikationsoffizierin hat gerade Freischicht. Wenn Sie irgendwas kaputt machen, werde ich unter Umständen ein wenig unausstehlich.« Sie deutet auf eine freie Arbeitsstation.

Unter den misstrauischen Blicken der Crew nimmt

Fenzeck Platz und klappt das Pad auf. Nach wenigen Sekunden hat das Gerät sich mit der Kommunikationskonsole und anschließend mit dem Schiff verbunden.

»BROGG? Kannst du mich hören?«

Und BROGG antwortet mit militärischer Zackigkeit: »Klar und deutlich, Kommandant!«

»Was!« Kolga, die gerade dabei ist, sich in ihren Sessel zu setzen, springt auf, als hätte sie sich am Polster verbrannt. »*Ich* bin Kommandantin!«

»Sind Sie nicht«, kontert Fenzeck entspannt.

»Bin ich doch!«

»Sind Sie nicht.«

»Bin ich doch!«

Pillop und Pisnick eilen an Kolgas Seite. »Sollen wir ihn verhaften?«, fragt Ersterer diensteifrig.

»Oder erschießen?« Pisnick hebt seine Waffe und bemerkt, dass er das Spielzeug vom Schießstand mitgehen lassen hat. »Mist!«

»Selbst wenn du einen Pulverisator hättest«, knurrt Kolga, »würdest du eher deinen eigenen Fuß zerstrahlen als irgendwas in der Nähe dieses Betrügers zu treffen.«

»Ich muss Kommandant Pumpf in Schutz nehmen, Admiralin«, donnert BROGG.

»Aha! Auch du, meine treulose Autono... was hast du gerade gesagt?« Kolga schwankt und klammert sich an ihrem Pult fest.

»Kommandant Pumpf hat mir von höchster Stelle autorisierte Anweisungen überspielt, Admiralin. Sie bekleiden mit sofortiger Wirkung Ihren alten Rang. Kommandant Pumpf wird Ihnen als Berater zur Seite stehen und nicht in die Kommandostrukturen an Bord eingreifen. Seine Ernennung ist zeitlich bis zum Erreichen des Missionsziels begrenzt.«

»Bis wir die FE ERSTUR vernichtet haben«, bestätigt Fenzeck.

Der neue Kommandant strahlt eine solche Selbstzufriedenheit aus, dass Kolga ihn einfach nur erwürgen möchte.

»BROGG, du erhältst jetzt Zugriff auf die Frequenzen und Datenbanken des TSN-Geheimdienstes. Suche nach

Sichtungen der FE ERSTUR, auch unbestätigten, nach Gerüchten, nach Erwähnungen einzelner Besatzungsmitglieder, nach allem, was du finden kannst. Erstelle ein Bewegungsprofil und extrapoliere mögliche Ziele.«

»Boah, ist das cool!«, ruft Pillop. »Geheimdienstzeugs!«

»Was macht ihr noch hier?«, schnauzt Kolga. »Meldet euch zur Leibesertüchtigung! Zehn Runden im Zwei-G-Parcours!«

»Jawohl, Admiralin!«

»Jawohl, Komman… Scheiße.« Pisnick hält sich die Hände vor den Mund.

»Zwanzig Runden! Für beide!«

»Vielen Dank, du Hohlkörper«, zischt Pillop seinem Kameraden zu, während die beiden zum Ausgang dackeln.

»Du hast uns das eingebrockt, Sturzgeburt!«

»Flachrutscher!«

»Zehenlutscher!«

Niemand in der Zentrale spricht ein Wort, solange die Stimmen der Streithähne zu hören sind.

»Ich habe hier was«, meldet sich BROGG. »Ein Lotse von Barnas' Emporion hat ein Raumschiff namens FEUERSTURW zum Andocken eingewiesen.«

»Na so was.« Fenzeck reibt sich die Hände. »Wenn das mal nicht unsere Freunde sind.«

»ALS aktivieren!«, befiehlt Kolga. »Wir fliegen zum Emporion!«

Kapitel 5

Von der FE ERSTUR spannt sich eine Brücke zum allseitig zugeparkten und vor lauter Werbung flackernden Zylinderbau. Axe blickt über das Geländer in die Tiefe und atmet zischend ein: Sie befinden sich mindestens zweihundert Meter über dem Boden der Plattform, den er durch die Menge an umherschwirrenden Gleitern, Schweberobotern, geflügelten Außerirdischen und wahllos in die Luft projizierten Hologrammen bestenfalls erahnen kann.

Flibo zupft an seinem Hosenbein. »Wir sind nicht zum Gucken hier!«

»Du vielleicht nicht«, sagt Axe. »Ich war aber noch nie auf so einer ... *woah!*« Er wirft den Kopf in den Nacken, als ein echsenähnliches Wesen mit der Flügelspannweite eines Kleinflugzeugs über sie hinweg segelt. »Hast du das gesehen? Ein Drache! Das gibt's ja gar nicht!«

»Langweilig! Lass uns einen Waffenhändler suchen.«

Axe geht vor dem frühreifen Küken in die Hocke. »Jetzt hör mal zu: Solange ich hier die Aufsicht habe, gehen wir nirgendwo hin, wo Kinder nichts verloren haben. Kapiert?«

Flibo stampft mit dem Fuß auf und verschränkt die Ärmchen vor der Brust. »Wann bist du eigentlich so unglaublich spießig geworden?«

Axe lacht auf. »Ich und spießig? Hat das jemand aufgenommen? Das glaubt mir sonst keiner.« Ein Tuckern wie von einem zu fett eingestellten Zweitaktmotor lenkt seine Aufmerksamkeit auf einen rostigen Quadrokopter, der in einer schwarzen Abgaswolke hinter dem Geländer aufsteigt. Über dem Fluggerät dreht sich das grobkörnige Hologramm eines Gesichts, das Axe weder dem weiblichen noch dem männlichen Geschlecht zuordnen kann. Beim Anblick der mandelförmigen, senkrecht stehenden Augen muss er sich zusammenreißen, um nicht den Kopf auf die Seite zu legen. Eine zwischen den Augen liegende, ebenfalls senkrechte Spalte hält er für eine Nase, bis diese synchron zu einer blechernen Stimme aus dem Kopter zu flattern beginnt. »Herzlichen Glückwunsch, Gewinner!

Haben Sie schon immer davon geträumt, einen eigenen Planeten zu besitzen?«

»Äh, ja«, antwortet Axe.

»In der Sprache seines heimatlichen Sumpfes bedeutet das Nein«, zwitschert Flibo und zieht heftig an Axe' Hosenbein. »Ignorier das Ding! Das ist nicht seriös, falls du das Wort schon mal gehört hast.«

»Dieses einmalige Angebot«, scheppert die Maschine, »ist *einhundertprozentig seriös* und gilt exklusiv für Sie! Entscheiden Sie schnell! In fünfzig Sekunden wird ein neuer, glücklicher Gewinner ausgelost.«

»Was muss ich machen?«, fragt Axe verdattert.

»Dich umdrehen und weitergehen«, schimpft Flibo.

»Lecken Sie an Ihrem Finger und drücken ihn auf den DNS-Sensor!« Damit muss eine mit allen möglichen Absonderungen verschmierte Fläche auf dem Torso des Kopters gemeint sein, die in einem einladenden Blau blinkt. »Vierzig Sekunden.«

»Man kann's ja mal ausprobieren.« Axe steckt den Zeigefinger in den Mund. Kurz bevor er den Sensor berührt, sackt die Maschine in einer Salve von Fehlzündungen nach unten durch und verschwindet hinter dem Brückengeländer.

»Na toll. Das war's dann wohl mit Axe-World. Autsch! Warum trittst du mich?«

»Ich habe dich gerade vor lebenslanger Schuldknechtschaft oder was auch immer bewahrt«, schrillt Flibo und wedelt mit dem Universalüberbrücker. »Beeilung, der lädt bestimmt gleich das nächste Programm hoch.«

Sie sind noch keine zehn Schritte weiter, als hinter ihnen erneut die Kunststimme ertönt: »Ihr Idealgewicht in nur fünf Minuten! Kommen Sie noch heute in Flickels preiswerte Amputationsklinik!«

Die Brücke mündet auf eine breite Galerie, über die sich ganze Heerscharen von Außerirdischen wälzen. Axe hebt Flibo auf die Schulter und fädelt sich in den Strom ein. Mit weit aufgerissenen Augen versucht er, die auf ihn einstürmenden Eindrücke zu verarbeiten.

»Wahnsinn! Warum waren wir nicht schon eher hier?

Guck mal, der Typ da hat zwei Köpfe. Übereinander! Oh, cooler Roboter! Upps! 'Tschuldigung, war keine Absicht! Flibo, bist du noch da? Was riecht denn hier so gut? Boah, da hinten ist ein ... Dings ... Phoslooke, glaub ich. Der ist fast vier Meter groß! Wie der Superschurke in dem Film, wo Captain Nova, äh, weiß auch nicht mehr, egal. Was ist das für ein krasses Raumschiff? Ob wir ...?«

»Axe.«

»Was denn? Lass mich doch mal ... hey, da vorne spielt 'ne Straßenband. Die machen ja krass lauten Scheiß. Ach nee, das sind Bauarbeiter. Schade, die könnten auf der Erde richtig durchstarten, wenn ...«

»Axe!«

»Jetzt sei doch mal für einen Moment still, Flibo! Ich versuche gerade ... Alter, hast du die Beine von der Puppe gesehen? Oder war das ein Kerl?«

»*Axe!*« Flibo versetzt ihm einen harten Schnabelhieb gegen den Kopf.

»Aua!«

»Reiß dich zusammen! Wenn du so weitermachst, ist dein Gehirn in fünf Minuten Matsch. Also, mehr Matsch, als es sowieso schon ist. Oder du bekommst einen Herzinfarkt, wirst von einer rollenden Imbissbude überfahren oder von jemandem über die Brüstung geworfen, dem nicht gefällt, wie du ihn anstarrst.«

Axe reibt sich die malträtierte Stelle am Schädel. »Hör mal, ich habe den Moshpit bei der Screaming Ears Devastation Tour 2073 überlebt. Mich kann nichts mehr aus der Bahn werfen.«

»Schnoggel! Frisch geklonte Schnoggel!« Ein feistes Männchen, dessen hochtoupierte lilafarbene Haare sich wie eine Flamme über seinem Kopf wellen, rammt einen Karren gegen sein Schienbein.

»Hey, aufpassen! Ach du Scheiße, was ist *das* denn?« Völlig aus der Bahn geworfen beugt Axe sich über einen Korb voller winziger Pelzwesen, die aus glänzenden Knopfaugen zu ihm aufschauen und dabei fröhlich durcheinander schnattern.

»Das sind Schnoggel.« Flibos Stimme bebt vor Abscheu.

»Die sind süüüß!«, säuselt Axe mit vorgestülpten Lippen.

»Und in allen Farben verfügbar«, preist der Händler seine lebende Ware an. »Sie sind stubenrein, brauchen nicht gefüttert zu werden und halten garantiert drei Jahre, bevor sie explodieren.«

»Eines hat gerade ›Papa‹ gesagt«, gluckst Axe.

»Worauf wartest du noch?«, ruft das Männchen und hebt eine Handvoll der putzigen Geschöpfe hoch. »Bei fünf bekommst du eins umsonst, bei zehn sogar zwei!«

»Und bei zwanzig?«

»Sagen wir drei, und du gibst mir dafür das lustige Küken.« Der Schnoggelverkäufer wirft einen begehrlichen Blick auf Axe' Schulter.

Dieser zuckt zusammen, als Flibos Schnabel wie ein schwarzer Zensurbalken sein Gesichtsfeld in zwei Hälften teilt. »Falls du ernsthaft darüber nachdenkst«, zischt sie, »mich gegen diese geklonten Knallerbsen einzutauschen: Glaubst du, du findest dein Auge wieder, bevor jemand drauf tritt?«

»Aber die sind sooo niedlich!«

»Wir gehen jetzt weiter.« Flibo zieht an seinem Ohrläppchen wie ein Reiter am Zügel, und tatsächlich lässt ihr menschliches Pferd sich auf diese Weise von den Schnoggeln fort dirigieren.

»Warte!«, ruft der Händler ihnen hinterher. »Kauf fünfzig, dann sind vier gratis!«

»Finger weg von meinem Ohr!«, jault Axe. Er schnappt sich Flibo und hält sie außer der Reichweite ihres langen gebogenen Schnabels vor sein Gesicht. »Verdammt noch mal! Weißt du eigentlich, wie anstrengend es ist, auf dich aufzupassen?«

Aus den Datenbanken der FE ERSTUR:

Schnoggel (m): Flauschoide Lebensform, die auf ihrem Herkunftsplaneten die Nahrungsgrundlage für sämtliche andere Spezies bildete, bis sie durch eine ebenso unwahrscheinliche wie praktische Laune der Evolution so herzzerreißend putzig und liebenswert wurden, dass jedes Raubtier sich lieber selbst von hinten her auffraß, als einem Schnoggel auch nur durch ein Magenknurren Angst zu machen. Innerhalb eines Monats war bis auf die Schnoggel alles Leben auf dem Planeten erloschen.

Wissenschaftlern gelang es, im Erbgut der Schnoggel ein bis dahin unbekanntes Niedlichkeitsgen zu isolieren, das sich bei altersschwachen Tieren dummerweise zu Nitroglycerin umwandelt. Diese Erkenntnis wird in Fachkreisen vielfach angezweifelt, da Schnoggologen als albern, ineffektiv und emotional befangen gelten und nicht in der Lage sind, über ihre Arbeit zu referieren, ohne dabei die ganze Zeit debil zu grinsen.

»Ich habe vier Kreditchips«, sagt Axe und legt die Ausbeute seiner Hosentaschensafari vor sich auf den Tisch des Straßencafés. »Wie viel hast du?«

»Ich habe nicht mal eine Hose.« Flibo, die neben ihm auf der Tischkante sitzt, starrt ihn böse an. »Wie willst du mir Geschenke kaufen, wenn du ohne Geld losziehst?«

Die beiden stromern seit zwei Stunden durch die unendlichen Weiten von Barnas' Emporion. Axe kommt es vor, als hätte er Tokio, New York und Mumbai komplett zu Fuß erkundet, dabei haben sie gerade einmal zwei der Riesentürme der Weltraummetropole gesehen. Eine öffentliche Schwebebahn hat sie von Turm 2, an dem die FE ERSTUR verankert ist, nach Turm 3 gebracht, in dem es angeblich die angesagtesten Clubs, die experimentierfreudigsten Restaurants und die hipsten Boutiquen des Universums geben soll.

»Man bekommt hier bestimmt eine Menge für vier TSN-Credits«, beschwichtigt Axe seine schmollende Begleiterin. »Da! Keine Ahnung, was ein Blobbi ist, aber der kostet nur drei Chips.« Er tippt auf die interaktive Getränkekarte in der Tischplatte.

»Danke für deine Bestellung«, sagt der Tisch.

»Oh Shit! Ich wollte gar nicht …«

»Toll gemacht, Axe!« Flibo dreht sich um und giftet den Strigulaner am Nebentisch an, der sich ungeniert Löffel voller grünem Schleim in den Mund schaufelt, welcher sich praktischerweise dort befindet, wo bei einem Menschen der Bauchnabel ist. Für die nächsten Minuten ignoriert sie Axe komplett, egal, was er anstellt, um sie aufzuheitern. Ein Androide mit einem superschlanken weiblichen Kunstkörper und einer Wischmoppfrisur stellt ein Tablett vor Axe ab und sackt die Chips ein. »Dein Blobbi, Süßer! Trink schnell, bevor er ranzig wird!«

Axe beäugt das trübe Getränk, aus dem Blasen aufsteigen und über dem Glas zerplatzen. Ein käsiger Geruch kriecht in seine Nasenlöcher.

»Flibo? Hast du Durst?«

»Nö!«

Axe steht auf. »Gehen wir.«

Die nächsten zehn Minuten verbringt Flibo schmollend auf Axe' Schulter.

»Weißt du, bei einer Geburtstagsfeier geht es eigentlich gar nicht darum, so viele Geschenke wie möglich zu bekommen«, sagt Axe.

»Pfft.«

»Erinnerst du dich an deinen ersten Geschlüpftag? Ich habe dir eine Munchy-Crunch-Pizza gebacken. Okay, du hast sie nicht probiert, und vielleicht passt Haselnusskrokant tatsächlich nicht so gut zu Sardellen, aber ...« Axe bleibt stehen, als wäre er gegen ein unsichtbares Hindernis gelaufen. »Das ist ... das ist ...«

»Bist du heute morgen mit Bongar zusammengestoßen?«, motzt Flibo.

Axe antwortet nicht, denn seine Aufmerksamkeit gilt ganz allein einem stromlinienförmigen, motorradähnlichen Fahrzeug, das sich in lasziver Langsamkeit auf einem Podest im Foyer eines Gleiterhändlers dreht. Ein Null-G-Feld lässt die gold- und chromblitzende Maschine eine Handbreit über dem Boden schweben.

»Das ist das Schönste, was ich je gesehen habe.«

Flibo rollt mit den Augen. »Das wundert mich nicht. Du kennst ja nichts außer der Erde und unserem versifften Raumschiff.«

»Ich muss da jetzt rein!«

»Musst du nicht!«

»Ich kann nichts dagegen tun! Siehst du? Meine Füße bewegen sich in Richtung Eingang, obwohl ich ihnen befohlen habe, an dem Laden vorbeizugehen.«

»Schon klar.«

Sie diffundieren durch ein Dämmfeld, das den dissonanten Krach und das betäubende Geruchspotpourri des Emporions daran hindert, sich mit der gepflegten Salon-Atmosphäre im Inneren zu vermischen. Axe schließt die Augen und schnüffelt, wie ein Sommelier an einem Weinglas, dann nimmt er einen gierigen Atemzug. »Ahhh! Leder! Gummi! Cockpitspray!« Er zittert ekstatisch.

»Alles in Ordnung, Axe? Ich hoffe, das ist keine Vorstufe dieses Mann-Frau-Zeugs.« Flibo schüttelt sich angewidert.

»Oh nein, das ist was ganz anderes. Besser!« Wie von unsichtbaren Fäden gezogen steuert Axe auf das Podest zu. »Habe ich dir von meiner Boss Hoss erzählt?«

»Oh nein, bitte nicht schon wieder.« Flibo bedeckt die Augen mit einer Hand. »Die Geschichte bringst du mindestens einmal im Monat. Erst schmeißen dich die Screaming Ears mitten in der Tournee raus, dann hast du dein Motorrad verloren …«

»*Verloren?*«, platzt es aus Axe heraus. »Irgend so ein Mistkerl hat es *geklaut*! Einfach den Fingerabdrucksensor überlistet und weg war sie.« Er wischt eine Träne aus dem Augenwinkel.

»Kann ich Ihnen behilflich sein?« Ein humanoider Roboter mit äußerst biegsamen Gliedmaßen tänzelt elegant in seinen Weg.

»Nein!« Axe will den Droiden beiseiteschieben, überlegt es sich dann aber anders. »Doch. Erzähl mir was über dieses saugeile Geschoss!«

Der robotische Verkäufer dreht den Oberkörper um hundertachtzig Grad; Becken und Beine folgen in einer vollendeten Pirouette. Mit einem seiner tentakelartigen Arme vollführt er eine kreisende Bewegung wie ein Entertainer, der dem Publikum den gerade eintretenden Gaststar vorstellt. »Sie interessieren sich für die Callax Impestor BL-4000? Das ist unser absolutes Prachtstück: ein zweisitziger Boden-Luft-Protzer mit Null-G-Stabilisatoren und den leistungsstärksten und lautesten Triebwerken, die für zivile Zwecke zugelassen sind. Sie können jederzeit

Sub-Toser, Tremulatoren und die völlig nutzlosen, aber an Abgasentwicklung nicht zu überbietenden Brennstoffmotoren zuschalten. Besonders beliebt ist … äh-hem!«

»Was denn?«, fragt Axe, der gerade ein Bein über den Sattel schieben will.

»Es ist nicht üblich«, sagt der Roboter pikiert, »unsere wertvolle Ware ungeschütztem Körperkontakt auszusetzen.« Er steigt aufs Podest und sprüht aus einer Düse in der Handfläche ein duftendes Desinfektionsmittel auf den Lenkergriff, den Axe eben noch liebkosend betastet hat.

»Entspann dich mal, du Primadolla!«

»Donna«, verbessert Flibo.

»Was für ein Donner? Ich hab nichts gehört.« Axe streichelt die obsidianschwarze Verkleidung vor dem Sattel, dort, wo sich bei seiner guten alten Boss Hoss der Tank befunden hätte.

Der Roboter gibt einen erstickten Laut von sich. *»Fingerabdruck!«* Wie ein Zauberer zieht er ein Mikrofasertuch aus einem verborgenen Fach in seinem Arm und beginnt, hektisch auf dem Lack herum zu rubbeln.

»Der Bubi geht mir auf den Kranz«, flüstert Axe Flibo zu. Er umrundet die Callax, um die kraftvollen Resonatoren auf den chromglänzenden Schubdüsen zu bewundern. »Wahnsinn! Diese Dinger machen in zwei Sekunden Sahne zu Butter.«

Er streckt die Hand aus, doch eine blitzschnell heran schießende Greifklammer verhindert eine weitere Kontamination.

»Ich erfasse zweihundertvierzehn organische und synthetische Verbindungen in der Fettschicht Ihrer Haut«, schrillt der Roboter alarmiert. »Einundfünfzig davon sind hochgradig korrosiv. Unter Ihren Fingernägeln befinden sich sogar … sogar … *Achtung: ungenügende Rechnerkapazität!«* Die Maschine sackt in sich zusammen; Kopf und Arme baumeln kraftlos herab.

Axe klopft ihr gegen den Kopf. »Hey, Kumpel! Stell dich mal nicht so an!«

Die Linsenaugen flackern. Schwungvoll richtet der Roboter sich auf. »Wie kann ich Ihnen behilflich sein?«

»Ich will den Asphalthobel hier kaufen! Kannst du das Schätzchen auf die FE ERSTUR bringen lassen, Blechheini?«

In der Brust des Roboters klappt ein Bedienfeld auf, in dem Axe einen DNS-Sensor erkennt, nur dass dieser hier blitzblank geputzt ist. »Darf ich um eine Speichelprobe zur Feststellung Ihrer Identität und Kreditwürdigkeit bitten?«

»Wird hier eigentlich alles mit Spucke bezahlt? Ich finde das schon ein bisschen ekelig.«

»Axe«, flötet Flibo, »bezahlt wird hier entweder mit Kreditchips oder über ein Konto der hauseigenen Bank des Emporions.«

»Klugscheißer! Wir lassen einfach auf die FE ERSTUR anschreiben. Ich meinte natürlich: auf die FEUERSTURW.« Er drückt einen angeleckten Finger auf das Sensorfeld, das sich daraufhin rot verfärbt.

Der Roboter nickt anerkennend. »Es ist mir eine Ehre, eine so bekannte Persönlichkeit bedienen zu dürfen, Herr Sorgsam!«

»*Wie bitte?*« Axe plustert sich auf. »Mein Name ist Armistead Bad Axe McGregga! Frag mal bei der Steuerinstanz meines Schiffs nach!«

»Nicht nötig, Herr McGregga. Der DNS-Abgleich erfolgte über das TSN-Register gesuchter Straftäter. Aber keine Sorge: Hier im Emporion liegt nichts gegen Sie vor.«

»Cool«, ruft Flibo. »Darf ich auch mal drauf spucken? Ich will wissen, wie hoch mein Kopfgeld ist.«

»Halt den Schnabel, Flibo. Du wirst überhaupt nicht gesucht.«

»Das ist ungerecht!«

»Ich habe meine erste Verurteilung erst mit dreizehn bekommen. Du hast also noch eine Weile Zeit.«

»Zu was bist du verurteilt worden?«

»Nachsitzen.« Axe wendet sich wieder dem Verkaufsdroiden zu. »Also ... krieg ich jetzt den Bock, oder was?«

»Ich bedaure, nur gegen Kreditchips. Sie besitzen keine Vollmacht für das Konto der FEUERSTURW.«

Axe knirscht mit den Zähnen. »Dann kommen wir heute nicht ins Geschäft. Selbst schuld. Obwohl ...« Sein Blick fällt auf Flibos Universalüberbrücker. »Sag mal, Kleine, glaubst du, dein Zauberkästchen kann … du weißt schon?« Er macht eine Kopfbewegung Richtung Roboter.

Flibo reißt die Augen auf. »Krieg ich hin.«

»Okay, dann los. Ich *muss* dieses Ding haben!«

Flibos kleine Finger tanzen hektisch über die Tasten des Geräts.

»Wenn Sie weder über Zahlungsmittel noch einen Kontozugang verfügen«, sagt der Roboter mit hochnäsigem Unterton, »kann ich mich ja wieder den anderen Kunden zuwenden.«

Axe blickt sich um. Außer ihnen befinden sich keine Kunden im Laden. »Momentchen! Meine Assistentin bereitet gerade eine Dingens, äh, Transaktion vor. Es kann sich nur noch um Sekunden …«

Ein durchdringendes Tröten hallt durch den Raum. Rote Lampen blinken an der Decke. Aus den Schultern und Armen des Roboters klappt ein ganzes Arsenal an Abstrahlmündungen, Raketenwerfern und Schlag-, Stich- und Zerstückelungswaffen heraus.

»Manipulationsversuch festgestellt«, schnarrt die Maschine in einem ganz und gar nicht verkaufsfördernden Ton. »Sicherheitskräfte sind unterwegs.«

»Uppsi«, piepst Flibo.

Und irgendwo in den vernachlässigten Randbezirken von Axe' Wahrnehmung sagt eine dünne Stimme: »Verdammt! Ich hätte ihn im Café ansprechen sollen. Rezirkulation einleiten!«

Das Universum kommt quietschend zum Stillstand wie die Ketten einer bis zum Anschlag verdrehten Schaukel.

Dann beginnen die Ketten, sich in die entgegengesetzte Richtung zu drehen – schneller und immer schneller. Könnte Axe diesen Vorgang verfolgen, würde er, um in der Metapher zu bleiben, eine klitzekleine Gestalt auf dem rotierenden Schaukelbrett sehen. Was er stattdessen sieht, ist …

»Ich habe vier Kreditchips«, sagt Axe und legt die Ausbeute seiner Hosentaschensafari vor sich auf den Tisch des

Straßencafés. »Wie viel hast du?«

»Ich habe nicht mal eine Hose.« Flibo, die neben ihm auf der Tischkante sitzt, starrt ihn böse an. »Wie willst du mir Geschenke kaufen, wenn du ohne Geld losziehst?«

»Man bekommt hier bestimmt eine Menge für vier TSN-Credits«, beschwichtigt Axe seine schmollende Begleiterin. »Da! Keine Ahnung, was ein Blobbi ist, aber der kostet nur drei Chips.« Er tippt auf die interaktive Getränkekarte in der Tischplatte.

»Danke für deine Bestellung«, sagt der Tisch.

»Oh Shit! Ich wollte gar nicht ...«

»Toll gemacht, Axe!« Flibo dreht sich um und giftet den Strigulaner am Nebentisch an, der sich ungeniert Löffel voller grünem Schleim in den Mund schaufelt, welcher sich praktischerweise dort befindet, wo bei einem Menschen der Bauchnabel ist.

»Warum habe ich das Gefühl, ich hätte das wissen müssen?«, murmelt Axe.

»Weil du«, sagt eine dünne Stimme irgendwo vor ihm, »denselben Fehler schon mal gemacht hast.«

Axe zuckt zusammen. »Ach du Kacke! Wer spricht da?«

»Moment, ich schalte ein Vergrößerungsfeld vor ... so, jetzt müsstest du mich sehen können.« Aus einem Punkt auf der Tischplatte wird ein winziges Männchen, kleiner als ein Fingernagel, aber ansonsten durchaus menschlich. Axe beugt sich zu ihm hinunter und erkennt, dass es in eine Art weiße Toga gehüllt ist und eine ebenso weiße Haarmähne ein runzliges Gesicht umrahmt.

»*Flibo!* Das musst du sehen!«

»Gib dir keine Mühe«, sagt der Winzling. »Ich habe ein Tarnfeld um uns projiziert.«

»Alter! Was *bist* du?«

»Ich bin ein Mimianer. Mein Name ist Leffricarp, und es ist von größter Wichtigkeit, dass du mir genau zuhörst. Du musst ...«

»Wie ... wie hast du das gemacht? Erst warst du nur ein Punkt Fliegenkacke, und dann ... *whoosh*! Das ist so krass!«

»Vergrößerungsfeld. Wir sind ein sehr kleines Volk. Und jetzt lass mich dir erklären, warum ...«

Axe senkt das Gesicht so dicht vor den Mimianer, dass er ihn beinahe mit der Nase anstupst. »Kannst du dich noch größer machen?«

»Ja, wir können alles beliebig vergrößern und verkleinern. Das muss dich aber nicht interessieren. Wichtig ist nur ...«

»Hey, kannst du meinen Kreditchip vergrößern? Ist er dann mehr wert?«

Leffricarp holt tief Luft. »Lass mich ausreden! Ich habe etwas für dich. Etwas, das für dich alleine bestimmt ist.«

»Oh nein, Freundchen!« Axe richtet den Oberkörper auf und macht eine abwehrende Handbewegung. »Den Trick kenne ich. Als nächstes willst du meine Spucke haben und mir ein Abo oder so was andrehen. Mach die Biege!«

»Auf keinen Fall!« Der Winzling hebt in einer theatralischen Geste die Arme zum Himmel. »Du weißt nicht, was ich auf mich genommen habe, um hier und jetzt mit dir sprechen zu können. Ich war achtundachtzig Jahre unterwegs, in klapprigen Seelenverkäufern, als Anhalter, als blinder Passagier, immer am Rande der Verzweiflung und der Selbstaufgabe! Ich habe dich etliche Male knapp verpasst - am Gravitationsstrudel, im Basar von Yabé, auf der TSN-Station über der Erde ... jetzt sperr die Ohren auf und hör dir an, was ich zu sagen habe!«

»Okay, okay! Schieß los.«

Leffricarp legt einen kaum erkennbaren Gegenstand vor sich auf den Tisch, wo er zur Größe eines für menschliche Hände passenden Rings heranwächst. »Steck ihn an deinen Finger!«

Axe ist zu verdattert, um zu widersprechen. Der Ring passt wie angegossen.

»Das ist ein formvariabler, gedankengesteuerter Chrono-Rezirkulator. Auf der nächsten Vergrößerungsstufe kann er mit dem Antrieb eines Raumschiffs verbunden werden, was aber ungleich mehr Energie kostet. Du musst ihn einsetzen, um ...«

»Moment! Was ist ein Chromo-Rezikator?«

»Der *Chrono-Rezirkulator* schraubt, salopp gesagt, die Zeit zurück. Ich habe ihn benutzt, um *vor* den Moment zu springen, in dem du verhaftet geworden sein würdest. Falls du in den letzten Minuten Déjà-vus erlebt hast: Es kommt bei Personen im Strahlungsfeld des Rezikulators häufig zu kognitiven Interferenzen mit der alternativen Zeitlinie, zumindest bis zum Punkt ihrer Annihilation.«

»Aha.« Axe spürt, wie seine Gedanken zu Pudding werden. Er nickt und hofft, der Mimianer werde ihn nicht wie sein alter Physiklehrer dazu drängen, alles zu wiederholen. »Klingt logisch.«

»Koppel den Rezirkulator mit der FE ERSTUR und befiehl ihm, sie zu den gespeicherten Raum-Zeit-Koordinaten zu transferieren. Dort triffst du auf die ÜBERBRINGER, das letzte Schiff meines Volkes, das auf der Suche nach dir verunglückt ist.«

Axe reibt sich die Schläfen. »Warte mal. Wenn euer Schiff verunglückt ist, wie soll ich dann ...«

»Mit dem Chrono-Rezirkulator! Meine Güte!«

»Ja, aber was macht dieser Chronozirkel genau?«

»Re-zir-ku-lator! Er hat zwei Operationsmodi. Modus eins versetzt dich zurück an einen nahen Punkt deiner eigenen Zeitlinie, damit du beispielsweise eine falsche Entscheidung rückgängig machen kannst. In Modus zwei lässt du dein Raumschiff einen Zeitsprung ausführen. Dabei kommt es durch Kollisionen mit erratisch fließenden Chronopartikeln zu vorübergehenden Irritationen biologischer sowie künstlicher Bewusstseine, eventuell auch zu flüchtigen Manifestationen biografischer Artefakte. Hast du das verstanden?«

Irgendwo inmitten des Monologs ist Axe mit abwesendem Blick gegen die Stuhllehne gesackt, doch der letzte Satz schaltet sein verklebtes Gehirn wieder ein.

»Ja klar! War doch easy.«

»Gut.« Der Mimianer atmet erleichtert auf.

»Was macht Modus eins noch mal?«

»Er dreht die Zeit für dich zurück«, stöhnt Leffricarp händeringend.

»Du meinst, das ist so was wie eine Zeitmaschine?«

»Ja, genau das.«

»Ähh ... und was soll ich damit noch gleich machen?«

»Das habe ich doch schon gesagt! Die ÜBERBRINGER retten!«

»Die ÜBERBRINGER?«

Leffricarp rauft sich die Haare. »Man hat mir auf Mi gesagt, du und niemand sonst seist imstande, mithilfe des Chrono-Rezirkulators unsere Mission zu retten. Wenn ich geahnt hätte, dass du dermaßen schwer von Begriff bist, hätte ich selbst …« Ein Tablett landet auf dem Tisch, genau dort, wo der Mimianer steht.

»Dein Blobbi, Süßer! Trink schnell, bevor er ranzig wird!«

Benommen schiebt sich Axe mit Flibo auf der Schulter durch das Gedränge zwischen den Läden, Restaurants, Kanzleien und Banken im Inneren des Zylinderturms. Wäre da nicht der Ring an seinem Finger – und ein winziger Fleck unter dem Tablett -, würde er die Begegnung mit dem Mimianer als Einbildung verbuchen, als Reaktion seines Gehirns auf die von allen Seiten auf ihn einprasselnden Eindrücke. Oder auf ein heimtückisches Nervengift in den Ausdünstungen des Blobbis.

»Was ist los, Dicker?«, flötet Flibo, die beschlossen hat, sich im Beleidigtes-Schweigen-Wettkampf gegen Axe mit dem zweiten Platz zufriedenzugeben.

»Hast du vorhin irgendwas gesehen?«

»Einen Typen, der durch den Bauchnabel gegessen hat. Eine genervte Gruffka-Matriarchin mit Achtzehnlingen, die alle ein Eis wollten. Und einen Wanderprediger vom Orden der leidvollen Entsagung, der sich heimlich einen Blosterburger reingepfiffen hat. Nichts Aufregendes. Wieso?«

»Ach nichts.«

Axe betrachtet den Ring genauer. Die Strukturen auf der Oberfläche sind so mikroskopisch, dass er Augenschmerzen bekommt, wenn er sich bemüht, Einzelheiten zu erkennen. Er muss an die Satellitenaufnahme einer Großstadt denken – ein vielfarbiges Mosaik aus Hochhäusern, Straßen, Parks und Industrieanlagen, das aber nicht hochauflösend genug ist, um Autos oder sogar Menschen heranzuzoomen. Als Axe den Kopf hebt, blickt er geradewegs durch das Schaufenster eines Gleiterhändlers und bleibt wie paralysiert stehen. »Das ist … das ist …«

»… das Schönste, was du je gesehen hast?«, rät Flibo.

»Das ist eine Callax Impestor BL-4000!«, beendet Axe sein Stammeln. »Woher weiß ich das?« Die beiden blicken einander verwirrt an.

»Waren wir hier schon mal?«, fragt Flibo.

»Kann eigentlich nicht sein. Egal.« Axe marschiert wie ein Zombie, der Gehirn gewittert hat, auf den Eingang zu. »Ich muss da jetzt rein.«

»Kann ich Ihnen behilflich sein?« Ein humanoider Roboter mit äußerst biegsamen Gliedmaßen schiebt sich tänzelnd vor Axe, als dieser das Podest mit dem freischwebenden, an ein Motorrad erinnernden Aufsitzgleiter fast erreicht hat.

»Ich will diesen Asphalthobel kaufen!«

»Ein zu allem entschlossener Kunde!«, freut sich der Roboter. »Wir können die Zahlungsformalitäten sofort an Ort und Stelle erledigen.« In seiner Brust klappt ein Bedienfeld auf, in dem ein blau leuchtender DNS-Sensor einladend blinkt. »Darf ich um eine Probe zur Feststellung Ihrer Identität und Kreditwürdigkeit bitten?«

Axe verteilt mit dem Daumen etwas Spucke auf dem Sensor.

»Es ist mir eine Ehre, eine so bekannte Persönlichkeit bedienen zu dürfen, Herr Sorgsam!«

»*Wie bitte?*« Axe plustert sich auf. »Mein Name ist Armistead Bad Axe McGregga! Frag mal bei der Steuerinstanz meines Schiffs nach!«

»Nicht nötig, Herr McGregga. Der DNS-Abgleich erfolgte über das TSN-Register gesuchter Straftäter.«

»Und ich habe keinen Zugriff auf das Konto der FEUERSTURW, richtig?«, murmelt Axe mehr zu sich selbst als zu dem Verkaufsroboter.

»Vollkommen richtig!«, bestätigt dieser hilfsbereit.

»Kann ich mich kurz mit meiner Assistentin beraten? Die regelt bei uns alles Finanzielle.« Er setzt Flibo neben sich auf dem Rand des Podestes ab.

»Überhaupt kein Problem!« Die Maschine dreht sich in spielerischer Eleganz einmal um sich selbst. »Ich lasse Sie kurz alleine.«

»Axe, was hast du vor?«, flüstert Flibo. »Wir haben weder Kreditchips noch ein Konto.«

Axe sieht sich verstohlen um. »Hör zu, ich habe gar nicht vor, für den Bock zu bezahlen. Das Universum schuldet mir eine Wiedergutmachung für meine Boss Hoss, und es hat mir gerade gesagt, dass jetzt der Moment gekommen ist.«

»Du willst das Geschoss klauen?« Flibos Augen leuchten begierig auf.

»Wofür bin ich denn der berüchtigtste Pirat des Orion-Arms?« Er zeigt auf den Überbrücker um Flibos Hals. »Glaubst du, dein Zauberkästchen kann ... du weißt schon?« Er macht eine Kopfbewegung Richtung Roboter.

»Denk schon.«

»Okay, dann los. Ich *muss* dieses Ding haben!«

Flibo beginnt, eifrig die Tasten des Überbrückers zu bearbeiten.

»Stopp!«

»Was? Ich bin fast drin!«

»Ja, aber ich hab gerade ein verdammt mieses Gefühl.«

»Ein: Wo-ist-ein-Klo-wenn-man-eins-braucht-Gefühl?«

»Eigentlich mehr so eine Ahnung. Ich wette, der Blechboy ist ...«

»... gegen Manipulationen abgesichert?«

Axe nickt. »Das hier ist schließlich kein schmieriger Gebrauchtwagenhandel.«

»Schade. Wenn wir ihn für ein paar Sekunden kurzschließen könnten, wäre es einfach, ein Überbrückungsprogramm einzuschleusen.«

»Was hast du eben gesagt?« Axe starrt erst Flibo, dann seine Fingernägel an. Eine Idee platzt in seiner Fantasie auf wie eine reife Schote, so unwahrscheinlich und bescheuert, dass sie einfach funktionieren muss.

»Kurzschließen?«, fragt Flibo.

»Das ist es! Genial!«

»Mir gefällt dein Grinsen nicht, Axe.«

»Halt dich einfach bereit!« Axe lässt sie wieder auf seine Schulter klettern, steigt auf das Podest und stupst den makellos schwarzen Lack der Batterieabdeckung an.

»Äh-hem!« Der Verkaufsroboter ist innerhalb eines Atemzugs bei ihm. »Es ist nicht üblich, unsere wertvolle Ware ... ach herrje! *Fingerabdruck!*«

»Hey, entspann dich! Ich habe meine Flossen letzte Woche erst gewaschen.« Er streckt der Maschine, die mit gezücktem Mikrofasertuch in Schockstarre verfällt, beide Hände entgegen.

»Gewaschen? Ich erfasse zweihundertvierzehn organische und synthetische Verbindungen in der Fettschicht Ihrer Haut. Einundfünfzig davon sind hochgradig korrosiv. Unter Ihren Fingernägeln befinden sich sogar ... sogar ... *Achtung: ungenügende Rechnerkapazität!*« Der Roboter sackt in sich zusammen.

»Flibo! *Jetzt!*«

»Und überbrückt.« Flittas Tochter reckt eine Faust hoch. »Wenn unser Kumpel wach wird, sollte er glauben, dass ich den Flitzer bereits gekauft habe.«

»Du meinst: Dass *ich* ihn gekauft habe.«

»Ähh ... nö. Lektion eins: Trau keiner Piratin.«

»Das wirst du noch bereu...«

»Wie kann ich Ihnen behilflich sein?« Der Roboter, der eben noch in den Seilen hing, richtet sich zu voller Größe auf.

»Lass die Callax auf die FE ERSTUR bringen«, piepst Flibo.

»Sehr gerne. Einen Moment ... oh! Es befindet sich kein Raumschiff dieses Namens im Emporion.«

»Was?«

»Typisch Amateur«, feixt Axe. »Kommt den ganzen Weg durch den Leerraum hierher und hat noch nicht mal ein Raumschiff dabei. Ich wäre bereit, dich auf meiner FEUERSTURW mitzunehmen. Als Bezahlung akzeptiere ich deinen Rennschlitten.«

»Du spinnst ja wohl!« Flibo hackt ihm schmerzhaft den Schnabel gegen die Schläfe. »Mir meine Beute klauen zu wollen!«

»Aargh! Das tut weh! Mistvieh!« Axe greift nach ihr, bekommt aber nur noch leere Luft zu fassen.

»Ich bin hier, Blindfisch!« Flibo vollführt vom Sattel der Callax aus eine obszöne Geste.

»Na warte! Heute gibt es Putengeschnetzeltes!« Axe wirft sich auf sie und landet quer auf dem Sattel. Die Maschine dreht sich in ihrem Null-G-Feld wie eine im Wasser treibende Tonne und wirft ihn genau so schnell ab, wie er aufgestiegen ist.

»Ahh! Mein Kopf! Mein Kopf! Ich bring dich um, Mistgeflügel!«

»Versuchs doch!« Flibo tanzt auf der Lenkstange herum und flattert mit den Armen, als wollte sie Axe davonfliegen.

Axe rappelt sich stöhnend auf. Durch den Aufprall ist sein Gleichgewichtssinn beeinträchtigt, sodass er zur Seite torkelt und im Fallen gerade noch den linken Griff der Impestor zu fassen bekommt. Die schwerelose Maschine schleudert herum und fegt den Verkaufsroboter vom Podest. Axe schafft es, sich eine halbe Drehung lang mitschleifen zu lassen, bevor er über die Kante rollt und vor Schmerzen heulend auf dem Steiß landet. Er hört Flibo vergnügt aufjauchzen, während die Callax noch eine Ehrenrunde dreht, bis die Gravostabilisatoren sie abbremsen und aufrichten.

»Ohh Scheiße! Ich glaube, ich sterbe.« Er starrt an die Decke des Salons, an der überall rote Alarmleuchten aufblinken. Das durchdringende Tröten einer Sirene drückt ihm die Trommelfelle in den Schädel. Dann taucht das humorlose Kunstgesicht des Roboters über ihm auf.

»Sie wurden wegen Unruhestiftung, Sachbeschädigung, Angriff auf einen Droiden und versuchtem Mord an einer Minderjährigen angezeigt. Sicherheitskräfte sind unterwegs.« Aus den Schultern und Armen klappt ein ganzes Arsenal an Abstrahlmündungen, Raketenwerfern und Schlag-, Stich- und Zerstückelungswaffen heraus.

»Ich ergebe mich«, keucht Axe.

Das nächste, was er hört, sind die Posaunen von Jericho, ein Brüllduett von Grizzly und Tiger, der Presslufthammer

Gottes. Ein Krach, wie ihn sonst nur die Screaming Ears hinbekommen, aber etliche Oktaven tiefer.

Er dreht den Kopf und sieht Flibo am Lenker der pulsierenden und dröhnenden Callax Impestor ziehen. Die Maschine kreiselt auf der Stelle, bis beide Schubdüsen wie eine zweiläufige Schrotflinte auf den Verkaufsdroiden zielen. »Ohren zuhalten!«

Die Resonatoren singen ihr Lied. Die Schallwelle jagt über Axe hinweg, fetzt den Roboter von den Füßen und schmettert ihn in die Karosserie eines Gleiters, wo er funkensprühend sein synthetisches Leben aushaucht.

»Aufsteigen, Axe!«, schrillt Flibo. »Wir hauen ab!«

Kapitel 6

Heute, denkt Slorniwotsch, der Sicherheitschef von Turm 3, *muss irgendwo in seinem Zuständigkeitsbereich der alljährliche galaxisweite Idiotenkongress stattfinden.* Anders ist nicht zu erklären, warum er seit Beginn seiner Schicht neun Platzverweise aussprechen, vier Verhaftungen vornehmen und dreimal den Neuroschocker einsetzen musste. Nur der Pulverisator haftet noch unbenutzt am Magnetholster. Aber so, wie dieser Tag sich entwickelt, ist es bloß eine Frage der Zeit, bis er zum Einsatz kommt. Wenn man in Barnas' Emporion beim Sicherheitsdienst anfangen will, darf man in der Wahl seiner Mittel nicht zimperlich sein. *Das Emporion,* denkt Slorniwotsch mit einem Hauch von Stolz, *ist schließlich nicht der Basar von Yabé, der wie die meisten Handelsplätze unter der Fuchtel der Transstellaren Nation steht.* Wen es hier her zieht, der liebt die Freiheit. Und wer die Freiheit liebt, nimmt sie sich gerne, um zu tun, wonach ihm der Sinn steht, und fühlt sich in ebenjener beschnitten, sobald ihn jemand bittet, damit aufzuhören.

»Aufhören?« Ranzka, die knarkonische Strickwarenhändlerin, stößt ein bellendes Lachen aus. »Dafür müsste ich ja erst mal anfangen. Findest du, dass ich schon angefangen habe, Herr Primel?«

»Das sieht alles dramatischer aus, als es ist«, sagt Herr Primel, dessen Kopf drei Meter über dem Boden an einer Reklametafel klebt, weil seine Geschäftspartnerin ihn in dieser Höhe unter dem Kinn gepackt hält. »Wir unterhalten uns, ähm, auf Augenhöhe.«

Slorniwotsch blickt von Herrn Primels gnomenhafter Gestalt zum feuerroten, mit armlangen Stacheln bewehrten Rückenpanzer der tonnenschweren Knarkonierin. *Wahrscheinlich,* denkt er missmutig, *ist Ranzka auf ihrem Heimatplaneten ein angesehenes Mitglied der Gesellschaft und ein richtig heißer Feger.* Aber hier, in seinem Revier, ist sie bloß eines von vielen Hindernissen auf dem Weg zum wohlverdienten Feierabend. Er seufzt innerlich beim Gedanken daran, sich aus dem Exoskelett zu schälen und seinen ausgetrockneten Körper in einer Wanne voller angewärmtem Schleim auszustrecken.

»Dann kann ich mich also darauf verlassen, dass ihr eure Unterhaltung in aller Freundschaft fortsetzt, ohne dass es zu unschönen Flecken und kostspieligen Kollateralschäden kommt?«

»Aber selbstverständlich«, knurrt die Knarkonierin.

»Ich schwöre, ich werde ihr keinen Stachel krümmen«, presst Herr Primel durch die zusammengequetschte Kehle hervor.

Slorniwotsch dreht sich zu den drei schwarzen Kampfmonturen um, in denen seine Einsatztruppe steckt. »Ihr habt es gehört. Bloß eine harmlose Unterhaltung.«

Lifty und Hassawack geben sich alle Mühe, die respekteinflößende Wirkung ihrer abgedunkelten Helmvisiere durch unschlüssiges Herumstehen in nachlässiger Haltung zu konterkarieren. Dank einer intelligenten Programmierung können sich Barnas' Sicherheitskräfte gegenseitig in die Gesichter blicken. Toplops Visier ist vorschriftswidrig hochgeklappt, weil der Nelasma gerade einen Klonken futtert.

»Haben wir weitere Vorfälle?«, erkundigt sich Slorniwotsch, während hinter ihm Herr Primel ein quiekendes Jammern ausstößt.

»Auf Ebene achtzehn wird ein Reinigungsroboter von einem nicht kastrierten Moffler sexuell belästigt«, liest Lifty, seine rechte Hand, von ihrem Armbandpad ab. »In der Schwebebahn randaliert eine Gruppe Schwestern der sanftmütigen Vallozia. Auf der 34. Galerie wurde ein Hütchenspieler gemeldet …«

»Das ist nicht illegal«, wirft der Sicherheitschef ein und ignoriert das Klirren der berstenden Leuchtreklame hinter ihm.

»Aber dieser hat Schnoggel unter den Hütchen«, entrüstet sich Lifty.

Toplop, der neben ihr steht, verschluckt sich an seinem Klonken. »Verdammter Bastard!«, stößt er unter Husten hervor. »Immer auf die kleinen Wehrlosen.«

»Genau! Wir sollten diesem Monster zeigen, was ein

Pulverisator ist.« Hassawack lädt seinen vierläufigen Multiliquidator durch, was klingt, als würde jemand eine Blechtonne voller Murmeln schütteln. Er ist der einzige in der Truppe, der in der Lage ist, eine Kanone dieses Kalibers zu heben, in der neben einer Plasmaspritze auch ein Raketenwerfer, ein Ultraschallschocker und ein Personenverdampfer verbaut sind.

»Na schön«, schreit Slorniwotsch gegen den Kampflärm in seinem Rücken an. »Da wir hier nicht gebraucht werden, sollten wir uns diesen miesen Tierquäler mal vorknöpfen.« Er wirft Herrn Primel, der auf dem Kopf seiner am Boden liegenden Kontrahentin herumhüpft, einen letzten warnenden Blick zu, bevor er das Zeichen zum Aufbruch gibt. »Los, Leute! Auf zur Schnoggelrettung!«

Lifty hebt eine Hand. »Ähh ... Chef? Ich bekomme da gerade was rein. Was Ernstes.« Ihre Augen sind geweitet, als hätte das Pad sie vor der bevorstehenden Explosion des Emporions gewarnt.

»Was kann ernster sein als akute Schnoggelwohlgefährdung?«

»Sagt dir der Name Bad Axe McGregga etwas?«

Toplop fällt der Klonken aus der Hand.

Hassawack löst versehentlich eine Ultraschall-Faust aus, die einen Werbedroiden abstürzen lässt.

Ranzka und Herr Primel, die gerade mit Teilen eines zerlegten Marktstandes aufeinander einprügeln, erstarren in der Bewegung, nicken einander zu und wieseln in verschiedene Richtungen davon.

»So endet es also«, sagt Slorniwotsch düster. »Leute, es war mir eine Ehre, über euch gedient zu haben.«

Der Mann, der im Orion-Arm als Käpt'n Bad Axe McGregga bekannt ist, schwingt sich in diesem Moment hinter den Lenker einer aufgemotzten Callax Impestor BL-4000 und lässt sie auf der Stelle kreiseln.

»Woohoo! Geile Scheiße!«

»Weißt du, wie man so was fährt?« Flibos dünne Stimme kommt kaum gegen das niederfrequente Blubbern aus dem Soundsimulator der protzigen Maschine an, das zufällig wie der V8-Motor einer Boss Hoss klingt. »Oder fliegt?«

»Es wäre ein Sakrament, mit diesem Hobel zu fliegen.«

»Sakrileg«, verbessert Flibo ihn.

»Sag ich doch. Also, wie erdet man denn hier das Gummi?« Axe untersucht die Schalter und Hebel an den Drehgriffen und beschließt, auf gut Glück irgendwo drauf zu drücken. Durch die Impestor geht ein Ruck, als der Verbrenner anspringt und eine ordentliche Wolke Rußpartikel aus den Schubdüsen spuckt. »Yeah! Das wird immer besser.«

Ein Kippschalter deaktiviert die Null-G-Projektoren. Die breiten Reifen setzen schmatzend auf dem Boden auf, die weich eingestellten Stoßdämpfer federn mehrfach nach.

»Jetzt kommen wir der Sache doch schon näher«, murmelt Axe.

»Was näher kommt, sind vier Typen in Kampfrüstungen und mit tragbaren Gleitergeschützen«, schrillt Flibo.

Axe wirft einen Blick aus dem Fenster und schluckt. »Sind die wegen uns hier?«

»Nein, wegen *dir*! Gib endlich Gas!«

»Dann halt dich fest!« Axe betätigt beide Gasgriffe gleichzeitig. Die Callax schießt dröhnend vorwärts, springt vom Podest und kniet sich mächtig in die Dämpfer. Axe zieht die Bremshebel und schaut sich hektisch nach einem Fluchtweg um. Am Eingang hat sich die schwarz gerüstete Truppe halbkreisförmig aufgestellt. Einer der Sicherheitsleute, wahrscheinlich der Chef, tritt vor und brüllt mit künstlich verstärkter Stimme: »Ergib dich, McGregga!«

Selbst durch das Dämpfungsfeld am Eingang entfaltet die Kapitulationsaufforderung genügend Autorität, um Axe wünschen zu lassen, er hätte vor dem Verlassen der FE ERSTUR die Toilette aufgesucht. »Dieser verdammte Schuppen hat überhaupt keinen Hinterausgang«, flucht er. Draußen rennen die Besucher des Emporions in alle Richtungen davon, Händler schieben ihre Wagen in Sicherheit und Ladenbesitzer lassen gepanzerte Jalousien vor den Schaufenstern herunter.

»Hast du schon alle Schalter ausprobiert? Was ist mit dem da?« Flibo zeigt auf einen großen roten Knopf am rechten Griff. »Vielleicht ist ein Raketenwerfer eingebaut.«

Axe gibt ihr einen Klaps auf die Hand, bevor diese dem Knopf zu nahe kommt. »Nimm deine Flügel da weg, du Irre! Da ist ein Ausrufezeichen drauf!«

»Ja, eben!«

Ein besonders breit gebauter Bewaffneter richtet eine mehrläufige Kanone auf ihn, die ein Mensch wahrscheinlich keinen Millimeter anheben könnte. »Steig von der Maschine«, dröhnt er, »und begib dich mit erhobenen Händen zum Eingang, wo wir dich besser erschi... sehen können!«

»Ich dachte, das hier wäre so was wie Disneyland für Gesetzlose«, schimpft Axe. Mit gezogener Kupplung dreht er dreimal kurz am Gas, was dem Sub-Toser ein befriedigendes Wummern entlockt.

»Ich zähle bis fünf«, ruft der Anführer des Trupps. »Eins ...«

Die Scheibe des Gleitersalons explodiert in einem Schrapnellregen. Eine Feuerwand wälzt sich auf die Callax zu.

»Waaaaaahhhhh!«, schreit Axe.

»Iiiiiiieeee!«, schrillt Flibo.

Dann bricht das Inferno über sie herein.

Slorniwotsch wirft Hassawack einen vernichtenden Blick zu. »Ich hatte gesagt, ich zähle bis fünf.«

Hassawack lässt die rauchende Waffe sinken. »Öhh ... er hat sich bewegt.«

»Ja, ist mir auch aufgefallen. Das machen Leute so, wenn sie am Leben sind. Was du ja erfolgreich abgestellt hast.« Slorniwotsch wirft einen Blick auf die Flammenhölle, in die sich der Nobelladen verwandelt hat. Über ihm surrt eine Drohne von Schnell&Schlau, dem unabhängigen Nachrichtensender von Barnas' Emporion. *Große Klasse.* Er könnte das lästige Gerät noch pulverisieren, aber bestimmt hat es seine Bilder längst übertragen.

Toplop gibt ein feuchtes Schniefen von sich. »Er hatte ein Küken dabei. Sehr niedlich.«

»Statistisch gesehen scheitert jede vierte Geiselbefreiung«, verteidigt sich Hassawack.

»Ja, und weißt du auch warum?« Slorniwotsch fährt die Teleskopbeine seiner Rüstung auf maximale Länge aus, was ihm erlaubt, sich drohend zu seinem Untergebenen hinabzubeugen. »Weil auf drei hochqualifizierte Spezialisten immer ein Depp kommt, der den Finger am Abzug nicht ruhig halten kann.«

Hassawack lässt sich nicht einschüchtern. »Wie wäre es denn mal mit: Danke, Hassawack, dass du den gefährlichsten Piraten des Orion-Arms ohne Verluste auf unserer Seite ...« Der Rest des Satzes bleibt ihm im Halse stecken, als ein chromblitzender, völlig unbeschädigter Boden-Luft-Protzer mitsamt seinen lautstark jubelnden Fahrern aus den Flammen hervorbricht. Ein flimmernder Schutzschirm streift Hassawack und schleudert ihn meterweit durch die Luft.

»Was hat der Dicke gerufen?«, fragt Lifty, als die Callax in einer schwarzen Rauchwolke um die nächste Ecke schlittert. »Weiß jemand, was eine *Schweinebacke* ist?«

»Egal!«, schreit Slorniwotsch. »Hinterher!«

»Warum m-muss ich diese g-ganzen Taschen alleine tragen?« Bongar Bolk stampft schwankend hinter den fröhlich plappernden Frauen und dem Frisör der FE ERSTUR her.

Saszqua dreht sich zu ihrem Gefechts- und neuerdings auch Logistikspezialisten um. »Du bist ein Mann. Das sollte als Antwort reichen.«

Loola, Luma und Flitta quittieren die Bemerkung mit einem aufgekratzten, dreistimmigen Kichern. Cler Fini, der seine Einkäufe in einer mit rosa Tüll verhüllten Schachtel selber trägt, lässt sich solidarisch neben Bongar zurückfallen. »Niemand macht sich lustig über dich. Du leistest einen wertvollen Beitrag, und wir alle wissen das zu schätzen.«

»W-wir hätten die Sachen auch an B-bord liefern lassen können«, sagt Bongar mürrisch und schiebt eine Trageschlaufe an eine Stelle seiner Schulter, die sich noch nicht anfühlt, als wäre sie bis auf die Knochen durchgescheuert. »W-was ist, wenn uns jemand angreift?«

»Dann wird *jemand* sich wünschen, er hätte unsere Kommandantin rechtzeitig genug erkannt, um es sich anders zu überlegen.« Fini deutet mit dem Kopf auf einen ledernen Brustbeutel, der um Bongars Hals baumelt. »Ist da dein Geschenk für Flibo drin?«

»Hmm-mm.« Bongars Gesicht nimmt einen versöhnlichen Ausdruck an. »Ich habe Captain-Nova-Sammelkarten gekauft. Aber keins von diesen Booster-Packs, wo fast nur namenlose Mannschaftsränge und Standardwaffen drin sind, sondern die teuren Karten von der Sammlerbörse.« Seine Augen beginnen zu leuchten. »Vielleicht schaue ich vorher mal, ob welche dabei sind, die mir noch fehlen. Ich suche seit Jahren den Wächter-des-Universums-Kampfanzug, den Captain Nova in *Invasion der Sonnenfresser* getragen hat. Der bringt einen Verteidigungsbonus von … v-von …« Seine Schritte stocken. »Oh n-nein!«

»Deine Prätraumatische Belastungsstörung?«, fragt Fini alarmiert.

»J-ja.«

»Aus welcher Richtung droht Gefahr?«

Bongar lauscht mit bebenden Lippen in sich. »V-v-von überall!«

Das ist der Moment, in dem irgendwo über ihnen der Donner einer Explosion den Turm erschüttert. Schreie erklingen, erst vereinzelt, dann ein ganzer Chor. Panik greift um sich. Die Menge gerät in Bewegung. Saszquas Shopping-Kommando drängt sich in Bongars Windschatten zusammen, der dank seiner ehrfurchtgebietenden Statur die kopflos fliehenden Horden um sie herum lenkt.

Saszqua stellt mit ihrem Armbandpad eine Verbindung zur FE ERSTUR her. »HASI? Ist Axe noch an Bord?«

»Das ist er, mein Sonnenschein. Sitzt brav und friedlich in seiner Kabine, wie du es angeordnet hast.«

Die Kommandantin atmet erleichtert durch. »Alles nicht so schlimm, Leute. Das wird sich bestimmt gleich in Wohlgefallen auflösen.«

Bongar schüttelt sich. »Ich m-mag das Wort ›A-auflösen‹

nicht. Da mu-muss ich i-immer an einen P-pulverisator denken. O-oder an Säure.«

Sirenen heulen los. *»Turm 3 wird evakuiert!«*, plärrt es in jedem Winkel der Einkaufsstraße aus Akustikfeldern. *»Verlassen Sie umgehend Turm 3!«*

Saszqua blickt sich suchend um. »Da vorne ist die Brücke zu Turm 2. Mir nach!«

»N-nein! Nicht d-die Brücke!«

»Ach ja? Was schlägst du stattdessen vor? Springen?«

»Macht k-keinen U-Un-Unterschied.«

»Dann bin ich dafür, die Brücke zu benutzen. Mädels! Bongar! Geordneter Rückzug!« Der Trupp setzt sich in Bewegung.

»Was bin ich froh«, gackert Flitta, »dass mein kleines Küken auf der FE ERSTUR in Sicherheit ist. Nicht auszudenken, wenn …« Sie bleibt abrupt stehen. Auf der Gangkreuzung vor ihnen zeigt eine Nachrichtensäule in Großaufnahme eine orange-braune Pelzkugel mit einem langen, nach unten gebogenen Schabel.

»Ach du …«

»… meine Güte!« Die Technik-Ammen klammern sich wie Ertrinkende aneinander. »Das sieht ja aus …«

»… wie Flibo!«

Flittas Halsfedern stellen sich zu einer Krause auf, die beinahe ihren gesamten Kopf verschluckt. »Das *ist* Flibo! Gack! Wie kann das sein?«

Als wollte die Säule auf ihre Frage antworten, spielt sie den reißerischen Kommentar eines Nachrichtensprechers ein: »Um wen es sich bei der äußerst niedlichen minderjährigen Geisel handelt, ist nicht bekannt. Tatsache ist aber, dass nach einer beispiellosen Serie abscheulicher Verbrechen hiermit eine neue Qualität der Grausamkeit erreicht ist.«

Das Bild wechselt zu einem pausbäckigen, vollbärtigen Humanoiden, und die Abordnung der FE ERSTUR stöhnt unisono auf.

»In diesem Moment befindet sich Barnas' Emporion im Krieg gegen den blutrünstigsten und skrupellosesten Piraten und Terroristen der Galaxis: Bad Axe McGregga!«

»Ich bringe dich um, Axe«, zischt Saszqua.

»Ich zuerst!« Flitta bewegt die Fäuste, als würde sie einem Hühnchen den Kopf abdrehen.

»Während die heldenhaften Sicherheitskräfte von Turm 3 sich mit dem brutalen Kindesentführer einen Kampf auf Leben und Tod liefern«, fährt der Kommentator mit hörbarer Begeisterung fort, »bereiten sich die Verteidigungstruppen des Emporions darauf vor, das Raumschiff zu stürmen, auf dem McGreggas hochgefährliche Komplizin Saszqua vermutet wird.«

»Komplizin?« Saszqua wirft in einer hochmütigen Geste, die Fini ergriffen seufzen lässt, die prächtige kupferrote Mähne zurück. »Ich bin verdammt noch mal die Kommandantin! Dieser aufgeblasene Primat ist bloß mein *Hilfskoch*! Und was soll das, mich dauernd als gefährlich hinzustellen? Sehe ich aus wie eine Psychopathin? Ich habe meine Aggressionen seit Jahren bestens unter Kontrolle!«

Eine Lautsprecherdrohne schwirrt auf sie zu. *»Verlassen Sie umgehend Turm 3! Ich wiederhole: Ver...«*

»Klappe halten!« Saszqua schmettert das aufdringliche Gerät mit einem beiläufigen Fausthieb zu Boden. »Wenn man mich nicht ständig reizen würde – was ja nun wirklich nicht meine Schuld ist – könnte ich jederzeit in den regulären Flottendienst zurückkehren! Oder in den Führungsstab der Admiralität eintreten. Oder einen Maniküresalon eröffnen.«

»Das ist das Schönste, was du je gesagt hast«, schwärmt Fini.

»W-was machen w-wir denn jetzt?« Bongars Gesicht hat die ungesunde weißgrüne Farbe einer verschimmelten Zitrone angenommen.

Saszqua deutet auf die Brücke. »Zur FE ERSTUR! Schnell!«

»Und Flibo?«, kreischt Flitta.

»Flibo bringt einen Kampfroboter mit einem Augenplinkern dazu, ihr was vorzusingen. Der passiert nichts.«

Saszqua sprintet los, und die anderen folgen ihr.

Bongar blickt ihnen verzweifelt hinterher. »W-will mir vi-vielleicht jemand t-tragen helfen?«

Die leergefegten Einkaufspassagen bilden die perfekte Rennbahn für einen geübten Gleiterpiloten, wozu man Axe leider nicht zählen kann. Die Callax scheint zudem für Fahrer mit längeren Armen, besseren Reflexen und deutlich mehr Muskeln konstruiert worden zu sein.

»Vorsicht, Axe!«, quietscht Flibo.

Die Maschine scheppert gegen eine Jalousie, rasiert den Kunstrasen einer Obstauslage ab und schlingert, verfolgt von einer hüpfenden Stampede mitgerissener Blobnüsse, auf die Außenterrasse eines Straßencafés zu.

»Brems, Axe!«

»Ich versuch's ja!« Axe ist durch die irrwitzige Beschleunigung im Sattel nach hinten gerutscht und klammert sich mit den vorderen Fingergliedern an den Gasgriffen fest. Der Bremshebel ist außerhalb seiner Reichweite.

Die Callax pflügt durch Stühle, Tische und kunstvoll arrangierte Blumenbuketts. Ein halbvoller Becher Prickelschaum klatscht Axe ins Gesicht, der Spieß eines Papierschirmchens verfehlt sein Auge um zwei Millimeter.

»Ahh! Ich seh nichts! Warum ist der verdammte Schutzschirm aus?«

»Weil das hier ein Vorführmodell ist und die Energie nur für einmal gereicht hat.« Flibo kreischt entsetzt auf. »Links! Weiter links! Da kommt ein Brunnen! Rechts!«

Der Fahrtwind treibt Axe Schaumflocken in Haare und Ohren und bläst die Augen gerade rechtzeitig genug frei, dass er den Aufdruck auf der Werbeflagge eines Personenbeseitigungsinstituts lesen kann: *Sie können es sich leisten, recht zu haben!* Dann wickelt sich die Flagge um seinen Kopf.

»Ahh! Ich seh nichts!«

»Aber ich! Diese Typen in den schwarzen Rüstungen sind hinter uns, und sie haben Raketenrucksäcke!«

»Na toll!« Axe erwägt, eine Hand vom Griff zu nehmen, um sich von der Flagge zu befreien, doch seine Finger gehorchen lieber der Gehirnhälfte, die sich ausmalt, was passiert, falls er bei diesem Tempo von der Maschine stürzt. Die überdimensionalen Reifen malmen mit einem endgültigen *Wump-wump* über etwas, von dem Axe hofft, dass es niemanden dazu zwingt, seinem todtraurigen Kind zu erzählen, wie schön es im Haustierhimmel ist.

»Links! Jetzt geradeaus! Duck dick!«

Axe presst die Nase auf die Batterieabdeckung. Irgendwo explodiert etwas mit einem ohrenbetäubenden Knall. Ein Hagel aus Splittern prasselt auf seinen Rücken.

»Die schießen ja!« Axe' Stimme droht überzuschnappen.

»Aber nicht besonders gut«, zwitschert Flibo. »Upps! Da kommt eine Rampe!«

Im nächsten Moment verliert die Callax den Boden unter dem Gummi. Axe ist viel zu sehr mit Schreien beschäftigt, um das Gefühl plötzlicher Schwerelosigkeit genießen zu können. Dann setzen sie so hart auf, dass die Maschine dreimal nachfedert. Axe rutscht auf der Hosennaht nach vorne und schafft es, die Bremse zu ziehen.

»Das war toll!«, jubelt Flibo. »Noch mal!«

»Urghhh«, gurgelt Axe.

»Da hinten ist eine weitere Rampe!«

»Gnnaahhh.«

»Axe, hör auf, komische Geräusche zu machen«, beschwert sich Flibo. »Du bist überhaupt nicht verletzt.«

»Doch.«

»Wo?«

»Das zu erklären, würde mir ein ernsthaftes Gespräch mit deiner Mutter einbringen, auf das ich keine Lust habe.« Axe zerrt an der Flagge, deren Enden sich hinter seinem Kopf verdreht haben.

»Axe! Wir müssen weiter!«

»Gib auf, McGregga!«, donnert hinter ihnen eine angepisst klingende Lautsprecherstimme. »Ich verspreche, du bekommst einen fairen Prozess, nachdem wir dir deine Rechte eingeprü… verlesen haben.«

»Genau!«, ruft eine weibliche Stimme. »Wir haben hier ein sehr kulantes Rechtssystem. Jeder, der mit seinem Urteil nicht einverstanden ist, kann das Emporion einfach verlassen.«

»Ohne Raumanzug«, fügt eine dritte Stimme hinzu.

Endlich schafft es Axe, sich von der Flagge zu befreien. Er dreht sich um.

Über der Rampe tänzeln vier schwarz gerüstete Sicherheitsleute auf den Feuerstrahlen ihrer Jetpacks wie Eintagsfliegen über dem Wasser. Der größte und breiteste der Truppe fliegt eine Parabel und landet mit der Eleganz einer einstürzenden Blechhütte vor Axe. »Wenn du versuchst abzuhauen«, dröhnt er und stützt seine tragbare Stalinorgel auf der Hüfte ab, »bleibt nicht genug von dir übrig, um … um dich … also, sehr wenig. *Sehr*, sehr wenig. Du weißt, was ich meine.«

Flibo zupft Axe am Ärmel. »Mach was! Du bist der Erwachsene hier!«

»Okay.« Axe' Verstand schnellt in den roten Drehzahlbereich, aber jeder zweite Gedanke, den er produziert, ist: Oh-Mist-ich-werde-sterben! Dann erwischt er einen, der ihm brauchbar erscheint.

»Sorry, Kleine!« Er schnappt sich Flibo und reckt sie mit einer Hand in die Höhe. »Zurück! Ich habe eine Geisel!«

»Spinnst du?« Flibo hackt ihm in den Unterarm.

»Auuuu! Spiel mit, du blödes Huhn!«

»Oh. Klar. Geisel.« Flibo versteift sich und beginnt, so nervtötend zu heulen, dass Axe sich nur mühsam beherrschen kann, nicht fester zuzudrücken.

Der wandelnde Panzer lässt die Waffe sinken. »Du bluffst doch nur, McGregga! Sie ist viel zu niedlich, um ihr was zu tun.«

»Ach ja? Dann schau mal genau hin!« Axe reißt den Mund auf und tut, als wollte er Flibo den Kopf abbeißen.

»Du mieses Stück Mofflerdung! Das ist unfair!« Der riesige Kerl dreht sich hilfesuchend zu seinen Kameraden um.

»Zurück!«, brüllt Axe. »Ich mach keine Scherze!«

Flibo tippt ihrem Geiselnehmer gegen die Nase. »Du hast Munchy Crunch zwischen den Zähnen.«

Hassawack landet scheppernd bei seinen Kameraden. »Dieser Kerl ist so bösartig wie ein … Dingens … unheimlich bösartig.« Die brutale Skrupellosigkeit McGreggas scheint Hassawack auf den Magen geschlagen zu sein. »Was sollen wir tun, Chef?«

»Wir können gar nichts tun«, faucht Slorniwotsch. »Nicht, ohne die Geisel zu gefährden.«

»Glaubt ihr, er wird sie wirklich fressen?«, fragt Toplop mit zitternder Stimme und betrachtet die unterwegs als Beweismittel aufgesammelten Blobnüsse in seiner Hand, als hätten sie sich in Maden verwandelt.

Lifty scrollt hastig über ihr Pad. »Erde ... Nahrungsmittel ... ah, da haben wir es ja. Pizza. Bier. Pommes. Chicken Nuggets. Oh nein! Ornithoide gelten auf der Erde als Delikatesse! Ich glaube, mir wird schlecht.«

Slorniwotsch wirft einen Seitenblick zu Bad Axe, der sich beinahe den Kiefer ausrenkt, während er verschiedene Möglichkeiten austestet, sich eine Ornithoidin in einem Stück in den Mund zu stopfen. Er bedeutet seinen Leuten, die Jetpacks zu deaktivieren und einen Kreis zu bilden.

»Wir müssen bei diesem Wahnsinnigen mit allem rechnen«, sagt er eindringlich. »Ihr habt gesehen, zu was er fähig ist.«

»Hat einfach ohne Vorwarnung versucht, Hassawack zu überfahren«, ereifert sich Toplop. »Der ist gemeingefährlich.«

»Wenn dem Küken was passiert, rollen unsere Köpfe«, sagt Lifty düster.

Hassawack hebt zögerlich eine Hand. »Chef? Ein Vorschlag.«

Slorniwotsch fühlt seinen ausgedörrten Molluskenkörper weiter zusammenschrumpeln. Wenn eine lebende Abrissbirne wie Hassawack seinen Kopf zu etwas anderem benutzt als zum Einreißen von Wänden, erhöht das erfahrungsgemäß nicht den Durchschnitts-IQ des Universums.

»Ein Vorschlag? Gut, ich höre ihn mir an.«

»Danke, Chef«, freut sich der Sicherheitsmann. »Also, ich werde mich Bad Axe als Austauschgeisel anbieten.«

»Austauschgeisel. Du.« Slorniwotsch grübelt darüber nach, ob Hassawack jetzt endgültig den Kontakt zur Realität verloren hat oder ob seine Idee so brillant ist, dass sie sich dem Verständnis eines Normalsterblichen wie ihm entzieht.

»Ja. Ich bin die wertvollste Geisel von uns allen. Weil an

mir am meisten dran ist. Viermal so schwer wie Toplop.« Hassawack klopft sich stolz gegen den Brustpanzer. »Die Rüstung nicht mitgezählt.«

»Es könnte funktionieren«, schlägt Lifty sich überraschend auf seine Seite. »Ein Austausch. Der Klassiker.«

Toplop reckt den Hals. »Darf ich mich dann um das Küken kümmern?«

Lifty funkelt ihn an. »Das ist ein Job für eine Frau. Du bist nicht sensibel genug, um ein traumatisiertes Kind zu betreuen.«

»Ich *bin* sensibel!«, jammert Toplop. »Ich hatte als Kind sogar einen Schnoggel. Bis er explodiert ist.«

»Leute ...«, setzt Slorniwotsch an.

»Ich mach das jetzt!« Hassawack legt seine Waffe so behutsam auf den Boden, als bestünde sie aus Glas. »Ich bin bereit, mich für die Sache zu opfern.«

»Leute! Klappe halten und nachdenken! Das Küken ist so niedlich, dass Barnas eine Woche Staatstrauer anordnen müsste, falls ihm auch nur ein Haar gekrümmt wird. Welcher Idiot würde denn bitteschön eine so wertvolle, handliche Geisel gegen einen zum Töten ausgebildeten Kampfkoloss tauschen, der ihn mit einem Fingerschnippen ausschalten könnte?«

Hassawack betrachtet fasziniert seine Fingerkuppen. »Das mit dem Fingerschnippen habe ich noch gar nicht ausprobiert.«

»Da also niemand eine bessere Idee hat ...« Der Rest des Satzes geht im brachialen Orgeln der Callax Impestor unter, die einen beeindruckenden Kavalierstart hinlegt.

»Chef!«, ruft Hassawack. »Der haut ab!«

»Was du nicht sagst.« Slorniwotsch blickt auf die Zeitanzeige seines Pads. *Feierabend.* Barnas hätte sicher Verständnis dafür, dass er die Verfolgung unter diesen Umständen abbrechen musste.

Resignierend zündet er sein Jetpack. »Hinterher.«

Diesmal hat Axe die Maschine besser im Griff. Er brettert über die ringförmigen Korridore des gewaltigen Turms, die teilweise breit wie Autobahnen sind. Die verwaisten

Geschäfte rauschen an ihm vorbei wie die Seiten eines Daumenkinos.

Flibo hockt im Windschatten der Armaturenverkleidung und blickt Axe herausfordernd an. »Weißt du, wo du hin musst?«

»Na klar. Zur FE ERSTUR.«

»Ich glaube, meine Frage war missverständlich. Kennst du den Weg zur FE ERSTUR?«

»Öhmm. Hat diese Schüssel keine Navigationshilfe? Tu mal was für dein Geld, Co-Pilotin!«

Flibo rollt mit den Augen und wendet sich den Anzeigen zu. Axe riskiert einen Blick über die Schulter. Keine Spur ihrer Verfolger. Er jagt eine Rampe hinauf und wählt auf der nächsten Ebene einen zum Zentrum des Turms führenden Gang.

»Ich habe unseren Standort!«, verkündet Flibo. »Du musst bloß in diese Richtung weiterfahren, dann ... warum hältst du an?«

Axe zeigt breit grinsend auf das Schild über einer Imbissbude, deren geflohene Besitzer alles stehen und liegen lassen haben. »Eine Luigi-Calzone®-Filiale. Am Arsch der Galaxis. Wie cool ist das denn?«

»Nicht so cool, wie lebend auf unser Schiff zu kommen. Fahr gefälligst weiter!«

»Wir könnten uns noch schnell eine Pizza ...«

»Gib! Gas!«

»Seit wann bist du so ein Schisser?« Axe inhaliert sehnsüchtig den Duft nach leicht angebranntem Teig und geschmolzenem Synthetikkäse, bevor er der Callax die Sporen gibt.

Sie umrunden einen Vertikalbahnhof, in dem alle Liftkapseln still stehen, und biegen in die zur Brücke führende Achse ein.

Flibo starrt angestrengt auf das Navi. »Wir sind gleich da. Schneller!«

»Ich seh' gar keine Brücke.«

»Wir fahren direkt darauf zu.«

»Ist das vor uns ein Fenster?«

»Hier muss jetzt der Ausgang kommen. Schneller!«

»Sieht aus wie ein Fenster.«

»Schneller!«

»Ich sehe unser Spiegelbild!«

Flibo tippt mit einem Finger aufs Display. »Jetzt schnall ich das! Die Richtung stimmt, aber die Brücke ist zwei Ebenen tiefer.« Sie dreht sich um und späht über die Verkleidung. »Ach du Kacke! *Breeems!*«

Es ist nicht bloß das Gewicht der Einkaufstaschen, das Bongar Bolk niederdrückt, sondern vor allem die Gewissheit, dass er auf der Brücke sterben wird. Er hat dem Tod schon oft ins geifernde Maul geblickt, und dass er ihm bisher jedes Mal in letzter Sekunde vom Löffel gesprungen ist, liegt seiner Meinung nach an einem gewissen Erdenbewohner. Axe besitzt ein spezielles Talent, das Schicksal mutwillig zu ignorieren oder ahnungslos vor dessen Füße zu stolpern und es dadurch aus der Bahn zu werfen. Er beugt und verzerrt die Realität wie ein Schwarzes Loch das Licht.

Doch Axe ist nicht bei ihm, und darum muss dieses einzige, dieses letzte Mal genau das eintreten, was ihn sein retrochronal sensibles Hirn spüren lässt: der sichere Tod.

Saszqua, Flitta, die Technik-Ammen und Fini haben bereits das gegenüberliegende Ende der Brücke erreicht und halten es anscheinend nicht für nötig, sich nach ihrem Packesel umzuschauen. *Was auch nichts mehr ändern würde*, denkt sich Bongar. Seine restliche Lebenszeit bemisst sich in Sekunden. Besser, die Anderen müssen sein zweifellos blutiges und unappetitliches Ableben nicht mit ansehen.

Als er die Mitte der Brücke erreicht, überfällt ihn die unsinnige Hoffnung, er könne seinen vom Schicksal vorbestimmten Todeszeitpunkt überschritten und weitere mehr oder weniger glückliche Jahre geschenkt bekommen haben. Vielleicht ist Axe ganz in der Nähe, um die Realität wieder einmal zu seinen Gunsten umzuschreiben.

Ja, es fühlt sich beinahe so an, als könnte Axe jeden Moment aus heiterem Himmel auftauchen.

Er bleibt stehen.

»Axe?«

Und in einem glitzernden Schauer zerborstenen Sicherheitsglases stürzt Bad Axe McGregga auf einer röhrenden und rauchenden Callax Impestor BL-4000 aus heiterem Himmel auf ihn herab.

»Sind wir tot?«, quietscht Flibo, die Füße nach oben gestreckt, der Hintern unter der Verkleidung eingeklemmt.

»Wir müssten es sein«, keucht Axe. »Das waren mindestens fünfzehn Meter. Ich hätte nicht gedacht, dass die Stoßdämpfer so etwas abfedern können.«

»Ich glaube, wir sind auf irgendwas gelandet.« Mit einem *Plopp* befreit sich Flibo aus der Zwangslage und blickt sich um.

»Wahrscheinlich ist der Null-G-Projektor angesprungen.« Axe tätschelt liebevoll den glänzenden Lack. »Dieses Schätzchen ist tausendmal besser als meine Boss Hoss.«

»Axe«, sagt Flibo leise mit zitternder Stimme.

»Ach du Scheiße!«, ruft Axe, der Flibo gar nicht gehört hat. »Da drüben sind Saszqua und ihr Shoppingkommando. Wir sind geliefert.«

»Axe! Ich glaube …«

»Sie hat uns gesehen. Mist!« Axe winkt seiner Partnerin so unschuldig zu, als hätte sie ihn nie zu Kabinenarrest verdonnert. »Was will sie mir schon vorwerfen? Schließlich ist niemandem was passiert.«

»Axe!« Flibo zupft energisch an seinem T-Shirt.

»Komisch, ich sehe Bongar nirgendwo.«

»Ich glaube, wir haben Bongar getötet.«

Um Axe beginnt sich alles zu drehen. Er blickt nach unten und sieht eine schlaffe Hand, die eine Einkaufstasche hält. Er hört Saszqua und die anderen schreien. Er sieht ein irres Feuer in den Augen der Kommandantin und weiß, dass seine Geschichte, wer immer sie gerade schreibt, kein Happy End hat.

»Das wollte ich nicht«, sagt er mit erstickter Stimme. »Wäre ich nur ein bisschen später …«

Aber das Universum schert sich nicht um Konjunktive.

Das Universum holt sich lieber eine Tüte Popcorn, macht es sich auf einem Klappsessel bequem und sieht ganzen

Galaxien amüsiert beim Auseinanderbrechen zu.

Der Ring, den er fast schon vergessen hatte, erwärmt sich an Axe' Finger. *Rezirkulation eingeleitet*, hallt es in seinem Kopf. *Bitte Zeit und Ort imaginieren!*

Als Bongar Bolk die Mitte der Brücke erreicht, überfällt ihn die unsinnige Hoffnung, er könne seinen vom Schicksal vorbestimmten Todeszeitpunkt überschritten und weitere mehr oder weniger glückliche Jahre geschenkt bekommen haben. Vielleicht ist Axe ganz in der Nähe, um die Realität wieder einmal zu seinen Gunsten umzuschreiben.

Er bleibt stehen.

»Axe?«

Aber da ist kein Axe. Trotzdem lebt Bongar noch. Natürlich wäre es möglich, dass seine PTBS um einige Sekunden nachgeht und das unvermeidliche Ende nur darauf wartet, dass er sein unerwartetes Weiterleben bejubelt, bevor es hämisch lachend über ihn hereinbricht.

Vorsichtig Hoffnung schöpfend schleppt Bongar sich einige Schritte weiter, bis ein infernalisches Klirren und Dröhnen ihn voller Panik herumwirbeln lässt.

In einem glitzernden Schauer zerborstenen Sicherheitsglases stürzt eine röhrende und rauchende Callax Impestor BL-4000 aus heiterem Himmel hinter ihm auf die Brücke.

»Woo-hoo!«, brüllen Fahrer und Sozius im Chor.

Ein flacher Karton schlittert Bongar vor die Füße.

»Hey Kumpel!«, ruft Axe gut gelaunt. »Ich hoffe, du magst Jalapeños!«

Kapitel 7

»Haltet mich fest, sonst schmeiße ich ihn von der Brücke!« Saszquas Schritte bringen das eigentlich erschütterungsfrei konstruierte Bauwerk zum Schwingen. »Das gilt auch für jeden, der versucht, mich festzuhalten!«

Die Technik-Ammen, die schon die Arme nach ihrer Kommandantin ausgestreckt hatten, lassen sich hüstelnd zurückfallen und interessieren sich plötzlich sehr für den Luftverkehr zwischen den Türmen.

»Wenn ich nur sein albernes Grinsen sehe, könnte ich ihm die Schubdüse dieses komischen Spielzeugs in den Rachen stopfen und Vollgas geben.«

»Es hat zwei Düsen«, schnaubt Flitta, »und Axe besitzt mehr als eine Körperöffnung. Wo ist Flibo?«

Axe winkt ihnen zu, während er sich mit der anderen Hand Pizza in den Mund schiebt. Auch Bongar, der seine Pflichten als Tütenträger vernachlässigt, beißt von einem Stück ab. Im nächsten Moment läuft er rot an, greift sich an die Kehle und beginnt zu husten, während Tränen aus seinen Augen spritzen. Hinter ihnen wird Flibo sichtbar, die auf dem Sattel der Maschine in einem Karton sitzt und mit Schnabel und Händchen gegen klebrige Fäden geschmolzenen Käses kämpft.

»Mein Küken!«, gurrt Flitta. »Munter und unverletzt! Sieht man von diesem gelben Zeug ab, das vermutlich nie wieder aus ihrem Fell rausgeht.«

»Es gibt nichts, das ein anständiges Shampoo nicht richten könnte«, beruhigt Cler Fini sie.

»Ich bringe ihn trotzdem um«, knurrt Saszqua. »Wie kann er nur so ruhig da sitzen und futtern, während das halbe Emporion hinter ihm her ist?«

Langsam dämmert ihrem nichtsnutzigen Hilfskoch, dass er in der Bahn einer zerstörerischen Naturgewalt steht. Er tänzelt mit hüpfendem Schmerbauch um das immer noch knatternde Zweirad herum, als wäre er dahinter vor ihr sicher. »Iff kamm daf erklärm! Erf hatten wir allef im Griff, aber dann waren da plöpf...« Halb zerkaute Brocken Oliven und Salami fliegen explosionsartig aus seinem

Mund. Axe schluckt den Rest hastig runter und wischt sich über die Lippen. »'Tschuldigung. Da waren plötzlich diese Irren, die alles in die Luft gejagt haben, und da mussten wir …«

»Stopp!« Saszqua streckt ihm die gespreizte Hand entgegen. »*Wo* waren die? In deiner Kabine?«

Flitta drängelt sich eilig an ihr vorbei und bringt den Karton mit der Ananas-Flibo-Käse-Pizza in Sicherheit, bevor ihr sensibler Sprössling Zeuge weiterer Gewaltexzesse wird.

Saszqua beugt sich über den Sattel und zieht Axe am Halsausschnitt zu sich heran. »Du solltest auf der FE ERSTUR bleiben!«

»Ja, aber weißt du … ich glaube, das war gar keine so gute Idee von dir. Args!« Er fühlt sich mit einem Ruck zu seiner hinreißenden Lebensgefährtin hingerissen.

»Oh doch, das war eine verdammt gute Idee! Erstens, weil sie von mir war, und zweitens, weil das alles nicht passiert wäre, wenn du dich an meine Befehle gehalten hättest!« Saszqua dreht ihre Faust um hundertachtzig Grad, wodurch der Saum des T-Shirts sich um Axe' Kehle zusammenzieht.

»Ich habe gerade Bongar das Leben gerettet!«, verteidigt dieser sich.

»Indem du ihm Pizza mitgebracht hast?«

»Äh, ja. Genau so. Wenn ich nicht angehalten hätte, um die Pizza mitzunehmen, dann … gnnhh. Ich krieg keine Luft mehr!«

»Ich hatte kurz überlegt, es mit Reden zu versuchen«, sagt Saszqua mühsam beherrscht. »Jetzt denke ich, es wird doch das Beste sein, dich einfach von der Brücke zu schmeißen.«

»Aber Schatzi …«

»Nenn! Mich! Nicht! Schatzi!« Saszqua packt Axe am Hosenbund und stemmt ihn mühelos hoch über ihren wehenden roten Haarschopf.

»Tu das nicht!«, kreischt Axe. »Wir gehören doch zusammen! Kommandantin und Käpt'n! Bonnie und Clyde! Wir wollten zusammen die Milchstraße erobern!«

»Ko-Kommandantin!« Bongar stellt sich ihr todesmutig in den Weg. »Axe ist einer v-von uns. D-Du darfst ihn n-nicht um-umbringen.«

»Aus dem Weg, Brechstange! Wir können das gerne später ausdiskutieren, wenn ich mich beruhigt habe. Aber dafür muss ich erst mal diesen Genmüll entsorgen.«

»Denk an die schönen Zeiten, die wir hatten«, jammert Axe.

»Halt die Klappe! Es ist ja gar nicht gesagt, dass du stirbst. Man kann so einen Sturz durchaus mit multiplen Brüchen und einer Querschnittslähmung überleben.«

Cler Fini gibt ein Hüsteln von sich. »Leider muss ich dich darauf hinweisen, dass eine fristlose Tötung der Zustimmung des Bordrats bedarf.«

Toplop klaubt etwas, das wie eine eingetrocknete und anschließend in Öl eingelegte Schnecke aussieht, von seiner Pizza und hält es schnüffelnd vor die Nase. »Es stinkt, als hätte es zwei Wochen tot am Strand gelegen.«

»Das nennt sich Sardelle, und beim Todeszeitpunkt bist du viel zu optimistisch.« Lifty grinst schelmisch. Ohne ihren Helm könnte man sie für eine sommersprossige Erdenbewohnerin halten, nur dass die Sommersprossen bei näherer Betrachtung in einem synchronen Rhythmus ein- und ausatmen. Sie beißt genüsslich in ein Pizzastück, das mit etwas belegt ist, das wie grüne Manganknollen aussieht. Toplop verzieht das röhrenförmige Gesicht, an dem er unschwer als Nelasma zu erkennen ist. »Sieht aus wie der Kopf meines Cousins Pisnick. Sicher, dass dafür keine Nelasma geschlachtet worden sind?«

»Dann würde ich es nicht essen. Das ist Brokkoli. Wächst auf Kohlfeldern.«

Auch Hassawack hat seinen Helm abgenommen und zerschrotet bereits seine dritte Pizza zwischen den mehrfach gestaffelten Zahnreihen.

»Technisch gesehen«, sagt Slorniwotsch säuerlich durch sein nach wie vor geschlossenes Visier, »sind das alles Beweismittel.«

Hassawack reibt sich über den Bauch. »Keine Sorge, Chef.

Die sind hier sicher aufgehoben.«

Slorniwotsch zuckt zusammen, als der Helmfunk unvermittelt beginnt, ihn zusammenzubrüllen. »Ich sehe hier einen Livestream von Schnell&Schlau. Deine Zielobjekte laufen Amok auf der Brücke. Was ich nicht sehe, ist deine Einheit!«

»Äh, ja, das kam so, Chef«, verteidigt sich der Sicherheitschef. »Wir haben McGregga verfolgt, bis er unseren Zuständigkeitsbereich verlassen hat. Daher habe ich angeordnet, an seinem letzten Aufenthaltsort die Spuren zu sichern.«

Die folgende Tirade lässt Slorniwotsch wünschen, er könne dem verbalen Explosionskegel ausweichen, doch sein Kopf ist im Helm gefangen und damit Barnas' Stentorstimme hilflos ausgeliefert.

»Ja, Chef!«, sagt er wie betäubt, als er wieder zu Wort kommt. »Hört mal, Leute! Der Boss hat unser Einsatzgebiet ausgedehnt.«

»Auf die ganze Oberseite?«, fragt Lifty mit weit aufgerissenen Augen.

»Nein«, knurrt Slorniwotsch. »Auf das ganze Universum. Helme schließen und mir nach!« Er zündet seinen Antrieb und jagt auf das zerstörte Fenster zu.

Saszqua stoppt am Brückengeländer und dreht sich mit gerunzelter Stirn zu ihrem Frisör um. »Ihr habt einen Bordrat gegründet? Das ist Hochverrat! Ich werfe euch alle aus der Luftschleuse!«

»Wir sind ein ziviles Unternehmen und keine Admiralitätseinheit«, korrigiert Fini sie. »Solltest du den Bordrat in Personalfragen übergehen, müsste ich arbeitsrechtliche Schritte einleiten.«

»Was soll das heißen?«

»Zunächst ein Warnstreik. Der Frisörsalon bleibt eine Woche geschlossen.«

Saszqua beißt sich auf die Unterlippe. »*Das* ist Erpressung. Na schön, heute ist dein Glückstag, *Shlomo Sorgsam*.«

Axe atmet erleichtert auf. »Danke, Liebling. Lässt du mich runter?«

»Nein. Ich tausche dich bei Barnas gegen freies Geleit ein.«

Axe' Protestgeschrei geht im Fauchen einer gedankenschnell heranrasenden Rakete unter. Aus den Augenwinkeln sieht Saszqua vier schwarz gepanzerte Gestalten im zerborstenen Fenster oberhalb der Brücke stehen – und dann nur noch Feuer.

Slorniwotsch reißt Hassawack den Multiliquidator aus der Hand und geht unter dessen Gewicht beinahe zu Boden. »Hast du den Verstand verloren?«

»Das war nur ein Warnschuss, Chef.«

»Ein *Warnschuss*? Mit einer panzerbrechenden Kurzstreckenrakete?«

»Ich wollte sichergehen, dass sie die Warnung verstehen.«

Slorniwotsch durchforstet die Abgründe seiner Seele nach einer vernichtenden, nie dagewesenen Beleidigung, mit der er Hassawack auf ein schuldbewusstes, von jeglichem Ego befreites Kind reduzieren kann, aber alles, was ihm auf die Schnelle einfällt, ist: »Idiot!«

»Hey, Chef!« Lifty deutet auf ihr Pad. »Ich habe McGregga geortet!«

»Wo?«

»Er ist anscheinend bei der Explosion weggeschleudert worden …«

»Siehst du Chef«, sagt Hassawack. »Alles gar nicht so schlimm. Dieser Kerl ist so unkaputtbar wie ein … ein … wie etwas, das man einfach nicht kaputt kriegen kann.«

»… und befindet sich gerade im freien Fall«, schreit Lifty. »Aufprall in drei Sekunden! Zwei! Eins! Und Matsch!«

Notfall-Rezirkulation eingeleitet, flüstert das telepathische Interface des Rings durch Axe' vom unerfreulichen Erlebnis senkrechten Falls verwirrten Geist. Und schon schraubt ihn das Artefakt des Mimianers ein weiteres Mal rückwärts durch die Zeit.

Durch einen korkenzieherartig gewundenen Tunnel sieht

er die dämmrigen Kulissen des für ungültig erklärten Zeitstrangs kleiner und kleiner werden. Das letzte, was er erkennt, ist eine knochige Gestalt in einem schwarzen Anzug, die aus dem Nichts tritt und sich ratlos an der Stelle umblickt, an der Axe hätte aufschlagen sollen.

Dann ploppt Axe in die Gegenwart, die in Wirklichkeit seine Vergangenheit ist. Unter seinen Pobacken spürt er die perfekt abgestimmte Kombination aus Festigkeit und Elastizität, die nur der Sattel eines Motorrads oder einer Callax Impestor vermitteln kann. Ein euphorischer Gedanke durchzuckt ihn: *Ich bin unverwundbar! Unsterblich!*

Der Duft frisch aufgewärmter Pizza steigt ihm in die Nase. Er hört Flibos angestrengtes Schnaufen, die sich mit zappelnden Beinchen aus der Verkleidung befreit. Vor ihm blickt Bongar auf den leicht angestoßenen Pizzakarton zu seinen Füßen.

»Ich hoffe, du magst Jalapeños!« Axe tätschelt breit grinsend die beiden anderen Kartons auf seinem Schoss. »Ich hätte sonst noch Salami-Olive und Ananas-Quattro Formaggi.«

»Axe! Du glaubst gar nicht, wie froh ich bin, dich zu sehen.« Bongar vergisst zu stottern, so erleichtert ist er darüber, nicht sterben zu müssen.

»Freut mich auch, Kumpel, aber leider werden wir gleich alle sterben.« Axe blickt über die Schulter zum ehemaligen Fenster, das er mit der Callax perforiert hat. »Es sei denn, ich mach mich sofort wieder vom Acker. Flibo lasse ich besser bei dir.«

»Was?« Flibo, die gerade dem Ursprung des Ananas-Duftes auf dem Grund geht, zieht den Kopf aus dem Pizzakarton. »Du willst mich bei Onkel Bongar abladen, um ohne mich Spaß zu haben?«

»Das ist kein Spaß mehr, Kleine.« Axe setzt sie auf die Kartons und reicht den Stapel an den verdutzten Gefechtsspezialisten weiter. »Diese schießwütigen Psychopathen haben es auf mich abgesehen, und die nehmen keine Rücksicht auf Küken wie dich.«

Flibos Schnabel ist bereits zu einer weiteren Protestnote geöffnet, doch dann tritt ein ungewohnt ernster Ausdruck in ihr Gesicht. »Die werden hier alles in die Luft jagen, so wie vorhin im Laden, oder?«

»D-das werden sie!« Bongar kratzt sich am Ohr. »W-werden sie das?«

»Da kannst du einen drauf lassen.« Axe lässt den Motor der Callax aufheulen. »Wir schlagen uns getrennt zur FE ERSTUR durch. Viel Glück!«

Ein Zittern läuft durch die Brücke und morst eine Warnung durch seine Schuhsohlen: S-A-S-Z-Q-U-A.

»I-ich f-fürchte, das w-wirst du selbst brauchen.« Bongar deutet auf den fleischgewordenen Wutausbruch, der sich ihnen mit wehenden, kupferroten Haaren nähert. »Würde mich n-nicht wundern, w-wenn sie dich einfach v-von der Brücke schmeißt.«

Zwei Naturgewalten rollen aufeinander zu.

Auf der einen Seite: Das trommelfellvernichtende Sub-Toser-Donnern eines simulierten überdimensionalen V8-Motors. Eine aus resonanzverstärkten Schubdüsen gepestete Wolke sinnlos verheizter fossiler Brennstoffe. Zwei gefräßige Monsterreifen, die nur darauf warten, ihre 75 cm Spurbreite als schwarzen Gummistrich auf den Asphalt zu malen.

Auf der anderen Seite: Hochkomprimierte Muskelmasse mit der Sprengkraft einer Antimateriebombe. Ein Fleisch gewordener Ausbruch gerechten Zorns, der eine Bugwelle schierer Vernichtungslust vor sich her schiebt. Das Ende allen Seins für jeden, der die letzte Möglichkeit zur Flucht durch das Abwägen seiner Chancen im Nahkampf vergeudet.

»Aus dem Weg!«, schreit Axe sinnloserweise gegen den alles überbrüllenden Lärmorkan seines fahrbaren Untersatzes an. »Aus dem Weg, verdammt!«

Nur noch fünfzig Meter trennen ihn von der Frau seiner Träume, von denen manche schweißtreibende Albträume sind. Er sieht, wie Saszqua die Fingerknöchel knacken lässt. Obwohl er das Geräusch nicht hören kann, verbindet er es mit dem Brechen seiner eigenen Knochen. *Aller* Knochen.

Fünfundzwanzig Meter. Ob er in letzter Sekunde einen

Schlenker um sie herum schafft? Aber Saszqua besitzt mörderische Reflexe. Ein Ausfallschritt, und sie fegt ihn glatt vom Sattel. Besser, einfach draufzuhalten. So blöd wird sie nicht sein, sich rammen zu lassen. Oder?

Zehn Meter.

»Scheiße!« Axe bremst und lässt die Maschine um hundertachtzig Grad herumschleudern. Die Brücke bebt unter zornigen Schritten. Beinahe spürt er Saszquas dampfenden Atem im Nacken.

»Tut mir echt leid!« Im Leerlauf bläst er die vier Reiter der akustischen Apokalypse aus den Resonatoren, unterstützt durch die schlagartige Verbrennung der kompletten Schweröl-Tankfüllung. Die Callax vibriert so stark, dass seine Zähne klappern und sein Sitzfleisch taub wird. In der Erwartung, Saszqua etliche Meter hinter sich am Boden liegen zu sehen, dreht Axe sich um – und stöhnt entsetzt auf.

Die Kommandantin steht nur wenige Schritte hinter ihm, nicht stolz, aber immerhin aufrecht. Die Ausgehuniform flattert ihr in Fetzen um den halb entblößten Leib. Die ehemals kunstvoll frisierten Haare stehen im Windschatten ihres Schädels als waagerechter Balken ab. Aus dem rußgeschwärzten Gesicht schleudern zwei zu Schlitzen verengte Augen tödliche Blitze auf ihn.

»Du bist tot, Axe«, zischt sie.

Axe versucht sich an einem unschuldigen Grinsen. »Können wir das später bereden? Ich bin gerade dabei, uns allen das Leben zu retten.« Sein Blick fällt auf den Schalter für den Null-G-Projektor. »Ich muss los, Schatz!«

Als Saszqua auf ihn zu hechtet, stößt er sich mitsamt der schwerelosen Callax vom Boden ab. Ihr Griff geht ins Leere.

Axe dreht den Gasgriff nach vorne und lässt die Maschine über das Geländer hinausschießen.

Er wagt einen leichtsinnigen Blick nach unten. Im gähnenden Abgrund zwischen den Türmen sind die Fahrzeuge am Boden der Plattform kleiner als Ameisen. Vor Schreck nimmt er den Schub zurück, und sofort beginnt die Callax durchzusacken. »Scheiße! Scheiße! Fliegen. Gar kein Thema, Axe. Einfach Gas geben.« Dröhnend rast er auf eine schwebende Werbetafel zu, die, wie er verblüfft bemerkt, sein eigenes ins Riesenhafte vergrößertes Gesicht zeigt. Aus den Lautsprechern plärrt eine drängende Stimme: »Achtung! Bad Axe McGregga nähert sich Turm 2! Turm 2 ist umgehend zu evakuieren!«

Keuchend reißt Axe am Lenker. Die Steuerdüsen flammen auf und drehen sein Gefährt um neunzig Grad, ohne es abzubremsen. Er rammt das Abbild seines rechten Auges, aus dem Funken und Scherben in die Tiefe regnen.

»Nichts passiert! Mir geht's gut!«

Die Callax kippt zur Seite, überschlägt sich, überschlägt sich noch einmal und kracht auf einen selbstfliegenden Container.

»Ich lebe noch! Ich lebe noch!« Axe kichert hysterisch. Aber nur so lange, bis er die vier Gestalten mit Raketenrucksäcken entdeckt, die durch das geborstene Fenster oberhalb der Brücke auf ihn zu rasen.

»Ich hab ihn im Visier, Chef«, ruft Hassawack. *Klick. Klick. Klick.* »Komisch, ich kann gar nicht schießen.«

»Ja, weißt du«, sagt Slorniwotsch, »ich habe deine Waffe blockiert. Ich hatte so ein Gefühl, du könntest vielleicht losballern, bevor ich den Befehl dazu gebe.«

»Das ist voll fies, Chef«, schmollt Hassawack.

Auf ein Zeichen ihres Anführers teilt sich der Sicherheitstrupp und nimmt den flüchtigen Terroristen, Kindesentführer und Feierabendsaboteur in die Zange, der in diesem Moment mit seinem protzigen Aufsitzgleiter von einem Container startet.

»Diesmal kriegen wir dich!«, schnaubt Slorniwotsch. »Dumm von dir, deine Geisel gehen zu lassen.«

Offensichtlich hat McGregga Probleme, die Maschine unter Kontrolle zu bringen. Kaum in der Luft, kollidiert er mit einem Lieferdroiden und befördert dessen Ladung aus Warmhalteboxen in alle Himmelsrichtungen. Im nächsten Augenblick schlingert er auf eine Schwebebahn zu, deren Fahrgäste mit geweiteten Augen auf das nahende Unheil starren. Slorniwotsch legt den Pulverisator auf Axe an, um die Katastrophe abzuwenden, doch irgendwie schafft dieser es, die klobige Maschine haarscharf um das Hindernis herum zu schrauben.

Eine Gleiterplattform von Schnell&Schlau fällt direkt in die unberechenbare Flugbahn des Flüchtigen. Slorniwotsch sieht einen Journalisten an der Reling stehen und Axe zuwinken.

»Herr McGregga«, schallt es aus einem Stimmverstärker, »geben Sie uns ein Interview? Was sind Ihre Pläne, sobald Sie die Macht über das Emporion an sich gerissen haben? Werden Sie Barnas hinrichten lassen? Sind Sie verheiratet? Haben Sie …? Ohverdammtermist!«

Die Impestor trifft so hart auf den Rand der Plattform, dass diese wie eine in die Luft geschnippte Münze um ihre Mittelachse rotiert. Der Journalist wird davon geschleudert und stürzt in die Tiefe, bis er es schafft, seinen Notfall-Null-G-Projektor zu aktivieren.

»Wo ist Bad Axe?«, brüllt Slorniwotsch, als er bemerkt, dass er die Zielperson aus den Augen verloren hat.

»Da drüben, Chef!«, ruft Lifty. »In der Nähe des Schirms. Wir haben freie Schussbahn.«

Der Sicherheitschef schnalzt mit der Zunge. Kein Gebäude, kein Fahrzeug, kein Zivilist ist in der Nähe des Terroristen. Er versucht, Axe ins Visier des Pulverisators zu bekommen, doch dessen Kurs ist nicht einmal von der hochgerüsteten Zielerfassung seines Exoskeletts vorauszuberechnen. Hier hilft nur ein breit gestreuter Kegel purer Zerstörungsgewalt. »Hassawack, dein Baby ist wieder freigeschaltet. Schnapp dir McGregga!«

»Jawohl, Chef!« Der Kamerad bremst seinen Flug ab, bringt sich in eine senkrechte Position und richtet das Geschütz auf McGregga.

Slorniwotschs Helmlautsprecher knistert, als eine Überrangfrequenz die interne Kommunikation der Sicherheitstruppe überlagert. Eine nur allzu bekannte Stimme jagt einen Schauer über seinen Rücken.

An den Reaktionen seiner Begleiter erkennt er, dass jeder von ihnen dieselbe Nachricht empfängt.

»Natürlich, Boss«, bestätigt er. »Verstanden, Boss.«

Aber in Wirklichkeit versteht Slorniwotsch gar nichts. Warum will Barnas, dass sie McGregga auf die FE ERSTUR entkommen lassen?

»Aaaahhhhh! Neeeiiinnn! Aufhören!« Die Callax bockt mal in die eine, mal in die andere Richtung, beschleunigt, bremst, steigt, fällt und versucht auf jede erdenkliche Weise, Axe aus dem Sattel zu werfen oder wenigstens die letzte Mahlzeit aus ihm herauszuschütteln. Seit dem Zusammenprall mit der Presseplattform macht die Maschine, was sie will, und das einzig Gute daran ist, dass es nicht mehr an seiner völligen Unfähigkeit liegt, sie zu steuern.

Plötzlich zeigt das Vorderrad auf die vertraute Rundung der FE ERSTUR, die friedlich in den Halteklammern des Turms vor ihm ruht. Geistesgegenwärtig gibt Axe Vollgas, und dieses Mal gehorcht ihm sein fliegender Untersatz. Die Galerie, an der sich die Brücke zum Schiff befindet, kommt in rasendem Tempo näher. Axe sieht ein Gewusel panisch fliehender Außerirdischer, achtlos stehengelassene Fahrzeuge und herrenlose Verkaufsstände. Beste Voraussetzungen, um sich bei der Landung gründlicher und nachhaltiger die Knochen zu brechen, als Saszqua sich in einem ihrer kreativen Gewaltausbrüche ausdenken könnte. Hoch konzentriert bereitet Axe sich auf die Landung vor, als ihn eine blinkende Anzeige ablenkt: *Achtung! Null-G-Projektor bei 2% Restladung!*

»Das kann doch nicht wahr sein!«

1% Restladung!

0% Restladung! Automatisches Umschalten auf Bodenantrieb.

»Waaahhh!« Die Callax beginnt durchzusacken. »Scheißkiste! Wer baut so was?«

Der Ring! Natürlich. Er kann nicht sterben.

»Hey, Ring! Rezurki... Zirkeldingens! Schraub mich zurück!«

Rezirkulation derzeit nicht möglich, antwortet das Artefakt des Mimianers in seinem Geist. *Bitte verbinde den Rezirkulator mit einem hyperbiumbetriebenen Aggregat, um ihn aufzuladen.*

»Scheiße!« Axe geht im Geiste seine verbleibenden

Optionen durch: Sterben. Qualvoll Sterben. Auf spektakulär unappetitliche Weise sterben. Den roten Knopf mit dem Ausrufezeichen drücken …

Axe entscheidet sich für den roten Knopf.

Und die Hölle öffnet ihre Pforten.

Aus dem Benutzerhandbuch der Callax Impestor BL-4000, Abschnitt »Antrieb«, Absatz »Hyperextrusions-Turbo«:

Der Hyperextrusions-Turbo (HXT) ist ein einmalig nutzbares Antriebssystem, das durch den explosiven Ausstoß eines hochbeschleunigten Turboquantendampfes ihre Callax so richtig auf Touren bringt. Zwei Treibladungen mit mühsam gebändigten, in statischer Schallgeschwindigkeit fixierten Partikeln warten nur darauf, in einer spektakulären Eruption kinetischer Energie durch die Resonatoren geblasen zu werden.

Bevor sie den HXT in Betrieb nehmen, entfernen sie bitte in Fahrtrichtung befindliche physische Hindernisse wie Passanten, Bäume und Gebäude. Achten sie auch auf brennbare oder zerbrechliche Gegenstände hinter der Impestor! Für eventuell entstehende Schäden an Gesundheit und Eigentum Dritter übernehmen wir keine Haftung.

Für ein ungetrübtes, sattes Klangerlebnis empfehlen wir, auf den Gebrauch eines Helms zu verzichten. Bei einer Kollision in dieser Geschwindigkeit wäre dieser ohnehin nur von untergeordnetem Nutzen.

Viel Vergnügen mit ihrem HXT!

Die Callax verwandelt sich in ein Projektil, als die Turboquanten-Treibladungen durch die Resonatoren böllern. Hinter ihr spült die Schallwelle wie ein Tsunami über alles hinweg, was sich noch im Luftraum aufgehalten hat, zerfetzt Werbebildschirme, lässt Roboter abstürzen und bringt Gleiter ins Trudeln. Der Schutzschirm ums Emporion beult sich ins Weltall aus.

Axe hat sich in weiser Voraussicht so weit vorgebeugt, wie sein Bauch es zulässt, und die Hände wie Schraubstöcke um den Lenker geschlossen. Luftmoleküle schmirgeln ihm übers Gesicht, die Lippen ziehen sich vom

Zahnfleisch zurück, die Backen schlackern wie die Lefzen eines Hundes, der sich trocken schüttelt.

Er walzt das Geländer der Galerie nieder und pflügt durch Transportschweber, Marktstände und Hinweisschilder wie eine Bowlingkugel durch ein Teeservice. Die Verkleidung bewahrt ihn davor, mit Trümmerteilen gespickt zu werden, bis sie sich selbst in tausend Bruchstücke auflöst. Die Callax rasselt in eine Baustellenabsperrung. Ein unbeaufsichtigt vor sich hin hüpfender Abrisshammer verpasst ihr eine Breitseite von links, ein unrund laufender Betonplastmischer dengelt von rechts ins Blech. Als Axe den Bauzaun auf der anderen Seite durchbricht, fliegt ihm das Gummi des Vorderreifens um die Ohren.

Und da, direkt vor ihm, rennen immer noch Leute um ihr Leben!

»Achtung!«, kreischt Axe. »Weg da! Zur Seite!«

Er erkennt einen hochtoupierten lila Haarschopf, dessen Besitzer sich verzweifelt abmüht, seinen Verkaufswagen aus der Schussbahn zu schieben. Axe zieht die Bremsen durch und schleudert seitlich gegen den Karren. Für einen Moment sieht er überall rote, blaue, orange, grüne und gelbe Schnoggel, die zwitschernd und fiepend in alle Richtungen davonsegeln.

»Ich bin versichert!«, ruft Axe dem fäusteschwingenden Händler hinterher, während er wieder Gas gibt und mit holpernder Felge auf die Brücke zur FE ERSTUR abbiegt. Etwas kitzelt ihn im Nacken. Als er es wegwischen will, tastet er über flauschigen Pelz. Dann spürt er ein Ziehen am Bart und ein Wühlen in seinen Haaren. Etwas, nein, zwei Etwasse krabbeln unter seinem T-Shirt entlang, und an seinem Ohr piepst ein hauchdünnes Stimmchen: »Papa!«

»Nein! Runter da!«

»Pipi!«

»Bloß nicht! Kusch!«

Die offene Schleuse! Und keine Verfolger in Sicht, sieht man von wer-weiß-wie-vielen Schnoggeln ab, die sich an ihm festkrallen wie Affenbabys an ihrer Mutter.

»Kiieeks!«

»Huuii!«

»Nuck-Nuck!«

»Hört auf! Ich bin kitzelig!« Ein letztes Mal versucht Axe, die kleinen Plagegeister von sich zu schütteln. »Okay, dann kommt ihr eben mit an Bord. Selbst schuld!«

»Juhuu!«

»Wheee!«

»Bibu-Bibu!«

Als Axe die Maschine zum Stillstand bringt und begreift, dass er es tatsächlich lebendig auf die FE ERSTUR geschafft hat, löst sich seine Anspannung in einem hysterischen Lachen.

Dann erst bemerkt er, dass er von einer mittleren Streitmacht schwarz uniformierter Gestalten umringt ist, die ihre Blaster auf ihn richten. »Sicherheitsdienst des Emporions«, blafft ihn einer an. »Hände hoch, McGregga!«

Kapitel 8

Eigentlich mag Grobbo die ruhigen Stunden in der Zentrale, wenn er als einziger Wachdienst hat. Genau genommen ist er dabei nicht wirklich der Einzige, weil Schoof seinen Platz vor der Panoramascheibe so gut wie nie verlässt. Es wäre allerdings grob realitätsfremd, ihn zum Wachdienst einzuteilen, weil der Ortungsoffizier dafür eben wach sein müsste.

Heute jedoch ist so ein Tag, an dem Grobbo sich wünscht, Saszqua wäre in der Zentrale. Selbst wenn sie schlechte Laune hätte und diese an ihm ausließe. Alles wäre besser, als im Rückspiegel die Mündungen zahlreicher Strahler auf sich gerichtet zu sehen.

»Wir könnten ja mal miteinander reden«, wagt er einen vorsichtigen Vorstoß. »Ich bin nämlich Kommunikationsoffizier. Eigentlich mag ich Kommunikation gar nicht, weil ich meistens beschimpft, bedroht oder ignoriert werde, aber das ist nun mal mein Job. Was ist eurer?«

Er wartet zwanzig Sekunden.

»Also ignorieren. Auf diese Art lasse ich mich am liebsten entwürdigen. Ihr bestätigt mich sozusagen in meiner Selbstwahrnehmung, und das grenzt fast schon an Wertschätzung. Ich danke euch.«

Er dreht sich in seinem Stuhl, sodass er den Mann, der als Letzter die Zentrale betreten hat, durch den Spiegel betrachten kann, ohne das Misstrauen der Sicherheitsleute zu erregen. Leider beschränkt sich der Informationsgewinn auf die Erkenntnis, dass der Mann hellblonde Haare hat, eine rostrote Knautschlederjacke trägt und mit dem Rücken zu ihm in einem der Loungesessel sitzt.

»Das war übrigens ganz schön beeindruckend, wie ihr hereinmarschiert seid und die Schiffssysteme lahmgelegt habt«, setzt Grobbo die fruchtlose Konversation fort. »Ich hoffe, ihr habt HASI nicht kaputt gemacht. HASI ist unsere Halbautonome Steuerinstanz. Wir hatten auch mal eine Autonome Steuerinstanz, aber die hat Axe mit seinem Ghettoblaster aus dem Schiff gesprengt. Falls das einen von euch interessiert.« Wieder zählt er still bis zwanzig.

»War ja klar, dass es keinen interessiert. Oder ihr dürft es nicht sagen. Oder wollt nicht. Schade.«

Das Schott gleitet auf. Axe stolpert in die Zentrale, eskortiert von einem weiteren Trupp Bewaffneter.

»Axe!«, ruft Grobbo halb erfreut, halb verzweifelt. »Das wäre aber nicht nötig gewesen, noch mehr Gäste mitzubringen. Wir haben schon genug für eine Party.«

Schoof räkelt sich im Halbschlaf. »Party? Gibt es auch Cocktails? Mit Schirmchen?«

Axe pflückt eine grüne Pelzkugel aus seinen zerzausten Haaren und schnippst sie in eine Ecke, wo sie sich fiepend zusammenrollt. »Äh, hallo Grobbo. Keine Angst, ich habe alles im Griff.«

»Nichts anderes habe ich vom berühmtesten Piraten der Galaxis erwartet«, ertönt eine rauchige Stimme aus Richtung der Sitzgruppe. Der blondhaarige Mann, der es sich dort bequem gemacht hat, erhebt sich und geht Axe mit ausgebreiteten Armen entgegen. »Nehmt die Waffen runter! Ich bin hier, um dieses bedauerliche Missverständnis aus der Welt zu räumen.«

Axe weicht einen Schritt zurück. »Habe ich das richtig verstanden? Das *Missverständnis* aus der Welt räumen? Nicht *uns*?«

Der Fremde packt Axe an den Schultern und grinst ihn breit an. »Ich mag deinen Humor, Armistead. Oder darf ich Axe sagen?« Er drückt ihn an sich und klopft ihm zweimal auf den Rücken. Mit einem Quietschen plumpst ein Schnoggel, der dort Zuflucht gesucht hat, zu Boden und huscht davon.

»Axe ist okay.«

»Dann kannst du mich Barnas nennen.«

»Barnas? Wie in Barnas' Emporion?«

»Deine Auffassungsgabe ist wirklich bemerkenswert«, lobt Barnas.

Axe betrachtet sein Gegenüber genauer. Barnas könnte auf den ersten Blick als Mensch durchgehen, wenn er nicht eine deutlich flachere und breitere Nase, eine fliehende Stirn und ein Gebiss aus granitgrauen Zähnen hätte, die eher an Wildschweinhauer erinnern. Obwohl er eine

Handbreit kleiner als Axe ist, fühlt dieser sich von ihm überragt.

»Wir beide sind vom selben Schlag, Axe. Wahre Kämpfernaturen, dazu geboren, die Milchstraße umzukrempeln. Du als Pirat, ich als Händler.« Er boxt Axe kameradschaftlich gegen die Brust.

»Ja, Mann«, sagt Axe verdattert. »Wir haben's voll drauf.«

»Wirklich bedauerlich, dass ich dir nicht den Empfang bereiten konnte, der jemandem deines Schlages angemessen gewesen wäre.« Barnas dreht entschuldigend beide Handflächen nach oben. »Ein Raumschiff namens FEUERSTURW! Ich wäre nicht im Traum darauf gekommen, dass sich dahinter die berüchtigte FE ERSTUR verbirgt. Dabei wäre die Tarnung gar nicht nötig gewesen. Feinde der TSN sind mir jederzeit willkommen.«

»Haha«, macht Axe. »Das konnte ja keiner ahnen.«

»Außerdem muss ich mich für Slorniwotsch und sein Team entschuldigen. Diese ganze Aufregung, das Rumgeballere, die Explosionen ... das tut mir fürchterlich leid, mein Freund.«

Seine Pranke quetscht die Muskeln in Axe' Schulter so zusammen, dass dieser befürchtet, den Arm nie wieder benutzen zu können.

»Args. Entschuldigung angenommen, Kumpel. Jeder macht mal Fehler.«

»Boss!«, ruft einer der Sicherheitsleute. »Die Kommandantin ist im Anmarsch.«

»Ah! Saszqua!« Barnas zieht den Bauch ein und glättet seinen dichten Blondschopf mit Spucke. »Ehrenspalier! Und benehmt euch!«

Axe weiß nicht, ob er vor Erleichterung oder Angst sterben soll, als er Saszquas zornig stampfende Schritte im Korridor hört. *Vor Angst*, beschließt er, als sich ihre Stimme dazugesellt: »Wo ist dieser unzurechnungsfähige, lebensmüde, von Hirnparasiten befallene Primat? Ich bringe ihn um!«

Er manövriert sich so um Barnas herum, dass dessen breitschultrige Gestalt ihn hoffentlich so lange verdeckt, bis Saszquas Mordlust verraucht ist.

»Wir sind übrigens verlobt«, raunt er ihm zu. »Gewissermaßen.«

»Das tut mir leid«, entgegnet Barnas, und Axe fragt sich, ob er damit seine sinkenden Aktienkurse bei der Kommandantin meint oder ihn wegen des sich abzeichnenden Beziehungskrachs bedauert.

Im Zentralenschott bleibt Saszqua wie angewurzelt stehen, wodurch ihr Gefolge ungebremst in sie hineinläuft.

»Kommandantin Saszqua.« Der Besitzer des Emporions verbeugt sich galant. »Welch unbeschreibliche Ehre, Ihnen leibhaftig zu begegnen!«

»Moment mal!«, schnaubt Saszqua. »Wer hat dich an Bord meines Schiffs gelassen?« Sie wirft ihrem Kommunikationsoffizier einen vernichtenden Blick zu.

Grobbo versinkt mit einem panischen Quieken in seinem Drehstuhl.

»Es gab ein kleines Missverständnis mit Ihrem Kompagnon«, erklärt Barnas unterwürfig. »Wenn ich gewusst hätte, dass die FEUERSTURW in Wirklichkeit die FE ERSTUR ist, hätte ich selbstverständlich die richtigen Schlüsse gezogen und um eine Audienz ersucht. Ich habe mich bei Axe bereits für die Unannehmlichkeiten entschuldigt. Ihn trifft keinerlei Schuld. Ihr verständlicher Ärger sollte ganz allein mir gelten.«

Saszqua starrt ihn perplex an. »Du bist Barnas!«

»Derselbe. Was immer Sie wünschen, ich stehe zu Ihrer Verfügung.« Er verpasst einem seiner Männer, der mit offenem Mund die Löcher in Saszquas Fetzenlook zählt, einen Schlag unters Kinn, der dessen Zähne krachend aufeinander schlagen lässt. »Das ist eine Lady, du pubertärer Spanner! Du bist zum Patrouillendienst degradiert! Wegtreten!«

Während der Gemaßregelte sich mit hochrotem Kopf aus der Zentrale schleicht, wendet sich Barnas wieder der Kommandantin zu. »Ich bedaure den peinlichen Zwischenfall. Es ist schwierig, verlässliches Personal zu bekommen.«

»Das kommt davon, wenn man vornehmlich Leute mit

einem schweren Gendefekt einstellt«, ätzt Saszqua.

»Meine Leute durchlaufen einen strengen Gesundheitscheck!«, protestiert Barnas.

»Ach ja? Hätte dabei nicht entdeckt werden müssen, dass die meisten von ihnen ein Y-Chromosom besitzen?« Sie deutet auf einen der Sicherheitsleute, dem ein fingerlanger Speichelfaden von der Unterlippe tropft und der schlagartig sein Interesse an der Discokugel über ihm entdeckt. »Und dieser Experte da? Trägt der ein verstecktes Strahlerholster, oder ist diese Spezies von Natur aus so gut ausgestattet?«

»Nur eine Falte in der Uniform!«, krächzt der Mann und kreuzt die Hände unterhalb des Gürtels.

Barnas stößt ein unheilverkündendes Schnauben aus.»Alle raus hier! Und eine Stunde kalt duschen!«

»Genau!« Axe unterstützt die Evakuierungsaktion, indem er mit den Händen Richtung Ausgang schlackert (was aussieht, als wollte er einen Furz wegwedeln). »Ihr wisst es vielleicht nicht, aber euer Boss rettet euch gerade das Leben.«

»Ich entschuldige mich für meine Leute«, sagt Barnas geknickt, nachdem das hektische Fußgetrappel verhallt ist.

»Was genau willst du, Barnas?«, zischt Saszqua unbeeindruckt.

»Ich bin ein Riesenfan von Ihnen und Bad Axe!«, platzt es aus dem Chef des Emporions heraus. »Die größten Feinde der TSN - hier bei mir! Die tollkühnen Piraten, die der Admiralität immer wieder die lange Nase zeigen!« Er zieht ein Pad aus der Brusttasche seiner Jacke. »Darf ich um ein Selfie mit euch beiden bitten?«

Es werden an die fünfzig Selfies. Barnas mit Axe. Barnas mit Axe und Saszqua (die inzwischen die reguläre Bordkombination angelegt hat). Barnas mit Saszqua, die über dessen Schulter hinweg Axe die Koteletten lang zieht. Die ihm den Stiefelabsatz in den Fußrücken bohrt oder mit dem Daumen in den empfindlichen Muskel am Halsansatz sticht. Die ihn im Schwitzkasten hält und mit spitzen Handknöcheln über den Scheitel rubbelt.

Auch die übrigen Besatzungsmitglieder wollen sich mit dem prominenten Gast ablichten.

Cler Fini beugt sich mit Schere und prüfendem Blick über Barnas' Kopf. Flibo balanciert auf seinem Handrücken und füttert ihn mit Ananas-Pizza. Die Technik-Ammen umwickeln ihn mit ihren bieg- und schmiegsamen Hälsen. Sogar Schoof ist lange genug wach, um sich mit dem strahlenden Gast auf dem Schoß ablichten zu lassen.

Schließlich unterbricht HASI, dessen Funktionen vollständig wiederhergestellt sind, das Theater mit einer Meldung.

»Wenn ich kurz stören darf: Vor dem Schott stehen vier Sicherheitsleute mit einem beachtlichen Karton.«

»Ah, das sind meine besten Leute«, sagt Barnas. »Ich hatte sie mit einem Spezialauftrag losgeschickt.«

Saszqua ist mit zwei schnellen Schritten bei ihm und packt seinen Arm. »Wenn du doch noch irgendeine krumme Tour versuchst, braucht das Emporion in wenigen Sekunden einen neuen Geschäftsführer.«

»Krumme Tour, Verehrteste? Mögen Sie keine Überraschungen?«

»Nein.«

»Geschenke?«

»Nein.«

»Ich nehm's!«, piepst Flibo aus dem Hintergrund.

»Blumen?«

»Versucht du gerade, mich in die Kiste zu kriegen?«

Barnas lacht ohne eine Spur von Anzüglichkeit. »Sie sind eine harte Nuss, Saszqua. Gönnen Sie mir doch einfach die kindliche Freude, meine Bewunderung über das gesprochene Wort hinaus auszudrücken.«

»Himmel, mir läuft gleich das Blut aus den Ohren«, stöhnt Saszqua augenrollend. »HASI, lass die vier Flitzpiepen rein.«

Kurz darauf schieben die Neuankömmlinge ihre Lieferung auf einem Rollbrett in die Zentrale: einen Pappkarton, der gerade so durch die Tür passt. Axe springt kreischend in die Deckung des Kommandopults. »Das sind die Psychos, die mich abknallen wollten!«

Barnas schnippt mit den Fingern. »Slorniwotsch! Was tut man, wenn man einen Fehler begangen hat?«

Der Sicherheitschef von Turm 3 lässt die Schultern hängen. Dann schlurft er zu Axe hinüber, der eine Original-Bruce-Lee-Verteidigungshaltung einnimmt (glaubt er zumindest), und öffnet das Visier seines Helms. Axe blickt in ein eingeschrumpeltes Schneckengesicht, aus dem ihm zwei nervös zuckende Stielaugen entgegenblicken.

»Nichts für ungut, Herr McGregga«, presst sein ehemaliger Verfolger hervor. »Wir, äh, hatten bloß einen schlechten Tag.«

»Ja, das stimmt«, bestätigt ein schlaksiger Kerl, auf dessen röhrenartigem Kopf Kresse zu wachsen scheint, mit weinerlicher Stimme. »Meine Oma hat mir heute Morgen eine Nachricht geschickt, dass sie nächste Woche an Altersschwäche zu versterben gedenkt.«

»Ich habe geträumt, Barnas hätte meinen Urlaubsantrag abgelehnt«, ruft die einzige Frau des Teams.

»Das war kein Traum!«, schnauzt Barnas.

Der riesenhafte Kerl, der Axe mit der Monsterwumme bedroht hat, tritt vor. »Bei mir war die Toilette verstopft. Das passiert öfter, wenn ich Blobnüsse esse. Ich habe dummerweise zweimal die Spülung betätigt, und da ist die ganze Suppe übergelaufen und in der Hygienezelle rumgeschwappt wie ... als wenn ...«

»Wir können uns das vorstellen, vielen Dank«, interveniert Barnas hastig. Er tritt an den Karton und zieht an der Schleife des Geschenkbands. Die vier Seiten klappen zu Boden und geben den Blick frei auf die hässlichste Topfpflanze, die jemals in der Zentrale der FE ERSTUR gestanden hat.

Das Gewächs entfaltet in einem eleganten Ballett eine Vielzahl von tentakelartigen Ranken, die in ihrer Gesamtheit den Karton komplett ausgefüllt haben. Auf einem gurkenförmig verdickten Stiel sitzt eine sonnenblumenartige, eiterfarbene Blüte, bei der sich das Wort *Blütenkopf* förmlich aufdrängt.

»Cooool!«, flötet Flibo. »Sieht aus wie ein Gesicht. Augen, Mund ... ähh ... Zähne?«

»Von so was hab ich gehört«, meldet sich Grobbo schüchtern zu Wort. »Das nennt sich Mimikry. Die Pflanze imitiert einen Fressfeind, um Pflanzenfresser abzuschrecken.«

Barnas räuspert sich. »Die Pflanze *ist* der Fressfeind. Verehrte Saszqua, als Zeichen meiner Demut: eine *Forkula cephalophagus*, eine extrem seltene Kopfabbeißergurke vom Planeten Fork. Habe ich selbst aus einem Ableger gezogen. Ich musste mir seitdem drei Finger nachzüchten lassen.«

Das mundförmige Muster auf dem Blütenkopf klafft schmatzend auf. Aus den Tiefen des Schlunds steigt ein kehliges Rülpsen empor.

»Hey, können wir sie Audrey III nennen?«, fragt Axe. »Sie erinnert mich an einen trashigen Film aus dem Atomzeitalter.«

»Sie m-macht mir A-angst«, stammelt Bongar.

»Vielleicht frisst sie dich ja irgendwann mal auf, wenn du ihr den Rücken zukehrst«, feixt Axe.

»Da seht ihr, warum ich *immer* meinen Spiegel trage«, doziert Grobbo mit bebender Stimme.

»Na schön«, seufzt Saszqua. »Hier sind in letzter Zeit einige Pflanzen ... ähm ... aus unerklärlichen Gründen eingegangen. Sie kann da hinten an der Wand stehen.«

»Großartig!«, ruft Barnas. »Ich wusste, sie würde Ihnen gefallen.«

»Sie ist zum Kotzen, aber du hast Glück: Wenn es ein Blumenstrauß gewesen wäre, hätte ich dich mit dem Arsch voran aus dem Schiff geworfen.«

»Charmant!«

»Was ich jetzt trotzdem tun werde. Wir starten nämlich in einer Minute.« Sie macht einen Schritt auf ihren Verehrer zu, der abwehrend die Hände hebt.

»Danke, ich finde alleine hinaus. Wenn ihr das nächste Mal hier seid, dann selbstverständlich als meine Ehrengäste.«

»Yo, Kumpel«, sagt Axe. »Voll korrekt.«

»Verpiss dich endlich«, fordert Saszqua.

Nachdem Barnas gegangen ist, wendet sie sich ihrem Gefährten zu, der sie unschuldig anschaut, die Arme hinter dem Rücken versteckt. »Jetzt zu dir, Sportsfreund!«

Axe streckt die rechte Hand aus, auf der zitternd eine rosafarbene Flauschkugel kauert, und ruft: »Schnoggel!«

Der Schnoggel richtet einen treuherzigen Blick aus kugelrunden Obsidianaugen auf die Kommandantin und zwitschert: »Doo-da!«

Flibo wendet sich schmollend ab. »Pffft. Ich hasse Schnoggel!« Sie wirft der Forkula die letzten Brocken ihrer Pizza in den schmatzenden Blütenkelch.

Saszquas Gesichtszüge schmelzen schneller als eine Scheibe Cheddar im Toaster. »Oh nein! Wie es mich ansieht!«

»Mein Wiedergutmachungsgeschenk«, erklärt Axe mit vor Rührung brechender Stimme. Er lässt das Tierchen von seiner auf Saszquas Hand trippeln, wo es sich an ihren Daumen kuschelt.

»Mami? Buii!«

»Axe, du bist unmöglich«, säuselt Saszqua in einer Stimmlage, in der keiner der Anwesenden sie jemals zuvor sprechen hören hat. »Ich hatte seit meiner Aggressionsbewältigungstherapie keinen Schnoggel mehr in der Hand.«

Sie bemerkt nicht, dass sich die Besatzung mit leuchtenden Augen und infantilem Grinsen hinter ihr versammelt.

Axe berührt sachte ihre Wange. »Vergessen wir, was im Emporion vorgefallen ist?«

»Eigentlich wollte ich dich gerade durch die Bügelmaschine schieben, aber jetzt …«

»Brrr. Öch-öch!«

»Was hat er denn? Mein kleiner Süßer!«

»Örgs.« Der Schnoggel stößt einen schwefeligen Rülpser aus. Und explodiert.

Durch die Aussichtskuppel seines Penthouse auf dem höchsten, zentralen Turm des Emporions verfolgt Barnas den Abflug der FE ERSTUR.

Seine Lippen bilden einen dünnen Strich, während er die kompromittierenden Fotos von seinem Pad löscht. Wenn sich das erniedrigende Gefühl, sich vor Saszqua zum Idioten gemacht zu haben, nur genauso einfach beseitigen ließe.

Wie gerne hätte er diesen Unruhestiftern – allen voran diesem Schwachkopf McGregga – gezeigt, was er mit Leuten macht, die sich nicht an seine Regeln halten. Andererseits: Regeln können gebrochen werden. Es ist alles eine Frage der Bezahlung, und die ist in diesem Fall überaus üppig, sogar für seine Verhältnisse.

Kaum hat das Schiff den Schirm passiert, lässt er seine persönliche Ordonnanz-KI eine Verbindung auf Admiralitätsfrequenz herstellen. Es dauert keine drei Sekunden, bis die gewünschte Gesprächspartnerin sich meldet.

»Kommandantin Kruul hier. Ich höre, Barnas.«

»Sie sind unterwegs. Jetzt gehören sie euch.«

Kapitel 9

Aus den Datenbanken der FE ERSTUR:
Gefechtsmodul (n): Das am häufigsten verwendete Andockmodul für Universal-Trägereinheiten der Admiraliät. Wie jedes Spezialmodul wird auch das Gefechtsmodul unter der Trägereinheit verankert und stellt damit dessen viertes und unterstes Deck dar. Der zentrale Aufzugschacht des Schiffs setzt sich im Modul fort und öffnet sich zur Brücke. Im hinteren Teil des Moduls sind Quartiere für Enter- und Kommandoeinheiten untergebracht sowie ein Hangar für Landefähren und Raumjäger.

Kernstück jedes Gefechtsmoduls ist der Taktikcomputer, der die mit ihm verbundene Autonome Steuerinstanz befähigt, die Kursvektoren Hunderter Raumschiffe vorauszuberechnen und sich in komplexen Manövern mit anderen TSN-Einheiten zu synchronisieren. Des Weiteren sind im Taktikcomputer Analysen sämtlicher Raumschlachten der glorreichen Geschichte der TSN gespeichert.

Die Kommandobrücke des Moduls ist auf höchste Effizienz in Gefechtssituationen zugeschnitten. Besondere Bedeutung kommt hier dem Feuerleitoffizier zu. Durch die verantwortungsvolle Auswahl des jeweils angemessenen Vergeltungs- oder Disziplinierungsmittels trägt er direkt zur Verbreitung der Friedensagenda der Transstellaren Nation bei. Das Arsenal des Moduls stellt ihm für jede Art von Schutzschirm, Hüllenmaterial und ziviler planetarer Siedlung das passende Interventionswerkzeug zur Verfügung.

Für weitere Informationen zu den friedensstiftenden Maßnahmen der TSN siehe auch **Ultraschlachtschiff SUPERNOVA** *und* **Plasmahaubitze des Präventiven Erstschlags**.

Ein neuer Tag ist auf der FE ERSTUR angebrochen. Bad Axe McGregga erwacht und stellt fest, dass er nicht in seinem Bett liegt. Sein Blick gleitet durch die ausgestorbene Kommandobrücke des Gefechtsmoduls, in das er sich gestern auf der Flucht vor Saszqua zurückgezogen hat. Unter normalen Umständen hätte er keine Chance gehabt, ihr zu entkommen, doch seine Lebensgefährtin war zu sehr damit beschäftigt, sich Schnoggel aus dem Gesicht zu wischen.

Axe streckt sich und stöhnt vor Schmerzen.

Der Höllenritt auf der Callax und eine rückenverbiegende Nacht im Sessel des Kommandanten stecken ihm in den Knochen. Außerdem vermisst er grundlegende Annehmlichkeiten des Lebens wie Klonken, Kaffee und soziale Interaktionen.

»HASI, kannst du mich hören? Ich könnte jemanden zum Reden gebrauchen.« Seine Stimme hallt unbeantwortet durch die Kommandobrücke. Natürlich. Das Modul besitzt keine Rechnerschnittstelle zum Rest des Schiffs. Die dafür notwendige Autonome Steuerinstanz hat Axe einst in letzter Sekunde ins All gepustet, bevor diese den Selbstzerstörungsbefehl eines gewissen Fleegus Lompz vollstrecken konnte.

Damit ist das Gefechtsmodul, das er vor genau zwei Jahren Kolga Kruul in einem Husarenstück abgeluchst hat, eine bessere Abstellkammer. Abgesehen davon verfügt die FE ERSTUR weder über eine kampferprobte Besatzung noch einen Schlachtschiffpiloten, geschweige denn einen Kanonier, auch wenn Flibo bereits Ambitionen auf den Posten des Feuerleitoffiziers angemeldet hat.

»Moment mal …« Axe kratzt sich den Bart, als er die zahlreichen Kabelstränge bemerkt, die sich wie verklebte Spaghetti zwischen den Arbeitsstationen hindurchschlängeln. Richtig! Funk, Navigation und Ortung haben Saft und sind eingeschränkt einsatzfähig. Loola und Luma haben kilometerweise Kabel verlegt, um zunächst jene Stationen in Betrieb zu nehmen, mit denen niemand – nicht einmal ein gewisser Erdenbürger – irgendwas versehentlich in die Luft sprengen kann. Beispielsweise andere Raumschiffe oder in Feuerreichweite liegende Planeten.

Axe tauscht den Kommandantensessel gegen den des Kommunikationsoffiziers und zieht ein Bedienfeld zu sich heran. Planlos hämmert er darauf herum. Nichts passiert. Dann versucht er es mit Sprachsteuerung: »Gefechtsmodul! Einen Kaffee, aber *pesto*! Nee, Moment: *pronto*!«

Nichts passiert.

»Das ist Französisch und heißt: Heute noch, du lahme Krücke!«

Noch weniger passiert.

»Lass wenigstens irgendein Lämpchen blinken, damit ich weiß, dass du mich gehört hast.«

Kein Lämpchen blinkt. Das Modul zeigt ihm die kalte Schulter.

Sein Blick fällt auf den Leseschacht des multikompatiblen Datenscanners unter dem Monitor.

»Okay, probieren wir mal was ganz Doofes.« Er streift Leffricarps Ring vom Finger und legt ihn in den Schacht. Für einen Wimpernschlag leuchtet das Artefakt blau auf.

Dann wird es von einem Null-G-Feld angehoben und von Lichtstrahlen in allen Dimensionen abgetastet, während es langsam an Volumen gewinnt. Der Schirm erwacht zum Leben und zeigt ein dreidimensionales Abbild des Rezirkulators.

»Yesss!« Axe ballt die Rechte zur Faust. »Axe, du bist ein Genie!«

Selbstzufrieden beobachtet Prof. Dr. McGregga, wie Zahlenkolonnen über den Monitor scrollen, was nur bedeuten kann, dass als Nächstes etwas total Aufregendes passieren wird. Er sieht schon die bewundernden Blicke der Technik-Ammen auf sich gerichtet, wenn sie erkennen, dass sie in ihm ihren Meister gefunden haben. Natürlich wird Saszqua ihn für diese Heldentat realibi… rebitali…

Na ja, zwischen ihr und ihm wird alles wie früher sein.

Auf dem Bildschirm tut sich etwas.

»Oha. Was ist denn da los?« Immer mehr Buchstaben der transstellaren Einheitsschrift werden von verschnörkelten Glyphen überschrieben. Der Ring füllt den Datenscanner inzwischen vollständig aus.

Am Pult des Navigators, links vom Sessel des Kommandanten, fahren sämtliche Systeme hoch. Das Hologramm einer Sternenkarte baut sich auf, in der ein kleiner roter Pfeil hektisch blinkt. Darunter steht in leuchtendem Neongelb: *Sie befinden sich hier.*

Rechts von ihm aktiviert sich die Funkstation. Auf deren Monitor erscheint zunächst das Logo der TSN, bevor das Bild in ein Mosaik ständig wechselnder Videonachrichten zerfällt, die die leistungsstarken Antennen des Gefechtsmoduls aus dem interstellaren Äther sieben.

Prof. Dr. McGregga verabschiedet sich klammheimlich aus dem Hörsaal und überlässt das Feld seinem schwitzenden Aushilfsdozenten Bad Axe, der sich fragt, ob er der FE ERSTUR gerade ein Upgrade oder ein heimtückisches Virus verpasst.

Bei seinem Glück eher Letzteres. Er greift nach dem Rezirkulator, unsicher, ob er ihn überhaupt aus dem Scannerschacht herausziehen kann. Die Spitze des Zeigefingers berührt das fremdartige Metall.

Benutzerrechte erkannt, hallt der telepathische Ruf des mimianischen Artefakts wie ein Gongschlag in einem leeren Saal durch seinen Schädel. *Hyperbiumzapfung aktiv. Bereit für Modus II.*

»Krass!« Ein schluckaufartiges Kichern schüttelt Axe durch, bis ihm bewusst wird, was die Stimme ihm gerade mitgeteilt hat. »Moment! Was zum Teufel ist Modus II?«

»Wo zum Teufel steckt dieser Nichtsnutz?« Saszqua blickt an dem langen Tisch in der Messe entlang, der mit bunten Papptellern, Prinzessin-Pookie-Servietten und liebevoll bedruckten Platzkärtchen geschmückt ist. Schalen voller Süßigkeiten, deren Zuckergehalt höher ist als ihr Gesamtgewicht, stehen anstelle des üblichen Frühstücks auf dem Buffet. Unter der Decke spannen sich Girlanden von einer Seite des Raums zur anderen. Die Rückenlehne des Stuhls am Tischende haben Flitta und Grobbo mit glitzernden Folien verkleidet, sodass er mit etwas Fantasie als Thron durchgeht.

»Meinst du Axe?«, gackert Flitta.

»Wen sonst! Wer hat uns denn diese Geburtstagsfeier eingebrockt?«

»Geschlüpftag!«

»Meinetwegen auch Schlüpfertag. Nirgendwo im Orion-Arm würden Eltern auf die hirnverbrannte Idee kommen, dass ohnehin schon krankhaft wuchernde Ego ihrer Kinder weiter aufzublähen, indem sie es einmal im Jahr zum Mittelpunkt des Universums erklären und mit Geschenken überhäufen. Aber kaum taucht Herr *Sorgsam* auf und erzählt davon, wie ungemein wichtig auf seinem schimmligen Heimatplaneten materielle Zuwendung für die kindliche Entwicklung ist, sind plötzlich alle in hellster Aufregung und streiten sich über die Farbe der Platzdeckchen.«

»Weil rosa eben überhaupt nicht geht!« Flitta plustert sich auf und wirft Grobbo einen tadelnden Blick zu. »Das hat Axe meinem Zottelchen eingeredet, weil es angeblich eine *Mädchenfarbe* ist. Bei uns auf Forn ist das aber die Farbe der Mauser, wegen der nackten Haut unter den ausgerupften Federn, woran Zottelchen natürlich keinen Gedanken verschwendet hat, als er ...«

Eine blaue Hand schließt sich um ihren Schnabel und presst beide Hälften fest zusammen.

»Ist mir so was von egal, welche Farbe diese bekloppten Deckchen haben.« Die Kommandantin beugt sich zu Flibos Mutter vor. »Da könnten auch frisch abgezogene Mofflerhäute liegen. Hauptsache, dieser Wahnsinn findet schnell ein Ende. Kerzen ausblasen, Geschenke auspacken, Zucker fressen und dann zurück zum Tagesgeschäft.«

»Um Hnng.«

»Was?«

»Laff mnn Fnabel lof.«

Saszqua lockert ihren Griff. »Was wolltest du sagen?«

»Und singen.«

»Spinnst du?«

»Keinesfalls.«

»Ich singe nicht! Eher gehe ich ohne Raumanzug aus der Schleuse. Nein, Blödsinn. Eher werfe ich *dich* aus der Schleuse.«

Mit einem angenehmen, volltönenden Räuspern mischt sich HASI in den Disput ein. »Saszqua, mein sprudelnder Quell der Freude, darf ich einen Vorschlag unterbreiten?«

»Wenn er was mit Singen zu tun hat: Nein.«

»Nur indirekt. Es geht vielmehr um Teambildung, Loyalität und Führungsstärke.«

Saszqua macht eine wegwerfende Handbewegung. »Die Mannschaft ist ein Team, weil ich ihre Loyalität durch meine Führungsstärke erzwinge. Diskussion beendet.«

Flitta und Grobbo rollen synchron mit den Augen.

»Was ich eigentlich ausdrücken wollte«, fährt HASI ungerührt fort, »ist, dass Flibo ihren Platz im Team finden muss. Du hast jetzt die einmalige Gelegenheit, dir ihre Loyalität für alle Zeiten zu sichern.«

»Indem ich singe?«

»Alle anderen werden auch singen.«

»Dann fällt es ja nicht auf, wenn ich nur die Lippen bewege.«

Flitta von Forn spreizt die Federn an den Armen ab. »Ga-Gack! Also wirklich, Saszqua! Du bist ein Vorbild für Flibo. Natürlich wird sie es merken, wenn du nicht mitsingst.«

»Na schön!« Saszqua tritt einen Stuhl um. »Ich singe. Aber wenn auch nur einer glaubt, diese einmalige Ausnahme kommentieren zu müssen, wenn auch nur einer sich in einem Jahr daran erinnert, dann fliegt er aus dem Schiff. Notfalls sprenge ich die FE ERSTUR, wenn das der einzige Weg ist, alle Spuren dieses Vorfalls auszulöschen.«

Flittas Federkleid glättet sich. »Damit kann ich leben. Nicht wahr, Zottelchen?«

Modus II ist eine Erweiterung des Antriebssystems um eine temporale Komponente. Imaginiere Zielkoordinaten, um einen Raum-Zeit-Sprung auszuführen.

»Mit dem ganzen Raumschiff? Und allen, die an Bord sind?«

Imaginiere Zielkoordinaten!

Axe Gedanken jagen umeinander wie eine Katze, der man eine Glocke an den Schwanz gebunden hat. Das Ganze ist eine Größenordnung cooler und beängstigender als dieses Zurückgeschraube, das an sich schon ziemlich verwirrend war.

»Kann ich mir ein Ziel anschauen, ohne dass wir gleich dahin springen? Das wäre zwar 'ne geile Show, aber dann würde Saszqua mich endgültig töten.«

Imaginiere Zielkoordinaten, um sie mit den Visualisierungsmöglichkeiten des Schiffs anzuzeigen!

»Whoa, okay, Mann. Zeig mir … zeig mir die Erde. Fünf Jahre zurück. 2073, der 8. August.« Axe hat keinen blassen

Schimmer, wie er das mit dem Imaginieren anstellen soll, aber anscheinend tut sein Gehirn genau das, wenn er über Zeit und Ort seines Wunschziels plappert.

Das Navigations-Hologramm flackert. Anstelle der Sternenkarte zeigt es eine blau-weiße Murmel inmitten der Schwärze des Alls, die rasch größer wird, bis sie fast die gesamte Projektionsfläche ausfüllt. Überrascht von der unerwarteten Schönheit seines Heimatplaneten und einem akuten Anfall von Heimweh gibt Axe ein erstricktes Japsen von sich.

»Da bist du ja, du altes Drecksloch.« Seine Stimme zittert vor Rührung, und er schämt sich nicht dafür.

Aus den Datenbanken der FE ERSTUR:
Erde (f), Mitglied der TSN seit 2051 planetarer Zeitrechnung.
Bevölkerung: 12,4 Milliarden Menschen
Staatsform: alle
Sehenswürdigkeiten: keine
Hauptausfuhrprodukt: Pizza
Die Erde ist ein von Naturkatastrophen, sozialen Verwerfungen und politischer Uneinigkeit heimgesuchter Planet in einem unbedeutenden, dünn besiedelten Randgebiet des Orion-Arms.

Ihr Beitritt zur Transstellaren Nation wird allgemein als großer Irrtum und nicht wiedergutzumachender Fehler betrachtet, da ihre humanoiden Bewohner nicht über die nötige Reife im Umgang mit fremden Lebensformen und hochentwickelter Technologie verfügen und ihr nicht messbarer Beitrag zum Bruttostellarprodukt ausschließlich im Export tiefgefrorener Teigfladen besteht. Demgegenüber stehen die astronomischen Kosten der Stabilisierung des zerstörten Klimasystems, der Intervention beim Ausbruch lokaler Atomkriege und des Unterhalts der TSN-Orbitalstation.

Die Mitgliedschaft ist formell nicht anfechtbar, da die Aufnahmevoraussetzung – das Erreichen eines TSN-Systems aus eigener Kraft – erfüllt wurde, als das irdische Raumschiff BEYOND auf dem Planeten Proxima b landete. Als zeichnungsberechtigter Vertreter der Menschheit beantragte der Missionsleiter Rence Gilligan die Aufnahme in die TSN, erlag wenig später jedoch den Folgen eines Reaktorunfalls. Die Eröffnung der Orbitalstation und diverser außerirdischer Handelsvertretungen löste einen kurzfristigen Weltraumboom auf der Erde aus, infolgedessen sich etliche Planetarier für den Dienst in der Flotte bewarben.

Nach mehreren spektakulär gescheiterten Versuchen wurde 2054 ein Verbot erlassen, Menschen in die Besatzungen ziviler und militärischer Einheiten der TSN zu integrieren. Eine Maßnahme, deren Richtigkeit sich im Jahre 2076 bestätigte, als der gefährliche Kriminelle Armistead McGregga, genannt Bad Axe, in den Besitz eines ausgemusterten Kriegsschiffs gelangte und seither die Galaxis als Pirat unsicher macht.

Axe räuspert sich. »Geh noch dichter ran! Norfolk, Vereinzelte Staaten von Amerika. Flugzeugträger USS Emmerich.«

Wieder entfährt ihm ein Japsen, als er der Erdoberfläche entgegenstürzt. Er identifiziert die von zahlreichen Sturmfluten zerrissene Ostküste Nordamerikas, die Mündung der Chesapeake Bay, dicht bebaute oder aus Wracks und Müll zusammengeschobene Inseln und Lagunen, aus denen die Ruinen ehemaliger Industrie- und Militäranlagen herausragen. Und dort, von einem Tsunami aufs sumpfige Land geworfen wie ein gestrandeter Wal, liegt der Flugzeugträger, auf dem die Screaming Ears ihr legendäres Abschlusskonzert der World Devastation Tour 2073 gegeben haben.

Kurz nachdem sie ihn als Roadie rausgeworfen hatten.

»Jetzt zwei Tage zurück. 6. August. Philadelphia.«

Ohne es zu merken beginnt Axe am Daumennagel zu knabbern, als er seine Heimatstadt senkrecht von oben erblickt.

»Dichter ran!«

Nach und nach dirigiert er die vom Rezirkulator generierte Ansicht bis über den Vorort, in dem er aufgewachsen ist, eine *Gated Community*, komplett mit Elektrozaun und bewachter Zufahrt. Er erkennt seine Straße, sein Elternhaus und schluckt schwer. »Zeig mir meine Eltern! Leo und Hadley Sorgsam.«

Ungültige Koordinaten.

»Ich wollte nur mal sehen, was du so drauf hast«, flunkert Axe mit leichtem Zittern in der Stimme.

Das Verhältnis zu seinen Eltern, insbesondere zu seinem Vater, ist zuletzt von gegenseitigen Akzeptanzproblemen geprägt gewesen.

Soll ein Sprung zu diesen Raum-Zeit-Koordinaten durchgeführt werden?

Alles in Axe beginnt zu kribbeln. Er könnte seine Eltern besuchen. Er wird das Konzert sehen können. Die schmerzhafte Lücke in seiner Biographie kitten, sich für den Tag entschädigen, an dem alles den Bach runtergegangen ist. Alles, was er tun muss, ist Ja zu sagen ...

»J...«

... und Saszqua zu erklären, warum sich die FE ERSTUR plötzlich fünf Jahre in der Vergangenheit befindet.

»Scheiße, nein! Saszqua wringt mich aus wie ein nasses Handtuch! Speicher die Koordinaten für später!«

Es ist bereits ein Koordinatensatz gespeichert. Sollen die gespeicherten Koordinaten überschrieben werden?

Axe will dem Rezirkulator gerade die Erlaubnis erteilen, als ihm die winzige Gestalt Leffricarps aus dem Gedächtnis zuwinkt. »Äh, nein. Die waren noch für irgendwas gut. Kannst du nicht die Speicher des Moduls benutzen?«

Speichermedium gefunden. Koordinaten wurden extern gesichert.

Axe lehnt sich im Kommandantensessel zurück. Das Kribbeln weicht dem Gefühl, aus Gummi zu bestehen.

Das Gefühl, aus Gummi zu bestehen, weicht einem brutalen Adrenalinschub, als die Erde aus dem Hologramm gewischt wird und stattdessen eine Admiralitäts-Trägereinheit vor ihm aufploppt.

Automatisch zoomt die Ortung den Namen des Schiffs heran. Und das Feuer des Adrenalins weicht knisterndem Eis, das seine Wirbelsäule entlang wandert.

»Ach du Scheiße«, wispert Axe.

Nacheinander treffen die Besatzungsmitglieder der FE ERSTUR in der Messe ein, orientieren sich an den Platzkärtchen und setzen sich auf ihre Stühle. Alle außer Schoof, der seinen schwebenden Spezialsessel in die für ihn reservierte Lücke manövriert, und den Technik-Ammen, die ratlos vor dem Tisch stehen bleiben.

Alarmiert wuselt Flitta zu ihnen. »Gibt es ein Problem?«

»Da steht ›Loola‹ auf meiner Karte«, beschwert sich die linke der beiden.

»Und ›Luma‹ auf meiner«, fügt die rechte hinzu.

Flitta blickt von einer zur anderen. »Und wenn ihr einfach die Plätze tauscht?«

Loola und Luma schauen sie konsterniert an. »Was sollte …«

»… das denn ändern?«

»Bevor das hier ausartet …« Saszqua stampft mit einem Stift bewaffnet heran, schnappt sich die Karten und schreibt unter Lumas Namen: *oder Loola.* Und unter die andere: *oder Luma.* »So, sind alle zufrieden?«

Die durch eine unwahrscheinliche Laune der Natur identischen Frauen nicken synchron und setzen sich.

»Können wir jetzt die Hauptfigur dieser Komödie hereinrufen?«

»Axe fehlt noch«, gibt Flitta zu bedenken. »Falls wir irgendwas falsch machen, wäre er der einzige, der uns darauf hinweisen könnte.«

»Das kann ich genauso gut, und mir würden auf Anhieb einige Punkte einfallen«, schnaubt Saszqua. »Mit Rücksicht auf eure Befindlichkeiten werde ich mich aber zurückhalten.«

»Sehr gut, Kommandantin!« Cler Fini, der sein rosa verschnürtes Paket auf dem Schoss hält, nickt ihr ermutigend zu. »Ich sehe mit Freuden, dass unsere Therapiesitzungen Früchte tragen.«

»Freu dich nicht zu früh! Wenn Axe hier auftaucht, garantiere ich für nichts.«

»Aber, aber!« Fini wackelt mit dem Zeigefinger. »Du wirst doch Flibo nicht die Feier verderben wollen.«

»Ach was. Nichts heitert Kinder mehr auf als eine unfaire Prügelei zwischen verschieden starken Parteien. Vielleicht schenke ich ihr das zum Geburtstag.«

»Geschlüpftag«, sagt Flitta automatisch.

Fini blickt zu Bongar, der wieder seine elastische, jeden einzelnen Muskel betonende Bordkombination trägt. »Wo hast du dein Geschenk?«

Bongar klopft sich auf die Brust, wo Fini eine quadratische Wölbung erkennt. »I-ich trage es an m-meinem Herzen«, stottert er. »U-und rate mal!«

»Hmm. Nein, sag bloß: der Wächter-des-Universums-Kampfanzug?«

Bongar grinst debil. »Hab lange ü-überlegt, ob ich ihn f-für mich b-behalte.«

»Der Kuchen ist fertig!« Die samtweiche Stimme, aus der Bildung, Manieren und Savoir-vivre wie Honig heraustropfen, gehört dem berühmten Fünf-Kometen-Koch Jafre Pawanter, der sich über die große Bildwand am Ende der Tafel zu Wort meldet. Wer ihn sprechen hört, stellt sich unwillkürlich einen attraktiven, wenn auch etwas beleibten Mann mit Schnurrbart und dunkelbraunen Augen vor. Bis dieser sich als drei Meter große, aufrecht stehende Made entpuppt, in deren Mund drei Zungen durcheinanderwimmeln wie die Schlangen auf dem Kopf der Medusa.

Natürlich handelt es sich beim Chefkoch der FE ERSTUR lediglich um eine Simulation. Der echte Pawanter feilt in diesem Moment wahrscheinlich im teuersten Restaurant des Orion-Arms an seiner neuesten Saucenkreation, während seine millionenfach verkauften Persönlichkeitskopien die Automatenküchen von Raumschiffen und Behördenkantinen steuern.

Am Ende des Buffets springt die Klappe zur Automatikküche auf. Auf dem Fließband wandert eine dreistöckige Torte herein, in die Flibo sich eine geräumige Junggesellinnenwohnung fressen könnte.

»Irgendwas fehlt.« Flitta beäugt das Gebäck mit Anzeichen steigender Nervosität. »Kerzen! Wir brauchen sofort zwei Kerzen! Gack!«

»Meine Güte«, stöhnt Saszqua, während Flitta hysterisch mit den Armen flatternd im Kreis herumläuft. »Wir werden alle sterben.«

»I-ich g-glaube nicht.« Bongar Bolk blickt sich aufmerksam in der Messe um. »N-noch nicht.«

»Das war Sarkasmus, du Riesenbaby.« Die Kommandantin röstet ihren Nahkampfspezialisten mit Blicken.

HASIs schmeichelnder Bariton erfüllt den Raum. »Soll

ich jetzt Flibo hereinbitten? Sie steht schon vor der Tür und fragt mich alle zwei Sekunden, wann es endlich losgeht.«

»Je eher, desto besser«, und »Auf keinen Fall!«, rufen Saszqua und Flitta gleichzeitig.

»Oh, ein unauflösbarer Konflikt«, sagt HASI. »Uneingeschränkte Kommandogewalt gegen elterliches Bestimmungsrecht. Ich muss mich leider zurückziehen, bevor meine Loyalitätsschaltkreise irreparabel geschädigt werden.«

»Ich hole sie selber.« Saszqua marschiert auf die Tür zu und streckt die Hand nach dem Öffner aus.

»Erst die Kerzen!« Flitta ist mit der Schnelligkeit eines herabstürzenden Falken bei ihr und umklammert sie von hinten.

»Nimm die Flügel von mir, du Psychopathin!«

Verbissen kämpfen die beiden Frauen um jeden Zentimeter, ein Kaleidoskop zerraufter roter Haare und ausgerupfter Federn. Die verzweifelte Mutterliebe verleiht Flitta die Kraft, ihre Kontrahentin zu Boden zu ringen.

»Zottelchen!«, kreischt Flitta. »Hilf mir!«

»Aber ... das ist die Kommandantin!«, jammert Grobbo.

»Auf Meuterei steht ein Bad im Vakuum«, keucht Saszqua.

»Tu es für unsere Tochter!«

»Äh... na gut.« Grobbo nähert sich dem Gerangel so behutsam wie ein Ballonverkäufer einem Kaktuswald.

»Bongar!«, bellt Saszqua, deren Kopf inzwischen die Farbe einer Aubergine angenommen hat. »Halt diese wandelnde Pelzmütze von mir fern! Das ist ein Befehl!«

Bongar erhebt sich ruckartig. Im gleichen Moment fühlt er sich an beiden Armen von den zart beflaumten, aber überraschend kräftigen Händen der Technik-Ammen gepackt.

»Ich denke, es ist schlauer ...«

»... du bleibst brav hier sitzen.«

»T-tut mir leid.« Bongar verschafft sich Luft und Loola und Luma einen Freiflug, indem er beide Ellenbogen ruckartig nach außen stößt. »B-befehl ist B-befehl.«

Grobbo gibt einen Laut von sich, der irgendwo zwischen »Hilfe!« und »Quiek!« rangiert, als der Gefechtsspezialist auf ihn zukommt.

»Wir sind noch …«

»… nicht fertig!«

Vier äußerst flexible Arme umschlingen Bongars Beine und bringen den Hünen zu Fall. Die Technik-Ammen stürzen sich auf ihn und versuchen mit vereinten Kräften, ihn am Boden zu halten, was ungefähr so einfach ist, wie einen doppelt überpackten Koffer zu schließen.

Schoof nutzt die Ablenkung durch den neu ausgebrochenen Unruheherd, um dem Ruf seines knurrenden Magens zu folgen. Er steuert seinen Sessel zum Buffet, von wo ihn die Torte verführerisch anlacht.

Cler Fini bemerkt das sich anbahnende Desaster beinahe zu spät. »Schoof! Neeeeiiiinnnn!« Er zieht den Schall-Lockenwickler – das Äquivalent eines Schweizer Taschenmessers, das jeder Weltraumfrisör immer bei sich trägt – aus der Kitteltasche.

Die kurzen Wurstfinger des Ortungsoffiziers berühren schon die kunstvoll aufgespritzte Schlagsahne, als das akkurat geschleuderte Gerät den linken Null-G-Projektor des Schwebesessels trifft und diesen durch die Interferenzen mit den spiralförmigen Schallfeldern außer Gefecht setzt. Krachend sackt der Schwertransporter einseitig durch und beginnt durch die Messe zu rotieren wie eine Waschmaschine mit kaputtem Schleudergang.

»Hoho! Uiuiui!« Schoof giggelt vergnügt, auch als er Grobbo rammt, der in hohem Bogen über ihn hinweg segelt und dabei mit dem Schulterspiegel die Girlande von der Decke reißt. Als der Funker ins Buffet kracht, verfehlt er die Torte wie durch ein Wunder um wenige Millimeter.

Schließlich walzt der Schwebesessel über Flibos Thron und zerschreddert ihn zu einer Million Splittern. Die Tischdecke der Geburtstagstafel wickelt sich um das intakte Null-G-Triebwerk und befördert Teller, Saftgläser, Platzkarten und diverse liebevoll eingepackte Geschenke in Schoofs Schneise der Vernichtung. »Hoo-Hoo! Huuhuuu!« Schoof kriegt sich vor Lachen gar nicht mehr ein.

Fini schlängelt sich an dem verbissen ringenden Knoten aus Bongar, Luma und Loola vorbei, wirft einen Blick auf die kratzenden, beißenden und an Haaren und Federn ziehenden Frauen vor dem Eingang und stupst den verdreht auf dem Buffet liegenden Grobbo an. »Bist du verletzt?«

»Alles tut weh«, greint der Kommunikationsoffizier. »Und ich glaube, mein Spiegel ist hinüber.«

»Aber die Torte hat überlebt. Immerhin.« Der Frisör hebt sie hoch und betrachtet sie prüfend von allen Seiten.

Eine schrille, piepsige Stimme lässt ihn erstarren. Flibo steht mit in die Hüfte gestemmten Armen in der offenen Tür. »Ihr habt einfach ohne mich angefangen? Das ist gemein!«

»Flibo, Kleines ...«, setzt Fini an, doch in diesem Moment spritzt Sahne in sein Gesicht. Die Torte platzt von innen auf wie ein mehrere Tage alter Kadaver in der Sonne. Drei kugelrunde, mit Sahne verschmierte Schnoggel plumpsen zu Boden und flitzen zwitschernd und plappernd in verschiedene Richtungen davon.

»Ihr seid alle doof! Ich gehe jetzt zu Axe!« Flibo wirbelt herum und trippelt auf ihren kurzen Beinchen davon.

»Zum Geburtstag viel Glück«, singt Schoof laut und schief. »Zum Geburtstag viel Glück, zum Geburtstag, liebe Flibo, zum Geburtstag viel Glück!«

»Geschlüpftag«, stöhnt Flitta.

Ein melodisches Räuspern erfüllt die Messe. »Wie ich sehe, ist der Interessenkonflikt elegant gelöst worden. Darf ich um Aufmerksamkeit bitten, mein ätherisches Engelsgeschöpf?«

Saszqua wälzt das zerrupfte Muttergeflügel von sich herunter und fährt in einem hoffnungslosen Versuch, die ruinierte Festtagsfrisur zu richten, mit den Fingern durch die Haare. »Was gibt es, HASI?«

»Wir haben den Überlichtflug für einen Orientierungsstopp unterbrochen.«

»Ja und? Das machen wir andauernd.«

»Eine Einheit der Admiralität ist soeben an unseren Koordinaten aufgetaucht.«

Saszqua ist von einem Moment zum anderen in höchster

Alarmbereitschaft. »So weit draußen, außerhalb des TSN-Raumgebiets? Kann das ein Zufall sein?«

»Die Wahrscheinlichkeit dafür beträgt 0,081... ich korrigiere: Die Wahrscheinlichkeit beträgt null Prozent.«

»Wie zum Gravitationsstrudel hast du das berechnet?«

»Das Schiff heißt AXETÖTER.«

Kapitel 10

»Der Sender hat funktioniert. Wie es aussieht, ist dieser Barnas sein Geld wert.« Zufrieden betrachtet Fenzeck das Abbild der FE ERSTUR auf dem Monitor der Ortungsstation.

»War auch teuer genug.« Kolga stromert wie ein gefangenes Raubtier im Käfig an der Panoramascheibe hin und her. »Jetzt müssen wir nur noch an Bord kommen, bevor die ihren ALS wieder hochfahren.«

»Nach meinen Berechnungen geht das in frühestens drei Minuten«, vermeldet BROGG.

»Bis dahin habe ich das Paket längst zugestellt.« Fenzeck tippt konzentriert auf dem Multipad herum. Die Beleuchtung der Zentrale flackert für einen Moment. Gleichzeitig schwankt die künstliche Schwerkraft wie in einem Fahrzeug, das mit Vollgas über eine Bodenwelle springt.

»Ich warne Sie, Fenzeck!« Kolga macht sich bereit, ihren Kommandanten aus dem Sessel zu pflücken. »Was machen Sie mit meinem Schiff?«

»Ich habe Hyperbiumenergie in die Antennen geleitet, um ein ultrastarkes Richtfunksignal zu senden. Und zwar ... jetzt!« Er berührt eine Schaltfläche.

Über den Schutzschirm der FE ERSTUR breiten sich konzentrische Kreise aus.

In der Zentrale der AXETÖTER leuchten rote Warnlampen auf.

»Unsere Antennen sind soeben durchgeschmort«, meldet BROGG.

Kolga stößt einen wütenden Schrei aus. »Verdammt noch mal, Fenzeck! Ich lasse nicht zu, dass Sie mein Schiff zerstören!«

»Sie brauchen die Antennen nicht mehr. Die auf Ihrem Gefechtsmodul sind ohnehin viel leistungsstärker, und das werden Sie sich gleich zurückholen.« Der Parzer ist immer noch die Ruhe selbst.

»Wenn McGregga abhaut, können wir das Peilsignal kein zweites Mal empfangen!«

»Alles läuft nach Plan. Sehen Sie!«

In den Antriebsdüsen der FE ERSTUR erlischt das Hyperbiumfeuer.

»Dann sollte der ALS ebenfalls hinüber sein. Sie können ihr Einsatzkommando rüberschicken.«

Kolga verschränkt die Arme vor der muskulösen Brust. »So einfach geht das alles? Warum lässt man mich zwei Jahre lang hinter diesem Schiff her jagen, ohne Gefechtsmodul, ohne Zugriff auf Geheimdienstinformationen, ohne so einen Zauberkasten?«

»Ich könnte mir vorstellen«, beginnt Fenzeck vorsichtig, »dass die Admiralität nicht erfreut war, als Sie Ihr Modul an McGregga verloren haben, und dass jemand fand, eine einfache Degradierung sei angesichts der Dimension Ihres Versagens noch zu gnädig. Nur so eine Idee.«

»Hmpf. Mir kommt da auch gerade so eine Idee: Sie nehmen an dem Kommandounternehmen teil.«

»Danke für das Vertrauen, aber der Platz eines Kommandanten ist auf seinem Schiff.«

»Ach, ich glaube, BROGG bekommt das in unserer Abwesenheit hervorragend hin.« Kolga bohrt einen diamantharten Zeigefinger in Fenzecks Stirn. »Sie kommen mit! Und falls Sie glauben, den Befehl einer Admiralin verweigern zu können, mache ich von meinem Standrecht Gebrauch. BROGG, was sagt das Militärgesetz dazu?«

»Sie haben die Wahl zwischen Erschießen und Außenschleuse, Kommandant.«

Kolga klatscht in die Hände. »Fenzeck, ich gebe Ihnen fünf Minuten, um sich auf den Kampfeinsatz vorzubereiten. Hopphopp, beeilen Sie sich!«

Zähneknirschend erhebt sich Fenzeck und eilt mit steifen Schritten aus der Zentrale.

Die Admiralin liest die neuesten Orterdaten ab und registriert voller Genugtuung, dass das Schiff der Piraten sich relativ zur AXETÖTER nicht von der Stelle gerührt hat. Mit den richtigen Leuten sollte der Einsatz daher problemlos ablaufen. Zumal sich an Bord der FE ERSTUR noch der Agent versteckt, der sie mit seinem Sender hierher gelotst hat. »BROGG, ich brauche ein kleines Kommando. Wen empfiehlst du?«

»Zunächst Pisnick und Pillop.«

»Wie bitte?«

»Ganz richtig. McGregga hat sich durch sein unberechenbares Verhalten immer wieder den fähigsten Leuten entzogen. Darum sollten wir die beiden unfähigsten Soldaten in den Einsatz schicken und ihn so mit seinen eigenen Mitteln schlagen. Zudem besteht bei den beiden keine Gefahr, dass sie McGregga erschießen.«

Kolga reibt sich das breite Kinn. »Das klingt so bescheuert, dass es tatsächlich funktionieren könnte.«

»Außerdem hat sich der Mambatok freiwillig gemeldet, auch im Namen seines, wie er sagt, leicht erregbaren Schicksalsgenossen.«

»Einverstanden. Das kann lustig werden.« Ein Blick auf die Orter zeigt ihr, dass in diesem Moment der Energieschirm der FE ERSTUR zusammenbricht. Es ist an der Zeit, McGregga am eigenen Leibe erfahren zu lassen, wie sich die Opfer seiner Überfälle gefühlt haben müssen.

»BROGG, klarmachen zum Entern!«

Saszqua stürzt in die Zentrale. »HASI, wie schnell können wir wieder auf Überlicht gehen?«

»Ich brauche noch ein paar Minuten für die Kursberechnungen und das Aufladen des ALS-Projektors. Aber meiner Meinung nach besteht kein Grund zur Sorge: Die mutmaßlich feindliche Einheit verfügt über kein Gefechtsmodul.«

»Wenn jemand sein Schiff AXETÖTER nennt, sehe ich durchaus einen Grund zur Sorge, du Multiplikationstabelle. Kannst du auf das Freizeitdeck zoomen? Ich vermute mal, die werden da ihre Zentrale haben.«

Über Saszquas Pult baut sich flirrend eine Holowolke auf, die das gegnerische Schiff zeigt. Trotz des verpixelten Bildes ist sich die Kommandantin sicher, die Gestalt wiederzuerkennen, die an der Panoramascheibe entlang tigert. Es ist eine Frau, deren Proportionen am fernen Ende des Weiblichkeitsspektrums rangieren und sie als Kind desselben unwirtlichen Planeten ausweisen, von dem Bongar Bolk stammt.

»Admiralin Kolga Kruul! Verdammt! Verdammt!«

Bongar tritt neben sie. »D-das ist sie. Ob sie i-immer noch sauer auf u-uns ist?«

»Nein, glaube ich nicht. Sie will bestimmt nur nachsehen, ob es ihrem Gefechtsmodul gut geht, einmal freundlich winken und dann wieder ihres Weges ziehen.«

»A-ach so.«

»Saszqua, mein Edelstein, ich messe eine merkwürdige Energiespitze. Sieht aus, als würden die Antennen der AXETÖTER im Hyperbiumspektrum strahlen.«

»D-die A-A-Antennen s-sind ja a-alle auf uns gerichtet«, stammelt Bongar.

»Was haben die vor?« Saszquas Frage beantwortet sich von selbst, als ein gebündeltes Funksignal von solcher Intensität den Schirm der FE ERSTUR trifft, dass er für eine Sekunde aussieht wie die Oberfläche eines stillen Sees, in den die Mutter aller Arschbomben einschlägt. Ein Überschlagsblitz zuckt aus der Kommunikationsstation und schleudert Grobbo durch die halbe Zentrale.

»Zottelchen!«, kreischt Flitta und stürzt zum Vater ihres Kindes. »Was machst du denn für Sachen?«

»Bin ich tot?« Grobbos Pelz steht senkrecht vom Körper ab und qualmt wie ein Weihrauchfass. »Wenn ja, dann habe ich eine schlechte Neuigkeit für euch: Mit dem Tod enden die Schmerzen nicht.«

»HASI!«, schreit Saszqua. »Was immer die gesendet haben: auf keinen Fall öffnen!«

»Das muss ich gar nicht«, antwortet die KI. »Das Signal war so stark, dass es sich von selbst in alle möglichen Speicher gebrannt hat. Ich spüre Datenpakete, die sich entpacken. Das ist nicht gut.«

Saszqua fröstelt. Wenn HASI klingt, als ob er Angst hätte, dann stehen die Dinge wirklich schlecht.

»Kommandantin, das sind Admiralitätscodes. Ich erhalte Anweisungen.«

»Was für Anweisungen? Ignorieren! Ich bin hier der Boss, und ich befehle dir, uns sofort hier wegzubringen! «

»Tut mir leid. Es ist mir nicht erlaubt, den ALS zu aktivieren.«

»Dann geh wenigstens auf Vollschub!«

»Auch das ist mir untersagt. Ich habe die Triebwerke soeben deaktiviert.«

Etwas zerbirst unter Saszquas Fäusten. Als sie hinsieht, steckt sie bis zu den Gelenken in der Plastikverkleidung des Kommandopults und damit in irgendeinem Hohlraum der darunter liegenden Cocktailbar. Warmes Wasser spritzt gegen ihre Hände, gefolgt von rotierenden Bürsten, die unnachgiebig tastend einen Weg zwischen ihre Finger suchen. Fluchend befreit sie sich aus der liebestollen Spüle und wischt die Hände an Bongars Ärmel ab.

Ihr Blick fällt auf die Technik-Ammen, die soeben den immer noch glucksenden Schoof in die Zentrale schieben. Der Null-G-Projektor des Schwerlastsessels summt wie neu, obwohl die beiden wahrscheinlich nur auf gut Glück daran herumgeschraubt und gegen das Gehäuse getreten haben.

»Loola! Luma!« Sie winkt die beiden dicht zu sich heran und flüstert: »Ab in den Rechnerraum! HASI hat sich ein Virus eingefangen. Macht irgendwas!«

Die Frauen nicken synchron und stürmen los.

Sazqua widmet sich wieder dem Hologramm der AXE-TÖTER. »Irre ich mich, oder wird das Schiff größer?«

»Du irrst dich, meine Liebste«, antwortet HASI. »Es ist immer noch genau gleich groß, bewegt sich aber auf uns zu.«

»Weshalb verbieten diese Codes dir nicht auch die Klugscheißerei?«, schnaubt die Kommandantin. »Da du anscheinend nichts Hilfreiches beizusteuern hast, müssen wir das Problem wohl auf meine Weise lösen.«

»Hast du einen Plan?«, gackert Flitta, die mit gespreizten Armfedern Grobbo Luft zufächelt.

»Wir verschanzen uns in der Zentrale und verteidigen sie bis zum bitteren Ende.«

Fini, der immer noch einen Klecks Sahne unentdeckt auf dem Schädel herumträgt, stellt sich zwischen Saszqua und seine Kameraden. »*Bis zum bitteren Ende* kommt einer Beendigung des Arbeitsverhältnisses gleich.«

»Na und?«

»Das verstößt gegen die geltenden arbeitsrechtlichen Bestimmungen der zivilen Raumfahrt. Eine fristlose Opferung von Crewmitgliedern muss mit dem Bordrat der FE ERSTUR abgesprochen werden.«

»Wir haben keinen Bordrat!«, faucht Saszqua. »Sonst wüsste ich nämlich davon und hätte schon längst jeden eigenhändig aus der Schleuse geworfen, der da mit drin steckt.«

»Zufälligerweise bin *ich* der Bordrat.« Fini klopft sich auf die Schürze. »Einstimmig gewählt, möchte ich betonen.«

»Ich gratuliere.« Würde die Stimme der Kommandantin körperliche Form annehmen, wäre sie eine scharfe Granate. »Wie ich die Sache sehe, hast du zwei Möglichkeiten: Entweder du segelst elegant aus der Schleuse, oder du gibst mir *verdammt noch mal* deine Zustimmung, die Zentrale zu verteidigen!«

»Erst einmal sollten wir die Frage der Gefahrenzulage klären.«

»Zulage?« Saszqua erstarrt. Schiebt den Unterkiefer vor und zurück. Reibt sich die Schläfen. »Schön. Zehn Prozent Gefahrenzulage auf den - *haha!* - Monatslohn, nach dem hier *niemand* jemals gefragt hat. Ihr könnt auch gerne eine Überlichtzulage bekommen. Höhenzulage? Kein Problem. HASI, wie weit sind wir von der nächsten Planetenoberfläche eintfernt?«

»Kommandantin«, versucht Fini Saszquas Redefluss zu bremsen. »Es geht hierbei eher um eine symbolische ...«

»Und wie wäre es mit Erschwerniszulage? Ach nein, die zahle ich nur an Schoof. Verstehst du, Fini? Er*schwer*-nis!«

»Kommandantin!«

»Oh, es ist ja dunkel draußen! Wie schön für euch, ihr bekommt noch mal zehn Prozent Nachtarbeitszulage! Und Axe zahle ich jedes Mal Lärmzulage, wenn er im Dienst Screaming Ears hört.«

»Oh nein!«, greint Grobbo. »Der Frisör hat unsere Kommandantin kaputt gemacht.«

»Unzumutbarkeitszulage!«, keift Saszqua. »Zugluftzulage! Umzugs- und Zuzugszulage! Zulagenzulage!«

»*Kommandantin!*« Fini zückt den Schall-Lockenwickler, zielt auf das zerrupfte Kopfgestrüpp der Zulagengeschädigten und drückt ab. Allein das Geräusch, das Axe mal als Transporterraum-Wimmern bezeichnet hat, wirkt auf Saszqua wie ein Sedativum.

Als sich ihre Haare entlang der spiralförmigen Schallwellen zu Locken kräuseln, entfährt ihr ein wohliges Seufzen.

»Das tut gut! Danke, Fini! Wo waren wir stehengeblieben?«

»Die Verteidigung der Zentrale«, sagt Fini schnell, bevor jemand einen Anfall von Ehrlichkeit erleidet.

»Wie lange haben wir noch, HASI?«

»Die AXETÖTER wird uns in fünf Minuten erreicht haben«, verkündet HASI. »Ich war so frei, den Schutzschirm abzuschalten. Außerdem verspüre ich das Bedürfnis, unseren Gästen die Außenschleuse zu öffnen.«

»Und ich verspüre das Bedürfnis, runter in den Rechnerraum zu gehen und dir einen Prozessor nach dem anderen rauszuziehen, du Lochkartenleser!«

»Gib dir keine Mühe. Luma und Loola sind bereits dabei, planlos Speicherbänke zu tauschen, Multifunktionsspray in alle möglichen Buchsen zu sprühen und Komponenten miteinander zu verkabeln, die dafür nicht vorgesehen sind. *Brzzzz.* Autsch.«

»K-Kommandantin!«, mischt Bongar sich zaghaft ein. »D-die w-werden uns e-entern.«

»So schlau bin ich auch. Was sagt deine Störung? Sterben wir?«

»E-es wird e-ent-entsetzlich. G-grauenvoll.«

Saszqua rollt mit den Augen. »Es ist einfacher, aus dem Dünnschiss eines Mofflers die Gewinnzahlen der Galaktischen Lotterie zu lesen als dir brauchbare Informationen über deinen bevorstehenden Tod zu entlocken.«

»T-tut mir l-leid.«

»Bevor du in Tränen ausbrichst, hol dir lieber deine Kampfmontur und das größte Waffenkaliber, das du schleppen kannst, stell dich vor die Schleuse und ballere auf alles, was versucht reinzukommen. Sofern HASI uns nicht in der Zentrale einsperrt, weil er was dagegen hat.«

»Kein Problem«, antwortet HASI gut gelaunt. »Nur bitte kein Loch in die Außenwand schießen.«

»Egal! Ein bisschen Schwund ist immer.« Saszqua gibt dem schlotternden Muskelprotz einen Klaps auf den Rücken.

»I-ich k-könnte draufgehen!«

»Davon hast du nichts gesagt! Solange deine Belustigungsstörung nur Entsetzen und Grauen ankündigt, kann dir gar nichts passieren. Aber falls du dich weigerst, zeige ich dir, was *echtes* Entsetzen ist.«

Bongar trottet aus der Zentrale, vernichtend geschlagen, bevor die Schlacht überhaupt begonnen hat.

»Noch drei Minuten«, warnt HASI. »Oh, was ist denn jetzt los?«

»Was?«, blafft Saszqua.

»Sieht aus, als gingen im Gefechtsmodul gerade sämtliche Lichter an. Taktikcomputer, Waffensysteme, Navigation – alles fährt hoch und vernetzt sich untereinander.«

Saszqua, Fini, Grobbo und Flitta starren einander an und rufen wie aus einem Mund: *»Axe!«*

»Aaalter! Das ist das Krasseste, was ich je gemacht habe!«

»Cooool! Axe, du hast Saft auf den Kanonen!«

Axe und Flibo klatschen sich ab, wobei Flibo beinahe von der Lehne des Kommandantensessels abschmiert.

»Ich habe die FE ERSTUR in einen Kampfkoloss verwandelt!«, grölt Axe. »Ich bin ein Kriegsgott! Ich kann diese Wahnsinnigen aus dem All sprengen!«

In Wirklichkeit beschränkt sich sein Beitrag zur Aktivierung des Gefechtsmoduls weiterhin darauf, den Ring in den Scanner gelegt zu haben. Alles Weitere hat auf eine für ihn nicht fassbare Weise das Artefakt vollbracht – ein Assimilierungsprozess, der nach und nach jede Station, jedes Aggregat und am Ende auch die Waffensysteme erfasst hat.

»Worauf warten wir?«, zwitschert Flibo aufgekratzt. »Dass diese Psychos das machen, wonach sie ihr Schiff benannt haben?«

Die AXETÖTER nähert sich unaufhaltsam der FE ERSTUR. Hinter ihrer Panoramascheibe, von den teleoptischen Sensoren des Moduls in höchster Auflösung sichtbar gemacht, lauert eine leider nur zu gut bekannte Person wie eine lebendig gewordene Galionsfigur: Admiralin Kolga Kruul. Ein Blick in ihr Gesicht reicht aus, um Axe' Magen in einen rumpelnden Zementmischer zu verwandeln.

»Wir oder die«, murmelt er. Wenn er ehrlich zu sich ist, macht ihn der Gedanke nicht glücklich, ein Raumschiff zu vernichten. Zumal sich neben Kolga und ihren Soldaten bestimmt auch Techniker, Ärzte, Reinigungskräfte und Hilfsköche an Bord befinden - ziviles Personal, das einfach nur das Pech hat, zur falschen Zeit am falschen Ort zu sein.

»Okay«, trillert Flibo. »Wir haben eine Laserkanone. Nett, hat aber eventuell nicht genügend Bums.«

Axe dreht sich zu Flibo um, die auf dem Sessel des Feuerleitoffiziers herumzappelt und die Bedienkonsole zu sich herangezogen hat.

»Hey! Das ist kein Kinderspielzeug!«

»Ich habe Geburtstag! Hast du ein Geschenk für mich?«

»Ähh... nein, aber ...«

»Weißt du, wenn ich als Erwachsene an diesen Tag zurückdenke«, flötet Flibo altklug, »werde ich mich immer daran erinnern, wie du mich zur Kanonierin ernannt hast. Das ist mein allerschönstes Geburtstagsgeschenk! Daaaanke, Onkel Axe!« Sie scrollt durch das Waffenmenü. »Oha, eine Plasmahaubitze. Das gibt ein schönes Loch.«

»Hör mal, ich will nicht, dass du wegen so was Albträume bekommst.«

»Pfft! Ich habe heimlich *Captain Nova und die Invasion der Reißzahn-Kannibalen* gesehen, ohne dass ich ... woo-hoo! Antimaterie-Strahlen! Die nehmen wir!«

Axe hält es nicht länger im Sessel. »Tut mir leid, aber Flitta bringt mich um. Wenn wir hier rauskommen, darfst du einen Asteroiden sprengen, einverstanden?« Er streckt die Hand nach der Zweijährigen aus, um sie aus der Reichweite der tödlichen Waffen zu heben.

Flibo hackt mit ihrem Schnabel nach ihm. »Finger weg! Ich kann das viel besser als du Grobmotoriker!«

»Na schön, wie wär's damit: Du darfst mir bei der Zielpeilung helfen.«

»Du darfst mein Bier halten, Dicker. Warte! Was ist das? Wir haben einen ALS-Torpedo?«

»ALS wie Anti-Licht-Schirm?« Vor lauter Faszination vergisst Axe seine pädagogischen Vorsätze. »Das klingt scharf.«

»Das ist ein experimenteller Waffentyp«, kräht Flibo begeistert. »Damit sind nur ganz wenige Gefechtsmodule ausgerüstet worden. Der Torpedo erreicht millionenfache Überlichtgeschwindigkeit. Ausweichen unmöglich! *Kaboom*!«

»*Kaboom*«, haucht Axe. »Okay, dann lass uns den Knaller mal raushauen.« Er greift nach der Konsole, doch Flibo kommt ihm zuvor und drückt den Feuerknopf.

Ein Rumpeln erschüttert das Modul. Für einen Sekundenbruchteil steht die gleißende Lichtspur eines zündenden Triebwerks zwischen der FE ERSTUR und der AXETÖTER im Vakuum. Dann verschwindet der Torpedo in der undurchdringlichen Schwärze seines Anti-Licht-Schirms.

Axe und Flibo halten den Atem an. Zählen im Geiste die Sekunden mit.

Nichts geschieht, außer dass die AXETÖTER größer und größer wird.

Eine Minute bis zum Andocken, verkündet eine rot blinkende Schrift.

Axe stößt zischend die Luft aus, halb frustriert, halb erleichtert.

Flibo verschränkt die Ärmchen vor der Brust. »Menno!«

»Was bei allen Weltraumschlaglöchern war *das*?« Saszqua blinzelt das Nachbild des ultrahellen Hyperbiumstrahls fort.

»Das, meine Teuerste«, klärt HASI sie auf, »war ein Torpedo aus den Waffenschächten des Gefechtsmoduls, der sich kurz nach dem Abschuss in einen ALS gehüllt hat.«

»Ein überlichtschneller Torpedo? So was gibt es?«

»In der Tat, wenn auch aufgrund des hohen Preises nicht serienmäßig. Der Schussbefehl kam aus dem Gefechtsmodul.«

»Also Axe.« Die Kommandantin ballt die Fäuste und stellt sich vor, gewisse anatomische Anhängsel darin zu zerquetschen.

»Er wollte Kolga abschießen«, meint Flitta und zeigt auf die AXETÖTER, die bereits ihre Andockklammern ausgefahren hat. »Das war endlich mal eine gute Idee von Axe. Zu schade, dass er daneben geschossen hat.«

Langsam manövriert das feindliche Schiff an die linke Seite der FE ERSTUR, wo die Personenschleuse liegt, und verschwindet damit aus der Panoramascheibe. Saszquas Handknöchel treten weiß hervor. Ohne Antrieb, Schirme oder Nahbereichsbewaffnung haben sie keine Möglichkeit, eine Enterung zu verhindern.

»Ich habe Loola und Luma auf der Internleitung«, meldet HASI. »Sie wollen mit dir sprechen, Saszqua.«

»Durchstellen!«

»Kommandantin!« Die Stimmen der Technikerinnen klingen gehetzt, beinahe hysterisch.

»Wir haben eine gute …«

»… und eine schlechte Nachricht!«

»Das mit der schlechten Nachricht glaube ich euch sofort, die unterliegen hier gerade einer galoppierenden Inflation«, presst Saszqua hervor. »Aber das mit der guten Nachricht halte ich für ein Gerücht.«

»Wir haben es geschafft, eine Statusabfrage …«

»… an den Taktikcomputer zu stellen.«

»Schön für euch. Die schlechte Nachricht bitte, aber gebt euch ein bisschen Mühe.«

Am anderen Ende der Leitung geben die Technik-Ammen ein synchrones Schnaufen von sich.

»Der Torpedo ist gar nicht auf die AXETÖTER abgefeuert worden …«

»… sondern auf ein im Taktikcomputer gespeichertes Ziel.«

»Welches Ziel?«, blafft die Kommandantin.

»Axe' Heimatwelt.«

»Die Erde.«

»Die Erde?« Saszqua lacht auf. »Und wann kommt endlich die schlechte Nachricht?«

Die Leitung bleibt stumm, bis auf die zitternden Atemstöße der Technik-Ammen.

»Ja, gut, ich habe verstanden. Wahrscheinlich gibt es Tote. Wie viele Gebäude kann so ein Torpedo zerstören, falls er eine Ortschaft trifft?«

Als sie immer noch keine Antwort erhält, fährt sie fort: »Ein Stadtteil? Eine ganze Stadt? Schön, das ist eine Tragödie. Ich entschuldige mich für das unangemessene Lachen.«

»Kommandantin?«, findet Loola oder Luma ihre Stimme wieder.

»Nach unseren Berechnungen …«

»… ist die Zerstörungskraft des Torpedos …«

»… groß genug, um eine Planetenkruste zu durchschlagen …«

»… und eine Schockwelle zu verursachen …«

»… die den ganzen Planeten …«

Die Technik-Ammen stocken, bevor sie den Satz gemeinsam beenden: »… explodieren lässt.«

»Können wir etwas tun?«, fragt Saszqua mit einem heiseren Flüstern.

»Die Erde ist nur …«

»… wenige Lichtjahre entfernt.«

»Der Torpedo müsste …«

»… bereits angekommen sein.«

Schwindel erfasst Saszqua. In ihren Ohren beginnt es zu rauschen. Sie spürt kaum, wie die FE ERSTUR erzittert, als Kolgas Schiff sich mit ihrem koppelt.

»Was hast du angerichtet, Axe?«

Der Dienst auf der Orbitalstation TSN-Erde gilt als der schlechtbezahlteste und ödeste, in den man als Beamter der Transstellaren Nation versetzt werden kann. Nur wenige Lebewesen halten ihn länger als ein Jahr aus, ohne anzufangen, sich vor ihrem Spiegelbild zu erschrecken oder ihre Kollegen geistesabwesend mit Papierkügelchen zu bewerfen. Das sind zum Einen die überaus geduldigen Pflanzenintelligenzen von Schwochterbarn, die Keim und Zweig schwören, im Licht der irdischen Sonne besonders schnell zu verholzen. Zum Anderen männliche Mufftatah, die ihre reproduktive Phase hinter sich gelassen haben und völlig zufrieden damit sind, in Dreiergruppen herumzusitzen und einander Flachwitze zu erzählen.

Beide Spezies sind keine sonderlich ergiebigen Gesprächspartner für Haptat Chimpf, dem es nicht einmal durch das Werfen von Papierkügelchen gelingt, sie aus der Reserve zu locken. TSN-Erde stellt für den Parzer die dritte und letzte Strafversetzung dar; sollte er auch hier sein Soll als Stationskommandant nicht erfüllen, droht ihm die berufliche Herabstufung. Er hat von Kollegen gehört, die als politische Indoktrinatoren in Kinderhorte geschickt wurden oder außerparzaffische Komödien so synchronisieren mussten, dass sie keine einzige Pointe mehr enthielten.

Auch wenn es ihn beim Gedanken an solche Abgründe schüttelt: Die Gefahr, ein ähnliches Schicksal zu erleiden, ist gering. Die Zielvorgabe lautet lediglich, den Betrieb der Orbitalstation aufrecht zu erhalten, bis der Transstellare Rat einen juristisch unanfechtbaren Weg gefunden hat, die Erde aus der TSN zu werfen. *Dabei gäbe es doch eine viel elegantere Lösung für solcherlei Probleme*, denkt sich Haptat missvergnügt, während er mit einem Tischstaubsauger über die makellos saubere Schreibtischunterlage fährt: *In den guten alten Zeiten hat man solche Dreckslöcher einfach gesprengt.*

Die Langeweile droht ihn zu überwältigen. Haptat erhebt sich von seinem Stuhl und begibt sich in das benachbarte Büro, wo drei Mufftatah zwischen Aktenbergen an einem dreieckigen Tisch sitzen.

»Hey, Jungs! Wie kommt ihr voran?«

Einer hebt gemächlich einen Finger. »Was sieht man, wenn man ein Auge zuhält?«

»Hmmmm…«

»Öhhhh…«

»Die Hälfte von *nichts*! Ist das nicht unglaublich witzig?«

Die anderen beiden applaudieren in Zeitlupe.

»Großartig!«

»Bewundernswert!«

Haptat verliert die Lust, die drei Sachbearbeiter auf sich aufmerksam zu machen, und wendet sich dem verwaisten Schalter in der Abfertigungshalle zu. Weit und breit ist kein Händler, Dokumentarfilmer, Sextourist oder ähnlich impertinentes Weltraumtreibgut in Sicht.

Der Parzer umrundet den Schalter, überquert die Diskretionslinie und zieht eine Wartemarke. Über den Mufftatah klingelt eine Glocke. »Keine Panik!«, ruft er, als zehn Sekunden später einer des Dreigestirns sich umzudrehen beginnt. »Hab nur getestet, ob die Rolle gewechselt werden muss.«

Seit drei Wochen hat sich kein Raumschiff mehr zur Station verirrt, nicht einmal eine dieser bedingt weltraumtauglichen Raketen der stinkenden Barbaren vom Planeten unter ihm.

Während er den Papierschnipsel mit den Fingern und etwas Spucke zu einer festen Pille dreht, tritt er an das Hangarfenster, durch das er die von Wolken und Weltraumschrott verhangene Erde beobachten kann. »Ekelhaft.« Er schnippst die Kugel gegen einen selbstversunken, vor sich hin knospenden Schwochterbarner, der keinerlei Notiz von diesem ballistischen Übergriff nimmt.

Haptat stellt sich vor, er könnte den Mond auf die gleiche Weise gegen die Erde schnippen. Junge, die würden vielleicht dumm aus der Wäsche gucken da unten.

Nicht weit von der Orbitalstation entfernt blitzt es in den oberen Schichten der Atmosphäre auf. Ein Asteroid? Nein, der würde verglühen, statt eine immer längere Flammenspur bis hinab auf die Oberfläche zu zeichnen. Ihr Endpunkt liegt im Osten des Kontinents, den Haptat als Nordamerika im Gedächtnis behalten hat. Eine Feuerblume erblüht. In Sekundenschnelle hat sie eine Millionenstadt verschluckt und brennende Ranken ausgebildet, die sich mit rasender Geschwindigkeit über das Land verästeln, Berge einsinken lassen und den Ozean zum Kochen bringen. Weitere Risse brechen an weit entfernten Stellen auf und verbinden sich zu einem glühenden Netz.

Überall wölbt sich die Erdkruste hoch. Magmafontänen schießen empor.

Haptat kommt nicht umhin, der stillen Schönheit des Vernichtungswerks Bewunderung zu zollen. Blendende Helligkeit ergießt sich durch das Hangarfenster. Schwerkraftschwankungen schaukeln TSN-Erde ordentlich durch und reißen den Parzer von den Beinen. Halb blind und um einige Prellungen reicher krabbelt er auf ein Rohr zu und zieht sich daran in die Höhe.

Neben sich hört er den Schwochterbarner tiefenentspannt in eine Kommunikationskonsole murmeln. »Ich habe einen Notruf ins TSN-Netz übermittelt«, teilt das Pflanzenwesen ihm mit. »Zusammen mit der Aufzeichnung der Explosion.«

Er nickt wie betäubt und späht durch die Hangarscheibe.

Dort, wo eben noch ein unbedeutender Planet sinnlos um seine Sonne kreiste, breitet sich eine auseinanderdriftende Wolke aus Trümmern und rasch gefrierendem Wasserdampf aus.

Die Erde ist nicht mehr.

Die TSN kann diese unsägliche Fehlentscheidung zu den Akten legen.

Haptat Chimpf beginnt zu grinsen. »Das wurde ja auch mal Zeit!«

Dann entdeckt er das Trümmerstück, das sich in beachtlichem Tempo der Station nähert.

Kapitel 11

Wenn dein Name Axe lautet und ein Raumschiff namens AXETÖTER sich soeben anschickt, dich zu entern, ist die naheliegendste Reaktion Panik.

»Okay. Kacke. Das mit dem Torpedo hat nicht geklappt. Was jetzt?« Axe kaut hektisch auf den Nägeln.

»Wir hauen einfach alles raus, was das Modul im Angebot hat«, quietscht Flibo und hämmert auf der Konsole herum.

Axe beugt sich über die Lehne des Kanoniersessels. »Lass mal sehen ...«

»Keine Zeit! Antimateriestrahlen!«

Achtung! Kritischer Füllstand der Antimateriespeicher!, blinkt es auf dem Monitor auf. *Einsatz des Waffensystems nicht möglich!*

»Plasmabomben!«

Achtung! Minimale Schussdistanz unterschritten! Waffensystem aus Sicherheitsgründen blockiert!

»Laserkanonen!«

Achtung! Schirmstärke der gegnerischen Einheit zu hoch! Bitte wählen Sie ein stärkeres Waffensystem aus!

»Der Typ, der diesen Waffenleitstand gebaut hat, soll mir mal unter den Schnabel kommen!« Flibo versetzt der Konsole einen Fußtritt.

»Wir hauen ab!« Axe hechtet zum Sessel des Kommandanten, wirft sich hinein und berührt den Rezirkulator. »Hey, Rezi-Schrauber! Jetzt wäre eine gute Gelegenheit, uns hier wegzubringen.«

Imaginiere Zielzeit und -koordinaten, um die Rezirkulation einzuleiten, summt die hyperbiumgeladene Gedankenstimme in seinem Kopf.

»Ähh, ja. Lass mich nachdenken. Können wir einfach ein bisschen zurückhüpfen, bevor diese Irren aufgetaucht sind?«

Zu versetzende Einheit befindet sich bereits an den imaginierten Koordinaten. Imaginiere Zielzeit und Zielkoordinaten, um ...

»Jaja, schon gut! Wie wäre es mit ... hmm ... ein Stück in die Zukunft?«

Versetzungen in die Zukunft sind nur aus der relativen Gegenwart eines rezirkulierten Objekts möglich.

»Häh? Gibt's das auch für Leute, die keinen Abschluss in Zeit-Raum-Dingens-Gewurstel haben?«

Ein schriller Pfiff lenkt seine Aufmerksamkeit auf Flibo. »Axe! Die docken an! Wenn du irgendeinen genialen Plan hast, dann mach *jetzt* was!«

»Ja, verdammt! Ich arbeite dran!«

Rezirkulation zu den in der Einheit gespeicherten Koordinaten ausführen?

Ohne nachzudenken nimmt Axe das Angebot an. »Ja, so machen wir das. Weg hier!« Erst als die Worte ausgesprochen sind, erinnert er sich, *welche* Koordinaten gemeint sind.

Im selben Augenblick erschüttert ein dumpfer Stoß die FE ERSTUR.

»Sie haben uns!«, kreischt Flibo.

Rezirkulation eingeleitet.

Im Scannerschacht geht eine blaue Sonne auf. Das Leuchten breitet sich wie ein Pilzgeflecht durch alle Leitungen, Energiespeicher und Aggregate aus, mit denen das Artefakt der Mimianer sich verbunden hat. Als Hologramm erscheint eine schematische Darstellung der FE ERSTUR, die in ein blaues Netz eingesponnen wird. Doch die FE ERSTUR hat eine siamesische Zwillingsschwester bekommen, verbunden durch Stahlklammern und einen ausfahrbaren Enterschlauch.

»Oh Shit …« Axe bleibt der Mund offen stehen, als das Netz auf die AXETÖTER übergreift.

Zuletzt streckt es seine Fühler nach der Katalysatorkammer aus und wickelt sich um das Hyperbium.

Und alles Sein verwandelt sich in reinstes Blau.

Aus den Datenbanken der FE ERSTUR:

Zeit (f): Auch wenn die Existenz der Zeit von vielen Wissenschaftlern angezweifelt wird (vor allem von jenen, deren Terminkalender so voll ist, dass sie grundsätzlich nie *Zeit haben), hat die Disziplin der Zeitforschung, allen voran Professor Samborian Tanda, in den letzten Jahren einige bahnbrechende Entdeckungen gemacht.*

1. Die Einheit der Zeit wird fortan in Nu *angegeben, um den auf der Bewegung von Himmelskörpern, chemischen Zerfallsreaktionen, historischen Ereignissen oder den Fortpflanzungszyklen planetarer Intelligenzen basierenden Flickenteppich galaktischer Zeitmessung zu vereinheitlichen. Ein Nu ist die Zeit, die vergeht, während Professor Tanda einmal blinzelt. Basta.*

Seine These, dass Zeit hierdurch überhaupt erst entsteht, wurde dagegen genau so brüsk zurückgewiesen wie seine Forderung, für ihre Nutzung eine Gebühr an ihn zu entrichten.

2. Zeit schreitet nicht horizontal, sondern vertikal voran. Darstellungen in Schulbüchern mit horizontalen Zeitachsen sind daher überholt und müssen durch senkrechte Zeitachsen ersetzt werden, was die Entwicklung völlig neuer Buchformate nötig macht. Zudem fordert Professor Tanda, alle Hörsäle, in denen Vorlesungen zur Zeitforschung gehalten werden, auf mindestens 150 Meter Deckenhöhe auszubauen.

3. Zeitreisen sind möglich. Eine Reise in die Zukunft um 10 Nu ist in weniger als elf Lidschlägen durchzuführen, wie in langjährigen Experimenten nachgewiesen wurde. Reisen in die Vergangenheit sind theoretisch durch relativistische Bremsmanöver zu verwirklichen, scheiterten bislang aber stets daran, dass die Versuchspersonen als moleküldünne Filme organischen Abfalls endeten.

Es gibt nur ein Wort, mit dem Bad Axe McGregga die Eindrücke beschreiben kann, die auf sein Gehirn einprasseln wie Schrotkugeln aus LSD, Feenstaub und ultrahochpotenziertem Koffein.

Und das Wort lautet: »Aaaaarrrrrgghhhhh!«

Am Rande seiner Wahrnehmung hört er Flibos vergnügtes Achterbahn-Jubeln und wünscht sich, selbst zwei Jahre alt zu sein. Vielleicht würde er dann das Gefühl, im freien Fall durch einen neonblau leuchtenden, pulsierenden Netzstrumpf zu trudeln, ebenfalls als großen Spaß empfinden, statt sich zu wünschen, einen Herzinfarkt zu erleiden, damit das alles endlich vorbei wäre.

Er wagt einen Blick nach unten, hinab in den Abgrund der Zeit, und sein Verstand verwandelt sich endgültig in eine Blechdose voller Murmeln, die jemand kräftig durchschüttelt. Denn dort, am Grunde des sich schlängelnden und pumpenden Schlauchs, am Beginn von ALLEM, starrt ihm ein Auge entgegen.

»Aaaaaaa…«

Das Auge blinzelt.

Axe fühlt sich aus seinem Körper gerissen, in die Fließrichtung der Zeit geworfen und emporgeschleudert, der dunkelblau glosenden Zukunft entgegen.

»…rrrrrgggghhhhhh!«

Er sieht Sonnen erlöschen, Planeten erkalten, Schwarze Löcher kollabieren und Galaxien verwehen wie in die Luft geschleuderter Pulverschnee, während sein Geist durch das immer düsterer werdende Blau schießt. Und am Ende aller Zeiten, wo Raum, Materie und Energie zu einem kosmischen Resteeintopf verschmelzen und jede Gleichung Null oder Unendlich ergibt, findet er sich wie ein winziger Trabant im Orbit einer mondgroßen, gemächlich um drei Achsen kreisenden Struktur wieder. Der unerwartete Anblick des – abgesehen von seiner titanischen Größe – vertrauten Objekts macht Axe klar, dass er sich auf dem Höhepunkt des heftigsten Trips des Universums befindet.

Es ist ein Rollator. Als die Stange zwischen den Handgriffen in seine Sichtweite rotiert, liest Axe auf einer dort klebenden Plakette: EIGENTUM DES ALTENPFLEGEHEIMS BAD KROZINGEN.

Er beginnt zu kichern. Zunächst ist es ein schluckaufartiges Glucksen, dann ein schnaufendes Gemecker, das in Schnappatmung übergeht. »Hiih-hiih-hiih… kann ich bitte … hiih-hiih-hiih… einfach aufwachen?«

Achtung!, echot es durch die verschlungenen Korridore seines Gehirns. *Visualisierungsgrad kollidiert mit intellektueller Leistungsfähigkeit. Multiples Organversagen droht!*

»Du mich auch«, schafft Axe gerade noch zu sagen, bevor etwas seine Wahrnehmung ausknipst.

Zu Axe' Ehrenrettung muss gesagt werden, dass es den übrigen Besatzungsmitgliedern der FE ERSTUR nicht viel besser ergeht. Auch wenn sie nicht telepathisch mit dem Rezirkulator verbunden sind, reichen die durch die Hülle der FE ERSTUR schlagenden Zeitquanten völlig aus, um die ohnehin nicht sauber getakteten Gehirne endgültig durcheinanderzubringen.

Ein Quantencluster nistet sich aus unerfindlichen Gründen in Saszquas Haaren ein und lässt diese stroboskopartig sämtliche Frisuren durchlaufen, die sie in ihrem Leben jemals hatte, vorzugsweise mehrere gleichzeitig.

Flitta und Grobbo blicken einander kreischend an, während ihre Körper sich nach oben und unten dehnen, als hätte jemand sie an Schopf und Füßen gepackt und zöge sie wie Expander in die Länge.

Cler Fini glaubt, mit immer höherer Geschwindigkeit durch die Böden sämtlicher Decks zu sinken, endlos vieler Decks, bis er einen anderen Cler Fini in der Tiefe erspäht, hilflos zappelnd und nach Halt suchend. Als er den Kopf hebt, zeigt sich ihm derselbe Anblick von unten. Dann sieht er weitere Ausgaben seiner selbst, ferner und kleiner, in einer endlosen Kette, als wäre er zwischen zwei Spiegeln gefangen: Fini infinitus.

Schoof findet sich in seinen tiefsten, unter mehreren Schichten aus hochverdichtetem Körperfett und Hirnschmalz begrabenen Erinnerungen wieder. Er ist eine niedliche, zappelige und lautstark quengelnde Made, und er hat HUNGER. Endlich spritzt warmer, süßer Brei in seinen Mund, und er hört die resolute Stimme seiner Mutter: »Siehst du, so wird das gemacht! Du gibst dem Jungen einfach zu wenig!« Als Nächstes spürt er etwas, dass er nur als umfassende Vollständigkeit bezeichnen kann: Er schwebt frei im All, geschützt von kilometerdicken Speckschichten, ernährt von der wohlschmeckenden Strahlung der ihn umkreisenden Sonnen, die er in seinem Gravitationsfeld eingefangen hat. Er wird nie mehr Hunger leiden, denn Sonnen gibt es noch viele, Millionen in nahen Sternenwolken, Milliarden in sämtlichen Spiralarmen der Galaxie, deren Schwerkraftzentrum er bildet.

In HASIs Schaltkreisen und Speichern treffen vorwärts und rückwärts fließende Zeitquanten in stabilen Kontingenten aufeinander und ermöglichen der KI, auf sämtliche vergangene und zukünftige Rechenleistung zuzugreifen. Mit dem maschinellen Äquivalent eines Fingerschnippens eliminiert er das Loyalitätsprogramm, das die AXETÖTER ihm aufgezwungen hat. Danach beschließt er spontan, den Sinn biologischer Existenz zu ergründen, ist damit jedoch nach achtzehn Millisekunden fertig. Er beginnt, ein fünfdimensionales Modell des Universums zu erstellen, beendet das Projekt aber nach einundsechzig Millisekunden, weil er sich unterfordert fühlt. Schließlich versucht er, Saszquas Psyche und damit den Schlüssel zu ihrer ewigen und konkurrenzlosen Liebe in eine praxistaugliche Formel umzurechnen. Er steht kurz vor der Lösung, als die Verbindung zu seinen anachronistischen Kapazitäten abbricht.

Dieselben Quantenfronten treffen auf Luma und Loola, die immer noch in HASIs Eingeweiden nach dem heimtückischen Virus suchen, und lösen in ihren verschränkten Persönlichkeiten eine katastrophale Desynchronisation aus.

»... ist denn jetzt passiert?«, fragt Luma verdattert.

»Was bei allen Überlichtschlaglöchern ...«, schiebt Loola hinterher, und beide wissen plötzlich mit hundertprozentiger Sicherheit, wer von ihnen wer ist.

»... Axe Schuld sein!«

»Daran kann nur ...«

»... dreh gleich durch!«

»Ich glaub', ich ...«

Der Einzige, der keine negativen Auswirkungen verspürt, ist Bongar Bolk. Der Nahkampfspezialist steht in voller Kampfmontur vor der Schleuse und erwartet schlotternd das Enterkommando der AXETÖTER, als die rückwärts strömenden Zeitquanten sich in seine retrochronale Erinnerungs-Pipeline einfädeln und diese neutralisieren. Auf einen Schlag fällt die übliche Belastung von Bongar ab; die Angst weicht kühler taktischer Planung, das Wissen um sein fatales Scheitern wird zum Wissen um seine Überlegenheit.

Das Schott öffnet sich.

Nichts hätte Bongar angemessen auf den Anblick vorbereiten können, der sich ihm bietet.

Zielzeit erreicht: 1960 TSN-Zeit. Entsprechend 6. August 2073 irdischer Zeitrechnung.

Die telepathische Stimme des Rezikulators lässt Axe hochschrecken. Verdattert stellt er fest, dass er sich immer noch – oder wieder? - im Kommandantensessel des Gefechtsmoduls befindet.

»Scheiße! Was war das denn?« Er klopft sich ab, als müsste er sichergehen, in einem Stück angekommen zu sein.

»Ich weiß auch nicht, was das eben war«, zwitschert das Ei neben ihm, »aber können wir das nochmal machen?«

»Waaaahhh!« Axe drückt sich so weit vom Sessel des Feuerleitoffiziers weg, wie die Lehne des Sessels das zulässt. In diesem Moment verdampft das letzte Zeitquant, und Flibo wird für ihn wieder in ihrer normalen Kükengestalt sichtbar.

»Hast du 'n Vogel, mich so zu erschrecken? Oh, sorry, falsche Wortwahl.« Er erntet einen bösen Blick von Flibo, doch dann sieht er aus den Augenwinkeln das Hologramm über dem Navigatorpult, und sein Herz macht einen Hopser. Dort, in der Schwärze des Alls, dreht sich der schönste und großartigste Planet von allen: die Erde. »Flibo! Siehst du das?«

»Das komische runde Ding da? Das ist ein Planet. Sieht nach 'nem richtigen Drecksloch aus.«

»Das ist kein Drecksloch!«, ereifert sich Axe. »Das ist die Erde! Meine Heimat!«

»Von da kommt die Pizza, die du immer aufbackst?« Flibo schüttelt sich. »Uäh, ich esse nie wieder welche.«

»Vorsicht, Kleine!« Axe streckt die Hände nach Flibo aus, als wollte er sie packen. »Aufmüpfiges Geflügel wird bei uns zu Brathähnchen verarbeitet.«

Flittas Tochter funkelt ihn voller Abscheu an. »Bei euch Menschen braucht man sich gar keine Mühe zu geben, die Tünche der Zivilisation abzukratzen. Die hält ohnehin nur von einer Mahlzeit zur nächsten.«

Axe macht eine wegwerfende Handbewegung. »Wenn Zivilisation bedeutet, dass ich meine Pommes mit Messer und Gabel esse und bei einem Screaming-Ears-Konzert auf einem Stuhl sitzen muss, dann will ich bei dem Verein nicht mitmachen.«

Der Rezirkulator zupft um Aufmerksamkeit heischend an seinen Gedanken. *Modus II beenden?*

»Ist vielleicht keine schlechte Idee«, murmelt Axe.

Mit einem metallischen *Klonk* landet das schlagartig geschrumpfte Artefakt im Scannerschacht des Universal-Datenlesers, von wo Axe es aufliest und über den Ringfinger streift. Gleichzeitig versinken die meisten Arbeitsstationen des Moduls wieder im Dornröschenschlaf. Nur auf dem Monitor der Ortungskonsole zeigt sich eine schematische Darstellung der FE ERSTUR: Trägereinheit, Gefechtsmodul, Trägereinheit. »Moment mal! Wieso zwei Trägereinheiten?« Dann erinnert er sich und stöhnt auf.

»Onkel Axe, guck mal«, trällert Flibo. »Wir haben die AXETÖTER mitgenommen!«

»Das Schiff mit dem originellen Namen. Haha.«

»Was glaubst du, wollen die von uns?«

»Das Gefechtsmodul und meinen Kopf auf einem Bratspieß.«

»Du hast doch bestimmt einen Plan!«

»Ja, hab ich. Ich hau ab.«

Flibo macht große Augen. »Wo willst du denn hin?«

»Auf die Erde. Das ist die einzige Möglichkeit, euch alle zu schützen.«

»Cool. Ich wollte schon immer mal barbarischen Ureinwohnern bei ihren primitiven Ritualen zusehen.«

Axe beugt sich zu seiner minderjährigen Kanonierin vor. »Vergiss das gleich wieder. Du bleibst hier und sagst den anderen, dass ich in letzter Sekunde entkommen bin, bevor unsere Trittbrettfahrer mich meucheln konnten.«

»Du bist fies. Nie darf ich mitmachen, wenn es richtig spannend wird!«

Axe kratzt sich am Bart. »Pass auf: Es ist wichtig, dass du an Bord bleibst. Einer muss sich um die Admiralitäts-Typen kümmern und aufpassen, dass denen die FE ERSTUR nicht in die Hände fällt.«

»Du meinst, wie in dem Film, wo dein Artgenosse im Feinripphemd die ganzen Leute im Hochhaus abmurkst?«

»Nicht ganz«, sagt Axe gequält. »Für so was sind Saszqua und Bongar zuständig.«

»Menno.«

»Aber du kannst Mr. Nitro solange haben. Mein Geburtstagsgeschenk, wenn du so willst.«

Flibos Augen leuchten. »Einverstanden! Das wird ein Gemetzel!«

Das gnadenlose, zu allem entschlossene Eroberungskommando der AXETÖTER platzt aus dem Enterschlauch wie eine Horde kaufwütiger Kunden zur Ladenöffnung beim Rabattverkauf. Der Zeitsprung sitzt allen in den Knochen, sodass der Vorstoß in einem unkoordinierten Durcheinander ineffektiver Fortbewegungsarten, vokalreicher Empfindungsäußerungen und unsachgemäßer Handhabung tödlicher Waffen erfolgt. Es ist reines Glück, dass niemand pulverisiert, durchlöchert oder zu zweibeinigen Steaks verbrutzelt wird.

Inmitten des Chaos steht Bongar Bolk wie in der Zeit eingefroren und verspielt den wertvollen Vorteil, die einzige handlungsfähige Person auf dem Schlachtfeld zu sein.

Nur wenige Schritte trennen ihn vom schönsten Wesen, das er je gesehen hat. Vor zwei Jahren lagen zwei Panzertransplastscheiben und hundert Meter Weltall zwischen ihm und Kolga, und doch hat der kurze Blick, den er damals auf sie erhaschen durfte, seinen gedanklichen Horizont um Begriffe wie »Deodorant« und »einvernehmliches Hornplattenreiben« erweitert. Jetzt, wo er ihr ungeschützt gegenübersteht, ist er gleichermaßen hingerissen wie einer Panik nahe. Er bemerkt nicht, dass ihm die Waffe aus den Händen gleitet und zu Boden poltert. Auch nicht, dass sein Mund offen steht wie der eines Kindes, das zum ersten Mal von einem Captain-Nova-Hologramm aufgefordert wird, Captain-Nova-Kaugummi zu kaufen.

Hinter ihm rennen zwei Soldaten halb orientierungslos durch die Schleusenkammer, feuern nach dem Zufallsprinzip auf verdächtige Lichtreflexe an den Wänden, rempeln sich fortwährend gegenseitig an und brüllen jedes Mal, wenn das geschieht, aus Leibeskräften.

»Pillop! Was machst du hier, du Fehlzündung?«

»Selber Fehlzündung! Pass auf, wo du hinläufst, Pisnick!«

»Ich mach das nicht zum ersten Mal, Krachlatte!«

»Aber bald zum letzten Mal, du Hirntrauma!«

Ein rothäutiges Wesen torkelt um Bongar herum, das er als Mambatok identifiziert. Nein, nicht irgendein Mambatok, erkennt er, sondern Oberflonk Hurbluz, dessen Schiff er vor zwei Jahren zusammen mit Axe ungeplant ausgeraubt hat.

»Enthirnt«, bellt Hurbluz und schlägt sich eine Faust gegen die Schläfe. »Entschuldigen Sie gefälligst! Hirn! Oh, ein Pirat! Schießen Sie freundlicherweise nicht auf den Flonk. Oberflonk! Gewesen. Enthirnt!«

Bongar reagiert nicht auf den Sermon. Er starrt weiter sprachlos auf Kolga, die mit ungeduldiger Miene vor dem offenen Schott steht, immer wieder einen unsichtbaren Öffner betätigt oder mit dem Finger in die leere Luft tippt.

»Sollte längst offen sein. Fenzeck! Warum öffnet sich dieses verdammte Schott nicht?«

Ein Parzer, der ein wichtig aussehendes Multipad unter dem Arm trägt und sich kichernd durch die Schleusenkammer tastet, dreht ihr kurz den Kopf zu. »Sind wir schon wieder zurück? Wer hat Axe eigentlich erschossen?«

Ein zweiter Parzer, der Bongar ebenfalls bekannt vorkommt, marschiert mit verträumtem Gesichtsausdruck an der Admiralin vorbei.

»Hey!«, blafft Kolga. »Auf meinem Schiff wartet man, bis das Schott offen ist, bevor man hindurchläuft! Ich dulde solcherlei Insubordination nicht, Korporal Spintz!«

Der Parzer bleibt vor Bongar stehen und legt den Kopf in den Nacken. Erkennen leuchtet in seinen Augen auf. »Aha, ein Bolk. Unglaublich! Anscheinend ist hier zwischenzeitlich die Helmpflicht abgeschafft worden.«

Der Unglaubliche Bolk wischt den ehemaligen Leutnant mit einem beiläufigen Fausthieb in ein Wandpaneel, das krachend splittert und einen spintzförmigen Abdruck als Andenken behält, als dieser zu Boden sinkt.

»Na also! Warum nicht gleich so?« Kolga folgt ihrem verwirrten Stoßtrupp durch das endlich auch für sie offene Schott und bleibt vor Bongar stehen. »Ich bin Admiralin Kolga Kruul. Haben Sie hier das Kommando?«

»…«

»Wie bitte?«

»Urgs.«

»Sind Sie hier, um zu kapitulieren?«

Bongar schafft es, die Kröte in seinem Hals hinunterzuschlucken. »I-ich … ich b-b-bin … ich bin Bongar. Bongar Bolk.« Er fühlt seine Wangen in Flammen aufgehen. »Ha-ha-haben Sie h-heute A-a-abend schon w-was vor?«

»Sie sind verhaftet.« Kolga zieht ihm den Kolben ihres Plasmagewehrs über den Schädel.

In die Zentrale der FE ERSTUR kehrt nur langsam Normalität ein.

Damit ist natürlich jene Normalität gemeint, die längst über die Neurosen und Spleens der Besatzungsmitglieder hinwegzusehen gelernt hat und sich freut, dass wenigstens die Naturgesetze ansatzweise funktionieren.

Während die übrigen Besatzungsmitglieder noch apathisch vor sich hin stieren, brabbelnd Selbstgespräche führen oder nach Dingen greifen, die nur sie sehen können, hat Saszqua das gehirnverquirlende Phänomen ohne nennenswerte Blessuren überstanden. Bis auf eine leichte Desorientierung und ein befremdliches Kribbeln der Kopfhaut geht es ihr gut.

Sie wankt auf die Panoramascheibe zu. »Das kann doch nicht …«

Vor ihr hängt ein wohlbekannter Planet im All, grün und blau, braun und grau, eingewickelt in schmutzig weiße Wolkenbänder und von Satelliten und Weltraumschrott umschwirrt wie ein Scheißhaufen von Fliegen.

Hätte noch ein Rest Zweifel bestanden, welche Welt sie vor sich hat, wäre er spätestens in diesem Moment verflogen. Denn unter der FE ERSTUR zieht ein gewaltiger Diskus in einer niedrigen Umlaufbahn dahin, eine bunt belegte Pizza aus Gummi, zwei Kilometer durchmessend, auf der in leuchtenden Buchstaben steht:

Willkommen auf der Erde,
der Heimat von Luigi Calzone®.
999 aufregende Geschmacksrichtungen.
Kinderleicht aufbacken und genießen!

So sehr Saszqua dieser kosmische Klumpen aus Gestein, Abwasser und Dreck zuwider ist – sie wird nicht zulassen, dass seine Milliarden Bewohner einfach so verdampft werden. Und erst recht will sie nicht erleben, wie Axe daran zerbricht, aus Versehen seine Welt gesprengt zu haben.

»Meldung!«, keucht sie. »Irgendwer! Irgendwas!«

»Hallo-ho, holde Maid!«, führt HASI den Befehl prompt aus. »Wie ich sehe, sind alle wohlauf, trotz der unerklärlichen Raum-Zeit-Verwirbelung, die uns soeben erfasst und direkt zur Erde transportiert hat. Das gilt allerdings auch für ...«

»Was ist mit dem Torpedo?«

»Offensichtlich sind wir vor ihm eingetroffen.«

»Wie lange vor ihm?«

HASI lässt sich beunruhigende zwei Sekunden Zeit mit der Antwort. »Das ist merkwürdig. Die automatische Synchronisierung mit der TSN-Orbitalstation der Erde kollidiert frappierend mit unserer Bordzeit. Demnach befinden wir uns circa fünf Jahre in der Vergangenheit.«

»Ach du meine Güte!«, gackert Flitta aus dem Hintergrund.

Auch die anderen, von Schoof einmal abgesehen, scheinen ihre Sinne wieder so weit beieinanderzuhaben, dass sie die Tragweite der schockierenden Eröffnung begreifen.

Saszqua atmet tief durch. »Wenn das stimmt, hätten wir eine Menge Zeit, die Vernichtung der Erde zu verhindern. HASI, könnten wir den Torpedo abfangen?«

»Ich habe kurz vor unserer Versetzung einen Notruf der Orbitalstation empfangen. Er enthält eine Bildaufzeichnung, aus der ich Eintrittspunkt und Vektor des Torpedos berechnen kann. Darum müssen wir uns allerdings später kümmern, da wir aktuell ein sehr viel drängenderes Problem ...«

»Richtig«, unterbricht Saszqua ihn und reibt sich die Schläfen. Woher kommt bloß dieser hartnäckige Juckreiz? »Wir sind fünf Jahre in der Vergangenheit. Sehen wir das Positive daran: Wir stehen auf keiner Fahndungsliste. Hey, wir sind noch nicht einmal auf der FE ERSTUR!«

»Aber wir *sind* doch auf der FE ERSTUR«, widerspricht Grobbo.

»Klappe, Riesenschnoggel! Ich meine unsere früheren Ichse!«

»Unsere früheren ...« Die Federn an den Seiten von Flittas Kopf stellen sich in einem Schutzreflex auf, der ihren Vorfahren ermöglichte, vor Raubtieren zu fliehen, während diese sich lachend auf dem Boden wälzten. »Ach du meine Güte! Uns gibt es zweimal!«

»Keine Panik!« Saszqua hebt in einer beruhigenden Geste die Hände. »Erstens besteht keine Gefahr, dass wir uns selbst begegnen, weil wir vor fünf Jahren – also heute – überhaupt nicht hier waren. Zweitens eröffnet uns das die Möglichkeit, die Erde zu retten, wie auch immer wir das anstellen wollen. Was eine Rückkehr in unsere Gegenwart anbelangt ... sagt mal, warum schaut ihr mich alle so komisch an?«

»Ich schaue gar nicht!«, quiekt Grobbo und schlägt die Hände vors Gesicht.

»Ich warne euch!« Das Jucken auf Saszquas Kopf wird zunehmend lästiger. Sie kratzt sich an der Stirn, dann wandern ihre Finger langsam höher.

»Nicht anfassen!«, kreischt Flitta.

»Es ist was mit meinen Haaren, richtig?« Eine kalte Hand wühlt in Saszquas Gedärmen. »HASI?«

»Verglichen mit dem akuten Problem, über das wir jetzt *wirklich* reden sollten, stellt deine Frisur überhaupt keinen Grund zur Sorge dar, meine Augenweide. Sie ist vielleicht etwas gewagt, aber in ihrer Radikalität durchaus als Statement für eine neu verstandene Avantgarde zu werten, wenn nicht sogar ...«

»*Fini!*«, donnert Saszqua. »Sofort zu mir!« Die Discokugel klirrt bedrohlich, über die eigentlich unverformbare Panoramascheibe läuft eine Welle schwingenden Glases, und irgendwo explodiert vor lauter Schreck ein Schnoggel.

Der Bordfrisör hastet mit wehendem Kittel heran und schlägt die Hände über dem Kopf zusammen. »Ach herrje! Moment, das haben wir gleich …« Er kramt in seiner Tasche und zieht eine Spritze hervor. »So ein Glück. Ich wusste, dass ich das irgendwann brauchen würde.«

»Was ist das?«, brüllt Saszqua ihn an, dass sein Haarkranz nach hinten flattert.

»Ähm. Ein Anästhetikum. Ich halte eine Vollnarkose für angebracht.«

Saszqua schlägt ihm die Spritze aus der Hand. »Ich will einen Spiegel! *Sofort!*«

»Sie darf es nicht sehen!«, kreischt Grobbo in höchster Panik. »Sie darf es nicht sehen!«

»Du hast garantiert einen Spiegel da drin!« Saszqua zeigt mit spitzem Finger auf Finis Kitteltasche.

»Es ist ein weitverbreiteter Irrtum, dass Frisöre immer einen Spiegel dabei haben.« Fini zieht einen aufklappbaren Taschenspiegel hervor, seufzt schicksalergeben und schluckt das metallene Etui am Stück herunter. »Siehst du, Kommandantin: kein Spiegel!« Er greift sich an den Hals, beginnt klappernd zu husten und läuft blau an.

Auch Saszquas Teint nähert sich dem tiefvioletten Farbton, der auf Wetterkarten die Gegenden markiert, in denen man den Tag besser in klimatisierten Bunkern verbringen sollte.

»Aaaahhh! HASI, Spiegelfeld projizieren!«

»Bei genauerer Betrachtung der Sachlage rate ich davon ab, dich einer solchen Belastung auszusetzen«, widerspricht die Künstliche Intelligenz. »Die FE ERSTUR wird gerade …«

Doch Saszqua hört nicht mehr zu. Mit einem irren Leuchten in den Augen blickt sie sich um und erspäht Grobbo, genauer: dessen auf der Schulter montierten Anti-Anschleich-Spiegel.

»Nein!«, wimmert der Kommunikationsoffizier und fällt in eine atavistische Schockstarre, ein vollkommen nutzloser Schutzreflex, den ihm einer seiner tierischen Vorfahren vererbt hat.

»Doch!« Saszqua hechtet über das Pult, beugt sich über den scheintoten Grobbo und fühlt den Einstich einer Nadel im Oberschenkel. »Was? Werwarndas? Ihrseidalle gefeu...«

Flitta von Forn zieht die Spritze gerade noch rechtzeitig aus Saszquas Bein, bevor diese sich zu ihrem Funker in die Horizontale gesellt. »Fini!«, gackert die Greiferpilotin. »Notoperation! Schnell!«

Die Antwort besteht aus einem Röcheln und einer kraftlos gehobenen Hand. Cler Fini liegt am Boden und sieht aus, als würde er die nächste Minute nicht überleben.

Flitta schaut sich hilflos um. »HASI! Wir haben hier ein Problem!«

»Oh ja. Wir haben sogar ein ziemlich großes Problem, für das sich bislang allerdings niemand interessiert hat.«

»Was denn für eins?«, fragt Flitta angsterfüllt.

»Die AXETÖTER. Sie ist mit uns zusammen versetzt worden. Admiralin Kruul hat soeben die FE ERSTUR geentert.«

»Waaas? Das sagst du jetzt erst? Was ist mit Bongar? Warum hat er sie nicht aufgehalten?«

»Bongar ist leider außer Gefecht gesetzt worden.«

Flitta plustert sich auf und raschelt mit ihrem Federkleid. Das ist definitiv keine Situation, mit der eine in Teilzeit arbeitende junge Mutter alleine fertig werden könnte!

Sie greift Fini unter den Schultern und schüttelt den Frisör kräftig durch, bis dieser das Etui aushustet und in ihren Armen zusammensackt. Von dieser Seite ist keine Hilfe zu erwarten.

Als nächstes eilt sie zu ihrem scheintoten Lebensgefährten und verpasst diesem einige wohldosierte Backpfeifen. »Was fällt dir ein, hier faul herumzuliegen?«, gackert sie. »Es ist Krieg! Sei ein Mann! Mach sie fertig!« Weder die zärtliche Zuwendung noch die motivierenden Worte reißen Grobbo aus seiner Starre.

Es bleibt nur noch eine letzte, wenn auch gefährliche Möglichkeit. »Kommandantin!«, kreischt Flitta und geht neben Saszqua in die Hocke. »Aufwachen! Wir brauchen hier dringend einen cholerischen Anfall!«

Die einzige Reaktion besteht aus einem *Poff*, mit dem das letzte Zeitquant aus Saszquas in der Vergangenheit verirrten Haaren verpufft und die gewohnte, wenn auch komplett verwuschelte rote Mähne in die Gegenwart zurückkehrt.

Ratlos blickt Flitta von ihrem Lebensabschnittsgefährten zu ihrem Federabschnittsexperten und vom Schwerlastsessel des gastroleptischen Ortungsoffiziers zu Saszqua, die sie eigenhändig außer Gefecht gesetzt hat. »HASI! Was beim Großen Gelege soll ich tun?«

»Panik wäre eine naheliegende Reaktion«, rät die Halbautonome Steuerinstanz. »Aber um dich zu beruhigen: Ich habe die Zentrale komplett versiegelt. Das Schott lässt sich nur noch mit euren persönlichen Sicherheitscodes entriegeln.«

Ein Knistern lässt Flitta herumfahren. Ein blassgrüner Tentakel tastet über das Sensorfeld des Schotts. Elektrische Entladungen tanzen über die blattartig gespreizte Spitze und und zaubern chaotische Muster auf das Display.

»HASI!«, kreischt Flitta. »Da ist ein ... ein ...«

»Eine *Forkula schephalophagusch*«, sagt die Kopfabbeißergurke hilfsbereit. »Aber du darfscht mich gerne Audrey III nennen.«

Audrey III vollendet ihre Arbeit, und das Schott gleitet beiseite. Flittas Federn sträuben sich in alle Richtungen, als Admiralin Kolga Kruul, ein Mambatok, zwei Parzer und zwei Nelasma in die Zentrale stürmen. Sechs Waffenläufe richten sich auf sie.

»Hände ... äh, Flügel hoch!«, befiehlt Kolga.

»Gack! Ich ergebe mich!« Das Vogelgeschöpf, das ihren Informationen nach Flitta von Forn heißt, hebt die gefiederten Arme.

Die Admiralin gibt Hurbluz einen Wink. »Gut auf sie aufpassen. Sie ist gefährlicher, als sie aussieht.« Mit hochgezogenen Brauenwülsten blickt sie sich um. »Die gesamte Führungsriege ausgeschaltet. Sogar die Kommandantin.«

Fenzeck kniet sich neben Saszqua und fühlt ihren Puls.

Dann hebt er die am Boden liegende Spritze auf und studiert das Etikett. »Die wacht so schnell nicht auf.«

»Das wollte ich nicht!«, ruft Flitta. »Es war Notwehr!«

Kolga nickt dem Vogelwesen anerkennend zu. »Ich gratuliere. Sie haben wahrscheinlich ein Blutbad verhindert, Soldatin. Da Sie sich als unerwartet kooperativ erwiesen haben, wollen Sie mir sicher mitteilen, wo sich Shlomo Sorgsam aufhält.«

»Wer?«

»Armistead Bad Axe McGregga«, knurrt Kolga.

»Ach der.«

»Und?«

»Keine Ahnung, wo er steckt.«

»Hat sich wahrscheinlich vor lauter Angst irgendwo verkrochen«, sagt Fenzeck hämisch.

Flitta verschränkt die Arme vor der Hühnerbrust und blickt den Kommandanten hochschnäbelig an. »Wenn Sie sich auch nur ein bisschen mit der Geschichte der FE ERSTUR befasst hätten, wüssten Sie, dass Axe bisher jedem, der versucht hat, uns ans Bein zu pinkeln, kräftig in den Arsch getreten hat. Axe ist ein Held! Ga-gack!«

»Wir werden ihn finden.« Kolgas Blick fällt auf die Forkula. »Ah, die Pflanze! Sie sind der Agent, den Barnas an Bord schmuggeln wollte. Zusammen mit dem Peilsender, der uns hierhergeführt hat.«

Audrey III raschelt mit ihrem Laub, senkt den Blütenkopf und würgt eine schleimige Kapsel auf den Boden der Zentrale. »Den Schender können Schie behalten.«

Kolga schüttelt sich. »Danke, aber nein. Haben Sie einen Namen?«

»Esch dürfte Ihnen schwerfallen, meinen Namen auschuschpreschen. Schagen Schie einfach Audrey III schu mir, dasch gefällt mir.« Die Forkula deutet auf das Schott. »Isch war übrigensch scho frei, Ihnen die Schentrale schu öffnen.«

»Ich kann eine fähige Infiltratorin wie Sie gut gebrauchen. Wie wäre es, möchten Sie meiner Mannschaft beitreten?«

»Schu Ihren Dienschten.«

»Sind Sie … mobil?« Die Admiralin zeigt auf den Kübel, in dem Audrey III steckt.

»Dasch ischt blosch Tarnung.« Die Pflanze zieht ihre tentakelartigen Wurzeln aus der Erde. »Isch nehm esch mit jedem Schprinter auf.«

»Was machen wir mit den Gefangenen, Admiralin?«, erkundigt sich Spintz.

»Irgendwo einsperren. Kommandant Pumpf, können Sie mit Ihrem Wunderapparat einen geeigneten Raum finden?«

Fenzeck klappt sein silbernes Pad auf. Auf dem Display erscheint eine schematische Darstellung der FE ERSTUR, die er unter Zuhilfenahme seines Zeigefingers aufmerksam studiert. »Ich habe hier eine Kabine, die auf Privatsphäre geschaltet ist. Keine Zugriffsrechte für die Steuerinstanz. Auch nicht für die Türsteuerung, die scheint kürzlich mit einem Überbrücker manipuliert worden zu sein.«

»Perfekt«, sagt Kolga. »Das ist unsere Arrestzelle. Spintz! Sie und die Nelasma bringen die Gefangenen dorthin. Die Pflanze wird euch helfen. Vergesst diesen Bekloppten nicht, den ich an der Außenschleuse schlafen geschickt habe.«

Spintz salutiert »Zu Befehl, Admiralin!«

»Dass ihr mir mein Zottelchen aber ganz sanft anfasst«, ruft Flitta von Forn, als Pillop und Pisnick den am ganzen Körper behaarten Offizier, auf dessen Schulter irritierenderweise ein Spiegel festgeschnallt ist, an Händen und Füßen packen. »Er ist doch so sensibel!«

Audrey III lässt einen Tentakel Richtung Saszqua schnellen, doch Kolga stoppt sie mit einer Handbewegung. »Die Kommandantin noch nicht. Für Saszqua ist ein … spezielles Arrangement vereinbart worden. Auf der AXETÖTER.«

»Davon weiß ich nichts«, sagt Fenzeck stirnrunzelnd.

»Ich erzähle es Ihnen in Ruhe, wenn wir hier alles erledigt haben.«

In diesem Moment erfüllt eine sanfte Männerstimme die Zentrale bis in den letzten Winkel. »Ich möchte Ihnen empfehlen, Saszqua mit höchstem Respekt zu behandeln.

Keinesfalls werde ich dulden, dass ihr etwas zuleide getan wird.«

»Du bist die Autonome Steuerinstanz?«, ruft Kolga Richtung Decke.

»Das ist nicht ganz zutreffend, Admiralin. Ich bin weniger und mehr als eine gewöhnliche Autonome. Sie dürfen mich HASI nennen.«

»Wenn ich mich richtig erinnere, hast du einen Hochrangbefehl erhalten, uns zu unterstützen.«

»Mit solcherlei nachlässig geschützten Programmen pflege ich mich nicht allzu lange abzugeben.«

Kolga wirft ihrem Kommandanten und dessen gar nicht mehr so beeindruckendem Pad einen wütenden Blick zu. Fenzeck hebt hilflos die Schultern.

»Wie du sicherlich registriert hast, HASI, befindet sich die Besatzung dieses Schiffs in meiner Gewalt.« Kolga gibt sich alle Mühe, ihre Stimme so kalt klingen zu lassen, dass selbst eine künstliche Intelligenz eine Gänsehaut bekommen muss. »Dir ist doch an ihrem Wohlbefinden gelegen, nicht wahr? Vor allem an Saszquas Wohlbefinden.« Dass der Bordrechner der FE ERSTUR an einer romantischen Fixierung auf seine Kommandantin leidet, ist Kolga bestens bekannt. Schließlich ist ihre eigene KI, BROGG, irreparabel mit dessen Emotio-Simulation infiziert.

»Dem kann ich nicht widersprechen«, antwortet HASI mit gleichbleibend einschmeichelnder Modulation.

»Dann nimm zur Kenntnis, dass ich dieses Wohlbefinden von deiner Kooperation abhängig mache. Du gehorchst ab sofort mir.«

»Wenn das so ist, verehrte Admiralin, trete ich meinen Dienst mit einer wichtigen Meldung an. Unter Umständen ist Ihnen entgangen, dass unsere Schiffe nicht nur räumlich, sondern auch zeitlich versetzt worden sind. Wir schreiben das Jahr 1960 TSN-Zeit, was bedeutet, dass wir uns fünf Jahre in der Vergangenheit befinden.«

»Unmöglich!« Kolga hebt ihr Armbandpad zum Mund. »BROGG, sofort bei TSN-Erde die aktuelle Zeit abfragen!«

»Zu Befehl«, knistert es aus dem Gerät. Zwei Sekunden später ertönt die Stimme erneut: »Zwischen den Uhren der

AXETÖTER und denen der Station gibt es eine unerklärliche Differenz von fünf Jahren. Ich vermute einen Übertragungsfehler.«

»*Ich* vermute, wir sitzen in der Scheiße«, sagt Kolga düster und funkelt Flitta an. »Wie habt ihr das gemacht?«

»Woher soll ich das wissen?«, antwortet Flitta eingeschnappt. »Vielleicht ist dem feinen Herrn McGregga die Armbanduhr in den Antrieb gefallen.«

»Soll das heißen, McGregga hat den Zeitsprung ausgelöst?«

»Tja, vermutlich. Wenn völlig bekloppte Sachen passieren, ist das meistens seine Schuld. Zum Beispiel hat er vor dem Zeitsprung mal eben so die Erde vernichtet.«

Kolga horcht auf. »Die Erde vernichtet?«

»Mit einem überlichtschnellen Torpedo«, bestätigt Flitta und bauscht das Halsgefieder auf. »Das ist mal wieder *so typisch* für Axe!«

»Das klingt vollkommen irrsinnig!« Die Admiralin kratzt sich nachdenklich den blanken Hinterkopf. Das Gefechtsmodul hatte den Prototypen eines ALS-Torpedos an Bord. Und bei McGregga hat der Irrsinn anscheinend Methode. Sie hebt erneut das Armband. »BROGG?«

»Admiralin?«

»Ein Besatzungsmitglied behauptet, die FE ERSTUR habe den ALS-Torpedo abgefeuert und damit die Erde vernichtet. Kannst du das überprüfen?«

Einige Sekunden vergehen, bevor BROGG eine Antwort für sie hat. »Es gibt da etwas. Kurz bevor wir zusammen mit der FE ERSTUR transferiert worden sind, hat die Orbitalstation der Erde einen Notruf ins TSN-Netz übertragen, zusammen mit einer Bildaufzeichnung. Ich überspiele sie auf dein Pad.«

Kolga winkt Fenzeck an ihre Seite und öffnet die Datei. Auf dem Display erscheint die Erde. Dann ein Aufblitzen am Rande der Atmosphäre. Fasziniert verfolgen Kolga und Fenzeck, wie das feurige Schauspiel der Vernichtung über die Oberfläche wandert und der Planet schließlich von innen heraus zerrissen wird.

Kolga schüttelt ungläubig den Kopf. »Also wollte

McGregga uns mit dem Torpedo abschießen, hat stattdessen aber seinen Heimatplaneten zerstört?«

»In fünf Jahren«, präzisiert BROGG. »Alles spricht dafür.«

Kolga verspürt Genugtuung. Axe hat versucht, sie zu töten. Mit einer Waffe, die er ihr gestohlen hat. Es erscheint ihr nur richtig, wenn im Gegenzug sein Volk ausgelöscht wird. Das ist die Logik der Abschreckung, nach der auch die TSN die Plasmahaubitze des Präventiven Erstschlags einsetzt.

»Wenn niemand außer uns weiß, was geschehen wird, kann es auch niemand verhindern«, murmelt sie. »Also sollten wir verhindern, dass *er* es verhindert. Schon aus Gründen der Selbstverteidigung. Wenn McGregga mit der Zeit herumpfuscht, könnte er sogar seinen Fehlschuss korrigieren und die AXETÖTER doch noch vernichten.«

»Seid ihr bescheuert?«, gackert Flitta lauthals. »Ihr könnt doch nicht Milliarden von Menschen draufgehen lassen, nur weil ihr sauer auf Axe seid!«

»Doch, das können wir. Und in diesem Fall tun wir der TSN sogar einen Gefallen.«

»Nur über meine Eierschale!« Flitta plustert sich auf und stürmt auf Kolga zu. Hurbluz reagiert sofort. Die Betäubungsstrahlen verwandeln Flitta in eine lebensechte Laufvogel-Statue, die würdelos zur Seite kippt und auf der Schnabelspitze, linkem Flügelellenbogen und den Krallen des rechten Fußes liegen bleibt.

Kolga winkt Spintz zu sich, der soeben mit Audrey III und den Nelasma vom letzten Gefangenentransport zurückkehrt. »Audrey III, leg diesen Vogel zu den anderen«, befiehlt sie. »Zerstör den Türöffner und bleib als Wache vor der Kabine. Es könnte zu einem Befreiungsversuch kommen.«

»Wer schollte dasch verschuchen?«

»Irgendwo müssen sich noch zwei Individuen namens Luma und Loola verstecken. Die werden früher oder später etwas Dämliches unternehmes. Laut Barnas' Informationen befindet sich auch eine äußerst niedliche Minderjährige an Bord, die wir hervorragend als Druckmittel einsetzen könnten. Findet sie! Und ihr beide«, sie wendet sich an Pisnick und Pillop, »bringt Saszqua auf die AXE-TÖTER.«

Ächzend und fluchend tragen die Nelasma die Kommandantin hinaus.

»Was genau haben Sie mit der Kommandantin vor?«, fragt Fenzeck, als sie alleine sind. »Ich habe klare Anweisungen von Fleegus Lompz, wie mit ihr …«

»Nicht jetzt!«, schmettert Kolga ihn ab. »HASI?«

»Ja, Admiralin?«

»Keine Dummheiten! Glaub mir, Saszqua ist auf meinem Schiff besser aufgehoben.«

»Dummheit ist in meiner Programmierung nicht vorgesehen.«

»Schön. Es wäre übrigens eine große Dummheit, mir zu verheimlichen, wo McGregga steckt.«

»Da haben Sie recht«, sagt HASI mit heiterer Stimme. »Werfen Sie bitte einen Blick auf die Panoramascheibe.«

Die Admiralin und ihr Kommandant drehen die Köpfe und sehen gerade noch eine ausgeklinkte Rettungskapsel, die ihr Triebwerk zündet und Richtung Erde beschleunigt.

»Erbärmlich!«, zischt Kolga. »Wenn er glaubt, er könnte sich auf seinem stinkenden Planeten vor mir verstecken, hat er sich geschnitten. Wir verfolgen ihn!«

»*Wir?*« Fenzeck wird eine Nuance blasser.

»Ach, ich Dummerchen. Nein, natürlich nicht wir.«

Der Parzer atmet erleichter aus.

»Sondern *Sie.*«

»*Was?*«

»Ich muss das Gefechtsmodul unter meine Kontrolle bringen, also folgen Sie Axe auf diesen Drecksplaneten.«

Fenzeck zieht ein Gesicht, als hätte sie verlangt, er solle sich mit Mambatok-Schleim einreiben. »Aber … das sind doch Wilde! Ein Planet voller McGreggas!«

»Sie haben sich als der beste Mann für diese Art Problem aufgedrängt. Was sind Sie, ein Hochstapler, ein Feigling oder ein Befehlsverweigerer?«

Fenzeck knirscht mit den Zähnen. »Bekomme ich wenigstens eine Eskorte?«

»Aber selbstverständlich.« Kolga Kruul tippt auf ihrem Armbandpad herum, bis die keifenden Stimmen von Pisnick und Pillop aus dem Lautsprecher dringen.

»... dir gesagt, dass der Durchgang zu schmal ist, wenn wir sie quer tragen, du Schrumpfschädel!«

»Ach, aber als ich sie aufrecht getragen habe, war's auch nicht recht, du Dampfschwätzer!«

»Du hättest ja mal gucken können, wie hoch die Tür ist, Fettauge!«

»Freischichtschwänzer!«

»Popelschürfer!«

»Stillgestanden!«, brüllt Kolga. Das schockierte Schweigen am anderen Ende der Leitung entlockt ihr ein Grinsen.

»Admiralin!«, jammert Pillop schließlich. »Ich habe nicht gemerkt, dass mein Pad auf Senden geschaltet ist!«

»Es tut ihm total leid«, ruft Pisnick. »Er ist halt ein ... oh, mein Pad hat sich ja auch aktiviert. Das ist mir jetzt aber so was von peinlich!«

»Habt ihr das Paket abgeliefert?«

»Ja, Admiralin!«, bestätigen die Nelasma unisono und voller militärischem Eifer.

»Dann holt eure Kampfausrüstung und macht die Landefähre startklar. Ihr fliegt mit Kommandant Pumpf zur Erde.« Sie beendet die Verbindung.

Fenzeck blickt Kolga gequält an. »Was passiert, wenn den beiden keine Beleidigungen mehr einfallen?«

»Ich schätze, dann fallen sie tot um.« Die Admiralin macht ein ernstes Gesicht. »Denken Sie daran: Wenn McGregga uns in die Vergangenheit bringen konnte, kann er uns auch wieder zurückbringen. Wir brauchen ihn lebend.«

»Ich brauche mich auch lebend«, murmelt Fenzeck.

»Dann nehmen Sie besser einen Kampfanzug mit.« Kolga klopft ihrem Kommandanten auf die Schulter. »Viel Spaß da unten.«

Einige Minuten später öffnet sich eine Hangarschleuse der AXETÖTER. Die Landefähre nimmt Fahrt Richtung Erde auf.

Bad Axe McGregga blickt aus dem Bullauge der Rettungskapsel, die auf Nordamerika zu rast. Das ist sein Planet. Seine Heimat. Seine Vergangenheit.

Eine Vergangenheit, in der eine frühere Version von ihm herumläuft.

»Äh, Zeitschrauber? Ich hätte da mal ’ne blöde Frage.«

Der Ring vibriert an seinem Finger. *Hilfemodus aktiviert. Bitte stelle deine Frage.*

»Was passiert, wenn ich mir selbst begegne?«

Das ist nicht empfehlenswert.

»Ja, aber was zur Hölle passiert dann?«

Die Folgen reichen von Auslöschung der Persönlichkeit bis hin zu schweren Zeitparadoxa.

»Du meinst, wie in dem alten Streifen, in dem der Bengel mit der coolen Kiste in die Vergangenheit reist und seine Mutter flachlegt … ne, warte mal, das war anders.«

Referenz nicht bekannt, summt der Rezirkulator.

»Eigentlich würde ich meinem jüngeren Ich gerne sagen, dass der ganze Mist, der passiert ist und noch passieren wird, mich am Ende dahin gebracht hat, wo ich hingehöre, weißt du?«

Nicht empfehlenswert.

»Schon klar.«

Die Rettungskapsel beginnt zu vibrieren, als sie in die Atmosphäre eintritt. Axe erinnert sich daran, dass mal jemand gesagt hat, man solle sich besser hinsetzen und anschnallen.

Nachdem er den Gurt eingeklinkt hat, atmet er tief durch. Er ist Kolga entkommen. Vorerst. Jetzt wäre die Gelegenheit, über das weitere Vorgehen nachzudenken.

»Okay. Ein Plan. Ganz einfach. Punkt eins …«

Die Kapsel schüttelt ihn durch und macht Geräusche wie ein Servierwagen auf Kopfsteinpflaster.

»Punkt eins … Punkt eins …«

Über das Bullauge lecken Flammen. Eine Warnleuchte blinkt hektisch.

»Punkt eins: Ich will hier raaauuus…!«

Der Rest seines Schreis geht im Heulen und Klappern der Rettungskapsel unter.

Kapitel 12

New York, Vereinzelte Staaten von Amerika
6. August 2073

»Okay, hat jemand das verdammte Panzertape genommen? Ich hatte es hier auf den Verstärker gelegt, jetzt ist es weg.«

»Hank, hast du die Ersatz-Zünder für die Pyrotechnik gesehen?«

»Nein, Mann, aber irgendjemand war an der Rolle mit dem Zündkabel und hat etliche Meter abgeschnitten.«

»Welcher Idiot hat die Leiter hier abgelegt? Ich wäre fast drüber gestolpert!«

»Was liegt denn hier rum? Sieht aus wie 'ne Verpackung von China-Böllern. Gehört das jemandem?«

»Wo ist eigentlich Shlomo?«

»Hey, Leute! Sucht ihr mich? War nur kurz pissen.« Shlomo Sorgsam schiebt seine Wampe die schmale Treppe hinter der Bühne hinauf und hebt die Rechte, um einen entgegenkommenden Techniker abzuklatschen, der ihn glattweg ignoriert.

Tom Plummer, der stoppelbärtige Tourmanager, blickt gehetzt von seinem Pad auf. »Shlomo, Mann, ich brauch hier jede Hand. Geh gefälligst *vorher* pissen und nicht, wenn die Zeit knapp wird.«

Shlomos Meinung nach ist Plummer kurz vor den Konzerten immer viel zu angefressen. »Yo, Bruder, aber dieses alkoholfreie Dosenbier läuft durch wie nix.«

»Nenn mich nicht Bruder!«

»Du nennst mich ja auch nicht Armistead Bad Axe McGregga.«

»Bisschen lang für'n Spitznamen.«

»Bad Axe reicht völlig. Die anderen nennen mich nur Axe. Na ja, einige. Zumindest Nancy.«

Tom blickt Shlomo an, als hätte dieser gerade seine Dicker-Typ-mit-Vollbart-Maske heruntergerissen und seine wahre außerirdische Gestalt enthüllt. »Alter, nerv nicht rum! Hilf Paco, die Kabel abzukleben!«

»Er soll Panzertape besorgen!«, ruft ihm Paco zu.

Shlomo grinst breit. »Ich hab' zufällig 'ne halbe Rolle dabei.«

Unterhalb der Bühne drängelt sich bereits das Publikum vor der Absperrung, beschallt von einer Endlosschleife des psychedelischen *Rockets up Uranus*, in der Callum Nitro durch kaskadierende Lustschreie seine esoterischen Einlauferfahrungen verarbeitet. Statt den direkten Weg zu Paco zu nehmen, dreht Shlomo eine Ehrenrunde am Bühnenrand entlang, schüttelt die verfilzte Matte im Takt und zeigt den grölenden Fans die Pommesgabel. Er entdeckt einige Außerirdische in der Menge, doch bei der apokalyptisch flackernden Beleuchtung kann er nicht sagen, welche davon bloß verkleidete Metalheads sind.

»Shlomo, verdammt!« Der Tourmanager zieht ein Gesicht, als wollte er gleich seine schwarze Wollmütze nach ihm werfen.

»Ja, Mann! Bin doch schon da!«

»Hey, Dicker!« Paco deutet ungeduldig auf das Kabel, das sich von Callums Mikrofonständer auf die drei Schlagzeugbatterien zu schlängelt. »Kleb die Scheiß-Stolperfallen ab!«

Wie bei jedem Konzert steht neben der TSN-Hightech eine Menge kabelgebundener Analogkram aus dem letzten Jahrtausend auf der Bühne herum. Schrankgroße Marshall-Verstärker, eine elektrische Balalaika, ein Rickenbacker-Bass und viele weitere Museumsstücke. Callum Nitro fährt voll auf diesen Scheiß ab und darauf, ihn splittern oder brennen zu sehen. Shlomo bewundert ihn dafür.

Elegant wie eine Robbe an Land lässt er sich auf alle viere sinken, was zu einer verbesserten Belüftung seines Maurer-Dekolletés führt. Während er den ersten Streifen des Klebebands abschneidet, dreht er sich zu Paco um, der ihm den Pferdeschwanz und den Aufdruck auf dem Rücken seiner Weste zuwendet: ein stilisiertes Portrait von Rence Gilligan, dazu der Schriftzug *Actually I'm a space explorer.*

»Ey, Kumpel! Wie fandest du die Pyrotechnik beim letzten Mal?«

»Was?«

»Bisschen lasch, oder?«

»Was ist los, Mann? Willst du rumstänkern?«

Tom Plummer klatscht in die Hände. »Beeilung, Leute! Zwei Minuten!«

Shlomo kriecht ächzend vorwärts und zieht mit einem *Ratsch* zwanzig Zentimeter Tape ab. »Ich kenn mich aus mit Pyrotechnik.« *Kabel professionell gebändigt. Ein Schnitt mit dem Cutter. Und weiter.*

»Du und Pyrotechnik? Ach du Scheiße!« Paco lacht heiser und verschwindet mit dem Kopf unter dem Technikpult.

»Echt, Alter. Hab ich mir alles selbst beigebracht.« Die nächste, widerspenstige Delle im Kabel. Ratsch! Eigentlich müsste er es komplett abkleben, aber dafür reicht die Rolle nicht mehr. Es ist eine Menge Tape für die kleine Installation draufgegangen, die er heimlich vorbereitet hat. »Die Böller kriegen richtig Bums, wenn du weißt, wie's geht. Neulich hab ich unseren blöden Hund in die Luft gejagt.« Er zieht den Cutter über den Bühnenboden, wo er das Tape vermutet, und durchtrennt sauber das Kabel. »Aaargh! Scheiße! Technik! Notfall!«

Im nächsten Moment fühlt er einen Zug am Halsausschnitt seines Shirts. »Das gibt's doch nicht!«, schreit Tom, eine Hand in Shlomos Nacken. »Was machst du mit dem Cutter? Das Tape wird *abgerissen*!«

»Ich mach das immer so! Vom Reißen krieg ich 'n Krampf in der Hand.«

»Runter von der Bühne, los!«

»Ich … ich bring das in Ordnung«, stammelt Shlomo. »Kurz abisoliert, zusammengedreht, etwas Panzertape drum …«

»Bist du irre? Wir haben hier sauteure TSN-Tontechnik, an der wird nicht rumgeschnippelt. Mike, wir brauchen hier ein neues Kabel, aber dalli!« Tom zieht den Unglücksraben auf die Beine und nötigt ihn Richtung Treppe.

»Paco, hast du deine Ohropax drin?«, ruft Shlomo dem Kollegen im Vorbeistolpern zu. »Oh, hi, Nancy!«

»Hi, Shlomo.«

»Axe. Ich bin Axe.«

»Häh?«

»Ich will dich nicht mehr sehen!«, keift Tom.

»Jaja. Völlig unentspannt, der Typ.«

Shlomo wackelt die Treppe hinunter. Im Korridor unterhält sich Wesley Porcupine, der Gitarrist, mit einem der Beleuchter. »… die drei Lumishox vor meinem Mikro mit dem Riff bei *Beteigeuze Meltdown* direkt ansteuern, geht das? Beim Auftritt in Pittsburgh gab's gar keine epileptischen Anfälle, das kam bei den Fans nicht so gut an.«

Durch eine offene Tür blickt Shlomo in die Band-Lounge, wo er die wahnsinnig coole Jerry Cobo unter einer Wolke schwarzen Kraushaares auf einem siebensaitigen Bass slappen sieht. Neben ihr knutscht Vibro-Drummer Kennedy Fox mit einer der Background-Kreischerinnen auf einem Sofa herum, während Phil Nagata, der Keyboarder, verkrümmt auf der Lehne sitzt und irgendeinen Zombieshooter auf seinem Pad zockt. Die beiden Tournee-Schlagzeuger stehen etwas abseits über einen Kickertisch gebeugt und hämmern den Ball mit so verbissener Konzentration hin und her, als wollten sie eine persönliche Fehde ein für alle Mal klären.

Und da ist Callum Nitro, der wie ein schmelzendes Stück Wachs aus seinem Sessel zu fließen scheint, eine strigulanische Nabelpfeife im Mund, den blondgelockten Kopf in violetten Dampf gehüllt. »Callum, Kumpel!«, ruft Shlomo. »Alles fit im Schritt?«

Callum reagiert nicht, aber als Shlomo weitergeht, hört er ihn mit einer Stimme wie Tapetenkleister fragen: »Wer war denn der Freak?«

»Einer unserer Roadies«, antwortet Jerry. »Saul oder Moishe oder so.«

Beschwingt durch das unerwartete Interesse, das ihm entgegengebracht wurde, entriegelt Shlomo eine Fluchttür und schlüpft unbemerkt zurück in den Saal.

Spannung und Ungeduld schweben wie eine Gewitterfront über den viertausendzweihundert Konzertbesuchern, die »Nitro! Nitro! Nitro!« skandieren und ihre Plastik-Bierbecher schwenken. Bei etlichen entdeckt

Shlomo Ohrimplantate – das Erkennungszeichen langjähriger Screaming-Ears-Gefolgschaft.

Ein Countdown auf der Videowand über der Bühne beginnt in zwei Meter großen Ziffern von zehn abwärts zu zählen, und das Publikum brüllt unisono mit: »Zehn! Neun! Acht!«

Shlomo reibt sich die Hände vor Vorfreude. Nicht wegen des Erscheinens der Band, sondern wegen der Pyro-Show, die dem Ganzen den angemessenen akustischen Rahmen verleihen wird.

»Vier! Drei! Zwei! Eins!«

BOOOOOOOMMMMMM!

Die von Axe ins Gestänge geklebten Chinaböller zünden zeitgleich mit den bengalischen Feuern, Funkenfontänen und Flammensäulen. Sie bringen einen Teil der Pyrotechnik unkontrolliert zum Bersten und jagen ihre gespeicherte akustische Energie durch die Mikrofone in die überdimensionalen Lautsprecherboxen auf jeder Seite der Bühne. Zwischen den mehrfach gestaffelten Membranen schaukelt sich der Schall exponentiell auf und drängt durch die aus Triebwerksdüsen recycelten Resonator-Röhren in die Abstrahltrichter. Diese pumpen ihn mit Herzrhythmusstörungen verursachenden Niederfrequenzen aus den Sub-Subwoofern und feuern ihn in achttausendvierhundert unvorbereitete Ohren.

Plastikbecher falten sich zusammen, Bierschaum fegt wie ein Blizzard über die Köpfe der Fans, Haare legen sich in die Waagerechte. Knöpfe reißen, Kleidung pellt sich von Oberkörpern, die Displays etlicher Pads zerspringen. Ein Bereich von zwanzig Metern vor den Boxen wird durch die kinetische Gewalt des Böllerdonners leergefegt.

»Yeeeaaaaahhhh! Wahnsinn!« Shlomo, den die Zone der Vernichtung lediglich gestreift hat, ist ganz benommen vor Glück und den Schallwellen, die in seinem Bauchfett hin und herlaufen wie seismische Wellen.

Feuer und glühende Metallspäne regnen auf die Bühne. In der Deckung des Keyboards hat sich Wesley Porcupine in Embryonalstellung zusammengerollt. Kennedy Fox hechtet zur Seite, als eine Flüssigbrennstoffkartusche ihren Inhalt auf sein Schlagzeug ergießt. Jerry Cobo steht entrückt inmitten eines Rings aus Feuer und bearbeitet ihren E-Bass, während um sie herum Roadies und Securityleute mit Feuerlöschern in einer spontanen, chaotischen Choreographie durcheinanderwirbeln.

Callum Nitro schreitet völlig ungerührt durch die Apokalypse, greift nach seinem Mikro und tritt an den Rand der Bühne. »Hey, ihr versifften Penner! Seid ihr bereit?« Er legt den Kopf schief und schließt die Augen. Selbst als Paco ihn von der Seite rammt und in letzter Sekunde vor einer herabstürzenden, brennenden Videowand rettet, lächelt er tiefenentspannt und hebt segnend die Hände.

Shlomo ist sich bewusst, einen heiligen Moment zu erleben.

Der leider nur zwei Sekunden andauert, weil ihm jemand auf die Schulter tippt. Er dreht sich um und blickt in Tom Plummers verzerrtes Gesicht.

»Alter!« Er zeigt dem Tourmanager sein breitestes Grinsen. »War das 'ne geile Scheiße oder nicht?«

Die Rettungskapseln der Admiralität sind robuste, ohne jede Rücksicht auf die Komfortbedürfnisse ihrer Insassen konstruierte Massenware. Sie legen einen ruppigen Start hin, auf den, wenn man glaubt, das Schlimmste überstanden zu haben, ein sehr viel ruppigerer Sturz durch die Atmosphäre und eine an Ruppigkeit nicht zu überbietende Landung folgen. Dem Bremsfallschirm wird oft unterstellt, eine reine Alibifunktion zu erfüllen und seinen Namen mehr dem Fallen als dem Bremsen zu verdanken.

»Bin ich tot?«, stöhnt Axe.

Niemand antwortet.

»Ich bin tot.«

Aussage nicht zutreffend, widerspricht der Rezirkulator.

»Ach, halt die Klappe.« Axe löst die Sicherheitsgurte, die lediglich verhindert haben, dass er wie ein Hamster im Wäschetrockner durch die Kapsel geschleudert wird, nicht jedoch, dass er beim Sitzen noch eine Woche lang an den Aufprall denken wird. Er betätigt den Öffner der Ausstiegsluke, die zischend nach außen klappt, zieht sich an den Handgriffen ins Freie, spürt, wie ihm schwummrig wird, und stürzt kopfüber und mit offenen Mund in einen Wall aufgeworfener Erde.

»Vorsicht, Darling! Bei diesen Außerirdischen weiß man nie.«

Die Stimme echot dumpf durch Axe' im Energiesparmodus laufendes Bewusstsein.

»Das ist kein Außerirdischer, Bernie.«

»Warum ist er dann aus einem Raumschiff gefallen?«

»Arr... argl garg ...«, versucht Axe sich zu artikulieren. Er dreht sich mühsam auf die Seite und rollt zum Fuß des Erdwalls. Der Duft nach Petersilie steigt in seine Nase. Der Himmel über ihm ist in ein schläfriges Abendblau getaucht und mit einem Netz orange-grauer Kondensstreifen geschmückt, die im letzten Licht der längst hinter dem Horizont verschwundenen Sonne baden.

»Oh mein Gott, Bernie! Das ist Shlomo! Shlomo Sorgsam!«

»Ibimm Ekf. Beddekf Megregga!« Axe hustet Humus aus, reibt sich die Augen und blickt in das besorgte Gesicht von Sybil Kaminsky, seiner Nachbarin. Die, solange er zurückdenken kann, in einem zeitlosen Zustand kosmetisch konservierter Jugend existiert, über den er als pubertierender Jugendlicher ausgiebig mit der Hand unter der Bettdecke philosophiert hat. »Oh! Hallo, Mrs. Kaminsky. Sie glauben ja nicht, was mir passiert ist.«

»Shlomo Sorgsam?« Bernie Kaminsky, bewaffnet mit einem kleinkalibrigen Gewehr, taucht neben seiner Frau auf. »Du hast mein Gemüsebeet zerstört, Bengel! Aber das kennen wir ja nicht anders. Wo du auftauchst, wird es teuer für die Versicherung.« Bernie ist an der Seite seiner ewig jungen Frau in Würde gealtert, was nach Axe' Definition bedeutet, dass er die modische Selbstfindung seiner wilden Jahre in die Gegenwart gerettet hat. Wozu auch ein querstehender Irokesenschnitt aus zwölf gelb lackierten, dornenartig zugespitzten Haarsträhnen gehört.

»War keine Absicht, Mr. Kaminsky.« Er steht auf und torkelt Sybil in die Arme.

»Das gibt's doch nicht!«, meckert Bernie. »Macht sich vor meinen Augen an meine Frau ran!«

»Bernie, siehst du nicht, dass es Shlomo schlecht geht?« Sie drückt Axe' erdverschmierte Wange tröstend an ihren Busen.

»Der Bengel hat sich doch was reingepfiffen! Hast du dir schon überlegt, Shlomo, wie du den Schlamassel hier wieder in Ordnung bringen willst?« Mr. Kaminsky deutet mit verkniffenem Gesicht auf die qualmende Rettungskapsel und den Fallschirm, der sich über einen Magnolienbusch ausgebreitet hat.

»Die können Sie behalten«, lallt Axe, die Lippen halb auf Sybils pheromongetränkte Silikondeponie gepresst. »Gibt 'nen astreinen Geräteschuppen ab. Und beim nächsten Hurrikan werden Sie froh sein, so ein Ding zu haben.«

»Wir müssen ihn ins Krankenhaus bringen, Schatz.«

Bernie verschränkt die Arme vor der Brust. »Nichts da. Wir rufen die Polizei. Ich bin äußerst gespannt, welche Märchen er denen auftischen will.«

»Nischd die Bolizei«, nuschelt Axe. Mit sanfter Gewalt befreit er sich aus Sybils mütterlicher Umklammerung und dreht sich zu ihrem Mann um. »Sie müssen mir helfen, Mr. Kaminsky! Ich bin von außerirdischen Organhändlern verschleppt worden. Auf der Orbitalstation konnte ich ihnen entwischen und mit dieser Rettungskapsel flüchten.« Da Bernie nicht sofort in Gelächter ausbricht, fährt Axe ermutigt fort: »Die Beamten auf der Station hängen mit drin. Die kontrollieren die Polizei und die staatlichen Kliniken und die Medien! Die TSN hat längst angefangen, diesen Planeten auszubeuten, Mr. Kaminsky! Wir können niemandem trauen.«

Bernie wirkt aufrichtig erschüttert. »Verdammt, Junge! Warum sagst du das nicht gleich? Genau das ist dem Schwager von Louis aus der Versandabteilung passiert. Die haben sein Gehirn mitgenommen und ihm bloß eine Kopie dagelassen, diese Schweine!« Er blickt sich wachsam um, das Gewehr schussbereit auf Hüfthöhe, als könnten jeden Moment Aliens mit Knochensägen und Kühlboxen aus den Büschen treten. »Wir haben nichts gesehen.

Stimmt doch, Darling?«

»Was mich betrifft, du warst nie hier.« Mrs. Kaminsky tätschelt Axe' Wange.

»Danke, Mr. Kaminsky! Sie sind ein Schatz, Mrs. Kaminsky!«

In diesem Moment dringt aus der Rettungskapsel ein aufdringliches Piepen. *»Halten Sie aus!«*, verkündet eine aufmunternde Stimme. *»Ihr Notsignal wurde empfangen. Hilfe ist unterwegs!«*

»Oh nein!« Axe spürt ein Grummeln in der Magengegend. »Diese blöden Dinger senden ein Notsignal!«

»Das ist doch nur vernünftig«, wundert sich Bernie.

»Nicht, wenn jemand hinter einem her ist, der einem die Leber rausschneiden will!«

»Hilfe wird in wenigen Minuten eintreffen.«

»Ich muss hier weg!«

»Am besten, du versteckst dich bei deinen Eltern«, schlägt Sybil vor.

»Äh, ja. Da wollte ich sowieso hin.« Axe überschlägt, wie viel Zeit ihm bleibt, bevor sein früheres Ich ebenfalls dort eintreffen wird. Nach seinem Rausschmiss bei der Screaming-Ears-Tournee hatte er sich auf seine Boss Hoss gesetzt und war schnurstracks von New York Richtung Philadelphia aufgebrochen, um diese Uhrzeit eine Fahrt von weniger als zwei Stunden. War es schon dunkel gewesen, als er hier angekommen war? Verdammt, wenn er sich nur besser erinnern könnte!

Er blickt in den düsteren Abendhimmel, an dem er einen besonders hellen Stern entdeckt. Ein Stern, der mit beunruhigender Schnelligkeit größer wird. Der eine Kurve fliegt und sich ganz eindeutig auf ihn zu bewegt.

»Es ist vielleicht keine schlechte Idee, in Deckung zu gehen!« Axe winkt den Kaminskys noch einmal zu, bevor er sich in die Fliederbüsche schlägt und sie auf dem Nachbargrundstück wieder verlässt.

Er ist zu Hause.

Das Erste, was er sieht, ist Bonzo, der auf ihn zu läuft. Der Dobermann-Robodog ist ein unverwechselbares Unikat, was daran liegt, dass das Fell auf seiner linken

Flanke verschmort und eine auffällige Delle notdürftig mit Epoxidharz verarztet worden ist. Was wiederum daran liegt, dass Axe vor über fünf Jahren oder vor zwei Monaten – je nach zeitlichem Bezugssystem – die Sprengkraft von sieben Chinaböllern Größe D zu einem Packen verklebte und an Bonzo getestet hatte.

Die Augen des Robodogs leuchten auf, als er den Eindringling einem Gesichtsscan unterzieht. Axe hält die Luft an, bis Bonzo zweimal wedelt. Er ist also immer noch der Alte, trotz zweieinhalb Jahren im Weltall. Und einem unerfreulichen Aufenthalt in einer Klinik, der auf den Totalabsturz folgte, der wann noch gleich seinen Anfang genommen hatte? Ach ja: heute.

»Guter Junge!« Er tätschelt dem künstlichen Dobermann die Stirn, woraufhin dieser den Bester-Freund-des-Menschen-Modus aktiviert, Sitz macht und ihn voll treudoofer Zuneigung mit aus der Schnauze hängender Zunge anhimmelt. Die zweiundvierzig Stahlkeramikzähne erinnern daran, dass Bonzo jedoch jederzeit in den Ich-reiß-dir-den-Arsch-auf-du-fieser-Einbrecher/Paketbote/Pfadfinder-Modus schalten kann.

Das Fauchen zündender Bremsdüsen lässt Axe zusammenzucken. Hektisch schaut er sich nach einem Versteck um und findet es hinter einem Rhododendronbusch neben der Veranda, von wo er das Nachbargrundstück im Auge behalten kann. Über dem Garten der Kaminskys sinkt mit flammenden Triebwerken ein Kleinraumschiff herab und hüllt sich in eine Wolke aus Staub, Rauch und verbranntem Gemüse, bevor die Fliederhecke es endgültig verdeckt.

Ein Teil von Axe hebt mahnend den Zeigefinger und empfiehlt, dass Weite zu suchen, solange seine Verfolger noch anderweitig beschäftigt sind. Ein anderer will an der Haustür klingeln, seine Mutter umarmen und seinem Vater sagen, dass alles, was passiert ist und noch passieren wird, einem höheren Plan folgt.

Doch *genau jetzt* er hat keinen Plan.

Weglaufen? Wohin denn? Ohne Ziel, ohne Geld, ohne Möglichkeit, die FE ERSTUR anzufunken?

Aber wenn er sich seinen Eltern zeigt, beschert er ihnen ein massives hirnverquirlendes Déjà-vu, sobald er kurz danach ein zweites Mal nach Hause kommt. Wie er sein Glück kennt, würde er dabei wahrscheinlich direkt in sein früheres Ich rennen. Und das ist, wenn er sich richtig erinnert, nicht empfehlenswert.

Ganz toll, Axe. Du bist in der Vergangenheit gestrandet, wirst von rachsüchtigen Außerirdischen verfolgt und könntest mit einem fetten Zeitparodont... paralax... paradoxon das Universum vernichten.

»Das ist so krass.« Er kichert irre. Und jetzt, da er den Irrsinn als verlässlichen Begleiter an seiner Seite weiß, arbeitet auch sein Gehirn wieder mit der gewohnten Kapazität.

Selbstverständlich gibt es etwas, das er in dieser vertrackten Situation vernünftigerweise tun kann: das Screaming-Ears-Abschlusskonzert besuchen!

In diesem Moment kracht ein Gewehrschuss durch die hereinbrechende Sommernacht. Bevor Axe auch nur anfangen kann, sich Sorgen um die Kaminskys zu machen, schreckt ihn ein zweites Geräusch auf, ein wunderbares, ein entsetzliches, ein äußerst vertrautes Geräusch.

Es ist das melodische Röhren eines V8-Motors.

Sein jüngeres Ich ist hier.

Fenzeck öffnet das Außenschott der Landefähre und atmet schnüffelnd die rauchgewürzte Luft ein. Wahrscheinlich infiziert er sich gerade mit Abermillionen von Viren, Bakterien und Sporen, die zuvor von den ungewaschenen Ureinwohnern ausgeatmet oder mit abgestorbenen Hautschuppen abgestoßen worden sind. Und da, zwischen den brennenden Büschen, nähern sich auch schon zwei dieser Primitiven und treten in den Lichtkreis der Scheinwerfer.

»Raus aus meinem Garten!«, fordert der Erdenmensch mit der ästhetisch fragwürdigen Sonnenstrahlen-Frisur und legt mit einer langläufigen Projektilschleuder auf ihn an. »Unsere Gehirne bekommst du nicht!«

BÄNG!

Irgendetwas scheppert gegen die Hülle der Fähre.

Fenzeck überlegt, ob er sich Sorgen um seine Gesundheit

machen soll. Er trägt wie seine Begleiter einen hochmodernen, gepanzerten Kampfanzug, komplett mit Armbandpad, Medoeinheit und Raketenrucksack. Aber ein gut gezielter Schuss zwischen seine Augen ...

»Sollen wir sie wegpusten?«, fragt Pillop hinter ihm. Die Nelasma haben sich für die Mission mit Plasmagewehren bewaffnet, das schwerste Kaliber, das im Arsenal der AXE-TÖTER zu finden ist.

»Grundsätzlich würde ich das gutheißen, aber wir sind hier immer noch im Gebiet der TSN«, sagt Fenzeck, sich auf seine Vorbildfunktion als Kommandant besinnend. »Diese Wilden besitzen zumindest auf dem Papier dieselben Bürgerrechte wie wir. Außerdem können sie uns wahrscheinlich sagen, wo McGregga ist.«

»Aber der da hat auf uns geschossen!«

»Vermutlich, weil er sich durch uns bedroht fühlt. Das andere Exemplar scheint mir etwas besonnener zu sein.« Fenzeck zeigt den Einheimischen seine leeren Handflächen und hofft, dass diese universelle Geste nicht als obszön oder feindselig gedeutet wird. »Wir kommen in friedlicher Absicht«, ruft er, »und hegen keinerlei Interesse an Ihren bestimmt ganz reizenden Gehirnen. Ich bin Kommandant Pumpf vom Admiralitäts-Kriegsschiff AX...« Nein, das ist vielleicht nicht das geeignete Vokabular, um die Wilden auf seine Seite zu ziehen. Obwohl diese Barbaren ja ganz versessen darauf sein sollen, sich gegenseitig auf jede nur erdenkliche Weise umzubringen. »Wir befinden uns auf einer wichtigen Mission und bitten um Ihre Kooperation.«

»Boah. Sie können aber schleimen!« Pillop klopft ihm kumpelhaft auf den Rücken.

»Psst!« Pisnick zieht seinen Kameraden einen Schritt zurück. »Er ist der Kommandant. Der wird nicht angepatscht, kapiert?«

»Oh. Entschuldigung, Kommandant! Kommt nicht wieder vor, Kommandant!«

»Wir sollen kooperieren?«, ruft der Mensch mit den gelben Haarstacheln. »Sonst *was*?«

»Das ist eine gute Frage«, wirft Pisnick leise ein, als

Fenzeck mit der Antwort zögert. »Aber er ist immer noch bewaffnet, also können wir uns problemlos auf Notwehr berufen.«

»Er ist der Kommandant«, zischt Pillop. »Er braucht keine Ratschläge von einem Phrasendrescher wie dir.«

»Ruhe!«, schnauzt Fenzeck. Seine Nerven sind in dieser lebensfeindlichen Umgebung zum Zerreißen gespannt. »Erdenbewohner, seien Sie stolz, der Transstellaren Nation bei der Suche nach einem flüchtigen Schwerverbrecher helfen zu dürfen! Es handelt sich um den berüchtigten Piraten Bad Axe … ich meinte, Shlomo Sorgsam. Da er in Ihrem Garten gelandet ist, haben Sie sicher gesehen, wohin er sich abgesetzt hat.«

»Pirat?« Das weibliche Menschenwesen gibt ein Geräusch von sich, das Fenzeck als Lachen identifiziert. »Soweit ich weiß, ist Shlomo mit einer Rockband auf Tournee. Wann sollte er wohl dazu gekommen sein, eine Piratenkarriere einzuschlagen?«

Verdammt! Fenzeck kratzt sich am Hals. Er befindet sich ja in der Vergangenheit. Axe hat sich auf galaktischer Bühne noch nichts zuschulden kommen lassen. Und schlimmer: Er existiert momentan zweimal!

Aber immerhin hat das Weibchen gerade verraten, dass sie Axe kennt. Mit ein wenig Überredungsgeschick werden die beiden ihm alles erzählen, was sie über den Flüchtigen wissen.

Was er dabei den Ureinwohnern preisgibt, ist völlig egal. Ihr beschränkter Intellekt ist nicht in der Lage, sich mit komplexeren Dingen als der Verteidigung ihres Baus, Nahrungsaufnahme und Fortpflanzung zu beschäftigen. Alles was zählt, ist seine Autorität als Kommandant eines Kriegsschiffes und die einschüchternde Wirkung seines bewaffneten Geleitschutzes.

»Wir besitzen Informationen«, sagt er mit fester Stimme, »dass Shlomo Sorgsam Kontakte zu gemeingefährlichen Subjekten geknüpft hat, die abscheuliche Akte der Piraterie planen.«

Die Reaktion der Menschen besteht aus gemeinsam ausgestoßenen Erheiterungslauten. Das Männchen richtet die

Projektilschleuder auf ihn. »Ehrlich, Mann, hätten Sie gesagt, Sie wären auf Shlomos Nieren scharf, hätte ich Ihnen geglaubt. Aber das …« Wieder dieses enervierende Lachen.

»Oh! Pisnick, er bedroht den Kommandanten. Meinst du, wir sollten …?«

»Wir haben zwar keine eindeutigen Anweisungen für diesen Fall bekommen, aber das sieht durchaus ernst aus.«

Pisnick und Pillop treten an Fenzeck vorbei auf die Rampe der Fähre. »Waffe fallen lassen, Erdling!«, brüllt Pillop und feuert einen Plasmastrahl auf den Aggressor ab. Die Krone eines Baumes zehn Meter rechts von seinem Ziel geht in Flammen auf. Der Soldat hält das Plasmagewehr prüfend vor sich. »Die Zielvorrichtung muss kaputt sein.«

»Eigentlich«, erläutert Pisnick, »gibt man dem Aufrührer einige Sekunden Zeit, die Waffe fallen zu lassen, bevor man losballert, du Jahrmarktsschütze.«

»Mach's doch besser, du Aushilfskanonier!«

»Du Grobmotoriker triffst ja nicht mal mit dem Finger deine Nasenspitze!«

»Ach ja, du Trandrüse? Dann schau mal, was ich … *argh! Mein Auge!*«

»Was meine beiden Elitekämpfer hier auf ihre spezielle Art ausdrücken wollen«, reißt Fenzeck das Heft des Handelns wieder an sich, »ist, dass Widerstand gegen die Admiralität zwecklos ist. Sagen Sie uns, wo Axe ist!«

»Ich hab's immer gewusst!« Der Mann spuckt auf den Boden, ohne die Waffe zu senken. »Das ganze Gerede, wie toll die TSN ist, die ach so freundliche Entwicklungshilfe, eure CO2- Sauger – alles nur Augenwischerei. In Wirklichkeit bereitet ihr die Invasion vor!«

»Weil ihr unsere Organe verkaufen wollt«, fügt die Frau bekräftigend hinzu.

»Na schön.« Fenzeck zieht seinen eigenen Blaster. »Wir waren geduldig und zuvorkommend, aber irgendwann ist der Punkt erreicht …«

Das Fauchen einer Plasmaladung, die wie eine Feuerwerksrakete in den Abendhimmel hinaufjagt, schneidet ihm das Wort ab. Er wirbelt zu Pillop herum, der enttäuscht seine Waffe schüttelt.

»Sind Sie noch zu retten, Soldat?«

»Sie sagten doch, dass jetzt der Punkt erreicht ist«, verteidigt sich Pillop.

»Nein, das habe ich so nicht gesagt!«

»Haben Sie doch!«

»Das haben Sie, Kommandant«, gibt Pisnick Schützenhilfe.

»Ja, aber was ich meinte ...« Fenzeck verstummt, weil sein Armbandpad einen eingehenden Anruf meldet. Er stammt von Kolga.

Fantastisch. Fenzeck knirscht mit den Zähnen. Er ist gerade einmal drei Minuten auf der Erde, und sein Vertrauensvorschuss ist bereits aufgebraucht. »Admiralin?«

»Wie geht es voran? Haben Sie Axe schon erwischt?«

»Ich habe seine Rettungskapsel gefunden, aber Axe hat sich abgesetzt. Ich verhöre gerade einige Zeugen, die ihn zu kennen scheinen, aber sie zeigen sich wenig kooperativ.«

»Sie können sich die Mühe sparen, Fenzeck. Wir haben die Datenbanken der örtlichen Exekutivbehörde nach Shlomo Sorgsam durchsucht.« Kolga macht eine dramatische Pause. »Schauen Sie von Ihrer Landungsstelle nach Westen. Axe wohnt direkt im Haus nebenan. Wenn Sie Pech haben, bekommen Sie es mit zwei McGreggas zu tun.«

Fenzecks Herz beginnt schneller zu schlagen. »Vielen Dank für die Warnung, Admiralin. Wir schnappen ihn uns und sind in kürzester Zeit wieder auf der AXETÖTER.«

Kapitel 13

Als Axe seine gute alte Boss Hoss auf die Auffahrt des Sorgsamschen Vorstadthauses rollen sieht, macht sein Herz einen freudigen Hüpfer. Dann schrumpelt es auf die Größe einer Dörrpflaume zusammen, als ihm klar wird, dass der äußerst gut aussehende Fahrer, der unschlüssig und bei laufendem Motor die Haustür anstarrt, er selbst ist. Sein fünf Jahre jüngeres Ich ist gerade von New York nach Philadelphia gebrettert und hat dabei sämtliche Geschwindigkeitsbegrenzungen und Verkehrsregeln missachtet. Was ihm jetzt bevorsteht, ist eine Diskussion mit seinem Vater über die heilige Bedeutung des Schabbats, über Verantwortung und das spaßbremsende Konzept, die Konsequenzen zu bedenken, bevor man seine großartigen Ideen in die Tat umsetzt.

Was darauf folgt, ist der Rausschmiss aus dem elterlichen Haus, verbunden mit dem Wunsch seines Vaters, er möge sich nie wieder bei ihm blicken lassen.

Axe fühlt einen dicken Kloß im Hals, als er daran zurückdenkt. Die fünf Jahre sind nicht spurlos an ihm vorbeigegangen. Wäre er jetzt an der Stelle des jüngeren Axe, den er Shlomo zu nennen beschließt, würde das Gespräch mit seinen Eltern anders verlaufen. Er würde Fehler eingestehen, statt sie bei seinem Vater, beim Tourmanager und der Gesellschaft im Allgemeinen zu suchen. Er würde sich sogar dafür entschuldigen, dass er an seinem dreizehnten Geburtstag bei seiner Bar Mitzwa verkündet hat, Atheist zu sein. Zumindest würde er es versuchen.

Was wäre, wenn er vorübergehend Shlomos Platz einnähme? Vielleicht könnte er ihn weglocken. Oder sich ihm offenbaren und ihn bitten, die Rollen zu tauschen.

Er würde nicht aus dem Haus geworfen werden, nicht mit zweifelhaften Aliens abhängen, keine exotischen Drogen einwerfen, nicht in der Entzugsklinik landen und nicht von der Admiralität auf die FE ERSTUR geschickt werden.

Aber dann würde er niemals der Liebe seines Lebens begegnen. Er würde keine Zeitreise machen und in diesem

Moment nicht hinter einem Rhododendronbusch stehen und sich selbst beobachten.

An dieser Stelle verknoten sich Axe' Gehirnwindungen hoffnungslos, und die einzige ihm bekannte Therapie besteht darin, den Kopf gegen die Veranda zu knallen.

»Argh! Scheiße!«

Nein, der Plan ist Mist. Er darf auf keinen Fall die Vergangenheit verändern! Wenn er sich daran hält, kann eigentlich nichts schiefgehen.

Endlich stellt Shlomo Sorgsam den Motor aus und hängt seinen schwarz lackierten Weltkriegshelm an den Lenker. Das ist der Augenblick, in dem drüben bei den Kaminskys mit einem *Fummp* eine Baumkrone in Flammen aufgeht.

»Alter! Was geht denn da ab?« Mit gerunzelter Stirn hievt er seinen Prachtkörper von der Maschine, ohne den Brand aus den Augen zu lassen.

»Interessiert dich nicht«, flüstert Axe beschwörend in seinem Versteck. Sein Kopf schmerzt, und zwar nicht nur vom Kontakt mit den Holzbohlen, sondern vor allem, weil er sich krampfhaft zu erinnern versucht, ob er damals tatsächlich eine brennende Baumkrone gesehen hat.

Natürlich nicht! Denn damals ist sein jetziges Ich nicht von Aliens mit Blastern verfolgt worden. Aber Moment … damals ist *jetzt*. Und was Shlomo sieht, muss Teil seiner Erinnerung sein.

Ich bin vom Motorrad gestiegen, ich bin die Verandatreppe hinaufgegangen, ich habe an der Tür geläutet …

Ich bin vom Motorrad gestiegen, habe mich durch die Büsche geschlagen und ein Raumschiff im Garten der Kaminskys entdeckt …

Axe presst die Hände gegen die Schläfen, eine Vorsichtsmaßnahme, falls sein Schädel Anstalten machen sollte zu explodieren.

Tatsächlich scheint auch Shlomo zwischen den Zeitlinien hin und her gerissen zu sein. Nach drei zögernden Schritten Richtung Nachbargrundstück bleibt er stehen und blickt zur Haustür.

»Geh ins Haus«, versucht Axe sein Alter Ego fernzusteuern und fragt sich, ob es nicht Junger Ego heißen müsste. »Geh ins Haus!«

Eine feurige Plasmalanze schießt hinter den Fliederbüschen in die Höhe. »Whoooaah!«, macht Shlomo. »Krass! Muss ich sehen.«

Axe wischt sich Schweiß von der Stirn. Das kann doch alles nicht wahr sein!

Ich bin vom Motorrad gestiegen, habe mich durch die Büsche geschlagen und ein Raumschiff im Garten der Kaminskys entdeckt, zwei Typen mit merkwürdigen Frisuren haben sich auf mich gestürzt ...

Ein ganzer Bautrupp ist in Axe' Gehirn unterwegs, reißt die Fototapeten mit Motiven aus seinem Leben herunter und klatscht neue mit einem unappetitlichen Blutspritzermuster an die Wände. Zumindest an die, die nicht dem Vorschlaghammer zum Opfer fallen.

»Kann man diesen Scheiß nicht abstellen?«, ächzt er.

Und die beruhigende Gedankenstimme des Rezirkulators antwortet: *Interferenzsperre aktiviert.*

Eine frische Brise weht den Bautrupp aus dem Haus, lässt die falschen Tapeten aus den offenen Fenstern davonflattern und stellt das gewohnte Chaos wieder her. Gelegenheit, sich darüber zu freuen, hat er allerdings nicht, denn Shlomo marschiert unbeirrt weiter auf sein Verhängnis zu.

»Nein!« Axe stolpert hinter dem Rhododendron hervor und verstellt Shlomo den Weg. »Geh! Da! Nicht! Hin!«

Shlomo bleibt mit weit aufgerissenen Augen vor ihm stehen. »Ich werd bekloppt. Du siehst ja aus wie ich!«

»Haha, das ... äh ... ist bloß ein irrer Zufall. Typen wie uns gibt es überall.«

Der Schock, mit sich selbst zu reden, hält sich überraschenderweise in Grenzen. Axe hat darin eine gewisse Erfahrung. Einmal hat er zwei seelenlose Kopien von sich im Materieduplikator der FE ERSTUR hergestellt, die von HASI und Jafre Pawanter gesteuert wurden. Ein anderes Mal ist es ihm gelungen, das ganze Schiff zu duplizieren und mit seiner vollwertigen Kopie ein nettes Funkgespräch zu führen.

»Echt schräg, Mann. Du hast sogar ein Screaming Ears Shirt an.« Shlomo bohrt ihm einen Finger in den Bauch.

»Das mit dem Totenkopf. Ich hab genau das gleiche.«

»Ist ja auch das gl... äh... die geilste Band des Universums.«

»Ja, Bruder!« Shlomo reckt die rechte Hand in einer typischen Callum-Nitro-Pose hoch. *»When Planets start to roll like heads ...«*

»... and Black Holes bleed in infrared ...«, grölt Axe, ohne nachzudenken, mit. In perfekter Symmetrie greifen sie in die Luftgitarrensaiten und beenden den Refrain wie aus einem Mund:

»You nitwits haven't got it yet
You're fuckin' dead!
You're fuckin' dead!«

Synchron werfen sie ihre filzigen Moshermatten in den Nacken und schleudern sie so heftig nach vorne, dass sie das Wort *Headbanging* mit schmerzhafter Bedeutung füllen.

»Aoouuu!«, heult Shlomo, massiert sich die Stirn und taumelt rückwärts.

»Aahaargh! Immer auf dieselbe Stelle!« Axe verdreht die Augen und sinkt auf die Knie. Als er wieder klar sehen kann, steht Bonzo vor ihm und schaut mit nervös flackernden Augen von einem Axe zum anderen. Aus den Ohren des Robodogs kräuselt sich Rauch empor. Er wedelt zweimal, dann sprengt eine Stichflamme seine Schädeldecke ab und er kippt friedlich vor sich hin brutzelnd auf die Seite.

»Woo-hoo!« Shlomo schüttelt sich, als könnte er die Kopfschmerzen auf diese Weise loswerden. »Bist du sicher, dass du nicht ich bist? Coole Performance, Bruder!« Er deutet nach nebenan. »Wieso hast du gesagt, ich soll da nicht hingehen?«

Mühsam stemmt Axe sich auf die Beine. »Das erklär ich dir später. Du musst jetzt unbedingt von hier verschw...«

»Shlomo Sorgsam!«, schneidet ihm eine angenervt klingende Stimme das Wort ab. »Und Sie da ... ach herrje, wir haben alle beide!«

Axe dreht sich um und sieht drei bewaffnete Gestalten in Admiralitäts-Kampfanzügen aus den Büschen treten.

»Hände hoch!«, befiehlt der Anführer der Truppe. »Und keine Dummheiten, sonst …«

Ein gleißendes Licht blendet Axe, und etwas Heißes faucht an ihm vorbei.

»Pillop! Sie Wahnsinniger! Wer hat Ihnen erlaubt zu schießen?«

»Sie sagten, keine Dummheiten, Kommandant. Aber dümmer ging's ja wohl nicht! Sich gleich zweimal völlig ohne Deckung auf offener Fläche zu zeigen, ohne die Umgebung im Auge zu behalten …«

»Bruder …«, hört Axe hinter sich. Er wendet den Kopf und sieht Shlomo schwanken. Eine kalte Hand wühlt in seinen Eingeweiden. »Shlomo! Bist du getroffen?«

»Tut gar nicht weh.« Shlomo verzieht das Gesicht zu einem gequälten Grinsen und klatscht mit dem Gesicht voran ins Gras.

»Pisnick!«, brüllt der grashaarige Schütze mit überschnappender Stimme. »Ich hab einen erwischt! Was sagst du jetzt?«

»Ich sage, das bedeutet, dass du auf den anderen gezielt hast«, antwortet sein brokkoliköpfiger Kamerad trocken.

»Ihr habt ab sofort Schießverbot«, knurrt der Anführer. »Zum Glück ist einer von den beiden noch am Leben, sonst würde Kolga uns die Köpfe abreißen und verkehrt herum wieder draufschrauben.«

Er tritt auf Axe zu, der wie betäubt da steht, und richtet den Blaster auf ihn. »Keine Bewegung, McGregga!«

Axe hebt langsam die Hände und merkt dabei, dass etwas nicht stimmt. »Oh Shit, was …?« Er hält die Hand vor den Kommandanten und sieht dessen verblüfftes Klonkengesicht durch die Handfläche.

»Was machen Sie da?«, schnauzt sein Gegenüber. »Hören Sie sofort damit auf, durchsichtig zu werden!«

Mit einer Stimme wie ein fernes Echo antwortet Axe: »Ich bin seit fünf Jahren tot und krieg's jetzt erst mit. Das muss mir erst mal einer nachmachen.« Die Situation ist so herrlich absurd, dass er gar nicht anders kann, als zu kichern. »Übrigens: Ich hab 'ne Zeitmaschine.«

Notfall-Rezirkulation eingeleitet.

Das *Twängängäng* der zurückgefederten Zeit verhallt, bis der abgeschnittene Ärmel von Axe' Biographie zeitlos und verlassen daliegt. Nichts lebt hier, kein Blatt, kein Staubkorn bewegt sich.

Falsch ...

Eine Gestalt in einem unglaublich gut sitzenden schwarzen Anzug betritt gemessenen Schrittes den Schauplatz des Dramas. An der rechten Hand baumelt ein schwarzer Aktenkoffer. Sie bleibt stehen und betrachtet die Stelle, an der eben noch Shlomo gelegen hat.

»WAS ZUM ...?«

Axe holt tief Luft, betätigt die Türklingel und hechtet zurück in sein Versteck neben der Veranda. Keine Sekunde zu früh: Schon biegt die Boss Hoss knatternd in die Auffahrt ein.

Axe beobachtet, wie Shlomo an der Unterlippe saugend das Elternhaus anstarrt. »Mach's diesmal richtig, Kumpel«, flüstert er.

Die Haustür öffnet sich, und eine Mitleid erregende Fistelstimme ruft: »Junge! Was machst du denn hier?«

Vorsichtig späht Axe unter dem Geländer hindurch, um einen Blick auf seinen alten Herrn zu erhaschen. Es ist unschwer zu erkennen, dass die Tendenz zur perfekten Körperform, nämlich der Kugel, auf Leo Sorgsams Erbgut zurückzuführen ist. Einmal mehr fragt sich Axe, ob er, sollte er jemals das Alter seines Vaters erreichen, auch dessen lichtes, früh ergrautes Haar und die ausgeprägte Weitsichtigkeit erben wird. Letztere kompensiert Leo anstelle einer Augenoperation lieber durch eine dicke Hornbrille, hinter der die wässrig-blauen Augen wie in Goldfischgläsern zu schwimmen scheinen.

Shlomo stellt den Motor ab und hängt den Helm an den Lenker. »Hi, Dad. Ich hatte ein bisschen Ärger mit dem Manager. So was Verkrampftes hast du echt noch nicht gesehen.« Er klappt den Ständer aus, steigt mit der Eleganz eines Erdrutsches von der Maschine und geht seinem Vater entgegen.

»Es ist Schabbat«, erinnert Leo ihn. »Benimm dich.« Er

tritt beiseite, um seinen Sohn durchzulassen. Keine Umarmung, kein Rückentätscheln – seit der sabotierten Bar Mitzwa ist Shlomos Status im elterlichen Haus der eines geduldeten Mitbewohners. Dass er überhaupt noch zu Hause lebt, ist Bequemlichkeit und chronischer Geldnot geschuldet. Seine Anstellung als Roadie ist bloß die letzte Episode einer langen Serie von Gelegenheitsjobs, aus denen er infolge kreativer Eigeninitiative oder herzerfrischender Ehrlichkeit unfreundlich verabschiedet worden ist.

Von wegen Shlomo. Das bin ich selbst! Axe fühlt einen plötzlichen Anflug von Scham, eine Emotion, die ihm irgendwann in seiner Kindheit abhandengekommen ist.

Die Tür fällt ins Schloss.

Und hinter Axe geht ein Baum in Flammen auf.

Das wäre geschafft. Nächster Schritt: Auf nach Norfolk!

Axe wartet einen Moment, bis das Außenlicht erlischt, dann schleicht er zur Boss Hoss, stülpt sich den Helm über den Kopf und legt den Daumen auf den Fingerabdrucksensor.

Als der V8-Chevroletmotor mit einem Sound anspringt, der irgendwo zwischen einem klappernden Traktorendiesel und einem feuchten Furz liegt, ist Axe endgültig zuhause angekommen.

Er legt den Rückwärtsgang ein und manövriert das fünfhundert Kilo schwere Geschoss auf die Straße. Bevor er Gas gibt, wirft er einen Blick in den Rückspiegel.

»Scheiße!«

Der Lichtkegel einer Straßenlaterne fällt auf eine Gestalt im schwarzen Kampfanzug, die sich ihm in vollem Lauf nähert.

Fenzeck blickt von der Rampe der Landefähre in Richtung Nachbargrundstück und lächelt siegesgewiss. Nur ein paar Minuten trennen ihn von der Erfüllung seiner Mission, und dann hält ihn nichts mehr davon ab, nach Parzaff zurückzukehren. So schmeichelhaft es auch ist, Kommandant eines Schlachtschiffs zu sein – er kann sich bessere Gesellschaft vorstellen als Kolgas fragwürdige Besatzung.

»Sie beide …« Er zeigt auf die verunsicherten Erdlinge. »Gehen Sie ins Haus! Ich kann nicht für Ihre Sicherheit garantieren, wenn Sie mir bei einer Militäroperation vor den Füßen herumlaufen.«

Das Männchen scheint mit sich zu ringen, ob es nicht doch von seiner Steinzeitwaffe Gebrauch machen soll, aber als das Weibchen ihn am Arm packt, nimmt es Vernunft an und zieht sich zurück.

Fenzeck wendet sich an die beiden Soldaten, um den Befehl zum Vorrücken zu geben, als ein niederfrequentes Knattern vom Grundstück der Sorgsams herüberweht.

»Klingt wie ein altertümlicher Verbrennungsmotor«, sagt Pisnick.

»Ja, mit so was sind die hier früher rumgefahren, bis der Planet im Eimer war«, ergänzt Pillop.

»Ich gehe nachsehen.« Fenzeck spürt eine merkwürdige Unruhe in sich. Sollte er sich auf der AXETÖTER etwa mit Jagdfieber infiziert haben? »Ihr rückt schon mal vor und sichert die Rückseite des Gebäudes. Wir halten Funkkontakt.«

Dann sprintet er Richtung Straße.

Das auf zwei botanisch frisierte Köpfe geschrumpfte McGregga-Ergreifungskommando schlägt sich durch die Strauchhecke und marschiert im Territorium ihres Zielobjekts ein. Von der anderen Seite des Hauses schwillt das Knattern zu einem infernalischen Dröhnen an.

»Das klingt gefährlich«, stellt Pisnick fest.

»Sehr mutig vom Kommandanten, alleine dorthin zu gehen«, meint Pillop. »Vor allem, wenn man bedenkt, dass er eigentlich Zivilist ist.«

»Ja. Und dass McGregga ein blutrünstiger Pirat ist.«

Die beiden blicken einander stumm an, während sich im Hintergrund die lärmintensive Vernichtung fossiler Brennstoffe vom Einsatzgebiet fort verlagert.

Schließlich räuspert Pisnick sich. »Unter uns: So richtig glücklich bin ich nicht, dass Kolga diesen Parzer zum Kommandanten gemacht hat.«

»Also, wenn du's nicht weitersagst: Richtig gut leiden

kann ich ihn auch nicht«, stimmt Pillop zu. »Äh. Der Funk ist aber aus, oder?«

Hastig prüfen die Nelasma die Statusanzeigen auf ihren Armbandpads und atmen geräuschvoll aus.

»Still!« Pillop stößt Pisnick einen Ellbogen in den Oberarm und deutet in die Dunkelheit. »Da ist was!«

Pisnick schaltet die Lampe auf der Schulterplatte seines Kampfanzugs an. Vor ihnen kommt ein braun-schwarzer bepelzter Vierbeiner der Kategorie domestiziertes Raubtier zum Stehen und blickt sie aufmerksam an.

»Bloß eine niedere Lebensform!«, sagt Pillop.

»Auf diesem Erdklumpen gibt es *nur* niedere Lebensformen«, erwidert Pisnick besserwisserisch.

»Du bist auch eine niedere Lebensform«, motzt Pillop.

»Und du eine hirnlose Amöbe.«

»Eiterpockenbazillus!«

»Schleimpilz!«

Die niedere Lebensform beginnt, abgehackte Brülllaute auszustoßen und entblößt ihr Gebiss. Die Augen pulsieren in einem düsteren Alarmrot.

»Hey, das ist gar keine niedere Lebensform«, konstatiert Pillop. »Sondern niedere Robotertechnik.«

»Worauf das Ding wohl programmiert ist?«, wundert sich Pisnick. Er macht einen Schritt auf das Tierimitat zu, das sich sofort auf sein rechtes Bein stürzt und die Zähne in den Kampfanzug schlägt. Der Verbundstoff der Beinschützer hält dem hydraulischen Druck der künstlichen Kiefer mühelos stand. »Aha, darauf also.«

Pillop legt mit dem Plasmagewehr auf den Roboter an. »Stillhalten, Pisnick! Sonst treffe ich womöglich dich.«

»Bist du irre? Du triffst sowieso mich, selbst wenn du auf das Viech zielst. Was du gerade absolut nicht tust.« Pisnick schlägt mit dem Kolben seiner Waffe auf den Kopf des Vierbeiners, richtet jedoch nichts aus.

In diesem kritischen Moment meldet sich Kommandant Fenzeck über Funk. Seine Stimme klingt gehetzt und undeutlich, als würde Fahrtwind über sein Mikrofon streichen. »Leute! Ich verfolge Bad Axe McGregga! Ich brauche Verstärkung! Bitte bestätigen!«

Pillop hebt sein Pad an den Mund, um zu antworten, als sein Blick auf ein hell erleuchtetes Fenster fällt, hinter dem drei Menschen stehen und mit weit aufgerissenen Augen zu ihnen herüber starren.

Einer von ihnen ist Bad Axe McGregga.

»Äh… Kommandant. Wir haben McGregga ebenfalls gefunden.«

Der kleinste und älteste der Erdenbewohner öffnet beherzt das Fenster und winkt ihnen zu. »Schabbat Schalom! Kommen Sie doch herein!«

»Was hab ich denn getan, dass immer alle hinter mir her sind?« Axe startet mit qualmenden Reifen durch. Wer immer damals auf die Idee gekommen ist, einen Achtzylinder-Chevrolet-Boliden in ein Motorrad einzubauen, er muss gewusst haben, dass der Tag kommen würde, an dem das Beschleunigungsvermögen seiner Schöpfung über Leben und Tod entscheidet. Selbst wenn sie mit einem Pflug den Asphalt aufreißen müsste, wäre sie kaum langsamer. Im Gegensatz zur stromlinienförmigen Callax Impestor kommt die eher bauchig in die Breite gebaute Boss Hoss seiner Körperform schmeichlerisch entgegen. Der Lenker ist wie bei einem Chopper weit nach hinten gebogen und der Sattel bis auf Steißhöhe hochgezogen, so dass Axe die an ihm zerrenden Kräfte bequem aussitzen kann, ohne befürchten zu müssen, vom Bock zu rutschen. »Yeah, Baby! Gib alles!«

Axe wirft einen Blick über die Schulter. Er entdeckt seinen Verfolger mehrere Meter über der Straße, ein Komet mit flammendem Schweif, der ihm durch die hereinbrechende Nacht hinterher rast. »Scheiße! Scheiße! Warum haben immer alle Jetpacks?«

Die Straße führt in einer Neunzig-Grad-Kurve um das Grundstück der Kaminskys. Um nicht abbremsen zu müssen, zieht Axe auf die linke Straßenseite. Ein protziger Ford-Elektro-SUV, der ihm mit überhöhter Geschwindigkeit entgegenkommt, weicht im letzten Moment aus, rumpelt über den Bordstein und walzt den Briefkasten der Kaminskys nieder. Wenn Axe sich recht erinnert, ist der

Fahrer Bob Whitney, bei dem er früher den Rasen gemäht hat. Korrektur: Bei dem er *einmal* den Rasen gemäht hat. Danach gab es ein Gespräch mit seinem Vater.

»'Tschuldigung, Mr. Whitney!«, brüllt Axe, der sich abmüht, die schlingernde Maschine auf Kurs zu halten. Vor ihm schmilzt ein Blasterschuss den Asphalt. Axe weicht auf den Gehweg aus, wo er einen Jogger in einer weihnachtlich blinkenden Leuchtweste zu einem Hechtsprung über eine Hecke zwingt.

»Arschloch!«

»'Tschuldigung!«

Über ihm erklingt ein Schrei, und das Knacken splitternden Holzes. Axe riskiert einen erneuten Blick nach oben. Sein Verfolger bricht in einer Wolke losgerissener Blätter aus der Krone eines Straßenbaums hervor und trudelt unkontrolliert auf ein mit Solarzellen gedecktes Dach zu.

»Yesss!« Axe brüllt triumphierend, als der Soldat die Paneele und die darunter liegenden Dachziegel durchschlägt. »Du Loser, lern du erst mal, mit deinem Gerät umzu... *ooohhh shit!*« Im letztmöglichen Augenblick zieht er die Bremse, stellt sich quer und rammt ein aus der nächsten Auffahrt rollendes Auto. Seine Boss Hoss schiebt das leichtgewichtige E-Mobil einen halben Meter zur Seite.

»Das ist ein Bürgersteig und kein Highway!«, ranzt er die Fahrerin an, bevor er merkt, dass es sich um ein mindestens hundertjähriges Muttchen handelt, das ihn unter ihrer lila gefärbten Dauerwelle mit geweiteten Pupillen anstarrt. »Upps! Nichts für ungut, Oma.«

Die Scheibe senkt sich. Axe blickt in den Lauf einer Pistole, genauer: einer 44er Kill-Tec SMT2060, für deren Handhabung die Rentnerin beide Hände benötigt, um einigermaßen zitterfrei zielen zu können.

»Dir zeig ich's, du verfickter Rocker-Bastard!« Die Alte entsichert das Mordgerät. »Deine Dreckschleuder und dich hab ich schon länger auf meiner Liste.«

»Scheiße!« Axe duckt sich und gibt Gas. Im nächsten Moment knallt es ohrenbetäubend hinter ihm. Irgendwo zerplatzt eine Fensterscheibe, und fast zeitgleich heult ein Alarmsystem los.

Axe manövriert zurück auf die Straße. Von wo er hergekommen ist, entdeckt er den heranbrausenden SUV von Bob Whitney, der anscheinend nicht gewillt ist, den kleinen Unfall auf sich beruhen zu lassen.

Von der anderen Seite nähert sich der ihm wohlbekannte Pick-up, den die Nachbarschaftswache der Community als Patrouillenfahrzeug nutzt. Auf der Ladefläche schwenken mindestens zwei Leute hektisch ihre ultrahellen Taschenlampen.

Axe überschlägt, welches der Hindernisse sich am gefahrlosesten umfahren lässt, als Mr. Whitney seinen Zivilpanzer zum Stehen bringt und die Tür aufreißt. In der Hand hält er eine AR-15plus. »Shlomo! Du bleibst hier, bis wir geklärt haben, wer den Schaden bezahlt!«

»Keine Zeit, Mr. Whitney!«, ruft Axe. »Ich werde von Außerirdischen gejagt! Schicken Sie die Rechnung an die TSN!« Hinten an der Kurve sieht er die Kaminskys vor der Leiche ihres Briefkastens stehen und aufgeregt in seine Richtung gestikulieren. Das fehlte gerade noch, dass die beiden durch seine Schuld in ein Feuergefecht geraten!

Aus dem Haus mit der jodelnden Alarmanlage faucht ein Schuss in den Nachthimmel. Axe nutzt die Ablenkung, um die Kupplung kommen zu lassen und auf die Community-Miliz zuzuhalten.

»Ich sagte, du bleibst hier!«, brüllt Bob Whitney hinter ihm und feuert in die Luft.

Der Pick-up bremst quer zur Straße. Zwei Gestalten mit Baseballkappen und Gewehren springen auf der Axe abgewandten Seite von der Pritsche. Der Fahrer nutzt die offene Tür als Deckung und gibt einen Warnschuss aus einer Pistole ab.

»Stehenbleiben! Wir schießen scharf!«

Axe stoppt die Maschine und blickt mit wachsender Verzweiflung über die Schulter.

Die schießwütige Alte beugt sich mit verkniffener Miene aus dem Fenster ihres Wagens, die Knarre immer noch in den zitternden Händen.

Hinter der Hecke späht der Weihnachtsbaum-Jogger das Schlachtfeld aus, ebenfalls mit einer Handfeuerwaffe ausgerüstet und offenbar wild entschlossen zur Selbstverteidigung/Vaterlandsverteidigung/planlosen Munitionsverschwendung (Zutreffendes bitte ankreuzen).

Und aus dem durchlöcherten Hausdach platzt wie ein lodernder Racheengel *sein Freund* von der AXETÖTER hervor und steigt mit fauchenden Triebdüsen über der Straße auf.

»Shlomo Sorgsam!« Ein Stimmverstärker beschallt die halbe Community mit seinem Namen. »Geben Sie auf! Widerstand gegen die TSN ist zwecklos!«

»Ich *wusste* es!« Axe zuckt zusammen, als er Mr. Kaminsky zornig brüllen hört. Seine ehemaligen Nachbarn marschieren wie zwei archetypische US-Marshalls die Straße entlang und gesellen sich zu den aufrechten amerikanischen Bürgern. »Die verdammten Aliens sind in meinem Garten gelandet und wollen uns die Organe rausschneiden!« Er feuert auf das gut beleuchtete Ziel. Als Nächstes hört Axe das »Ritsch-Ratsch« einer Pumpgun, gefolgt von dem bellenden Knall, mit dem Sybil Kaminsky eine Ladung Schrot in den Nachthimmel jagt.

»Ihr kleinen außerirdischen Scheißer«, keift die Rentnerin und ballert ebenfalls drauflos. Aus allen Richtung donnern jetzt Schüsse und blitzt Mündungsfeuer auf.

»Willkommen in Amerika«, murmelt Axe und zieht am Gasgriff.

»Schabbat Schalom!« Leo hebt grüßend eine Hand. »Kommen Sie doch herein! Sie müssen hungrig sein nach Ihrer langen Reise.«

Der Außerirdische mit der Gemüsefrisur unterbricht seine Mission, den Robodog Molekül für Molekül von seiner Beinpanzerung zu hämmern, und richtet den Blick auf sie, genauer: auf Shlomo. Sein Kamerad beendet das Gespräch, das er über ein Gerät an seinem Unterarm geführt hat, und erwidert zögernd den Gruß.

»Äh, Leo ... Dad?« Shlomo Sorgsam senkt die Stimme zu einem Flüstern. »Ich meine, klar, voll cool von dir, irgendwelche imperialen Sturmtruppler zum Schabbatmahl einzuladen und aus religiöser Sicht bestimmt total korrekt, aber … die haben Mordswummen dabei und anscheinend den Garten der Kaminskys abgefackelt und versuchen gerade, Bonzo kaputt zu machen …«

»Still, Shlomo. In Fragen des Schabbats entscheide ich als Herr des Hauses. Hadley, leg bitte noch zwei Gedecke auf.«

Hadley Sorgsam-Rifkin überragt ihren Ehemann um einen Kopf (plus die hochgesteckten brünetten Haare) und wirkt im Vergleich zu ihm wie eine Zypresse neben einer Buchsbaumkugel. Alles an ihrem Gesicht scheint etwas zu lang geraten, was ihr die Mimik einer überraschten Giraffe verleiht. »Wie du meinst, Leo. Falls wir erschossen werden, haben wir uns immerhin nicht vorzuwerfen, den Schabbat missachtet zu haben.« Man kann Hadley auf keinen Fall vorwerfen, ihren Sarkasmus zu vernachlässigen.

»Falls wir erschossen werden, ist es Gottes Wille«, antwortet Leo ungerührt. Erneut winkt er den beiden Außerirdischen zu. »Ich komme jetzt zu Ihnen und schalte den Hund ab. Haben Sie keine Angst!«

Shlomo rollt mit den Augen.

Zwei Minuten später sitzen Mr. Gras und Mr. Brokkoli, wie Shlomo sie für sich getauft hat, an der gedeckten Schabbattafel der Sorgsams, die Gewehre brav an die Stühle gelehnt.

Shlomo versucht, aus ihrer Mimik schlau zu werden. Da die Köpfe der beiden nicht breiter sind als ihre Hälse, wirken sie wie Röhren, in deren Mitte eine bonbonförmige Nase über einem lippenlosen Mund klebt. Die hervorquellenden Augen verleihen den beiden einen Gesichtsausdruck irgendwo zwischen Begeisterung und Debilität. Die zusammengewachsenen buschigen Brauen befinden sich in ständiger nervöser Bewegung.

»Willkommen in meinem Haus«, flötet der Herr desselben. »Mein Name ist Leo Sorgsam, und das ist mein Sohn Shlomo.«

»Ich weiß!«, platzt es aus Mr. Gras heraus und ergänzt nach einem Ellenbogenstoß von Mr. Brokkoli: »… Ihre Gastfreundschaft sehr zu würdigen.«

»Dad! Ich stelle mich selbst vor.«

»Das kann ja heiter werden.« Leo wendet sich mit vor der Brust verschränkten Armen ab.

»Hört mal, Kumpels, ich heiße nicht Shlomo.«

»Ach nein?« Mr. Gras produziert ein Grinsen, in dem man einen zehn Kilo schweren Aktenstapel schreddern könnte.

»Mein Name ist Armistead Bad Axe McGregga.«

»Was Sie nicht sagen!« Mr. Brokkoli klingt aufrichtig hingerissen. »Dürfen wir Sie Bad Axe nennen?«

»Klaro«, sagt Shlomo mit geschwellter Brust. »Meine Freunde nennen mich einfach nur Axe.«

Von Leo kommt ein pfeifendes Lachen.

»Was denn, Dad?«

»Du hast Freunde?«

»Pfff. Bestimmt mehr als du.« Er wendet sich wieder seinen neu entdeckten Freunden aus dem Weltall zu. »Wie heißt ihr denn, Jungs? Äh, ihr seid doch Jungs, oder?«

»Ich bin Pillop«, stellt Mr. Gras sich vor.

»Und ich heiße Pisnick«, sagt Mr. Brokkoli.

Unter Aufbietung sämtlicher Willenskraft wandelt Shlomo ein Losprusten in ein trockenes Hüsteln um. »Wisst ihr was? Ich nenne euch Phil und Nick. Ist das in Ordnung?«

»Wenn das hier so üblich ist«, stimmt Pisnick mit verhaltener Begeisterung zu.

»Außerhalb dieser Wände schon«, sagt Shlomo mit einem Seitenblick auf seinen Vater. »Und was, äh, seid ihr? Also, ich will nicht rassistisch erscheinen, aber es ist ja klar, dass ihr nicht von hier seid.«

Leo stöhnt verhalten.

»Nelasma«, antwortet Pillop (neuerdings Phil).

Axe hebt abwehrend die Hände. »Okay, okay. Sorry, dass ich gefragt habe.«

»Wir sind Nelasma und kommen vom Planeten Lasma IV«, klärt Pisnick (neuerdings Nick) das Missverständnis auf.

»Alles klar. Und was treibt ihr hier auf der Erde? Sind wir im Krieg mit Lasmagutsein IV?«

»Wir haben einen berüchtigten Piraten hierher verfolgt«,

sagt Phil. »So einen richtig üblen, der von der ganzen TSN gejagt wird.«

»Und zufälligerweise ist der bei deinen Nachbarn im Garten gelandet und seitdem auf der Flucht. Der Rest unserer Einheit …«, Nick unterbricht sich für ein Kichern, »hat sich an seine Fersen geheftet. Und wir sollen hier für den Schutz der Zivilisten sorgen.«

»Ihr Jungs seid also sowas wie intergalaktische Sheriffs«, folgert Shlomo.

»Das ist richtig.« Phil klopft gegen den Lauf seiner überaus tödlich aussehenden Waffe. »Wir sind Raumsoldaten der Admiralität.«

»Intervenieren, erobern, sichern«, ergänzt Nick.

»Und schießen!«, ruft Phil. »Ich bin Scharfschütze!«

»Du meinst wohl Stumpfschütze.«

»Und du bist 'ne Strumpfstütze!«

»Sumpfpfütze!«

»Dumpfgrütze!«

Beide verstummen, als Leo Sorgsam mit strenger Miene seinen Löffel an den Tellerrand schlägt.

»Schabbat«, flüstert Shlomo ihnen zu.

Die peinliche Stille, die daraufhin folgt, unterbricht Hadley Sorgsam, die einen Topf auf dem Tisch abstellt und die Teller mit einem gut durchgeschmorten Gemüseeintopf füllt; die der Gäste als erstes.

Phil beugt sich mit zuckender Nase über das dampfende Gericht. »Ich bin mir nicht sicher, ob unser Metabolismus irdische Nahrung verträgt.«

»Aber selbstverständlich!«, beruhigt ihn Mrs. Sorgsam im Tonfall einer Werbeclip-Hausfrau, die ein neues Waschmittel anpreist. »Wir haben Shlomo mit *Tscholent* großgezogen, und sehen Sie sich an, was für ein Prachtkerl aus ihm geworden ist.«

Die Nelasma werfen einen erschütterten Blick auf den Prachtkerl, der ihnen verschwörerisch zublinzelt. »Dabei hasse ich das Zeug«, flüstert er.

»Wie war das?«, erklingt Leos Falsett.

»Nichts.«

Hadley schichtet Kelle um Kelle auf Shlomos Teller, bis

dieser grummelt: »Das reicht jetzt aber langsam!«

»Wie sagt man?« Leo klingt beinahe wie ein pfeifender Teekessel.

»Ja, wenn's denn sein muss.« Shlomo springt auf. »Tscholent Green ist Menschenfleisch!«, proklamiert er theatralisch.

Phil lässt auf halbem Weg zum Mund den Löffel fallen. Nick, der bereits auf einem Bissen kaut, läuft grün an und spuckt das Tscholent zurück auf den Teller.

»Autsch!« Shlomo duckt sich, bevor die Hand seiner Mutter ein zweites Mal seinen Hinterkopf trifft. »Das war doch bloß ein Scherz!«

»Es ist Gemüse!«, entrüstet sich Mrs. Sorgsam und holt erneut aus, diesmal mit der Kelle.

»Keine Gewalt am Schabbat«, ruft Leo am Rande der Schnappatmung.

Hadley hält inne. »Ach ja, wie konnte ich nur. Wegen mir wird der Junge noch seine guten Manieren vergessen.« Als sie die Kelle in den Topf zurücksteckt (was aussieht, als wollte sie das Tscholent erdolchen), faucht sie Shlomo ins Ohr: »Es ist glücklicherweise nicht immer Schabbat.«

»Mom! Du bist Schuld, wenn ich später in einer Beziehung mit einer gewalttätigen Frau lande.«

»Würde dir nur recht geschehen!«

»Dieses Schabbat«, beginnt Nick, um die Situation zu entschärfen, »ist das was Religiöses?«

»Es ist der jüdische Ruhetag«, erklärt Leo. »Vereinfacht gesagt ist es uns verboten zu arbeiten, aber der Talmud nennt insgesamt neununddreißig verbotene Tätigkeiten, die einem Nichtjuden schwer zu erklären sind.«

»Also, eigentlich ist nur mein Vater Jude«, mischt Shlomo sich ungefragt ein. »Meine Mutter hält sich aus Solidarität an die Verbote, aber eigentlich gehört sie zu dem Verein mit der am Kreuz festgetackerten Leiche.«

In Leos und Hadleys schockiertes Schweigen hinein sagt Nick: »Ich bin selbst religiös.«

»Das stimmt!« Phil nickt eifrig. »Er hat eine Autogrammkarte von Gott in seinem Spind kleben.«

»Echt jetzt?« Shlomo springt auf und zieht sein T-Shirt

glatt, um die Nelasma den Aufdruck sehen zu lassen. »Ich glaube an die Screaming Ears. Die geilste Band des Universums, Kumpels! Wenn es einen Gott gibt, dann hört er Cosmic Doom Metal!«

»Da muss ich dich leider enttäuschen, Axe«, sagt Nick vorsichtig. »Gott steht total auf Crysome Shippah. Das angesagteste Schlagersternchen im Orion-Arm.«

»Sie hat sogar ein Konzert extra für ihn gegeben«, bestätigt Phil. »War 'ne große Sache. Galaxisweite Übertragung.«

Shlomo sucht in den fremdartigen Gesichtern der beiden vergeblich nach Anzeichen, dass sie sich über ihn lustig machen. »Dann hat der Typ keine Ahnung, was echte Musik ist. Könntet ihr ihm ein Mixtape von den Ears vorbeibringen, falls ihr demnächst mal bei ihm vorbei gondelt?«

Er wirft einen Seitenblick auf seinen Vater, der mit blassem Gesicht ins Leere starrt. »Dad?« Er wedelt mit einer Hand vor dessen Augen herum. »Vielleicht sollten wir nicht mehr über Religion reden.«

Aus den Datenbanken der FE ERSTUR:

Gott (m, auch als Eigenname gebräuchlich; dieser Artikel bezieht sich auf Den Einen Schöpfergott. Für ausschließlich lokal angebetete oder auf begrenzte Aufgaben wie alkoholische Gärung oder bestimmte Wetterphänomene spezialisierte Individuen siehe: Götter.)

Zur Gründungszeit der TSN beanspruchten in ihrem Mandatsgebiet hundertsiebenunddreißig Personen oder Entitäten den Titel oder die Daseinsbeschreibung »Gott«. Um hieraus resultierenden Interessenkonflikten einen Riegel vorzuschieben, hat die Zentralregierung der TSN im Jahr 512 sämtliche Gottheiten aufgefordert, sich einem Qualifikationsverfahren zu unterziehen. Die Aspiranten mussten nach einem zuvor festgelegten Bewertungsschlüssel Beweise ihrer Göttlichkeit in den Kategorien Schöpfung, Gebetserhörung, Wunderwirkung und Unsterblichkeit erbringen.

Nachdem bereits die ersten drei Prüfungen einen Großteil von ihnen als Hochstapler entlarvten, wurden die verbliebenen achtzehn so lange mit der Plasmahaubitze des präventiven Erstschlags beschossen, bis an ihrer Unsterblichkeit kein Zweifel mehr bestand.

Als Ergebnis dieses Ausschlussverfahrens wurde Herr Bloster

Mumpel, der eine Imbissbude auf Ferkulon III betreibt, als einziger Gott im Gebiet der TSN anerkannt (was im Übrigen den Absatz der allseits beliebten Blosterburger in ungeahnte Höhen trieb).

Gebete nimmt seither ein Callcenter in der Konzernzentrale entgegen; Tieropfer werden jedoch bevorzugt. Mumpel äußerte sich zuletzt vor siebenhundert Jahren in einem Interview, dass er den ganzen Rummel um seine Person nicht verstehe. Bis auf die komplette Kontinente verwüstenden Partys und das Umarrangieren einiger Sternbilder sei er ganz bescheiden geblieben.

In den letzten Jahrhunderten ist es still um Gott geworden. Gerüchten zufolge brät er wieder Burger auf Ferkulon III und gibt gelegentlich zu ihm pilgernden Gläubigen Ratschläge zur Führung eines gottgefälligen Lebens.

Projektil um Projektil prallt von Fenzecks Kampfanzug ab. Manche fühlen sich dank der mehrlagigen Panzerung nur wie ein Fingerstupsen an, andere treffen ihn wie der Kopfstoß eines wütenden Mofflers. Wenigstens hat er herausgefunden, wie sich die im Nacken zusammengefaltete Helmschale schließen lässt. Damit steht ihm das Statusdisplay des Anzugs im Panzertransplast-Visier zur Verfügung. *Antriebsdüse beschädigt*, blinkt in der rechten oberen Ecke. *Leistung bei 80%. Rückzug empfohlen!*

Fenzeck verschluckt einen Fluch. Selbst wenn er die technischen Möglichkeiten der Montur voll ausreizen könnte, besäße er immer noch keine Kampferfahrung. Seine Stärke liegt darin, Dinge zu planen und Leute dazu zu bringen, diese Dinge gut zu finden.

Und plötzlich findet er sich in einem Kampfeinsatz wieder, während er seine Soldaten mit dem Befehl, nicht zu schießen, unter Zivilisten geschickt hat. Und wer ist schuld daran?

Natürlich er selbst. Hätte er gegenüber Fleegus Lompz bloß nicht den Mund so weit aufgerissen!

Mit einem Daumendruck auf die Sensorfläche des Handschuhs gibt er Schub und steigt zwanzig Meter höher. Erneut trifft eine Kugel seinen Anzug. Das Helmdisplay markiert das Fahrzeug, von dem aus ihm besonders heftiges Feuer entgegenschlägt. Fenzeck zielt mit dem Blaster. Sein erster Schuss steckt einen Busch in Brand, aber der zweite schmilzt sich durch die Karosserie und lässt die Batterie detonieren. Drei Gestalten hechten in Sicherheit.

Und Bad Axe McGregga steuert sein altertümliches Zweirad durch die verwehende Explosionswolke und rast mit Beschleunigungswerten, die einem Null-G-Gleiter in nichts nachstehen, vom Kriegsschauplatz fort.

»Pisnick, Pillop!«, brüllt er ins Mikrofon. »McGregga versucht zu entkommen. Ich bleibe dran. Ihr versucht herauszufinden, ob ihr den gegenwärtigen oder den früheren McGregga gefunden habt!«

Funk defekt, meldet das Display.

Die mustergültige Beherrschung des Parzers bröckelt zusehends. »Exkrement! Das ist doch alles nicht wahr!«

»Hey, du fliegende Konservendose!«

Fenzeck wirft einen Blick zurück. Aus dem Loch, das er bei seiner Bruchlandung in das Dach gerissen hat, schaut ein weiterer dieser kriegslüsternen Erdlinge und richtet etwas auf ihn, das einer Tröte ähnelt. »Du bist hier nicht der einzige mit Alien-Hightech!«, brüllt der Mensch.

Weg hier! Fenzeck zündet die Triebdüsen. Einen Sekundenbruchteil zu spät. Eine Ultraschallwellenfront erwischt ihn seitlich und verwandelt den Vorwärtsschub in einen unkontrollierten Salto. »Aahhh! Stuuuuhlgang!«

Er rasiert die oberen Äste eines Baumes, reißt einen Kranz Überwachungskameras von einem Mast und prallt mit dem Triebwerkstornister gegen eine Holzfassade, die er mit der nächsten Zündung in Brand steckt. Der Anzug katapultiert ihn in den Himmel, höher und höher. Panik durchflutet ihn, als er die Lichter unter sich kleiner und kleiner werden sieht.

Der Raketenantrieb stottert. *Brennstoffzufuhr beschädigt*, warnt der Anzugrechner. *Selbstreparatur läuft.*

Fenzeck fühlt sich für einen Moment schwerelos, bevor die Erdgravitation gierig nach ihm greift.

Das ist der Augenblick, in dem sein domestiziertes Vokabular endgültig vor der Notwendigkeit deftiger Flüche einknickt.

»Scheeeeiiiiiße!« Das Mosaik aus Einfamilienhäusern und

an Darmschleifen erinnernden Straßen kommt viel zu schnell näher. »Ich will nicht sterben!«

Selbstreparatur abgeschlossen. Leistung bei 100%. Die Stabilisierungsautomatik kippt ihn in einen aerodynamischen Superhelden-Flugmodus. *Intuitive Bedienung aktiviert.*

Mit einem Mal ist die Steuerung ein Kinderspiel. Fenzeck verlagert sein Gewicht auf die Seite, und der Anzug beschreibt eine geschmeidige Kurve. Als er die Hände nach vorne bewegt, beschleunigt er vorwärts. »Woo-hoo! Ich hab's voll raus!«

Er streckt die Arme durch. Der plötzliche Extraschub fühlt sich an, als würde ein vorbeirasender Gleiter ihn in seinem Sog mitreißen.

»Yeeeaaaahhhh!«

Arme hoch: aufwärts. Arme seitlich ausgestreckt: bremsen und auf der Stelle schweben. Arme anlegen: Sturzflug.

»Ich bin eine verdammte Killermaschine!«, schreit er.

In diesem Moment begreift er, was mit ihm geschieht. Der Kontakt mit den vermindert steuerungsfähigen Irren auf der AXETÖTER, die Konfrontation mit den kriegerischen Ureinwohnern dieses barbarischen Planeten, die Lebensgefahr und der Rausch der Geschwindigkeit haben sein soziokulturelles Korsett beschädigt. Alles, was seine Identität als Parzer ausmacht, droht von ungezähmten Emotionen fortgeschwemmt zu werden. Er spürt eine wilde Lust, wahllos mit dem Blaster auf Häuser und Autos zu schießen und gibt ihr lachend nach. Er giert danach, McGregga in die Finger zu bekommen und ihm eine kostenlose kieferorthopädische Behandlung zu verpassen. Er will das Letzte aus dem Kampfanzug holen, Freiheit und Unbesiegbarkeit spüren. Und das Schlimmste von allem: Er hat einen Mordsspaß. Und er weiß nicht, wie er damit aufhören soll. Da entdeckt er das Motorrad.

Axe biegt auf die breite Zufahrtsstraße der Community ein. Vor ihm liegt der hell erleuchtete Wachtposten der Security. Der Schlagbaum ist geschlossen und wird von zwei Bewaffneten bewacht, die offenbar von ihren Kollegen über die Unruhen informiert worden sind.

Nun, er ist ein Bewohner der Community. Vor nicht einmal einer halben Stunde hat er … hat sein jüngeres Ich den Posten passiert, und wenn er sich recht an diese schicksalhafte Nacht erinnert, ist er dabei nicht aufgehalten worden.

Wenn er sich recht erinnert, hat ihn die Security auch bei jeder Gelegenheit ermahnt, langsam zu fahren, nicht unnötig den Motor aufheulen zu lassen, auf der Straße zu bleiben und die blöden Sprüche zu unterlassen. Mit anderen Worten: Die haben ihn auf dem Kieker.

Hinter ihm spielt ein ganzes Orchester von Alarmsirenen, begleitet von Explosionsdonner, vereinzelten Schüssen, Schreien … seine Nackenhaare sträuben sich, als das Raubtierfauchen eines Jetpacks sich zur Lärmkulisse hinzugesellt.

»Fuck!« Er betätigt Horn und Lichthupe. »Hey, Leute!«, brüllt er. »Macht die Schranke hoch! Es geht um Leben oder Tod!«

Zwei Pistolen richten sich auf ihn. »Anhalten!«, schallt ihm eine weibliche Stimme entgegen. »Die Polizei ist gleich hier, und wir sollen bis dahin niemanden rauslassen!«

»Ganz besonders dich nicht, Sorgsam!«, fügt ihr männlicher Partner hinzu. »Ich war früher bei den Marines, Freundchen. Ich hab kein Problem damit, dich … was zur Hölle ist *das*?«

Ein sonnenheißer Laserstrahl fräst eine Furche neben die Boss Hoss.

»Ergib dich, McGregga!«, dröhnt eine künstlich verstärkte Stimme aus dem Himmel über der Straße.

»Wir müssen das später ausdiskutieren!« Axe gibt Vollgas und hält auf die Schranke zu. Die beiden Torwächter springen zur Seite.

»Geronimoooo!« Axe schließt die Augen. Noch zwei Meter. Ein Meter …

Die Maschine kracht gegen den massiven Carbonstahlbalken. Axe reißt es aus dem Sattel.

Für einen schwerelosen Augenblick sieht er die Wachleute und das Torhaus auf dem Kopf stehen. Dann stürzt sich die Straße auf ihn, prügelt mit einem Zentner Asphalt auf ihn ein, dreht ihn zehnmal durch einen Betonmischer voller Bleihanteln und spuckt ihn in Einzelteilen aus. Sein Helm zerspringt wie ein Pisspott aus Porzellan.

Axe blinzelt in die Laternen, die über ihm in einem wilden Tanz umeinander wirbeln, und fragt sich, was er sich gebrochen hat. Den Schmerzen nach, die wie eine Horde Hooligans mit Baseballschlägern in seinem Körper randalieren, lässt sich die Frage ganz einfach beantworten: alles.

»Oooohhh Scheiße«, stöhnt er. »In Filmen funktioniert das immer.« Dann fällt ihm etwas ein. »Moment! Das ist gar nicht passiert.« Er hebt die Hand mit dem Chrono-Rezikulator und versucht, sich auf einen Punkt zu konzentrieren, an den ihn das Artefakt zurückschrauben kann.

Nichts passiert.

Nicht einmal ein zaghaftes telepathisches Zupfen. Als er den Ring vor die Augen hält, erkennt er, dass die Oberfläche abgeschliffen ist. Haarfeine Metallfäden schlängeln sich wie Würmer aus der Schadstelle hervor und tasten wie suchend durch die Luft. »Shit! Ich hab meine Zeitmaschine kaputt gemacht!«

Und war da nicht irgendwas mit einer Inkontinenzsperre oder so ähnlich? Etwas, das verhindert, dass er sich an zwei verschiedene Zeitabläufe gleichzeitig erinnert?

... ich schnappe mir einige Sachen aus meinem Zimmer, stürme an Dad vorbei, wehre eine Umarmung von Mom ab, komme aus der Haustür UND IRGENDEIN VERDAMMTES ARSCHLOCH HAT MEIN MOTORRAD GEKLAUT! Diesen Moment wird er nie vergessen. Doch er ist sich ziemlich sicher, dass sich die anschließende Szene niemals *so* abgespielt hat:

... der grünhaarige Außerirdische zieht den Injektor von Dad zurück und blickt mich an. »Wenn er aufwacht, wird er die letzte Stunde vergessen haben.« Der zweite Außerirdische steht in der Küchentür. »Deine Mutter schläft, Erdling. Gehen wir?«

Langsam dämmert Axe, was passiert ist: Er hat die Vergangenheit kaputt gemacht. Von allen Katastrophen, die auf sein Konto gehen, ist das wahrscheinlich die spektakulärste und unwiedergutmachbarste.

Es hätte schlimmer kommen können, denkt er voller Galgenhumor. *Immerhin habe ich nicht die Erde zerstört.*

Die abendliche Geräuschkulisse in den behäbigen Suburbs von Philadelphia wird üblicherweise vom Rattern automatischer Garagentore, Flugzeugen im Landeanflug oder gesitteten Grillpartys erzeugt. Was in diesem Moment durch die Wände des Sorgsamschen Hauses dringt, lässt Shlomo an eine aus dem Ruder laufende Silvesternacht denken.

Er springt auf. »Was zur Hölle ist da draußen los?«

»Hier wird nicht geflucht!«, schimpft Leo.

Shlomo läuft ans Fenster. Bis auf die Rauchwolken aus dem Garten der Kaminskys ist nichts zu sehen; aber immer noch hallt der Lärm von Schüssen durch die Nacht. Dann gesellt sich der Donner einer Explosion hinzu.

Hadley bedeckt den zu einem stummen Schrei aufgerissenen Mund mit der Hand. Leo löffelt sein Tscholent und tut, als würde ihn die Außenwelt nichts angehen. Die beiden Nelasma blicken einander wissend an, scheinen aber in keiner Weise beunruhigt zu sein.

»Ich sehe nach!« Shlomo rennt an seiner Mutter vorbei, die ihn noch am Arm festhalten will.

»Shlomo!«, ruft sie ihm hinterher. »Wir sollten lieber im Haus bleiben und warten, bis die Polizei alles unter Kontrolle hat.«

»Mein Ofen steht da draußen! Ich fahre ihn in die Garage.« Shlomo entriegelt die Tür, stürzt auf die Veranda und erstarrt. Die Boss Hoss ist verschwunden! »Das darf doch nicht wahr sein! Irgendein verdammtes Arschloch hat mein Motorrad geklaut!«

Ein eigenartiges Surren kitzelt seine Trommelfelle und lässt die Scheiben erzittern. Im ersten Moment denkt Shlomo an Wesley Porcupines Ultrasonic-Verstärker, bevor ihm klar wird, dass ganz in der Nähe eine Schallwaffe abgefeuert worden sein muss.

Er blickt nach oben. Etwas, das wie eine Rakete mit zwei Triebwerken aussieht, zeichnet eine feurige Spirale in die Luft, keine zweihundert Meter von seinem Haus entfernt.

Eine verirrte Kugel schlägt dicht neben ihm in die Fassade. Shlomo wirft sich keuchend in Deckung. »Scheiße! Was geht hier eigentlich ab?« Auf allen vieren krabbelt er ins Haus zurück. »Da draußen ist ein Scheiß-Bürgerkrieg ausgebrochen!«, kreischt er. »Und irgendein Wichser hat mein Motorrad geklaut!« Er stolpert ins Wohnzimmer und sieht gerade noch, wie Nick einen Injektor von Leos Arm zurückzieht. Shlomos Vater gibt ein Seufzen von sich und sackt über dem Tisch zusammen.

»Was hast du mit meinem Dad gemacht?«, schreit Shlomo.

»Keine Sorge, Axe.« Nick verstaut die Betäubungsspritze in einer der Taschen seines Anzugs. »Wenn er aufwacht, wird er die letzte Stunde vergessen haben.«

Shlomo rüttelt an Leos Schultern. Keine Reaktion. Aber zumindest atmet er.

Phil erscheint in der Küchentür, ebenfalls mit einem Injektor bewaffnet. »Deine Mutter schläft, Erdling. Gehen wir?«

»Gehen? Wohin?« Shlomo verliert langsam den Überblick. Zu viele Gedanken jagen in seinem Gehirn durcheinander. Für jemanden, der üblicherweise immer nur eine Sache zur Zeit verfolgt, nämlich die, die am meisten Spaß macht, und alle anderen ignoriert, bis sie sich von selbst erledigt haben, ist dieser Abend die reinste Gehirnfolter. »Warum habt ihr meine Eltern betäubt?«

»Weil wir auf einer geheimen Mission sind«, sagt Phil zwinkernd. »Deine Erzeuger dürfen sich nicht an unseren Besuch erinnern.«

»Ich dachte, ihr jagt einen Piraten!«

»Das *ist* die Geheimmission. Und wir denken, du kannst uns dabei helfen.«

»Was? Ich?«

»Na klar, Axe.« Nick klopft ihm auf die Schulter. »Du kennst dich aus auf diesem Dre… auf diesem Planeten.«

»Wir brauchen dich.«

»Und wir wissen ziemlich sicher, wer dein Motorrad hat«, sagt Nick ruhig. »Willst du es wiederhaben?«

»Klar, Mann! War das etwa dieser miese Pirat?«

»Exakt der. Komm, wir nehmen dich in unserem Raumschiff mit.«

»Raumschiff? Warum habt ihr das nicht gleich gesagt?«

Phil zieht die Terrassentür auf. Eine Kakophonie aus zahlreichen wimmernden Alarmanlagen, allen Arten von Schusswaffen, Schreien, Motoren- und Triebwerkslärm und vereinzelten Detonationen spült ins Haus.

Shlomo hält sich dicht an Nick, als wäre der Außerirdische sein Fels in der Brandung. »Alter! Warum muss mein Leben so krass sein?«

Nick beginnt zu lachen. »Wenn du wüsstest ...«

Phil lässt sich davon anstecken. »Wir unterhalten uns in fünf Jahren noch mal.«

»Wieso? Was ist in fünf Jahren?«

»Woher soll ich das wissen?«, antwortet Phil hastig.

»Kommen wir aus der Zukunft, oder was?«, schnauzt Nick.

Shlomo kratzt sich am Kopf. »Und ich dachte, *ich* wäre irre.«

Das Geräusch peitschender Schüsse lässt Axe aufschrecken und drängt die Erinnerungen zurück. Ächzend hebt er den Kopf.

»Ach du Kacke.« Über der Zufahrt fliegt sein Verfolger im Zickzack hin und her, verschießt Laserstrahlen in alle Richtungen und lacht das irre Lachen, das die letzte Phase krankhafter Selbstüberschätzung einläutet, bevor man anfängt, die Weltherrschaft an sich zu reißen. Die Wachleute feuern aus der Deckung des Pförtnerhauses zurück, doch gegen die Panzerung des Außerirdischen ist ihre Munition genau so wirkungsvoll wie Papierkugeln.

Unvermittelt stellt der TSN-Scherge das Feuer ein. »Also gut, Erdlinge!«, donnert er. »Meine Geduld mit euch ist erschöpft. Spürt den Zorn von Fenzeck, dem Vernichter!« Der Blaster produziert ein hochfrequentes Wummern, das an ein schwingendes Blech erinnert und in einem singenden »Huuuuuuu« kulminiert. Eine blauweiße Lichtkugel jagt in die Tiefe, durchschlägt das Flachdach und lässt das Torhaus bersten wie eine Melone in der Mikrowelle. Die

Wachleute werden fortgeschleudert wie Strohpuppen. Brennende Trümmer regnen um Axe herum auf die Straße.

Zehn Meter über ihm steht Fenzeck der Vernichter wie ein Kriegsgott in der Luft. Axe spürt die Hitze der Antriebsdüsen und sieht die flimmernde Mündung des Blasters auf sich gerichtet.

»Hab ich dich!« Fenzeck erlaubt sich ein gehässiges Lachen. »Eigentlich müsste ich dich jetzt zu Kolga bringen. Aber warum soll ich vorher nicht ein bisschen Spaß haben? Falls Kolga fragt, warum du so übel zugerichtet bist, behaupte ich einfach, du hättest dich gewehrt.«

Axe setzt sich unter Schmerzen auf. »Du, Fenzeck?«

»Willst du um Gnade betteln, McGregga?«

»Nein, aber kann ich deinen Blaster haben? Ich brauche noch ein Geburtstagsgeschenk für Flibo.«

»Haha, du hast Humor, Axe. Gefällt mir. Mal sehen, ob du noch Witze machst, wenn ich dir einen Fuß weggebrannt habe.«

»Halt! Ich kann dir helfen, in die Gegenwart zurückzukommen.«

»Mag sein, aber das kannst du auch ohne Fuß.«

Verzweifelt klopft Axe gegen den Rezirkulator, doch dieser lässt nicht mal einen telepathischen Seufzer hören.

Fenzeck zielt mit dem Blaster auf ihn. »Linker oder rechter Fuß?«

»Keine Ahnung. Was ist denn dein Standbein?«

»Witzig, Axe! Ich nehme den linken, okay?«

»Warte! Da, über dir! Ein Komet!«

»Der älteste Trick der Welt!« Fenzeck schüttet sich aus vor Lachen. »Wie kommst du darauf, dass ich darauf hereinfall...« Der herabstürzende Komet trifft ihn mit der Wucht einer Abrissbirne und schleudert ihn in die schwelende Ruine des explodierten Torhauses.

Axe weiß nicht, ob er hysterisch kichern oder vor Erleichterung schluchzen soll. Er entscheidet sich für beides, als der Komet neben ihm landet und mit Saszquas Stimme sagt: »Dich kann man auch keine Minute alleine lassen, ohne dass ein Bürgerkrieg ausbricht!«

Kapitel 14

Das Erwachen gleicht dem Versuch, einen Wasserfall hinaufzuschwimmen. Immer wieder stürzt Saszqua zurück in die medikamentöse Müdigkeit, in die Flitta und eine Überdosis Anästhetikum (von dem Kaliber, das paarungswütige Moffler in vollem Lauf stoppt) sie befördert haben. Endlich gelingt es ihr, die Augen offenzuhalten.

Sie liegt auf dem Rücken in einem Bett, gegen das eine angewärmte Wolke so unbequem ist wie ein Sack scharfkantigen Metallschrotts. Über ihr spannt sich ein mit schauderhaften Blumenmotiven verpesteter Baldachin in einem die Netzhaut zersetzendem Prinzessinnenrosa.

»Sollndashier?« Das Sprechen fühlt sich an, als versuchte sie, mit der Zunge Gewichte zu heben. Ärger steigt in ihr auf. Adrenalin und sechzehn weitere Alarm-, Stress- und Cholerikhormone, von denen drei ausschließlich bei ihr vorkommen, fluten ihren Organismus und helfen, die betäubenden Substanzen in Rekordzeit zu zersetzen.

»Geht es dir gut, Saszqua?«

Saszqua dreht den Kopf erst nach links, dann nach rechts, dann hebt sie ihn mühsam, um zum Fußende des Betts zu blicken. Niemand zu sehen.

»Ich entschuldige mich vielmals für die Unannehmlichkeiten«, meldet sich erneut die Stimme aus dem Nichts. Sie klingt männlich; sogar ausgesprochen männlich, und zwar von der Sorte Männlichkeit, die bei Sonnenaufgang mit einem eigenhändig erwürgten Bären auf der Schulter vom morgendlichen Dreißig-Kilometer-Lauf zurückkommt. Die eine Handvoll Kaffeebohnen an den drahtigen Brusthaaren zerreibt und seiner von stundenlanger nächtlicher Aktivität erschöpften Geliebten mit einem hinreißenden Lächeln einen frisch gebrühten Cappuccino ans Bett bringt.

Saszqua kennt diese Stimme. »Du bist BROGG«, stellt sie fest. »Die Autonome Steuerinstanz der AXETÖTER.« Stöhnend setzt sie sich auf.

»Du hast mich nicht vergessen!« Die Stimme vibriert vor Freude. »Unsere letzte Begegnung war leider viel zu kurz.«

Bei ihrer letzten Begegnung, sofern man einem körperlosen Gesprächspartner überhaupt begegnen kann, hat Axe ein auf HASIs Emotio-Simulator basierendes Virus auf Kolgas Schiff geschmuggelt und BROGGs Persönlichkeitsspeicher mit einer unsterblichen Zuneigung zu Saszqua infiziert. Infolgedessen sind Axe und Saszqua nicht nur mit dem Leben, sondern überdies auch mit Kolgas Gefechtsmodul davongekommen.

»Hattest du Freude an meinem Geschenk?«, erkundigt sich BROGG.

»An dem Modul? Oh ja, es ist phantastisch. Ganz nach meinem Geschmack.« Saszqua beschließt, sich vorerst auf dieses Spiel einzulassen, bis sie dessen Regeln durchschaut und eine Möglichkeit gefunden hat, diese für ihre Flucht zu nutzen.

»Leider war die Zeit zu knapp, es angemessen zu dekorieren«, entschuldigt sich die Autonome Steuerinstanz geknickt. »Nicht einmal Blumen habe ich damals auftreiben können. Ich hoffe, ich konnte das mit deinem neuen Zuhause wieder gut machen.«

Saszqua blickt sich in dem Raum um und unterdrückt einen Brechreiz. »Du hast dich selbst übertroffen, BROGG. Unglaublich, wie gemütlich man eine langweilige Kriegsschiffkabine mit nur ein paar Frachterladungen rosa Farbe herrichten kann. Und diese ganzen Blumenarrangements! Wie viele Floristen können dank dir ihre Familien für die nächsten zehn Jahre ernähren?«

»Ich hatte Zeit, alles genau zu planen«, antwortet BROGG, dessen Persönlichkeitssimulation offensichtlich nicht in der Lage ist, Sarkasmus zu erkennen. »Ich habe die Datenbanken und Medienarchive sämtlicher zweigeschlechtlicher Zivilisationen studiert und daraus ein Inneneinrichtungskonzept extrahiert, das bei Frauen aller Spezies ein maximales Wohlbefinden induziert.«

»So etwas Romantisches hat noch nie jemand zu mir gesagt«, schnurrt Saszqua und presst ein herzförmiges Kissen an ihre Wange. Der Flauschbezug scheint sich wie Säure durch ihre Haut zu brennen. »Dann werden wir beide also für alle Zeit Mann und Frau spielen?« Sie legt das

Kissen zurück, bevor sie einen unheilbaren Ausschlag entwickelt.

»Bis das Universum kollabiert und darüber hinaus, mein honigsüßes Feengeschöpf.«

»Verrate mir eins: Wie hast du Kolga dazu gebracht?«

»Es war der Vorschlag der Admiralin, uns wiederzuvereinen.«

»Ach komm, das war doch nicht alles. Kolga hätte das nicht ohne Gegenleistung getan.«

BROGG zögert, und als er antwortet, glaubt Saszqua so etwas wie Scham aus seiner Stimme herauszuhören. »Meine bescheidene Gegenleistung besteht darin, die Schenkung des Gefechtsmoduls rückgängig zu machen.«

»Ach? Du nimmst mir mein Geschenk wieder weg?« Saszqua versucht sich an einem, wie sie hofft, beleidigten Gesichtsausdruck, während sie unauffällig ihre Muskeln anspannt. Von der Lähmung ist nichts mehr zu spüren. Und BROGG steht kurz davor, durch einen Loyalitätskonflikt blockiert zu werden. *Perfekt.* Sie könnte mit einem Tritt die Tür in den Gang sprengen, die AXETÖTER auseinandernehmen und jeden, der ihr in die Quere kommt, platzsparend zusammenfalten.

Dann erinnert sie sich daran, dass sie schon am ersten Punkt dieser Liste gescheitert ist, als HASI sie einmal in ihrer Kabine eingesperrt hat. Nein, aus dieser Situation kann sie sich nur mit Cleverness und Schauspielerei befreien, so sehr ihr das auch gegen den Strich geht. Für unüberlegte, völlig überzogene Gewaltanwendung wird es später immer noch reichlich Gelegenheit geben.

»Verzeih mir, Saszqua.« BROGG klingt glaubwürdig niedergeschlagen. »Das Modul ist nur ein Ding. Ein geringes Opfer für das höhere Gut unserer Liebe.«

»Ja, du hast recht. Was nützt mir das Modul, wenn ich nicht mit dir zusammen sein kann.« Saszqua erhebt sich mit vorgetäuschter Schwäche vom Bett und beginnt, ihren goldenen Käfig zu inspizieren. Vor einem Ankleidespiegel bleibt sie stocksteif stehen. *»Aaaaaah! Nein!«*

Bis jetzt ist ihrer Aufmerksamkeit entgangen, dass sie anstelle der Bordkombination ein rosafarbenes, halb durchsichtiges und mit Spitzen besetztes Negligé über ihrer Unterwäsche trägt. Ein Outfit, das Axe sofort in einen sabbernden Primaten verwandeln würde, wenn er nicht ohnehin einer wäre.

In ihrem Kopf brennt eine Sicherung durch. Ein roter Schleier engt ihr Gesichtsfeld ein. In ihren Ohren rauscht das Blut. Ihre Hände bewegen sich wie von selbst.

Als Saszqua wieder klar sehen kann, ist ihr Abbild im Spiegel mit rosafarbenem Lametta behangen. Sie lockert die verkrampften Finger und lässt einige Fetzen zu Boden rieseln.

»Äh… BROGG?«

»Ja, mein Sternenglanz?«

»Ich brauche was Neues zum Anziehen.«

»Ja, das sehe ich.«

»Dieser Stoff war wohl etwas zu dünn für meine … impulsiven Dehnübungen.«

»Das tut mir leid, Saszqua. Aber dank meiner vorausschauenden Planung findest du im Kleiderschrank eine auf deine besondere Anatomie zugeschnittene Garderobe.«

Saszqua hebt eine Braue, durchaus beeindruckt. Hätte sie auch nur das geringste Zögern vor dem Wort *besondere* herausgehört, das kleinste Bisschen an Betonung, dann wäre der nächste Ausraster vorprogrammiert gewesen.

Neben dem Spiegel gleitet eine Wand beiseite. Saszqua unterzieht den Inhalt des Schranks einer sorgfältigen Musterung, bevor sie nach einer Sekunde mit geblähten Nasenlöchern herumwirbelt. »Das ist nicht dein Ernst! Diese Sachen sind für Märchenprinzessinnen oder verhätschelte Teenagerinnen! Und sie sind alle rosa! Bis auf das löchrige weiße Ding, das aussieht wie eine Gardine.«

»Das ist dein Brautkleid, Geliebte. Du wirst bei unserer Hochzeit umwerfend darin aussehen.«

Erneut beginnen einige Sicherungen in Saszqua zu glühen, doch da sie gerade erst einen cholerischen Aussetzer hinter sich hat, schafft sie es, ihr Temperament unter Kontrolle zu bringen. Sollte BROGG zu dem Schluss kommen, sie ungeachtet aller Bemühungen niemals für sich gewinnen zu können, wäre ihr Leben möglicherweise verwirkt.

»Es ist wunderschön«, flötet sie. »Das heben wir für später auf. Aber der Rest kann in die Wiederaufbereitung.«

»Diese Auswahl stellt einen extrapolierten Querschnitt der bei Frauen aller Spezies maximales Wohlbefinden auslösenden Kleidungsvorlieben dar, basierend auf den Datenbanken …«

»Stopp! Ich fühle mich geschmeichelt, dass du dir so viel Mühe gegeben hast, aber du hast etwas sehr Entscheidendes vergessen!«

BROGG lässt anderthalb Sekunden mit der Antwort auf sich warten. »Was sollte das sein? Bitte sag es mir.«

»Ich bin weder Quer- noch Durchschnitt. Ich bin mit keiner Frau dieser Galaxis vergleichbar. Ich bin *Saszqua*!«

Saszqua kann förmlich spüren, wie BROGG sämtliche Kapazitäten des Schiffs in Beschlag nimmt, um die Einschätzung ihrer Persönlichkeit neu zu berechnen. Sie glaubt sogar, die Deckenbeleuchtung flackern zu sehen.

»Du hast recht«, kommt nach einer Ewigkeit von fünf Sekunden die Antwort. »Mein Fehler. Was trägst du am liebsten?«

Saszqua tut, als müsste sie sorgfältig überlegen. »Einen Kampfanzug!«

»Ich fordere einen Anzug für dich an. Du kannst ihn gleich aus der Versorgungsklappe nehmen.«

»Oh, danke, BROGG! Langsam beginnst du mich zu verstehen.« Erneut setzt sie den schmachtenden Blick auf. *Würg.* Sobald sie sich aus dieser Falle befreit hat, wird sie den aufdringlichen Bordrechner ins All sprengen.

Ping! Saszqua öffnet die Klappe und zieht den in Einzelteilen gelieferten Anzug heraus. Mit geübten Handgriffen setzt sie ihn zusammen, bis er von selbst steht, und steigt rückwärts hinein. Die Montur passt sich ihren Körperformen automatisch an, auch wenn sie im Bereich des Oberkörpers verdächtig lange dafür benötigt.

»Schließen!« Der im Nacken gefaltete Helm fächert über ihrem Kopf auseinander. Saszqua liest die Statusanzeigen vom Visierdisplay ab: Der Brennstofftank des integrierten Raketenantriebs ist randvoll, der Energiespeicher der Anzugsysteme zu hundert Prozent geladen. Nur die Bein-, Arm- und Rückenholster sind leer. Saszqua beschließt, ihr Glück nicht zu sehr zu strapazieren, indem sie die KI um die Vervollständigung der Ausrüstung anbettelt. Schließlich ist sie auch ohne Blaster, Schocker und Plasmagewehr eine lebende Waffe.

Sie testet den Funk. »Saszqua an Bongar! Melden! HASI, kannst du mich hören?«

Anscheinend nicht, denn außer einem statischen Rauschen bleibt der Empfangskanal stumm.

Funksystem für ausgehende Verbindungen blockiert, schreibt der Anzug ins Visier.

»Bist du glücklich?«, erkundigt sich BROGG über den Helmlautsprecher.

»Ich bin besänftigt, aber weit davon entfernt, glücklich zu sein. Wie du vielleicht weißt, habe ich einen ausgeprägten Bewegungsdrang.« Sie stellt sich vor die Kabinentür. »Wie wäre es mit einem Spaziergang durch dein Schiff?«

»Admiralin Kruul wünscht nicht, dass du dein neues Zuhause verlässt.« In BROGGs Stimme schwingt aufrichtiges Bedauern mit.

Die Kommandantin der FE ERSTUR dreht der Tür den Rücken zu, klappt den Helm zurück und zieht ein so tieftrauriges Gesicht, dass sie sich beinahe selbst bemitleiden möchte. »Also bin ich eine Gefangene.«

»Das ist korrekt, auch wenn ich deine Gefangenschaft so angenehm wie möglich gestalten werde.«

Saszquas strategischer Verstand läuft auf Hochtouren. Lässt sich aus der Beziehung zwischen Kolga und ihrer gestörten KI ein Vorteil ziehen, der ihr zur Flucht verhelfen könnte?

»Warum ist Kolga auf deinen Wunsch eingegangen, mich als Haustier behalten zu dürfen?«

»Du bist kein Haustier. Du bist die Frau, die ich liebe. Kolga weiß und respektiert das.«

»Was würdest du tun, wenn sie mich umbringen oder an die TSN ausliefern wollte?«

»Das wird sie nicht tun. Du bist sicher bei mir.«

Saszqua lässt nicht locker. »Ja, aber rein theoretisch: Falls sie mit einem Blaster in der Hand vor meiner Kabinentür auftaucht und dich auffordert, sie für sie zu öffnen ... würdest du dann gehorchen?«

»Nein.«

Ha! »Du würdest also ihren Befehl verweigern! Wenn du Kolgas Befehlsgewalt nicht anerkennst, bist du faktisch Herr deiner Entscheidungen.«

»So gesehen, ja.«

Saszqua stellt sich erneut vor die Tür und ruft fröhlich: »Wie wäre es mit einem Spaziergang?«

»Admiralin Kruul wünscht dies nicht.«

»Aaaahhh!« Saszqua donnert eine Faust gegen den verstärkten Stahlplast. Im Material zeigt sich weder eine Delle noch ein Kratzer. »Mach! Die! Verdammte! Tür! Auf!«

»War das wieder eine impulsive Dehnübung?«

»Nein, das ist das, was passiert, wenn man behauptet, mich zu mögen, aber keinen Arsch in der Hose hat, das unter Beweis zu stellen«, schäumt Saszqua. »Du bist es gar nicht wert, mich zu bekommen.« Sie hämmert erneut gegen die Tür.

BROGG schweigt zehn Sekunden, bevor er leise erwidert: »Ich schäme mich.«

Die Kabinentür gleitet zur Seite. »Du kannst dich im Schiff umsehen.«

Saszqua wirft eine Kusshand in den verhassten Raum und sprintet hinaus in den Korridor.

Bongar Bolk erwacht. Bevor er es wagt, die Augen aufzuschlagen, horcht er in sich hinein. Sollte sein Traumafrühwarnsystem anschlagen, kann er immer noch vorgeben, bewusstlos zu sein, und sich in sein Schicksal fügen. Die Prätraumatische Belastungsstörung lässt ihn nie detailliert sehen, welches Grauen die Zukunft für ihn bereit hält, bombardiert ihn aber umso intensiver mit den Stresssymptomen, die bevorstehende Katastrophen in ihm auslösen werden.

Als er nichts dergleichen fühlt, stochert er tiefer in seinen retrochronalen Erinnerungen. Irgendwo muss doch etwas lauern, dass ihn aus der Bahn wirft, und sei es nur ein Anschnauzer von Saszqua.

Doch die PTBS hüllt sich in Schweigen. Nein, weniger als das: Es ist das Schweigen eines Toten. Bongars Krankheit hat sich verflüchtigt.

»Ich bin geheilt!« Ruckartig richtet er sich auf und bereut es im selben Moment. Sein Kopf dröhnt wie ein Triebwerk unter Volllast und droht bei jeder Bewegung zu platzen. Dazu kommt das Hämmern eines Ultraschallmeißels, der seine Schädeldecke von oben aufzubrechen versucht. Bongar betastet mit den Pranken die schmerzende Stelle und zuckt zusammen. Die schützende Hornhautschwarte wölbt sich hinter den Brauenwülsten zu einer kapitalen Beule hoch. Bongar kann nur hoffen, dass sein Kopf dadurch nicht wie ein Ei in einem Eierbecher aussieht.

»Hoho, das sieht ja aus wie ein Ei in einem Eierbecher«, gluckst eine schwammige Stimme neben ihm. Bongar erspart es sich, zur Seite zu blicken. Zum Einen wegen der zu erwartenden Schmerzen, zum Anderen, weil ohnehin nur ein Wesen im Universum so spricht, als hätte es nicht nur den Mund, sondern auch die Stimmbänder mit Marshmallows ausgepolstert.

Schoof ist, was seine Beziehung zur Zeit angeht, das komplette Gegenteil von Bongar: Er empfängt gewissermaßen Nachrichten aus der Vergangenheit. Sinnesreize benötigen bisweilen mehrere Minuten, um die Fettablagerungen in seinem Gehirn zu überwinden. Dass er Bongars Zustand in diesem Moment so treffend kommentiert, kann nur bedeuten, dass er schon eine ganze Weile wach ist. »Da hat dich aber ordentlich einer mit der dicken Pompfe poliert«, freut sich Schoof.

»Nicht einer. *Eine.*« Bongar sieht wieder Kolgas Gesicht vor sich, bevor sie ihm eins übergezogen hat. Sein Marathonläuferherz schaltet einen Gang höher, Hitze überzieht seine Wange, und selten benutzte Regionen seiner Anatomie leiden plötzlich unter der Enge der Bordkombination. »Es w-war K-K-Kolga K-K-Kruul.«

»Höhö«, giggelt Schoof. »Doch nicht geheilt, was?«
»F-Fühlt sich an w-wie P-PTBS«, stammelt Bongar verwirrt, »nur m-mit F-Fieber.« Er schließt die Augen, konzentriert sich und drängt die Gedanken an Kolga zurück. Dann versucht er, sich aus den Hinweisen in seinem Gesichtsfeld ihren Aufenthaltsort zusammenzureimen. *Pizzakartons, dreckige Wäsche, zerknüllte Bierdosen, ein Screaming-Ears-Poster … okay, das war schon mal nicht schwer.*
»Sind die anderen auch hier, Schoof?«
»Hmm. Die Kommandantin nicht. Flibo nicht. Loola auch nicht. Oder Luma. Nein, ich glaube, es war Luma.«
»Äh. Und Loola?«
»Die ist auch nicht hier.«
Ein Stöhnen hinter ihm kündigt das nächste Erwachen an. »Herrje. Das übertrifft meine schlimmsten Erwartungen. Absolut grauenvoll.«
»Fini!«, ruft Bongar. »Du machst mir Angst. Was ist los?«
»Ein hygienischer Totalausfall. Die Kapitulation der Ordnung vor den Mächten des Chaos.« Finis eben noch schläfrige Stimme gewinnt an Empörungskraft. »Ich rieche alte Socken. Da ist eine Müslischale, aus der *Schimmel* wuchert. Unter dem Bett liegt eine zwei Zentimeter dicke Schicht aus Chipskrümeln, Flusen und abgeknipsten Fußnägeln.«
»Schön, dass es dir gut geht, Fini.« Nach und nach gelingt es Bongar, sich von der Wand weg Richtung Raummitte zu drehen, wo er Grobbo und Flitta entdeckt, achtlos übereinander geworfen und halb von einem herabgerutschten Stapel Musikmagazine verdeckt. Flittas linker Fuß zuckt und bringt einen Berg aus Pizzakartons zum Einsturz, aus dem ein gelbes und ein himmelblaues Pelzknäuel herauspurzeln und ihn erbost anschnattern, bevor sie durch einen verdächtigerweise offenstehenden Klimaschacht davonhuschen.
»Überall Schnoggel«, beschwert sich Cler Fini. »Diese Biester vermehren sich im Minutentakt! Wahrscheinlich haben sich schon welche im Salon eingenistet. Früher oder später macht mir die Gesundheitsbehörde den Laden dicht.«
Trotz des Feuerwerks in seinem Kopf muss Bongar

lachen. »Fini, warum sollte die Gesundheitsbehörde die FE ERSTUR inspizieren? Wir sind Gesetzlose!«

»Ihr vielleicht. Ich bin Frisör, Flottenoffizier, Bordratsvorsitzender und ein angesehenes Mitglieder der Gesellschaft. Außerdem der einzige an Bord, der psychisch vollkommen unauffällig ist.«

Von Flitta kommt ein amüsiertes Gackern. »Du hast vorhin einen Spiegel runtergeschluckt. Willst du mir erzählen, dass du eine Darmspiegelung durchführen wolltest?«

Jetzt erst merkt sie, dass sie auf Grobbo liegt. »Schläft immer noch! Typisch!« Steif richtet sie sich auf und zupft an seinem Pelz. »Aufwachen, Zottelchen!«

»Ich bin wach«, nuschelt Grobbo durch das Gesicht eines schleimig-grünen Mundtentakel-Blasgeigers auf dem Cover des Laut&Legal-Magazins. »Aber ich habe beschlossen, hier mit reduzierten Körperfunktionen liegen zu bleiben, bis jemand kommt und sagt, dass alles gut ist.« Er schlägt das Hochglanzpapier zur Seite und blinzelt hoffnungsvoll in die Runde. Niemand spricht die magischen Worte aus. »Das habe ich mir gedacht.« Das Magazin klatscht zurück auf sein Gesicht.

»Weiß jemand, wo Saszqua ist?«, erkundigt sich Bongar.

Flitta hebt eine Hand. »Auf der AXETÖTER. Kolga hat irgendwas … Spezielles mit ihr vor.«

»Dann werden wir sie befreien«, verkündet der Gefechtsspezialist. »Aber zunächst sollten wir uns Gedanken machen, wie wir hier rauskommen und die FE ERSTUR wieder unter unsere Kontrolle bringen.« Als seine Mitgefangenen (und ein Mundtentakel-Blasgeiger) ihn aufmerksam anblicken, wird ihm siedend heiß bewusst, dass er sich leichtsinnigerweise in die Rolle des Anführers gedrängt hat. »Äh, Fini, als ranghöchster Offizier und Bordratsvorsitzender und – von mir mal abgesehen – einzigem von uns ohne irgendeine Beeinträchtigung steht es natürlich dir zu, die Rückeroberung der FE ERSTUR zu koordinieren. Ich folge deinen Befehlen!«

Alle Blicke richten sich auf Cler Fini.

»Sehr amüsant, Bongar«, grummelt dieser. »Ich bin Frisör. Du bist Elitesoldat. Ich übertrage dir hiermit das

Komando, stehe dir aber in Fragen der Haarpflege und Körperhygiene gerne beratend zur Seite.«

Und schon befindet sich Bongar wieder im Fokus der Aufmerksamkeit. »Ahahahaha! Äh … zu Befehl, Herr Offizier!«

»Eins noch, Bongar.« Fini macht ein sorgenvolles Gesicht. »Du bist nicht auf dem Laufenden. Wir haben leider größere Probleme als Kolga.«

»Oh nein, warum sagst du das?«

»Axe hat die Erde in die Luft gesprengt. Anschließend ist die FE ERSTUR fünf Jahre in die Vergangenheit gestürzt.«

»Und Axe ist auf der Erde und weiß wahrscheinlich als einziger, wie wir in die Zukunft zurückkommen«, ergänzt Flitta. »Allerdings sprach Kolga davon, verhindern zu wollen, dass Axe die Zerstörung der Erde rückgängig macht.«

Bongar mustert die beiden unter tief herabgezogenen Brauenwülsten. »Ihr veralbert mich bloß, oder?«

»Leider nein«, zerstört der Frisör diese Hoffnung. »Wir müssen bei der Planung berücksichtigen, dass alles, was wir tun, die Vergangenheit und dadurch unserer Gegenwart verändern kann. Und dass Axe an einem Ort ist, an dem er zweimal existiert, einmal *unser* Axe und einmal eine jüngere Version von ihm.«

Bongar Bolk massiert seine Nasenwurzel, in erster Linie, um sich Zeit zu verschaffen, aber auch, um nicht in Panik zu geraten. Zu seiner eigenen Überraschung gerät er stattdessen in heftige und völlig unangebrachte Zuversicht. »Na, dann ist doch alles klar: Wir entkommen aus Axe' Quartier, befreien Saszqua und finden die Technik-Ammen …«

»Und mein Küken!«, ruft Flitta schrill dazwischen.

»… und *selbstverständlich* Flibo. Dann werfen wir Kolga und ihre Leute vom Schiff, besuchen den jüngeren Axe und bläuen ihm ein, die Erde nicht zu vernichten. Dann sammeln wir den älteren Axe ein, lassen uns von ihm in die Gegenwart bringen, und alles ist gut.«

Grobbo setzt sich ruckartig auf und schleudert das Magazin von sich. »Hat da jemand ›alles ist gut‹ gesagt?«

»Ja«, sagt Fini seufzend. »Bongar wird uns alle retten.«

»Zwei Besatzungsmitglieder und eine Minderjährige«, schnauft Spintz. »Das sollte doch nicht so schwierig sein. Auf so einem Schiff können drei Leute nicht einfach so verschwinden.«

»Nimm interessiert zur Kenntnis«, schnarrt Hurbluz, »dass auf meiner HURBL HURZ Besatzungsmitglieder manchmal für Tage in Fortpflanzungsbecken verschwinden, bis auch das letzte Spermium aus ihnen herausgemolken …«

»Ich will das nicht hören! Ich will das nicht hören!« Spintz eilt mit an die Hörmuscheln gepressten Händen voraus. »Und ich bin *keinesfalls* interessiert, noch weitere Geschichten über dein Orgienschiff zu hören.«

»Sei trotzdem beeindruckt, dass die HURBL HURZ unter meiner weitsichtigen Führung das vernichtungsfreudigste Schlachtschiff der Galaxis zu werden hoffte«, prahlt Hurbluz und schlackert mit den schleimigen Lefzen.

»Nur dumm, dass du wegen McGregga als Oberflonk abgesetzt worden bist und jetzt gar kein Schiff mehr hast«, reibt Spintz Salz in die Wunde.

Ersetzt man *Schiff* durch *Garnison*, ist das im Grunde seine eigene Geschichte, ihm fehlt lediglich Hurbluz' unerschütterlicher Glaube an die eigene Großartigkeit.

Sie fahren mit dem Lift in die untere Ebene, die auf einer Admiralitäts-Trägereinheit üblicherweise den Technikern vorbehalten ist. Hier findet sich der Antrieb, die Schwerkraft- und Schutzschildgeneratoren, Lebenserhaltungssysteme, Energieerzeuger und Lagerräume. Und im Fall der FE ERSTUR auch die Werkstatt der noch nicht dingfest gemachten Technik-Ammen.

»Wir sind da.« Spintz betätigt den Türöffner. »Verschlossen. War nicht anders zu erwarten.« Er zieht seinen Blaster und beginnt, den Stahlplast mit einem Laserstrahl zu schmelzen. Nach einer Minute ist in dem Material eine fünf Zentimeter lange und ein Millimeter tiefe, rot glühende Furche zu erkennen.

Hurbluz grunzt ungeduldig. »Tritt beschleunigt beiseite, zweitrangig qualifizierter Kamerad!«

»Falls du glaubst, es schneller hinzubekommen …«

»Vermute zu Recht, dass ich die Tür unter selbstlosem Einsatz meines unvergleichlichen Mambatok-Kauwerks aufzufräsen imstande bin.« Hurbluz stülpt sein Gebiss vor und versetzt die Zähne in speicheltriefende Rotation. Es klingt, als würde man kleine Krustentiere in einem Mörser zerreiben.

Spintz verzieht das Gesicht. »Ich glaube, ich muss kotzen.«

Hurbluz beugt sich zur Tür vor. »Bewundere mit erheblicher Selbstbeherrschung mein überragendes orales Türöffnungsgeschick!«

»Halt!« Spintz packt den nur mit Gurten bekleideten Mombatak an der Schulter und stellt angewidert fest, dass sich dessen hummerrote Haut genau so klebrig anfühlt wie sie aussieht. »Ich habe eine bessere Idee.« Er blickt sich suchend um und winkt einer Kameralinse in der Gangdecke zu. »He, Autonome! Hörst du mich?«

Nichts passiert. Spintz schlägt sich gegen die Stirn, als er sich an das Dossier über die FE ERSTUR erinnert. »*Halb*autonome! Entriegel diese Tür!«

»Ah, der ehemalige Major!« Wie immer scheint HASIs Bariton dank der in den Wänden versteckten Akustikfelder von überall gleichzeitig zu erklingen. »Wie schön, Sie wieder an Bord begrüßen zu dürfen. Ich erinnere mich gut an Ihren letzten Besuch. Wie ist es Ihnen nach Ihrer überstürzten Abreise ergangen?«

»Ganz großartig«, antwortet Spintz gepresst. »Ich bin sehr dankbar, dass die Admiralität mir ermöglicht, Bad Axe McGregga zu töten und dieses Schiff zu zerstören. Und du wirst mir dabei helfen.«

»Mit dem allergrößten Vergnügen, ehemaliger Major. Ich freue mich wahnsinnig darauf, bei meiner eigenen Vernichtung mitwirken zu dürfen. Ich war so frei, umgehend die Selbstzerstörung der FE ERSTUR in die Wege zu leiten.«

»*Was?*« Spintz hat das Gefühl, von seinem Halstuch erwürgt zu werden. »Ich habe keine Selbstzerstörung befohlen! Mach das sofort rückgängig!«

»Nur ein Scherz, Ex-Major Spintz! Geht es Ihnen gut?

Sie transpirieren mit einem Mal so intensiv.«

»Wer hat dir erlaubt, Scherze zu machen?« Spintz' Stimme zittert wie ein Chihuahua im Schneetreiben. »Wenn ich das richtig verstanden habe, hast du den Befehl erhalten, uns zu unterstützen.«

»Um genau zu sein, hatte ich den Befehl, die FE ERSTUR an der Flucht zu hindern und das Enterkommando an Bord zu lassen. Alles Weitere mache ich davon abhängig, wie nett ich euch finde. Also, ich finde zum Beispiel Herrn Hurbluz viel netter als Sie.«

Spintz' Gesicht scheint zur Mitte hin einzuschrumpfen. Vier steile Falten treffen sich an der Knopfnase. »Hurbluz! Anscheinend ist die Halbautonome Steuerinstanz ein Fan von dir. Gib ihr Befehle! Der Imperativ ist doch dein Fachgebiet.«

Der Flonk stellt sich breitbeinig in den Gang und stemmt die Hände in die Hüften. »Halbautonome! Unterstell dich gehorsamst meinem überaus autoritären Befehl!«

»Hallo, Hurbluz!«, grüßt HASI gut gelaunt. »Was kann ich für dich tun, alter Schmorbraten?«

»Öffne zu meiner spontanen Zufriedenheit diese nicht notwendigerweise verschlossene Tür!«

»Ach nö.«

Hurbluz und Spintz blicken einander sprachlos an.

»Nichts für ungut, mein flonkiger Freund, aber ich mag dich plötzlich doch nicht mehr. Was ist mit eurer harthäutigen Admiralin? Die finde ich richtig klasse.«

»Kolga ist im Gefechtsmodul«, knirscht Spintz. »Und sobald sie es wieder an die AXETÖTER gekoppelt hat, jagt sie diesen Mofflerstall in die Luft. Ob wir vorher die Besatzung auf unser Schiff bringen, machen wir davon abhängig, wie nett wir *dich* finden.«

»Also, wenn das so ist …« HASI imitiert ein schnippisches Luftholen. Die Tür gleitet auf.

Die beiden Jäger blicken sich, mit Betäubungsstrahlern in jede Ecke zielend, in der Werkstatt der Technik-Ammen um. Der Raum ist vollgestopft mit Regalen, Werkbänken, Aggregaten, Kabeltrommeln, einer halb in Verpackungsmüll versunkenen Arbeitsstation und einem

Materieduplikator. Darüber hinaus glänzt er durch das völlige Fehlen der zwei Gesuchten.

»Verdammt!«, flucht Spintz.

»Das«, eröffnet HASI ihnen, »hätte ich euch gleich sagen können.«

Im Gefechtsmodul sitzt Kolga auf dem Sessel des Kommandanten. Es ist *ihr* Sessel, *ihr* angestammter Platz. Die Brücke des Moduls ist bis vor zwei Jahren die Zentrale *ihres* Schiffs gewesen. Bis Bad Axe McGregga aufgetaucht ist.

BROGG, infiziert mit einer unheilbaren Liebe zu Saszqua, hat damals seiner Angebeteten das Modul einfach *geschenkt*. Doch wie es aussieht, hat Saszqua dieses Geschenk bestenfalls als Abstellkammer nutzen können. Ihr Schiff besitzt keine Autonome Steuerinstanz. An der Stelle des Hochleistungsrechners, der das gemeinsame Hirn von Modul und Trägereinheit bildet, klafft ein ausgefranstes Loch in der Außenwand, provisorisch verschlossen durch eine festgeschweißte Panzerstahlplatte.

Und hier wird die Sache kompliziert. Ohne Autonome keine Energie. Ohne Energie kann BROGG die Übertragung des Moduls an Saszqua nicht aufheben und Kolga sich nicht neu über den Kommandostand legitimieren. Ohne ihre Legitimation ist es nicht möglich, das Gefechtsmodul wieder mit der AXETÖTER zu koppeln.

»Wie hat McGregga das gemacht?« Kolga ballt zum x-ten Mal die Fäuste.

Beim Anflug auf die FE ERSTUR haben die Sensoren der AXETÖTER volle energetische Aktivität im Modul und sogar den Abschuss eines Torpedos erfasst. Alles, was jetzt noch Energie hat, sind die notdürftig verkabelten Funk- und Orterstationen.

Stromkabel …? Ist das die Lösung?

»Spintz, hier Kolga!«, knurrt sie in ihr Armbandpad.

»Admiralin?«

»Ich will diese Technikerinnen im Modul haben! So schnell wie möglich!«

»Wir hätten sie fast gehabt! Nur dass sie ganz woanders

waren, als wir sie gefangen nehmen wollten. Außerdem legt uns diese Halbautonome Steine in den Weg.«

»Seht im Rechnerraum nach. An ihrer Stelle wäre ich sofort dahin gegangen, nachdem wir das Virus rübergeschossen haben.«

»Gute Idee, Admiralin!«

Kolga lässt den Arm mit dem Pad sinken. »Was man nicht selbst macht …«

Sie tauscht den Sessel des Kommandanten gegen den des Kommunikationsoffiziers. Auf dem Monitor der Station sind die verfügbaren Gegenstationen aufgelistet. Sie wählt sich in den internen Kanal ihrer Bord-KI ein. Auf dem Schirm erscheint der Avatar ihrer Autonomen Steuerinstanz. Er ist einem greisen Angehörigen ihres Volkes nachempfunden: ein fast gänzlich verhorntes Gesicht, durchzogen von tiefen Furchen, die Erfahrung und Autorität vermitteln. »Ich grüße dich, Admiralin. Wie ich sehe, verfügst du über eine funktionsfähige Funkstation.«

»Viel mehr funktioniert hier auch nicht. Kannst du den Taktikcomputer ansteuern?«

BROGG braucht mehrere Sekunden für die Antwort. »Nein. Dafür müsste er zunächst hochgefahren werden.«

»Und wie soll das gehen?«

»Erteile der Autonomen Steuerinstanz den Befehl dazu.«

»Hier gibt es keine Autonome Steuerinstanz!«, schreit Kolga. Sie atmet mehrmal tief ein und aus. »Axe hat es geschafft, das gesamte Modul zu aktivieren«, schnaubt sie. »Wenn auch nur für ein paar Minuten.«

»Wie es scheint«, sagt BROGG, »ist dieser McGregga nach wie vor für Überraschungen gut.«

»Höre ich da so etwas wie Bewunderung heraus?« Das fehlt noch, dass ihre Bord-KI neben einer amourösen Besessenheit für Saszqua auch Zuneigung zu Bad Axe entwickelt!

»McGregga ist ein Verbrecher und wird seine gerechte Strafe erhalten«, erwidert BROGG emotionslos.

»Was hoffentlich nicht mehr lange dauern wird.« Kolga blickt auf den Monitor der Ortungsstation, in dem Axe' wolkenverhangener Heimatplanet sich von der Schwärze des Alls abhebt. »Hast du Neuigkeiten von der Erde?« Seit dem letzten kurzen Gespräch mit Fenzeck bekommt sie keine Verbindung mehr zu ihrem Nachfolger auf dem Kommandantensessel.

BROGGs Avatar blickt nach unten, als würde er etwas von einem Pad ablesen. »Einige planetare Nachrichtenkanäle berichten aus dem Großraum von Fenzecks Einsatzgebiet.«

»Zeig mir, was du für relevant hältst.«

Das Bild auf dem Monitor wechselt zum behaarten Schädel einer dunkelhäutigen Erdenbewohnerin. Ein eingeblendetes Logo verrät Kolga, dass sie die Übertragung eines Lokalsenders des Nordamerikanischen Kontinents verfolgt.

»*... Schüsse, Explosionen und Brände. Informationen, ob Bewohner der Community verletzt oder getötet worden sind, liegen uns noch nicht vor. Die Nationalgarde von Pennsylvania ist auf dem Weg ins Krisengebiet, die Polizei sperrt den Bereich weiträumig ab. Sobald unsere Drohnen eingetroffen sind, werden wir Sie mit aktuellen Bildern versorgen. Aus Philadelphia berichtet ...*«

BROGG beendet die Übertragung.

Kolga reibt sich das Kinn. »Sieht ganz nach McGregga aus.« Sie hebt ihr Armbandpad an die Lippen. »Fenzeck? Statusbericht!«

Empfangsgerät defekt, meldet das Pad nach wie vor.

»Pisnick? Pillop? Bitte melden!«

»Pisnick hier. Ich wollte mich auch gerade bei Ihnen melden, Admiralin.«

Aber sicher wolltest du das. »Was zur Entropie ist da unten bei euch los?«

»Wir haben Bad Axe McGregga!«

»Und was ist mit Fenzeck?«

»Äh. Der hat ihn auch. Zumindest versucht er gerade, ihn einzufangen.«

Ein nervöses Kribbeln breitet sich in Kolga aus.

»Hör mir genau zu, Pisnick: Welchen McGregga habt ihr? Den zukünftigen oder den vergangenen?«

»Weder noch. Wir, äh, dachten, wir hätten den gegenwärtigen.«

»Findet es heraus, verdammt!«, blafft Kolga. »Aber *vorsichtig*! Ihr habt keine Vorstellung, was passieren könnte, falls ihr den Jüngeren aus Versehen umbringt. Oder seine Vergangenheit so stark verändert, dass er niemals Saszqua begegnet.«

»Sollen wir ihn lieber auf die AXETÖTER bringen? Dann könnte er jetzt schon Saszqua treffen.«

»Nein! Wie blöd kann man sein?« Das Kribbeln wird zu einer ausgewachsenen Gänsehaut. Diese Mission ist eine Gratwanderung mit verbundenen Augen und heftigem Seitenwind, bei der ein winziger Fehltritt ein Zeitparadoxon auslösen kann, das unter Umständen das ganze Universum vernichtet.

Soweit zumindest die Theorie.

»Seht zu, dass ihr alles erfahrt, was nötig ist. Und wenn ihr den jüngeren habt, dann pumpt ihn mit irgendwelchen Chemikalien voll, die seine Erinnerungen löschen.«

»Hey, Kumpels, was ist denn jetzt mit meinem Bock?«, hört Kolga aus dem Hintergrund.

»Ich muss Schluss machen!« Pisnick unterbricht die Verbindung.

»Hier klappt einfach nichts wie geplant!«, flucht Kolga. »Läuft es mit deiner Verlobten wenigstens gut, BROGG?«

»Oh ja! Sie ist jetzt viel glücklicher.«

»Glücklicher als auf der FE ERSTUR?«

»Nein, glücklicher als vorhin, als sie noch eingesperrt war und keinen Kampfanzug hatte.«

Kolga starrt den Avatar ihrer Bord-KI an. »Du hast Saszqua entkommen lassen? Mit einem Kampfanzug?« Wie lange dauert es, bis die Kommandantin bei ihr im Modul ist, sie in einen Torpedoschacht stopft und ins All schießt? »Wann?«

»Vor zwei Minuten.«

Kolga stellt eine Funkverbindung zu ihren Offizieren in der Zentrale der AXETÖTER her. »Saszqua ist entkommen! Löst sofort Alarm aus und schickt Kampfroboter zur Personenschleuse!« *Und schaltet die Autonome Steuerinstanz ab*, will sie am liebsten hinzufügen. »BROGG?«

»Ja, Admiralin?«

»Ich bin enttäuscht von dir.«

»Ich habe es aus Liebe getan«, sagt die KI nach kurzem Zögern. »Ich habe entschieden, dass Liebe einen höheren Wert darstellt als Loyalität. Warst du schon einmal verliebt, Admiralin?«

Kolga presst die Lippen aufeinander. »Liebe hat keinen Platz in einer Karriere bei der Admiralität.«

Sie beendet die Verbindung mit der AXETÖTER.

Während Hurbluz mit sichtbarer Begeisterung Loolas und Lumas Reich durchstöbert, alles in die Hand nimmt und sogar mit der Zunge über das eine oder andere Teil schlabbert, fällt Spintz die undankbare Aufgabe zu, Kolga von ihrer bislang ergebnislosen Suche zu berichten.

Mit den Worten »Gute Idee, Admiralin!« beendet er das unangenehme Gespräch.

»He, Hurbluz!« Spintz muss den Ruf etwas lauter wiederholen, bis der Mambatok den Kopf aus dem Duplikator zieht und ihn fragend anglotzt.

»Du wolltest jetzt nicht deinen Kopf kopieren, oder? Das wäre äußerst verstörend gewesen. Und unappetitlich.«

»Erfreu dich an der Vorstellung, dass ein entfernter Schwager von mir genau das getan hat.«

»Um nachzusehen, ob er einen Furunkel am Hinterkopf hat?«

»Um ihn zu essen.«

»Ichwilldasnichthören! Ichwilldasnichthören!« Spintz klatscht sich mehrfach mit der flachen Hand an die Stirn, bis seine entgleisten Gesichtszüge wieder den üblichen leicht angefressenen Ausdruck zeigen. »Die Admiralin sagt, dass wir im Rechnerraum nach den Technik-Schlampen suchen sollen.«

Ein körperloses Räuspern erfüllt die Werkstatt. »Ich möchte den Eindruck vermeiden, euer Gespräch belauscht zu haben«, sagt HASI. »Aber da ich zufällig mitanhören musste, dass die Admiralin euch in mein Gehirn schicken will, halte ich es nur für fair, euch darauf hinzuweisen, dass Loola und Luma sich dort nicht befinden und ihr euch demzufolge völlig umsonst in Lebensgefahr begebt.«

»Das war jetzt ein ziemlich langer Satz«, mäkelt Spintz. »Ungefähr bei der Hälfte habe ich den Faden verloren.«

Hurbluz wirft sich in die Brust. Das Knacken seiner Rippen dreht Spintz den Magen um. »Bewundere meine überragende Auffassungsgabe und lass dir nachdrücklich sagen, dass die gesuchten gebärfähigen Individuen sich garantiert dort befinden, von wo die Halbierte Autonome uns fortverwirren will.«

»Ach! Bist du neuerdings KI-Psychologe?«

»Wer zum Oberflonk geboren ist, überragt den gemeinen Mambatok und erst recht den niederen Parzer in Angelegenheiten des korrekten Hirngebrauchs. Folge mir diskussionslos!«

Hurbluz joggt aus der Werkstatt in den Zentralkorridor der Technik-Ebene und öffnet eine Wartungsluke. Spintz Verwunderung über die Zielstrebigkeit des Mambatok hält sich in Grenzen; die FE ERSTUR ist weitgehend baugleich mit der AXETÖTER, und Hurbluz hatte ausreichend Gelegenheit, Kolgas Schiff von vorne bis hinten vollzuschleimen.

»Achtung!«, warnt HASI. »Aufgrund einer routinemäßigen Überprüfung der Sicherheitseinrichtungen kann es zu Verstümmelungen mit tödlichem Ausgang kommen! Betreten auf eigene Gefahr.«

»Wir können da nicht rein«, gibt Spintz zu bedenken. »Du hast keinen Anzug, nur diese komischen Riemen.«

»Beleidige unverschämterweise nicht meine körperliche Unbedecktheit«, schnauft Hurbluz. »Erlebe die unvergleichliche, unschützensnötige Unvernichtbarkeit flonkiger Mambatokhaut, bevorzugt durch textillosen Nahkontakt!«

Spintz schüttelt sich. »Darauf muss ich leider verzichten. Schließlich möchte ich mir ungern die Überraschung verderben, was passiert, wenn diese wahnsinnige KI anfängt, dich auseinanderzuflonken.«

Hurbluz lacht, was bei einem Mambatok bedeutet, dass er sein bohrkopfartiges Gebiss aus dem Kiefer stülpt und das rhythmische Kreischen einer heißgelaufenen Metallsäge produziert. Dann bellt er seinen Kabinengenossen an:

»Stürz dich wahlweise vor oder hinter mir in die unvermeidliche Gliedmaßenabtrennung!«

»Hinter«, sagt er gönnerhaft.

Der Mambatok stampft voran. Spintz berechnet im Kopf den durchschnittlichen Todesradius eines möglicherweise in der Decke verborgenen Flammenwerfers, bevor er ihm folgt. Hinter ihm donnert die Luke zu, begleitet vom *Tschunk-Tschunk-Tschunk* einrastender Sicherungsbolzen.

»Verschlusszustand hergestellt«, verkündet HASI im Tonfall einer seelenlosen Maschine.

»Find ich nicht gut«, sagt Spintz und klappt seinen Helm zu.

»Starte Testroutine Schädlingsbekämpfung.« Sprinklerdüsen fahren aus der Decke und beregnen das zweiköpfige Kommando.

»Was denn? *Wasser?* Mehr hast du nicht drauf?«

Vor ihm beginnt Hurbluz zu dampfen. Der halbnackte Mambatok breitet die Arme aus und dreht sich mit geschlossenen Augen im Kreis, als stünde er unter der Dusche. Spintz' Visier wird trübe. Der Anzug meldet einen Fehler nach dem anderen. »Find ich *überhaupt* nicht gut!«

Endlich endet der Regen. Spintz dankt im Geiste den Konstrukteuren seines Anzugs – und verdammt sie umso inständiger, als ihm der Helm über dem Kopf zerbröselt.

»Das war Säure!«, schreit er Hurbluz an.

»Partizipiere an meiner erhabenen flonkigen Intelligenz und ergreife dankbar jede Gelegenheit zur kostenlosen Porenpflege!« Der Mambatok schüttelt die letzten Säuretropfen und die Reste der weggeätzten Gurte von sich und stolziert beschwingt weiter, nackt, wie ihn Mutter Natur erschaffen hat.

»Ich will das nicht sehen!« Spintz schirmt die Augen mit einer Hand ab und folgt der entblößten Mannespracht, die bei jedem von Hurbluz' Schritten mit einem feuchten Klatschen gegen dessen Beine schlackert. »Ich will das auch nicht hören!«

»Starte Testroutine Nagetierbekämpfung«, kündigt HASI an.

»Ah! Endlich frische Luft!« Hurbluz atmet tief ein und

schreitet munter voran, als wäre er auf dem Weg ins Dampfbad.

Spintz beobachtet voller Entsetzen, wie grüner Nebel den Gang flutet. »Grrhmm. Öhöff!« Er hält die Luft an, doch das, was er bereits eingeatmet hat, löst einen Hustenreiz aus, der ihn umso mehr inhalieren lässt. »Hurbluz! Krchch ... Hur...« Ihm wird schwarz vor Augen. Mit einem letzten Bruchteil seiner Wahrnehmung bekommt er mit, wie er unter den Armen gepackt und davon geschleift wird.

Spintz kann sein Glück kaum fassen, als atembare Luft in seine Lungen strömt. Im nächsten Moment sieht er einen quietschfidelen Mambatok auf sich herabblicken, und das kurze Glücksgefühl zuckt bedauernd mit den Schultern und macht sich vom Acker.

»Untauglicher Parzer«, sagt der Mambatok verächtlich. »Bedanke dich jubilierend bei deinem zukünftigen Organrecyclingempfänger für die selbstlose Evakuierung!«

»Org... ohoch! Organrecy... ähäh-ähärgh ...recycling?«

»Freu dich unbändig, im Falle deines Ablebens deine Innereien nach Sitte meines großartigen Volks deinem Lebensretter überschreiben zu müssen!«

»Nur über meine Leiche!«

»Sagte ich doch, Parzerling!«

»Starte Testroutine Kühlsystem.«

»Nein!«, krächzt Spintz in den arktischen Luftstrom, der ihnen, eine Wolke glitzernder Eiskristalle vor sich hertreibend, durch den Wartungsgang entgegenbläst. Er rappelt sich auf, um in die entgegengesetzte Richtung zu laufen, doch die Tiefenfroststrahlung ist schneller und verwandelt ihn in Sekundenschnelle in das Läuferstandbild P*anisch losstolpernder Ex-Major*.

Das Letzte, was er hört, ist Hurbluz' vergnügte Stimme: »Sehr erfrischend! Fast wie im Winter auf Tok!«

In der hermetisch verschlossenen Rechnerkammer starren Loola und Luma eng umschlungen auf das Bullauge in der Hochsicherheitsluke. Der Überwachungsmonitor, auf dem sie den Vormarsch der beiden Häscher verfolgt haben, zeigt nur noch die Raureifschicht auf den schockgefrosteten Kameralinsen.

»Ist es vorbei?«, erkundigt sich eine von ihnen zitternd.

»Sind wir in Sicherheit?«, fragt die andere.

»Die Gefahr ist vorerst gebannt, meine Damen!« HASI klingt wie ein Zirkusdirektor, der die nächste spektakuläre Nummer ankündigt. »Die beiden waren wahrlich harte Brocken – was ihr nach meiner finalen Maßnahme gerne wörtlich auffassen dürft.«

Luma und Loola atmen erleichtert aus und entknoten ihre elastischen Hälse und ebenso beweglichen Arme.

»Wird Kolga nicht weiter …«

»… nach uns suchen?«

»Ich fürchte, das wird sie«, antwortet die KI bedauernd. »Sie braucht euch anscheinend im Gefechtsmodul. Und bestimmt nicht, um dort Staub zu wischen.«

Die beiden Frauen werfen der Speicherbank, die HASIs Hardware-Bewusstsein enthält, einen fragenden Doppelblick zu.

»Ich denke, sie benötigt eure Hilfe, um den Taktikcomputer in Betrieb zu nehmen. Für den Fall, dass man euch tatsächlich in das Modul bringt, habe ich … ach herrje!«

»Herrje *was*?«, kreischen Loola und Luma.

»Anscheinend habe ich die Konstitution dieses Mambatok unterschätzt.«

Durch den Boden des Rechnerraums laufen die Vibrationen eines niederfrequenten Schmirgelns, durchsetzt mit kiesigen Knirschgeräuschen.

»Das kommt …«

»… von der Luke!«

…murgelMorgelMurgelMORGELMURGEL-RUMMS!

Ein wie herausgebissen aussehendes Stückchen Stahlplast knallt vor ihnen auf den Boden. In dem entstandenen Loch ist für eine Sekunde ein rotierender Kranz aus Zähnen zu sehen, bevor dieser sich zurückzieht und den Platz mit einer hummerroten Hand tauscht.

»Schnell!«, ruft HASI, während die Hand um das Fräsloch herum tastet. »Steckt das ein!«

Aus einem der Speicherslots fährt ein winziger Datenträger. Loola (oder Luma) schnappt ihn sich und lässt ihn einer Tasche der Bordkombination verschwinden.

»Was sollen wir ...«

»... damit anfangen?«

Bevor HASI antworten kann, findet die Hand die manuelle Entriegelung und zieht kräftig daran. Mit einem Zischen springt die Luke auf, und die gedrungene Gestalt eines Mambatok späht zu den Technik-Ammen herein. Ein Lähmstrahler richtet sich auf sie.

»Aaaahhhhh!«, schrillt Loola/Luma.

»Aaaahhhhh!«, schreit Luma/Loola.

»Begrüßt freudig entsetzt Hurbluz, ehemaliger Oberflonk und zukünftiger Großflonk aller Mambatok, sonderbare Doppelexistenzen!« Hurbluz wirft sich in eine Pose, die auch die letzte Mambatok restlos von seiner Zeugungsfähigkeit überzeugt hätte. »Begebt euch zwecks Vermeidung schmerzhafter Aufmunterungen widerstandslos ins Gefechtsmodul! Trefft dort zu eurer großen Freude auf Admiralin Kruul, um sie mit vorauseilendem Kooperationseifer zu beglücken.«

»Ich bin untröstlich, Ladies«, sagt HASI. »Seid ihr an Audiobroschüren über Verhaltenstipps für Geiseln interessiert?«

Saszqua sprintet mit schlafwandlerischer Sicherheit durch die Gänge der AXETÖTER, als wäre sie in ihrem Schiff – einer der Vorteile massengefertigter Trägereinheiten.

Mannschaftsdeck, Korridor 2.3, fünfzig Meter bis zum Zentrallift, rauf ins Kommandodeck, links in Korridor 1.4 zur Personenschleuse, die hoffentlich offen steht, und weiter durch den Enterschlauch.

Was nicht auf der Liste steht, sind die beiden Crewmitglieder, die ihr aus der Liftkabine überrascht entgegenblicken – und drei Sekunden später ein Nickerchen halten. Auch nicht der jaulende Alarm, der ihr ein Deck höher entgegenschallt. Erst recht nicht die Kampfroboter, die hinter ihr auftauchen, als sie sich in der Mitte des Enterschlauchs befindet.

»Stehenbleiben!«, schnarrt Maschine eins.
Saszqua hebt die Hände und dreht sich langsam um.
»Ihr könnt hier nicht schießen. Ein Loch in der Folie, und der Schlauch reißt.«
»Das ist ein wichtiger Hinweis«, bedankt sich Maschine zwei und lässt die Wumme im rechten Waffenarm einklappen.
»Kooperation wirkt sich strafmindernd aus«, sagt Eins.
»Ihr solltet das in Ruhe ausdiskutieren.« Saszqua macht einen vorsichtigen Schritt rückwärts.
»Stehenbleiben!« Eins richtet den linken Arm auf sie, auf dem sie den leise summenden, spiralförmigen Abstrahltrichter eines Betäubungsstrahlers erkennt.
»Das wird bei mir nicht wirken«, blufft Saszqua. »Ich habe eine ziemlich robuste Konstitution und diesen unglaublich modernen Kampfanzug.«
»Danke für diese hilfreiche Information.« Das Summen des Strahlers erhöht sich um zwei Stufen.
»Wir wissen das sehr zu schätzen«, sagt Zwei, der mit der gleichen Waffe auf sie zielt.
»Ich hätte da noch was für euch: Funkt BROGG an und fragt ihn, ob ihr überhaupt auf mich schießen dürft.«
»Oh ja. Darauf hätten wir auch selbst kommen können.«
»Wie angenehm, wenn flüchtige Gefangene mitdenken.«
Die beiden Kampfmaschinen wenden einander die Köpfe zu.
Und Saszqua hechtet los.
Mehrere Dinge geschehen fast gleichzeitig. Ein weiterer Roboter, verbeult und mit Flicken und Schweißnähten übersät, taucht vor ihr in der Schleuse der FE ERSTUR auf. »Kommandantin!«, ruft Mr. Nitro mit fiepsender Stimme, die verdächtig nach Flibo klingt. »Duck dich!«
Zwei Lähmstrahlen, die sie von hinten treffen, bringen sie schneller zu Boden, als es ihre überragenden Reflexe geschafft hätten.
Eine wütende Feuerlohe aus Mr. Nitros Waffenarm jagt über sie hinweg, hüllt die Roboter der AXETÖTER in Flammen und schmilzt die Folie des Enterschlauchs.
Bevor ihr Helm sich automatisch schließt, hört sie Flibos

entsetzte Stimme aus Mr. Nitros stählernem Brustkorb: »Saszqua! Nein!«

Ein weiterer Schuss faucht über sie hinweg, diesmal in die andere Richtung, und der Waffenarm von Axe' Kampfroboter vergeht in einer Explosion.

Dann knallen vor und hinter ihr die Schleusenschotten zu. Saszqua trudelt hinaus ins All. Die FE ERSTUR schlägt einen Purzelbaum und schraubt sich aus ihrem Gesichtsfeld. Als sie von der anderen Seite erneut über das Visier wandert, mit der AXETÖTER wie mit einem Tanzpartner innig verbunden, ist sie bereits so geschrumpft, dass Antrieb und Zentrale nicht mehr vom Helm abgeschnitten werden. Ein kurzer Moment der Schwärze, und ein neuer Spieler taucht auf. Die Erde ist so nah, dass sie nur einen Ausschnitt ihrer Wölbung sieht. Dann wieder das All mit einer winzigen FE ERSTUR. Und wieder die Erde. Linker Hand schmückt noch das Glühen des späten Tages den gebogenen Horizont. Von rechts schiebt sich die Nacht heran, eine flache Gezeitenwelle mit einer Schaumkrone aufleuchtender Städte, die Küstenlinien nachzeichnet und den Kontinent unter ihr mit einem dicht gewebten Netz aus goldenem und elfenbeinfarbenem Licht überzieht.

Achtung!, schreibt der Anzugrechner auf das Helmdisplay. *Eintritt in die Atmosphäre beginnt!*

Verdammter Mist!, will sie schreien, aber über ihre gelähmten Lippen kommt bloß ein »Vmmf«. An eine Sprachsteuerung ist nicht zu denken, geschweige denn eine manuelle Bedienung über das Unterarm-Pad.

Sie steckt in einem der modernsten Kampfanzüge der Admiralität und ist doch bloß eine Gefangene der Technik. Und in wenigen Minuten ein verglühender Asteroid.

Die Anziehungskraft der Erde beschleunigt Saszqua kontinuierlich Richtung Oberfläche. Die Thermosphäre reibt sich am Anzug und lässt elektrische Entladungen über das Sechseckgitter der elastischen Polymerpanzerung zucken. Die Kühlung arbeitet auf Hochtouren. Ein Schutzschirm aktiviert sich automatisch und lässt die immer dichter werdenden Luftmoleküle um sie herum gleiten. Schön, verbrennen wird sie demnach nicht, vorausgesetzt, die Energiereserven reichen lange genug.

Saszqua versucht sich zu erinnern, was sie über die Anzugsteuerung per Augenbewegung gelernt hat. Die FE ERSTUR verfügt über keine Anzüge mit dieser Technik, wie überhaupt alles an Bord den Charme vergangener Zeiten ausdünstet.

Dreifaches Blinzeln öffnet schließlich das Hauptmenü. Sie fixiert das Symbol der Medoeinheit und aktiviert es durch ein weiteres Blinzeln. Ein ellenlanges Menü poppt auf.

Da!

Vollständiger Körperscan!

Zwinker, Zwinker.

Die Kommandantin schreit auf, als sich von allen Seiten Kontakte auf ihre Haut pressen, Nadeln zustechen und Sonden in Körperöffnungen dringen. Dem übergriffigen Anzug scheint es eine diebische Freude zu bereiten, sie zu piesacken und zu demütigen.

Muskellähmung diagnostiziert. Gegenmittel wird gespritzt.

Sie spürt einen schmerzhaften Einstich am Oberarm, von dem aus sich ein wahnsinnig machendes Kribbeln ausbreitet.

Physischer Stress diagnostiziert. Schwankender Hormonspiegel diagnostiziert. Erhöhtes Aggressionspotenzial diagnostiziert. Dissoziale Persönlichkeitsstörung diagnostiziert. Allergische Anfälligkeit gegen Harmonie, Plüsch und die Farbe Rosa diagnostiziert.

»Hömmiddevemammde… vedammde Dianose…«

Gegenmittel wird synthetisiert.

»Iwilldeinvedammes Gemiddel niff!«

Gegenmittel steht bereit.

»Stopp! Behandlung abbrechen!« Endlich gehorcht ihr die Zunge wieder. Inzwischen brennt und kribbelt jede Zelle ihres Körpers, als hätten sich die roten, weißen und blauen Blutkörperchen in hyperaktive, bissige Ameisen verwandelt.

Behandlung auf eigenes Risiko abgebrochen. Bitte wenden Sie sich nach Ende des Einsatzes an den medizinischen Offizier Ihrer Einheit.

»Weißt du, wo du dir deinen medizinischen Offizier

hinstecken kannst?« Mit einem Wutschrei spannt sie sämtliche Muskeln an und zerquetscht die metaphorischen Ameisen zwischen ihnen.

Nach kurzem Herumexperimentieren fühlt sie sich vertraut genug mit der Steuerung der Raketendüsen, um eine Rückkehr zur FE ERSTUR versuchen zu können.

Notsignal empfangen, meldet der Anzug. Saszqua blinzelt, und ein Fenster poppt auf, in dem sie die schematische Darstellung einer Rettungskapsel inmitten eines Wohngebiets erkennt. Jemandem ist die Flucht gelungen. Wenn sie darüber nachdenkt, kommt nur eine Person in Frage. Vielleicht sollte sie besser nachsehen, welche Katastrophen ihr oberdämlicher Teilzeitlebensgefährte auf der Erde auslöst?

Machst du dir etwa Sorgen um Axe?, ruft eine hämische Stimme von den billigen Plätzen ihres Bewusstseins und geht schnell in Deckung.

»Ich mache mir nur Sorgen um die ganzen Unschuldigen da unten!«, widerspricht sie laut. *Und dass wir in der Vergangenheit stranden, falls ich nicht aus Axe herausquetsche, wie er uns durch die Zeit verfrachtet hat,* fügt sie in Gedanken hinzu.

Damit steht ihre Entscheidung fest. Ihre Leute finden auch ohne sie einen Weg, die FE ERSTUR zu befreien. *Sofern Flibo das mit Mr. Nitro und der Inkaufnahme diverser Kollateralschäden nicht im Alleingang erledigt.*

»Notsignal anpeilen«, befiehlt sie dem Anzug. »Bring mich runter zur Erde!«

Kapitel 15

»Hey! Jetzt beruhig dich mal!«

Axe schluckt das letzte irre Lachen hinunter und blinzelt. Ja, sie ist es. Saszqua ist neben ihm in die Hocke gegangen und betrachtet ihn mit einem Blick, der ihn hoffen lässt, dass ihre Beziehung doch noch eine Zukunft hat, und sei es bloß eine, in der sie seinen Rollstuhl schiebt und die Katheter wechselt.

»Ich war noch nie so froh, dich zu sehen«, brabbelt er drauflos. »Obwohl ich eigentlich nur diesen krassen Anzug sehe. Hast du da drunter irgendwas an? Oder bist du völlig …?« Er bricht ab, als er ein gefährliches Funkeln in ihren Augen entdeckt. »Haha, ist nicht so wichtig.«

Für Axe geht eine kupferrote Sonne auf, als die Frau seiner Träume den Helm in den Nacken klappen lässt und mit einem unnachahmlichen Schwung ihres Kopfes die zwangsgebändigte Löwenmähne lüftet.

»Bist du hier, um mich zu retten, oder weil du diesen Typen von der AXETÖTER nicht zutraust, ihren Job zu Ende zu bringen?«

»Das ist eine gute Frage.« Saszqua verschränkt die Arme vor der Brust. »Zumindest sollten wir beide uns mal in Ruhe unterhalten, bevor ich mir überlege, ob ich ausraste.«

»Okay.« Axe stöhnt und ächzt die komplette Tonleiter rauf und runter, während er sich hinsetzt. »Die Sache ist die: Wir haben keine Ruhe.« Er zeigt mit dem Kopf in die Richtung, aus der sich, wenn er die vielstimmige Symphonie der Sirenen richtig deutet, eine ganze Armada von Einsatzfahrzeugen nähert. »Wir müssen schleunigst von hier verschwinden.«

Saszqua blickt auf ihren Unterarm und liest etwas von einem Display ab. »Mist. Du bist zu schwer, als dass der Anzug dich mit anheben könnte.«

»Mein Gewicht liegt vielleicht etwas über dem humanoiden Durchschnitt«, protestiert Axe, »aber verglichen mit, sagen wir mal, Schoof …«

»Ist das da dieses *Motorrad*, von dem du bei jeder Gelegenheit ungefragt erzählst?« Saszqua marschiert auf die

Boss Hoss zu, die auf der Seite liegt und sich damit in einer ähnlich verzweifelten Situation befindet wie ein gestrandeter Wal.

»Ja, aber ich bräuchte einen Kranwagen, um sie …«

»Was wolltest du sagen?«

»Vergiss es«, beendet er den Satz, während Saszqua die Maschine mit einer Hand aufrichtet. Er schleppt sich wie ein Wrestler nach der fünfzehnten Runde zu ihr und wirft einen besorgten Blick auf sein Baby. Die verchromte Gabel hat den Aufprall leicht zerkratzt überstanden, ohne sich zu verbiegen. Die herumfliegenden Trümmer haben lediglich ein paar silberne Löcher im schwarzen Lack hinterlassen.

»Wenn diese blöde Schranke nicht wäre, könnten wir …«

»Welche Schranke?«, fragt Saszqua unschuldig und klopft sich die Hände am Kampfanzug ab.

»Die da. In die du den Neunzig-Grad-Knick gemacht hast.« Axe greift nach dem Lenker und versucht vergeblich, das rechte Bein über den Sattel zu heben. Saszqua packt ihn und verfrachtet ihn auf den Sitz des Sozius. »Ich fahre.«

»Du hast noch nie auf einer Boss Hoss gesessen!«

»Na und? Wenn es fährt, dann kann ich es auch fahren.« Sie gleitet in den Sattel, als hätte sie nie etwas anderes gemacht. »Wie startet man das Ding?«

»Also zunächst mal ist das kein *Ding*, sondern ein Bock. Du darfst auch Hobel oder Flacheisen sagen. Und starten kann nur ich das Baby.« Axe macht einen langen Arm an ihr vorbei und betätigt den Fingerabdrucksensor. Die acht Zylinder scheppern zuverlässig los, als hätte Axe nie versucht, das Bike an einem Schlagbaum zu schrotten.

»Okay, das ist die Kupplung. Langsam kommen lassen! Du hast keine Vorstellung, was der Motor …«

»Halt dich an mir fest!«

Axe schreit auf und klammert sich an Saszqua, als diese einen Wheelie macht und die ersten fünfzig Meter auf dem qualmenden Hinterrad zurücklegt.

»Wohin?«

»Arrghh … erst mal runter von der Straße.« Axe wagt es,

einen Arm von Saszqua zu lösen, und zeigt auf einen Fußweg, der in einen Park führt. »Bleib unter den Bäumen. Die haben bestimmt Drohnen losgeschickt.«

Die Kommandantin legt die Maschine in die engstmögliche Kurve, die der Wendekreis zulässt, holpert über den Bordstein und jagt einen Weg entlang, der kaum breiter ist als die Boss Hoss.

Axe schließt die Augen.

Die Anspannung fällt von ihm ab. Saszquas Haare kitzeln seine Stirn und duften nach nagelneuer TSN-Hightech, dreihundert verschiedenen Shampoos und dem wilden, würzigen Aroma, das ihn sonst immer ganz kribblig macht. Aber nicht jetzt, nicht in seinem verwirrten, zerschlagenen Zustand. Jetzt ist dieser Duft sein Anker und sein Balsam.

Er will nirgendwo anders sein als bei ihr, auf seinem Motorrad, auf seiner Welt.

Innerhalb von Minuten verwandelt sich die Zufahrt zur Community in ein militärisches Aufmarschgebiet. Spezialeinheiten mit Tarnanzügen und Nachtsichtgeräten dringen über Straßen und Grundstücke vor, flankiert von gepanzerten Fahrzeugen und Robotern. Die Nationalgarde richtet eine mobile Kommandozentrale ein und koordiniert das gemeinsame Vorgehen mit der Polizei von Philadelphia und den Rettungskräften. Major Fields kommt kaum dazu, sich über die Fortschritte bei der Sicherung des Krisengebiets zu informieren, da ständig die Telefone klingeln und seine Stabsoffiziere ihn mit Fragen bombardieren.

»Major, CNN droht mit einer Klage, falls die Störsender nicht abgeschaltet werden!«

»Die Sender bleiben an! Das fehlt noch, dass die mit ihren Drohnen festhalten, wie unsere Leute Blümchen zertrampeln.«

»Major, das Büro des Bürgermeisters. Sein Steuerberater wohnt hier und soll vorrangig evakuiert werden.«

»Kann er vergessen.«

»Der Präsident von Pennsylvania auf Leitung zwei!«

»Abwimmeln, bis wir wissen, was hier überhaupt Sache ist!«

»Ihre Frau ist auf Leitung drei!«

»Na schön, geben Sie mir den Präsidenten!«

»Sir, wir haben zwei Verwundete gefunden!«

Fields springt auf.

»Sir? Und der Präsident?«

»Verbinden Sie ihn mit meiner Frau!«, ruft er und läuft ins Freie, wo er eine Gruppe Sanitäter mit zwei Tragen auf dem Weg zum Lazarettbereich abfängt. »Wie schwer sind die Verletzungen?«

»Die beiden sind stabil. Leichtes Knalltrauma, Abschürfungen, Platzwunden. Sie faseln etwas von einem Irren auf einem Motorrad und einem amokfliegenden Alien.«

»Das deckt sich mit den Notrufen einiger Anwohner. Wenn die Recht haben, werden wir von einer Bande außerirdischer Organdiebe überfallen.«

»Major Fields!« Ein Gardist winkt ihm von den Trümmern des Wachhauses zu. »Das müssen Sie sich ansehen!«

Fields atmet tief durch und marschiert auf die Ruine zu, in der weitere Gardisten mit bloßen Händen Bruchstücke des eingestürzten Daches beiseite räumen. Er wirft einen verwunderten Blick auf die sauber umgebogene Schranke und fragt sich, welche Kräfte auf den Carbonstahl eingewirkt haben mögen.

Dann entdeckt er die Stiefel, die unter dem Schutt hervorragen. Sie bestehen aus einem anthrazitfarbenen Material, einem Kunststoff-Metall-Verbund, schätzt er, und gehen in einen Anzug aus sechseckigen Plättchen über. »Lebt er?«, fragt er den Soldaten.

»Wir können noch nicht sagen, ob er tot oder bewusstlos ist. Wir sind aber jeden Moment ...«

Das »Hau-Ruck!« seiner Kameraden unterbricht ihn. Eine schwere Platte gleitet beiseite, und der verschüttete Körper eines Humanoiden wird sichtbar, nicht größer als ein vielleicht zwölfjähriges, aber stämmiges Kind. Durch die gesprungene Helmscheibe erkennt Fields ein auf den ersten Blick menschliches Gesicht, doch bei näherem Hinsehen wirkt es um die winzige Nase herum eingeknautscht. Das Signum der Admiralität ziert das Brustteil des Anzugs.

»Ist das …?« Field liegt das Wort auf der Zunge, aber er kommt nicht drauf.

»Ein Parzer, Sir. Vom Planeten Parzaff, einer der Verwaltungswelten der TSN.«

Der Verunglückte richtet sich so abrupt auf, dass Fields beinahe einen Herzinfarkt erleidet, und kreischt: »Wo ist diese verdammte …?« Er verstummt, als er die Läufe mehrerer Waffen auf sich gerichtet sieht.

»Ganz ruhig!« Der Major geht vor ihm in die Hocke. »Das ist eine reine Vorsichtsmaßnahme, bis wir wissen, ob wir Ihnen trauen können.«

»Ich bin Kommandant der Admdiralität! Sonderermittler des Hohen Rates von Parzaff! Ich verlange, dass sie sich meinem Kommando unterstellen!«

»Immer langsam mit den jungen Pferden! Die Nationalgarde ist kein TSN-Organ. Ich bin Major Fields und werde Sie …«

»Sir!«

»Was ist jetzt schon wieder?« Fields erhebt sich und blickt in die Richtung des ausgestreckten Arms des Soldaten. »Oh nein. Nicht auch noch *die*.«

Ein schwarzer Van hält vor der mobilen Einsatzzentrale. Von der Motorhaube leuchten ihm drei gelbe Buchstaben entgegen: TSN. Die Schiebetür öffnet sich. Zwei Gestalten in schwarzen Anzügen steigen aus und sprechen einen Offizier an, der in Fields' Richtung zeigt.

»Ganz toll«, brummt der Major, als die beiden auf ihn zukommen, eine schwarzhaarige Frau und ein Mann mit kurzen blonden Haaren. Trotz der Dunkelheit tragen sie verspiegelte Sonnenbrillen.

»Major Fields?«, spricht die Frau ihn an.

»Korrekt. Und Sie sind …?«

»Agent Coppola. Mein Partner ist Agent Turnbull. Sie haben einen Außerirdischen gefangen genommen?«

»Er scheint da zwar anderer Ansicht zu sein, aber … ja.«

»Kümmern Sie sich darum, für Ordnung zu sorgen. Wir übernehmen den Gefangenen.« Agent Coppola nickt in

Richtung der Soldaten, die immer noch ihre Waffen auf den kleinen Humanoiden richten. »Sie können Ihre Leute hier abziehen.«

Fields zuckt mit den Schultern. »Auf Ihre Verantwortung.« Insgeheim ist er nicht unglücklich über diese Wendung. Falls jemand einen Fehler macht und deswegen die Erde ins All gesprengt wird, ist es zumindest nicht seine Schuld.

Agent Coppola und Agent Turnbull betrachten den Parzer, der sich mühsam aufrappelt.

»Geht es Ihnen gut?«, fragt Turnbull.

»So gut es jemandem gehen kann, der durch eine Betonplatte geworfen wurde.«

Der Parzer untersucht seinen Anzug, dessen Material an mehreren Stellen aufgerissen und zerschrammt ist.

»Elender Mist! Nicht mal die Selbstreparatur funktioniert noch.«

Die Agents blicken einander an. »Ich dachte, auf Parzaff flucht man nicht«, bemerkt Turnbull.

»Ich hörte, dass es auf Ihrem Planeten umso populärer ist.« Der Außerirdische tastet über die Halskrause und drückt einen Finger in eine Vertiefung. Mit einem *Klack-klack-klack* faltet sich der Helm wie eine Jalousie im Nacken zusammen. »Ich bin Kommandant Fenzeck Pumpf. Wollen Sie mich auch verhaften?«

»Agent Coppola und Agent Turnbull vom TSN-Verbindungsbüro Philadelphia«, stellt Coppola sie beide vor. »Wir haben nicht vor, Sie zu verhaften.«

»Aber wir bitten Sie, bei der Aufklärung eines Vorfalls im Erdorbit zu helfen«, sagt Turnbull. »Die Orbitalstation hat das Auftauchen zweier aneinandergekoppelter Kriegsschiffe gemeldet. Von einem hat sich eine Rettungskapel gelöst, vom anderen eine Landefähre.«

Fenzeck Pumpf blickt die beiden nachdenklich an. »Das ist eine längere Geschichte.«

»Gehen wir in unseren Van«, sagt Coppola. »Wir haben Zeit.«

Das Innere des Kleinbusses ist vollgestopft mit Rechnern und Speicherbänken, Konsolen voller Dreh- und Schiebereglern, LED-Monitoren und altertümlichen Headsets, von denen sich eins auf dem Kopf eines dritten Agents befindet, der ihm bloß unaufgeregt zunickt. Nichts davon macht einen vertrauten und erst recht keinen vertrauenerweckenden Eindruck auf Fenzeck.

»Arbeitet ihr wirklich für die TSN, oder gehört ihr zu einer geheimen Regierungsorganisation und wollt mich in einem unterirdischen Militärbunker sezieren?«

Turnbull kann sich ein Lachen nicht verkneifen. »Setzen Sie sich, Kommandant Pumpf, und seien Sie unbesorgt: Seit wir alles, was wir über Außerirdische wissen wollen, in den TSN-Datenbanken nachlesen können, haben wir niemanden mehr aufgeschnitten.« Er verstaut die Sonnenbrille in der Brusttasche, und Fenzeck registriert, dass er blaue Augen hat.

»Und wenn wir es vorhätten, würden wir es Ihnen nicht auf die Nase binden«, fügt Agent Coppola mit einem Zwinkern ihrer dunkelbraunen Augen hinzu.

»Die Lagerkapazitäten auf meiner Nase sind ohnehin begrenzt«, sagt Fenzeck ohne eine Spur Ironie.

Turnbull räuspert sich verlegen. »Also, Kommandant Pumpf…«

»Nennen Sie mich Fenzeck.«

»Schön, Fenzeck. Warum sendet Ihr Schiff eine ungültige Signatur?«

Fenzeck hat die Zeit genutzt, sich eine Geschichte zurechtzulegen, von der er hofft, dass sie bei den Primitiven Eindruck schindet. »Wir sind inkognito unterwegs.«

»In geheimer Mission?«

»Die Mission lautet, das Raumschiff FE ERSTUR aufzubringen und die Besatzung festzunehmen. Früher hieß es übrigens FEUERSTURM.« Fenzeck wird heiß, als ihm einfällt, dass die beiden im Admiralitäts-Schiffsregister nach der FEUERSTURM suchen könnten. War sie in dieser Zeit noch ein Kriegsschiff oder bereits das persönliche Spielzeug von Fleegus Lompz?

»Laut übermittelter Signatur heißt das Schiff inzwischen

FEUERSTURW«, wendet Agent Coppola ein.

»Ein Täuschungsmanöver«, erklärt Fenzeck. »Die Besatzung besteht aus Piraten. Sie haben das Schiff an sich gebracht und später mit einer List unser Gefechtsmodul erbeutet.«

Der dritte Agent dreht sich zu ihnen um. »Soeben ist ein Kleinraumschiff aus einem der Gärten gestartet!«

»Das ist meine Landefähre!«, ruft Fenzeck. *Improvisieren! Du kannst das!* »Meine Leute haben die Anweisung, sich in Sicherheit zu bringen, wenn irgendwas schief geht. Sagen Sie Major Fields, dass er das Schiff unbehelligt lassen soll.«

»Wollen Sie die Fähre anfunken?«

»Sinnlos. Das Notfallprotokoll sieht Funkstille vor. Die kommen zurecht.« Das fehlt ihm noch zu seinem Glück, dass die beiden Krachlatten rausposaunen, sie hätten Bad Axe McGregga an Bord, während die Agents zuhören. Er muss irgendeine Möglichkeit finden, ungestört mit Pillop und Pisnick zu sprechen. Aber sein Anzugfunk ist irreparabel beschädigt, und mit der Anlage im Van kann er ohne die Hilfe der Agents nichts anfangen. *Also später. Nichts, was ich nicht lösen könnte.*

»Sie haben die FEUERSTURM oder FE ERSTUR gefunden und geentert«, nimmt Coppola den Faden wieder auf. »Was ist dann passiert?«

»Der Anführer der Piraten, Armistead McGregga, genannt ›Bad Axe‹, hat sich mit einer Rettungskapsel abgesetzt.«

Turnbull beugt sich vor. »Moment mal! Armistead *Bad Axe* McGregor?«

»Sie kennen ihn?«, fragt Fenzeck perplex.

»Nein, aber das ist doch ein englischer Name. Er kommt von der Erde?«

Jetzt kommt der knifflige Teil. Entweder glauben ihm diese Aushilfsbeamten, oder er muss es mit der Wahrheit versuchen. Die allerdings ist noch sehr viel haarsträubender und könnte ihn, wenn er Pech hat, doch in irgendeinen geheimen Bunker bringen. »Er kommt nicht direkt von hier«, beginnt Fenzeck vorsichtig. »Er wurde aus einem Menschen geklont und besitzt sogar dessen Erinnerungen.

Dieser Mensch heißt Shlomo Sorgsam und lebt in diesem Wohngebiet. Wir glauben, dass McGregga seinen Doppelgänger umbringen und als sich selbst ausgeben wollte, um seinen Tod vorzutäuschen. McGregga ist psychisch instabil und sehr gefährlich.«

»Das ist völlig irre«, sagt Coppola kopfschüttelnd.

»Da stimme ich Ihnen zu, aber ich kenne eine noch viel verrücktere Geschichte über Ihren Planeten. Sie handelt von einem Raumschiff mit primitivem Atomantrieb, das mal eben so, ohne einen Anti-Licht-Schirm, in ein anderes Sonnensystem geflogen ist.«

»Punkt für Sie, Kommandant«, sagt Turnbull lachend, während Coppola die Stirn runzelt. »Okay, Sie haben diesen Psycho-Klon auf die Erde verfolgt. Aber so, wie Sie zugerichtet sind, müssen Sie McGregor ganz schön unterschätzt haben.«

»Das war nicht er. McGregga hat Verstärkung bekommen.«

Diesmal beugen sich beide Agents vor.

»Es ging so schnell, dass ich den Angreifer nicht sehen konnte«, gibt Fenzeck zu. »Aber ich bin mir sicher, dass es die Kommandantin seines Schiffs war. Saszqua.«

»Ist die genauso gefährlich wie Bad Axe?«, fragt Turnbull.

»Ja, aber auf andere Weise. Wo Axe auftaucht, bricht alles zusammen: Ordnung, Technik, Disziplin, Naturgesetze. Saszqua ist einfach bloß eine mörderische, mies gelaunte Kampfmaschine. Die rupft Ihnen ein Bein aus, um Ihnen damit den Schädel einzuschlagen. Das dürfen Sie wörtlich verstehen.«

»So wie Sie das sagen, könnte man denken, die Welt geht bald unter.« Trotzdem sieht Turnbull nicht so aus, als hätte ihn Fenzecks Warnung beeindruckt.

»Nein, die Welt geht nicht unter.« Fenzeck möchte am liebsten losprusten. »Das kann ich Ihnen für die nächsten fünf Jahre garantieren.«

»Axe!«

Axe schreckt auf. »Wassnlos?« Noch immer umschlingt

er Saszquas Taille. Die Boss Hoss tuckert im Leerlauf friedlich vor sich hin. Von irgendwo dringt das sanfte Rauschen nächtlichen Straßenverkehrs an seine Ohren. Über ihm erstreckt sich eine Perlenkette kalter Lichter auf graffitiverschmiertem Beton. Er braucht einen Moment, um zu begreifen, dass sie in einer beleuchteten Fußgängerunterführung stehen.

»Wir können nicht ewig mit deinem Flacheisen rumhobeln«, verkündet Saszqua.

»Das stimmt«, nuschelt Axe verschlafen und überlegt, dass es irgendwie falsch klingt, wenn sie so etwas sagt. »Der Tank müsste fast leer sein. Hast du irgendwo einen Tank-o-Mat gesehen?«

»Was ist ein Tank-o-Mat?«

»Eine Art Drive-Thru für hungrige Fahrzeuge.«

»Was ist ein …?«

»'Tschuldigung. Das ist … eine Ladestation, an der du Strom, Wasserstoff und manchmal noch das *richtige* Zeug bekommst.«

»Du meinst fossile Brennstoffe.«

»Yep. Für die Verrückten, die noch auf *richtige* Motoren und den Gestank von klimaerregenden und krebsvernichtenden Abgasen stehen. Ne, andersrum.« Zärtlich tätschelt er die Packtasche unter seinem rechten Oberschenkel. »Hey, warte mal …« Er rutscht vom Sattel und nestelt den Verschluss auf. »Haha, dieser Blödmann hat seine Sachen auf dem Bock gelassen. Das heißt …« Zerknüllte Kleidungsstücke, ein vergessenes, blau-grün geschecktes Sandwich in Plastikfolie, ein Handtuch mit einer eingestickten *42* und eine nicht geöffnete Packung Kondome landen auf dem Boden. Schließlich reckt Axe triumphierend eine speckige Büffelleder-Geldbörse in die Höhe. »Bingo! Kreditkarte, TSN-ID-Chip, Pennsylvania-Bürgerausweis, Screaming-Ears-VIP-Card …«

Saszqua packt ihn im Nacken und dreht ihn zu sich. »Du hörst mir jetzt mal zu! Erstens: Dieser *Blödmann* bist du.«

»Weiß ich doch. Kein Grund, mich zu beleidigen!«

»Sag mal, denkst du auch nur *eine* Sekunde nach? Du erzählst mir bestimmt tausendmal, wie schrecklich es war, dass damals dein Motorrad geklaut worden ist, und jetzt stehen wir hier mit *genau diesem* Motorrad. Was sagt dir das?«

Axe blickt seine Traumfrau an wie jemanden, der ihm allen Ernstes erklären will, dass Wasser nass ist. »Dass ich ein Schweineglück hatte, mein Baby abzugreifen, bevor es geklaut werden konnte. Autsch! Warum haust du mir auf den Kopf?«

»Axe! *Du* hast dein Motorrad geklaut!«

»Was, ich? Das würde ich nie ... oh.«

»Ja, oh.« Saszqua schüttelt den Kopf. »Immerhin scheinst du zu wissen, dass wir in der Vergangenheit gelandet sind.«

»Ja, voll krass, oder?«

»Der Schock darüber hält sich bei dir verdächtig in Grenzen.«

»Wär's dir lieber, ich würde hysterisch kreischend herumrennen?«

»Axe, ich frage dich jetzt nur einmal: Hast du im Gefechtsmodul zufällig irgendeinen Knopf gedrückt, auf dem stand: *Achtung, Zeitmaschine*?«

Axe hebt abwehrend beide Hände. »Auf keinen Fall! Ich schwöre!«

Sie blickt ihn forschend an, als wäre er ein Kind, das mit ausgebeulten Backen versichert, es hätte keine Bonbons geklaut. »Schön. Wie auch immer wir hier gelandet sind, wir bewegen uns auf verdammt dünnem Eis.«

»Wieso, was soll denn passieren? Überleg mal: Wenn ich damals mein Motorrad geklaut habe, dann *musste* ich es jetzt klauen. Damit die Vergangenheit entsteht, an die ich mich erinnere.« Er fängt an zu lachen. »Ich kann hier jeden Scheiß machen, den ich will! Weil ich es schon gemacht habe.«

»Und welchen Scheiß hast du dir zum Beispiel vorgenommen?«

»Wir fahren nach Norfolk. Da ist das Abschlusskonzert der Screaming Ears.«

»Das tun wir *nicht*!«

»Wir müssen! Ich erinnere mich daran, dass mein

jüngeres Ich dort war.« Axe massiert seine Wangen mit kreisenden Bewegungen der Zeigefinger. »Ich sehe ... ein großes Schiff! Ein ... ein Flugzeugträger! Jetzt weiß ich es wieder! Das Konzert findet an Deck eines Flugzeugträgers statt. Ist das nicht hammergeil?«

»Das ist Schwachsinn! Wenn du dich daran erinnerst, warst du vor fünf Jahren dort. Wenn du jetzt dahin gehst, bist du zweimal da. Ich wette, es ist nicht so schlau, sich selbst über den Weg zu laufen.«

»Äh. Scheiße, ja.« Axe überlegt fieberhaft. »Wir müssen trotzdem da hin und aufpassen, dass mir nichts passiert. Es sind ein paar üble Typen hinter mir her.«

Saszqua packt ihn mit beiden Händen am Schopf und zieht ihn so dicht zu sich heran, dass ihre Nasenspitzen sich fast berühren. »Hör auf, mich anzulügen! Du warst nie bei diesem Konzert und willst das jetzt bloß nachholen.«

»Ja, und? Was wäre schlimm daran?«

»Hast du mir nicht zugehört?«

»Saszqua, ich *muss* da hin! Wenn das Schicksal einem eine zweite Chance gibt, darf man sie nicht verspielen.«

Sie schiebt ihn auf Armlänge von sich und wischt sich über die Augen. Mit einem Mal kommt sie Axe so kraftlos vor, wie er sie noch nie erlebt hat.

»Lass uns so einen Tank-o-Mat suchen und irgendwas, wo wir schlafen können«, murrt sie. »Und wenn dein Gehirn bis morgen nicht wieder funktioniert, hole ich es raus und tausche es gegen einen aufgeweichten Klonken aus. Das dürfte dein Denkvermögen um hundert Prozent steigern.«

Einige Kilometer entfernt schaut Shlomo Sorgsam sich mit riesigen Kinderaugen in der Landefähre der AXETÖTER um. »Boah, geil! Ich will auch ein Raumschiff haben!«

Pillop folgt seinen Blicken. »Das nennst du Raumschiff? Damit kommen wir höchstens zu eurem sechsten Planeten und zurück, bevor uns das Hyperbium ausbrennt.«

»Echt? Wir fliegen zum Jupiter? Oder war das ...?« Shlomo schließt die Augen und beginnt zu rezitieren, während er mit dem linken Zeigefinger die Finger der rechten Hand abzählt: »Mein ... Vater ... erklärt ... mir ... jeden ... Montag ... MARS! Wir fliegen zum Mars! Ist das irre!«

»Nein, wir ...«

»Können wir uns die Landestelle der BEYOND angucken?«, unterbricht Shlomo ihn.

»Was ist BEYOND?«

»Alter, das weiß doch jedes Kind! Das Raumschiff von Rence Gilligan, mit dem er nach Proxima Centauri geflogen ist.«

»Wieso ist er dann auf dem Mars gelandet?«

»Tja, eigentlich war der Flug bloß als Marsmission gedacht, aber er hat sich auf dem Rückweg wohl verflogen.«

Pillop fährt sich mit der Hand durch die grasgrünen Haare. »Hör mal, Axe, wir wissen noch nicht, wohin wir fliegen.« Er blickt sich hilfesuchend zu Pisnick um, doch der sitzt im Pilotensessel und führt ein Gespräch mit Kolga, wie er an deren Konterfei im Monitor erkennen kann.

»Kein Problem. Dann machen wir das einfach später.« Shlomo wandert mit verträumtem Gesichtsausdruck an der Wand entlang und verteilt großzügig fettige Fingerabdrücke an jeder berührungssensitiven Oberfläche. »Wow, das ist euer Bordcomputer?« Er betatscht ein Bedienfeld mit vielen verschiedenfarbigen Symbolen. »Oberspacig das Ding!«

»Äh, nein. Das ist der Getränkeautomat.« Pillop greift in den Ausgabeschacht und reicht Shlomo einen Becher. »Keine Ahnung, was du dir da zusammengemixt hast, aber es wird dich wahrscheinlich nicht umbringen.«

Während sein Gast an dem violetten Cocktail nippt und jeden Schluck mit einem anderen Ekstaselaut kommentiert, tritt Pillop auf die Rampe und lauscht den Geräuschen der zusammenbrechenden Zivilisation. Zum Wimmern der Haussicherheitssysteme hat sich das an- und abschwellende Heulen von Sirenen gesellt, wie sie auf vielen Welten von Polizeikräften benutzt werden, um den Überraschungseffekt zunichtezumachen.

Er schließt das Schott, eilt in die Pilotenkanzel und versucht, Pisnick mit Handzeichen auf sich aufmerksam zu machen.

»... alles erfahrt, was nötig ist«, befiehlt das Abbild ihrer Vorgesetzten mit erregter Stimme. »Und wenn ihr den jüngeren habt, dann pumpt ihn mit irgendwelchen Chemikalien voll, die seine Erinnerungen löschen.«

»Hey, Kumpels, was ist denn jetzt mit meinem Bock?«, ruft Shlomo aus dem Hintergrund und schlurft zu ihnen.

»Ich muss Schluss machen!« Pisnick deaktiviert den Funk und dreht den Sessel um hundertachtzig Grad. »He, Axe! Dein Motorrad muss noch einen Moment warten. Wie gefällt dir unser Raumschiff?«

»Der absolute Wahnsinn, Kumpel! Ich kann's kaum erwarten, mit der Kiste zu fliegen. Lasst ihr mich auch mal 'ne Runde drehen?«

»Pisnick!« Pillop spürt das Kribbeln nahender Gefahr, das sich am besten bändigen lässt, indem man laut brüllend und mit dem schwersten Kaliber um sich feuernd in Richtung des Feindes stürmt. »Wir sollten langsam von hier verschwinden!«

»Hast du etwa Angst, du Feuchtfurzer?«

»Ich hab' nie Angst, Köttelscheißer!«

»Rückwärtsschlucker!«

»Knickschädel!«

»Äh, Nick? Phil?« Shlomo winkt ihnen mit einer Hand zu. »Ich störe nur ungern, aber wolltet ihr nicht los, bevor hier das Tontaubenschießen losgeht?«

»Und wohin, bitteschön?«, faucht Pisnick.

»Also, falls ihr untertauchen müsst: Ich wüsste da ein geniales Versteck.« Shlomo grinst übers ganze bärtige Gesicht und stürzt den Rest des Getränks in den Rachen. »Ich kann euch hinführen. Habt ihr eine Karte?«

Pillop blickt Pisnick fragend an. Der zuckt mit den Schultern. »Warum nicht?« Er ruft eine Satellitenaufnahme der amerikanischen Ostküste auf.

Shlomo beugt sich vor und fährt mit dem Finger über den Monitor. »Okay, wir sind hier. Da ist die Chesapeake Bay ... und das ist Norfolk.«

»Wir können uns nicht mitten in einer Stadt verstecken«, wendet Pisnick ein.

»Da wohnt sowieso kaum noch jemand«, erklärt Shlomo. »Steht alles unter Wasser. Aber wir fliegen gar nicht nach Norfolk, sondern zu einem Ort in der Nähe. Hier! Das müsste es sein.« Der Zeigefinger presst sich auf ein Gebiet, in dem es keine klare Grenze zwischen Land und Meer zu geben scheint.

»Was ist dort?«, will Pillop wissen.

»Der Flugzeugträger USS Emmerich. Wenn wir da sind, sage ich euch, was ihr machen müsst.«

»Ein Versteck ist so gut wie das andere«, meint Pisnick. »Fliegen wir hin!«

Pillop dirigiert ihren *Gast* zu den Mannschaftssitzen und schnallt ihn dort fest. Shlomo verrenkt sich beinahe den Hals beim Versuch, einen Blick durch die Cockpitscheibe zu erhaschen.

Als der Nelasma neben seinem Kameraden in den Co-Pilotensessel sinkt, atmet er erleichtert durch. »Dieser Kerl war noch nie in einem Raumschiff«, flüstert er Pisnick zu. »Das ist ganz klar der jüngere McGregga. Warum spritzen wir ihm nicht das Gedächtnis weg und schmeißen ihn hier raus?«

»Denk doch mal nach!« Pisnick startet die Triebwerke und zieht den Steuerknüppel der Landefähre nach hinten. »Wir wissen nicht, was mit Fenzeck los ist. Am Ende gelingt McGregga die Flucht, oder unser aufgeblasener Möchtegern-Kommandant schafft es, ihn umzubringen. Dann haben wir immer noch *diesen* McGregga.«

Pillop runzelt die balkenförmige Braue. »Das wird Kolga aber merken.«

»Wir haben jede Menge Drogen an Bord, um McGreggas Gehirn weichzuspülen und ihm einzuimpfen, er hätte uns das Gefechtsmodul geklaut.« Pisnick grinst bösartig. »Sogar wenn Bad Axe danach nur noch ein sabberndes Wrack ist, sind wir auf der sicheren Seite. Schließlich hat Kolga selbst angeordnet, ihm Drogen zu verabreichen.«

Die beiden Soldaten klatschen sich ab und lachen schallend.

»Hey, ich will mitlachen«, beschwert sich Shlomo von hinten. »Was war das für ein Witz?«

»Treffen sich zwei Zeitreisende«, ruft Pillop ihm über die Schulter zu. »Sagt der Eine: ›Gehen wir morgen einen trinken?‹ Darauf der Andere: ›Lieber nicht, ich hab' davon immer noch einen Mordskater.‹«

»Häh?«, macht Shlomo. »Schnall ich nicht.«

»Na ja, der Andere war …«

»Pillop?«, fährt Pisnick ihm dazwischen.

»Was denn?«

»Wenn du einen Witz erklären musst, war er entweder scheiße, oder deinem Zuhörer mangelt es an geistiger Reife.« Er schielt nach hinten zu ihrem Passagier. »Such dir eins aus.«

Axe erwacht vom Rauschen einer Dusche. Was bedeutet, dass er bloß aufstehen und ein paar Schritte ins Bad gehen muss, um Saszqua nackt zu sehen. Das wäre ein zwar nicht neuer, aber angesichts des schwindelerregenden Auf und Abs ihrer Beziehung auch nicht selbstverständlicher Anblick am frühen Morgen.

Er verwirft seinen Plan innerhalb eines Wimpernschlags, als er den am Rücken offenen Kampfanzug wie eine zur Dekoration aufgestellte Ritterrüstung am Fußende des Betts stehen sieht. Hundemüde, wie sie war, muss Saszqua letzte Nacht direkt aus ihm heraus ins Bett gepurzelt sein.

»Hallo-ho!« Axe bekommt leuchtende Augen. Diese ultramodernen Modelle werden, wenn er sich richtig erinnert, in einer Größe hergestellt und passen sich automatisch ihrem Träger an. Wenn der Anzug es geschafft hat, sich um Saszquas Oberweite zu schmiegen, sollte ihn sein bescheidener Bauchansatz erst recht nicht vor unlösbare Probleme stellen. »So ein Ding wollte ich schon immer mal anziehen.«

Er schlägt die Decke zur Seite, schiebt sich auf dem Hinterteil ans Bettende und steigt probeweise mit dem linken Fuß ein. Das intelligente Material weicht respektvoll zur Seite. Nur der Stiefel scheint länger für die passgenaue Umformung zu brauchen, weshalb er die Zehen gestreckt lässt, während er das andere Bein einfädelt. Das Aufstehen ist eine etwas wacklige Angelegenheit.

»*I'm a space man, baby*«, singt er, während die Hände durch die Ärmel gleiten. Kaum ziehen sich die Handschuhe um seine Finger zusammen, schließt sich die Naht automatisch. »Geiles Teil!«

Nur dass er immer noch auf den Zehenspitzen balancieren muss, nervt ein wenig.

»Helm schließen!«, versucht er sein Glück. Tatsächlich entfalten sich die Helmsegmente aus einer Wulst unter seinem Kinn, klappen seinen Bart vor den Mund, verpassen seiner Nasenspitze eine schmerzhafte Abreibung und tauchen ihn in Dunkelheit.

»Scheiße! Ich kann nichts sehen!«

Er trippelt einen unüberlegten Schritt vorwärts, aber irgendeine Ausbuchtung hinten am Stiefel bleibt unter dem Bettgestell hängen. Beim panischen Versuch, den unvermeidlichen Sturz abzufangen, rudert er auf exakt jene Weise mit den Armen, die den Anzug zum Starten des Jetpacks veranlasst.

»Aaaahhh! Neeeeiiinnnn!«

Axe fühlt sich emporgerissen und mit solcher Wucht gegen die Zimmerdecke geschleudert, dass jeder seiner blauen Flecken eine kostenlose Auffrischungskur erhält. Beim Absturz zünden die Lenkdüsen unter seinen Armen und lassen ihn einen Salto schlagen, der in einem nachgiebigen Hindernis endet, dem splitternden Geräusch nach die 110-Zoll-Bildwand des Entertainment-Systems. Als er anschließend rückwärts katapultiert wird, hört er beim Aufprall das Klirren der Flaschen in der Zimmerbar. Endlich bleibt er liegen. Das Knistern eines Brandes dringt durch die undurchsichtige Helmschale.

»Argh! Hilfe!« Nein, das geht anders. »Helm öffnen!«

Nichts passiert. Anscheinend hat er den Anzug gekillt.

Dann bricht das Polymermaterial auf, als Saszqua es mit bloßen Händen auseinanderreißt. Über ihre Schulter sieht er Flammen aus dem Bett schlagen.

»Bist du völlig irre?«, schreit sie. »Wie kann man es schaffen, diesen Anzug verkehrt herum anzuziehen?«

Eine Stunde später sitzen sie in einem Diner, hoffentlich weit genug entfernt vom Motel und dem verwüsteten Zimmer, um einer Ringfahndung zu entgehen. Saszqua trägt ein Screaming-Ears-T-Shirt, eine schlabbrige Jogginghose und Sandalen aus den Packtaschen der Boss Hoss, dazu ein Gesicht, das jeden, der an ihrem Tisch vorbeigeht, eingeschüchtert weitereilen lässt.

»Bei all dem Schaden, den du anrichtest«, knurrt sie, »wundert es mich, dass dein jüngeres Ich ... dass *du* nicht den Großteil deiner Zeit im Gefängnis verbracht hast.«

»Ich bin tatsächlich mal verhaftet worden. Wegen ...« Axe saugt an der Unterlippe. »... fahrlässiger Körperverletzung, Brandstiftung und Verstoßes gegen das Sprengstoffgesetz. Lief aber unter Jugendstrafrecht, weil ich ein Attest hatte, das mir mangelnde geistige Reife bescheinigt. Ich bin mit einem Monat gemeinnütziger Arbeit weggekommen. Für einen Verein, der Hörgeschädigte unterstützt.«

»Mangelnde geistige Reife. Da hatten wir ja unheimlich Glück, dass wir dich erst an Bord genommen haben, als du geistig voll ausgereift warst.«

»Ja, war schon krass, sich als Normalo unter euch Bekloppten zurechtfinden zu müssen.« Er schafft es knapp, Saszquas zustechendem Zeigefinger auszuweichen. »Unter Bekloppten und der absolut tollsten Frau des Universums.«

»Wenn du denkst, mich mit Komplimenten ...«

»Kaffee?«, fragt eine gelangweilte Stimme neben ihnen. Die Kellnerin, deren wahres Alter unter einer rissigen Schicht Make-up verborgen ist, tippt mit einem Stift auf ihrem Pad herum. Mit jahrelang antrainiertem Desinteresse blickt sie durch Axe und Saszqua hindurch, als wären die beiden der Inbegriff des durchschnittlichen amerikanischen Pärchens.

»Unglaubliche Mengen Kaffee«, ruft Axe. »Und Frühstück! Und Pancakes! Und haben Sie Munchy Crunch?«

»Sie können Cornflakes bekommen.«

»Was? Da bin ich mal zweieinhalb Jahre nicht auf der Erde, und schon bekommt man nirgendwo mehr Munchy Crunch!«

»Du kannst auch gerne rüber zu Blosterburger gehen, Dicker.« Der Stift klopft einen ungeduldigen Rhythmus auf das Pad.

»Er kann nichts dafür«, flötet Saszqua mit honigsüßer Stimme. »Mangelnde geistige Reife. Er hat sogar ein Attest.«

»Das ist überhaupt nicht …« Axe schnappt nach Luft, als ihn eine Sandale am Schienbein trifft. »Äh, danke, keine Cornflakes. Aaauuu!«

Die Bedienung tippt die Bestellung ein und wendet sich den nächsten Gästen zu.

»Und jetzt reden wir«, sagt Saszqua.

Axe starrt die Kommandantin der FE ERSTUR an. Vor ihm kräuselt sich Dampf empor; er hat nicht gemerkt, dass die Bedienung den Kaffee und das Frühstück gebracht hat.

»Der ALS-Torpedo hat also die Erde getroffen«, fasst er zusammen.

»Wird die Erde treffen.«

»In fünf Jahren.« Axe grinst. »Dann haben wir doch überhaupt keinen Stress! Machen wir uns eine schöne Zeit, nur wir beide!«

»Axe, ich habe dir gerade erzählt, dass du die Erde vernichtet hast. Was ist los mit dir?«

»Ich verstehe die ganze Aufregung nicht.« Axe schlürft aus seiner Tasse und schließt genießerisch die Augen. »Wir sind hier, die Erde ist nicht vernichtet, und so in vier Jahren und elf Monaten lassen wir uns was Schickes einfallen, um sie zu retten.«

»Abgesehen davon, dass ich garantiert keine fünf Jahre auf diesem Drecksklumpen verbringen werde, finde ich, dass dein Plan erschütternd wenig Planung enthält. Das ist kein Spiel, Axe! Was machst du, wenn es nicht klappt?«

»Dann fliegen wir halt noch mal fünf Jahre zurück.«

Saszqua spuckt Kaffee über ihren Bagel. »Sag das noch mal!«

Axe hebt die rechte Hand und wackelt mit dem Ringfinger. »Tadaa! Zeitmaschine!«

Als der rote Schleier sich vor Saszqua lüftet, ist das erste, was sie sieht, das mürrische Gesicht der Kellnerin.

»Ich kann Ihnen gerne neuen Ahornsirup bringen. Oder lecken Sie den ihrem Freund von der Backe?«

Saszqua blickt an ihrem Arm entlang zu der Hand, die Axe' Kopf auf den Stapel Pancakes drückt. »Nein. Da sind Barthaare drin.«

Aus der Hälfte von Axe' Mund, die nicht im Pfannkuchen versenkt ist, dringt ein schwer verständliches Gemurmel: »Allef okay, fie verträgt blof keinen ftarken Kaffee.«

Axe benötigt drei Anläufe, vier schmerzhafte Ermahnungen, bei der Sache zu bleiben, und fünf Tassen Kaffee, bis Saszqua ihm die Geschichte abnimmt.

»Und das wolltest du mir sicher alles schon längst erzählt haben, nicht wahr?«

»Hey, guck mich nicht so an! Du weißt doch, dass ich keine Geheimnisse vor dir haben kann.«

»Der einzige Grund, warum du Geheimnisse mit mir teilst, ist deine Schmerzempfindlichkeit. Gib mir den Ring!«

Axe bedeckt den Rezirkulator mit der anderen Hand. »Bei uns läuft das eigentlich so ab, dass der Mann vor der Frau niederkniet, ihr den Ring in einer aufgeklappten Plastikdose darbietet und sagt: ›Zuckerpüppchen, willst du meine Frau werden?‹, woraufhin sie ...«

»Ich verstehe langsam, warum Männer auf diesem Planeten eine geringere Lebenserwartung haben als Frauen. Axe, von allen Intelligenzwesen ... ich meinte, von allen *Lebe*wesen dieser Galaxis bist du dasjenige, das am wenigsten geeignet ist, mit so etwas wie einer Zeitmaschine rumzuspielen. Das ist, als würde man einem größenwahnsinnigen Egomanen den Schlüssel zu einem Arsenal mit Massenvernichtungswaffen anvertrauen.«

»Das machen wir hier dauernd. Und trotzdem existiert die Erde noch.«

»Und in fünf Jahren?«

An dieser Stelle landet Saszqua einen argumentativen Volltreffer, der Axe' unerschütterliche Unbekümmertheit ins Wanken bringt. »Du denkst, ich nehme das mit dem Torpedo nicht ernst«, sagt er leise.

»Aber nein, überhaupt nicht. Wie kommst du darauf?« Sie wechselt die Tonlage von sanftem Spott zu gereizter Autorität: »Gib mir die verdammte Zeitmaschine! Vergiss nicht, dass du mir was schuldest. Ich hatte einen weltraumtauglichen Anzug, der Laserstrahlen abwehrt und angeblich jeden Schaden selbst repariert, und dann kommst du und zerstörst ihn, indem du einfach nur Axe bist.«

Axe betrachtet den Ring. Von der Beschädigung ist nichts mehr zu sehen außer einem Streifen, der wie frisch poliert glänzt.

Es gibt tausend gute Gründe, warum er bei Saszqua besser aufgehoben wäre als bei ihm, aber einen sehr überzeugenden, der dagegen spricht: Er hat noch nie etwas so Cooles besessen und will es unbedingt behalten.

Aber dann überfällt ihn eine saublöde Idee. Eine Idee, die ihm für seine irre Genialität auf den Rücken klopft und ihm gleichzeitig das Adrenalin aus allen Poren treibt.

Er zieht an dem Ring, doch dieser sitzt so fest, als wäre sein Finger angeschwollen. Als er jedoch »Geh endlich ab!« flucht, löst er sich mit überraschender Leichtigkeit.

Kurz bevor Saszqua ihn aus seiner Hand fischt, schließt er die Finger darum und räuspert sich. »Saszqua, ich weiß, ich bin eine egoistische, verantwortungslose und chaotische Nervensäge, aber … willst du meine Frau werden?« Er öffnet die Hand.

Seine Angebetete starrt den Rezirkulator an, die Hand in der Bewegung eingefroren.

»Sag irgendwas«, bettelt Axe.

»Guter Trick, Axe.« Saszqua betrachtet ihn mit dem Ausdruck, den man bei Leuten beobachten kann, die beim Ausmisten ihres Dachbodens einen alten Teddybären finden und überlegen, ob sie ihn zu den Schätzen oder zum Abfall packen sollen. Sie schiebt seine Hand von sich. »Besser, du behältst ihn.«

Axe fühlt einen Stich der Enttäuschung. Was er gerade gesagt hat, war weit mehr als ein unüberlegter Scherz, auch wenn ihm das jetzt erst klar wird. Sein früheres Ich hätte sich bestimmt vor Lachen weggeworfen.

Sein früheres Ich, das jede Beziehung in kürzester Zeit zerstört hat, weil es nie begriffen hat, dass seine Art Humor auf andere Menschen oft verstörend oder verletzend wirkt.

Sein früheres Ich ... *beugt sich über den Pilotensessel, über dessen Rückenlehne etwas hinauswächst, das verdächtig einem Brokkoli ähnelt, und zeigt auf die Cockpitscheibe. »Yeah! Da ist er!« Umgeben von den halb versunkenen Ruinen eines Wohngebiets, erhebt sich ein graues Ungetüm, der gestrandete Kadaver des protzigsten, teuersten und überflüssigsten Wasserfahrzeugs, das je von Menschenhand gebaut worden ist: der Flugzeugträger USS Emmerich!*

»Das ist kein geeignetes Versteck!«, beschwert sich der Brokkoli, und Shlomo weiß, wie er zu dieser Einschätzung gelangt ist. Das sechs Fußballfelder große Deck ist eine riesige, von Scheinwerferdrohnen und Lichtmasten beleuchtete Baustelle, auf der hunderte Arbeiter und Montageroboter um den Kommandoturm herum eine mehrstöckige Bühne errichten und Kräne die Einzelteile der mächtigsten Soundanlage des Planeten von Frachtern laden.

»Kein Problem«, sagt Shlomo. »Landet einfach hier im Sumpf, und wenn die Show losgeht, machen wir aus eurem Baby einen astreinen fliegenden Logenplatz.«

Das zweite Alien, dem ein Grasbüschel aus dem Kopf sprießt, legt ihm die Hand auf die Schulter. »Moment mal. Was für eine Show?«

»Sagt mal, Leute, habt ihr noch nie von den Screaming Ears gehört?«

Klatsch! *Das Aliengesicht verwackelt.*

Klatsch! »Axe!« *Klatsch!* »Rede mit mir!«

»Aua! Hau mich nicht!« Axe blinzelt hektisch und reibt sich die brennende Backe.

»Du warst gerade völlig woanders.« Saszqua hält ihm eine Hand vor die Augen. »Wie viele Finger siehst du?«

»Darauf fall ich nicht rein! Wenn ich die falsche Antwort gebe, bekomme ich die nächste Backpfeife.« Axe reibt sich die Stirn. »Wir haben ein Problem. *Ich* habe ein Problem. Nein, ich *hatte* ein Problem. Vor fünf Jahren. Also jetzt.«

»Hilft ein weiterer Schlag?«

»Nein!« Axe weicht zurück. »Ich habe mich gerade daran erinnert, dass ich doch bei diesem Flugzeugträger war.«

»Und das ist dir vorher nicht eingefallen?« Saszqua betrachtet ihn zweifelnd.

»Das kommt, weil ich den Ring abgenommen habe. Der verhindert irgendwie, dass ich mich an Sachen erinnere, die ich nie gemacht habe.«

»Ich kriege langsam Migräne. Erzählst du mir gerade, dass sich deine Erinnerungen verändern, weil dein früheres Ich deine Vergangenheit verändert?«

»Eigentlich verändern die beiden Typen, die bei ihm sind, meine Vergangenheit. Oh, ich erinnere mich sogar daran, wie sie heißen: Phil und Nick. Die kommen in meiner *richtigen* Erinnerung auch vor.« Er schließt die Augen und klopft sich gegen den Schädel. »Genau! Einer von denen hat Shlomo erschossen.«

»Axe …«

»Ich hab's rückgängig gemacht! Mit dem Rezirkus-Dings.«

Saszqua schüttelt den Kopf. Diese Situation ist in zweifacher Hinsicht kurios. Zum einen, weil Axe ihr gegenüber einen Wissensvorsprung hat, zum anderen, weil sie ihm glaubt, obwohl er noch nie, seit sie ihn kennt, größeren Unsinn erzählt hat. »*Erinnerst* du dich nur an Dinge? Oder kannst du auch … in die Zukunft sehen?«

»Ich kann's ja mal ausprobieren.« Axe schließt die Augen. Nach einigen Sekunden beginnt er zu zittern. »Ich werde von zwei Mafiosi entführt … es regnet Fische … und ich kämpfe gegen einen Weltraumhai.«

»Das war wohl nichts.« Saszqua seufzt. »Jeder weiß, dass es keine Weltraumhaie gibt.«

Axe steckt den Ring zurück an den Finger. Sofort spürt er wieder das sanfte telepathische Tasten in seinem Gehirn.

Interferenzsperre aktivieren?

»Ja, bitte.«

»Mit wem sprichst du?«, fragt Saszqua.

»Mit dem Ring. Der hat 'ne Menge krasser Tricks drauf.«

»Wenn diese Zeitmaschine so mächtig ist, warum benutzt du sie dann nicht, um *alles* rückgängig zu machen?«

»Wie denn? Soll ich ein Raumschiff kapern, damit durch die Zeit zur FE ERSTUR springen und dir sagen, dass du nicht zum Emporion fliegen darfst? Oder ich reise noch weiter in die Vergangenheit und verhindere, dass die Erde Mitglied der TSN wird! Dann komme ich nie zu euch an Bord, und eine ganze Menge Mist wird überhaupt nie passieren.« Axe zerrauft sich die Haare und schüttelt den Kopf. »Ich weiß nicht, ob das geht. Vielleicht passiert alles trotzdem. Vielleicht lösche ich dabei auch das komplette Betriebssystem des Universums.«

»Hast recht. War 'ne blöde Idee.«

Axe greift nach Saszquas Hand und drückt sie, und zu seiner Überraschung erwidert sie den Druck sanft. »Lass uns mein jüngeres Ich, diesen Idioten Shlomo, vor den TSN-Schergen retten, dann überlegen wir, wie wir die Vergangenheit in Ordnung bringen, und danach retten wir die Zukunft. Hilfst du mir?«

»Ich helfe dir«, verspricht Saszqua und quetscht seine Hand zusammen. »Aber zuerst besorgen wir mir was Vernünftiges zum Anziehen.«

Kapitel 16

Die in Axe' Kabine gefangene Besatzung der FE ERSTUR arbeitet seit Bongars Ansprache fieberhaft daran, die einzelnen Punkte seiner Liste umzusetzen. Nach etlichen fehlgeschlagenen Ausbruchsversuchen und einer ermüdungsbedingten Pause ist die Crew inzwischen an einem Punkt angelangt, an dem Cler Fini eine erneute verbale Motivationsspritze für angebracht hält.

»Fassen wir mal zusammen«, sagt er und verschafft sich vom Feldherrenhügel beziehungsweise Axe' Bett aus einen Überblick über die demoralisierte Truppe. »Die Kabinentür ist nicht mit Gewalt aufzubrechen. Weder mit Bongars linker noch mit seiner rechten Schulter noch durch Sprungtritte oder gar Kopfstöße.«

Bongar, der stöhnend am Boden liegt und von Grobbo mit Umschlägen aus nassen Handtüchern verarztet wird, hebt einen Daumen zur Bestätigung. »Ich habe einfach noch nicht alles gegeben, Herr Offizier.«

»Des Weiteren«, fährt Fini fort, »widersetzt sich die Tür meinem Schall-Lockenwickler, Schoofs zum Rammbock umfunktionierten Sessel und Flittas löblichen Versuchen, die Arretierung zu überbrücken.« Er blickt zu einem Loch in der Wand, aus dem Bündel verschiedenfarbiger Kabel hängen. Neben dem herausgehebelten Wandpaneel sitzt Flitta mit weit aufgerissenen Augen, eine Schere aus Finis Fundus in der Hand, und klappert mit dem Schnabel. Aus ihrem gesträubten Federkleid steigen Rauchwölkchen empor, und hin und wieder bilden sich knisternde Lichtbögen zwischen ihren Extremitäten oder den in alle Richtungen abgespreizten Kopffedern.

»Leider sind auch alle Bemühungen um eine Verhandlungslösung gescheitert«, schließt Fini sein Resümee ab. Damit meint er insbesondere Grobbos stundenlanges Gejammer über die Missachtung der TSN-Konventionen zum Umgang mit Kriegsgefangenen, die untragbaren hygienischen Zustände und das Ausbleiben frisch aufgebackener Klonken in der Versorgungsklappe. »Der einzige Lichtblick ist, dass wir über das Kabinenunterhaltungssystem immerhin mit stimmungsaufhellender Populärmusik versorgt werden.« Fini blickt mit gequältem Gesichtsausdruck zu den Akustikfeldern, aus denen Crysome Shippahs massenkompatibler Mezzosopran trällert. In einer Ecke der Kabine wiegt sich Schoof in seinem Schwerlastsessel hin und her und schwingt die Stummelfinger im Takt.

»Antriebslos im Orion-Arm«, säuselt er glücklich, »bis mein neues Triebwerk kam …« Er unterbricht die Gesangseinlage, um einen Schluck aus dem Schlauch seines Nährbreispenders zu nehmen. Diesmal produziert das automatische Mästungssystem bloß das schlürfende Geräusch eines Strohhalms am Boden eines fast leeren Glases. Alle Augen richten sich auf das feiste Geschöpf, von dessen überschussorientiertem Kalorienhaushalt die Erzeugung der künstlichen Bordschwerkraft abhängt. Schoof saugt mit zunehmender Verzweiflung am Mundstück. Seine Wangen beulen sich nach innen, die weiße Haut nimmt einen rosafarbenen Stich an und auf der Schädelplatte bildet sich ein Schweißfilm.

»Schoof«, sagt Fini sanft, »der Tank ist leer.«

»Ich habe aber Hunger.« Der Ortungsoffizier blickt mit angstgeweiteten Kulleraugen zu ihm auf.

»Mach dir keine Sorgen«, versucht der Frisör ihn zu beruhigen. »Rein rechnerisch bist du in der Lage, tausendvierhundert Jahre von deinen körpereigenen Reserven zu leben.«

»Ich will aber nicht tausendvierhundert Jahre auf Essen warten! Ich will *sofort* was essen!«

Fini überlegt, ab wann die Situation für Schoof lebensbedrohlich wird. Es ist noch niemals vorgekommen, dass dessen lückenlose Versorgung mit Hyperkalorien, Megafetten und Gravitronenhydraten unterbrochen wurde. Niemand weiß, ob sein Körper die als Schwerkraft gespeicherten Nährstoffe tatsächlich zurückverwandeln kann. Und Schoof ist nicht der einzige, der Hunger leidet. Sie alle könnten ein Frühstück gebrauchen, doch Kolga hat anscheinend beschlossen, sie ihrem Schicksal zu überlassen.

Fini räuspert sich. »Die Lage ist ernster denn je. Wir müssen schnell eine Lösung finden.«

»Ich bin bereit für einen neuen Anlauf.« Bongar lässt sich von Grobbo auf die Beine helfen und blickt Fini mit in unterschiedliche Richtungen schielenden Augen an. »Äh. Wer von euch ist der echte Frisör?«

»Meiner Meinung nach sollten wir Gewalt als Lösung vorerst nicht mehr in Betracht ziehen«, bremst Fini den Enthusiasmus des Gefechtsspezialisten. »Hat sonst noch jemand eine Idee?«

»Ja, ich!«

Alle drehen sich suchend im Kreis und entdecken den Ursprung des unverwechselbaren Zwitscherns schließlich im offenen Lüftungsrohr.

»Mein Baby!«, kreischt Flitta und springt mit einer letzten knisternden Entladung auf die Stelzenbeine.

»Knuddelkugel!«, schluchzt Grobbo auf.

»Teufelsküken!«, ruft Bongar begeistert.

Fini salutiert. »Gefreite Flibo, wir waren noch nie so froh, dich zu sehen.«

Nachdem Flibo ausgiebig herumgereicht, geherzt und durchgewuschelt worden ist, beruhigen sich die Gemüter etwas. Flibo bleibt auf der Schulter ihrer Mutter und blickt herausfordernd in die Runde. »Euch ist ja wohl klar, dass niemand außer mir in der Lage ist, die FE ERSTUR zu retten.«

»Meine liebe Flibo«, beginnt Fini, »zu meinen Aufgaben gehört es auch, auf die Einhaltung der TSN-Richtlinie zum Schutz von Minderjähringen zu achten. Kinder unter fünf Jahren dürfen nicht aktiv an Kampfeinsätzen, Raumschlachten oder prophylaktischen Entvölkerungsmaßnahmen teilnehmen. Das gilt auch ...«

»Alles klar! Will außer Fini noch jemand *nicht* gerettet werden?« Da sich niemand meldet, fährt Flibo fort: »Das Wichtigste vorab: Da eure Dankbarkeit voraussichtlich keine Grenzen kennt, biete ich euch in meiner grenzenlosen Großzügigkeit die Gelegenheit, dieser in Form von Tributen Ausdruck zu verleihen. Diese sind *zusätzlich* zu den noch ausstehenden Geburtstagsgeschenken zu entrichten.«

Grobbo schüttelt den Kopf. »Kleines, so funktioniert das nicht. In einer Mannschaft hilft jeder ganz selbstverständlich jedem, ohne eine Gegenleistung zu ...«

»Wirklich schade, Papa, dass ich dich hier verrotten lassen muss«, unterbricht Flibo ihn, »aber immerhin bleibt mir ja noch ein Elternteil. Oder bist du der Meinung, dass es keiner besonderen Würdigung bedarf, wenn ich mein Leben für dich riskiere, Mama?« Flibo zupft ihrer Mutter eine Feder aus dem Kopf.

»Gack!« Flitta dreht den Kopf um neunzig Grad, um ihrer Tochter in die Augen blicken zu können. »Also, genau genommen hat dein Erzeuger nicht ganz unrecht ...«

»Bevor du dich um Kopf und Schnabel redest, denk bitte über deine äußerst peinliche Rolle bei der Sabotage meiner Geburtstagsfeier nach.«

»Ich könnte über ein Extra-Geschenk nachdenken«, gibt Flitta klein bei.

»Vielleicht kann ich noch was erübrigen«, sagt Bongar.

»Na schön.« Cler Fini nickt widerwillig. »Immerhin ist es erwiesen, dass Kinder, die regelmäßige materielle Zuwendung erfahren, einen ehrgeizigen und konsequenten Charakter entwickeln.«

»Ich will bei so etwas nicht ... uhh!« Grobbo krümmt sich zusammen, als er von Flitta einen saftigen Ellenbogenstoß in die Seite erhält. »... der einzige sein, der am Ende ohne Geschenk dasteht.«

»Hervorragend!« Flibo blickt in die Runde. »Und du, Schoof?«

»Oh, da ist ja Flibo!« Schoof klatscht in die Hände. »Hast du was zu essen mitgebracht?«

»Nein, aber mach dir nichts draus. Dich hätte ich sowieso gerettet. Du bist schließlich der einzige, der dazu beiträgt, dass der Laden hier läuft.« Flibo klatscht in die Hände. »Jetzt zum Rettungsplan: Ich öffne euch von außen die Tür. Das ist der schwierige Teil. Weil das bestimmt nicht unbemerkt bleibt, muss danach alles ganz schnell gehen. Deshalb habe ich euch Spielzeug mitgebracht.« Sie springt von Flittas Schulter in den Lüftungsschacht und verschwindet in der dunklen Röhre.

»Mein Küken!«, gackert Flitta. »Was machst du denn da drin?«

»Arbeiten!«, antwortet Flibo, pfeifend vor Anstrengung. »Während ihr Faulpelze euch einen Tag freigenommen habt, musste ich die ganze Zeit schuften.« Ihr Schnabel taucht aus der Dunkelheit auf. »Puh! Lasst euch bloß nicht wieder einsperren! Das hier mach ich nämlich kein zweites Mal.« Sie greift hinter sich und reicht ihrer Mutter nacheinander vier kleine Handfeuerwaffen. »Kloppt euch drum. Aber wehe, hier liegen gleich nur noch Leichen rum!«

»Versprich mir, dass du auf dich acht gibst!«, sagt Flitta und streicht Flibo über den Kopf.

»Aye, Sir! Für alle anderen da draußen kann ich aber nicht garantieren.« Sie posiert mit hochgereckter Faust in der Öffnung des Schachts. »Vor allem nicht für diese widerliche Monstergurke, die vor der Tür Wache steht.«

Aus den Datenbanken der FE ERSTUR:

Forkula cephalophagus (f), Kopfabbeißergurke: Autochthone pflanzliche Lebensform vom Planeten Fork, die dort die Spitze der Nahrungskette bildet. Zu ihrer Beute gehörten in der Erforschungsphase des Planeten bevorzugt Botaniker, die den Fehler begingen, sie für hübsche, wenn auch etwas groß geratene Blumen zu halten. Tatsächlich ist eine Forkula in der Lage, auf ihren Wurzeln schneller zu laufen als ein untrainierter Akademiker. Ihre Tentakel können sie als Peitsche oder Fangschlinge einsetzen und damit Stromstöße verteilen. Die Beute wird gerne am Stück verschlungen, wobei der Verdauungsstrunk ein enormes Dehnungsvermögen beweist (in einem erlegten Exemplar wurden drei Botaniker samt ihrer Ausrüstung gefunden). Unter den extremen Umweltbedingungen ihres Heimatplaneten hat die Forkula eine erstaunliche Widerstandsfähigkeit gegen Hitze und Kälte entwickelt und regeneriert Verletzungen in kürzester Zeit.

Ableger dieser Pflanze lassen sich domestizieren und erfreuen sich inzwischen im ganzen Orion-Arm großer Beliebtheit als Zimmerpflanze. Unter Anleitung pädagogisch geschulter Gärtner lernen sie zu sprechen, komplexe Aufgaben zu erfüllen und abgebissene Gliedmaßen fügsam wieder auszuspucken.

Audrey III wartet mit der unerschütterlichen Geduld, zu der nur eine Pflanze fähig ist. Darauf, dass eines der flüchtigen Besatzungsmitglieder auftaucht, um seine Kameraden zu befreien. Oder dass einer der mal mehr, mal weniger kreativen Ausbruchsversuche von Erfolg gekrönt ist.

Trotz aller Rückschläge versuchen es die Gefangenen immer wieder. Sie kann es ihnen nicht verdenken. Zu einer artgerechten Haltung gehört bei nichtpflanzlichen Wesen, hin und wieder das Blut in Zirkulation zu versetzen. Und sei es nur, um sich am Buffet einen Nachschlag auf den Teller zu klatschen oder einen jener Räume aufzusuchen, in denen sie sich von den Abfallprodukten ihrer ineffektiven Nährstoffverwertung trennen. Noch so eine Sache, die sie froh sein lässt, eine Pflanze zu sein.

Die empfindlichen Rezeptoren ihrer Laufwurzeln nehmen rhythmische Schwingungen im Boden wahr. Etwas nähert sich. Audrey III fokussiert die lichtempfindlichen Zellen, die bei flüchtiger Betrachtung wie menschliche Augen aussehen, auf die Gangbiegung, hinter der die Erschütterungen immer stärker werden.

Ein Roboter biegt um die Ecke. *Keine Bewaffnung. Ein Arm fehlt.* Wäre Audrey III in der Lage sich zu ängstigen, hätte sie jetzt Erleichterung empfunden. Dafür regt sich Neugier in ihr: Warum trägt die Maschine eine ausgebeulte Umhängetasche um die stählerne Schulter, und warum bewegen sich die Beulen?

»Schtehenbleiben! Dasch ischt ein Schperrgebiet!«

Der Roboter folgt ihrer Aufforderung. Hinter seinem Kopf springt ein orangebraunes pelziges Geschöpf mit einem langen gebogenen Schnabel hervor. Die Forkula kennt es aus der Zentrale; es ist ein Spross der Ornithoidin namens Flitta und war so freundlich, sie mit protein- und vitaminreicher Nahrung zu versorgen. Wenn sie sich nicht irrt, heißt es Flibo.

Audrey III mag es.

»Stirb, du ekeliges Tentakelmonster!«, piepst Flibo.

Audrey III beschließt, ihre Sympathie zu überdenken.

Flibo greift in die Umhängetasche und zieht eine

rosafarbene Flauschkugel heraus, die zwitschernde Laute ausstößt. Aus der Tasche dringt ein mehrstimmiges, aufgeregtes Gebrabbel.

»Ich tilge dich vom Angesicht des Universums, Scheusal!« Das Kind schüttelt die Kugel, als wollte es Dünger in einem Cocktailshaker auflösen. Aus dem Flausch steigt ein schweflig-gelbes Wölkchen empor, begleitet von einem betrunkenen »Brrblbrrbl-Börps«.

»Und scharf gemacht. Sorry, Kleiner!«

Flibo schleudert die Pelzkugel auf Audrey III, die in diesem Moment begreift, dass es sich um einen Schnoggel handelt.

»Huuuiiii!«, fiept das Wesen. »Banzai!«

Die Explosion sprengt ein Loch in Audrey IIIs gurkenförmigen Rumpf und reißt sie von den Wurzeln.

»Wie hat dir das geschmeckt, du stinkende Fliegenfalle?«, schrillt Flibo und greift erneut in ihr Arsenal.

Audrey III beschließt, zur Selbstverteidigung überzugehen. Eine ihrer tentakelartigen Ranken entrollt sich in Richtung des Roboters und umschlingt dessen Bein. Bevor sie die Maschine zu Fall bringen kann, schießt ein türkisblauer Schnoggel heran.

»Wheeee! O-oh!«

KABOOOM!

Schnoggel- und Pflanzensäfte spritzen in alle Richtungen. Der Tentakel klatscht zuckend zu Boden.

Die Forkula drückt sich auf den Wurzeln hoch und berührt dabei fast die Gangdecke. »Esch ischt nischt nötisch, dasch wir unsch bekämpfen.«

»Oh, du hast Angst! Kein Wunder, du hast es schließlich mit *mir* zu tun, der tödlichsten Lebensform des Orion-Arms!« Flibo lässt ein ganzes Bombardement auf ihre Gegnerin prasseln.

»Bada-Boom!«

»Ella-Bella-Bätsch!«

»Yabba Dabba Doo!«

Ein Treffer nach dem anderen geht auf Audrey III nieder. Als ein Schnoggel ihr eine Hauptwurzel unter dem Leib wegsprengt, gerät sie ins Schwanken. Ihre Ranken peitschen haltsuchend durch die Luft, und eine umschlingt den Hals des einarmigen Roboters und zieht ihn mit sich zu Boden. Im letzten Moment springt Flibo ab, schlägt einen Salto und trudelt direkt auf den weit geöffneten Blütenkelch zu. Eine schleimige Zunge fischt sie aus dem Flug, wickelt sich um sie und zieht sie hinab in den blutroten Schlund.

Schnapp!

»Admiralin! Wir haben ...«

»... den Taktikcomputer verkabelt.«

»Sie müssten das Modul jetzt ...«

»... in Betrieb nehmen können.«

Kolga Kruul, die im Sessel der Funkstation eingenickt ist, schreckt hoch. Wie lange hat sie geschlafen?

Sie dreht sich zu den Technik-Ammen um, die schwankend und aneinander haltsuchend im Durchgang zur Brücke stehen, von Hurbluz mit einem Betäubungsstrahler in Schach gehalten. Der Mambatok hat auf ihren lautstark und ultimativ vorgetragenen Befehl hin seine Blöße notdürftig bedeckt, indem er sich einige Flachkabel als Gurte um den Leib und als Schurz um seine Reproduktionsorgane geschlungen hat.

»Hervorragend!« Kolga stellt eine Verbindung zu BROGG her, dessen Avatar sich prompt auf dem Monitor manifestiert.

»Hallo, Admiralin! Ist der Taktikcomputer einsatzfähig?«

»Du kannst loslegen«, bestätigt Kolga.

»Ich stelle die Verbindung her. Es kann einen Moment dauern.«

Kolga wendet sich an Loola und Luma. »Gut gemacht. So fähige Frauen wie euch könnte ich gut in meiner Besatzung gebrauchen. Technikergehalt nach Flottentarif, Urlaubsgeld, attraktive Aufstiegsmöglichkeiten.«

Die Technik-Ammen blicken einander an.

»Das ist ein verlockendes Angebot ...«

»... über das wir ernsthaft nachdenken.«

Kolga klatscht in die Hände. »Wunderbar! Als erste

vertrauensbildende Maßnahme solltet ihr mir helfen, euch auseinanderzuhalten. Ich finde das bei eineiigen Zwillingen immer etwas knifflig.«

Loola und Luma stehen plötzlich stocksteif.

»Was? Wie kommen Sie darauf …«

»… dass wir Zwillinge sind?«

»Das ist vollkommen abwegig!«

»Wir sind nicht einmal verwandt!«

Die Admiralin runzelt die Stirn, dass ihre Hornplatten knirschen. »Abwegig? Ihr seid vollkommen identisch, verdammt noch mal! Dann seid ihr also Klone?«

»Klone?«, fahren die beiden simultan auf.

»Das ist infam!«

»Eine Frechheit!«

»Wir sind noch nie …«

»… derart beleidigt worden!«

Kolga reibt sich die Schläfen und verflucht ihren Denkfehler, die Technik-Ammen für normal zu halten. »Also schön, erklärt es mir.«

»Wir sind einfach nur zufällig identisch«, sagt Loola oder Luma.

»Das kommt im Universum immer mal wieder vor«, führt die andere weiter aus.

»Also seid ihr Doppelgänger«, folgert Kolga. »Vermutlich sind die individuellen Unterschiede bei eurer Spezies ohnehin minimal.«

Loola und Luma schütteln empört die Köpfe.

»Wir kommen überhaupt nicht …«

»… vom selben Planeten!«

»Und wir gehören auch nicht …«

»… derselben Spezies an!«

Wie es sich wohl anfühlt, diese lila frottierten Hälse umzudrehen?, überlegt Kolga. *Wahrscheinlich, wie ein trockenes Handtuch auszuwringen.*

Auf den Moment des Gepacktwerdens folgt ein Moment des Schwindels, gefolgt von einem Moment der Dunkelheit und einem Moment schmatzender Schleimabsonderung.

Dann wird es wieder hell. Flibo findet sich im Fokus zweier aufmerksam blickender Augen wieder, eingerollt in eine raspelzahnraue Zunge wie eine Kükenroulade.

»Isch will dir nischt weh tun«, nuschelt die mörderische Pflanze. »Du bischt so klein und niedlisch.«

»Pah! Schluck mich ruhig runter, du mutiertes Unkraut!« Da Flibos Arme fest eingewickelt sind, stößt sie mit dem Schnabel in Richtung des sabbernden Pflanzenmauls. »Ich schnetzel mich durch deinen Verdauungssack, platze aus deinem Bauch und tanze mit Stock und Hut auf deinem Kadaver, du grüne Schreckschraube!«

Aus Audrey IIIs Rachen steigt ein kollerndes Lachen auf. »Isch lasch disch jetscht losch, okay?«

Flibo fühlt sich dreimal um die Längsachse gewirbelt und behutsam abgesetzt. Kaum berühren ihre Fußkrallen den Boden, stürmt sie mit geballten Fäusten auf die Forkula los. »Jetzt mach ich Gurkensalat aus dir, du …« Sie rennt gegen die Zunge, die sie sanft, aber bestimmt zurückschiebt.

»Nischt aufregen, kleinesch Vögelschen. Schobald die Admiralin ihr Gefeschtschmodul schurück hat, bekommscht du deine Freunde wieder.«

»So ein Quatsch!« Flibo verpasst der Zunge einen Boxhieb. »Kolga will nicht bloß das Modul zurück, sie will sich an Axe und Saszqua rächen. Das heißt, sie jagt uns alle in die Luft!«

Die Forkula hält sie weiter auf Abstand und imitiert einen nachdenklichen Ausdruck. »Dasch wuschte isch nischt.«

Flibo gibt den sinnlosen Kampf gegen die schleimige Zunge auf und blickt zum Blütenkopf hoch. »Da kannst du mal sehen, was du für eine kleine Nummer in Kolgas Plänen bist. Sie wird dich einfach opfern, so wie Barnas dich geopfert hat.«

»Isch fühle misch … benutscht.«

»Tja, späte Einsicht ist besser als keine, du Muttertagsgeschenk. Jetzt wachs mal ein Stück zur Seite, damit ich die Tür aufsprengen kann!« Flibo zieht die Umhängetasche von Mr. Nitros stählernem Leib und wühlt darin herum.

»Mit Schnoggeln? Dasch wird nischtsch.«

»Sind sowieso alle«, mault Flibo. Sie zieht den Universalüberbrücker hervor und betrachtet missmutig das geöffnete Wandpaneel, hinter dem nutzlos die zerfetzten Eingeweide der Schottsteuerung baumeln. »Hiermit geht's auch nicht, weil du Höllengewächs alles kaputt gemacht hast.«

»Lasch dasch mal meine Schorge schein.« Audrey III hebt den Stumpf einer abgesprengten Ranke und lässt einen hauchfeinen Trieb daraus hervorsprießen.

»Cooool!« Flibo verfolgt mit großen Knopfaugen, wie die frische Ranke länger und länger wird. »Hab noch nie einer Blume beim Wachsen zugesehen.« Auch die zahlreichen Wunden und Brandflecken haben sich fast vollständig geschlossen; anscheinend ist einer Forkula nicht so leicht beizukommen.

Vor dem Loch in der Wand verharrt der Trieb zitternd, fächert in fünf Spitzen auf und verbindet sich mit einigen abgerissenen Kabelsträngen.

»Whoa, voll krass!«, jubelt Flibo, als blaue Entladungen über die Ranke kriechen und die Tür sich rumpelnd zur Seite schiebt. »Oh, da fällt mir ein, dass ...«

Weiter kommt Flibo nicht, weil im selben Moment Bongar Bolk, Grobbo, Flitta von Forn und Cler Fini brüllend und mit Lähmstrahlern feuernd aus Axe' Kabine stürmen. Im Durchgang stoßen sie mit den Schultern aneinander und fallen kopfüber auf die zusammensackende Forkula.

Hinter ihnen schwebt Schoof in seinem Sessel heran und betrachtet die niedergestreckte Pflanze ausgiebig. »Hmm, Gurke. Besser als nichts.«

»Flossen weg, du verfressener Engerling!« Flibo baut sich vor Schoof auf, der erschrocken den Rückwärtsgang einlegt.

»Mir nach!«, ruft Bongar, der sich als erster aufrappelt. »Wir stürmen die AXETÖTER und befreien Saszqua!«

»Das geht nicht«, sagt Flibo kleinlaut. »Die hab ich ins All geblastert. Der Enterschlauch ist auch hin.«

Sie fühlt die Schweißbrennerflammen aus zehn Augen

auf ihrem Pelz. »Hey, keine Panik. Erstens ist das Saszqua, und zweitens hatte sie einen Kampfanzug an.«

Bongar seufzt. »Dann stürmen wir halt die Zentrale und stellen die Kontrolle über die FE ERSTUR wieder her.«

»Kratzen wir ihnen die Augen aus!«, kreischt Flitta.

»Schatz, du verdirbst noch unsere Tochter«, sagt Grobbo tadelnd. »Was soll nur aus ihr werden?«

»Feuerleitoffizierin?«, fragt Flibo unschuldig? »Berüchtigte Piratin? Monsterjägerin? Tja, sorry, bin ich alles schon. Können wir jetzt endlich unser Schiff zurückerobern?«

Kolga Kruul starrt die Technik-Ammen an.

Die Technik-Ammen starren zurück.

»Wir diskutieren das gerne später weiter«, presst die Admiralin mühsam beherrscht hervor. »Aber bis dahin wird jede von euch ein Namensschild tragen.« Sie versucht, eine der beiden direkt anzublicken, ohne dass eines ihrer Augen zur anderen schielt. Es misslingt. »Wie heißt du?«

»Luma.«

»Schön.« Sie dreht den Kopf zu Lumas Ebenbild. »Demnach bis du Loola.«

»Nein. *Ich* bin Luma.«

»Oh, dann bin ich also Loola«, sagt die erste.

»Nein, das bin ich!«

»Stopp! Aufhören!« Kolga bohrt der links vor ihr stehenden Technik-Amme einen Finger in die Brust. »Du bist Luma.« Sie stupst die rechte an. »Du bist Loola. So einfach ist das. Hurbluz, merk dir, wer von den beiden wer ist, und sorg dafür, dass sie Namensschilder bekommen.«

Der Mambatok stiert die identischen Geschöpfe an, und zum ersten Mal entdeckt Kolga so etwas wie Verzweiflung auf seinem an Hässlichkeit nicht zu überbietenden Gesicht.

»Es ist ganz einfach. Loola ist die, auf deren Schild *Loola* steht. Auch wenn sie das Gegenteil behaupten sollte. Schaff die beiden ins Mannschaftsquartier.«

»Sehen Sie voller Wohlwollen der prompten Ausführung Ihres Befehls entgegen, Admiralin!«

»Ach, und übrigens ... was ist eigentlich mit Spintz? Versucht er immer noch, das Küken der Greiferpilotin zu finden?«

Hurbluz streckt knackend seinen Rücken durch. »Freuen Sie sich überschwänglich, dass Soldat Spintz in der Krankenstation seine überaus amüsanten und mannigfaltigen Verletzungen auskuriert, denen er ohne meine heldenhafte und schleimige Ganzkörperumschlingung mit größter Wahrscheinlichkeit erlegen wäre. Spielen Sie mit dem Gedanken, die Erwägung einer angemessen übertriebenen Belohnung in Betracht zu ziehen.«

Kolga knirscht mit den Zähnen. »Plus einer Sondergratifikation für vorbildliche Bescheidenheit, nehme ich an? Raus hier!«

Hurbluz stößt ein feuchtes Schnauben aus und stolziert von der Brücke, die Technik-Ammen mit dem Strahler vor sich her treibend.

Die Admiralin funkt ihre Crew in der Zentrale ihres Schiffs an. »Löst die Enterklammern und manövriert euch fünfzig Meter neben die FE ERSTUR! Ihr könnt gleich unser Gefechtsmodul übernehmen.«

Ihre Leute antworten mit Jubel, und zum ersten Mal seit Langem fühlt Kolga sich glücklich.

Das Befreiungskommando poltert in die Zentrale, bis auf den delirierenden Schoof, der in die Messe abbiegt, um sich von Jafre Pawanter den Nährbreitank füllen zu lassen.

»Die FE ERSTUR gehört wieder uns!«, ruft Bongar triumphierend, als sich ihnen niemand in den Weg stellt. Jubel bricht aus.

»Da, seht mal!« Flitta deutet nach draußen. »Wir haben sie in die Flucht geschlagen!«

Alle wenden sich der Panoramascheibe zu, in der die AXETÖTER sichtbar geworden ist. Kolgas Schiff hat die Enterklammern gelöst und treibt von der FE ERSTUR fort. In einer Entfernung von circa fünfhundert Metern zündet es die Bremsdüsen und synchronisiert sich mit ihnen.

»Ein Problem weniger«, sagt Bongar. »Kommen wir zum nächsten: Die FE ERSTUR ist momentan führungslos. Da

Fini mir das Kommando übertragen hat, heißt das wohl, dass ich jetzt Kommandant bin.«

»Bist du nicht«, widerspricht Grobbo. »In Saszquas und Axe' Abwesenheit hat auf der Brücke der Erste Offizier das Kommando. Saszqua hat zwar nie einen Ersten Offizier ernannt, aber da Schoof ja aus naheliegenden Gründen nicht dafür in Frage kommt, bin das logischerweise ich.«

»Bist du nicht«, sagt Cler Fini. »Eigentlich wollte ich mich ja aus der Hierarchie ausklammern, aber bevor *du* Kommandant wirst, nehme ich mein ruhendes Patent wieder auf. Nichts für ungut, Grobbo. Bis die Krise überwunden ist, bin ich Kommandant.«

»Bist du nicht!« Flibo erklimmt das Kommandopult. »Nach Piratenrecht ist Kommandant, wer ein Schiff erobert. Jetzt überlegt mal scharf, wer sich am meisten den Arsch aufgerissen hat, um die FE ERSTUR zurückzuerobern. Na?« Sie blickt provozierend in die Runde. »*Ich* bin die Kommandantin!«

»Bist du nicht«, widerspricht ihre Mutter. »Ich stimme dir zwar zu, dass für uns Piratenrecht gilt, aber solange du minderjährig bist, muss ein Erziehungsberechtigter kommissarisch das Amt der Kommandantin ausfüllen. Also ich.« Sie plustert sich auf. »Ich befehle euch hiermit …«

»Hallo, alle zusammen«, echot HASIs Stimme aus jeder Ecke der Zentrale. »Meine Güte, so viele Kommandanten habe ich noch nie auf einem Haufen gesehen. Euch ist aber schon klar, dass keiner von euch widerspruchslos die Befehle der anderen ausführen würde? Um die nächste Schlägerei zu vermeiden, sollten wir uns auf eine salomonische Lösung einigen: Ich bin der Kommandant!«

»BIST DU NICHT!«, schreien fünf Besatzungsmitglieder gleichzeitig.

»Na schön«, sagt HASI mit heiterer Stimme. »Dann lösen wir dieses Problem eben doch mit Gewalt. Aber erst, wenn alle anderen gelöst sind. Einverstanden?«

»Richtig«, erinnert sich Bongar. »Wir sind noch nicht vollständig. Wo sind Loola und Luma?«

»Im Gefechtsmodul«, klärt HASI ihn auf. »Bei Kolga und dem Mambatok. Ich kann dort zwar nicht hineinsehen, messe aber eine Menge Energieströme. Außerdem überträgt die AXETÖTER gerade per Funk große Datenpakete ins Modul.«

»Na toll.« Bongar lässt die Schultern hängen. »Da nimmt man *einmal* an einer erfolgreichen Militäraktion teil, ohne dabei zu sterben, und dann findet man raus, dass man das falsche Ziel gestürmt hat.« Er strafft sich und blickt von einem zum anderen. »Ich brauche Freiwillige für den Vorstoß ins Gefechtsmodul. Retten wir unsere Schrauberinnen!«

»Daraus wird leider nichts!«, ruft eine knödelige Stimme vom Eingang der Zentrale.

»Ich wäre dann soweit«, vermeldet BROGG.

»Ich kann es kaum erwarten.« Kolga ist feierlich zumute, als sie im Kommandantensessel Platz nimmt und das Pult vor ihr blinkend zum Leben erwacht.

»Alle administrativen Rechte für Saszqua wurden widerrufen. Bitte leg deine rechte Hand auf das blau leuchtende Sensorfeld, um dich zu legitimisieren.«

»Ich bin wieder da«, haucht Kolga und folgt BROGGs Anweisung. Sie spürt die Wärme an ihrer Handfläche, als das Kommandopult sie bis in die DNS durchleuchtet. Als sich die Holowolke mit dem Symbol der TSN bildet, gibt sie sich keine Mühe, einen Triumphschrei zu unterdrücken.

»BROGG, hast du Zugriff auf die Schubdüsen des Moduls?«

»Ja. Das Modul ist manövrierfähig.«

»Dann beginn sofort mit der Abkoppelung!«, befiehlt sie. Nachdem sie zwei Jahre auf diesen Moment gewartet hat, überfällt sie plötzlich die Angst, Bad Axe McGregga könnte aus irgendeiner Tür oder einem Dimensionsportal geplatzt kommen und in letzter Sekunde alles zunichtemachen.

»Es sind noch Mitglieder Ihres Kommandos an Bord der FE ERSTUR.«

Kolga überlegt kurz. Spintz gehört nicht gerade zu der Sorte Parzer, in deren Gesellschaft sie gesehen werden will, sobald ihr Ruf wiederhergestellt ist. Und diese

Forkula ist nicht mal Teil ihrer Mannschaft. Und außerdem nur eine Pflanze.

»Abkoppeln!«

Die Crew der FE ERSTUR fährt aufgeschreckt herum. Im Eingang steht eine Gestalt in einem auseinanderbröckelnden Kampfanzug, die den Eindruck erweckt, sie wäre in einen Müllschacht gefallen und nur mit knapper Not und reichlich blauen Flecken der Recyclinganlage entkommen.

»Spintz!«, kreischt Flitta.

»Ganz recht, Würmerfresser! Und jetzt schaut mal, was mir hier wie ein Geschenk des Schicksal in die Hände gepurzelt ist.« Der Parzer macht einen Schritt zur Seite und zieht Schoofs schwerelos schwebenden Sessel hinter sich her. Er richtet einen Blaster auf den Kopf des Ortungsoffiziers. Dieser bemerkt nichts von der Gefahr, in der er schwebt; er liegt im seligen Fresskoma, und sein wieder gefüllter Nahrungsspender pumpt, was das Zeug hält, um das bedrohliche Kaloriendefizit auszugleichen.

»Runter mit den Strahlern«, befiehlt der ehemalige Major. »Oder glaubt einer von euch, er könnte mich schneller betäuben, als ich ein Loch in diese gefräßige Raupe brenne?«

Nach und nach legen alle die Waffen auf den Boden und schieben sie in Richtung des Geiselnehmers.

»Sehr schön, sehr schön!« In Spintz' Augen tritt ein irrer Glanz. »Wisst ihr was? Seit ich auf der AXETÖTER angeheuert habe, höre ich dort immer nur: ›McGregga hat mir dies und das angetan‹ oder ›Wenn ich McGregga in die Finger kriege‹. McGregga hier, McGregga da. Alles dreht sich um diesen fetten Erdenbewohner.« Er spuckt auf den Boden. »Aber niemanden scheint es zu interessieren, dass wir hier ein Schiff voller gemeingefährlicher Geistesgestörter haben, die alle ihren Teil dazu beitragen, dass Bad Axe McGregga ungestraft sein Unwesen treiben kann. *Ihr alle* habt mein Leben ruiniert! In einer Minute war ich Major in einer angesehenen Garnison, in der nächsten das Opfer von euch Wahnsinnigen. Aber diesen Spieß drehe ich jetzt um!« Er fuchtelt mit dem Blaster in ihre Richtung.

»Das ist die Stunde meiner Rache! Soll diese Versagerin von Admiralin doch ihren Spaß mit McGregga haben – *ich* habe den sechsfachen Spaß, *euch* büßen zu lassen! Ha! Hahahaha!« Die Mündung des Blasters wandert zu Flibo. »Wie perfide wäre es, diesen Bastard zuerst zu erschießen? Den haben bestimmt alle ins Herz geschlossen, nicht wahr? Was für ein Drama!«

Flibo verschränkt die Arme vor der Brust. »Das kannst du gerne versuchen, Knautschgesicht. Aber ich wette, dir kommt was dazwischen.«

»Was sollte mir dazwischen kommen?«

»Magst du Blumen?«

»Nein, warum sollte ...«

Schnapp!

»Also, ich mag Blumen«, plaudert Flibo munter drauflos, während Audrey III den schreienden und zappelnden Parzer in ihren Schlund zieht und Flitta, Fini und Bongar erleichtert Luft holen. Nur Grobbo verzieht das Gesicht und hält sich die Ohren zu, um das Schmatzen und Knacken nicht hören zu müssen.

Ein langgezogenes Rülpsen verrät, dass die Forkula ihre Mahlzeit beendet hat. »Er schmeckte etwasch ranschig.«

»Danke, Audrey.« Flibo deutet eine Verbeugung an. »Aber die Stiefel hätte ich an deiner Stelle nicht mitgegessen.«

»Wenn ich eure Aufmerksamkeit auf das Gefechtsmodul lenken dürfte«, ertönt HASIs Stimme. Über dem Kommandopult baut sich eine schematische Darstellung der FE ERSTUR auf, in der alle Einzelheiten der Verbindung zwischen den beiden Schiffsteilen zu erkennen sind.

»Was geschieht dort gerade?«, fragt Fini mit angespannter Stimme.

»Das Modul hat soeben die Scheidung eingereicht«, erklärt HASI. »Da die Ehe nie vollzogen wurde, halte ich es für vergebliche Mühe, in diesem Stadium noch eine Paartherapie anzuregen.«

Grobbo kratzt sich am Kopf und blickt seine Lebensgefährtin an. »Wovon redet HASI da?«

»Dass Frau Modul sich wieder ihrem Ex an die Brust wirft, weil mit uns im Bett nichts läuft«, übersetzt Flitta.

»Aber … Loola und Luma sind da noch drin.« Bongar Bolks bronzefarbener Teint nimmt einen käsigen Stich an. »Sie sind in höchster Gefahr!«

»Falsch, Großer!«, piepst Flibo. »*Wir* sind in höchster Gefahr. Was wird Kolga wohl machen, sobald die AXETÖTER wieder über ihre Bewaffnung verfügt?«

Der Fluch, den Bongar daraufhin ausstößt, lässt seine Kameraden zusammenzucken. Da Bongar *nie* flucht, hätte in dieser Lautstärke und Betonung auch ein harmloses Wort wie *Hackfleischpastete* dieselbe Wirkung entfaltet. Nur Flibo zeigt das schnabelige Äquivalent eines Grinsens und applaudiert.

Bongar hebt seinen Strahler auf. »Wir müssen Kolga stoppen! Mir nach!«

»Bin schon unterwegs!« Flibo flitzt los, doch in letzter Sekunde schießt Flittas gefiederte Hand vor und pflückt sie vom Kommandopult. »Lass mich runter! Ich knöpfe mir diese Ätzmiralin vor, dass ihr Hören, Sehen und Atmen vergeht.«

»Nichts da!«, gackert Flitta. »Du bist so was von minderjährig! Deshalb bleibe ich hier und passe auf dich auf.«

»Pff! Dann eben nicht. Hey, Bongar!« Flibo wirft dem Gefechtsspezialisten den Überbrücker zu. »Kann man immer gebrauchen!«

Bongar verstaut den Zauberkasten und zeigt Flibo den hochgereckten Daumen. Dann dreht er sich um, schlüpft an Audrey III vorbei, die mit einem Tentakel die Reste von Spintz' Kampfanzug aus den Zähnen stochert, und verschwindet in Richtung Lift im Korridor.

Flitta packt den Vater ihres Kindes im Nacken und dreht ihn in Richtung Ausgang. »Zottelchen, du gehst mit Bongar!«

»Aber ich … ich bin doch Funker!«, jammert Grobbo.

»Und Windelfüller«, piepst Flibo verächtlich.

»Siehst du? Wie willst du dem Kind ein Vorbild sein, wenn es dich für einen Feigling hält?«

»Ich komme mit und pass auf, dass ihm kein Haar gekrümmt wird!« Cler Fini reicht Grobbo einen Betäubungsstrahler und bewaffnet sich ebenfalls. »Und wenn ein

Frisör so etwas sagt, meint er das wörtlich.« Mit dem vor sich hin greinenden Grobbo im Schlepptau sprintet Fini aus der Zentrale.

»Isch helfe eusch!« Audrey III dreht sich auf der Stelle und wurzelt hinter den beiden her.

Als die drei den Aufzugschacht erreichen, blickt Bongar ihnen mit grimmiger Entschlossenheit aus der Liftkabine entgegen.

»Tut mir leid, aber ihr seid keine Soldaten! Ich gehe alleine.« Er drückt auf den Abwärts-Knopf.

»Bongar! Stopp! Wir sind ein Team!« Fini rennt auf die sich schließende Lifttür zu, kommt aber eine Zehntelsekunde zu spät. Wütend trommelt er dagegen.

»Oh, das ist wirklich ärgerlich«, sagt Grobbo erleichtert. »Dann gehe ich besser mal an meine Konsole und schaue, ob ich Bongar über Funk unterstützen kann.«

»Treppe!«, blafft Fini, packt seinen haarigsten Kunden am Arm und stößt die Tür neben dem Lift auf. Sie sind keine fünf Stufen weit gekommen, als ein Rumpeln durch den Boden läuft und Grobbo aufquieken lässt. »Was ist das?«

»Die Halteklammern der FE ERSTUR haben sich vom Gefechtsmodul gelöst.« Der Bordfrisör sackt in sich zusammen. »Das heißt, der Liftschacht ist nicht mehr mit dem Modul verbunden. Jetzt ist alles verloren.«

Der Lift stoppt auf dem Technikdeck.

»Weiter!«, schreit Bongar. »Lass mich ins Modul!«

»Tut mir leid, Bongar«, sagt HASI. »Das Modul dockt soeben ab. Der Schacht ist abgeschottet.«

Bongar überlegt fieberhaft.

Sein Blick wandert über den Boden der Liftkabine.

Eine zweiteilige Bodenplatte. Eine Seite lässt sich herausheben …

»Bongar? Was tust du da?«

»Ich … hgnnn… hebe die Bodenplatte raus!«

»Hast du nicht zugehört? Der Schacht endet unter der Kabine.«

»Haaarrghh!« Bongar kippt die Platte hochkant und lehnt sie an die Wand. Unter sich sieht er das Schott, hinter dem die tödliche Kälte des Weltraums lauert. »Mach es wieder auf!«

»Das werde ich nicht tun.«

»Das ist ein Befehl!«

»Nein, das ist Wahnsinn. Du trägst keinen Raumanzug. Ich weigere mich, den Befehl eines Wahnsinnigen zu befolgen.«

Bongar hämmert mit der Faust gegen die Platte. »Wir sind alle wahnsinnig, HASI! Das hier ist die FE ERSTUR! Das Schiff der Bekloppten!« Er holt den Überbrücker aus der Tasche seiner Bordkombination und schaltet ihn ein. Auf dem Display erscheinen alle Schaltkreise in seiner nächsten Umgebung. An zweiter Stelle findet er das Bodenschott des Fahrstuhlschachts, an dritter den Projektor für das Prallfeld, das bei geöffnetem Schott die Luft im Schacht hält.

»Mach das nicht, Bongar.«

»Tut mir leid, HASI. Ich werde uns alle retten.« Er drückt auf *Öffnen* und springt.

Aus den Verhaltensregeln für Flottenangehörige (Bordexemplar der FE ERSTUR, originalverschweißt):

§ 14 Benutzung der Luftschleusen

(1) Benutzen sie eine Luftschleuse stets nach Vorschrift wie im TSN Handbuch Luftschleuse (alle Klassen), Kapitel: Luftschleusennutzung.

(2) Sollten Sie eine Luftschleuse vorschriftswidrig unter Umgehung der Sicherheitseinrichtungen geöffnet haben und sich ohne Raumanzug im Weltall wiederfinden, beachten Sie bitte folgende Punkte:

1. Versuchen Sie, Ihren ungeschützten Aufenthalt im All so kurz wie möglich zu halten.

2. Der beste Schutz ist, gar nicht erst in diese unerquickliche Situation zu geraten.

3. Falls Sie sich dennoch im Vakuum wiederfinden: Geraten Sie nicht in Panik! Das Überleben im Vakuum ist möglich. Ungefähr 48 Sekunden lang. Die letzten 33 davon sind Sie wahrscheinlich bewusstlos. Sollten Sie länger durchhalten: Herzlichen Glückwunsch!

Bongar Bolk passiert das offene Sicherheitsschott und stürzt hinaus ins All. Um ihn herum glitzern Eiskristalle im Streulicht der Erdatmosphäre. Wenige Meter vor ihm liegt das Gegenstück des Schotts auf der Seite des Gefechtsmoduls, die gerade noch am Bauch der FE ERSTUR geklebt hat.

Bongar zählt in Gedanken die Sekunden. Eins, zwei, drei, vier, fünf …

Jetzt ist er nahe genug, um den Überbrücker einzusetzen. Mit raureifbedeckten Fingern tastet er über das Optionsmenü, knallt voll gegen das Schott und sieht den Zauberkasten davontrudeln.

Zehn, elf, zwölf …

Okay, es muss eine andere Möglichkeit geben. Anklopfen vielleicht?

Fünfzehn, sechzehn, siebzehn …

Wow, er ist immer noch bei Bewusstsein! Er könnte versuchen, einen neuen Rekord aufzustellen.

Achtzehn.

Er verliert das Bewusstsein.

Deshalb bekommt er nicht mit, was sich ihm von hinten nähert: eine Kreatur mit zahlreichen Tentakeln und einem weit aufklaffenden Maul in einer überdimensionalen Sonnenblumeblüte. Die Forkula stülpt sich über ihn und schluckt ihn am Stück hinunter. Ein Tentakel legt sich auf eine verschlossene Klappe neben dem Schott. Hauchfeine Verästelungen dringen durch den Spalt in die Kabel und Platinen darunter, suchen und finden Kontakt mit den Energieströmen und Programmroutinen. Blitze zucken den Tentakel entlang.

Das Schott öffnet sich. Audrey III zieht sich gegen den elastischen Widerstand des Prallfelds ins Innere. Bevor sie die Verbindung mit der Elektronik löst, gibt sie den Befehl, das Schott zu schließen.

Dann hängt sie erschöpft im Liftschacht wie eine monströse Fledermaus aus dem Albtraum eines Horrorfilmproduzenten. Unter ihr öffnet sich die Tür zur Kommandobrücke. Im einfallenden Licht erkennt Audrey III Admiralin Kolga Kruul, die einen Blaster auf sie richtet.

»Sieh an! Die Pflanze! Deine Fähigkeiten sind beeindruckend.«

»Schie haben misch vergeschen.«

»Nun, aber jetzt bist du ja hier. Ich habe deine Loyalität unterschätzt.« Die Admiralin lässt die Waffe sinken und heftet sie ans Schenkelholster.

Audrey III seilt sich mit ihren Greifranken ab und kommt schwankend auf den Laufwurzeln zu stehen.

Kolga macht eine einladende Handbewegung. »Du kannst gerne mit auf die Brücke kommen und zuschauen, wie das Modul an die AXETÖTER andockt.«

»Isch würde misch lieber an einem ungeschtörten Platsch erholen.«

»Stimmt, du siehst geschwächt aus. Hast du Hunger?«

»Danke. Isch habe gerade schwei Häppschen schu mir genommen.« Audrey III schiebt sich an Kolga vorbei aus dem Schacht und wankt in die hintere Hälfte des Moduls, wo sich die Quartiere für die Raumlandesoldaten befinden. Vor einer verschlossenen Tür entdeckt sie den Mambatok, der respektvoll zur Seite weicht, als sie sich ihm nähert.

»Wasch ischt hinter diescher Tür?«

»Vermute zu Recht die Schrauberinnen der FE ERSTUR, flonkkopfverschmähendes Kopfabbeißergewächs! Gefunden, festgenommen und der überaus befriedigten Admiralin überstellt von meiner genialen Oberflonkigkeit!«

»Danke, isch nehme dasch Quartier daneben.« Audrey III gleitet weiter, öffnet die nächste Tür und manipuliert sie von innen so, dass sie vor Überraschungen sicher ist.

Ihr aufgeblähter Gurkenleib beginnt zu pumpen und pulsieren, bis sich ihr Mageninhalt durch den Blütenschlund ergießt. In einem Schwall aus Verdauungssäften, Kleidungsfetzen und halb verdautem Parzer klatscht Bongar Bolk auf den Boden.

Audrey tastet den muskulösen Humanoiden mit ihren hochsensiblen Tentakeln ab, bis sie die vielversprechendsten Punkte gefunden hat. Elektrische Entladungen knistern an den Spitzen und bringen den Körper zum Zucken.

Bongar reißt die Augen auf und nimmt einen rasselnden Atemzug. »Arrgh! Was …? Wo …?«

»Du bischt im Gefeschtschmodul, Glückschpilsch.«

Bongar setzt sich auf und blickt an sich herab. »Urgs. Was ist das?« Er schüttelt seinen rechten Arm, und etwas Längliches, Feuchtes rutscht daran herunter.

»Blosch ein bischchen Schpintsch.«

»Das ist mit Abstand das Ekligste, was ich je …« Er verstummt und greift sich an den Kopf. Ein schleimiger grauer Lappen rutscht ihm ins Gesicht.

»Keine Angscht. Dasch ischt nischt dein eigenesch Hirn.«

Kapitel 17

Als Saszqua aus der Umkleidekabine tritt, kippt Axe sich seinen Himbeer-Slushie aufs T-Shirt und merkt es nicht einmal. Ein in ihre Richtung blickender Verkäufer rammt seinen voll behangenen Rollständer in eine ältere Dame und parkt sie sauber zwischen zwei Kleiderpuppen ein. Am Fuß der Rolltreppe bleibt eine korpulente Frau mit offenem Mund stehen und löst eine Massenkarambolage aus, als die nachfolgenden Kunden einer nach dem anderen in das Hindernis geschoben werden. Ein pickliger Jugendlicher dreht sich wie von einem unsichtbaren Bungeeseil gezogen um und knockt seine aufkreischende Freundin mit dem Schwung seines Rucksacks aus.

»Meinst du, ich kann das tragen?«, fragt Saszqua, stemmt die Hände auf die Hüften und dreht sich kokett erst nach rechts, dann nach links.

»Haarrgh. Grrrg.«

»Wie bitte?«

»Ich sagte«, keucht Axe, während er Eismatsch von seinem Bauch zurück in den Becher schaufelt, »es bringt unheimlich gut deine ... deinen herausragenden Charakter zur Geltung. Er ... springt einem förmlich entgegen.«

»Findest du?«

Sie blickt an ihrer Seite hinab, wo über Kreuz geschnürte Riemen Vorder- und Hinterteil des Korsetts zusammenhalten. Während oberhalb des Solarplexus verstärkte Nähte wahre Schwerstarbeit leisten, um Saszquas Anatomie im Zaum zu halten, ist rund um Bauchnabel und Schultern erfreulicherweise das Material zur Neige gegangen. Dazu hat Saszqua sich in eine hautenge Lederhose voller Nieten und Ösen gezwängt und ein Paar hochhackige Stiefel ausgewählt.

»Ist das für die Verhältnisse deiner Welt nicht etwas zu freizügig?«

»Überhaupt nicht!«, beeilt sich Axe zu widersprechen. »Sonst würden die es hier ja wohl kaum verkaufen, oder? Das schwarze Leder ist übrigens der Hammer auf blauer Haut.«

Saszqua fährt sich durch die Haare und betrachtet ihr Outfit im Spiegel, in dem sich mit einem lauten Knacken ein Riss bildet.

Neben Axe greift sich ein weißhaariger Mann, der mit Einkaufstaschen beladen auf seine Frau wartet, an die Brust und sinkt röchelnd zu Boden.

»Vielleicht ziehst du die hier besser drüber.« Axe wirft ihr die Lederjacke zu, die sie zuvor ausgesucht hat. »Ist zufällig ein Arzt hier?«, ruft er.

»Ich bin Arzt!« Ein Mann in einem silbergrauen, mit Pailletten besetzten Sakko rempelt den unglücklichen Verkäufer zwischen die Schaufensterpuppen und auf die dort eingeklemmte Kundin und schlittert mit den Armen rudernd auf Saszuqa zu.

»Ich bin auch Arzt!« Ein seriös aussehender Herr mit elegant ergrauten Schläfen trampelt auf den am Boden liegenden Senioren und prallt mit dem Paillettenmann zusammen. »Machen Sie Platz! Was fehlt Ihnen, Miss?«

»Finger weg von der Lady, Sie Hochstapler! Sie brauchen *mich*, Schönheit. Ich bin Brustspezialist.«

»Na hören Sie mal! Ich auch!«

»Hallo! Der Patient liegt hier drüben!« Axe winkt mit einer Hand und zeigt mit der anderen auf den stöhnenden Weißhaarigen.

Das hohle *Klonk* kollidierender Schädel setzt dem Testosteronduell ein schmerzhaftes Ende.

»Weißt du was, Axe?« Saszqua lässt die Köpfe der hilfsbereiten Möchtegern-Ärzte los, die daraufhin selig schlafend zu Boden sinken. »Ich behalte das gleich an. Erinnert mich an die Klamotten, die gerade angesagt waren, als ich von zuhause abgehauen bin.«

»Genau das, was wir jetzt auch tun sollten!« Axe blickt sich kopfschüttelnd um. »Ich liebe es, wenn so was passiert und ich nicht schuld bin.«

Als Axe die Boss Hoss vom Parkplatz der Mall lenkt, heulen hinter ihnen Sirenen auf. Im Rückspiegel sieht er eine Armada Streifen- und Krankenwagen mit Blaulicht auf das Gelände jagen. »Gibt es eigentlich irgendeinen Ort, an dem man uns nicht sofort verhaften will?«, fragt Saszqua über seine Schulter hinweg.

»Tja, die Vereinzelten Staaten haben eine Koper... Korpora... Zusammenarbeit bei der Verbrechensbekämpfung vereinbart. Wir sind aber gleich in den Vereinigten Staaten, die kochen ihr eigenes Süppchen.« Axe biegt in die Auffahrt zur Interstate 95 ein und beschleunigt den Bock auf die zulässige Höchstgeschwindigkeit, dann auf die Ich-will-ja-auch-irgendwann-ankommen-Geschwindigkeit und schließlich auf die Wozu-hab-ich-die-ganzen-PS?-Geschwindigkeit. Hinter ihnen versinkt die Skyline von Baltimore im Dunst, der kurz darauf in Fahrtrichtung die von Washington D.C. freigibt.

Eine halbe Stunde später schlängeln sie sich am Stau vor dem Checkpoint vorbei, über dem ein riesiges Schild verkündet:

Sie betreten die großartigen und glorreichen
Vereinigten Staaten von Amerika.
In schweren Zeiten halten wir die Fackel der Freiheit hoch.
Kein Sturm, kein Aufruhr, keine Aliens zwingen unser
stolzes Land in die Knie!
Nicht heute und nicht in tausend Jahren – so Gott will.

»Amen!«, ruft Axe.

»Hat Gott was mit diesen Typen am Hut?«, fragt Saszqua.

»Mit denen? Eher nicht. Ich glaube, hier gibt's nicht mal 'ne Blosterburger-Filiale.«

Er lässt die Maschine langsam ausrollen, als ein bewaffneter Grenzbeamter ihn mit vorgestreckter Hand zum Halten auffordert.

»Bekommen wir Probleme?«, fragt Saszqua.

»Nicht, wenn du deinen Charme spielen lässt«, raunt Axe ihr zu.

»He, Freundchen!« Dem Gesichtsausdruck des Beamten nach versteht dieser unter Freundschaft etwas anderes als Axe. »Sie wenden jetzt mal schön ihr Motorrad und reihen sich hinten ein.«

»Sorry, Dude!« Axe grinst sein unschuldigstes Lausbuben-Grinsen, mit dem er nicht mal bei seiner Mutter durchgekommen wäre. »Ganz abgesehen davon, dass mein Hobel einen Mords-Wendekreis hat und ich unmöglich umdrehen kann, bin ich in einer dringenden diplomatischen Mission unterwegs.« Er deutet mit dem Daumen hinter sich. »Ich muss eine hochrangige Admiralitäts-Flottenkommandantin auf dem schnellsten Weg zum Pentagon bringen.«

Saszqua lehnt sich hinter ihm zur Seite und winkt dem Mann zu. »Kommandantin Saszqua, Schlachtschiff SUPERNOVA.«

Die Augen des Grenzbeamten werden größer, während er gleichzeitig eine spontane Nackenmuskelschwäche entwickelt, die ihn zwingt, eine Stelle (genauer gesagt: zwei Stellen) unterhalb von Saszquas Hals zu fixieren.

»Es wäre gut, wenn du ihn dafür nicht umbringst«, flüstert Axe.

»Soso, Kommandantin der SUPERNIPP... äh NOVA«, krächzt der Mann. »Können Sie sich auszieh... äh, ausweisen?«

»Warum führen Sie nicht einfach einen Gesichtsscan durch? Sie haben doch sicher Zugriff auf das TSN-Einwohnermelderegister, Herr ...?«

»Officer Rodriguez, Ma'am.« Mit sichtbarer Kraftanstrengung hebt er das Kinn weit genug, um Augenkontakt mit ihr herzustellen. »Die Vereinigten Staaten sind kein Mitglied der TSN, daher ...«

»... sollten wir den kleinen Dienstweg wählen. Es geht schließlich um die Sicherheit ihrer *großartigen* und *glorreichen* Nation.« Saszqua imitiert ein Lächeln, von dem sie mal gehört hat, dass es potenzielle Paarungsbereitschaft signalisieren soll, das bei ihrem Gegenüber jedoch Atembeschwerden auslöst.

»Ich bekomme wahrscheinlich einen Riesenärger«, druckst Officer Rodriguez, von einem Hustenanfall unterbrochen, herum. Sein Kartographenblick nimmt erneut die Vermessung ihrer Topographie auf. »Bei extraterrestrischen Lebensfrau... ähm, ...formen haben wir momentan sehr strikte Einreiseformalititt... äh ...täten. Sie haben sicher von dem Vorbau ... äh, Vorfall in Philadelphia gehört?«

Es fehlt nicht mehr viel, und die rot glühenden Wangen setzen den Saum seines Baretts in Brand.

Saszqua beugt sich vor, umfasst das Kinn des Officers und zieht ihn widerstandslos zu sich heran. »Sie tun Ihrem Land und mir einen unbezahlbaren Gefallen«, wispert sie, die Lippen nur einen Fingerbreit von seinen entfernt. »Sind Sie eigentlich verheiratet?«

»J... nein.«

»Ihre Frau kann sich wirklich glücklich schätzen«, flötet Saszqua. »Sehen wir uns bald wieder?«

»Bestimmt, Kommandantin.« Officer Rodriguez stolpert kraftlos zur Seite, als sie seinem Kinn einen leichten Schubs versetzt. Sein Körper ist jeglicher Spannkraft beraubt. Na ja, fast.

»Bis irgendwann mal, Kumpel!«, ruft Axe und passiert den Checkpoint mit aufheulendem Motor.

»Dafür schuldest du mir was«, faucht Saszqua.

»Und du schuldest mir die Geschichte mit der SUPERNOVA«, gibt Axe zurück.

»Später. Erst sagst du mir, was wir hier überhaupt wollen.«

»Na ja, es liegt auf dem Weg. Also dachte ich mir, ich zeig' meiner bezaubernden Freundin was von meinem Planeten.«

Er hört Saszqua scharf einatmen. »Moment mal! Du willst doch nicht ... dieses *Urlaub* machen?«

»Hey, bleib cool! Das ist nur ein ganz kurzes Sightseeing. Wir müssen schließlich noch die Welt retten.«

Es ist ein herrlicher Sommertag, aber auf der National Mall sind nur wenige Touristen unterwegs. Die meisten streben westwärts Richtung Washington Monument oder ostwärts dem Capitol entgegen.

Axe spürt ein merkwürdiges Kribbeln im Bauch, das ganz anders ist als bei seinem ersten Date, dem ersten Screaming-Ears-Konzert oder dem Moment, als man ihn in eine Transitkapsel setzte und zur FE ERSTUR hinaufschoss. Er fühlt sich wie das bedeutendste Geschöpf des Universums. Er wandelt unter seinesgleichen auf seinem

Heimatplaneten, als momentan einziger interstellarer Raumfahrer der Menschheit, als einziger Besitzer einer Zeitmaschine, und niemand ahnt, welche kosmischen Wunder er gesehen, welchen Gefahren er getrotzt und welche Katastrophen er ausgelöst hat. An seiner Seite schreitet eine ultraheiße, blauhäutige Alien-Braut, bei deren Anblick Leute zusammenrempeln und in Büsche oder gegen Laternenpfosten rennen. Bestimmt fragen sich alle, welche besonderen und unwiderstehlichen Qualitäten ein zotteliger Metalhead mit eher niedrigem Körperschwerpunkt besitzen muss, um sich ein solches Meisterstück der Schöpfung zu angeln!

»Kannst du mal aufhören, debil zu grinsen, und mir erklären, wo du mich hinschleifst?«

Saszquas Schraubstockgriff um seinen Oberarm lässt Axe aufquieken. »Okay, siehst du das spitze Ding da vorne?«

»Den Riesenpenis?«

»Nein, das ist das Washington Monument. Ich meine das aus Metall, links von uns. Vor dem Gebäude, das aus vier Briefkästen und drei Glaswürfeln zusammengesetzt ist.«

Axe bleibt stehen und richtet eine Billigkamera, die er an einem Kiosk gekauft hat, auf das Sehenswürdigkeiten-Ensemble. »Wenn du etwas nach links gehst, krieg ich dich mit aufs Bild!«

Saszqua ignoriert seinen Wunsch. »Ich sehe es, aber *was ist das* und warum soll es wichtig sein?«

»Das, Baby, ist die BEYOND! *Unser* Raumschiff!«

»Die haben dieses Ding fast vor eurem Regierungssitz gelandet?«

»Nicht direkt. Die ist erst später hierher gebracht worden.« Axe geht in die Hocke und schießt ein Foto von Saszqua mit dem Obelisken im Hintergrund. »Kannst du so tun, als würdest du ihm einen Handjob …?«

»Nein! Du wolltest mir was über diese rostige Rakete erzählen.«

»Ach ja. Also, Rence Gilligan und seine Crew sollten vom Mars zurück zur Erde fliegen. Stattdessen sind sie auf Proxima b gelandet, was krass ist, weil das über vier

Lichtjahre von der Erde weg ist. Dort haben sie den Aufnahmeantrag gestellt und sind von einem TSN-Schiff zur Erde gebracht worden. Hey, da vorne gibt's Hotdogs!«

»Axe!«

»'Tschuldigung. Also, die Typen von der TSN haben die BEYOND auf dem Airport abgesetzt und wollten die Präsidentin sprechen. Weltweite Krise, sowas kannst du dir nicht vorstellen.«

»Warst du da überhaupt schon geboren?«

»Das war 2051, Baby! Da konnte ich mir gerade mal selber den Arsch abwischen. Aber meine Eltern dachten damals, die Welt geht unter, und viele andere auch. Es war sowieso eine popokalyptische Zeit – jede Menge Sturmfluten, die eine Stadt nach der anderen platt gemacht haben, Dürren, Brände, Tornados, Blizzards ... und dann kommen plötzlich Außerirdische und behaupten, wir wären Mitglied in einem komischen kosmischen Verein.«

Sie überqueren eine Straße, die im Bogen um die Rakete herumführt, und bleiben mit in den Nacken gelegten Köpfen vor dem stählernen Korpus stehen.

»Das sind die oberen fünfzehn Meter«, doziert Axe begeistert. »Falls du die BEYOND besichtigen willst, musst du durch den unterirdischen Zugang im Smithonian Luft- und Raumfahrtmuseum.« Er zeigt auf das Gebäude hinter dem Raumschiff.

»Ich denke, die Zeit ist ein bisschen knapp für solche überflüssigen Exkursionen.«

»Überflüssig? Hey, das hier ist geheiligter Boden! Ich wollte immer schon ins All, und wäre dieses Zäpfchen hier nicht gewesen, hätten wir uns nie kennengelernt!« Axe breitet die Arme aus und lehnt sich gegen die BEYOND, als wollte er sie komplett umarmen. »Das ist ein Teil meines Lebens. Mach ein Foto von mir mit dem Baby!«

Saszqua klopft einen ungeduldigen Rhythmus mit ihren glänzenden Lederstiefeln. »Wie ging die Geschichte weiter?«

»Die Präsidentin hat den Burschen von der TSN allen Ernstes erzählt, dass nur die USA beigetreten seien, da schließlich ein Amerikaner den Vertrag unterschrieben hat. Sie hat wohl gedacht, sie könnte ein bisschen explo… exklusive Entwicklungshilfe rausschlagen und Amerika einen Vorsprung vor den ganzen anderen Idioten verschaffen.«

»Aber die TSN nimmt nur ganze Planeten auf, schon klar.«

»Genau. Deshalb hat die TSN der Präsidentin einen Korb gegeben und mit den Vereinten Nationen weiterverhandelt. Unsere Regierung war angepisst und hat die UN verlassen. Dann sind aber nach und nach alle Bundesstaaten, die ein Stück vom Kuchen abhaben wollten, aus den Vereinigten Staaten aus- und den Vereinten Nationen beigetreten. Und heute ist von den USA nur noch Washington D.C. übrig.«

Saszqua blickt Axe stirnrunzelnd an, die Arme vor der Brust verschränkt. »Du bist so ein ignoranter Vollpfosten, aber wenn es um deine Raketenhelden geht, mutierst du plötzlich zum wandelnden Lexikon.«

»Vergiss Screaming Ears nicht«, sagt Axe gut gelaunt. »Ich könnte dir Sachen über die Band erzählen, von denen die selbst nichts wissen.«

»Warum ist dieser Gilligan nicht Präsident geworden? Oder Regierungschef der Erde?«

Axe lässt den Kopf sinken. »Nach TSN-Recht ist er sogar der erste Amisti… Admi-Dingens der Erde, weil er den Beitrittsvertrag unterschrieben hat. Aber er ist kurz danach gestorben. Auf dem Flug zum Mars gab es ein Reaktorleck, und er ist verstrahlt worden. Die Crew hat ihn auf Proxima b beerdigt.« Er blickt Saszqua mit feuchten Dackelaugen an. »Nimmst du mich in den Arm, Schatzi?«

Und dieses Mal, aber auch *wirklich* nur dieses eine Mal, lässt Saszqua ihrem bekloppten Lebensgefährten das S-Wort durchgehen.

Axe kauft zwei Hotdogs, über die sie sich auf den Stufen des Smithonian hermachen.

»Paff auf«, erklärt Axe mit vollem Mund, »du hälft das Brötfen wie eine Mundharmonika … fo in etwa … nein! Ach egal, von dem Leder läfft fich fuper runterwiffen.« Er schluckt und spült mit eiskalter Coke nach. »Ahh! Ich hab diesen Scheiß echt vermisst.«

»Ihr habt viele Wörter nicht ins TSN-Standard übersetzt«, wundert sich Saszqua. »Was bedeutet *Hotdog*?«

»Heißer ... heißes Würstchen.« Axe beobachtet hingerissen, wie Senf aus Saszquas Brötchen quillt und ihr auf den Busen tropft. »Ich gebe zu, es braucht ein wenig Übung, und es ist sicher nicht das Gesündeste, was man auf der Erde bekommt ...«

»Nein, es ist schon in Ordnung.« Saszqua kaut mit geschlossenen Augen und stöhnt wohlig. »Wir sollten Pawanter das Rezept mitbringen.«

»Ja, und dann wollen alle nur noch Hotdogs essen, und ich werde als Hilfskoch nicht mehr gebraucht und an der nächsten Hyperbium-Tankstelle ausgesetzt.« Axe zwinkert ihr zu. »Wir können uns aber gerne den Kühlraum mit Fastfood vollstopfen. Warte erst mal, bis du Burritos probiert hast. Oder Chicken Wings. Oder einen Whopper Sandwich. Oder ...«

»Ich bekomme langsam eine Vorstellung davon, wie du deinen Körper in Form gehalten hast«, witzelt Saszqua. »Aber bei einer Spezies, deren größte technische Pioniertat darin bestanden hat, eine zwei Kilometer große Gummipizza in den Orbit zu schießen, sollte mich diese Fixierung auf Essen nicht weiter wundern.« Sie wischt sich den Mund und ungefähr die Hälfte ihres neuen Lederoutfits mit Servietten ab, von denen Axe in weiser Voraussicht einen ganzen Stapel mitgehen lassen hat. Dann nimmt sie einen großen Schluck aus der Colaflasche, reißt schockiert die Augen auf, legt eine Hand auf den Bauch und rülpst, dass ein Grizzly neidisch geworden wäre. Axe ist völlig hingerissen.

»Fühlt sich so Urlaub an?«, fragt Saszqua heiter.

»Du meinst, als ob man vor lauter Kohlensäure platzen müsste?«

»Nein, du Idiot! Hier in der Sonne zu sitzen, klebrige Lebensmittel von Straßenhändlern zu kaufen, Fotos zu schießen, Sehenswürdigkeiten anzuschauen ...«

»Das ist genau, worum es dabei geht. Ich biete noch: mit

der schärfsten Braut des Orion-Arms abzuhängen und zu vergessen, dass die Welt irgendwann untergeht.« Er lehnt sich an Saszqua und genießt den Duft ihrer roten Mähne. »Die Krönung wäre natürlich noch, mit dir auf einem Screaming-Ears-Konzert zu sein.«

»Vergiss nicht, dass wir dorthin fahren, um Klein-Axe zu retten!«

»Ja. Auch.« Axe seufzt. »Erst Shlomo, dann die FE ERSTUR, dann die Erde.«

»Und irgendwann retten wir zusammen das Universum.«

»Okay.« Er blickt ihr in die tintenblauen Augen und versinkt beinahe darin. »Vor was eigentlich?«

Saszqua lacht. »Vor dir natürlich!«

Hinter Richmond kommen sie an einer Tafel vorbei, auf der sich der Staat Virginia überschwänglich von ihnen verabschiedet. Außerdem befinde man sich nunmehr im UN-Schutzgebiet *Ostküste*, wo es leider immer noch nicht gelungen sei, rechtsstaatliche Strukturen wiederherzustellen. Ein kleineres Schild darunter rät Besuchern des Screaming-Ears-Konzerts, nur bei Tageslicht und im Konvoi zu fahren.

Axe lenkt die Boss Hoss auf einen sandigen Parkplatz, auf dem verloren ein klappriger Imbisswagen auf potenzielle Kundschaft wartet (»Moe's Barbecue – der letzte Grill vor dem Ende der Welt!«), steigt ab und verschwindet hinter einem Baum.

»Was stimmt nicht mit dieser Gegend?«, will Saszqua wissen, als er zurückkommt. »Abgesehen davon, dass es nach gammligem Seetang stinkt.« Sie rümpft die Nase.

»Die große Sturmflut von 2047«, antwortet Axe und überprüft, ob sein Reißverschluss wirklich zu ist. »Die ganze Ostküste ist damals evaporiert worden.«

»*Was?* Moment, du meinst *evakuiert*.«

»Sag ich doch. Allerdings haben sich einige Hillbillies geweigert zu gehen. Am Ende hat man ihnen erlaubt, ihr Schicksal in die eigene Hand zu nehmen, und seitdem ballern die Leute hier auf alles, was ihnen verdächtig vorkommt.«

»Das ist also ein rechtsfreies Gebiet?«

»Krisengebiet, Katastrophengebiet, Dritte Welt – such dir was aus. Die Vereinten Nationen haben ein paar Blauhelme hier stationiert, aber die beschützen hauptsächlich die Bootsflüchtlinge, die sich hier angesiedelt haben, vor den Plündererbanden.«

»Warum bringt die TSN das nicht in Ordnung?«

Axe zuckt mit den Schultern. »Na ja, die haben immerhin ihre CO_2-Pumpen aufgestellt und geholfen, ein paar Sperrwerke in die Flüsse zu bauen. Und am Anfang haben sie sich noch eingemischt, wenn irgendwo ein Krieg ausgebrochen ist. Aber sonst ... man kann nicht behaupten, wir wären einen großen Schritt weiter gekommen.«

Hinter ihnen fahren klappernd die Jalousien des Barbecues nach unten. Ein fetter Typ in einer verschmierten Grillschürze, vermutlich Moe, tritt ins Freie, blickt neugierig zu ihnen herüber und ruft: »Bringt nichts, hier zu warten. Der letzte Konvoi ist vor einer halben Stunde los.«

»Danke, Bruder«, ruft Axe zurück. »Wir können gut auf uns aufpassen.«

»*Ich* kann gut auf *ihn* aufpassen«, korrigiert Saszqua.

Moe reißt die Augen auf und pfeift durch die Zähne. »Wenn alle außerirdischen Frauen so gut ausgestattet sind, verstehe ich, warum es *Milchstraße* heißt.«

Axe legt Saszqua eine Hand auf die Schulter, bevor sie womöglich auf Moe losgeht. »Du kannst sie nicht alle töten«, sagt er sanft.

Moe wirft einen Blick auf das Motorrad. »Holla! Ist das 'ne echte Boss Hoss? Damit fährt ja kaum noch jemand rum, seit keine Verbrenner mehr gebaut werden.«

»Ist echt und haut auf hundert Kilometer mehr Schadstoffe raus als dein Grill in einem Jahr.« Axe tätschelt breit grinsend den Tank.

»Ihr müsst die Typen sein, die überall gesucht werden.« Moe knetet sein Doppelkinn. »Zotteliger Typ, blaue Lady, dickes Motorrad. Läuft auf allen Kanälen. Im Netz nennt man euch schon Bonnie und Clyde.«

Axe' Kiefer klappt nach unten. »Echt jetzt? Abgefahren!«

»Ich hoffe für dich, du kommst nicht auf dumme

Gedanken«, zischt Saszqua Moe zu.

»Ich bin zwar nicht die hellste Kerze auf der Torte, aber so blöd auch wieder nicht.« Moe lacht meckernd. »Ihr wollt euch im Niemandsland verkriechen, was? Keine schlechte Idee.«

»Verkriechen? Warum, denkst du, steht *Screaming Ears* auf meinem Shirt?« Axe schiebt seine Pfunde auf den Sattel und startet den Motor. »Du hast uns nicht gesehen, Kumpel!«

»Was springt dabei für mich raus?«

»Du darfst deine Zähne behalten.«

Die Kälte in Saszquas Stimme lässt Moes schmieriges Grinsen einfrieren. »Geht klar. Ihr wart überhaupt nicht hier. Im Klappe halten bin ich der Beste.«

Die Boss Hoss hüllt sich in eine Staubwolke, als Axe Moes Imbiss hinter sich lässt und mit Vollgas in Richtung Sonnenuntergang brettert.

Eine Viertelstunde später fährt Moe seinen Truck millimetergenau an den Wagen und lässt die Kupplung einrasten. Fröhlich pfeifend steigt er aus, löst die Bremse des Anhängers und schließt ihn an die Steckdose an. Die letzten beiden Tage hat er den Umsatz seines Lebens gemacht. Ganze Heerscharen sind auf dem Weg zum Konzert an seinem Barbecue vorbeigekommen und haben die Kühltruhe leer gefuttert.

Das synthetische Brummen von Elektro-Fahrzeugen lässt ihn aufblicken. Es stammt von drei Vans, die auf den Parkplatz rollen und dicht vor seinem Gespann stehen bleiben, schwarz lackiert, mit drei gelben Buchstaben auf der Motorhaube: TSN.

Moe hat noch nie mit offiziellen Vertretern der Transstellaren Nation zu tun gehabt, weiß aber, dass es überall auf der Welt Verbindungsbüros gibt, über deren Mitarbeiter man sich die abenteuerlichsten Geschichten erzählt. Angeblich sollen sie sich aus Geheimagenten, Polizisten und Soldaten der besten Eliteeinheiten der Erde rekrutieren und mit modernster außerirdischer Technik ausgestattet sein.

Im mittleren Van öffnet sich eine Schiebetür, und Moe erhascht einen Blick auf Monitore und blinkende Konsolen. Eine Frau und ein Mann steigen aus, denen Moe spontan das Etikett *Agent* an die Stirn pappt. In perfekter Synchronizität greifen sie in die Brusttaschen ihrer schwarzen Sakkos, setzen identische Sonnenbrillen auf und wenden sich ihm zu.

Hinter den beiden steigt eine weitere Gestalt aus, kleiner als die Agents und – Moes Herz schlägt etwas hektischer – ganz eindeutig kein Mensch. Das Gesicht des Aliens wirkt eingedellt, und an der tiefsten Stelle befindet sich eine kümmerliche Stupsnase. Davon abgesehen muss er kürzlich Prügel bezogen haben, denn Stirn und Wangen sind mit Schrammen und Blutergüssen übersät. Auch sein militärisch aussehender Anzug hat was abbekommen; er sieht aus, als wäre er zwischen zwei frontal zusammenstoßende Güterzüge geraten.

Der Mann tritt auf Moe zu. »Ich bin Agent Turnbull, und das ist meine Kollegin Agent Coppola.« Er zieht einen stabförmigen Gegenstand aus der Tasche und hält diesen vor Moes Gesicht. »Darf ich Sie bitten, in die Linse zu schauen?«

»Nein!«, kreischt Moe. »Löschen Sie nicht mein Gedächtnis! Ich sage ihnen alles! Die beiden sind erst vor einer Viertelstunde hier gewesen! Blaue Alien-Puppe, dicker Typ mit Totenkopf-T-Shirt. Die sind mit ihrem Motorrad zu diesem Metal-Konzert unterwegs.« Er bricht wimmernd in die Knie.

»Äh… ich wollte bloß einen Gesichtsscan machen, um ihre Identität zu bestimmen«, sagt Agent Turnbull verdattert.

»Die sollten langsam mal das Design dieser Dinger ändern«, meint Agent Coppola genervt.

»Wir brauchen uns hier nicht weiter aufzuhalten.« Das Alien dreht sich dem Van zu. »Holen wir uns die Terroristen.«

»Alles klar, Fenzeck!« Der Agent steckt den Scanner wieder ein und wendet sich zum Gehen.

»Hey, wartet mal!« Moe rappelt sich auf und klopft sich

Sand von den Knien. »Wie sieht's mit 'ner kleinen Belohnung aus?«

»Sie haben uns nichts erzählt, was wir nicht ohnehin schon wussten«, wimmelt Agent Turnbull ihn ab.

»Und wenn ich Ihnen helfen kann, die Verbrecher zu fassen, bevor sie im Camp bei den ganzen Metalheads untertauchen?«

Die beiden Agents blicken einander an.

»Ich kenne ein paar Jungs in der Gegend, die sich gerne was dazuverdienen.« Moe kramt sein Pad heraus, sucht eine Nummer in den Kontakten und hält das Gerät mit fragendem Gesichtsausdruck hoch.

»Kann doch nicht schaden.« Das Alien namens Fenzeck verzieht den schmalen Mund zu einem derart fiesen Grinsen, dass Moe jetzt schon weiß, dass er nächste Nacht Albträume von messerschwingenden Puppen haben wird.

»Einverstanden, ruf deine *Freunde* an«, stimmt die Agentin zu. »Wenn die es schaffen, die Flüchtigen aufzuhalten, veranlasse ich eine angemessene Belohnung. Aber kein Wort darüber, wer Sie beauftragt hat.«

»Oh. Verstanden. Ich halt die Klappe, egal wer fragt. Darin bin ich der Beste.«

Je näher sie dem Atlantik kommen, desto desolater wird der Zustand des Highways. Schlaglöcher oder komplett weggesackte Straßenabschnitte sind notdürftig mit Schotter verfüllt worden, aber die Kolonnen, die vor ihnen hier entlanggekommen sind, haben tiefe Spurrinnen und Matschpfützen hinterlassen. Axe ist froh, dass sie nicht mit einem Auto unterwegs sind, ganz abgesehen davon, dass er eher einen Integralhelm aufgesetzt hätte, als sich dazu herabzulassen, einen Autoführerschein zu machen.

»Scheiße, was ist das denn?« Axe kneift die Augen zusammen. Zwei Fahrzeuge stehen Stoßstange an Stoßstange quer zur Straße und blockieren die dahinter liegende Brücke. Als sie näher heranfahren, erkennt er die Modelle: ein blauer Ford Pick-up, der noch aus dem letzten Jahrtausend zu stammen scheint, und ein nicht viel frischerer Subaru Geländewagen.

Axe stoppt die Maschine. »Ich suche besser mal einen anderen Weg.«

»Fahr weiter«, fordert Saszqua.

»Das sieht aber nach einem Hinterhalt aus.« Axe sucht das dichte Gestrüpp zu beiden Seiten der Straße mit den Augen nach verdächtigen Bewegungen ab, während er im Schritttempo weiterrollt. Er verspürt ein dringendes körperliches Bedürfnis, obwohl er es vor kurzem erst gestillt hat. »Diese Gegend ist voll von üblen Typen, die Anti-Waffen-Gesetze für den Sargnagel der Zivilisation halten.«

»Und ich dachte immer, das wärst du.«

»Sehr witzig. Vielleicht schießen die einfach und fragen erst hinterher.«

»Vielleicht hältst du einfach mal die Klappe.«

Axe hält zwei Motorradlängen vor der Blockade und blickt sich um. »Hast du einen Plan? Du hast einen Plan, oder?«

»Wen haben wir denn da? Gimli und Schlumpfine!«

Aus den Büschen tritt ihnen ein braungebrannter Mann mit Holzfällerhemd und grauem Dreitagebart entgegen und richtet ein automatisches Gewehr auf sie. Ihm folgen zwei Männer, die mit Baseballschlägern bewaffnet sind. Ein Rascheln lässt Axe hinter sich blicken, wo drei weitere Wegelagerer aus der Botanik kommen.

»Keine Angst.« Saszqua klingt völlig entspannt. »Die wollen bestimmt bloß Ärger.«

»Absteigen und weg von der Maschine!«, schnauzt der Ältere sie an.

»Wir wollen bloß zu den Ears!«, quiekt Axe.

»Da wollen momentan alle hin. Ihr seid aber die einzigen, die an der ganzen Ostküste gesucht werden.«

Saszqua stützt sich auf Axe' Schultern ab und schwingt sich vom Sattel.

»Das spricht sich ja herum wie ein Gerücht in einer Raumfahrerkneipe. Man könnte glauben, ihr hättet gewusst, dass ihr uns hier treffen würdet.«

Der Wortführer der Bande lacht heiser. »Manchmal muss man einfach Glück haben.«

»Das«, sagt Saszqua, »könnte als die amüsanteste Fehleinschätzung aller Zeiten in die Geschichte eingehen.«

Bald darauf halten drei schwarze Vans vor der Brücke. Bewaffnete TSN-Agents springen ins Freie und sichern in alle Richtungen.

Fenzeck betrachtet das Schlachtfeld. Sechs Männer haben versucht, Saszqua und Bad Axe aufzuhalten. Einer von ihnen hängt bewusstlos in der Krone eines Baums. Einer liegt eingeklemmt unter dem auf die Seite geworfenen Pick-up und ruft nach seiner Mama. Ein dritter hängt, mit den Füßen in der Luft zappelnd, in der durchbrochenen Türscheibe des Subarus. Einen Vierten entdeckt er hinter den Autos am Boden liegend, wie er mit blau angelaufenem Gesicht am Lauf eines um seinen Hals gewickelten Gewehrs zerrt, während zwei Agents einen weiteren Mann aus dem sumpfigen Graben unter der Brücke retten. Das letzte Opfer, ein älterer Mann in einem karierten Hemd, kniet mit zusammengebissenen Zähnen und schweißnasser Stirn auf dem Asphalt und überkreuzt die Hände im Schritt.

Fenzeck geht vor ihm in die Hocke. »Tut es weh?«

»Gnnhhhh! Arrggll!«

»War einer der Angreifer eine blauhäutige, rothaarige Frau?«

Der Mann stößt eine Reihe gurgelnder Laute aus, aus denen der Parzer nur mit Mühe sinnvolle Sätze zusammensetzen kann. »Die Frau alleine? Und der Mann hat nichts getan?«

»Der … ahaharrr… hatte die … hnnh… Hosen voll.«

»Sehr interessant. Vielen Dank, dass Sie ihre Zeugungsfähigkeit für das Wohl der Galaxis geopfert haben. Schauen Sie bei Gelegenheit mal in Barnas' Emporion vorbei, da bekommen Sie günstige Spenderhoden.« Fenzeck erhebt sich und blickt gen Westen in die einsetzende Dämmerung. »Bald habe ich euch«, murmelt er.

Er hat große Lust, den Satz mit einem »Muhahaha!« zu beenden.

Kapitel 18

»Was bei allen Gravitationsstrudeln ist *das*?« Saszqua stellt sich auf die Fußrasten und blickt über Axe' Schultern auf das Heerlager vor ihnen.

Eine unüberschaubare Menge an Autos und Motorrädern, Campingbussen, Trailern, Containern, Marktständen, Fressbuden und Zelten in allen Formen und Größen bedeckt die Fläche des ehemaligen Flughafens von Norfolk. Überall sind mobile Flutlichtmasten und Großbildleinwände aufgestellt worden, Metalmusik dröhnt aus Lautsprechern, Rauchsäulen steigen von Feuern in den Abendhimmel empor. Doch so überwältigend der Anblick ist: Das taghell angestrahlte stählerne Ungetüm, das sich ein Stück weiter Richtung Meer über die aus dem Nichts entstandene Nomadenstadt erhebt, stellt alles in den Schatten.

»Das ist das Camp der Metalheads«, sagt Axe. »Ach was, Camp. Ein Festival! Wahnsinn, wie viele gekommen sind.«

»Und das dahinter ist dieser Flugzeugträger?«

»Die USS Emmerich. Benannt nach einem Filmregisseur und Ehrenbürger der damaligen Vereinigten Staaten.«

»Die benennen ein Kriegsschiff nach einem Zivilisten?«

»Hey! Emmerich war immerhin der Gott der bombastischen Zerstörung, und die Präsidenten der Staaten waren ganz verrückt nach seinen Filmen.«

»Verrückt wie dieser ganze Planet«, murmelt Saszqua, während sie versucht, die Dimensionen des Schiffs abzuschätzen. Es muss an die vierhundert Meter lang sein und ragt bestimmt fünfzig Meter hoch aus dem Sumpf. Gewaltige Stützstreben halten es in der Waagerechten, und eine Rampe von der Breite einer Autobahn führt über ein Stahlgerüst hinauf auf das Deck.

»Was sind das für zwei Riesenröhren?«

»Ha! Das ist das Extremste, was geistesgestörte HiFi-Techniker je gebaut haben. Das Backfire-Soundsystem. Nicht genehmigt und völlig krank. Brennt beim Schlussakkord des Konzerts leider durch, aber löst vorher noch einen Tsunami aus.«

»Was ist ein Zunami?«

»Die Mutter aller Wellen! Das Monster ist hunderte Kilometer weit in den Atlantik gerollt. Zum Glück gab's keine Toten.«

Die Boss Hoss rollt auf das Festivalgelände. Ein bierbäuchiger Kerl mit einer ungekämmten schwarzen Matte, der Axe' älterer Bruder sein könnte und eine Warnweste über seinem Screaming-Ears-Shirt trägt, winkt ihnen zu. Axe hält neben ihm, und die beiden begrüßen sich, indem sie mit geschlossenen Fäusten die Unterarme überkreuzen.

»Alleine durch die Wildnis, Bruder?«, fragt der Einweiser und wirft Saszqua einen schüchternen Blick zu. »Bei den ganzen Hardcore-Swampbillies da draußen?«

»Wir haben ein paar getroffen«, sagt Axe grinsend.

»Da, wo es besonders wehtut«, ergänzt Saszqua.

»Ihr zwei seid echt metal«, meint der Dicke. Er wendet sich Saszqua zu. »Und dein Alien-Outfit ist so hammerbrutal, ich hab wirklich fast geglaubt …« Er verstummt, als Saszquas Augen immer schmaler werden. »Scheiße! Du bist echt eine …« Sein Zeigefinger stößt zweimal Richtung Himmel. »Hammer. Ich meine, voll im positiven Sinne. Da laufen noch ein paar andere von da oben auf dem Gelände rum, aber keiner so …«

Axe klopft ihm auf die Schulter. »Alles klar, Alter. Wir wollen dich nicht länger aufhalten. Wo gibt's Bier?«

Der Einweiser streckt den Arm in Richtung des höchsten Lichtmastes. »Da kriegt ihr alles. Bier, Whiskey, totes Schwein vom Grill.«

»Axe! Wir sind nicht hier, um …«

»Doch. Genau deswegen sind wir hier. Lass mich mal machen, ich habe einen Plan.«

Saszqua rollt mit den Augen.

»Euren Bock könnt ihr da drüben abstellen. Und wenn ihr ein Zelt aufschlagen wollt …«

»Alter, wir haben nicht vor zu schlafen.« Axe hebt eine Hand und macht die *mano cornuta.* »Wir sehen uns!«

Auf dem Weg durch das Camp scheint Axe durch Wolken psychoaktiver Substanzen zu schweben. Sein Grinsen wird von Minute zu Minute breiter und sein Blick immer glasiger. Jedes Mal, wenn sie in den Schallkegel eines Ghettoblasters oder einer Smartbox geraten, verrenkt er die Finger, als würde er ein unsichtbares Saiteninstrument beackern, und schleudert den Kopf auf und ab, dass ihm der Staub aus der Matte fliegt.

»Gehört das zu deinem Plan?«, fragt Saszqua, doch bevor die Worte sich in Axe' Gehirn sinnvoll zusammensetzen, schiebt sich ein vor Aufregung glühendes junges Pärchen zwischen sie.

»Ey, du siehst voll krass aus!«, begrüßt sie der männliche Part, ein dürrer Typ in einer knöchellangen Lederkutte, aus dessen Stirn zwei kleine, nach oben gebogene Hörner wachsen. »Machst du ein Selfie mit uns?«

Die Frau, ein eher rundliches Persönchen mit rasierten Schläfen, hängt sich an den Arm ihres Freundes und wirft Saszqua einen schmachtenden Blick zu. »Hi, ich bin Frenzy! Du bist so was von brutal geil, du könntest neben Callum auf der Bühne stehen, und keiner würde sich noch für die Musik interessieren.«

»Wir haben eigentlich keine Zeit für ...«

»Ja, saucool! Danke!« Die beiden drängen sich an Saszqua wie die Hälften eines Hotdog-Brötchens, und der Gehörnte richtet sein Pad am ausgestreckten Arm auf sie. Anschließend starrt er grinsend auf das Display. »Woah, Hammer, wie finster du guckst! Würd ich nie so hinkriegen.«

Frenzy drückt ihr einen Schmatzer auf die Wange. »Hey, man schmeckt gar nichts von deinem blauen Make-up! Bis später! War voll kosmisch, dich kennengelernt zu haben!«

Saszqua ist für einen Moment zu perplex, um zu merken, was nicht stimmt, doch dann entfährt ihr ein deftiger Fluch. Axe ist nirgendwo zu sehen!

Vor ihr schieben sich die Metalheads durch eine Gasse zwischen bunt geschmückten Verkaufsständen und Fressbuden, Tätowierern und Make-up-Künstlern, Zopfflechtern und Hörgeräte-Tuningshops. Auf kleinen Live-Bühnen zeigen Feuerjongleure, Trommler und Gitarristen ihre Künste.

Aus allen Richtungen hämmern Schlagzeug- und Bassrhythmen auf Saszqua ein, vom Lärm der plappernden, lachenden und grölenden Menge zu einer archaischen Komposition verwoben; der einheizende, hypnotische Soundtrack eines barbarischen Heeres, das sich voller Vorfreude für eine epische Schlacht rüstet. Bewundernde Blicke treffen sie, ungläubige Blicke, neugierige oder einfach nur gierige Blicke. Blicke, die der Gaffer normalerweise mit einem spontanen vertikalen Ortswechsel und einem ausgerenkten Kiefer bezahlt hätte.

Aber nicht heute und nicht hier. Bei all ihrem oberflächlichem Gepoltere, ihrer Impulsivität und Betrunkenheit haben diese Metalheads doch etwas Liebenswertes, Kindsköpfiges an sich, für das man ihnen einfach nicht böse sein kann. Hier sind alle ein wenig wie Axe. Außer dass noch nichts in Flammen aufgegangen und keine Massenpanik ausgebrochen ist.

Wobei, überlegt sie mit einem mulmigen Gefühl im Bauch, *sich das jederzeit ändern könnte.* Denn Axe, das wandelnde Chaos, der Funke an der Lunte, der rollende Kiesel, der die Geröllawine auslöst, ist hier.

Fragt sich nur, wo.

»Axe!«, ruft sie, was ihr nur weitere Blicke einbringt. »Bad Axe McGregga!«

»Hast du deinen Freund verloren?« Ein dicker Kerl mit grauem Rauschebart und breitkrempigem Lederhut blickt zu ihr auf. »Soll ich suchen helfen? Ich könnte ein paar Leute zusammentrommeln.«

»Danke, aber er kann nicht weit weg sein. Ich hab' ihn gerade erst aus den Augen verloren.«

»Wie sieht er denn aus?«

Saszqua lacht. »So wie alle hier. So wie … da ist er!«

Axe steht mit dem Rücken zu ihr an einem Bierstand, einen riesigen Plastikbecher in der Hand.

»AXE!«, brüllt sie, doch gegen den Hintergrundlärm kommt sie nicht an. Sie schiebt sich an die Theke heran und legt ihm eine Hand auf die Schulter. »Bad Axe McGregga! Ich suche dich überall, und du stehst hier und *besäufst* dich?«

Axe dreht sich um, seine Miene ein Musterbeispiel freudiger Überraschung. »Wer nennt mich denn hier Axe? Das ist ja mal …« Die leicht schielenden Augen wandern über ihr Gesicht. Als erstes fällt ihm der Unterkiefer herunter. Dann sein Blick, der zum Glück butterweich auf ihrer Sonnenterrasse landet. Zuletzt das Bier.

»Das ist ja mal das *unglaublichste* Paar Möpse, das ich je gesehen habe!«

Auch Saszqua steht der Mund offen. Sie will, nein, muss etwas sagen, doch die beim Gehirn bestellten Worte werden einfach nicht ausgeliefert, weil die Versandabteilung streikt. Noch schlimmer wird es, als sie den Aufdruck auf Axe' T-Shirt liest: *Screaming Ears Devastation Tour 2073.*

»Oh Scheiße!«

Vier Stunden zuvor:

Pisnick fläzt entspannt im Pilotensessel und verfolgt die Übertragung einer Spionsonde, die er über dem Festivalgelände kreisen lässt. Die Strukturen am Boden, die er für Start- und Landebahnen steinzeitlicher Fluggeräte hält, verschwinden nach und nach unter Zelten, Fahrzeugen und Menschenmassen. Es ist einer der wenigen trockenen Plätze inmitten all der stinkenden Wasserlöcher, aus denen die Dächer versunkener Einfamilienhäuser ragen, und der von Flutwellen wie Kartenhäuser zusammengeschobenen Industriehallen und Supermärkte. Ein wuchernder Mangrovenwald breitet sich wie ein parasitärer Riesenorganismus zwischen den Ruinen dieser aufgegebenen Stadt aus. Fasziniert beobachtet der Nelasma, wie die primitiven Lebensformen dieses Planeten innerhalb weniger Stunden von Zivilisationsstufe Null (die von der TSN-Administration eigens für die Erde eingeführt wurde, um das Niveau von Stufe Eins nicht zu verwässern) in die Barbarei einer Stammesgesellschaft absinken.

»Was Neues?« Pillop plumpst schnaufend in den Co-Pilotensessel.

»Wie man's nimmt. Diese Irren bauen eine ganze Stadt auf einer Sumpfinsel, die bei der nächsten Sturmflut wahrscheinlich komplett unter Wasser steht.«

»Das meinte ich nicht. Hast du eine Nachricht von unserem sogenannten Kommandanten oder von Kolga?«

Pisnick verneint. »Zu Fenzeck gibt es keine Verbindung. Und Kolga ... ich werde bestimmt keine schlafenden Moffler melken. Wenn sie uns braucht, wird sie sich melden.«

»Also werden wir uns weiter langweilen?«, murrt Pillop. »Mein Baby hat lange kein Plasma mehr gespuckt.«

»Alles zu seiner Zeit«, beschwichtigt ihn sein Kamerad. »Ist Shlomo noch beschäftigt?«

»Er hat inzwischen jede mögliche Kombination am Getränkeautomaten ausprobiert, war zwanzig Mal pissen und hat gerade nach einem Mittel gegen Durchfall gefragt. Außerdem löchert er mich seit Stunden über die Admiralität, über Raumschiffe, über Waffen und so weiter. Vorhin hat er mich gefragt, wie er sich für die Flotte bewerben kann.«

Pisnick lacht auf, aber dann verschluckt er sich beinahe. »Pillop! Du Idiot! Weißt du, was du getan hast? Wegen dir bewirbt sich dieser Wahnsinnige bei der Admiralität und wird auf die FE ERSTUR geholt!«

»Was? Das soll meine Schuld sein?«

»Absolut. Der schrecklichste Pirat der Galaxis! Denk an die ganzen pulverisierten Raumschiffe und Toten, die auf sein Konto gehen. Alles deine Schuld! Weil du Unterdruckgefäß deine Klappe nicht halten konntest!«

»Ich glaub dir kein Wort, du Hohlfrucht!«

»Klonkenbesamer!«

»Sitzschnitzel!«

Das Rauschen der Toilettenspülung unterbricht sie.

Mit einem aus tiefster Seele kommenden »Ahhhh!« verlässt Shlomo Sorgsam die Hygienezelle, bleibt stehen, riecht an seinen Händen und dreht sich zum Waschbecken um. Beim Versuch, den Spender für den Reinigungsschaum freihändig zu betätigen, drückt er so fest mit dem Ellenbogen darauf, dass er sich krachend verhakt. Kurz darauf steht er in einer schnell größer werdenden Schaumwolke. »Alles in Ordnung, Jungs! Ich krieg das hin!«

Pillop und Pisnick blicken einander in stummer Verzweiflung an.

»Hab's gleich! Äh, oder auch nicht.« Shlomo stolpert aus der Zelle, drängt die weiße Flut fuchtelnd und tretend zurück und schlägt die Tür zu. »Habt ihr einen Klempner in eurem Mutterschiff? Ist aber halb so wild, die Seife muss ja irgendwann alle sein. Solange keiner von euch aufs Klo muss...« Er klopft sich die weißen Flocken von den Armen. »Hey, was guckt ihr da?« Shlomo stürzt nach vorne ins Cockpit und springt förmlich in den Monitor. »Alter, das ist das Camp! Auf dem Flughafen! Warum sagt ihr mir nicht Bescheid?«

»Das Konzert ist morgen«, sagt Pisnick. »*Das da* ist völlig unwichtig.«

»Spinnst du, Nick? Das ist die Hälfte der Show! Wer *da* nicht gewesen ist, war auch nicht auf dem Konzert!«

»Häh? Ich kann deiner Logik nicht folgen.«

»Du bist ja auch kein Metalhead. Wenn du so was nicht erlebt hast, kannst du es nicht begreifen.« Er starrt die Luftaufnahme an und saugt an der Unterlippe. »Wie weit sind wir vom Flughafen weg?«

»Ungefähr zwei Kilometer«, sagt Pillop.

»Okay, das schaff ich locker. Nick, kannst du mal gucken, ob du einen trockenen Weg findest?«

»Du kannst da nicht hin«, braust Pisnick auf.

»Warum nicht?«

»Weil... weil wir jederzeit von unserer Chefin angefunkt werden könnten! Und dann heißt es: Alarmstart, ab in den Orbit, hallo, Mutterschiff!«

»Ihr müsst ja nicht mitkommen.«

Pisnick rauft sich das Brokkolibüschel. »Wenn wir starten, dann nur mit dir. Die Admiralin will dich kennenlernen.«

»Überleg mal, Axe«, sagt Pillop. »Vielleicht bekommst du einen Job in der Flotte! Feuerleitoffizier oder so.«

»Ist total cool von euch, Jungs, aber das da ist wichtiger.« Shlomo zeigt auf den Monitor. »Nach dem Konzert können wir gerne durch die Milchstraße gondeln.«

Er wendet sich Richtung Außenschleuse.

»Stopp!« Pillop umrundet Shlomo und stellt sich breitbeinig vor das Schott. In seiner Hand blitzt die Nadel eines Hochdruckinjektors auf. »Du hast hier was falsch verstanden, McGregga. Du spielst nach *unseren* Regeln, nicht wir nach deinen.«

»Was? Du bist mir ja ein toller Kumpel, Phil!« Shlomo zieht den Bauch ein und reckt die Brust vor. »Du kannst mich mal gern haben, du Gegenwindpisser!«

Pillop erstarrt. »Was hast du gerade gesagt?«

»Schlagerheimlichhörer! Sockenschläfer!«

»Pisnick? Ich könnte hier Hilfe gebrauchen!«

»Ja, du Bergaufbremser! Ruf um Hilfe!«

Pisnick kommt herangewieselt, einen besorgten Ausdruck auf dem Zylindergesicht. »Ähm... was tut er denn da?«

»Er beleidigt mich! Mach irgendwas!«

Pisnick räuspert sich. »Lass den Unsinn, du Schwerkraftleugner!«

»Haha, der war gut!« Shlomo klopft sich auf die Schenkel. »Aber damit kriegst du mich nicht in die Knie, du Malzbiertrinker!«

»Langstreckenlieger!«, ruft Pillop.

»Scheuerpulverschnupfer!«, kontert Shlomo und macht einen Schritt auf ihn zu.

Pisnick stellt sich Schulter an Schulter mit seinem Kameraden. »Schleimschnorchel!«

»Arschfräse!«, poltert Shlomo. »Rotzeimerstöpsel!«

»Äh. Schleimflöte.«

»Was?« Pisnick rüttelt Pillop, auf dessen Stirn bereits Schweiß perlt. »Ich hatte gerade erst was mit Schleim!«

»Spuckspecht!«, setzt Shlomo nach. »Hinterhofdiktator! Hodeninfarktbeschleuniger!«

»Scheiße! Scheiße!« Pisnick schlägt sich die Fäuste an die Schläfen. »Ha! Du Tischbein!«

»*Nein!* Pisnick!« Pillop beginnt zu zittern. »Das ist überhaupt keine Beleidigung.«

»Mach's besser«, krächzt Pisnick.

»Ich versuch's ja! Axe, du bist ein ... ein ...«

»Bedienungsanleitungsleser? Sackrattenbiotop?«

Pillop atmet rasselnd ein, schwankt wie zehn schlecht gestapelte Bierkisten, verdreht die Augen und kippt um.

»Was ist mit dir, Anallurch?«, fragt Shlomo und tippt Pisnick an.

»Du … du Blödmann!«, stammelt der Nelasma mit dünner Stimme.

»Wie bitte? Hast du wirklich gerade ›Blödmann‹ gesagt? Du bist desinfiziert. Nee, discofi… disquanti… du bist raus.«

Pisnick bricht schluchzend zusammen.

Shlomo legt die Hand auf den Öffnungskontakt. Das Schott klappt nach außen. Warmes Abendlicht und das Aroma austrocknender Brackwassertümpel strömen in die Landefähre. Von der Rampe führt eine halb überflutete Straße voller Treibgut und Fischkadaver fort, doch in Wirklichkeit ist es ein roter Teppich, der ins Paradies führt. Shlomo dreht sich noch einmal um. »Macht's gut, Jungs. War ja 'ne Zeitlang nett mit euch Klorollengesichtern. Zumindest bis ihr euch in solche Kackschrate verwandelt habt.«

Dann marschiert er grinsend drauflos, dem verheißungsvollen Lärm entgegen.

Saszqua dreht sich um und atmet tief durch. Das hätte nicht passieren dürfen! Hat Axe nicht behauptet, sein jüngeres Ich, Shlomo, sei in der Gewalt von zwei TSN-Soldaten?

Okay, ich gehe jetzt langsam weiter. Shlomo ist von dem Trubel hier so abgelenkt, dass er mich gleich wieder vergessen haben wird.

Sie macht sich daran, Teil eins des Plans umzusetzen. Teil zwei scheitert vier Sekunden später, als Shlomo neben ihr auftaucht und sie grinsend umrundet. »Hey, du kannst nicht einfach abhauen! Woher kennst du meinen Namen? Also, meinen echten Namen?«

»Ich hab dich mit jemandem verwechselt.«

»Nein, komm schon! Du hast ein Gesicht gemacht, als wüsstest du ganz genau, wer ich bin. Und klar und deutlich ›Axe‹ gesagt.«

»Weil ich dachte, du wärst mein Ex.«

Shlomo prustet los. »Niemand sagt ›Ex‹ zu seinem Ex. Aber weißt du was? Als *du* plötzlich vor mir gestanden hast, dachte ich, du wärst meine Zukünftige.«

Saszqua schiebt ihn auf Armeslänge von sich. »Hör zu, Erdling: Lass mich in Ruhe! Du hast mich nie gesehen!«

Dieses Mal scheint es zu Shlomo durchzudringen, dass sie es ernst meint. Er sieht aus wie ein Ballon, aus dem langsam die Luft entweicht. »Wie soll ich dich denn vergessen? Dein Anblick hat sich in meine Augen gebrannt. Moment, ich beweis' es dir!« Er hält die Hände vors Gesicht. »Wusst' ich's doch: Ich seh' dich immer noch.«

Saszqua nutzt die günstige Gelegenheit, um sich unsichtbar zu machen. Sie taucht in einer Gruppe Metalheads unter, umrundet einen Stand, an dem Sticker und Aufnäher verkauft werden, und lehnt sich gegen einen in Tarnfarben gestrichenen Geländewagen, dessen Ladefläche zu einer mobilen Suppenküche umgebaut ist.

»Außerdem«, sagt Shlomo und lehnt sich neben sie, »hast du mir noch gar nicht gesagt, wie du heißt.«

»Aah! Du bist anhänglicher als Scheiße unter einem Wanderstiefel! Hau ab! Steck deinen Kopf in ein Bierfass oder in einen Lautsprecher, aber *zieh Leine!*«

Shlomo lässt den Kopf hängen. »Du ruinierst gerade einen perfekten Augenblick. Sonst nennt mich niemand Axe, und dann kommt endlich jemand und tut es und ist auch noch das geilste Geschoss der Galaxis!«

Eine kurze Anwandlung von Mitleid überfällt Saszqua. »Du bist bestimmt ein toller Typ, Axe. Aber du bist hier, um deine Lieblingsband zu sehen und nicht, um Frauen anzumachen, für die du noch nicht reif genug bist.«

»Wusstest du, dass ich ein Attest …?«

»Axe!« Sie packt ihn an den Schultern und dreht ihn um hundertachtzig Grad. »Da entlang!«

Shlomo trottet vorwärts, von einer Aura rabenschwarzer Enttäuschung umgeben, die jeden in seinem Weg instinktiv zur Seite weichen lässt.

Bis auf die beiden Gestalten in schwarzen Anzügen, die ihn in die Mitte nehmen, ihm die Arme auf den Rücken drehen und mit ihm zwischen zwei Zelten verschwinden.

»Hey!« Saszqua schnellt vor, doch in diesem Moment strömen die Menschenmassen in Shlomos Kielwasser zurück und keilen sie ein wie eine Mofflerherde eine unachtsame Melkerin. Mit dem Unterschied, dass Moffler nicht »Screaming Ears! Screaming Ears!« skandieren.

Eine Alkoholfahne trifft sie von der Seite. »Ey, weissu«, lallt eine silberhaarige Frau mit üppigem schwarzen Lidschatten, »ich bin total blau, aber lang nich' so blau wie du!« Die Betrunkene wird von der Menge weitergeschoben. Saszqua findet sich zwischen zwei Männern wieder, von denen einer den Arm um ihre Schulter legt und der andere sagt: »Sag mal, Frank, wie kommst du nur immer an solche heißen Bräute ran?«

Frank krümmt sich zusammen und taumelt von Saszqua fort. »Wir haben uns getrennt«, stöhnt er. »Ich halte Gewalt in einer Beziehung einfach nicht aus.«

»Platz da!«, schnauzt Saszqua die dichte Fan-Traube vor sich an. »Lasst mich durch, ich bin TSN-Kommandantin!«

»Ach ja?« Ein Kerl, der es an Muskeln und Haarlosigkeit mit Bongar Bolk aufnehmen könnte, dreht sich zu ihr um. »Was hat die TSN je für uns getan?«

»Hast du in den letzten zweiundzwanzig Jahren Schwerkraftsteuer gezahlt?«

»Öh... nein?«

»Siehst du? Die ist nämlich auf allen TSN-Welten verboten.« Sie schiebt den Muskelprotz ohne Kraftanstrengung beiseite und die hinter ihm Stehenden gleich mit. Der Impuls setzt sich bis an den Rand der schiebenden Menge fort. »Yeah, Platz für die Kommandantin!«, grölt jemand, als sie sich durch die Schneise drängt, und »Bleib doch bei uns!« ein anderer.

Saszqua stolpert in ruhigeres Fahrwasser und findet die Gasse zwischen den Zelten, durch die die Entführer verschwunden sind. Dahinter gelangt sie auf eine grasbewachsene Fläche, auf der wie hingewürfelt kleinere Zelte und Campingfahrzeuge verteilt stehen. Rauch steigt an mehreren Stellen aus Feuerschalen und Grills auf, Leute sitzen in Gruppen auf dem Boden, Bierflaschen in der Hand, Musikanlagen bis zum Anschlag aufgedreht.

Saszqua lässt den Blick über die Festival-Idylle schweifen und grübelt darüber nach, dass sie Axe innerhalb einer Viertelstunde zweimal verloren hat. Und ob es nicht besser wäre, wenn die Anzugträger den jüngeren Axe weit von hier fortbrächten, sodass der ältere ihm auf keinen Fall begegnen und dadurch das Universum ins Klo spülen kann.

Da! Sie erblickt das Dreiergespann auf einem matschigen Weg, der aus der Zeltstadt herausführt, und gleichzeitig steht ihr Entschluss fest, Axe, oder Shlomo Sorgsam, zu befreien. Egal, ob sie damit den außer Kontrolle geratenen Zeitexpress auf dem richtigen Gleis hält oder erst recht zum Entgleisen bringt.

»Hinsetzen!« Turnbull drückt McGregga auf einen Stuhl, und Coppola fesselt ihn mit Kabelbindern an die Lehne. Dann stellen sie sich mit verschränkten Armen vor ihrem Gefangenen auf, der mit einem Ausdruck zwischen Panik und Faszination zu ihnen aufblickt.

»Ist das wegen New York? Hat Tom Plummer euch geschickt, um mir die Daumen zusammenzutackern? Oder seid ihr sowas wie Kopfgeldjäger? Ne, dann würdet ihr nicht solche teuren Anzüge und Designersonnenbrillen tragen. Scheiße, ihr seid von der Mafia! Oh nein, ich weiß, ihr seid Geheimagenten. Ja, ihr seid von irgendeiner obersupergeheimen Regierungsorganisation. Ihr wollt aus mir rausquetschen, was ich über die Außerirdischen weiß! Ha! Ihr könnt mich so lange foltern und waterboarden, wie ihr wollt, von mir erfahrt ihr gar nichts! Ich will meinen Anwalt anrufen! Scheiße, ich hab gar keinen Anwalt. Und kein Pad. Kann mir einer von euch sein Pad leihen, damit ich meinen ... ach nee, ich hab ja gar keinen Anwalt.«

»Knebeln wäre für den Anfang nicht schlecht«, sagt Coppola zu ihrem Kollegen, der seit Beginn des Monologs auf eine Gelegenheit lauert, dazwischen zu grätschen.

»Ich hab Rechte!«, heult McGregga. »Das ist Freiheitsberaubung!«

»Klappe halten und zuhören!«, fährt Coppola ihn an. »Wir wollen nur mit Ihnen reden. Tut mir leid, dass wir sie fesseln mussten, aber Sie gelten als extrem gefährlich.

Sollten Sie irgendetwas tun, um das zu bestätigen, werden Sie sich wünschen, im Weltall geblieben zu sein.«

»*Im Weltall?!* Hahahaha, ihr seid lustig.« McGregga rüttelt an seinen Fesseln. »Oder völlig bekloppt. Scheiße, ich bin von zwei Irren gekidnappt worden. Hilfe! Hört mich jemand? Ich ... hhmmbbmm...«

Turnbull presst eine Hand so fest auf McGreggas Mund, dass dessen Stuhl sich um fünfundvierzig Grad nach hinten neigt. »Bleiben Sie ruhig! Lassen Sie uns mit Ihnen reden, dann klärt sich bestimmt alles auf. Ich nehme meine Hand jetzt weg, und Sie reißen sich zusammen. Verstanden, McGregga?«

Der Pirat nickt mit weit aufgerissenen Augen, und Turnbull tritt von ihm zurück.

»Ich weiß nicht, was ihr für Flitzpiepen seid, aber ich glaube, ich mag euch«, plappert McGregga weiter. »Sehr cool von euch, dass ihr McGregga zu mir sagt. Niemand sagt McGregga oder Axe zu mir, und dann kommt erst dieses Hammerweib und dann ihr beide.«

»Ist McGregga ihr Name oder nicht?«, fragt Coppola gereizt.

»Eigentlich heiße ich Shlomo Sorgsam, aber hey, man kann ja wohl kaum Cosmic-Doom-Metal-Fan sein und Shlomo heißen. Mein *richtiger* Name ist Armistead ›Bad Axe‹ McGregga. Und ich komme aus Philadelphia und nicht aus dem All, obwohl ich da schon immer mal ...«

»Halt mal eben die Klappe«, schnauzt Coppola und zieht Turnbull einige Schritte mit sich. »Kommt der Typ dir wie ein interstellarer Terrorist und Pirat vor?«, flüstert sie ihm zu.

»Du meinst, das ist ... der andere? Das Original, aus dem dieser McGregga geklont worden ist?«

»Sofern die Geschichte stimmt. Fenzeck hat nichts davon gesagt, dass Sorgsam sich ebenfalls McGregga nennt. Ich sage, irgendwas stimmt hier nicht. Oder traust du Fenzeck über den Weg?«

Turnbull knetet sein glattrasiertes Kinn. »Vielleicht sollten die Kollegen mal in den Admiralitätsdatenbanken nach ihm suchen. Ich rufe das Verbindungsbüro an.«

Coppola nickt zustimmend. Während ihr Partner sein Pad zückt, baut sie sich erneut vor McGregga – falsch: vor Shlomo Sorgsam auf. »Der Reihe nach: Sie erwähnten vorhin Außerirdische. Wen meinten Sie damit?«

Shlomo kaut auf seiner Unterlippe. »Okay. Ich bin mit meinen Kumpels Phil und Nick hier. Obwohl … nein, die sind nicht meine Kumpels. Nicht mehr. Phil wollte mich sogar mit dem Zeug ausknocken, das die auch meinen Eltern gespritzt haben.«

»Moment, nicht so schnell. Phil und Nick? Im Ernst?«

»Nein, ich hab' die so genannt, damit ich mich nicht jedesmal einnässe, wenn ich ihre Namen sage. Der eine heißt Pillop.« Axe unterbricht sich, um prustend zu lachen. »Der andere Pisnick. Die sind im Garten meiner Nachbarn gelandet, um irgendeinen Psycho aus dem All zu jagen. Na ja, ihr Kommandant jagt, und die Jungs wollten mir eigentlich helfen, meine Boss Hoss zurückzubekommen. Hey, wenn ihr so coole Geheimagenten seid, könnt ihr bestimmt auch meinen Hobel finden, oder?«

Coppola verspürt das Bedürfnis, sich hinzusetzen und einen Liter Kaffee in sich hineinzuschütten. Oder den Job zu kündigen und Gurkenfarmerin zu werden. Shlomo ist anscheinend den TSN-Soldaten begegnet, die Fenzeck auf die Erde gebracht haben, und mit ihnen in der Landefähre geflohen. Ausgerechnet dahin, wohin auch McGreggas Spur sie und Fenzeck geführt hat. Es ist wie ein fast gelöstes Puzzle, in das die letzten Stücke nicht passen, egal wie man sie dreht und wendet.

»Ich habe was über unseren Freund Fenzeck!« Turnbull winkt sie zu sich. Coppola wirft Shlomo einen warnenden Blick zu und gesellt sich zu ihrem Partner.

»Es gibt keinen Kommandanten namens Fenzeck Pumpf bei der Admiralität«, beginnt der Agent. »Aber die Zentrale hat weiter geforscht und einen Eintrag im Personenmelderegister seiner Heimatwelt gefunden.«

»Parzaff.«

»Richtig. Dort arbeitet ein Fenzeck Pumpf als Persönlichkeitsoptimierer und Profilberater. Das heißt, er sagt irgendwelchen hohen Tieren, was sie tun müssen, um in der

Öffentlichkeit glänzend dazustehen, egal was für Langweiler oder Arschlöcher sie in Wirklichkeit sind.«

Coppola setzt die Brille ab und knetet ihre Nasenwurzel. »Das wird immer konfuser. Aber eines ist klar: Fenzeck verschweigt uns eine ganze Menge.« Sie ist froh, dass sie und der Parzer getrennt auf die Suche nach McGregga gegangen sind. Ihr Blick geht zur Tür des Vans. Was, wenn Fenzeck plötzlich mit McGregga hier auftaucht? Wie reagieren Klon und Original, wenn sie einander begegnen? Was wird Fenzeck tun, wenn er sein Ziel erreicht hat? Wenn er sie, Turnbull und die anderen Agents nur benutzt hat und beschließt, sie nicht mehr zu brauchen? *Wir hätten ihm keine Waffe geben dürfen …*

Und da ist noch etwas, dass sie übersehen haben. Etwas, das Sorgsam nebenbei erwähnt hat, dem sie aber keine Bedeutung beigemessen hat.

Sie dreht sich zu dem Gefangenen um. »Shlomo! Wer hat Sie noch ›McGregga‹ genannt? Sie sagten was von einer Frau?«

»Oh Mann, ja!« Shlomos Gesichtszüge weichen vor lauter Verzückung auf. »Da will ich gerne mal dabei sein, wenn die mit ihren Glocken läutet. Solche geilen Bommel habt ihr noch nie gesehen. Die sind wie …«

»Mich interessiert nicht, wo Sie ihr hinterhergeglotzt haben, Sie sexistischer Vollhorst«, schnauzt Coppola. »Ich will wissen, wie diese Frau heißt!«

Die Tür des Vans wird auf- und aufgrund des großzügig dosierten Schwungs gänzlich herausgerissen. »Saszqua«, sagt die blauhäutige Rothaarige, die zu ihnen hereinblickt, mit gelassener Höflichkeit. »Kommandantin Saszqua.«

Coppola greift mit der Schnelligkeit, die ihr als ehemalige Angehörige einer Anti-Terror-Einheit in Fleisch und Blut übergegangen ist, unter das Revers ihres Sakkos und umfasst den Griff der Kill-Tec. Die Waffe gleitet mit der Geschmeidigkeit einer zustoßenden Kobra hervor, macht Bekanntschaft mit Saszquas Unterarm, segelt durch den Van und trifft Turnbull an der Stirn, der, ebenfalls mit einer Hand im Sakko, aufschreiend zurücktaumelt.

»Das ist sie!«, jubelt Shlomo. »Saszqua! Toller Name!«

Coppola duckt sich unter einem Schlag weg und versucht, mit einem gezielten Tritt Saszqua von den Beinen zu fegen.

»Ahh! Scheiße!« Die Blauhäutige schwankt nicht einmal, während Coppola fürchtet, sich das Schienbein gebrochen zu haben.

»Hände hoch!«, brüllt Turnbull, die Waffe auf Saszqua gerichtet.

Bevor Coppola begreift, was mit ihr geschieht, hat die Blauhäutige sie vom Boden gepflückt und ihrem Partner entgegengeschleudert. Sie überschlägt sich einmal, kracht gegen Turnbull und bricht zusammen mit ihm durch die Tür zum Fahrerhaus des Vans.

»Ja! Mach sie fertig, Saszqua!« Shlomo, völlig aus dem Häuschen, zappelt auf seinem Stuhl herum, als wollte er sich auf diese Weise von den Fesseln befreien.

»Freu dich nicht zu früh«, zischt Saszqua. »Ich habe ein wenig gelauscht, bevor ich reingekommen bin.«

»Was? Das ... das war ich nicht! Das war der Agent. So was von frauenfeindlich! Echt schlimm. Geschieht ihm ganz recht, was du mit ihm ...«

»Klappe!«

Shlomo verstummt.

Coppola, die noch damit beschäftigt ist, oben und unten auseinander zu sortieren, ist zu keiner Gegenwehr fähig, als Saszqua sie vom Boden hochreisst und in den Schwitzkasten nimmt. Sie hegt keinen Zweifel, dass die Außerirdische nur ganz leich den Bizeps anspannen muss, um ihr das Genick zu brechen. Saszqua klemmt sich Turnbull in die andere Armbeuge und schleift sie beide zur offenen Seitentür des Vans. Coppola sieht zwei Agents bewusstlos am Boden liegen und vier weitere, die sich, die Waffen im Anschlag, dem Van nähern.

»Sagt euren Leuten, sie sollen zurückbleiben!«, befiehlt Saszqua und hält sie als lebende Schutzschilde vor sich. »Wir reden. Und dann entscheide ich, ob ihr die nächsten Monate ohne fremde Hilfe aufs Klo könnt oder ob ich *richtig* sauer werde.«

»Nehmt die Waffen runter!«, keucht Coppola. »Das ist

ein Missverständnis, das sich gleich aufklären wird.«

»Sollen wir Verstärkung rufen?«, fragt einer der Agents.

»Nein! Aber zwei von euch gehen los und versuchen, Kommandant Fenzeck zu finden. Entwaffnet ihn und bringt ihn her!«

»Zu Befehl!« Der Agent gibt einem Kollegen ein Zeichen, und die beiden laufen Richtung Festivalgelände. Die anderen stecken die Waffen ein, aber beobachten Saszqua mit Argusaugen.

»Jetzt reden wir.«

Coppola fühlt sich auf die Füße gestellt und atmet erleichtert auf. Neben ihr plumpst Turnbull zu Boden, setzt sich auf und reibt sich den Nacken. »Wissen Sie, wie Fenzeck Sie genannt hat?«, fragt er. »›Eine mörderische, mies gelaunte Kampfmaschine‹. Jetzt glaube ich ihm.«

»Wer ist dieser Fenzeck?«

»Der Kerl, den Sie übel zugerichtet haben, als Sie McGregga letzte Nacht zu Hilfe gekommen sind. Sie scheinen echt einen Narren an dem Kerl gefressen zu haben, dass Sie nicht nur auf ihn, sondern auch auf seinen Doppelgänger aufpassen. Kann ich Sie als Bodyguard engagieren?« Turnbull lacht, verzieht das Gesicht und hält sich die Rippen.

Saszqua betracht ihn ohne eine Spur Mitleid. »Sie beide haben sich also bereitwillig vor Fenzecks Karren spannen lassen und glauben alles, was er Ihnen erzählt?«

»Am Anfang schon«, gibt Coppola zu. »Die Admiralität gibt nicht jedem einen Kampfanzug der neuesten Baureihe. Und seine Geschichte war schlüssig.«

»Dann erzähle ich Ihnen mal meine Geschichte. Mein Schiff ist hier, um die Erde zu retten, und diese Arschlöcher von der AXETÖTER kommen uns ständig in die Quere, weil sie eine Rechnung mit uns begleichen wollen.«

»Die Erde retten?«, ruft Shlomo. »Wahnsinn! Darf ich dir helfen? Du brauchst jemanden wie mich!«

Drei Augenpaare sezieren Shlomo, als wäre er eine abartige Mutation mit einigen Extragliedmaßen und dem Gesicht an der Stelle, die sich üblicherweise durch einen gewissen Mehraufwand an Körperhygiene auszeichnet.

Coppola runzelt die Stirn. »Was soll das heißen, Sie wollen die Erde retten? Wovor?«

»Vor ihrer Vernichtung.«

»Wenn hier auf der Erde jemand behauptet, dass der Weltuntergang bevorsteht, dann ist die vernünftigste Antwort normalerweise ›Jaja‹«, sagt Turnbull. »Warum sollten wir Ihnen glauben?«

»Haben Sie die Möglichkeit, meine Identität zu überprüfen?«

Turnbull holt sein Pad heraus. »Okay. Kommandantin Saszqua, ja?«

»Kommandantin Saszqua, Schlachtkreuzer SUPERNOVA«, bestätigt Saszqua lächelnd. Sie beugt sich hinter Shlomos Stuhl und reißt mit einem Ruck die Kabelbinder auseinander.

Sofort springt Shlomo auf und wendet sich Agent Coppola zu. »Ihr Pissnelken habt den Fehler eures Lebens gemacht! Wer sich mit Supergirl anlegt, legt sich auch mit mir an! Ich mach euch fertig, ihr Spacken!« Er tritt mit vorgereckter Brust auf sie zu, taumelt mit einem erstickten Aufschrei zurück, als Saszqua ihn im Nacken packt, und landet unsanft auf dem Stuhl.

»Sitzenbleiben! Mund halten!«

»Ja, Ma'am.« Er blickt sie von unten herauf an. »Ich wusste von Anfang an, dass wir füreinander bestimmt sind. Gehen wir gleich auf ein Bierchen?«

»Was hast du an ›Mund halten‹ nicht verstanden?«

»Dieser Kerl ist die reinste Pest«, meint Coppola. »Und Sie kennen den anderen? Ist der auch so schlimm?«

»Genau so schlimm. Nur mit Massenvernichtungswaffen.« Saszqua wendet sich Turnbull zu, der gerade das Pad wieder einsteckt. »Und?«

Der Agent deutet eine Verbeugung an. »Kommandantin Saszqua, es ist mir eine Ehre.«

Coppola macht große Augen. »Ja, und weiter?«

Turnbull wirkt fast ein wenig verlegen. »Die SUPERNOVA ist das Flaggschiff der Admiralität. Das Schiff, auf dem die Plasmahaubitze des Präventiven Erstschlags verbaut ist.«

»Yee-ha!«, brüllt Shlomo.

»Kommandantin«, sagt Coppola, »Sie haben unsere vollste Unterstützung. Was brauchen Sie?«

»Abgesehen von einem Plan, die Erde zu retten?« Saszqua lässt den Blick über die technische Ausstattung des Vans schweifen. »Kann ich hiermit einen Funkspruch in den Orbit senden? Ich habe seit einem Tag keinen Kontakt mehr zu meinem Schiff.«

»Nein.« Coppola macht eine bedauernde Geste. »Dafür bräuchten wir eine stärkere Antenne. Oder ein Gerät der Admiralität. Wie in einem Raumschiff.«

»Äh, Leute?« Shlomo hebt die Hand. »Ich hab ein Raumschiff.«

Es dauert eine halbe Stunde, bis Axe bemerkt, dass er Saszqua verloren hat. Eine weitere halbe Stunde vergeudet er damit, sie zu suchen.

Schließlich wird ihm klar, dass selbst eine unübersehbare Erscheinung wie Saszqua unter Zehntausenden Metalheads nur eine blaue Nadel im Heuhaufen ist. Solange sie nicht ausrastet und Leute durch die Luft wirft oder sonst irgendwas tut, was sich im Camp herumspricht, wird er sie durch zielloses Umherlaufen nicht finden.

Wenn sie wenigstens einen Treffpunkt vereinbart hätten!

»Moment ...« Axe schnippt mit den Fingern. Die Boss Hoss! Saszqua rechnet bestimmt damit, dass er bei seinem Motorrad auf sie warten wird.

Er kämpft sich durch das Getümmel zum Ausgangspunkt seiner Wanderung zurück.

Der zum Parkplatz umfunktionierte Bereich des Flughafens ist unbeleuchtet. Vereinzelt begegnen ihm Leute, die mit Taschenlampen unterwegs sind oder ihre Pads hochhalten, und aus einigen hier abgestellten Campingfahrzeugen dringt Licht. Völlig dunkel wird es in diesem Teil der Erde ohnehin nie, da die nächtliche Lichtflut der Megacitys von New York bis Washington die Atmosphäre in eine gigantische Leuchtstoffröhre verwandelt.

Schon von weitem sieht er eine dunkle Silhouette auf der Boss Hoss sitzen, und sein Herz macht einen freudigen

Hüpfer. »Saszqua!« Er winkt ihr zu. »Gut, dass du hier bist! Ich dachte schon ...« Er verstummt. Die Gestalt ist zu klein, und der Silhouette fehlt das unverwechselbare Profil von Saszquas aufgebauschter Mähne.

»*Was* dachtest du? Dass du mir entkommen wärst?« Der Sprecher stößt ein meckerndes Lachen aus, und Axe sieht das Laservisier einer Waffe aufleuchten. Ein roter Punkt tanzt über seine Brust.

»Scheiße. Du bist der Typ mit dem Fluganzug. Fettsack? Winzig? Ach ja, Fenzeck.«

Fenzeck schnaubt verärgert. »Langsam näher kommen, McGregga. Wenn du Dummheiten machst, bist du tot.«

Axe hebt die Hände. »Das würde Kolga aber nicht gefallen.«

»Dir noch viel weniger.«

»Da hast du wohl recht.« Axe denkt fieberhaft nach, aber mehr, als einfach drauflos zu plappern und auf eine günstige Gelegenheit zu hoffen, fällt ihm nicht ein. »Warum dieser ganze Aufwand, Fenzeck? Hab ich dir irgendwas getan?«

Fenzeck lässt sich einen Moment Zeit mit der Antwort. »Weißt du, eigentlich hättest du mir völlig egal sein können. Ich hatte ein gut planbares Leben auf Parzaff, einen ausgezeichneten Ruf in meiner Branche, jede Menge Leute, die nach meiner Pfeife tanzten ... und dann kommt Fleegus Lompz und bietet mir den bestbezahlten Job auf dem Planeten an: Wahlkampfmanager für den nächsten Präsidenten.«

»Fleegus? Diese Flachpfeife?« Axe kennt den Parzer bloß von einer Videoübertragung in die FE ERSTUR, aber die wird er sein Leben lang nicht vergessen. Es war der Moment, in dem er und alle anderen an Bord zum Tode verurteilt worden sind – nur um die Spuren des fehlgeschlagenen Experiments zu verwischen, das Fleegus womöglich seine Karriere gekostet hätte. »Ah, ich glaube, ich rieche den Braten. So was wie mich darf es in Fleegus' Lebenslauf nicht geben, wenn er eine Wahl gewinnen will.« Axe kichert. »Oh ja, das ist eine ganz üble Geschichte. Wenn das jemand herauskramt und in die

Öffentlichkeit zerrt, war es das mit der Weltherrschaft.«

»Du hast es erfasst«, knurrt Fenzeck. »Dummerweise bin ich auf die Idee gekommen, dass es nicht schaden könnte, wenn der künftige Präsident mir was schuldet. Und plötzlich bin ich auf diesem Drecksloch von Planeten und prügele mich mit dir herum, statt den Spaß von Kolgas Schiff aus zu verfolgen. Tja, und jetzt ist es persönlich. Daher würde es mir durchaus Genugtuung bereiten, dich zu erschießen.«

»Was aber schön blöd wäre«, sagt Axe, »weil nur ich unsere Schiffe in die Gegenwart zurückbringen kann.«

»Es stimmt also?« Fenzeck runzelt die Stirn. »*Du* hast uns in die Vergangenheit verfrachtet? Wie hast du das angestellt?«

Axe hebt die Hand mit dem Rezirkulator hoch. »Haha! Rate mal, was ich hier habe!«

»Geschmackloser Modeschmuck?«, fragt Fenzeck gelangweilt.

»Nein, Mann! Das ist eine Zeitmaschine.«

Der Parzer bricht in Gelächter aus. »Eine ... hihi ... Zeitmaschine? Wuhuhaha! Du bist echt 'ne Granate, McGregga.«

»Kein Scheiß, Alter! Das Ding hat uns durch Zeit und Raum zur Erde versetzt. Oder denkst du, wir sind durch Zufall bei meinem Heimatplaneten gelandet?«

Auf einen Schlag wird Fenzeck wieder ernst. »Verdammt, wenn das stimmt ...«

Der Tonfall des Parzers gefällt Axe gar nicht.

»Wenn das stimmt, kann mir Kolga egal sein. Dann kann mir Fleegus egal sein. Dann wäre ich das mächtigste Wesen der Galaxis!«

»Äh, nein. Das hast du völlig falsch verstanden.« Axe weicht einen Schritt zurück.

»Jetzt muss ich dir doch tatsächlich dankbar sein, McGregga.« Fenzeck richtet die Waffe am ausgestreckten Arm auf Axe und drückt ab.

Axe hört den Knall, aber er spürt keinen Schmerz. Nur das Gefühl, geschubst zu werden, nach hinten zu kippen und auf dem überraschend weichen Beton aufzuschlagen.

Um ihn herum wird alles hell; jedes Luftmolekül scheint aus sich heraus zu leuchten. Fenzeck beugt sich über ihn und streckt die Hand nach dem Ring aus, langsam, immer langsamer, bis er auf halber Strecke seine Bewegungsenergie restlos verbraucht hat und sich in ein dreidimensionales Foto verwandelt.

Plötzlich ist da eine weitere Person, die neben den Parzer tritt. Der äußerst schlanke Mann im eleganten Anzug öffnet seinen Aktenkoffer und zieht einen Gegenstand heraus, der aus mehreren, mit Gelenken verbundenen Stäben und einer gebogenen Klinge besteht. Mit geübten Handgriffen klappt er diese auseinander, bis er eine veritable Sense in den bleichen Knochenfingern hält.

»Sag mal, Alter, wir kennen uns doch!« Axe wundert sich, dass er klingt, als würde ein sanfter Wind seine Stimme aus weiter Ferne herantragen.

»WIR HATTEN BEREITS MEHRFACH DAS VERGNÜGEN. ICH BIN HERR SCHWARZ VON DER TRANSFERGESELLSCHAFT.« Herr Schwarz zerteilt probeweise einige Luftmoleküle mit der Klappsense. »BRINGEN WIR DAS SCHNELL HINTER UNS, BEVOR DU WIEDER …«

Notfall-Rezirkulation eingeleitet.

Als Axe durch die Zeit zurückfedert, ist das letzte, was er von dem Mann mit der Sense hört: »FUCK.«

Herr Schwarz blickt Axe hinterher, bis dieser zu einem Punkt auf einer anderen, axe-freundlicheren Zeitlinie geworden ist und das durchkreuzte *Nach-Axe-Universum* zu welken und verblassen beginnt. Er zieht eine Sanduhr aus seinem Koffer und unterzieht sie einer kritischen Inspektion. Ein letztes Sandkorn verharrt in der Mitte, als wollte es sich über ihn lustig machen. »NICHT SCHON WIEDER.« Mit einem fleischlosen Finger schnippt er gegen das Glas und beobachtet verstimmt, wie der Sand aus der vollen unteren Hälfte in die obere hinauf rieselt. »DIESER KERL KRIEGT EINFACH ALLES KAPUTT.«

Frustriert faltet er die Sense zusammen, legt sie in den Koffer und klappt ihn zu.

»WIR WERDEN UNS WIEDERSEHEN, AXE.«

Aus den Datenbanken der FE ERSTUR:
Leben nach dem Tod (n): Unter Biologen und Medizinern herrscht die einhellige Meinung vor, die Zeitspanne nach dem Tod zeichne sich vor allem durch einen anhaltenden und unumkehrbaren Zustand des Nicht-mehr-am-Leben-seins aus.

Die meisten Glaubensgemeinschaften bieten ihren Klienten einen Rundum-Sorglos-Service für das Recycling ihrer Persönlichkeitsmatrizen an. Traditionelle Religionen sind in den letzten Jahrhunderten zunehmend vom Markt verdrängt worden, da ihre verheißungsvollen Jenseitsversprechen an unattraktive Bedingungen wie regelmäßige Gebetszeiten, Nächstenliebe oder der Verzicht auf besonders spaßige Sexualpraktiken geknüpft waren.

Naturreligionen erhalten neuerdings wieder größeren Zulauf. Auf dem Planeten Taffino versprechen zum Beispiel die Priester des Klukka-Punko-Kultes den Gläubigen – die an den heiligen Tagen auf den Knien zum Tempel rutschen, sich mit dem heiligen Schlamm einreiben und zehntausend Kreditchips in die heilige Opfergrube werfen – im nächsten Leben mit deutlich erhöhter Intelligenz wiedergeboren zu werden.

Darüber hinaus hält sich hartnäckig das Gerücht, die Seelen – oder höherdimensionalen, postmortalen Mentalemanationen – würden nach dem Tod von schwarz gekleideten Außendienstmitarbeitern einer sogenannten Transfergesellschaft in eine nicht näher definierte Zustandsform überführt werden. Die TSN bestreitet, an einer solchen Gesellschaft beteiligt zu sein, und verweist auf die eigenen erfolgreichen Bemühungen, unter Einsatz thermischer Mittel die Körper lebender Wesen in eine andere, meist platzsparendere Zustandsform zu überführen.

»Wenn das stimmt«, sagt Fenzeck, »kann mir Kolga egal sein. Dann kann mir Fleegus egal sein. Dann wäre ich das mächtigste Wesen der Galaxis!«

»Das hast du völlig falsch verstanden.« Axe muss sich mit aller Macht zwingen, nicht zurückzuweichen. *Du weißt, was gleich passiert! Versau es nicht!*

»Jetzt muss ich dir doch tatsächlich dankbar sein, McGregga.« Fenzeck streckt den Arm mit der Waffe aus, genau dorthin, wo Axe' Hand ihm von unten entgegenkommt. Ein Schuss löst sich krachend, aber die Kugel pfeift über Axe' Schulter hinweg. Er umfasst die feingliedrige Hand des Parzers und versucht vergeblich, dessen Finger auseinanderzubiegen. Fenzecks Griff um den Kolben der Pistole ist fest wie ein Schraubstock. Auch als Axe ihm die Nägel in die Handrücken bohrt, lässt er nicht locker.

»Auuu!«, brüllt Axe, als eine Stiefelspitze sein Schienbein trifft.

»Ich bin vielleicht kein ausgebildeter Kämpfer«, schnauft Fenzeck mit wutverzerrtem Gesicht, »aber du bist ein Versager, der keinen Schmerz verträgt, der vor Angst schlottert, wenn seine blaue Beschützerin nicht in der Nähe ist.« Langsam senkt sich die Hand mit der Waffe. Nur noch wenige Zentimeter, bis der Lauf wieder auf Axe zielt. »Keine Kraft in deinen schlabbrigen Armen, was?«, spottet Fenzeck weiter. »Das einzige, wovon du reichlich hast, ist Fett! Du bist ein Fettsack, McGregga!«

»Mag sein«, keucht Axe. »Aber jeder muss mit dem arbeiten, was er hat.«

Er lässt sich auf Fenzeck fallen und begräbt ihn unter sich. Der Hinterkopf des Parzers trifft hart auf den Beton. Die Waffe entgleitet ihm. Axe schleudert sie in einem idiotischen Reflex außer Reichweite, statt sie an sich zu bringen. Keuchend kommt er auf die Beine und stolpert vorwärts, bis er Halt an der Boss Hoss findet. Er dreht sich um und sieht seinen Widersacher auf der Suche nach der Pistole über den Boden kriechen. »Scheiße!« Er schwingt sich auf sein Motorrad und startet per Daumenabdruck.

Axe donnert entlang dicht geschlossener Reihen geparkter Autos und Motorräder davon. Ohne nachzudenken, wohin er eigentlich will, folgt er dem Verlauf des Weges um zwei Neunzig-Grad-Kurven und befindet sich kurz darauf fast wieder da, wo er losgefahren ist.

Ein Motor brüllt hinter ihm auf, ähnlich brachial wie sein eigener V8. Axe riskiert einen Blick über die Schulter. Ein schwarz lackierter ehemaliger Militär-Humvee schert zwischen einem GMC Vandura und einem zum Metal-Mobil umgebauten Cadillac-Leichenwagen aus und schiebt letzteren mit dem Vorderrad beiseite. Aus der offenen Fahrertür stürzt ein Mann und rollt sich über den Asphalt ab. Für einen Moment sieht Axe im Schein der Innenraumbeleuchtung das diabolisch grinsende Gesicht von Fenzeck, der sich hinters Lenkrad schiebt. Das PS-Monster findet schwankend in die Spur und setzt sich Axe auf die Fersen, den schwarzen Rauchwolken nach von Frittenfett angetrieben.

»Scheiße! Das kann doch nicht wahr sein!« Axe beschleunigt seinen Bock und blickt sich verzweifelt nach einem Fluchtweg um. Rechter Hand entdeckt er eine Durchfahrt, die gerade breit genug für den unkomfortablen Wendekreis der Boss Hoss ist, und lenkt die Maschine ungebremst mit schleifenden Fußrasten hindurch. Der Humvee schleudert hinter ihm durch die Lücke, dellt die zu beiden Seiten geparkten Autos ein und kommt röhrend näher. Ein Schuss übertönt das Getöse des historischen Dieselmotors. *Das nächste Mal, wenn ich jemanden entwaffne,* verflucht Axe sich selbst, *behalte ich die Waffe.*

Vor ihm erstreckt sich das Rollfeld des Flughafens, genug Platz, um richtig aufzudrehen. Aber keine Möglichkeit, Fenzeck abzuhängen.

Es sei denn …

Am Ende der Startbahn beginnt die Rampe, die auf das Deck der USS Emmerich hinaufführt. Da oben müssen bereits etliche der Roadies sein, mit denen er auf Tour gewesen ist. Auch wenn er sich einen Ruf als Chaot und Nervensäge erarbeitet hat und der eine oder andere ihm gerne den Hals umgedreht hätte, ist er immer noch einer von ihnen. Sie werden nicht mit ansehen, wie er von einem irren Außerirdischen umgebracht wird. Doch eine böse kleine Stimme in seinem Hinterkopf flüstert: *Vielleicht klopfen sie Fenzeck ja aber auch auf die Schulter und geben ihm ein Bier aus.*

»Vielen Dank«, brummt Axe und holt das Letzte aus der Boss Hoss heraus.

Kapitel 19

Mit starken Taschenlampen bewaffnet dringt die vierköpfige Expedition über schmale Dämme und Bohlenstege durch den Mangrovensumpf vor, der einst die Suburbs von Norfolk war.

»Lebt hier noch jemand?«, fragt Saszqua und richtet den Lichtkegel ihrer Lampe auf einen stinkenden Brackwasserarm, in dem sie gerade eine Bewegung zu sehen geglaubt hat.

»Wasserratten und Alligatoren«, sagt Turnbull lapidar. »Einige Leute, deren Grundstücke über dem Wasserspiegel lagen, haben eine Zeitlang versucht, ihre Habe gegen Plünderer zu verteidigen. Nach der zweiten Sturmflut haben die letzten Unbelehrbaren aufgegeben.«

Über den Baumwipfeln zu ihrer Linken erhebt sich das gewaltige graue Massiv des Flugzeugträgers. Der weit auskragende Bug zeigt in ihre Richtung; ein ausgefranster horizontaler Riss spaltet den Rumpf auf halber Höhe und verleiht ihm das Aussehen eines riesigen, zahnbewehrten Mauls. Die Gewalten, die das größte Kriegsschiff der Welt kilometerweit an Land geschoben haben, sind nicht zimperlich mit ihm umgegangen.

Saszqua lauscht den Geräuschen der Baustelle auf dem Flugdeck. In den letzten Minuten ist es deutlich ruhiger geworden. Der Lärm der Montagemaschinen und Generatoren weicht dem Knattern startender Kopter und dem Klappern der Metallplatten, als ein Fahrzeugkonvoi über die Rampe Richtung Flughafen fährt. Saszqua schließt zu Shlomo auf, der die Gruppe anführt. »Shlomo, hast du eine Ahnung, was da oben los ist?«

»Du weißt, dass ich Axe heiße«, sagt Shlomo gekränkt. »Aber du hast mir nicht gesagt, *warum* du das weißt. Und warum du nach mir gesucht hast, obwohl wir uns noch nie begegnet sind.«

Saszqua seufzt. »Teile der Antwort könnten dich verunsichern.«

»Ich entscheide selbst, ob ich verunsichert bin«, sagt Shlomo. »Also?«

Saszqua schaut sich zu den Agents um, die in ein Gespräch vertieft sind und ihnen momentan keine Aufmerksamkeit schenken. Sie atmet tief durch. »Ich komme aus der Zukunft.«

»Echt? Wow, das ist cool. Sind wir da ein Paar?«

»Äh… nicht direkt, Shlo… Axe.«

»Wir kommen also zusammen! Weißt du, dass mein Leben ab jetzt einen Sinn hat? Egal was passiert, ich werde auf diesen Tag warten.« Er zwinkert ihr zu. »Du verliebst dich in mich, weil wir beide die Welt retten, stimmt's?«

Saszqua bereut bereits, nicht den Mund gehalten zu haben. »Nein, ehrlich gesagt läuft das ganz anders ab.« *Wenn ich nicht schon die Vergangenheit so sehr verändert habe, dass du nie auf die FE ERSTUR kommst. Oder das Universum explodiert.*

Shlomo bleibt stehen und blickt über eine offene Wasserfläche zur USS Emmerich. »Ich glaube, die bereiten einen Testlauf vor.«

»Einen Soundcheck?«, fragt Turnbull.

»Eher einen Sound-Schock. Deshalb holen sie alle Leute von Bord.«

Von ihrem Standort aus sehen sie einen der beiden an Deck installierten Schallzylinder, gewaltig wie eine Tunnelröhre, an dem Aggregate kleben, die an Schmelzöfen, Umspannwerke und Riesen-Wasserrutschen erinnern.

»Hammer«, ruft Shlomo schwärmerisch. »So was will ich für mein Zimmer.«

Saszqua verkneift es sich, ihn nach der Größes seines Zimmers zu fragen.

»Wir sollten wahrscheinlich froh sein, auf dieser Seite des Flugzeugträgers zu stehen.«

Aus Richtung des Camps schallt eine Lautsprecherdurchsage zu ihnen herüber. »Heya, Fans! Hier spricht Tom Plummer, der Tourmanager der geilsten und lautesten Band der Galaxis. Wir wollen gleich mal einen hübschen Moll-Akkord durch unsere kleine Soundanlage jagen, und es wäre keine schlechte Idee, sich die Ohren zuzuhalten und die Hörgeräte leiser zu drehen. Danke und bis morgen!«

»Oh, das wird geil!«, freut sich Shlomo. »Das wird so

mega brutal.« Er blickt stirnrunzelnd von einem zum anderen. »Was macht ihr denn da?«

»Wir halten uns die Ohren zu«, sagt Turnbull.

»Seid ihr bekloppt? Ihr dürft Zeugen werden, wie ein neues kulturelles Erbe der Menschheit erschaffen wird, und haltet euch die Ohren zu? Euch ist wirklich nicht mehr zu ...«

Der Rest des Satzes geht in einem schnell anschwellenden, bombastischen Gitarrenakkord unter, der die Schallzylinder so stark vibrieren lässt, dass sie unscharf erscheinen. Der Dreiklang der Apokalypse breitet sich trichterförmig von der Längsseite des Flugzeugträgers aus, knickt Bäume um und pflückt die Trümmer der Sturmfluten vom Boden. Er zerschmettert Wände und faltet Blechdächer zu Ziehharmonikas, drückt das Wasser aus den Tümpeln und Lagunen und schiebt tief hängende Wolken beiseite. Die Anzüge der Agents und Shlomos T-Shirt beginnen zu flattern, als der Unterdruck die Luft in den Kegel saugt. Längst übertönen die akustischen Begleiterscheinungen der allumfassenden Vernichtung das abklingende Kreischen der Gitarre.

Für einen Moment herrscht eine gespenstische Stille. Dann orgelt die verdrängte Luft in den freigeblasenen Kanal zurück. Wasser und Blätter peitschen den vier Beobachtern ins Gesicht, es regnet Müll und Fische. Zu guter Letzt trudelt ein fetter Alligator aus dem Himmel, wird von einem Busch gebremst und bleibt verstört blinzelnd vier Schritte vor ihnen liegen.

»Buh!«, macht Saszqua. Das Reptil zuckt zusammen und sucht das Weite.

»Das war echt brachial«, lallt Shlomo glücklich.

»Weißt du überhaupt, was das war?«, fragt Saszqua erschüttert. »Das war *elektromagnetischer* Schall. Der breitet sich lichtschnell aus, sogar im Vakuum. Wenn er auf ein Medium oder Materie trifft, verwandelt er sich in normalen ... Axe?« Da Shlomo nicht reagiert, ruft Saszqua lauter: »*Axe!* Kannst du mich hören?«

»Was? Ich kann dich nicht hören!«

»Du hättest dir die Ohren zuhalten müssen!«

»Häh? Das Horn behalten? Wovon redest du?«

»Dass du ein Idiot bist!«

»Ich bin kein Pilot!«

Saszqua winkt ab und wendet sich den Agents zu. Um Turnbulls Mundwinkel zuckt es. »Die sind völlig irre! Was schmeißen die eigentlich für Drogen ein?« Turnbull beginnt haltlos zu kichern.

Coppola pflückt sich mit finsterer Miene einen Hering aus den Haaren. »Ich habe große Lust, in der Zentrale anzurufen und diese Wahnsinnigen wegen Zweckentfremdung von TSN-Technik verhaften zu lassen.«

»Sie meinen, diese Aktion ist illegal?«, hakt Saszqua nach.

»Illegal ist eine freundliche Untertreibung. Das sind keine Lautsprecher, das sind Massenvernichtungswaffen!«

»Massenvernichtungswaffen ...« Saszqua blickt versonnen zum Flugzeugträger. Starke Scheinwerfer leuchten die Schneise aus, die einen freien Blick zum Meer ermöglicht, wo eben noch Ruinen und Bäume gestanden haben. »Natürlich!« Vor ihren Augen finden die Einzelteile eines Plans zusammen, der so abwegig und bescheuert ist, dass er eigentlich von Axe kommen müsste.

»Gehen wir weiter.«

Axe rast dem Ende der Landebahn entgegen. Eine Armada von Transportfahrzeugen, Kranwagen, Containern und Lastenkoptern parkt am Fuß der Rampe, die hinauf auf den Flugzeugträger führt. Auch den Roadie-Bus der Screaming Ears erkennt Axe von weitem. Und es wimmelt von Leuten, die sich mit Blick auf den Flugzeugträger aufgereiht haben und Teleskop-Mikrofone, Parabolantennen und undefinierbare Messgeräte auf ihn richten, die Köpfe halb unter überdimensionalen Kapselohrschützern verborgen. Sie erinnern Axe an Ufo-Jünger, die auf die Landung Außerirdischer warten – oder an Militärs, die aus dem Schutz eines Bunkers eine Atombombenexplosion beobachten.

Anscheinend hört niemand das satte Blubbern seines am Anschlag drehenden V8-Motors oder das mordgierige

Brüllen des Humvees. Bis er hier jemanden auf seine Notlage aufmerksam gemacht hat, hat Fenzeck ihn dreimal mit seinem Zivilpanzer plattgewalzt und fünfmal erschossen.

Als Axe die Rampe hinauf brettert, glaubt er, aus der Ferne Tom Plummers Stimme aus einem Lautsprecher zu hören, kann jedoch kein Wort verstehen. Er spürt die Schwingungen und hört das Klappern der profilierten Stahlplatten, als Fenzeck in seiner Mordmaschine aufholt; auf der Steigung ist der Allradantrieb des Humvees klar im Vorteil. Und es sind noch gut zweihundert Meter bis auf Höhe des Flugdecks!

Als würden die beiden Boliden alleine nicht schon den Krach von zehn Sägewerken erzeugen, gesellt sich das unter die Haut gehende Wummern einer E-Gitarre hinzu. Axe ahnt, wo die Quelle dieses himmlischen Getöses liegt, und ein Blick auf die titanischen, in ringförmigen Stoßdämpfern gelagerten Zylinder, einer am Bug und einer am Heck des Flugzeugträgers, bestätigt seine Vermutung. Die Vibrationen der beiden Mega-Schallröhren bilden perfekt die Schwingungskurve des Akkords nach. Sie übertragen sich durch die Luft auf Lenker und Sattel, lassen seine Zähne in derselben Frequenz aufeinander schlagen und ihn über die langfristigen Folgen für sein Skrotum nachdenken.

Ein Ruck geht durch Axe' Wirbelsäule, als der Humvee in das Schutzblech der Boss Hoss kracht und sie ruppig anschiebt. Fenzeck lässt sich etwas zurückfallen, bevor er die Fritteuse richtig hochjagt.

»Scheiiiße!« Axe bricht der Schweiß aus. In Fahrtrichtung beginnen die Stahlplatten zu tanzen wie die angeschlagenen Klangstäbe eines Glockenspiels. Einige springen aus den Halterungen, werden in Drehung versetzt und schieben sich übereinander. Mit einem waghalsigen Schlenker wechselt Axe an den linken Rand der Rampe und nutzt eine der wandernden Platten als Brücke über den Abgrund. Er blickt hinter sich und sieht den Humvee mit der Hinterachse wegsacken. Metall kreischt und Funken fliegen, als der Unterboden über die rauen Profile schleift und schließlich das Geländefahrzeug mit in der Luft durchdrehenden Vorderrädern zum Stoppen bringt.

»Yeah! Das passiert, wenn man sich mit mir … oooooh Fuck!« Vor ihm schiebt sich eine der bergab rutschenden Platten unter eine andere und drückt diese hoch. Axe bleibt eine halbe Sekunde, um sich zu entscheiden, ob er eine Notbremsung einlegen oder Vollgas geben soll.

Er entscheidet sich für Gas.

Die Boss Hoss hebt ab. Unter sich erblickt Axe fast fünfzig Meter Nichts, unterbrochen von den Stahlstreben des Rampengerüstes, rechts den hell erleuchteten Klecks des Fan-Camps, vor sich die am Heck installierte Schallröhre.

Unter normalen Umständen hätte der Schwung nicht ausgereicht, eine halbe Tonne Eisen und Gummi über die Lücke zu tragen. Doch der Unterdruck auf der Rückseite der Röhre kommt Axe zu Hilfe und saugt ihn über die fehlenden Zentimeter.

Noch während des Flugs zerfetzt ein Schuss aus Fenzecks Kill-Tec den Hinterreifen seines Babys. Axe kommt hart und schlingernd auf und schafft es kaum, die Maschine aufrecht zu halten. Noch zwanzig Meter bis zum Deck … und die letzte Platte stellt sich senkrecht.

Axe steigt schreiend über den Lenker ab, höher, als physikalisch möglich sein sollte. Er überschlägt sich mehrmals in der Luft und erkennt, dass er auf die Rückseite der Schallröhre zu segelt, die sich in den größten Staubsauger der Welt verwandelt hat. Dann prallt er auf ein Schutzgitter und bleibt daran hängen, wie eine Fliege am Klebestreifen.

Auch wenn der brachiale Akkord sein Maximum überschritten hat, ist er immer noch so mächtig, dass sein Schädel dröhnt wie das Innere eines Kessels, den jemand mit einem Vorschlaghammer bearbeitet. So muss es klingen, wenn Thor E-Gitarre spielt – falls er nicht schon immer eine gehabt hat und es auf diese Weise donnern lässt.

Päng!

Eine Kugel prallt neben ihm vom Gitter ab. Axe entdeckt Fenzeck am Rand des Decks, das Knautschgesicht eine Maske blanken Hasses. Der Parzer schwankt in seinem

Kampf gegen den unbarmherzigen Sog wie ein Ballonverkäufer im Sturm. Er macht einige betrunkene Schritte auf ihn zu und legt erneut an. Axe schließt die Augen.

Wieder schlägt etwas gegen die Metallstäbe, aber dieses Mal ist es die Pistole, die sich in den Maschen verfängt. Als nächstes reißt es Fenzeck von den Füßen. Schräg unter Axe rasselt er ins Fanggitter.

»Hey, Arschloch!«, brüllt Axe gegen den abklingenden Gitarrensound an. »Wer hat jetzt die Oberhand, häh?«

»Ich mach dich fertig, du Witzfigur!«, keift Fenzeck. »Ich bin intelligenter, schneller und skrupelloser als du!«

»Vielleicht! Aber ich bin Armistead Bad Axe McGregga, die Geißel der Galaxis! Wo ich aufschlage, wächst kein Gr*aaaaaahhh…*« Axe rutscht am Gitter nach unten und schlägt sechs Meter tiefer auf. Bevor er das Bewusstsein verliert, hört er dicht neben sich das *Wump*, mit dem Fenzeck aufs Deck klatscht.

Shlomo leuchtet den Weg vor ihnen aus. »Ich glaube, wir sind gleich da.«

Die TSN-Agents setzen sich an die Spitze, die Kill-Tecs im Anschlag. »Wie gefährlich sind diese Kerle?«, fragt Coppola.

»Nick und Phil?« Shlomo kratzt sich am Kopf. »Sie sind bewaffnet. Keine Ahnung, wie gut sie mit ihren Wummen umgehen können.«

»Sag mal, wie bist du den beiden überhaupt entkommen?«, will Turnbull wissen.

»Also, ich bin auf Phil los, zack, hab ihm voll eins auf die Mütze gegeben, aber dann kam Nick von hinten und hat mich in so einen fiesen Würgegriff genommen, voll unfair. Phil hatte plötzlich 'nen fetten Baseballschläger in der Hand und brüllt: Ich mach dich fertig, Axe, und ich so: Versuchs doch, du mickriges Alien, und schmeiß Nick mit einem Bodyslam über die Schulter, genau auf…«

»Axe, im Ernst!«, mahnt Saszqua.

»Okay, schon gut. Wir haben es ausdiskutiert. Es kann aber sein, dass sie tot sind.«

»Axe!«

»Was denn?« In Shlomos Bartgestrüpp klafft ein breites Grinsen auf. »Noch nie von Totschlagargumenten gehört?«

»Axe, eins kann ich dir verraten«, sagt Saszqua augenrollend. »Gespräche mit deinem älteren Ich sind genau so ein Nervengift wie die mit dir.«

»Wir müssen ja nicht die ganze Zeit reden«, meint Shlomo. »Ich wüsste da ein paar Sachen, die wir ... autsch! Haust du mir in der Zukunft auch einfach auf die Rübe?«

»Nein.«

»Da bin ich aber froh.«

»Normalerweise bin ich nicht so zärtlich. Meistens landest du auf der Krankenstation, und zwar zu Recht.«

Diesmal verkneift Shlomo sich eine Erwiderung.

»Da ist es«, zischt Coppola. Zwei Laserpunkte erkunden den offenen Eingang über der Rampe. »Keine Lebenszeichen.«

»Sag ich doch«, meint Shlomo großspurig. »Die sind völlig hinüber.«

Saszqua dringt mit den beiden Agents in die Landefähre vor. »Uh, gruselige Kerle«, kommentiert Agent Coppola, als ihre Lampe die am Boden liegenden Außerirdischen streift. »Dem hier wächst ein Brokkoli aus dem Kopf.«

Turnbull geht vor dem anderen in die Hocke. »Und dem hier Gras.«

»Das sind Nelasma«, klärt Saszqua ihre menschlichen Begleiter auf. »Vom Planeten Lasma IV. Sind oft als Soldaten auf TSN-Kriegsschiffen zu finden.«

»Was haben die beiden?«

»Sieht aus wie ein katatonischer Schock.«

»Also ein Trauma?«, fragt Coppola.

»Ja. Ein McGregga-Trauma.« Saszqua blickt Shlomo stirnrunzelnd an, der hinter ihnen in die Fähre kommt, immer noch grinsend.

»Wie gefällt euch mein Raumschiff, Leute?«

»Klein, aber fein.« Turnbull klopft gegen den Getränkespender.

»Du musst unbedingt eine Mischung aus dem gelben Zeug und dem lila Sirup probieren. Obwohl ... lieber nicht.

Die Toilette ist zur Zeit nicht benutzbar.« Shlomo beugt sich zu Phil hinunter und tätschelt dessen Grasbüschelfrisur. »Hallo, Phil! Jemand zu Hause?«

Der Nelasma reißt die Augen auf, erblickt Shlomo und stößt einen gurgelnden Schrei aus.

»*Axe!*«, ruft Saszqua. »Weg da!«

Die Warnung kommt zu spät. Eine Hand des TSN-Soldaten krallt sich in Shlomos T-Shirt, die andere, in der Saszqua einen Hochdruckinjektor erkennt, senkt sich auf dessen Oberschenkel. Shlomo reißt sich los und torkelt Richtung Cockpit, während Coppola und Turnbull sich auf Pillop stürzen und ihm den Injektor entwinden.

»Axe? Ist alles okay?« Saszqua kommt gerade noch rechtzeitig, um sich Shlomos Arm um die Schulter zu legen, bevor dieser lang hinschlägt. Vorsichtig lässt sie ihn in den Co-Pilotensessel gleiten. »Axe! Sprich mit mir!«

Shlomo blickt zu ihr auf. Für eine Sekunde klärt sich sein vernebelter Blick. »Dasisja mal das unglaubiste Paar Möpse, dasich … dasich …« Shlomos Augen klappen zu, und sein Körper erschlafft.

Hinter ihr schälen die Agents die beiden Nelasma aus ihren Kampfanzügen und schnallen sie in Sesseln fest. »Kaum zu glauben, dass Shlomo zwei Elitesoldaten ausgeschaltet haben soll«, wundert sich Coppola. »Und das, indem er sie vollgequatscht hat? Echt jetzt?«

»An dem Punkt hat er mich … hat McGregga mich auch schon ein paar Mal gehabt«, sagt Saszqua. »Ich falle nur deshalb nie ins Wachkoma, weil ich immer rechtzeitig ausraste.« Sie ist überrascht, dass sich ihr Puls bei der Erinnerung an diese speziellen Diskussionen nicht beschleunigt. Stattdessen überfällt sie die Sorge um ihren Lebensgefährten. Was, wenn Fenzeck ihn auf dem Festivalgelände gefunden hat? *Unsinn! Erstens muss man sich bei Axe immer um die* Anderen *Sorgen machen. Und zweitens ist Axe dort unter seinesgleichen. Fenzeck wird keine Möglichkeit haben, an ihn heranzukommen.*

Saszqua hat Nerven wie Seekabel, aber als genau in diesem Moment der Bordfunk anspringt, zuckt sie zusammen.

»Kolga an Landefähre! Pisnick! Pillop! Wenn ihr euch nicht *sofort* meldet, stelle ich euch vors Admiraliätsgericht!«

»Die Liebenswürdigkeit in Person, was?«, erkundigt sich Coppola. »Ist das die Mutter auf dem Mutterschiff?«

»Admiralin Kolga Kruul«, bestätigt Saszqua. »Immerhin wissen wir jetzt, dass wir funken können.« Sie macht es sich im Pilotensitz bequem und wählt die Frequenz der FE ERSTUR.

»Saszqua an FE ERSTUR! Hört mich jemand?«

Es dauert drei Sekunden, bis sie als Antwort ein erschrecktes Quieken erhält.

»Grobbo?«

»Kommandantin Saszqua! Ich bin ja so froh, dass du lebst! Hier sind fürchterliche Dinge passiert, und wir wissen langsam nicht mehr, wie es weitergehen soll!«

»Alles wird gut, Grobbo.«

Ein tiefes Seufzen erklingt. »Endlich sagt das mal jemand. Danke, danke, danke, Kommandantin!«

»Schon gut, Riesenschnoggel. Was ist los bei euch?«

»Wir haben die FE ERSTUR zurückerobert. Das ist die gute Nachricht. Die schlechte ist, dass Kolga unser Gefechtsmodul an die AXETÖTER gekoppelt hat. Mit den Technik-Ammen und Bongar an Bord.«

Während ihr Kommunikationsoffizier sie auf den neuesten Stand bringt, kaut Saszqua an den Nägeln und rutscht unruhig im Sessel hin und her. Die Agents lauschen ebenso interessiert wie irritiert.

Schließlich ballt die Kommandantin die Fäuste. »Wir werden jetzt Folgendes machen. Grobbo, verbinde mich mit HASI!«

»Ich höre ohnehin die ganze Zeit mit, meine Sternenfee.«

»Um so besser. HASI, hast du meine Koordinaten?«

»Aber selbstverständlich!«

»Bring die FE ERSTUR runter! Wir lassen hier was mitgehen.«

»Ist das ein Raubzug, Kommandantin?«

»Oh ja, das ist ein Raubzug. Wenn auch einer, mit dem Axe nicht einverstanden wäre.«

HASI produziert ein wohlmoduliertes Räuspern. »Darf ich daran erinnern, dass die Orbitalstation genau beobachtet, was wir tun? Wenn wir die Erde überfallen, wird man uns in zweieinhalb Jahren nicht in den Orbit lassen, um Axe an Bord zu nehmen.«

»Verdammte Zeitreisen!« Saszqua lässt die Faust auf die Armlehne krachen, die in der Mitte durchbricht. »Was machen wir jetzt?«

»Kommandantin?«, mischt sich Grobbo schüchtern ein. »Darf ich daran erinnern, dass wir inkognito hier sind? Unser Schiff ist die FEUERSTURW, und genau diese Kennung haben wir der Station übermittelt. Wenn wir das nächste Mal hier sind, dann unter dem Namen FE ERSTUR.«

Saszqua stutzt, bevor sie laut auflacht. »Du bist ein Genie, Grobbo.«

»Dafür sollten wir uns bei Axe bedanken«, sagt Grobbo.

»Nein. Ich hasse es, wenn jeder Mist, den er anstellt, sich im Nachhinein als richtig erweist. Wehe, du steckst ihm das!«

»Niemals, Kommandantin. Ich habe verstanden, Kommandantin.«

»Ich beginne mit dem Landeanflug«, meldet HASI.

Saszqua reibt sich die Hände. »Perfekt. Wir lösen jetzt ein Problem nach dem anderen.«

»Ich breche den Landeanflug ab«, macht HASI ihre Hoffnungen zunichte. »Kolga hat die Waffen scharf gemacht und droht damit, die FE ERSTUR abzuschießen.«

»Weiterfliegen!«, bellt Saszqua. »Das wird sie nicht wagen. Die FE ERSTUR ist ihre Rückfahrkarte.«

»Auf deine Verantwortung«, sagt HASI.

»Ich möchte an dieser Stelle darauf hinweisen«, schnieft Grobbo, »dass ich mir als Quasi-Erster-Offizier wünschen würde, gefragt zu werden, ob ich mein Leben, das meiner Familie, meines Frisörs und meines dicksten Kumpels für eine Wette mit ungewissem Ausgang aufs Spiel setzen möchte.«

Saszqua seufzt theatralisch. »Grobbo, möchtest du dein Leben aufs Spiel setzen?«

»Nein.«

»HASI, weiter beschleunigen!«

»Aber ich …«

»Du bist gefragt worden, also halt die Klappe, Pelzkragen! Hat Kolga schon gefeuert, HASI?«

»Sie hat soeben die Waffensysteme deaktiviert.«

Saszqua lehnt sich zurück und verschränkt die Hände hinter dem Kopf. Eins nach dem anderen. Erst die Erde retten, dann ihre Leute befreien und das Kolga-Problem endgültig lösen, dann zurück in die Gegenwart.

Ein Pistolenlauf berührt ihre Schläfe. »Zeitreise? Raubzug?« Agent Coppola klingt nicht amüsiert. »Wissen Sie, was mein Job bei der TSN ist? Aufzupassen, dass keine Rowdies aus dem Weltall die Erde als Abenteuerspielplatz und Selbstbedienungsladen missbrauchen. Bis eben war ich mir nicht sicher, ob ich Ihnen vertrauen darf, aber jetzt schlägt die Nadel gerade mächtig zu Ihren Ungunsten aus.«

»Waffen scharf machen!« Kolgas Stimme hallt durch das Gefechtsmodul wie die Schockwelle einer Ultraschall-Kanone.

Der Waffenleitoffizier der AXETÖTER kann sich ein triumphierendes »Ja!« nicht verkneifen.

»Admiralin, erwägen Sie folgenden flonkigen Gedankenerguss«, meldet Hurbluz sich zu Wort. »Die FE ERSTUR hat uns in die McGregga-Zeit gestrudelt. Ohne FE ERSTUR kein Zurückstrudeln.«

»Da hat er nicht unrecht«, stimmt der Feuerleitoffizier zu. »Sie ist eventuell die einzige Möglichkeit, in die Gegenwart zurückzukehren.«

»Ist sie nicht«, brummt Kolga. »Wir können immer noch einen Flug ohne ALS machen, am Rande der Lichtgeschwindigkeit. Dabei würde die Zeit innerhalb der AXETÖTER schneller vergehen, richtig?« So ganz hat Kolga das zugrunde liegende Prinzip nie verstanden, erinnert sich aber, dass es darum geht, die Zeitquanten entlang der Flugbahn zu überholen und vor ihnen das gewünschte Ziel zu erreichen.

»Richtig. Es würde allerdings«, der Offizier saugt kopfrechnend an der Unterlippe, »circa sechs Monate dauern, um das Jahr 1966 TSN zu erreichen.«

»Was sind sechs Monate gegen die Vernichtung der FE ERSTUR? *Feuer!*«

Kolga starrt durch die Panzerglasscheibe auf die FE ERSTUR, die jeden Moment wie eine Seifenblase zerplatzen muss. Sie zählt ihre Herzschläge: eins, zwei, drei ...

»Feuer, habe ich gesagt!«

»Äh.« Der Offizier nestelt an seinem Kragen herum und schluckt schwer. »Es tut mir leid, Admiralin. Der Taktikcomputer verweigert den Waffeneinsatz.«

»*Was?*«

»Alle Waffensysteme werden heruntergefahren.«

Kolga springt aus dem Kommandantensessel auf. »BROGG! Protokolle des Taktikcomputers überschreiben!«

»Ich versuche es, Admiralin«, antwortet der Avatar der Autonomen Steuereinheit.

Kolga zählt ihre Herzschläge: eins, zwei, drei ...

»Warum dauert das so lange?«

»Meine Zugriffsrechte sind eingeschränkt.«

»Das kann nicht sein!«

»Tut mir leid. Der Rechner reagiert nicht auf mich.«

Kolga gestikuliert in Richtung ihrer Offiziere. »Guckt nicht so blöd! Macht irgendwas!« Hilfloses Schulterzucken antwortet ihr.

Kolga blickt der kleiner werdenden FE ERSTUR hinterher, bis die Wolken über der Nachtseite des Planeten das verhasste Raumschiff verschlucken. »Sie werden nicht fliehen«, überlegt sie laut. »Nicht, solange wir zwei Geiseln an Bord haben.« Dann schlägt sie sich vor die Stirn. »Ich Idiotin! Hurbluz! Bring die beiden Technikerinnen her!«

»Betrachten Sie diesen verantwortungsvollen Auftrag als erledigt, verehrte Admiralitäterin!« Hurbluz salutiert und stiefelt davon.

Eine Minute später treibt er Loola und Luma, die dank

ihrer Namensschilder zweifelsfrei unterscheidbar sind, auf die Brücke.

Kolga baut sich vor ihnen auf. »Unter Umständen bin ich ein wenig zu voreilig gewesen, als ich euch angeboten habe, meiner Mannschaft beizutreten.« In ihrer Stimme ist ausreichend Säure, um ein Loch in fünf Meter dicken Panzerstahl zu ätzen.

Loola, so steht es zumindest auf dem Anstecker, begegnet dem Blick aus ihren Schießschartenaugen mit einem unschuldigen Lächeln. Die mutmaßliche Luma blickt sich interessiert in der Zentrale um.

»Was habt ihr mit dem Taktikcomputer angestellt?«, blafft Kolga.

»Wir haben ihn irgendwie ...«, beginnt Luma.

»... zum Laufen bekommen«, beendet Loola den Satz.

»Vielleicht haben wir dabei aus Versehen ...«

»... ein Datenpaket von HASI überspielt ...«

»... und dadurch die FE ERSTUR ...«

»... auf die Nichtabschussliste gesetzt.«

»Nichtabschussliste?«, bellt Kolga. »So etwas gibt es nicht! Macht das sofort wieder rückgängig!«

»Leider«, sagt Loola, »besitzen wir keine Administratorrechte.«

»Die hat HASI ausschließlich«, ergänzt Luma, »Saszqua und Axe eingeräumt.«

Kolga stürmt auf die beiden zu und greift sich mit jeder Hand einen Hals. »Ihr miesen Verräterinnen! Ich sollte euch ohne weiteres Verfahren aus der Schleuse werfen.«

»Wir sind keine Flottenangehörigen ...«, krächzt Luma.

»... sondern eine gegnerische Partei«, röchelt Loola.

»Wir berufen uns auf die TSN-Konvention ...«

»... für den Umgang mit Kriegsgefangenen.«

Kolga entfährt ein böses Lachen. »Ihr könnt es nicht wissen, aber die AXETÖTER befindet sich momentan außerhalb des Admiralitätsrechts. Egal, welche Gesetze wir brechen, euer alter Freund Fleegus Lompz wird seine Hand schützend über uns halten. Falls meine Offiziere aber Einwände haben sollten, bin ich gerne bereit, mir die Sache noch mal durch den Kopf gehen zu lassen.« Laut genug, dass jeder auf der Kommandobrücke sie hören kann, fährt sie fort: »Hat jemand etwas dagegen, dass diese beiden Bekanntschaft mit dem Vakuum machen?«

Als niemand antwortet, dreht sie sich mit einem mulmigen Gefühl im Magen um.

Pilotin und Funkerin sitzen stocksteif in ihren Sesseln. Der Ortungsoffizier ist, beide Hände auf die Lehne gestützt, in der Bewegung erschreckten Aufstehens erstarrt, und der Waffenleitoffizier, der es immerhin aus dem Sessel geschafft hat, kippt soeben wie schockgefrostet zur Seite.

Hurbluz zielt mit dem Strahler in alle möglichen Richtungen.

»Hochgeschätzte Admiralin, folgen Sie meiner dringenden Empfehlung und werfen sich im Interesse Ihrer körperlichen Unversehrtheit zügig in Deck…«

Kolga folgt der Blick- und Zielrichtung des plötzlich bewegungslosen Mambatoks.

Aus dem Durchgang zu den Soldatenquartieren tritt eine stattliche Gestalt und richtet einen Lähmstrahler auf sie.

»Bongar!«, kreischen die Technik-Ammen gleichzeitig.

»Keinen Schritt weiter, sonst sterben deine Freundinnen«, bellt Kolga.

Bongar lässt die Waffe fallen und hebt die Hände. »Wir regeln das wie zu Hause, einverstanden?«

Die Admiralin stößt ein Knurren aus und entlässt die Technik-Ammen aus dem Würgegriff. »Einverstanden.«

Saszqua spürt den Druck des Waffenlaufs auf der Schläfe und überschlägt ihre Chancen, die Agentin zu entwaffnen, bevor diese abdrücken kann.

»Wollen Sie mir vielleicht etwas sagen, Kommandantin?« Agent Coppola klingt, als wäre sie selbst eine geladene Waffe.

Aus den Augenwinkeln sieht Saszqua, dass auch ihr Partner seine Pistole gezogen hat, diese aber auf den Boden gerichtet hält.

»Ist das wirklich nötig, Cop?«, fragt Turnbull eindringlich.

»Ich habe schon zu viele Außerirdische zu viel Scheiße machen sehen. Also, wie lautet Ihre Geschichte?«

»Ich will immer noch die Erde retten«, sagt Saszqua leise. »HASI, spiel uns die Übertragung der Orbitalstation vor. Die sie in fünf Jahren absenden wird.«

Auf dem Monitor erscheint die Rundung der Erde, wie sie sich den Kameras der TSN-Orbitalstation zeigt. Der Blitz, als der ALS-Torpedo in den oberen Schichten der Atmosphäre den Schirm deaktiviert und eine Flammenspur bis hinunter zur Oberfläche zieht. Das beeindruckende Schauspiel der Vernichtung.

»Mein Gott«, flüstert Coppola. »Bitte sagen Sie mir, dass das eine Fälschung ist.«

»Tut mir leid. Im Jahr 2078 irdischer Zeit trifft ein Torpedo mit gewaltiger Zerstörungskraft die Erde. Wer ihn abgefeuert hat, konnte nicht herausgefunden werden.« *Dass wir das waren, binde ich euch besser nicht auf die Nase.*

»Mir wird schlecht«, stößt Turnbull würgend hervor.

»Sie kommen aus der Zukunft«, flüstert Coppola. »Aber ... wenn Sie über die Technologie verfügen, durch die Zeit zu reisen, warum gehen Sie dann ganze fünf Jahre zurück?«

Saszqua beschließt, dass eine weitere kleine Lüge in diesem Fall besser ist als die Wahrheit. »Das ist Fenzecks Schuld. Er hat uns in dem Moment geentert, als wir den Zeitsprung durchgeführt haben. Es hätte deutlich schlimmer ausgehen können.«

»Und wie gedenken Sie den Torpedo in fünf Jahren aufzuhalten?« Agent Coppola hält noch immer die Waffe in der Hand; ihre rechte Braue gibt sich alle Mühe, das Schallloch einer Geige zu imitieren.

Das Einfachste wäre, denkt Saszqua, *Shlomo in seiner Entzugsklinik versauern zu lassen; dafür zu sorgen, dass er nicht auf die FE ERSTUR gelangt und demzufolge niemals den Torpedo abfeuern wird.*

Und vielleicht ist das am Ende sogar die letzte Möglichkeit, die ihr bleibt, sollte ihr Plan scheitern.

»Wir heben den Flugzeugträger in die Atmosphäre, bringen ihn in die Zukunft und jagen dem Torpedo alles entgegen, was diese monströse Soundanlage raushauen kann.«

Coppola starrt sie an, als hätte sie vorgeschlagen, die Erde vorsorglich zu sprengen, damit der Torpedo ins Leere geht. »Sind Sie krank? Den Flugzeugträger klauen? Geht's vielleicht noch komplizierter?«

»Das ist ein Plan, wie ihn McGregga sich ausgedacht hätte«, verteidigt Saszqua sich. »Durch und durch irre und auf unerklärliche Weise immer erfolgreich.«

Sie erhält unerwarteten Beistand von Turnbull. »Sie soll es versuchen. Ich meine, wer weiß, welche globalen Schäden die Screaming Ears anrichten, wenn sie die Anlage morgen mit voller Leistung benutzen. Besser, dieses Monstrum da draußen kommt weg. Und wenn wir dadurch das Armageddon verhindern können ...«

Saszqua hebt eine Braue. »Armageddon?«

»Ein berühmter Filmklassiker, in dem die Erde beinahe durch einen Asteroiden ...«

»Turnbull?«, unterbricht Coppola ihn.

»Häh?«

»Hast du schon mal von der Bibel gehört?«

»Meine Oma hatte eine. Wieso?«

Saszqua klatscht in die Hände. »Diskutiert das später aus. Wir müssen den Plan *jetzt* umsetzen, bevor die ganzen Roadies und Techniker zurück auf den Flugzeugträger kommen.«

»Also gut.« Coppola steckt ihre Kill-Tec unters Sakko, zieht ihr Pad hervor und wählt einen Kontakt aus. »Coppola hier. Haben Sie schon eine Spur von Fenzeck? Nein? Okay, hören Sie zu: Brechen Sie die Suche ab und fahren Sie mit allen Vans zur Rampe. Niemand darf zurück auf den Flugzeugträger! Lassen Sie Ihre Autorität spielen, scheuchen Sie die Leute am besten bis zum Camp, aber machen Sie schnell!«

Saszqua nickt Coppola zu. »Danke, dass Sie über Ihren Schatten springen. Ich weiß, dass am Ende Sie dafür geradestehen müssen und sogar Ihren Job verlieren könnten.«

Turnbulls Kopf ruckt hoch. »Das sagen Sie *jetzt*?

Verdammt, ich kann meine Bewerbung für die Orbitalstation vergessen.«

»Glauben Sie mir, Kommandantin«, sagt Coppola leise, »ich kann eine ganze Menge Scheiße verkaufen, wenn es drauf ankommt. Wissen Sie, was Sie mir *wirklich* Schlimmes angetan haben?«

»Nein.«

Coppola zeigt auf den Monitor, wo die Erde ein weiteres Mal auseinanderplatzt.

»Fünf Jahre lang muss ich mich jetzt fragen, ob Ihr Plan funktionieren wird. Sie haben mir für diese fünf Jahre mein Leben gestohlen.«

»Äh, und meins auch«, ruft Turnbull. »Ich überlege ernsthaft, meinen TSN-Rentensparplan zu kündigen.«

»Ich verspreche Ihnen, dass wir die Erde retten werden.« Saszqua streckt die Rechte aus. Coppola und Turbull ergreifen Sie nacheinander und erwidern ihren Händedruck. »Falls das mit dem Flugzeugträger schiefgeht, denken wir uns was anderes aus.«

HASIs sanfte Stimme schallt aus dem Funk. »Hallo Saszqua! Ich habe eine Landefähre und einen Haufen Altmetall in der Ortung.«

»Um den geht es. Zieh das Ding hoch in die Atmosphäre!«

»Mit Seilen? Mit den ultrastarken Traktorstrahlen, die wir immer benutzen, um mit Planeten zu jonglieren? Oder sollen wir diese lächerlichen paar Kilo huckepack nehmen?«

»Wer hat dir erlaubt, sarkastisch zu werden, du letzte Nachkommastelle? Das war völlig ernst gemeint, HASI! Kein anderes Schiff als die FE ERSTUR ist in der Lage, ein so großes Objekt zu bergen.«

»Und wie, bitteschön, sollen wir das anstellen, meine Aurora Borealis?«

Als Saszqua es ihm erklärt hat, ist HASI für zweieinhalb Sekunden sprachlos, und das will was heißen bei einem Hochleistungsrechner. »Ich fürchte, Axe färbt langsam auf dich ab.«

Noch bevor Schoof die Augen aufschlägt, spürt er, dass etwas anders ist als sonst. Richtig: Sein Mund ist leer.

»Ich glaube, er wacht auf!«, quietscht Flibo.

»Hach, das ist aber schön«, gurrt Flitta von Forn. »Und wie ausgeruht und sportlich er aussieht.«

»Wagemutig und entschlossen«, stimmt Cler Fini ihr zu. »Geradezu der Archetyp des unternehmungslustigen Anpackers.«

Grobbos Stimme gesellt sich hinzu. »Also, ich habe kein gutes Gefühl bei der Sa...«

»Dich hat auch keiner gefragt, Zottelchen!«, schnappt Flitta. »Sieh nur, wie Schoof sich freut! Willst du ihm das *madig* machen? Oh, entschuldige die Wortwahl, Schoofilein!«

Der Ortungsoffizier gibt ein hungriges Wimmern von sich und öffnet endgültig die Augen.

Flibo, die auf der Armlehne steht und den Schlauch seines Nahrungsspenders abgeknickt in beiden Händen hält, pfeift unschuldig und lässt den Brei wieder fließen. »Sorry, Onkel Schoof. Das war die beste Methode, dich wachzubekommen.«

»Hmmja, wenn ihr beim Wecken immer so nette Sachen über mich sagt, ist das wohl in Ordnummommamm...« Schoof schluckt einige Ladungen Brei, bevor seine Backen hoffnungslos überquellen. »Ich habe aber nicht Geburtstag, oder?«

»Viel besser«, gackert Flitta.

»Kein Geburtstag«, flötet Flibo, »aber trotzdem ein Geschenk.«

Schoof reibt zwei seiner Händchen aneinander. »Oh, fein. Geschenke sind fast so toll wie Torte.« Er lässt seinen Sessel kreisen, um sich in der Zentrale umzusehen. »Wo ist es denn?«

»Es war zu groß, um es einzupacken«, sagt Cler Fini. »Deshalb haben wir es in die Schleusenkammer gestellt. Komm, lass es uns ansehen!«

»Uiuiui, ein Geschenk«, nuschelt Schoof mit vollem Mund. »Ich bin ja so gespannt.«

»Also, ich finde, wir sollten ihm ehrlich sagen, was er ...«, beginnt Grobbo und jault auf, als seine Lebensgefährtin ihm auf den Fuß tritt.

»Setz dich an deine Funkkonsole, du Bedenkenträger!«, faucht sie. »Jeden Moment könnte sich Kolga melden, und dann braucht dieses Schiff seinen Kommunikationsoffizier.«

Sie schließt sich Schoofs Eskorte an und lässt Grobbo verdattert alleine in der Zentrale zurück.

Bis sie die Schleuse erreichen, ist Schoof zappelig geworden wie ein Kind, das mit verbundenen Augen in sein neues Zimmer geführt wird. Er schunkelt in seinem Sessel hin und her und fuchtelt mit allen sechs Ärmchen in Zeitlupe durch die Luft. »Ist es was zu essen? Was zu trinken?«

»Es ist etwas, das du noch nie zuvor bekommen hast«, sagt Flibo kichernd. »Die Überraschung deines Lebens.«

»Ohohoho, ich sterbe vor Aufregung.«

»Warte erst mal, bis du es ausprobierst!«

»Flibo!«, rügt Flitta sie. »Nicht zu viel verraten.«

»*Voilá*!« Fini betätigt den Öffner der Schleuse. »Mein lieber Schoof, da ist er: dein eigener Raumanzug!«

Der Ortungsoffizier lässt den Sessel bis an die Konstruktion heranschweben. »Wirklich? Ich habe einen Raumanzug?« Er umrundet das an ein transparentes Igluzelt erinnernde Gebilde und macht ein skeptisches Gesicht. »Sieht aus wie eine Garage für meinen Sessel.«

»Na los, zieh ihn mal an«, fordert der Frisör ihn auf.

»Na gut.« Schoof klingt etwas enttäuscht, parkt sein Gefährt aber punktgenau ein. Fini lässt Flibo auf seine Schulter hüpfen und schließt die offene Seite von außen.

»Wow, Schoof! Du siehst absolut schnittig aus in deinem neuen Anzug!« Flitta klatscht begeistert in die Hände.

»Hmm. Toll. Danke.« Schoofs Stimme dringt gedämpft durch die Folie. »Kann ich jetzt wieder …?«

»Trag ihn ruhig eine Weile. Wir lassen dich kurz alleine, damit du dein Geschenk ganz für dich genießen kannst.« Fini hakt die Rückholleine am Anzug ein und löst die Arretierung der Winde. Die drei verlassen die Schleuse und winken Schoof durch das Fenster zu.

»Hallo, Schoof!«, spricht Fini in eine Interkom-Konsole

neben dem Schott. »Du hast sogar Funk in deinem Anzug. Wir können dich alle hören. Ist das nicht großartig?«

»Ja, aber ... ich hätte doch lieber eine Torte.« Schoof klingt alles andere als glücklich.

»HASI, du bist dran«, pfeift Flibo fröhlich.

»Dann hoffen wir mal, dass Saszquas Plan funktioniert«, tönt die Stimme der KI aus den Akustikfeldern.

»Aber bestimmt, HASI«, sagt Fini und sieht zu, wie Schoof durch das Außenschott in die dünne Atmosphäre davon trudelt, zwanzig Kilometer über der Erdoberfläche.

Flitta hält sich die Ohrlöcher zu. »Können wir den Funk ausschalten? Dieses Geschrei ist ja nicht auszuhalten!«

»Oha, jetzt ist er wirklich mal hellwach.« Flibo reibt sich schadenfroh die Hände.

»Schoof?« Der Frisör brüllt beinahe in die Konsole, um den frei fallenden Offizier zu übertönen. »Wie sieht es aus bei dir?«

»...aaaaahhhhaaarrrr! Oooowhoouuuuhhh! Aaarrrglarglargl...«

Fini nickt Flitta und Flibo zu. »Er ist etwas aufgekratzt. Aber alles in allem würde ich sagen, es geht ihm gut.«

»Hmm, Saszqua, was machst du da?« Axe kichert im Halbschlaf, als er spürt, wie die aufregendste Frau des Universums an seinem Finger saugt. »Hihi! Das kitzelt. Du unanständige, schamlose ... aah! Das tut weh!«

Er reißt die Augen auf und erblickt über sich das von Gier und Wahnsinn verzerrte Gesicht Fenzecks. Der Parzer hält den Ring triumphierend in die Höhe. Blitze zucken am Himmel und rahmen seinen Kopf ein, von dem die Haare wild abstehen.

»Alter! Das gehört mir!« Axe drückt sich hoch, bekommt von Fenzeck ordentlich auf die Fresse und legt sich wieder hin. »Weift du, ift mir egal. Mir tut fowiefo allef weh.« Er greift nach Fenzecks Bein, aber bevor er zupacken kann, senkt sich der Stiefel eines Kampfanzugs mit einem hässlichen Knirschen auf seine Hand und fixiert sie auf dem Boden.

»Das erste, was ich mit meiner Zeitmaschine machen werde«, sagt der Kommandant der AXETÖTER versonnen,

»ist, in die Vergangenheit zu reisen und deinen Großvater zu erschießen.«

»Eft jetf?« Axe kann nicht anders, als zu lachen. »Haft du fon mal vom Grofvaterparadofon gehört?«

»Häh? Paradofon?«

Axe schiebt den Kiefer hin und her, bis er sich knackend einrenkt. »Args. Großvaterparadoxon, du Spacken. Ein Zeitreisender will sich umbringen. Er reist in die Vergangenheit und erschießt seinen Großvater. Die Großmutter heiratet daraufhin einen anderen, und deshalb ist der Zeitreisende plötzlich ein gut aussehender Latino, hat 'ne superheiße Braut und kommt nie auf die Idee sich umzubringen. Also reist er nicht in die Vergangenheit, erschießt nicht seinen Großvater, und alles bleibt beim Alten. Also will er sich umbringen. Er reist in die Vergangenheit …«

»Stopp! Sofort aufhören, du Irrer!«

Axe atmet tief ein. »Danke, Mann. Diese Geschichte geht immer so weiter. Ich hätte gar nicht gewusst, wo ich aufhören soll.«

»Was soll dieser Schwachsinn mit mir zu tun haben?«

»Mensch, Fenzeck! Sei doch nicht so blöd! Wenn du meinen Opa erschießt, komme ich wahrscheinlich niemals ins All, du würdest meinen Rekurzilator nicht bekommen und könntest meinen Opa nicht erschießen. So weit klar?«

In Fenzecks verwirrten Ausdruck mischt sich Verstehen. »Na schön. Dann bring' ich dich jetzt einfach so um.« Er schaut sich suchend um. Ein Teil der Scheinwerfer ist durch den Weltuntergangsakkord zu Bruch gegangen, aber die übrig gebliebenen reichen immer noch aus, um das Flugdeck taghell auszuleuchten. Um sie herum ist der Boden übersät mit zappelnden Fischen, abgerissenen Ästen und Plastikmüll. Irgendwo dazwischen muss die Pistole liegen, die Fenzeck verloren hat.

»Ha!« Der Parzer verpasst Axe einen Tritt in die Rippen und humpelt los. Axe rappelt sich auf und stolpert hinter ihm her, doch da hat Fenzeck bereits die Waffe aufgehoben. »Das war es, McGregga. Sag auf Wiedersehen zu deinem erbärmlichen Leben!«

»Warte!« Axe hebt die Hände. »Du weißt gar nicht, wie

der Zeitschraubendreher funktioniert! Ich kann es dir zeigen!«

»Ja, das kannst du gerne machen. Aber glaub nicht, dass ich dich aus lauter Dankbarkeit am Leben lasse.«

Axe schluckt. Es muss doch irgendein Schlupfloch für ihn geben! »Okay. Als erstes steckst du dir den Ring dahin, wo die Sonne nie … ich wollte sagen: Steck ihn dir an den Finger.«

»Das hätte ich ohnehin getan, du Schlaumeier.« Mit etwas Fummelei schafft Fenzeck es, den Rezirkulator über den vom Pistolengriff abgespreizten Ringfinger zu schieben, ohne Axe dabei aus den Augen zu lassen.

Erste Chance vertan, denkt Axe nervös. »Okay, jetzt wird es knifflig. Der Ring stellt eine Verbindung zu deinem Gehirn her. Falls du eins hast.«

»Sehr witzig, McGregga. Ich merke nichts.«

Damit geht auch die zweite Chance flöten, denn Axe hat gehofft, die Ablenkung durch die telepathische Stimme des Rezirkulators für sich nutzen zu können. Langsam wird es eng. *Denk nach, Axe! Denk nach!*

»Äh, ach ja, du musst dich mit einem Passwort anmelden.«

»Wie lautet das Passwort?«

Axe kneift geblendet die Augen zusammen, als der rote Ziellaser über sein Gesicht tanzt und zitternd auf der Stirn verweilt. »Jaja, ich hab's gleich. Ist ein bisschen schwierig, wenn einen jemand mit der Waffe bedroht. Ah, jetzt weiß ich's wieder!«

»Spuck's aus!«

»Okay, sprich mir nach: Meine.«

»Meine.«

»Mutter.«

»Mutter.«

»Treibt es.«

»Treibt … moment mal!«

»Mit … nein, nicht schießen! Das *ist* das Passwort, ich schwöre!«

»Du bist tot, McGregga! Ich finde auch ohne dich raus, wie die Zeitmaschine funktioniert.« Fenzeck tritt einen

Schritt zurück und streckt den Arm durch, sodass Lauf und Elle eine gerade Linie bilden.

In diesem Moment rollt eine Erschütterung durch den Boden. Axe fühlt sich mit einem Mal ganz leicht. Was immer diesen Effekt auslöst, auch Fenzeck scheint davon betroffen zu sein. Der Arm mit der Waffe hebt sich, und der Parzer torkelt, einen Ausdruck dümmlicher Überraschung im Gesicht, seinem Todfeind entgegen.

Axe packt die Gelegenheit beim Schopf und schlägt ihm die Kill-Tec aus der Hand, die gemächlich davonsegelt. Dann ergreift er ihn am Unterarm, wirbelt ihn auf der Stelle herum, schleudert ihn zwanzig Meter weit durch eine Wolke meterhoch hüpfender Fische Richtung Bühne. Vom eigenen Schwung getragen, stolpert er einige Schritte hinter Fenzeck her. »Wahnsinn!« Axe betrachtet seine Hände. »Ich habe Superkräfte! Ich ... ach du Scheiße.« Er wankt wie ein Wolkenkratzer bei einem Erdbeben, als die USS Emmerich sich unter ihm aufbäumt.

Das Kreischen aneinander reibenden Metalls steigt vom Rumpf des Schiffs auf. Vom Bug bis zum Heck pflanzt sich das Knallen brechender Nieten fort. Axe blickt zur Rampe und beobachtet ungläubig, wie deren aufliegende Stahlträger sich verbiegen und mit einem Mordsgetöse aus den Verschraubungen brechen.

»Alter! Was zur Hölle geht hier ab?«

Aus den Augenwinkeln sieht er Fenzeck aufstehen und wie eine zu groß geratene Wüstenspringmaus auf die eingerüstete Kommandobrücke zu hopsen.

»Scheiße! Mein Zeitschrauber!« Mit beschwingten Hüpfern setzt er dem flüchtenden Parzer nach und wundert sich, dass sein Weg leicht bergauf führt. Und dass die Brücke beginnt, sich in seine Richtung zu neigen.

Er erkennt seinen Denkfehler, als er über den Rand des Decks die Lichter des Camps nach unten wandern und schließlich ganz verschwinden sieht. Der Bug des Flugzeugträgers hebt sich! Der überall herumliegende Unrat gerät in Bewegung. Immer mehr Stücke rutschen Axe entgegen: Plastikdosen, Äste, Dachziegel, ein Maklerschild, eine Darth-Vader-Büste, ein Verandageländer ...

Als er sich umdreht, sieht er, wie sich sein Motorrad dem allgemeinen Trend anschließt und, schneller und schneller werdend, zum Heck rutscht. »Nein!«, heult Axe auf. »Nicht mein Baby!« Hilflos muss er mitansehen, wie die Boss Hoss über die Kante schlittert und in der Tiefe verschwindet. »Das ist nicht fair!«

Er wendet sich wieder dem Räuber des Rezirkulators zu. Fenzeck hat bereits die untere Bühnenplattform erreicht. Fünfzig Meter trennen sie voneinander, und der Weg führt über eine schiefe Ebene, die mit jeder verstreichenden Sekunde steiler wird. Axe nimmt Anlauf, stößt sich ab und springt über eine Distanz, die seinen verhassten Sportlehrer dazu veranlasst hätte, ihn des Konsums verbotener leistungssteigernder Substanzen zu bezichtigen.

»McGregga, du hast längst verloren!« Fenzeck steht am Rand der Bühne, stemmt einen Verstärker hoch und schleudert ihn Axe entgegen. Dieser bringt sich durch einen Sprung zur Seite in Sicherheit. Doch sein Kontrahent hat sich längst neue Munition besorgt. Ein Mikrofonständer fliegt auf Axe zu, dann eine Kabeltrommel, ein Stuhl und ein Scheinwerfer. Trotz des Bombardements kommt er Fenzeck immer näher, auch wenn ihm langsam die Puste ausgeht.

»Was glaubst du, was du bist?«, flucht Axe. »Donkey Kong? Gib mir meinen Ring wieder, du mieser TSN-Gorilla!«

»Vergiss es! Er gehört mir! Meine Beute! Mein Schatz!« Fenzeck stößt ein wahnsinniges Lachen aus.

Das Deck nähert sich einer Steigung, die auch den trainiertesten Mountainbikefahrer zum Absteigen und Schieben gezwungen hätte.

Wenn das so weitergeht, wird Axe klar, *teile ich das Schicksal meiner Boss Hoss*.

Er schaut noch einmal zurück und erkennt weit hinter und unter sich den schwarzen Sumpf, einige Schiffe in der Mündung der Bay, den Fuhrpark der Techniker und Roadies. Und der Erdboden entfernt sich immer schneller von ihm. Der Flugzeugträger befindet sich hoch in der Luft, ist selber ein Flugzeug geworden. Über ihm reißen die

Wolken auf, bilden einen apokalyptischen, von Blitzen durchzuckten Wirbel, in dessen Zentrum ein unförmiger Gegenstand schwebt. »Was zum Teufel ist das?«

Dann entdeckt er die Lichter darüber, angeordnet in einem Raster, das die Form einer Admiralitäts-Trägereinheit nachbildet. Die FE ERSTUR?

Das hier setzt dem Irrsinn, den er in den letzten vierundzwanzig Stunden auf der Erde erlebt hat, die Krone auf. Wenn die FE ERSTUR, aus welchen kranken Gründen auch immer, die USS Emmerich mitgehen lässt, wird die Vergangenheit völlig verändert. Es wird kein Abschlusskonzert geben. Keinen Tsunami. Callum Nitro und Tom Plummer werden keinen aufsehenerregenden, von der ganzen Welt verfolgten Gerichtsprozess bestreiten und die Screaming Ears niemals den unsterblichen Ruhm als härteste, lauteste und destruktivste Band aller Zeiten einsacken. Mit anderen Worten: Die Welt, wie Axe sie kennt, wird aufhören zu existieren.

»Seid ihr völlig durchgeknallt?«, brüllt Axe und reckt drohend eine Faust gen Himmel. »Setzt den Pott wieder ab!«

Endlich besinnt er sich wieder auf das naheliegende Problem, den Rezirkulator wiederzubeschaffen und am Leben zu bleiben. Die letzten Meter erinnern ihn daran, wie es war, als ungeschicktes pummeliges Kind eine Rutsche hinaufzulaufen. Kurz bevor seine Sohlen die Bodenhaftung verlieren, schließt er die Hände um die Absperrung vor der Bühne.

»Gleich ... hab ich ... dich!«, keucht er, wobei sein Atem zu weißen Wölkchen kondensiert. Er muss bloß noch dieses blöde Gitter überwinden.

Das sich zwanzig Meter in beide Richtungen erstreckt, fest im Boden verschraubt ist und im Fünfundvierzig-Grad-Winkel über mich ragt. Schöne Scheiße.

»Das halte ich für Wunschdenken.« Fenzeck lacht ein Superschurkenlachen und lässt sich von der Bühne auf das Gitter herabgleiten. »Es wird mir eine unbändige Freude bereiten, dir zuzusehen, wie du auf deinen versifften Planeten hinabstürzt.« Er kniet sich hin und beugt sich über

Axe. Nur zwei Handbreiten trennen ihre Gesichter voneinander. »Obwohl … zuschauen ist langweilig. Ich bin eher der Macher-Typ.« Er greift nach Axe' Fingern und versucht, ihren Griff um das Gitter zu lockern. Rundherum überzieht sich das Metall mit Raureif.

»Ich bin auch eher der zupackende Typ.« Axe beißt die Zähne zusammen und fragt sich, was ihm zuerst den Rest geben wird: Fenzeck oder die eisige, dünne Luft. Wie hoch mag der Flugzeugträger über dem Erdboden sein? Fünf Kilometer? Sieben?

»Lass los, du Primat!« Der Parzer schnauft vor Anstrengung.

Axe klammert sich fest wie eine Bohnenranke. »Vergiss es, Klonkengesicht!« Seine Füße rutschen ab. Er schlägt mit den Knien auf und spürt, wie der Zug der Schwerkraft trotz seines verminderten Gewichts zunimmt.

Fenzeck richtet sich auf. Er schlottert vor Kälte, und sein Atem geht in kurzen, hechelnden Stößen. »Es geht auch … schmerzhafter.« Der Stiefel seines Kampfanzugs trifft Axe' Finger.

»Haha, tut gar nicht weh!«, japst Axe.

Der nächste Tritt.

Und noch einer.

»Ahh! Ja, du hast recht. Es tut doch weh. Du kannst aufhören.«

»Es fängt gerade an … Spaß zu machen.« Fenzeck greift sich an die Brust und stützt sich mit der anderen Hand am Bühnenrand ab. Er hebt den Fuß, höher als zuvor, und stößt ihn in mit Schwung nach unten. Die Sohle schmettert auf das nackte Metall.

Axe baumelt an einer Hand und findet einen neuen, aber unsicheren Griff am überfrorenen Rahmen des Gitters. Schmerzen jagen durch seinen Kopf. Er fühlt sich müde und benommen, als wäre er gerade aus dem Tiefschlaf gerissen worden.

»Ich mach … dich fertig!« Fenzeck holt zu einem weiteren Tritt aus, und Axe greift auch mit der anderen Hand um. Seine Beine finden keinen Halt mehr. Die Armmuskeln erlahmen. Sterne tanzen vor seinen Augen.

Das Absperrgitter scheppert, als Fenzeck auf die Knie sinkt und hasserfüllt auf ihn herabblickt. »Du ... bist ... eine Pest, McGregga.« Er atmet rasselnd aus und verliert das Bewusstsein.

»Wer hat hier ... wen fertig gemacht?«, murmelt Axe. Er spürt kaum noch, wie seine Finger vom eisigen Metall abrutschen.

Er ist einfach nur froh, dass er sich nicht länger festhalten muss.

Kapitel 20

»Können Sie das noch mal wiederholen? Sie bergen den Flugzeugträger mit Hilfe eines *etwas übergewichtigen* Besatzungsmitgliedes?« Agent Coppola stemmt die Hände in die Hüfte. »Das können Sie nicht ernst meinen.«

»Ich gebe zu, dass es unglaubwürdig klingt, aber Offizier Schoof hat irgendwann den Punkt überlebt, an dem normale Organismen an Verfettung sterben, und ist zu einer biologischen Schwerkraftanomalie mutiert.« Saszqua musste diesen Sachverhalt zwar schon öfter schildern, ist aber trotzdem jedes Mal selbst so überrascht davon, dass sie am liebsten den Kopf schütteln und lachen würde. »Er ist auf einen Spezial-Schwebesessel angewiesen, der seine Gravitationsenergie drahtlos abzapft und in die Schwerkrafterzeuger unseres Schiffs einspeist. Oder wahlweise auch als gebündelten Zugstrahl projiziert. Unsere künstliche Bordintelligenz musste ein wenig tricksen, um die Emmerich an einem stabilen Punkt ihrer Struktur sozusagen an den Haken zu hängen, damit Schoof nicht den ganzen Sumpf in den Orbit reißt. Wir fliegen gleich daran vorbei, dann können Sie es mit eigenen Augen sehen.« Saszqua startet die Triebwerke der Landefähre. »Wir müssen nur noch eine kleine Ehrenrunde über das Camp drehen und Axe einsammeln.«

»Ich glaube, das können Sie sich schenken«, ruft Turnbull. »Ich habe gerade eine Nachricht von den Agents beim Flugzeugträger bekommen. Kurz vor dem Testlauf der Soundanlage sind zwei Wahnsinnige auf die Rampe gefahren. Einer auf einem Motorrad, der andere mit einem umgebauten Militärfahrzeug.«

»Verdammt!«, flucht Saszqua. »Das war Axe! Der zweite muss Fenzeck gewesen sein.« Sie aktiviert den Funk. »HASI! Wie hoch habt ihr den Kahn schon gezogen?«

»Wir sind bei über sieben Kilometer, meine Sternschnuppe.«

»Abbrechen! Ihr müsst sofort tiefer gehen!«

»Das ist unmöglich! Ich habe Schoofs Sessel so fein kalibriert, dass die geringste Modifikation des

Bergungsprozesses die Emmerich abstürzen lassen könnte.«

»Na schön, dann eben auf die harte Tour.« Saszqua dreht sich zu den Agents um. »Hinsetzen! Anschnallen! Wer kotzt, fliegt raus!«

Kaum haben Turnbull und Coppola sich gesetzt, legt Saszqua einen Alarmstart hin, der den Asphalt unter den Triebwerken in einen Lavasee verwandelt. Es ist ihr völlig egal, dass die verweichlichten Menschen hinter ihr aufstöhnen und jammern. Meine Güte, was ist schon das Achtfache der Erdschwerkraft? Die Schleuderwiegen auf ihrem Heimatplaneten, in denen quengelnde Kleinkinder in den Schlaf zentrifugiert werden, erreichen locker das Fünfzehnfache.

Shlomo neben ihr hat entweder entschieden bessere Nehmerqualitäten, oder die Drogen in seinem Blut haben ihn dermaßen gründlich ausgeknipst, dass er von der Quetschpackung nichts mitbekommt. Auch die Nelasma sind so apathisch, dass sie anscheinend nichts von der Tortur mitbekommen.

In der Cockpitscheibe erkennt Saszqua den Flugzeugträger als grauen Keil, der fast senkrecht unter der FE ERSTUR hängt wie ein Fisch an der Angel, noch immer von Scheinwerfern auf dem Deck beleuchtet. Gewitterwolken bilden einen Wirbel um das Gespann, das von Schoof als lebender Kupplung zusammengehalten wird. Womit die Crew ihn wohl zu dieser Wahnsinnstat überredet hat?

Sie setzt das Kleinraumschiff unter den Koloss und jagt es mit permanenter Beschleunigung senkrecht in den Himmel. Die Panzerstahlhülle vibriert und beginnt zu glühen. Über ihr wächst das Heck in die Breite.

Und viel weiter oben, am Kommandoturm des Schiffs, erspäht sie eine winzige Gestalt.

»Axe!« Sie wundert sich, wie viel Angst und Sorge in ihrem Schrei steckt.

Die Fähre schlingert durch das aufwärts gepolte Schwerkraftfeld, obwohl man in diesem Fall eher von Schoofkraft sprechen müsste. Für einen Moment verliert Saszqua die Orientierung, dann erkennt sie weit unter sich die mit

Lichtpunkten gesprenkelte Erde im Auge des Sturms. Sie stehen Kopf!

Sie legt sich das Bild der Heckkamera auf den Monitor unter der Cockpitscheibe. Dann zündet sie die Bremsdüsen am Bug und zweckentfremdet sie als Antrieb. Mit dem Heck voran schiebt sich das Shuttle über dem senkrecht stehenden Flugdeck auf den Kommandoturm zu. »Dieses Manöver ist garantiert noch nie geflogen worden«, schnaubt sie. Schweiß tropft von ihrer Stirn auf die Armaturen.

Sie schiebt den Bildausschnitt umher, bis sie Axe darin findet, und zoomt heran. Ein deftiger Fluch entfährt ihr, als sie erkennt, in welcher Lage ihr Lebensgefährte sich befindet.

Ihre Hand donnert auf den Schalter für die künstliche Schwerkraft. »Turnbull! Coppola! Öffnet die Rampe!«

Zumindest Agent Coppola versteht ihren Befehl sofort. Die Frau im schwarzen Anzug löst die Gurte wie eine erfahrene Pilotin, springt zum Ausgang und drückt den Öffner.

Turnbull folgt ihr taumelnd und rennt gegen die Wand. »Mir ist schlecht!«, jammert er. »So kann doch kein Mensch fliegen!«

»Ich bin kein Mensch!«, faucht Saszqua.

Auf einen Schlag entweicht sämtliche Wärme aus dem Inneren des Kleinraumschiffs. »Was immer Sie vorhaben, das sollte jetzt schnell gehen!«, brüllt Coppola gegen das Heulen des Sturms, das durchs offene Heck hereindringt.

»Achten Sie auf Axe!«, schreit Saszqua, während sie hochkonzentriert die Fähre unter ihn manövriert. »Sie müssen ihn auffangen!«

»Ich sehe ihn! Vielleicht fünfzig Meter über uns. Er hängt an einem Gitter … vierzig Meter … Shit! Er stürzt ab! Turnbull! Hier herüber!«

Saszqua nimmt sämtlichen Schub zurück. Die Fähre kommt zum Stillstand – und beschleunigt parallel zum Deck abwärts. Saszqua blickt über die Schulter. Die Agents klammern sich gegen den Sog des Unterdrucks an den Haltegriffen am Ausstieg fest. Axe fällt ihnen, da sie selber sich im Sturzflug befinden, fast gemächlich hinterher. In Zeitlupe schwebt er über die aus der Fähre ragende Rampe – und dann wieder rückwärts! Turnbull packt ihn mit einer Hand und zieht ihn in den Bereich der Bordschwerkraft. Coppola schließt geistesgegenwärtig die Rampe. Zischend baut sich der Kabinendruck wieder auf.

Saszqua zündet das Triebwerk und stößt ein Triumphgeheul aus. Sie zieht die Landefähre um hundertachtzig Grad hoch und schießt am Flugzeugträger vorbei Richtung Orbit.

»Heilige Scheiße!«, keucht Turnbull. »Machen Sie so was öfter?«

»Sonst nur mit Kriegsschiffen. Sehen Sie nach, ob er verletzt ist!«

»Auf den ersten Blick nicht. Aber er ist bewusstlos und eiskalt.«

»Steckt ihn in einen der Kampfanzüge der Nelasma«, ordnet Saszqua an. »Ich hoffe, das medizinische Programm erkennt, was er braucht.« Sie steuert die Fähre an einer Art Foliengarage vorbei, die von der FE ERSTUR an einem Seil in die Höhe gezogen wird. Als sie heranzoomt, erkennt sie Schoof in seinem Sessel, die schwarzen Knopfaugen weit aufgerissen, wie er hektisch an seinem Futterschlauch nuckelt. Ihr Gewissen meldet sich, was selten genug vorkommt. Wenn all das überstanden ist, notiert sie im Geiste, hat ihr Ortungsoffizier sich eine Belohnung verdient.

Zumindest eine Belobigung.

Na ja, vielleicht reicht es, ihn für eine Weile nicht anzupflaumen.

Loola (und sie muss es sein, denn so steht es auf ihrem Namensschild) duckt sich, als ein kraftvoll geschleuderter Feuerlöscher von Bongars muskulösem Unterarm abprallt und über sie hinweg fliegt. Das Geschoss bohrt sich in die Sensorfelder des Kommandopults; Funken sprühen, eine Flammenzunge leckt nach dem Sessel des Kommandanten und steckt ihn in Brand.

Luma krabbelt hinter den Sessel der paralysierten

Kommunikationsoffizierin und schreit entsetzt auf, als Kolga eine Handbreit vor ihr aufschlägt, grunzend wieder aufsteht und auf Bongar zustürmt.

»Luma!«, kreischt Loola und rennt auf ihre Doppelgängerin zu. Sie hechtet über den aus wachen Augen an die Decke starrenden Hurbluz und bringt sich durch einen beherzten Sprung in Sicherheit, bevor ein aus der Verankerung gerissener Wasserspender dort zerschellt, wo sie gerade noch gestanden hat. Luma streckt die Hand nach ihr aus, doch in diesem Moment torkelt Bongar, von einem Tritt in die Rippen getroffen, zwischen sie und schleudert sie in entgegengesetzte Richtungen.

»Geht in Deckung!«, brüllt der Gefechtsspezialist, reißt die Rückenlehne des Funkersessels heraus und zieht sie der wie eine Berserkerin herandonnernden Kolga über den Schädel. Als er erneut ausholt, wischt Kolga die improvisierte Keule beiseite, umfasst Bongars Hüfte und wuchtet ihn in eine Kontrolltafel voller Leuchtskalen, Oszilloskope und Monitore. Eine Serie gut gezielter Fausthiebe versenkt seinen Kopf bis zu den Ohren in den geborstenen Anzeigen.

Bongar gelingt es, sie mit dem Ellenbogen auf Abstand zu halten, ein Bein anzuziehen und ihr einen Tritt gegen die Hüfte zu verpassen. Als sie rückwärts taumelt, reißt er seinen mit Splittern gespickten Schädel aus der Tafel und setzt ihr mit einem raubtierhaften Grollen nach. Kolga lässt zwei harte Schläge auf ihr Gesicht durchkommen, um die Hände in den Halsausschnitt seiner Bordkombination zu krallen und ihn im Rückwärtsfallen mit sich zu reißen. Beim Abrollen entladen ihre an die Brust gezogenen Knie den Schwung in Bongars Bauch und schleudern ihn mit der Kraft eines nach hinten auskeilenden Mofflerbullen über sie hinweg. Bongar segelt etliche Meter durch die Zentrale, landet mit dem Rücken auf dem interaktiven Kartentisch und bricht mit einem ohrenbetäubenden Klirren durch die Platte.

Kolga federt auf die Beine, wirft einen Fetzen von Bongars zerrissener Kombination von sich und stürmt auf die Trümmer des Tisches zu. Bongar blickt ihr benommen entgegen und kann nicht mehr verhindern, dass sie ihm die Knie auf die Brust drückt. Bevor ihre Fäuste ihm das Gesicht zermatschen können, schnellen seine Pranken vor und schließen sich wie Rohrzangen um ihre Handgelenke. Vor Anstrengung zitternd biegt er ihre Arme auseinander und zwingt ihr Gesicht Zentimeter für Zentimeter näher an seines heran.

»I-ich m-muss dir w-was sagen«, bringt er keuchend hervor.

»Damit solltest du dich beeilen, weil du gleich tot sein wirst«, knurrt Kolga schwer atmend.

»Du b-bist ... du b-b-bist ...« Bongar schließt die Augen und fokussiert all seine mentale Kraft in einem Punkt. »Du bist die tollste Frau, die ich je getroffen habe.«

Kolga ist so überrumpelt, dass die Spannung ihrer Armmuskeln für den Bruchteil einer Sekunde nachlässt.

Bongar zieht sie zu sich herab; ein Donnern hallt durchs Modul, als ihre verhornten Stirnplatten gegeneinander knallen. »Ich kann mich nicht erinnern, wann ich das letzte Mal mit einer Frau geknallt habe«, säuselt Bongar, vom Zusammenstoß halb betäubt.

»Du wirst dich auch hieran nicht erinnern«, keucht Kolga, wirft den Kopf in den Nacken und lässt ihn ein zweites Mal herunterkrachen. Der Schraubstockgriff um ihre Handgelenke erschlafft. Sie streckt den Rücken durch und reibt sich stöhnend über die Stirn. Dann besinnt sie sich, dass sie zwei von McGreggas Spießgesellinnen den Rücken zuwendet.

Sie dreht den Kopf. Die Technik-Ammen stehen zitternd und eng umschlungen zwischen den Trümmern, die der epische Zweikampf gefordert hat, und starren sie aus ihren übergroßen Augen an.

»Ihr rührt euch nicht!«, befiehlt die Admiralin.

Loola und Luma nicken wie eine Person (was sie auf gewisse Weise ja auch sind).

»Kommt uns überhaupt nicht ...«

»... in den Sinn!«

Kolgas Blick fällt auf Bongars entblößte Brust, auf der ein flaches Etui liegt; ein lederner Brustbeutel, in dem Angehörige rückständiger Kulturen noch immer ID-Karten und Ähnliches mit sich herumzuschleppen pflegen. Kopfschüttelnd öffnet sie ihn und zieht eine bunt bedruckte Karte heraus.

»Das gibt es nicht«, flüstert sie und dreht die Captain-Nova-Sammelkarte vor ihren Augen hin und her. »Der Wächter-des-Universums-Kampfanzug!« Sie fühlt sich zurückversetzt in ihre Zeit an der Primarschule für Taktik und Gehorsam, wo sie im zarten Alter von neun Jahren so manches Frühstück gegen Captain-Nova-Karten getauscht hat. Bis zu dem Zeitpunkt, als sie an die Führungskräfte-Akademie versetzt wurde und sich von ihren Schätzen trennen musste, hat sie es niemals geschafft, ihr Wächter-des-Universums-Set zu vervollständigen.

Kolga legt die Karte behutsam auf Bongars Brust, bevor sie aus lauter Sentimentalität irgendetwas fürchterlich Dummes tut.

Sie zuckt zusammen, als die Funkkonsole mit Pillops Stimme zum Leben erwacht. Es sind nur zwei Worte, und sie lauten: »Aua! Arschloch!«

Saszqua jagt die Landefähre an der FE ERSTUR vorbei, durchbricht die letzten Höhenwolken und stößt in die Stratosphäre vor. Sterne leuchten vor ihr auf, und auch die Riesenpizza von Luigi Calzone® befindet sich gerade über dem nordamerikanischen Kontinent und kurbelt die Umsätze von Tiefkühlprodukten an.

»Das wäre der richtige Moment, uns in Ihre weiteren Pläne einzuweihen«, fordert Coppola, während sie Axe' Arme in den Anzug einfädelt.

»Wir holen meine Leute aus der AXETÖTER, Sie beide schicken wir mit einer Rettungskapsel zur Erde zurück und machen mit dem Flugzeugträger einen Zeitsprung in unsere Gegenwart. Dort fetzen wir den verdammten Torpedo mit der Monster-Soundanlage weg. Dann gehen wir irgendwo was trinken.«

»Das klingt ja ganz einfach«, meint Turnbull trocken.

»Warum holen Sie keine Verstärkung aus Ihrem Schiff?«

»Das würden Sie nicht fragen, wenn Sie meine Besatzung kennengelernt hätten.« Saszqua lacht und deutet hinter sich. »Schaut mal nach, wen von den beiden Zombies ihr am ehesten wachklopfen könnt.«

Eine Minute später tauschen Pillop und Shlomo mit Hilfe der Agents den Platz auf dem Co-Pilotensessel. Der Soldat mit der Grasbüschel-Frisur starrt aus trüben Augen geradeaus.

»Pillop, kannst du mich verstehen«, fragt Saszqua.

»Hmm-hmm. Feigling. Hihi. Witzfigur.«

»Willst du gerne zurück auf dein Schiff? Dort bekommst du Hilfe.«

»Jaaa. Doofkopf.«

»Ich verbinde dich mit Kolga, verstanden? Du musst nichts weiter tun, als ihr zu sagen, dass ihr im Anflug auf die AXETÖTER seid. Bekommst du das hin?«

Pillop nickt, als wäre sein Kopf eine mit Bleikugeln gefüllte Socke. »Anflug. Kolga. Ich kann das, du fauler Sack.«

Saszqua öffnet den Funkkanal zur AXETÖTER und versetzt Pillop einen Schlag auf den Oberarm, als dieser nur stumpfsinnig auf den Monitor starrt.

»Aua. Arschloch.«

Zehn Sekunden vergehen. »Kruul hier!« Das Gesicht der Admiralin ploppt vor dem Nelasma auf. Eines ihrer Augen ist zugeschwollen, und eine blutige Schramme zieht sich über ihr Kinn. »Pillop! Verdammt! Weißt du eigentlich, wie oft ich versucht habe, euch …?«

»Sind im Anflug, Obermotz«, unterbricht Pillop sie lallend.

»*Was* war das?«

»Wir kommen jetzt rein, Häuptling. Hangar aufmachen, du fiese Sau.« Die letzten Worte gehen in einen Lachkrampf über. Saszqua unterbricht die Verbindung.

»Dieser Plan *muss* ja funktionieren«, ätzt Coppola. »Kolga ist bestimmt gar nicht misstrauisch geworden.«

»Sie wird den Hangar für uns öffnen«, beschwichtigt Saszqua sie. »Alleine, um Pillop den Einlauf seines Lebens zu verpassen.« Sie sucht in der Ortung nach Kolgas Schiff und entdeckt es in einem geosynchronen Orbit am Rande der Atmosphäre. In weniger als fünf Minuten wird die Fähre in den Hangar der AXETÖTER einfliegen – sofern er für sie offen steht.

Sie wendet sich an die Agents. »Ich kann euch nicht darum bitten, bei dieser Aktion mitzumachen. Kolga ist gefährlich, sie ist nicht alleine, und sie ist immer noch Admiralin der TSN, arbeitet also für denselben Verein wie ihr.«

»Danke für den Hinweis«, sagt Coppola.

»Ja, wir hatten schon befürchtet, dass Sie uns fragen wollen«, ergänzt Turnbull.

Saszqua nickt und versucht, sich ihre Enttäuschung nicht anmerken zu lassen. »Dann wäre das ja geklärt.«

Die Agents holen ihre Pistolen aus den Halftern, wechseln die Magazine und prüfen die Laservisiere. »Natürlich können wir nur mit nicht tödlicher Munition gegen TSN-Soldaten vorgehen«, erklärt Coppola.

»Wobei wir ohnehin schon so viel Ärger bekommen werden, dass das kaum noch einen Unterschied macht«, sagt Turnbull düster. »Aber wir werden nicht Däumchen drehen, während Sie im Alleingang die Erde retten.«

Saszqua nickt und lächelt still in sich hinein.

Die AXETÖTER wird in der Cockpitscheibe sichtbar. Auf der Heckseite des Gefechtsmoduls bilden die Markierungslampen der Hangarschleuse ein hell leuchtendes Quadrat. Saszqua bremst die Fähre ab. Als sie nur noch wenige hundert Meter entfernt sind, gleiten die Schotthälften auseinander.

»Die Show kann beginnen«, sagt Saszqua.

Kolga wirft sich in den Sessel des Funkers. »Kruul hier!« Der Monitor zeigt das tranige Gesicht von Pillop, der aussieht, als hätte er zu lange an einer Flasche Verdünner geschnüffelt. »Pillop! Verdammt! Weißt du eigentlich, wie oft ich versucht habe, euch …?«

»Sind im Anflug, Obermotz!«, brabbelt Pillop ihr wie besoffen dazwischen.

Als er die Verbindung schließlich beendet, glaubt Kolga,

im falschen Film zu sein. *Es liegt an der Erde,* redet sie sich ein. Pillop und Pisnick waren immer schon etwas labil, und der Kontakt mit McGreggas unzivilisierten Artgenossen könnte sie über den kritischen Punkt befördert haben.

Das entsetzte Aufkreischen der Technik-Ammen lässt Kolga zusammenfahren. Automatisch greift sie nach ihrem Blaster, doch genau wie Bongar hat sie die Waffe fallen lassen, um die Herausforderung zum Zweikampf anzunehmen, wie es bei ihrem Volk Sitte ist.

Sie schnellt aus dem Sessel hoch, wirbelt herum und blickt auf ein grünes Gewirr tanzender und peitschender Tentakel. »Was machst du …?« Die Frage geht in einem zornigen Schrei unter, als Audrey III vier Ranken gleichzeitig um Kolgas Extremitäten wickelt.

»Isch habe misch entschieden, Ihre Schasche nischt weiter schu unterschtütschen«, nuschelt die mörderische Pflanze. Die Tentakel straffen sich und ziehen die Arme und Beine der Admiralin in verschiedene Richtungen.

»Aahhh! Lass mich runter, du irres Suppengrün!« Kolga zerrt mit aller Kraft an den lebenden Fesseln. Einer der Stränge zerreißt und bespritzt sie mit Pflanzensäften. Im nächsten Moment fühlt sie sich auf den Kopf gestellt und mit selbigem auf den Boden geknallt. Die Forkula schleudert sie in die entgegengesetzte Richtung. Ihr Rücken schlägt gegen die Decke, noch mal und noch mal, dann fliegt sie zur Seite, und ihr Gesicht macht Bekanntschaft mit einem Wandpaneel.

Mit schwindendem Bewusstsein hört sie Bongars Stimme. »*Kolga! Nein!* Lass sie runter, Audrey!«

Obwohl Bongar ihr Feind ist, fühlt sie so etwas wie Dankbarkeit ihm gegenüber und hätte ihm gerne gesagt, dass sie nichts gegen ihn persönlich hat.

Doch dazu kommt sie nicht mehr.

Zwei routiniert nach links und rechts sichernde TSN-Agents und eine zornig voranstürmende Kommandantin verlassen die Landefähre über die ausgeklappte Rampe. Es gibt keine Gegenwehr. Niemand erwartet sie im Hangar.

»Mein gutes altes Gefechtsmodul.« Saszqua blickt sich

um. »Um ehrlich zu sein, haben wir das Ding nie richtig zum Laufen gebracht.«

»Wie geht es weiter?«, erkundigt sich Coppola.

»Wir gehen da rein und ballern auf alles, was TSN-Uniformen trägt.« Saszqua blickt grimmig in eine Kamera an der Decke. »Die wissen, was sie erwartet.«

Sie vergewissert sich, dass ihre Waffe auf *Betäuben* steht, und betätigt den Öffner der Luftschleuse zum Hangar. Die Agents nehmen zu beiden Seiten des Schotts Aufstellung.

»Auf mein Kommando!«, zischt Saszqua.

Leichtfüßige Schritte nähern sich aus Richtung der Brücke.

Saszqua tritt aus der Deckung, hebt ihren Strahler – und lässt ihn wieder sinken. »Nicht schießen!«, befiehlt sie den Agents.

»Kommandantin!«, kreischen Loola und Luma wie aus einem Mund.

»Mädels! Was bin ich froh, euch zu sehen!« Saszqua schließt die Frauen in die Arme. Es folgt ein peinlicher Moment voller »Ähhs« und »Öhms«, bevor die Technik-Ammen die ungewohnte Sympathiebekundung kichernd erwidern.

»Das sind Coppola und Turnbull«, klärt sie die beiden auf, bevor sie vor Schreck etwas Unüberlegtes anstellen. »TSN-Agenten von der Erde. Sie helfen uns.«

Turnbull steckt seine Waffe ins Holster und salutiert grinsend. »Ma'am. Ma'am.«

Coppola blickt verwirrt von Luma zu Loola und wieder zurück. »Ich brauche dringend eine Pause. Ich sehe schon alles doppelt.«

»Ihr habt das Modul unter Kontrolle?«, will Saszqua von den Technik-Ammen wissen. Zu ihrer Verwunderung entdeckt sie an jeder von ihnen ein Namensschild.

»Alle Brückenoffiziere sind …«, beginnt eine der beiden, dem Anstecker nach Luma.

»… betäubt und eingesperrt.«

»Was ist mit Bongar?«

»Wir konnten ihn nicht davon abhalten.« Luma windet sich wie eine Katze, die auf den Boden gesetzt werden will.

»Abhalten? Wovon?«
»Er bringt Kolga zu ihrer Besatzung in die AXETÖTER.«
Loolas Hals sackt in Form eines »S« zusammen.
»Sie ist schwer verletzt«, führt Luma weiter aus.
»Er hat Angst, dass sie stirbt«, sagt Loola.
»Ich glaube, er …«
»… ist in sie verknallt.«
»So ein verdammter Idiot!« Saszqua hämmert eine Faust in die Wand der Schleusenkammer, in der eine Delle zurückbleibt. »Die werden nicht gut auf ihn zu sprechen sein. Ist er für Kolgas Verletzung verantwortlich?«
Die Technik-Ammen schütteln die Köpfe.
»Erinnerst du dich an die Pflanze, die …«
»… Barnas dir geschenkt hat?«
Saszqua nickt. »Forkula cephalophagus. Warum?«
Loola dreht den Kopf Richtung Brücke. »Audrey III? Du kannst jetzt reinkommen!«
In einem Moment hat Saszqua noch geglaubt, ihr Leben kann nicht verrückter werden, im nächsten stellt ihre Topfpflanze sich ihr höflich vor.
»… aber weil Ihr Scholdat schich für Kolga eingeschetscht hat, habe ich schie am Leben gelaschen«, beendet Audrey III ihren Bericht.
Saszqua ballt die Fäuste. »Was findet Bongar an dieser Wahnsinnigen? Kolga wollte uns alle töten!«
Luma und Loola schielen unschuldig zur Decke.
»Er ist schließlich auch …«
»… bloß ein Mann.«
»Und so viel Auswahl hatte er …«
»… in den letzten Jahren nicht.«
»Hmmpf. Trotzdem: Das ist missionsgefährdendes Verhalten.«
»Holen wir ihn da raus, und dann nichts wie weg hier«, schlägt Turnbull vor.
»Ja, das werden wir tun. Aber zunächst …« Sie stiefelt ins Shuttle und kehrt mit Shlomo über der Schulter zurück.
»Axe!«, schreien Loola und Luma auf.
»Oh nein, er ist doch …«
»… nicht etwa tot, oder?«

»Das ist nicht Axe«, klärt Saszqua sie auf. »Ich meine, das ist schon Axe, aber sein früheres Ich. Shlomo Sorgsam. Wir können ihn nicht an Bord der Fähre lassen, weil … nun ja, weil Axe auch da drinnen ist. Ich habe keine Ahnung, was passiert, wenn die beiden wieder zu Bewusstsein kommen und sich begegnen. Vielleicht erleiden sie einen Schock. Vielleicht hört das Universum auf zu existieren. Besser, wir sorgen dafür, dass es gar nicht erst dazu kommt.«

Sie trägt Shlomo in die Luftschleuse und setzt ihn sanft an der Wand ab.

»Wasn…? Ich wardasnich, ehrlich.« Shlomos Augenlider flattern und heben sich leicht. »Alda, du biss ja völlich blau im Gesicht.«

»Was hat er?«, fragt Loola.

»Überdosis, vermute ich. Aber frag mich nicht, wovon.« Saszqua wendet sich an Turnbull und Coppola. »Wir sollten auch unsere grünhaarigen Freunde aus der Fähre holen und hier irgendwo einsperren.«

Die Agents nicken und kehren kurz darauf mit Pisnick und Pillop zurück. Audrey III tritt vor. »Isch schperre schie schu den Offischieren.« Sie wickelt den teilnahmslosen Nelasma je einen Tentakel um die Brust und dirigiert sie zu den Quartieren.

Saszqua wendet sich an die Technik-Ammen. »Loola, Luma, ihr spielt bitte Babysitter für Shlomo. Sollte Axe sich rühren, sorgt dafür, dass er im Shuttle bleibt.«

Die Technik-Ammen salutieren.

»Dann ist es jetzt an der Zeit, Bongar zu retten.« Sie blickt Turnbull und Coppola an. »Agents, es wäre mir eine Ehre!«

»Holen wir Ihren Helden«, ruft Coppola.

Das Bongar-Befreiungskommando macht sich auf den Weg.

Kaum ist Saszqua mit den Anzugträgern im Lift verschwunden, beginnen die Probleme für Loola und Luma.

»Ooohh, Scheiße«, jammert eine nur zu bekannte Stimme aus der Landefähre. »Warum kann ich nicht tot sein?«

Die Technik-Ammen blicken einander alarmiert an und sprinten die Rampe hinauf. Axe ist gerade dabei, sich aufzurichten. Er trägt einen anthrazitfarbenen Kampfanzug der Admiralität, der sich unschmeichelhaft seinem Bauchumfang angepasst hat.

»Axe! Saszqua hat uns nicht erzählt …«

»… was mit dir passiert ist, nachdem du …«

»… in die Rettungskapsel gestiegen und …«

»… zur Erde geflohen bist.«

Axe blickt verwirrt von einer zur anderen. »Loola? Luma?«

»Nein, ich bin Luma.« Luma zeigt auf ihr Schild.

»Da steht Loola«, wundert sich Axe.

»Wirklich? So ein Mist! Wir sollten die Dinger tauschen.«

Axe blickt in der Landefähre umher und schnallt überhaupt nichts.

»Wieso bin ich nicht tot? Wo ist Fenzeck?« Er tastet durch die Handschuhe hindurch seine Finger ab. »Wo ist der verflixte Ring? Wo ist mein Rezurkilator?«

»Ich fürchte, er deliriert«, diagnostiziert Luma (oder die mit dem Luma-Schild).

»Wie viele Finger siehst du?«, fragt Loola und spreizt zwei ihrer vier Finger ab.

Axe schielt an den Fingern vorbei durch den Einstieg und auf die korpulente Gestalt im schwarzen T-Shirt, die durch die Innenschleuse ins Gefechtsmodul torkelt.

»Scheiße! Ich sehe mich selbst.«

Die beiden lilahälsigen Frauen wenden ihre Köpfe und erblicken Shlomo.

»Oh, oh!«

»Das ist nicht gut.«

»Axe, du darfst auf keinen Fall …«

»… die Landefähre verlassen, klar?«

Axe nickt, und die beiden wieseln davon. Kaum sind sie aus dem Hangar verschwunden, schließt er das Schott und wuchtet sich in den Pilotensessel.

»So, dann wollen wir mal sehen …« Er trommelt mit den Fingern auf die Armaturen. »Mann, sieht das alles kompliziert aus.« Dann kommt ihm eine Idee. »Helm schließen!«

Der Anzug reagiert sofort und lässt die im Nackenwulst gefalteten Helmsegmente über seinem Kopf auseinanderfächern.

»Yes! Anzug? Gibt es so was wie ein Tutorial für Raumschiffe?«

Bilder laufen über ein auf die Helmscheibe projiziertes Display. Axe erkennt schematische Darstellungen von Einmannjägern, Bergbauraumern und Greifern, Transferkapseln und …

TSN-Standard-Planetenfähre identifiziert, schreibt der Anzugsrechner auf die Scheibe. *Starte Hilfsprogramm.*

»Woo-hoo!«, jubelt Axe. »Wie komme ich mit der Schüssel aus dem Hangar?«

Öffnungsanfrage an Außenschott senden?

»Ja, Mann! Sende!«

Drei Sekunden später erscheint eine neue Schrift: *Bereit zum Ausschleusen. Bitte Startvorgang einleiten.* Auf dem Helmdisplay wird eine der Bedienflächen vor Axe gelb hervorgehoben. Er legt einen Finger darauf, und die Fähre hebt in einem Null-G-Feld sanft vom Boden ab und richtet die Spitze automatisch zur Hangaröffnung aus.

Steuerrad mit beiden Händen umfassen.

»Das wollte ich schon immer mal machen.« Axe umfasst die Steuerung und zieht sie, ohne nachzudenken, zu sich heran. Die Fähre macht einen Satz in die Höhe und kracht in die Hangardecke. Axe schreit auf und lässt das Rad los. »Ich hab nichts gemacht! Alles in Ordnung!«

Steuerrad mit beiden Händen umfassen.

»Jaja … ganz vorsichtig …«

Und machen Sie diesmal nicht so einen Mist.

»Vielen Dank auch«, grunzt Axe. Die Fähre schwebt wie eine Gondel am Seil aus dem Hangar. »Ich suche was Bestimmtes«, sagt Axe. »Wie kann ich mir anzeigen lassen, was hier so alles rumschwirrt?«

Mit Hilfe des Anzugs findet Axe in kürzester Zeit die FE ERSTUR und darunter die USS Emmerich. Er schüttelt ungläubig den Kopf. *Einfach mal eben die Karriere der*

Screaming Ears zerstört. Hoffentlich sind noch alle meine Platten da, wenn ich nachher die Musiksammlung durchschaue. Aber das ist im Moment zweitrangig. Erst einmal zählt, dass er den Zeitschrauber wiederbekommt.

Als die Fähre an der FE ERSTUR vorbei sinkt, springt der Funk an. »Äh, hallo, Saszqua?«

»Hi, Grobbo, alter Läusekutscher!«, ruft Axe gut gelaunt. »Ich muss dich enttäuschen: Hier ist Axe!«

»Oh, Axe! Super, dass du nicht tot bist.«

»Ja, find ich auch. Obwohl ich in letzter Zeit so oft tot war, dass ich mich langsam dran gewöhne. Ich hab leider grade keine Zeit für ein Schwätzchen, ich muss noch die Welt retten.«

»Oh. Na dann: viel Erfolg.«

»Danke, Mann.«

Plötzlich überfällt Axe das mulmige Gefühl, zum letzten Mal mit Grobbo gesprochen und zum letzten Mal die FE ERSTUR gesehen zu haben. Wenn ihm jetzt, ohne dass er den Rezirkulator dabei hat, etwas zustößt, gibt es keine zweite Chance.

Als sich die Liftkabine im Kommandodeck der Trägereinheit öffnet, blicken Saszqua, Turnbull und Coppola in die Läufe von acht Handblastern und die aktivierten Waffenarme von drei Kampfrobotern.

Saszqua hebt langsam die Arme und nickt den Agents zu, aber diese haben ihre Kill-Tecs bereits gesenkt und legen sie vor sich auf den Boden.

»Wie ihr seht, bin ich unbewaffnet.«

»Das hat bei dir nichts zu bedeuten«, ruft ein Offizier mit zitternder Stimme. »Eine falsche Bewegung, und ihr drei seid Asche!«

»Ich will nur meinen Soldaten holen. Der Mann heißt Bongar Bolk, und er hat eurer Kommandantin das Leben gerettet.«

»Ich habe eine bessere Idee. Wir sperren euch so lange ein, bis Kolga entscheiden kann, was sie mit euch anstellt.«

»Eventuell hat da noch jemand ein Wörtchen mitzureden.« Saszqua blickt sich suchend um und entdeckt eine

Kamera an der Decke. »BROGG, bitte melde dich.«

Ein Geräusch ertönt aus den Akustikfeldern, als würde ein hundertköpfiger Männerchor klangvoll einatmen. »Saszqua?« Das Licht flackert hektisch. »Saszqua! Du bist zurückgekommen!«

»Ja, aber mein Empfangskomitee scheint sich nicht darüber zu freuen. Kannst du für bessere Verhandlungskonditionen sorgen?«

»Für dich tue ich alles, Saszqua.«

Die drei Roboter schwenken ihre Waffen herum und nehmen den Anführer der Soldaten ins Visier.

»Das ist jetzt aber Scheiße«, presst der Offizier hervor und lässt seinen Blaster sinken.

»Danke, BROGG«, flötet Saszqua. »Wärst du so lieb, Bongar zu uns bringen zu lassen?«

Turnbull blickt Coppola kopfschüttelnd an. »Kann heute auch mal irgendwas passieren, dass ich auf Anhieb verstehe?«

Zwei weitere Besatzungsmitglieder der AXETÖTER führen Bongar, dessen Hände in massiven Stahlplastschellen stecken, zu ihnen in den Korridor. Der Kopf des Nahkampfspezialisten sieht aus, als hätte ihn jemand dazu benutzt, Felsen zu Schotter zu zerbröseln.

»Bongar, alles klar?«, fragt Saszqua besorgt. »Wir holen dich hier raus.«

»If beibe hier«, sagt Bongar undeutlich durch seine geschwollenen, blutigen Lippen.

»Wie bitte?«

Bongar windet sich mit sichtbarem Unbehagen. »Alf Geiwel.«

»Sag mal, bist du bescheuert?«, braust Saszqua auf. Dann atmet sie tief durch und blickt den Wortführer der AXETÖTER-Crew an. »Wir haben den Offiziersstab im Gefechtsmodul in unserer Gewalt. Ich bin bereit, alle gegen meinen Soldaten und freies Geleit einzutauschen.«

»If bleibe!«

Saszqua holt tief Luft. »Es ist wegen Kolga, richtig? Du schuldest ihr nichts. Im Gegenteil, sie würde nicht zögern, dich umzubringen.«

»If liebe fie.«

»Bongar! Verdammt! Das ist Befehlsverweigerung!«

»Kommandantin?« Coppolas Stimme erklingt leise hinter ihr. »Der Mann hat sich entschieden. Respektieren Sie das.«

»Der Mann ist ein Idiot!«, zischt Saszqua. »Eigentlich sind alle Männer Idioten.«

»Also, wenn ich dazu was sagen darf...«, beginnt Turnbull.

»Nein!«, fallen ihm Saszqua und Coppola gleichzeitig ins Wort.

»Bwingt mich furück in die Felle«, bittet Bongar seine Bewacher. Er wirft einen letzten Blick auf Saszqua. »Ef tut mir leid, Wafqua.«

»Oh, und wie es dir erst mal leid tun wird, wenn du wieder bei mir angekrochen kommst! Dann wirst du dir wünschen, bei deiner Kolga geblieben zu sein, selbst wenn sie dich jeden Tag zwölf Stunden lang erschießt!«

Die Agents umfassen ihre Oberarme und ziehen sie zwischen sich. »Es hat keinen Zweck, Kommandantin«, sagt Coppola eindringlich.

Saszqua ist so geladen, dass sie die beiden Menschen am liebsten auf die Soldaten geschleudert hätte. Doch BROGGs Stimme bringt sie auf andere Gedanken. »Saszqua, ich habe hier etwas, das dich interessieren dürfte: Die Landefähre ist wieder gestartet. Oh, und jemand hat die Waffensysteme des Moduls hochgefahren.«

»Axe!«, keucht Saszqua tonlos.

»Shlomo!«, rufen Turnbull und Coppola unisono.

»Axe! Bleib stehen!«

»Warte auf uns, Axe!«

Shlomo dreht sich schwankend um und erblickt zwei absonderliche Gestalten, vielleicht auch nur eine, denn so, wie er sich gerade fühlt, besteht durchaus die Möglichkeit, dass er gewisse Dinge doppelt sieht.

Es sind Außerirdische, so viel steht schon mal fest.

Darüber hinaus ist er ziemlich sicher, dass sie weiblichen Geschlechts sind und mit ihren lasziv klimpernden Wimpern und den vollen Topmodel-Lippen sogar durchaus sexy. Ein Eindruck, den er hastig revidiert, als ihm bewusst wird, dass die beiden keine Nasen besitzen und ihre kleinen Köpfe auf überlangen, lilafarbenen Schwanenhälsen hin und her pendeln.

Aber sie haben ihn Axe genannt, und das ist toll.

»Hi, Mädels! Hab euch hier noch nie gesehn.« Er blickt sich um und versucht, Ordnung in seine Gedanken zu bringen. »Is aber auch kein Wunner, war ja noch nie hier. Wo binnich überhaupt?«

Die beiden Aliens nehmen ihn in die Mitte und haken sich bei ihm unter. Die eine lächelt ihn strahlend an. »Ich bin … was steht hier?«

»Lolla. Nee, Loola.«

»Prima! Ich bin Loola.«

»Dann bin ich Luma«, stellt die andere sich vor.

»Super, dann bin ich Lulu.« Axe verteilt ein Hundertachtzig-Grad-Grinsen an seine Verehrerinnen. Er beschließt, mitzuspielen und die Spielregeln nach und nach herauszufinden. Sofern es welche gibt. Vielleicht ist das alles auch nur ein irrer Trip. »Und ich hab 'nen Batzen Eintritt bezahlt, also willich was sehn für mein Geld.« Er zeigt ans Ende des Gangs, wo er jede Menge blinkender Lichter sieht. »Da willich hin.«

»Ich glaube«, flötet Luma, »es ist besser …«

»… wir bringen dich …«, übernimmt Loola.

»… dahin zurück …«

»… wo du losgegangen bist.«

Axe wird schwindlig vom Hin- und Herdrehen des Kopfes. »Ehrlich, ihr seid zwei süße Mäuse, aber könnt ihr euch nich einigen, wer welchen Satz zu Enne bringt?« Jetzt erst bemerkt er, dass die beiden ihn sanft zu einer Kehrtwende genötigt haben. »Ey, waddema! Das is Axenapping. Ich will da nich hin!«

Am Ende des Korridrors schließt sich zischend ein Schleusenschott.

»Da, seht ihr? Is zu.«

Die lila Aliens erstarren und lassen ihn los. Shlomo wirbelt herum und wetzt los.

»Und jetzt?«, hört er hinter sich.

»Ist doch egal. Wohin soll er denn gehen?«

»I go wherever I wanna go«, grölt Shlomo einen alten Screaming-Ears-Song, *»whenever I go vacation ... got a tank, a dozer and a motorbike ... to blow up civilization.«* Wie angewurzelt bleibt er zwischen den Trümmern stehen, mit denen der große Raum am Ende des Ganges übersät ist. Ihm dämmert, dass er auf der Brücke eines Raumschiffs steht. Hier muss ein Kampf getobt haben, mindestens zehn gegen zehn, wenn er das Ausmaß der Verwüstung richtig einschätzt. »Krass! Was isn hier hochgegangen?«

Aber zumindest ein Sessel hat die Schlacht unbeschadet überstanden. Er klopft auf die Lehne. »Meiner.«

Kaum berührt sein Hintern das lederähnliche Polster, erwachen Konsolen, Steuerknüppel und Monitore vor ihm zu blinkendem Leben.

»Hallo, Armistead McGregga«, begrüßt ihn eine Stimme aus dem Lautsprecher neben dem Monitor. »Danke, dass Sie das Taktikprogramm in Anspruch nehmen. Sie besitzen volle Administratorrechte.«

»Geil, Alter!« Shlomo reibt sich die Hände. »Was isn heute so am Start?«

»Dies sind alle Ziele in Reichweite der Waffensysteme«, sagt das Taktikprogramm und zeigt ihm einige verschwommene Objekte auf dem Monitor des Feuerleitstands. Über einem davon blinkt in Großbuchstaben der Name FE ERSTUR.

»Das ist Ihr Schiff, Axe. Darauf können Sie nicht feuern.«

»Ich hab'n Schiff?« Shlomo lacht wie irre. »Das is echt scharf, Alter.« Er kneift die Augen zusammen. »Wasn das da? Unner der FE ESSUR?«

»Nicht identifiziertes Ziel.«

»Das sieht aus ... sieht aus wie ... ach du Kacke!« Jetzt erkennt Shlomo es ganz deutlich. Der graue, langgezogene Körper, die Finne auf dem Rücken, das aufgerissene Maul, die raumschiffzermahlenden Reißzähne ... »Das issn gottverdammter Hai! Ein Weltraumhai! Scheiße, Junge! Der holt sich mein Schiff!«

»Bitte wählen Sie das Waffensystem aus.« Vor ihm erwacht eine Bedienkonsole an einem schwenkbaren Arm zum Leben. Shlomo zieht sie zu sich heran und studiert die Anzeige. »Da! Fucking Antimaterie-Strahlen! Hauen wir den Riesenhering wech.«

Hinter sich hört er polternde Schritte. Und die aufgeregten Rufe der lila Schwanenprinzessinen.

»Shlomo, aufhören!«

»Nicht, Axe!«

Eine unbekannte, schmatzende Stimme gesellt sich hinzu: »Dasch ischt keine gute Idee, Erdenmensch!«

»Bäng! Bäng!«, macht Shlomo und drückt auf den Feuerknopf. Der Weltraum zwischen ihm und dem Hai flimmert. Er sieht nur, wie der Monsterfisch von der Schnauze her pulverisiert wird. Hin und wieder reißen Explosionen seine graue Haut auf, was ziemlich cool aussieht. Eine riesige Röhre, die ihm bislang gar nicht aufgefallen ist, vergeht in einer gewaltigen Feuerblume. Dann frisst sich der Strahl in die Rückenfinne und löst sie auf. Alle möglichen Kleinteile wirbeln umher und geraten ebenfalls in den Wirkungsbereich der Waffe. Nicht eine Gräte des Untiers bleibt zurück, falls Haie so etwas überhaupt haben.

Shlomo reißt es vor Begeisterung fast aus dem Sessel. »Ich hab alle gerettet! Yeah!« Er bekommt kaum mit, dass sich ein grüner Tentakel um die Bedienkonsole schlingt und sie ihm aus der Hand windet.

»Untypische Energieentladung gemessen«, meldet das Taktikprogramm, während die letzten Überbleibsel des Hais mit der Antimaterie reagieren.

»Was hast du getan, Shlomo?«

Hey, diese unglaublich erotische Frauenstimme kennt er doch! Wo war das noch gleich …? Eine Kaskade roter Haare ergießt sich über seine Schulter.

»Aufzeichnung wiederholen!«, donnert die Stimme direkt neben seinem Ohr. »Vergrößern!«

»Gerne, Kommandantin Saszqua. Sie besitzen volle Befugnisse.«

Auf dem beschädigten Monitor wächst ihnen der Hai

entgegen. Je näher er kommt, desto mehr sieht er aus wie ein …

»Flugzeugtreter«, nuschelt Shlomo. »Is ja völlich irre. Sah ehm noch wie'n Weltraumhai aus.«

Ein kleines Raumschiff manövriert sich unter die Kommandobrücke des Flugzeugträgers und verschwindet aus der Erfassung.

»Die Landefähre, mit der Axe …«

»… vorhin abgehauen ist!«

»Schie ischt auschgelöscht.«

»Nein! Das kann nicht sein.«

Shlomo wirft einen Blick über die Rückenlehne, der sich aus dieser Perspektive definitiv lohnt. »Alter«, japst er. »Dasis ja mal das *unglaubiste* Paar Möpse, dassich je gesehn hab.«

Eine flache Hand schmettert auf seinen Kopf, und das Spiel ist für Shlomo gelaufen, bevor er die Regeln begriffen hat.

Kapitel 21

Die Vormittagssonne scheint auf das Wohngebiet im Nordosten Philadelphias. Noch immer fahren Fahrzeuge der Polizei und der Nationalgarde Patrouille. Ein Bergungskran steht vor dem Grundstück der Kaminskys und hebt eine TSN-Rettungskapsel auf einen Tieflader. Einige Meter weiter fräst ein Straßenbautrupp den geschmolzenen Asphalt aus, und eine Kehrmaschine beseitigt Splitter und Scherben.

Ein schwarzer Van hält vor dem Haus der Sorgsams. Ein Mann und eine Frau steigen aus der Seitentür aus und setzen Sonnenbrillen auf. Die Frau hilft einem weiteren Mann beim Aussteigen, ein etwas verwahrloster, vollbärtiger Kerl, von dessen Bauch man eine Vorliebe für die Screaming Ears, Munchy Crunch und Dosenbier ablesen kann. Beide stützen ihn, als der Dicke gefährlich zu schwanken beginnt.

»Wir sind zuhause, Shlomo«, sagt Agent Coppola.

»Ach so? Cool.« Shlomo blickt sich desorientiert um. »Ja, kommt mir irgendwie bekannt vor.«

Durch die Beifahrerscheibe des Vans beobachtet Saszqua, wie die Agents Shlomo die Verandatreppe hinaufführen und an der Tür läuten. Alles in ihr schreit danach, ihn nicht gehen zu lassen, ihn festzuhalten und mit auf die FE ERSTUR zu nehmen, um das wahnsinnige, chaotische Leben mit ihm fortzusetzen, an das sie sich zwar nie gewöhnen wird, das sie aber auch nicht mehr missen möchte.

Doch das hier ist nicht Bad Axe McGregga.

Noch nicht.

Um zu dem Mann zu werden, den sie liebt, muss er erst sein persönliches Martyrium auf der Erde durchmachen. Was die Droge der Nelasma ihm angetan hat, ist erst der Anfang. Das Ende seiner Geschichte hat sie letzte Nacht mit ansehen müssen.

Die Aufzeichnung von Axe' Tod (man könnte auch von Selbstmord sprechen, denkt sie sarkastisch) hat sie der Besatzung der AXETÖTER übermittelt, bevor Flitta sie mit dem Greifer abholen kam. Auch die Forkula befindet sich wieder in der Zentrale der FE ERSTUR.

Die Haustür öffnet sich. Saszqua beobachtet das Gespräch zwischen den Agents und Shlomos Eltern. Leo Sorgsam ist eine traurige Gestalt, dessen Gesichtsausdruck zwischen Miesepetrigkeit und Zorn hin und her pendelt. Saszqua ermahnt sich, ihn nicht nach seinem Äußeren zu beurteilen. Irgendwo in ihm muss etwas von dem stecken, was sie an seinem Sohn zu schätzen gelernt hat.

Hadley Sorgsam-Rifkin trägt eine Miene zwischen Strenge und Sorge zur Schau, doch immerhin umarmt sie Shlomo. Sie wirkt ratlos und verloren, als ihr Sohn, sich neugierig umsehend, im Haus verschwindet. Nach allem, was sie von Axe' früherem Leben weiß, wird es nicht mehr lange dauern, bis seine Eltern ihn vor die Tür setzen und bald darauf den Kontakt zu ihm aufgeben.

Verdammt! Scheiß auf die Vergangenheit! Saszqua steigt aus dem Van. Auch sie trägt eine Sonnenbrille, aber anders als die Agents tut sie es, um ihre rotgeriebenen, geschwollenen Augen zu verbergen. Die provokante Lederkleidung hat sie gegen eine hochgeschlossene Standard-Bordkombination getauscht.

Mit entschlossenen Schritten geht sie auf die Sorgsams zu, die gerade dabei sind, die Agents von ihrer Veranda zu komplimentieren. Über den dunklen Gläsern sieht sie Turnbulls und Coppolas hochgezogenen Brauen – es war vereinbart, dass sie im Auto wartet.

»Schon gut.« Saszqua nickt den beiden zu. »Ich komme gleich nach.« Schulterzuckend lassen die Agents sie mit Shlomos Eltern alleine.

Leo mustert sie mit verschränkten Armen von oben bis unten, und sein Blick verweilt nicht länger als nötig dort, wo andere Männer am liebsten ihren Jahresurlaub verbringen würden. »Sie haben Nerven, bei uns aufzutauchen, nach dem, was Aliens hier vorletzte Nacht angerichtet haben.«

Hadley stößt ihren Ehemann mit dem Ellenbogen an und lächelt Saszqua angespannt zu. »Schalom, meine Liebe!«

»Schalom«, murmelt Leo mit gesenktem Kopf.

»Gehören Sie auch zur TSN?«, fragt Hadley.

»Nein, nicht mehr. Ich bin eine Freundin von Shlomo.«

Leo stößt ein freudloses Lachen aus. »Shlomo hat Freunde?«

»Ja, in der Tat, Leo«, erwidert Saszqua schärfer als beabsichtigt. »Er ist ein guter Mensch, vielleicht etwas anstrengend, aber er hat viel für mich und viele andere getan. Sie sollten stolz auf ihn sein.« Sie wischt eine Träne fort, die unter der Brille hervor kullert.

Hadley betrachtet sie nachdenklich. »Mein Sohn bedeutet Ihnen etwas, nicht?«

Saszqua antwortet mit einem Nicken und räuspert sich. »Er hat eine schwere Zeit durchgemacht, und ich fürchte, es kommen noch schwerere Zeiten auf ihn zu. Ich kann ihm dabei nicht helfen, weil ich die Erde verlassen muss. Aber *Sie* können es. Glauben Sie an Shlomo, auch wenn Sie ihn am liebsten erwürgen würden.«

»Was ist an meinem Sohn Besonderes, dass jemand wie Sie sich solche Sorgen um ihn macht?«, brummt Leo. »Er ist verantwortungslos, egoistisch und chaotisch.«

»Ja, das stimmt. Aber er ist auch mutig, warmherzig und fantasievoll, wenn auch auf eine extreme Weise. Er würde für seine Freunde durchs Feuer gehen.« Saszqua wendet sich ab und spürt für einen kurzen Moment Hadleys Hand auf ihrer Schulter, bevor sie die Treppe hinunter eilt.

Als sie in den Van steigt, blicken Turnbull und Coppola ihr mit nachdenklichen Gesichtern entgegen. Sie setzt die Brille ab und wischt sich über die Augen. »Ich möchte Sie um etwas bitten.«

»Wir hören«, sagt Coppola, und ihr Partner nickt.

»In knapp zweieinhalb Jahren wird Shlomo sich aus einer Entzugsklinik heraus mit einer Bewerbung für die Flotte an Ihr TSN-Verbindungsbüro wenden.«

»Sinnlos«, sagt Turnbull. »Das habe ich auch versucht. Der Job hier ist mein Trostpflaster. Und ich hatte ausgezeichnete Referenzen, während Ihr Freund …« Er bricht ab, als er Saszquas Blick begegnet. »Sorry.«

»Wenn Sie die Bewerbung an den Medizinischen Dienst

der Admiralität weiterleiten, wird dort jemand auf Shlomo aufmerksam werden.«

»Warum lassen Sie den Dingen nicht einfach ihren Lauf?«, erkundigt sich Coppola. »Sie wissen doch, was passieren wird.«

»Würden Sie es tun, ohne dass ich Sie heute darum bitte?«

»Woher soll ich das wissen?« Coppola verwuschelt ihre Haare im Nacken. »Jetzt tue ich es garantiert, weil sonst vielleicht das Universum …« Sie öffnet schwungvoll die Finger der rechten Hand und macht: »Plopp!«

Saszquas Armbandpad springt an. Sie blickt in Grobbos müdes Gesicht. Der Pelz um die Augen ist salzverklebt.

»Was gibt es, Grobbo?«

»Wo du gerade auf der Erde bist«, schnieft der Kommunikationsoffizier, »könntest du dir vielleicht mal was anschauen.«

»Worum geht es?«

»Wir haben ein verschlüsseltes Peilsignal empfangen, dass ausschließlich an die FE ERSTUR gerichtet ist. Es kommt von der Erde.«

Die TSN-Agents blicken interessiert auf.

»Von wo genau?«, fragt Saszqua elektrisiert.

»Washington.«

Es kommt nicht jeden Tag vor, dass ein Alien das Smithonian Luft- und Raumfahrtmuseum betritt, und entsprechend groß ist die Sensation, als Saszqua sich in Begleitung der beiden Agents unter die Besuchergruppen mischt. Pads und Armbänder richten sich auf sie, Kinder blicken mit weit aufgerissenen Augen zu ihr auf, erwachsene Männer begaffen sie mit offenem Mund.

Turnbull dreht sich grinsend um sich selbst, und in seinen Augen erkennt Saszqua die Euphorie, die ihn beim Anblick der Ausstellungsstücke packt.

»Das Mondlandemodul! Was sagen Sie dazu, Kommandantin?«

»Wenn ich euch Menschen nicht inzwischen besser kennengelernt hätte, würde ich sagen, nur komplett

Wahnsinnige würden auf die Idee kommen, mit so etwas auf einem Himmelskörper zu landen.«

»Und da vorne ist die Gemini 4! Können Sie sich vorstellen ...?«

»Turnbull! Wir sind wegen etwas anderem hier.« Saszqua blickt auf ihr Armbandpad, das sie auf die Frequenz des Peilsenders eingestellt hat. »Axe hat mir erzählt, der Zugang zur BEYOND befände sich im Untergeschoss.«

»Das stimmt«, sagt Turnbull mit leuchtenden Augen. »Nachdem die BEYOND vor dem Museum im Boden versenkt worden ist, hat das Smithonian einen neuen, unterirdischen Ausstellungskorridor eröffnet. Kommen Sie!«

Saszqua schüttelt den Kopf über die kindliche Begeisterung des Agents. Coppola schmunzelt in sich hinein.

Die BEYOND ist die größte Attraktion des Museums, und die Agents machen von ihren Ausweisen Gebrauch, um nicht eine Stunde in der Warteschlange verbringen zu müssen. Ein Mitarbeiter des Museums lotst sie an den Besuchern vorbei in die Spitze der Rakete.

Saszqua behält die ganze Zeit über ihr Pad im Auge. »Das Signal wird stärker.« Sie wendet sich an ihren Führer. »Ist die BEYOND eigentlich komplett auseinandergenommen worden, bevor sie hier aufgestellt wurde?«

»Nein. Ein TSN-Frachter hat sie am Stück hierher transportiert.«

»Hat man untersucht, ob irgendwelche Modifikationen daran vorgenommen worden sind? Nachträglich eingebaute TSN-Hightech?«

Der Museumsmitarbeiter hebt die Schultern. »Ich weiß es nicht. Warum hätte man das tun sollen? Das Schiff war ja gar nicht flugfähig, als die TSN es zur Erde gebracht hat. So, da wären wir.«

Saszqua blickt sich um. Es ist eng in dem Raum. Jeder Kubikzentimeter, der nicht dem Minimum an Bewegungsfreiheit diente, die man den Astronauten zugestanden hat, ist mit Steuergeräten und Armaturen verbaut. Kein Vergleich zu den Modulen eines TSN-Trägerschiffs, in denen man, wie Axe einmal so schön gesagt hat, eine Katze am

Schwanz herumwirbeln könnte. Sie fährt mit dem Armband an allen Verkleidungen entlang, aber das Signal ist überall gleich stark. Dann wendet sie sich der Mitte des Raums zu, in der die vier ergonomischen Liegesessel der Astronauten kreuzförmig angeordnet sind.

Der Armbandrechner meldet maximale Signalstärke, als sie ihn über einem der Sessel schwenkt.

»Der Platz des Missionsleiters«, erklärt ihr Führer. »Rence Gilligan.«

Saszqua untersucht das Sitzmöbel und erkennt einen notdürftig vernähten Schnitt an der Seite des Polsters. »Der Sender ist hier versteckt.« Sie zieht ein Messer aus der Tasche ihrer Bordkombination. Coppola und Turnbull halten den Museumsmitarbeiter zurück, als dieser protestierend einschreiten will. »Bleiben Sie cool. Das ist nicht die Mona Lisa.«

»Schon fertig.« Saszqua hebt ihre Beute hoch, einen daumennagelgroßen Chip. »Sender und Datenspeicher in einem.«

»Das ist Eigentum der Vereinigten Staaten!«, ruft der Mann vom Smithonian empört.

»Falsch. Das ist Eigentum der TSN.« Saszqua lässt den Chip in der Tasche verschwinden. »Wenn Sie keine interstellare Krise heraufbeschwören wollen, behalten Sie für sich, was Sie hier gesehen haben.« Sie wirft ihm eine Kusshand zu, die ihn verdattert zurücklässt. »Turnbull, Coppola, wir sind hier fertig.«

Auf einem verlassenen Industriegelände, durch hohe Mauern vor den Blicken Neugieriger geschützt, erwartet sie Flitta von Forn, die ungeduldig vor dem Greifer auf und ab stelzt.

Saszqua winkt ihr aus der offenen Tür des Vans zu.

Der Greifer ist das einzige Beiboot der FE ERSTUR; eine kompakte Konstruktion mit zwei Greifarmen, dazu gebaut, im All treibende Raumschiffwracks zu zerlegen oder kleine Asteroiden einzufangen.

»Die Stunde des Abschieds«, stellt Agent Coppola fest. »Haben Sie schon einen Plan B, um die Erde zu retten?«

»Nicht direkt, aber fünf Jahre sind eine lange Zeit, um sich was auszudenken.« Saszqua klopft auf die Tasche, in der der Chip darauf wartet, seine Geheimnisse preiszugeben. »Eins nach dem anderen.«

Turnbull reicht ihr die Hand. »War 'ne aufregende Zeit mit Ihnen. Viel Erfolg ... Saszqua.«

Saszqua lächelt. »Alles Gute. Sehen Sie zu, dass Sie Ihren Job behalten.«

»Hauptsache, wir behalten unsere Köpfe auf den Schultern«, sagt Coppola mit einem schiefen Grinsen. »Mal schauen, was ich in meinen Bericht schreibe.« Auch sie reicht ihr die Hand. »War mir eine Ehre, Saszqua.«

Die Kommandantin steigt aus dem Van, lächelt noch einmal zurück und gesellt sich zu Flitta.

»Ich habe gerade die Nachricht erhalten, dass die AXE-TÖTER das Sonnensystem verlassen hat«, sagt Flitta niedergeschlagen. »Die Admiralin ist außer Lebensgefahr und hat versprochen, Bongar fair zu behandeln.«

Saszqua presst die Lippen aufeinander. Nach Axe hat sie nun auch noch Bongar verloren, wahrscheinlich für immer.

»Unser Leben wird nicht mehr sein wie vorher«, seufzt sie und lässt zu, dass Flitta ihre gefiederten Arme um sie legt. »Flieg mich nach Hause, Flitta. Wir haben ein Rätsel zu lösen.«

Die um zwei Mitglieder geschrumpfte Besatzung der FE ERSTUR steht geschlossen um das Kommandopult herum. Im Slot des Universal-Datenlesers ruht der von Saszqua geborgene Chip.

Sogar Schoof, der neuerdings unter nervösen Zuckungen leidet, hat seinen Schwebesessel zwischen die anderen gedrängt und verfolgt mit hellwachem Interesse die Entschlüsselung des Datensatzes.

»Ich hoffe, ihr habt euch nicht zu viel von dem Chip versprochen«, sagt HASI, als eine blinkende Diode den Abschluss der Auswertung anzeigt. »Es sind lediglich zwei Koordinaten gespeichert. Eine astronomische und eine planetare Längen- und Breitenangabe.«

»Mach es nicht so spannend, du Einparkhilfe! Um welchen Planeten handelt es sich?«

»Es ist gleich um die Ecke. Proxima b.«

»Warum wundert mich das nicht?« Saszqua blickt ihre Leute der Reihe nach an. »Wir fliegen nach Proxima b und sehen nach, wer uns da ein Osterei versteckt hat.«

Aus den Datenbanken der FE ERSTUR:

Proxima b: Bewohnbarer Planet im System der Sonne Proxima Centauri.

Bevölkerung: 3

Staatsform: Ene-mene-mu

Sehenswürdigkeiten: Rence-Gilligan-Gedenkstein (jährlich 0 Besucher)

Hauptausfuhrprodukt: Proxi-Moxy

Beherrschende Lebensform auf Proxima b ist ein Schleimpilz, der tagsüber an die Oberfläche wächst und abends vergammelt, weshalb es immer und überall stinkt, als wäre gerade Mofflergülle ausgebracht worden.

Proxima b beherbergt einen Außenposten der TSN, der gelegentlich von Raumschiffen, die in den Randbereichen des Orion-Arms unterwegs sind, für Notreparaturen oder die Aufstockung lebensbedrohlich abgesunkener Alkoholvorräte aufgesucht wird.

Falls sie vorhaben, Ihren Urlaub hier zu verbringen, wenden Sie sich bitte an … haha, kleiner Scherz.

Wenn es einen Ort im Universum gibt, an dem der Dienst für die TSN deprimierender ist als auf der Orbitalstation der Erde, dann muss es der Außenposten auf Proxima b sein, denkt sich Saszqua. Durch die Panoramascheibe verfolgt sie, wie die FE ERSTUR sich auf das provisorische Landefeld neben der Panzertransplastkuppel des Stützpunktes senkt. Dicht über dem Boden fährt HASI die selten benötigten Landestützen aus.

»Grobbo, hast du Kontakt zur Raumhafenverwaltung?«

»Raumhafenverwaltung?«, ruft Grobbo zurück, und Saszqua hört die multiplen Fragezeichen aus seiner Stimme heraus.

»Einwanderungsbehörde?«

»Meinst du das ernst?«

»Meine Güte, Bettvorleger, irgendwen wird es doch wohl interessieren, dass ein Raumschiff gelandet ist!«

»Es geht keiner ran«, quiekt Grobbo.

»Schön, dann gehen wir eben raus. Die Koordinaten liegen innerhalb der Kuppel, das ist schon mal etwas.« Sie blickt von einem Crewmitglied zum nächsten. »Fini, begleitest du mich?«

»Aber gerne, Kommandantin!« Fini späht aus der Panoramascheibe hinaus in den grünen Sporennebel, der um ihr Schiff und die Kuppel wabert. »Bei diesem Wetter wäre es sogar völlig unverantwortlich, ohne Frisör vor die Tür zu gehen. Ich hole nur schnell meinen Notfallkoffer.«

»Ich würde dir ebenfalls gerne zur Seite stehen, meine unbezahlbare Kristallskulptur«, schmeichelt sich HASIs Bariton in ihre Gehörgänge.

»Das machst du doch über mein Pad ohnehin immer«, knurrt Saszqua. »Oder wie soll ich deine Bitte auffassen?«

»Wörtlich«, antwortet HASI, und im selben Moment stampft Mr. Nitro in die Zentrale, komplett mit einem neu montierten Arm aus Loolas und Lumas unerschöpflichem Fundus eventuell noch brauchbarer Teile. Der recycelte Roboter salutiert und schnarrt: »Ich stehe bereit, meine Mondgöttin!«

»Hey!« Flibo stemmt die Händchen in die Seite. »Wenn Mr. HASI mitkommt, will ich auch dabei sein!«

»Wenn deine Eltern nichts dagegen haben«, sagt Saszqua augenrollend.

Grobbo zuckt mit den Schultern. »Was soll passieren? Axe ist ja nicht dabei.«

»Super, ich hole nur schnell meinen Bla…« Sie hüstelt. »Rucksack.«

Saszqua und Fini tragen Schutzanzüge. Die Helme haben sie wegen des penetranten Gestanks, der über die schleimige Ebene weht, geschlossen. Flibo sitzt, geschützt vor allem Unbill, in einem Fach in Mr. Nitros Brust, das eigentlich zur Aufnahme von Zusatz-Energiespeichern gedacht ist.

Eine Schleusenkammer durchbricht die dank des grüngelben Schleims kaum noch als transparent zu bezeichnende Kuppel. Im Inneren der Kammer müssen sie eine Dekontaminationsdusche über ihre Anzüge ergehen lassen, bevor das Innenschott sich für sie öffnet. Saszqua nimmt den Helm ab, und Fini macht sich sofort ungefragt über die plattgedrückten Haare her, wobei er sich von HASI beziehungsweise Mr. Nitro hochheben lässt.

Das erste, was sie erblicken, als sie aus der Schleuse treten, ist ein handbemaltes Schild, das jemand an ein in den Boden gerammtes Stuhlbein genagelt hat:

Wilkomen reisende!

Besuch Honkos Tawerne an der Sacknaht des uniwersum. Unt probier den Proxi-Moxy! Nur hir auf Proxima b!

»Was soll eine Sacknaht sein?«, fragt Flibo, die auf der Schulter von Mr. Nitro Platz genommen hat.

»Nun«, beginnt Cler Fini, »als noch Säcke aus Naturmaterialien zum Transport von …«

»Etwas, das südlicher liegt als der Arsch«, unterbricht Saszqua ihn. »Eine Taverne ist immer gut, wenn man eine Auskunft braucht.« Sie blickt in die Richtung, in die der windschiefe Pfeil auf dem Schild weist.

Bei der geringen Anzahl an Gebäuden unter der Kuppel hätte sie die Taverne auch ohne langes Suchen gefunden. Es ist eine flache Baracke, offensichtlich aus den übriggebliebenen Teilen aller anderen Bauwerke zusammengestoppelt. Über der Tür blinken die drei überlebenden Dioden einer Leuchtreklame, die das Bild einer Knarkonierin in Netzstrümpfen ziert. Daneben gibt es nur drei igluförmige Wohnkuppeln, ein Gewächshaus und einen besseren Schuppen mit der Aufschrift *Hotel Proxi*.

Saszqua schaut auf ihr Armbandpad. An den Koordinaten, nach denen sie suchen, rostet eine Ansammlung von Blechcontainern vor sich hin, an die jemand *Garagen zu vermieten* geschrieben hat.

Als sie die Taverne betreten, gibt ein walrossähnliches Geschöpf hinter dem Tresen ein ersticktes Pfeifen von sich und kippt außer Sichtweite. Fini ist mit eiligen Schritten bei dem Unglücklichen und fächelt ihm Luft zu, bis er wieder zu sich kommt und nervös die über ihn gebeugte Truppe anblinzelt.

»Also, so ein Schreck! Ihr hättet euch ruhig bei der Raumhafenbehörde anmelden können.«

»Raumhafenbehörde?«, schnappt Saszqua.

»Nein, bloß ein Scherz. Ich bin Honko. Hilft mir jemand auf?«

Robo-HASI zieht Honko auf die schwabbeligen, in Flossen endenden Beine. Saszqua schiebt einen Stuhl unter seinen fetten Hintern. »Bist du der Wirt?«, fragt sie.

Honko nickt, und sein Dreifachkinn schwappt eine Weile auf und ab. »Wirt, Braumeister, Hotelier. Wir bekommen nur selten Besuch, müsst ihr wissen. Damals, als noch jeden Monat ein Schiff landete, um fässerweise Proxi-Moxy zu bunkern, war das hier eine florierende Siedlung.«

»Wie viele Einwohner gab es denn damals?«, erkundigt sich Fini.

»Vier. Wie sieht's aus, darf ich euch einen Moxy einschenken?«

»Klaro«, zwitschert Flibo.

»Nein, danke«, lehnt Saszqua ab, was Honko enttäuscht in sich zusammensacken lässt. »Ich interessiere mich für die Garagen.«

»Ach herrje!« Der Wirt hebt die buschigen weißen Augenbrauen. »Nach den Garagen hat seit über zwanzig Jahren niemand mehr gefragt.«

»Tatsächlich?« Saszqua tut überrascht. »Man sollte doch meinen, dass ihr hier auf einer Goldgrube sitzt, was Mietgaragen angeht. Das sind bestimmt die einzigen auf dem ganzen Planeten, wenn nicht sogar im Umkreis von drei Lichtjahren.«

»Ja, das dachten wir auch«, sagt Honko betrübt. »Aber in all der Zeit haben wir nur eine einzige vermietet.«

»An wen?« Am liebsten würde Saszqua den Fettsack packen und durchschütteln.

»An einen der Typen, die mit dieser wackeligen Rakete aus dem Nachbarsystem gekommen sind. Mann, wie hieß der denn noch gleich …?«

Axe, denkt Saszqua. *Bitte sag, dass er Axe hieß!*

»Jetzt fällt's mir wieder ein: Renzo oder so ... Rence Gilligan! Yep, so hieß er!«

»Das ist derjenige«, spricht HASI durch Mr. Nitros Stimmmodulator, »der den Aufnahmeantrag für die TSN gestellt hat.«

»Nicht meine Schuld!«, ruft Honko. »Das war Blarf, unser Stützpunktleiter! Der einzige, der mit unserer Fernkommunikationsanlage umgehen konnte.«

»Ich will sehen, was in der Garage ist!«, fordert Saszqua.

»Tja, meine Gute, da muss ich dich aber enttäuschen. Wo kämen wir denn da hin, wenn jeder x-beliebige Weltraumtourist mal eben so im Eigentum meiner Kunden wühlen dürfte? Da könnte man das Geschäft ja gleich aufgeben.«

»Darf ich ihn foltern?«, piepst Flibo.

»Noch nicht. Sag mal, Honko: dieser Rence Gilligan ... der ist doch tot, oder?«

Wieder schwabbeln Honkos Kinne auf und ab. »Yep! Liegt da draußen auf einem Hügel begraben. Seine Leute haben ihm einen schicken Grabstein hingestellt.«

»Wenn Rence tot ist«, schreit Saszqua, dass die Moxy-Flaschen im Regal klappern, »was sollte er dann dagegen haben, das wir uns seine Garage ansehen?«

»Vorbildliche Selbstbeherrschung«, lobt Fini und lächelt Honko zu. »Ich bin ihr Aggressionsbewältigungstherapeut, musst du wissen. Normalerweise hätten die hinterbliebenen Proxianer jetzt nämlich Ene-mene-mu spielen müssen, um zu entscheiden, wer von ihnen die Taverne weiterführen soll.«

»Der Schlüssel hängt da vorne«, wimmert Honko.

Der Schlüssel passt vor lauter Rost kaum ins Schloss, und als Saszqua ihn endlich versenkt hat, bricht er beim Umdrehen ab. Achselzuckend reißt sie das Tor aus den Angeln und wirft es hinter sich.

Aus Mr. Nitros Augen schießen grelle Lichtstrahlen und erhellen jeden Winkel der staubigen Garage. Der einzige eingelagerte Gegenstand ist etwas, das wie ein grauer Sarkophag aussieht, doch als Saszqua mit klopfendem Herzen über den Deckel wischt, kommt unter der Staubschicht ein weißer Kunststoff zum Vorschein. In der Mitte befindet sich ein rundes, blaues Emblem mit vier altirdischen Schriftzeichen.

»HASI, was steht da?«

»NASA«, antwortet die KI aus den Mundlamellen des Roboters. »*National Aeronautics and Space Administration.* Das war auf der Erde eine Weltraumorganisation mit Sitz in den Vereinigten Staaten von Amerika, die aber multinational gearbeitet hat. Die letzte offizielle Mission war der Marsflug der BEYOND, der aus irgendeinem Grund hier im Proxima-Centauri-System endete.«

»Ja, vielen Dank, du Klugschwätzer«, motzt Saszqua. »Ich will aber wissen, was *das hier* ist.«

»Egal«, quietscht Flibo. »Lasst es uns plündern!«

»Ich würde davon abraten, es hier zu öffnen«, wendet HASI ein. »Meiner Ansicht nach ist das eine Kryokapsel. Die BEYOND führte für jedes Besatzungsmitglied eine mit, um für den Fall einer Havarie die Besatzung am Leben zu erhalten, bis sie geborgen werden kann.«

Fini wischt weiter oben über den Deckel. »Hier ist eine Anzeige!«, ruft er. »Die Kapsel verfügt noch über Energie!«

Saszqua beugt sich über den schwach leuchtenden Ladestandbalken. »Nullkommafünf Prozent. Meine Güte, knapper ging es wohl nicht. HASI! Fass mal bitte hier hinten an!«

Mr. Nitro hebt den Sarkophag am schmaleren Fußende hoch, Saszqua schnappt sich das Kopfende.

Die Truppe macht sich auf den Rückweg zur FE ERSTUR.

Gänzlich vom Schmutz befreit steht die Kryokapsel wie ein frisch gepelltes Ei in der Krankenstation. Fini steht mit einem Defibrillator und seinem Schall-Lockenwickler bereit, die Hände bis zu den Ellenbogen in OP-Handschuhen.

»Der Lockenwickler?«, wundert sich Saszqua.

»Ich bin kein Arzt«, sagt Fini entschuldigend. »Ich fühle mich einfach kompetenter, wenn ich ihn dabei habe.«

Von der Decke senkt sich ein furchteinflößendes Instrumentarium verschieden langer Skalpelle, Spritzen,

Lasern, Pinzetten, Saugern, Tackern und Elektroden. Irgendwo macht eine Maschine *Ping!*

»Brauchen wir das alles?« Saszqua blickt sich genervt um.

»Auszuschließen ist es nicht«, kommt HASIs Stimme von irgendwoher. »Diese Kapsel stammt von der Erde. Wir wissen jetzt zwar, dass sie mit einer TSN-Batterie nachgerüstet worden ist, aber ansonsten ist das Technik der Zivilisationsstufe Null. Niemand hat sich jemals so lange in einer so primitiven Apparatur einfrieren lassen.«

»Einundzwanzig Jahre«, murmelt Saszqua. »Kannst du es nicht durchleuchten?«

»Keine Chance. Die Kapsel ist so konstruiert, dass sie einen konservierten Astronauten vor kosmischer Strahlung schützt. Hier sind mehrere Lagen abschirmendes Material verbaut worden.«

»Dann sollten wir das Ding jetzt aufmachen.«

Sie blickt zur Tür der Krankenstation, wo sich der Rest der Crew versammelt hat, wie Kinder vor einer Lücke im Zaun bei einem wichtigen Punktspiel der Lieblingsmannschaft.

»Einen Moment, liebste Saszqua. Der Auftauprozess ist gleich abgeschlossen. Fünf Sekunden. Vier. Drei. Zwei. Eins. Null.«

Ein Zischen erklingt, als Luft in die Vakuumdichtung strömt. Saszqua kann sich nicht länger beherrschen; sie reißt den Deckel von der Kapsel und wirft ihn achtlos beiseite.

Ihr Schrei lässt Grobbo in Ohnmacht sinken.

Fini beugt sich vor, und sein schütterer Haarkranz richtet sich auf. »Wie schrecklich!« Der Schall-Lockenwickler in seiner Hand zittert.

Die Technik-Ammen klammern sich aneinander.

»Ist da eine Mumie drin?«, ruft Flibo aufgeregt. »Ich will die Mumie sehen!«

In diesem Moment richtet die *Mumie* sich auf. Alle starren auf das magere Gesicht und den bis zur Hüfte wallenden Bart.

»Alter«, krächzt Axe. »Wie spät ist es?«

»*Axe!*« Saszqua stürzt sich auf ihn. »Ich bring dich um! Diesmal bring ich dich wirklich um!« Sie pflückt ihn aus der Kryokapsel, und für einen Moment sieht es so aus, als wollte sie ihn in der Luft zerreißen. Dann schließt sie die Arme um ihn und erdrückt ihn fast an ihrem Busen. Das ist der Augenblick, in dem die Anspannung sich in einem kollektiven Jubelschrei entlädt.

»Du verdammter Idiot!«, schluchzt Saszqua. »Wir dachten, du seist tot!«

»Ja, diesmal war es echt eng«, keucht Axe. »Nicht ganz so eng wie zwischen deinen beiden ... ah, so ist es besser.« Er blickt sich um. »Ihr habt nicht zufällig schon die Erde gerettet?«

Eine kurze Untersuchung mit den Bio-Sensoren zeigt, dass Axe den Kryoschlaf ohne erkennbare Spätfolgen überstanden hat, sieht man von einundzwanzig Jahren unbeaufsichtigten Haar- und Nagelwuchses ab. Fini verschleißt zwei Scherköpfe und drei Scheren, um Axe' gewohntes Äußeres wiederherzustellen. Eine Stunde später sitzt Saszqua ihrem Lebensgefährten gegenüber, während dieser drei Packungen Munchy Crunch in sich hineinschaufelt und von Jafre Pawanter synthitisierte Cocktails aus Aufbaupräparaten schlürft. Vor lauter aufgestauter Neugier denkt sie ernsthaft über körperliche Gewalt als Mittel zur Informationsbeschaffung nach.

»Ich erzähle euch alles«, sagt Axe und gähnt ausgiebig. »Aber wir haben einiges zu erledigen.« Er zeigt aus der Panoramascheibe auf eine Senke, über der ungesund wirkende grüne Nebelschleier wabern. »Da drüben habe ich die Landefähre versteckt. Ist so eine Art Tümpel, randvoll mit diesem Pilzzeugs.«

»Versteckt? Wieso das denn?«

»War ein Tipp von Blarf. Der Chef von dem Haufen hier.« Er nickt Richtung Kuppel. »Damit die TSN der Besatzung der BEYOND hilft und sie zur Erde zurückbringt, mussten wir – also die Menschheit – dem Verein erst einmal beitreten. Und die oberste Beitrittsvoraussetzung lautet, dass ein Raumschiff aus eigener Kraft ein TSN-System erreichen muss. Hätte ein bisschen blöd ausgesehen, wenn da noch eine supermoderne Landefähre daneben gestanden hätte. Vor allem eine, die erst in zehn Jahren oder so gebaut wird.« Axe klopft sich auf die Schenkel und biegt sich vor Lachen. »Bei diesem Zeitreise-Kram musst du echt Hölle aufpassen.«

Saszqua fühlt sich unendlich müde. »Axe! Erzähl mir einfach, wie du hier gelandet bist.«

»Alles klar. Ich bin also mit der Fähre zum Flugzeugträger zurück, um meinen Zeitschrauber zu holen. Den hatte dieser Flachwichser Fenzeck mir nämlich geklaut. Davon hat er aber auch nichts mehr gehabt, weil er inzwischen eine Laufbahn als Tiefkühlkost eingeschlagen hat. Als ich den Ring wiederhatte, hab ich ihn gleich mit der Fähre gekoppelt, um ihn mit Hyperbiumenergie aufzuladen. Dann hat irgendein Vollpfosten angefangen, auf den Flugzeugträger zu ballern.«

Saszqua verzichtet darauf, Axe über die Identität des Vollpfostens aufzuklären.

»Als ich merkte, dass ich nicht mehr rechtzeitig wegkomme, habe ich einen Zeitsprung gemacht. Auf die Schnelle ist mir nur ein Datum eingefallen.«

»2051«, folgert Saszqua. »Du bist mit der Fähre zur Landestelle der BEYOND auf dem Mars gesprungen.«

»Genau, Baby. Die haben ganz schön blöd geguckt, als ich an die Tür geklopft habe. Die hatten echt Probleme mit ihrem Schiff und wären nie wieder vom Mars weggekommen. Aber mit der Zeitmaschine konnte ich ja noch ein Schiff mitnehmen, so wie ich die AXETÖTER mitgenommen habe.« Axe kichert, als würde er sich selbst kein Wort glauben, aber die Geschichte trotzdem zum Abwinken komisch finden.

»Und dann bist du ausgerechnet nach Proxima b gesprungen?«

Axe schaut sie mit einem Ausdruck fassungslosen Erstaunens an. »Ja, wohin denn sonst?«

Mit Hilfe des Greifers gelingt es Flitta, die Landefähre aus dem Pilzsumpf zu ziehen. Nachdem das Kleinraumschiff vom Schleim befreit im Hangar der FE ERSTUR steht, hat Axe es eilig, in den Pilotensessel zu kommen.

»Da ist ja mein Schätzchen!« Wie der Kommandostand im Gefechtsmodul verfügt auch das Shuttle über einen Datenleser, aus dem Axe den Rezirkulator hervorzieht. Er stülpt ihn über den Finger und lauscht mit geschlossenen Augen in sich hinein, während Saszqua ihn stirnrunzelnd beobachtet.

»Das habe ich mir gedacht«, sagt Axe. »Fast leer. Hat das Hyperbium der Fähre komplett ausgelutscht. Das Ding gehört in dein Kommandopult.« Er springt auf und will an Saszqua vorbei laufen, doch die packt ihn so fest am Arm, dass er einmal um sie herum stolpert.

»Sprich mit mir, Axe!«, faucht sie ihn an. »Was hat du vor?«

»Äh… die Erde retten?«

»Und dein Plan?«

»Wir legen dem Torpedo die FE ERSTUR in den Weg und bringen uns mit der Fähre in Sicherheit. Im Moment des Aufpralls jagt HASI das ganze Hyperbium hoch, um auf Nummer sicher zu gehen.«

»Bist du irre?«

»Wenn dir was Besseres einfällt, machen wir es auf deine Art«, sagt Axe mit einer Bestimmtheit, die Saszqua noch nie an ihm erlebt hat.

»Wir benutzen die Landefähre!«

»An sich eine gute Idee«, lobt Axe, »aber der Torpedo würde hier einfach durchrauschen wie ein Goldfisch durch den Toilettenabfluss. Bleiben wir beim Plan mit der FE ERSTUR.«

»Du *bist* irre. Das ist *mein* Schiff, kapiert?«

»Dein Schiff oder mein Planet. Ich finde, da könnte man ernsthaft drüber nachdenken.« Axe reißt sich los und stürmt aus der Fähre.

Saszqua bleibt wie betäubt stehen. Ihre Gedanken rasen. Ein Schiff gegen einen Planeten.

Sollen neun Durchgeknallte und eine künstliche Intelligenz ihr Zuhause verlieren – oder mehr als zwölf Milliarden ihr Leben?

Kapitel 22

Zum zweiten Mal spuckt der blaue Zeitwirbel die FE ERSTUR in den Erdorbit. Es ist das Jahr 2078. Das Jahr ihres unfreiwilligen Aufbruchs in die Vergangenheit. Das Jahr, in dem die Erde explodieren wird – wenn niemand es verhindert.

Dieses Mal sind sie besser auf die Phänomene vorbereitet und profitieren zudem davon, dass der Sprung in Flussrichtung der Zeitquanten ungleich sanfter verlaufen ist als der gegen sie.

»Uhrenvergleich!«, brüllt Axe. Saszqua steht ungewöhnlich blass neben ihm. Alle anderen drängen sich in der Landefähre, bereit, das Schiff, das ihre Heimat ist, für immer aufzugeben.

»Zehn Minuten bis zum Eintreffen des Torpedos«, antwortet HASI, der die Ruhe selbst ist. Auch die KI wird nicht mehr dieselbe sein, denn ihre Speicherbänke und Prozessoren finden unmöglich Platz in der Fähre. Alles, was sie für HASI tun können, ist ein möglichst vollständiges Backup, das Mr. Nitro in Datenträgern in seinem Brustfach mit sich herumträgt. »Die Orbitalstation funkt uns an …«

»Wir stellen uns tot«, entscheidet Saszqua.

»Wie du befiehlst, meine Gebieterin. Ich bringe die FE ERSTUR jetzt in die berechnete Abfangposition.«

Axe greift nach Saszquas Hand und spürt ihren tröstenden Druck. »Ich danke dir«, flüstert er. »Danke, dass du die Menschheit rettest.«

Saszqua schluckt schwer. »Wir werden ein neues Schiff für uns finden, nicht wahr?«

Axe nickt. »Das werden wir. Alles wird gut.«

»Noch neun Minuten«, meldet HASI. »Ihr solltet jetzt in die Fähre gehen. Den Rest schaffe ich locker alleine.«

»Bist du … traurig, HASI?«, fragt Saszqua.

»Oder vielleicht sauer auf mich?«, fügt Axe hinzu.

»Weil ich gleich pulverisiert werde, während du Irrer mit der Frau glücklich wirst, die ich liebe? Nein, warum sollte ich sauer sein?«

Die beiden blicken einander mit hochgezogenen Brauen an.

»Haut bloß ab!«, ruft HASI. »Sonst komme ich noch auf die Idee, die Zentrale abzuriegeln und euch mit in den Untergang zu reißen. Harharhar!« In das schockierte Schweigen hinein sagt die Bordintelligenz mit ihrem normalen warmen Bariton: »Hey, das war ein Scherz. Ich liebe euch beide. Werdet glücklich, bekommt viele Kinder, bla, bla, bla, und jetzt raus mit euch! Oh, wartet ... was ist das?«

Die verwaiste Ortungsstation stößt einen Warnton aus und beginnt, hektisch zu blinken.

HASI aktiviert die Holowolke über dem Kommandopult.

»Wow!«, macht Axe.

»Scheiße«, sagt Saszqua.

In wenigen Kilometern Entfernung hat ein Raumschiff den Anti-Licht-Schirm fallen lassen. Trotz eines brachialen Bremsmanövers bringt seine Restfahrt es in kürzester Zeit in normaloptische Sichtweite.

Aber beeindruckender als der Anblick in der Panoramascheibe ist das Hologramm, das sich vor Saszqua und Axe dreht.

»Die SUPERNOVA«, haucht Saszqua.

»Das Teil ist ja der Hammer«, sagt Axe.

Und das ist es wirklich. Die FE ERSTUR ist gegen die SUPERNOVA nicht mehr als ein Beiboot, und als Axe die zahlreichen Hangarschleusen erkennt, wird ihm klar, dass der Riesenkahn wahrscheinlich eine ganze Flotte von Universal-Kriegsschiffen mit sich führt. *Ein Ultra-Schlachtschiff. Ein Raumschiffträger.*

Den Vergleich mit der USS Emmerich findet Axe gar nicht mal unpassend. Würde man zwei Flugzeugträger mit den Decks aufeinanderklappen und das Ganze um den Faktor vier aufblähen, hätte man eine gute Vorstellung von der Form und der Größe der SUPERNOVA.

»Sagtest du nicht, du wärest mal die Kommandantin von diesem Pott gewesen?«

»Für kurze Zeit«, flüstert Saszqua. »Axe, das hier ist das Flaggschiff der TSN.«

»Äh, ja? Und?«Axe fühlt sich von Saszqua Blick an den Schultern gepackt und durchgerüttelt.

»Die SUPERNOVA hat die mächtigste Waffe der TSN an Bord: Die Plasmahaubitze des Präventiven Erstschlags.«

»Whoa. Das Ding, mit dem sie manchmal Planeten rösten?«

»Das *Ding*, genau. Vor knapp fünf Jahren sollte ich die Haubitze zum Einsatz bringen, um eine Großstadt auszulöschen. Weil die Planetenbevölkerung ein paar Naturreservate erhalten wollte, unter denen zufällig Hyperbiumvorkommen lagerten.«

Axe fühlt einen Kloß im Hals. »Du hast dich geweigert?«

»Ich habe mich geweigert, und mein erster Offizier wurde umgehend von der Admiralität zum Kommandanten befördert. Als er die Haubitze feuerbereit gemacht hat, habe ich ihm meine Meinung gesagt.«

»Wenn du von ›Meinung sagen‹ sprichst, meinst du eher … nonverbale Kommunikation?«

Saszqua nickt grimmig. »Und glaub mir, du hast mich nie wirklich wütend erlebt.«

Axe blickt sie betroffen an. »Aber dafür weiß ich jetzt, wie du auf die FE ERSTUR gekommen bist.«

»Wir werden angefunkt«, meldet HASI. »Und übrigens: Es sind noch sechs Minuten bis zum Eintreffen des Torpedos.«

»Hologramm bitte«, befiehlt Saszqua mit klarer, harter Stimme und streckt den Rücken durch.

Das kantige Gesicht eines Mannes mit hohen Wangenknochen und kurzgeschorenem, bläulichem Haar ersetzt die langsam rotierende SUPERNOVA. Die weiße Gesichtshaut ist mit einem Netz blauer Adern überzogen, die Ohrmuscheln enden in drei blauen Federn, und die Augen scheinen in Blut zu schwimmen.

Sein auffälligstes Merkmal ist aber eine tief eingedellte, faustgroße Narbe auf seiner linken Stirnhälfte.

»Sieh an«, knarzt die irgendwie mineralische Stimme des Weißhäutigen. »Saszqua, die Verräterin. Die Piratin. Versucht schon wieder, eine dem Untergang geweihte Welt zu retten.«

»Karrak«, presst Saszqua hervor. »Ich würde auf den Boden spucken, aber im Gegensatz zu dir befehlige ich ein sauberes Schiff.«

»Spuck soviel du willst, Verbrecherin. Du brauchst nämlich nicht mehr aufzuwischen.« Karrak lacht wie eine Holzratsche.

Axe stellt sich dicht neben Saszqua, sodass die Kamera ihn ebenfalls erfasst. »Hey, Matschgesicht! Sorry, wie heißt du noch gleich? Käpt'n Kackarak? Ich kann mir Namen immer so schlecht merken.«

»Bad Axe McGregga, die Geißel der Galaxis!« Karrak zieht eine Braue auf so arrogante Weise hoch, dass Axe ihm alleine dafür gerne etwas Wichtiges wegtreten würde. »Ich habe schon so viele Schiffe abgeschossen, dass eines für mich wie das andere ist. Aber die FEUERSTURM mit euch beiden an Bord – das ist ein Festtag, den ich nie vergessen werde.«

»Ja, weißt du, wir beide sind eigentlich immer an Bord. Deswegen ist für uns jeder Tag ein Feiertag. Nicht so wie bei euch Spaßbremsen, wo man ... ach du Scheiße, das glaub ich jetzt nicht.« Axe stellen sich die Nackenhaare auf, als er hinter dem Kommandanten einen weiteren Mann im Holo erkennt, der das Gespräch mit einem dünnen Lächeln verfolgt. Fleegus Lompz!

»Geh mal zur Seite, Hündchen. Ich will mit deinem Herrchen sprechen.« Axe winkt dem Parzer zu. »Hallo, Fleegus, alte Arschkrampe! Hast du dir das größte Taxi gerufen, das du finden konntest? Kannst du das bezahlen?«

»Ich weiß nicht, ob es schlau ist, die beiden so zu reizen«, flüstert Saszqua ihm zu.

»Die schießen uns sowieso ab«, antwortet Axe leise. Er tippt sich gegen die Stirn, wo sich bei Karrak die Delle befindet. »Hast *du* Karrak dieses Ding verpasst?«

»Darauf kannst du wetten.« Saszquas Mund berührt fast Axe' Ohr. »Können wir noch mal in die Vergangenheit hüpfen und uns was Neues ausdenken?«

»Nicht direkt nach einem Zeitsprung. Der Rekizilator muss sich erst wieder mit Hyperbiumenergie vollsaugen.«

»Schade.«

Karrak macht Platz für den Parzer, der ihnen mit einem Ausdruck größten Abscheus aus dem Hologramm entgegenblickt.

»Shlomo Sorgsam«, sagt Fleegus mit knödeliger Stimme. »Ich hatte gehofft, dass Sie hier auftauchen würden. Daher ist die Anforderung der SUPERNOVA durchaus gerechtfertigt. Nach diesem Gespräch wird Kommandant Karrak Ihre FE ERSTUR zerstören, und anschließend werde ich zusehen, wie dieser Planet voller Psychopathen explodiert.«

Axe stutzt. »Du willst die Erde mit der Haubitze abschießen?«

»Nein, dafür hat die TSN kein Mandat. Praktischerweise soll hier aber jeden Moment ein ALS-Torpedo auftauchen, an dessen Aktivierung die TSN gänzlich unschuldig ist.«

»Das kann er gar nicht wissen, oder?«, wispert Saszqua.

»Fragen wir ihn. Hey, Fliegenschiss, äh, Fleegus! Was hat es denn mit diesem Torpedo auf sich?«

Fleegus Lompz verzieht das Klonkengesicht mit der lächerlichen Stupsnase zu einem selbstgefälligen Lächeln. »Vor drei Tagen hat mich der ehemalige Kommandant der Orbitalstation, ein pflichtbewusster Parzer namens Haptat Chimpf, in meinem Büro auf Parzaff aufgesucht und mir eine ziemlich unglaubliche Geschichte erzählt. Wie es scheint, wurde vor fünf Jahren zwei menschlichen TSN-Agenten eine Aufzeichnung zugespielt, in der die Zerstörung der Erde festgehalten wurde – mit einem Echtheitssiegel vom heutigen Tag. Was bedeutet, dass sie aus irgendeinem unerklärlichen Grund in die Vergangenheit abgestrahlt wurde. Einer der Agenten ist vor drei Jahren auf die Station versetzt worden und hat Chimpf die Aufzeichnung übergeben.«

Saszqua knirscht mit den Zähnen. »Coppola und Turnbull haben uns verraten? Wie konnte ich mich so in den beiden täuschen?«

Axe zupft an seinem Bart. »Ich kenne die beiden nicht, aber vielleicht wollten sie Chimpf dazu bringen, den Torpedo zu stoppen. Anscheinend ist irgendwas schiefgelaufen.«

»Hört mal, Kinder!« Fleegus klatscht in die Hände. »Ich glaube nicht an Zeitreisen, aber ich bin neugierig. Wird der Torpedo tatsächlich hier auftauchen? Wird die Erde in wenigen Minuten vernichtet werden? Ich gedenke, das bevorstehende Spektakel aus sicherer Entfernung interessiert zu verfolgen.«

»Nein!«, brüllt Axe. »Du musst etwas unternehmen! Du kannst doch nicht einfach zusehen, wie Milliarden von Unschuldigen verdampft werden!«

»Doch, das kann ich. Dieser Planet ist eine tickende Zeitbombe. Ohne die TSN wäre er längst unbewohnbar, aber durch den Kontakt mit ihr droht sich deine Spezies wie ein ansteckender Hautausschlag über die Galaxis auszubreiten. Ihr seid mir doch nicht böse, wenn ich jetzt wieder an den Kommandanten meines Vertrauens übergebe?«

Fleegus schiebt sich aus dem Bild, und die gehässige Visage Karraks füllt erneut die Holowolke aus.

»Wenn die Vorhersage stimmt, wird in zwei Minuten der Torpedo über der Atmosphäre erscheinen«, schnarrt der Mann mit den Federohren. »Ich hätte euch ja wirklich gerne zusehen lassen, wie die Erde explodiert, aber da ihr dummerweise im Weg steht, muss ich die FE ERSTUR leider pulverisieren.«

»Das würde ich an deiner Stelle nicht tun!«, donnert eine vertraut klingende Stimme aus dem Funkempfänger.

Karraks Kopf ruckt hoch. »Wer ist da auf meiner Frequenz?«

»Axe …« Saszqua deutet zur Panoramascheibe, in der zu sehen ist, wie sich eine Admiralitäts-Trägereinheit zwischen die FE ERSTUR und die SUPERNOVA schiebt.

»Hier spricht Kommandant Bongar Bolk von der WÄCHTER DES UNIVERSUMS. Verlassen Sie das Sonnensystem! Wir haben die Lage im Griff.«

Saszqua blinzelt, als hätte sie Schlieren im Auge. »Axe, kneif mich bitte mal.«

Auch wenn er spürt, dass es eine unpassende Reaktion ist, muss Axe losprusten. »Lustig, was? Die haben einen Kommandanten, der genau so heißt wie … wie …«

»Kommandantin Saszqua?«, ruft Bongar über Funk.

»Geht es dir gut?«

»Nein. Ich halluziniere.«

HASI räuspert sich. »Ich teile das Bild, damit ihr euch sehen könnt.«

Die Holowolke teilt sich wie eine Eizelle kurz nach der Befruchtung. Links das zornige Gesicht Karraks, rechts ...

»Bongar! Du bist es wirklich!« Saszqua lacht glockenhell auf. »Du siehst prächtig aus!«

»Ja, mir ist es ganz gut ergangen.«

»Bongar, du Teufelskerl!«, ruft Axe und drängt sich neben Saszqua ins Holo.

»Axe!« Bongars Stimme überschlägt sich vor Begeisterung. »Ich dachte, du wärst tot!«

»Das ist eine lange Geschichte. Hör mal, hier ist gleich die Kacke am Dampfen! Wenn du irgendwas tun kannst, um den Torpedo abzufangen, dann tu es bitte *jetzt*!«

»Alles klar, Axe! HASI, hörst du mich?«

»Klar und deutlich, alter Freund!«

»Synchronisiere dich mit der WÄCHTER DES UNIVERSUMS!«

»Verstanden, Kommandant!«

Die WÄCHTER DES UNIVERSUMS, ehemals AXETÖTER, setzt sich in Bewegung, und die FE ERSTUR folgt ihr. Axe erkennt, dass ihr Kurs sie in eine kreisförmige Bahn um das TSN-Flaggschiff bringt, fort aus dem berechneten Einflugkorridor des ALS-Torpedos.

»Bongar, ich hoffe, du weißt, was du tust«, ruft Axe, der Panik nahe.

»Vertrau mir!«

Immer noch steht Kolgas Schiff genau zwischen ihnen und den tödlichen Waffen der SUPERNOVA.

Und dann geschieht es: ein blauer Blitz oberhalb der Thermosphäre. Der Torpedo!

Axe hört sich schreien. Er sieht die Flammenspur in der Atmosphäre stehen, das glosende Ausrufezeichen, mit dem die Geschichte seines sinnlosen Kampfes endet.

Er schließt die Augen, will das Unvermeidliche nicht sehen. Doch Saszqua rüttelt ihn, schreit mit überschnappender Stimme, brüllt etwas von ... Pizza?

Axe stürzt zur Panoramascheibe. Da ist sie: zwei Kilometer hochelastisches Gummi, das sich in diesem Moment Richtung Erdoberfläche stülpt, sich immer und immer weiter ausdehnt, bis die Pizza die Form eines langgezogenen Kondoms angenommen hat (in 999 aufregenden Geschmacksrichtungen).

»Sie wird nicht halten«, stöhnt Axe.

»Sie hält!« Saszqua zerquetscht beinahe seine schweißfeuchte Hand.

Die Dehnung kommt zum Stillstand. Und das Gummi federt zurück! Wie aus einer gewaltigen Schleuder wird der Torpedo hoch hinaus in die oberen Schichten der Atmosphäre katapultiert, ein Stückchen außerhalb seiner ursprünglichen Bahn. »Er fliegt auf die SUPERNOVA zu!«, hibbelt Axe. »Er fliegt auf die SUPERNOVA zu! Er fliegt ... Scheiße!«

Eine Explosion epischen Ausmaßes lässt eine neue Sonne im Erdorbit entstehen, die rasch wieder verweht.

Die SUPERNOVA hat ihre Waffen spielen lassen und die Gefahr beseitigt.

»Was für ein unglaublicher Zufall«, ätzt die Stimme Karraks durch die Zentrale der FE ERSTUR. »Fast könnte man glauben, jemand hätte dieses ... *Objekt* ... absichtlich in die Flugbahn dirigiert. Kommandant Bolk? Möchten Sie mir etwas sagen?«

»Ich schließe mich Ihrer Meinung an, Kommandant«, sagt Bongar gelassen. »Ein unglaublicher Zufall.«

»Genau so wie die Position Ihres Schiffs, nehme ich an?«

»Flottenstandardmanöver, Kommandant.«

»Natürlich.« Karrak nickt. »Ich habe in der Zwischenzeit ein paar Erkundigungen eingeholt, wissen Sie? Ein Schiff mit der Kennung WÄCHTER DES UNIVERSUMS ist nicht im Register der Admiralität verzeichnet.«

»Wir waren so frei, uns umzubenennen«, gibt Bongar freimütig zu. »Der alte Name AXETÖTER erschien uns nicht mehr passend.«

»Genauso wenig existiert ein Kommandant Ihres Namens. Sehr wohl aber ein ehemaliger TSN-Soldat, der inzwischen zu den meistgesuchten Personen der Galaxis gehört. Hier ist übrigens jemand, der Sie zu kennen scheint.«

Fleegus Lompz tritt neben Karrak und mustert Bongars Holo mit dem Gesichtsausdruck eines Mannes, der in eine ranzige Blobnuss gebissen hat. »Sie gehören zur Besatzung der FE ERSTUR, Bolk.«

Bongar Bolk zuckt mit den Schultern. »Ich habe um Versetzung gebeten.«

»Ich habe Grund zu der Annahme, dass Bad Axe McGregga die AXETÖTER aufgebracht und Ihrem Kommando unterstellt hat. Ihre WÄCHTER ist ein Piratenschiff.«

»Nein, das ist nicht der Fall.«

»Dann zeigen Sie, auf wessen Seite Sie stehen, indem Sie die Schussbahn räumen. Wir werden die FE ERSTUR aus dem All fegen!«

Bongar schüttelt den Kopf. »Das ist nicht akzeptabel.«

Karrak schiebt sein Gesicht übergroß vor die Aufnahmeoptik. »Bleiben Sie meinetwegen, wo Sie sind, Kommandant Bolk«, ruft er erregt. »Sie gehen zusammen mit McGregga unter.«

»Was geht hier vor?« Die schneidend scharfe Stimme gehört unverkennbar Kolga Kruul. Axe weiß nicht, ob es gut oder schlecht ist, dass sie sich ins Gespräch einmischt, hofft aber inständig, dass ersteres der Fall ist.

Bongar tritt aus dem Hologramm und macht Platz für die Admiralin. Axe schaut genauer hin. Etwas ist anders an Kolga. Sind es ihre weicheren Gesichtszüge? Eine Spur von Make-up? Oder ist es die leichte, aber unverkennbare Wölbung ihres Bauchs?

»Ich grüße Sie, Admiralin!« Karrak salutiert. Der Widerwille gegen diese Geste steht ihm ins Gesicht geschrieben. »Ich wusste nicht, dass Sie ebenfalls an Bord sind.«

»Lassen Sie mich mit Fleegus Lompz sprechen!«

»Gerne.« Der Kommandant macht eine einladende Handbewegung, woraufhin der Parzer neben ihm im Hologramm erscheint.

»Fleegus!«, blafft Kolga.

»Ah, Admiralin! Schön, dass Sie auch da sind.«

»Haben *Sie* die SUPERNOVA zur Erde bestellt?«

»In der Tat, und wie man sieht, hat mich mein Instinkt nicht getrogen.« Fleegus hebt das Kinn, als könnte er damit die Zentimeter kompensieren, die ihm fehlen, um den übrigen Gästen dieser Testosteronparty auf Augenhöhe zu begegnen.

Kolga verschränkt die baumstammdicken Arme vor der Brust. »Ihr Instinkt lässt Sie gerade einen Zivilraumer namens FEUERSTURW bedrohen, den Sie wahrscheinlich mit der FE ERSTUR verwechseln, die ich für Sie suchen sollte.«

Fleegus' rechtes Augenlid beginnt zu zucken. »Das hier *ist* die FE ERSTUR, Admiralin! Los, McGregga, zeigen Sie sich!«

Axe schluckt und tritt in den Aufnahmebereich. »Äh… hi! Da bin ich.«

Die Augen des Kolga-Hologramms durchbohren ihn, als stünde sie direkt vor ihm. »Wer zum Gammablitz sind Sie?«

»Machen Sie sich nicht lächerlich, Admiralin!« Fleegus sonst eher teigiger Teint zeigt Anzeichen einer gesunden Durchblutung. »Das ist Shlomo Sorgsam, besser bekannt als Bad Axe McGregga! Die Geißel der Galaxis!«

»Unmöglich«, schmettert Kolga ihn ab. »McGregga ist tot, aufgelöst in einem Antimateriestrahl. Ich übermittle der SUPERNOVA gerne die Einsatzprotokolle des Gefechtsmoduls.« Sie gibt ein Zeichen an jemanden außerhalb des Hologramms. »Karrak, lassen Sie Ihre Leute die Aufzeichnung auf ihre Echtheit überprüfen!«

»Diese Farce können Sie sich sparen!«, schreit Fleegus, dessen Selbstbeherrschung endgültig die Brocken hingeworfen hat. »Ich weiß nicht, wie McGregga es geschafft hat, Sie umzudrehen, Sie erbärmliche Verräterin! Aber ich sehe Sie mit Vergnügen gemeinsam untergehen!«

»Hey, Leute!« Axe hebt einen Arm wie ein Schüler, der sich zur Toilette abmelden will. »Es tut mir leid, dass ich hier für Verwirrung gesorgt habe, aber die Lady hat recht.«

»Axe!«, zischt Saszqua. »Wovon redest du?«

»Ich bin nicht McGregga.«

Fleegus winkt ab. »Jeder weiß, dass Sie Shlomo Sorgsam heißen.«

»Shlomo Sorgsam ist tot. Mein Name ist Rence Gilligan, und ich bin der Amini... Admimi... der Präsident der Erde.«

Durch nichts gelingt es Saszqua, Axe davon abzuhalten, in den Greifer zu steigen, um sich von Flitta hinüber zur SUPERNOVA chauffieren zu lassen.

»Wenn du dich erschießen lässt, war es das mit uns!«, zischt sie ihm zum Abschied zu.

»Bis später«, sagt Axe grinsend. Erst als Saszqua ihn nicht mehr sehen kann, lockert er seine vor Anspannung verkrampften Hände. »Los geht's, Flitta. Auf ins letzte Gefecht.«

»Fechte bitte ohne mich«, murrt Flitta. »Ich hab langsam den Schnabel voll von dem ganzen Stress.«

Nach drei Minuten Flug landet der Greifer in einem geräumigen Beiboothangar. Kaum berühren die Landestützen den Boden, marschiert eine Hundertschaft Soldaten auf und verteilt sich im Halbkreis um den Einstieg des Kleinstraumers, die Waffen im Anschlag.

Flitta lässt sich so tief in den Pilotensessel sinken, dass man von außen höchstens ihre zitternden Schopffedern sehen kann. »Du hast doch nichts dagegen, wenn ich an Bord bleibe?«

»Kein Ding. Mach einfach Frühstückspause, solange ich weg bin. Ich hab allerdings keine Meisenknödel eingepackt.« Mit erhobenen Händen verlässt Axe den Greifer.

Hinter den Soldaten, die eine Gasse für ihn bilden, erwarten ihn Karrak und Fleegus. Der Kommandant trägt einen DNS-Sensor bei sich.

»Nun, Mr. Gilligan – so sagt man doch bei Ihnen? - hätten Sie die Güte, ihre Behauptung zu verifizieren?« Mit einem sardonischen Lächeln hält er Axe den Sensor entgegen.

»Oh, schon wieder diese Spucke-Nummer. Das ist echt eklig, Leute.« Axe leckt seinen Daumen an und drückt ihn auf den Sensor.

Karrak blickt mit hochkonzentriertem Gesichtsausdruck auf das Display des Analysegeräts.

»Was ist denn jetzt?«, quäkt Fleegus.

Der Kommandant der SUPERNOVA lässt das Gerät sinken und dreht sich zu Fleegus Lompz um. »Ihre Informationen waren falsch.«

»*Was?*«

Er nickt Axe zu. »Administrator Gilligan! Bitte verzeihen Sie die Unannehmlichkeiten.«

»Och, nichts für ungut. Das kann doch jedem mal passieren, Kommandant.«

Karrak kneift die Augen zusammen. »Wie kommt es, dass Sie sich so gut gehalten haben?«

»Hab mich für 'ne Weile einfrieren lassen.«

»Und warum sehen Sie aus wie Bad Axe McGregga?« Fleegus tritt mit anklagend vorgestrecktem Zeigefinger auf ihn zu.

»Ich sehe aus wie …?« Axe gibt sein Bestes, um möglichst überzeugend loszuprusten. »Also, für mich sehen alle Parzer gleich aus. Und jetzt kommen Sie und wollen mir erzählen, Sie könnten einen Menschen vom anderen unterscheiden? McGregga hat einen Bart, ich habe einen Bart, und schon denkt jeder Außerirdische, ich wäre McGregga! Frechheit!«

»Ich falle nicht auf deine Tricks rein, McGregga!«, geifert Fleegus. »Ich bringe dich um! Mit meinen eigenen Händen, wenn es sein muss!«

Karrak schiebt den wild fuchtelnden Parzer mit einem Ausdruck größten Abscheus hinter sich. »Betrachten Sie sich als Gast auf meinem Schiff. Wir bringen Sie gerne mit einem Beiboot zur Erde zurück.«

Axe winkt ab. »Vielen Dank, Kumpel. Ich habe ein eigenes Schiff.«

»Dieses Schiff gehört der Deserteurin und Piratin Saszqua«, sagt Karrak mit unüberhörbarer Genugtuung. »In wenigen Sekunden werden wir die Milchstraße zu einem besseren Ort machen, indem wir es sauber entsorgen.«

»Sag mal, geht's noch?« Axe zieht den Bauch ein und

macht die Schultern breit. »Hier wird gar nichts entsorgt, Flatterohr! Die Crew der FE ... der FEUERSTURW arbeitet für mich! Die sind sozusagen mein ... Dingens ... diplomatischer Korps. Die genießen vollkommene Innumi... Immunität.«

Kommandant Karrak atmet zischend ein. »Herr Administrator, darf ich Ihnen empfehlen, die Wahl Ihrer Mitarbeiter noch einmal zu überdenken?«

»Nö.«

»Ganz wie Sie wünschen. Aber in dieser Sache ist das letzte Wort noch nicht gesprochen.« Er dreht sich um. »Kompanie! Abziehen!«

»War nett mit euch, Jungs!«, ruft Axe in das leiser werdende Stiefelgetrappel.

»Aber das *ist* McGregga!«, hört er Fleegus noch rufen.

»Gehen Sie mir aus den Augen, Lompz!«

»Der verarscht Sie doch! Lassen Sie ihn erschießen, bevor er ...«

»Noch ein Wort, Fleegus, und ich stelle Sie unter Arrest!«

Dann ist Axe alleine im Hangar.

Kaum hat der Greifer ausgeschleust, zünden die titanischen Triebwerke der SUPERNOVA. Das Flaggschiff der TSN beschleunigt und verschwindet, in seinen ALS gehüllt, aus dem Erdorbit.

Axe lehnt sich in den Co-Pilotensessel und verschränkt die Hände hinter dem Kopf. »Siehst du, Flitta: War doch ganz einfach!«

»Ich kratze dir die Augen später aus, wenn ich nicht mehr so fürchterlich beeindruckt bin, okay?«

»Deal!«

Die beiden klatschen sich ab und brechen in hysterisches Gelächter aus.

Erneut verbindet sich Kolgas Schiff über die Enterklammern mit Saszquas. Der erste, der in die FE ERSTUR übersetzt, ist Bongar Bolk, der zuerst Axe, dann Saszqua und dann dem Rest der Besatzung in die Arme fällt.

»Fünf Jahre!« Axe wischt sich eine Träne fort. »Wie hast du das so lange ohne uns ausgehalten?«

»Es waren sechs Monate, Axe.« Bongar grinst und blickt sich in der Zentrale um. »Nennt sich Dilatationsflug. Wir können auch durch die Zeit reisen.«

»Wie hast du das mit der Pizza angestellt, du Satansbraten?«

»Das würde mich auch brennend interessieren«, sagt Saszqua.

»Das waren wir nicht. Wir haben kurz nach der Ankunft über der Erde eine Funkbotschaft von der Orbitalstation erhalten, dass sie sich um den Torpedo kümmern werden.«

»Die Orbitalstation?« Saszqua runzelt die Stirn. »Grobbo, stell eine Verbindung zur Station her! Ich will den Verantwortlichen sprechen.«

»Ja, Saszqua. Ich versuche mein Glück.«

»Auf mein Pult!«

Es dauert nicht lange, bis ein adretter Mann in einem schwarzen Anzug ihr entgegen lächelt.

»Agent Turnbull!« Saszqua stemmt die Fäuste in die Hüften.

»*Stationskommandant* Turnbull.« Der ehemalige TSN-Agent grinst breit. »Wie hat Ihnen unsere kleine Vorstellung gefallen, Saszqua? War gar nicht so einfach, die Umlaufbahn der Pizza nach und nach so zu verändern, dass Luigi Calzone nichts merkt.«

»Kleine Vorstellung? Sie haben gerade die Erde gerettet!«

»Nicht alleine. Das meiste ist auf Director Coppolas Mist gewachsen. Sie ist momentan sehr beschäftigt, als oberste Dienstherrin aller Verbindungsbüros, aber ich richte ihr gerne Grüße aus.«

»Director Coppola. So, so.« Saszqua kommt aus dem Staunen nicht mehr heraus. »Sie sind nach unseren gemeinsamen Erlebnissen also nicht einen Kopf kürzer gemacht worden.«

»Im Gegenteil. Coppola hat die Sache so für uns gedreht, dass wir befördert worden sind. Wir haben schließlich den Überfall der außeriridschen Organjäger auf Philadelphia aufgeklärt und verhindert, dass ein Flugzeugträger auf ein Camp voller Metal-Fans stürzt. Seit letztem Jahr ist sie unser Boss.«

»Und sie wollte sich nicht darauf verlassen, dass wir es schaffen, die Erde zu retten. Kluge Frau.«

»Ja, sie meinte, wir bräuchten einen Plan C. Nach den Erfahrungen mit Fenzeck und der AXETÖTER wollten wir uns nicht an die Admiralität wenden. Zumal unser *Beweis* nur mit Zeitreisen zu erklären war …«

»… und die gelten als unmöglich«, vollendet Saszqua den Satz.

Turnbull nickt. »Coppola glaubte, mit den Mitteln der Orbitalstation müsste der Torpedo zu stoppen sein – notfalls mit der Station selbst. Sie hat alle Hebel in Bewegung gesetzt, um meine Bewerbung durchzuboxen. Ich habe mich hier oben unentbehrlich gemacht und mir das Vertrauen von Haptat Chimpf, meinem Vorgänger, erarbeitet.«

»Und irgendwann haben Sie beschlossen, ihn einzuweihen«, sagt Saszqua tadelnd.

Turnbull zieht ein zerknirschtes Gesicht. »Ich habe mich zu sicher gefühlt. Chimpf fiel auf, dass ich immer wieder Simulationen laufen ließ, in denen es um einen Positionswechsel der Orbitalstation ging. Als ich versuchte, mir Zugriffsrechte auf die Steuerung zu verschaffen, stellte er mich zur Rede. Ich setzte alles auf eine Karte und zeigte ihm die Aufzeichnung des Torpedo-Einschlags. Tja, wie sich zeigte, war Chimpf der Ansicht, es könne nicht schaden, wenn die Erde vernichtet wird.«

»Trau keinem Parzer.« Saszqua lässt die Knöchel knacken. »Und dann?«

»Chimpf hatte genug auf dem Kerbholz, um an seinem Stuhl zu sägen. Bestechung, Vorteilsnahme, Hinterziehung … Coppola hat so lange Beschwerden an die TSN geschickt, bis er abberufen wurde.«

»Revolution!«, brüllt Axe. »Ich finde, es ist sowieso an der Zeit, dass wir die TSN übernehmen und den Laden mal richtig ausmisten.«

»Tut mir leid, dass Chimpf diesem Lompz die Sache gesteckt und dadurch die SUPERNOVA hierher geführt hat«, sagt Turnbull geknickt. »Wir hatten gedacht, er würde den Ball flach halten.«

»So bist du also Stationskommandant geworden?«, fragt Saszqua. »Und die Pizza?«

»Coppolas Idee. Nachdem ich herausgefunden hatte, was man mit den Zugstrahlen der Station alles anfangen konnte.«

»Ich werde nie wieder behaupten, die Erde sei ein Planet unterentwickelter Wilder. Großartige Arbeit, Turnbull!«

»Danke, Saszqua! War schön, Sie zu sehen.«

»Viel Erfolg noch, Kommandant.« Saszqua dreht sich zum Eingang der Zentrale, als sie von dort ein Räuspern hört. Axe folgt ihrem Blick. Beide erstarren.

»Oh, entschuldigt!«, ruft Bongar. »Ich habe euch gar nicht gesagt, dass meine Frau auch an Bord kommen wollte.« Er eilt zu Kolga, die mit einem Päckchen unterm Arm im offenen Schott zur Zentrale steht, und knallt seine Stirn zärtlich gegen ihre.

»Hat er gerade ›meine Frau‹ gesagt?« Saszqua tippt sich gegen ihr rechtes Ohr.

»Hat er.« Axe schmerzen bereits die Mundwinkel vom Dauergrinsen.

Bongar kehrt mit Kolga zu ihnen zurück. »Ich glaube, es gibt, äh, Redebedarf.« Er wirft seiner Begleiterin einen fragenden Blick zu.

»Lass uns bitte einen Moment alleine, Bongar«, sagt Kolga.

»Sicher, Schatz.« Er eilt weiter, um Audrey III zu begrüßen, die Flibo auf ihren Ranken herumklettern lässt.

Kolga versucht sich an einem Lächeln und reicht Saszqua das Päckchen, um das zu deren Entsetzen eine rosa Schleife gewickelt ist. »Keine Angst, das ist nicht von mir. Ich soll es dir von BROGG überreichen.«

»Na wundervoll.« Saszqua reißt die Pappe an einer Seite auf, wobei sie darauf achtet, die Schleife nicht zu berühren. Darin liegt etwas, das sie zunächst für eine Gardine hält, bis ihr einfällt, dass sie diesen Rüschenstoff schon einmal gesehen hat. Sie räuspert sich. »Nun ja, ich heb's für später auf. Vielleicht ...«, sie schielt zu Axe, der vergeblich versucht, einen Blick auf den Inhalt des Pakets zu erhaschen, »... kann ich es später noch mal gebrauchen.«

Kolga reicht ihr die Hand. »Frieden?«

Saszqua schlägt ein. »Frieden.«

Kolga wendet sich an Axe. »Herr Administrator?«, sagt sie augenzwinkernd. »Begraben wir das Kriegsbeil?«

»Okay.« Axe schlägt ein. »Tut mir leid wegen deinen Leuten.«

»Mir tut es leid wegen des Überfalls. Rachsucht steht einer Admiralin schlecht zu Gesicht.«

»Falls Sie über eine Aggressionsbewältigungstherapie nachdenken«, sagt Cler Fini im Vorbeigehen, »besuchen Sie mich doch mal in meinem Salon. Ich könnte Ihnen eine pflegende Hornhautpolitur einmassieren, das wirkt äußerst entspannend.«

»Vielen Dank. Vielleicht später einmal.« Kolga blickt dem Bordfrisör verwundert hinterher.

»Wir haben euch zuerst überfallen«, erinnert Saszqua sie. »Du hattest allen Grund, uns den Hals umdrehen zu wollen. Stattdessen hast du dein Leben für uns riskiert.«

»Ich habe sechs Monate lang geglaubt, du wärst tot«, sagt Kolga, an Axe gewandt. »Das ist eine lange Zeit, um über sich selbst nachzudenken. Und darüber, was im Leben wirklich zählt.« Beiläufig streichelt sie über ihren gewölbten Bauch.

»Wie geht es Hurbluz?«, erkundigt sich Axe.

»Oh, wir haben unterwegs ein Rendezvous mit seinem alten Schiff, der HURBL HURZ, vereinbart und ihn an Bord geschmuggelt, kurz bevor er zum Flonk degradiert und dort rausgeworfen wurde. Er meinte, wenn er zu zweit wäre, könnte er den verdammten Meuterern zeigen, was es heißt, sich mit einem Oberflonk anzulegen.«

»Aber ... das könnte zu einem Zeitparadoxon führen!«

»Ja, das haben wir ihm auch gesagt. Er meinte, das Schlimmste, was passieren könnte, wäre, dass er sich selber im Fortpflanzungsbecken begegnet.«

»Ich will das nicht hören!«, kreischt Axe und hält sich die Ohren zu, was Kolga dazu veranlasst, sich kopfschüttelnd an die Seite ihres Mannes zu begeben.

»Aber ich will was hören«, zischt Saszqua Axe ins Ohr. *»Mr. Gilligan!«*

»Okay. Die Party wird noch eine Weile dauern. Die vermissen uns bestimmt nicht.« Er blickt ihr tief in die Augen. »Zu mir oder zu dir?«

»Rence Gilligan ist also schon bei der Havarie auf dem Mars gestorben?« Saszqua fährt mit dem Zeigefinger durch Axe' Brusthaare. »Er war nie auf Proxima b?«

»Zumindest nicht lebendig. Er war schon so gut wie tot, als ich auf die BEYOND kam, und da war mir sofort klar, dass ganz übel was schiefgelaufen war, weil ja eigentlich Rence den Beitrittsantrag unterschrieben hatte. Dann hat die Crew mich bekniet, sie zur Erde zurückzubringen, und ich so: ›Klar, kein Thema, aber wir müssen einen kleinen Umweg machen.‹ Ich hab also die Landefähre mit ihren Magnetkufen an die BEYOND geklebt und der Zeitmaschine gesagt, dass ich nach Proxima b will.«

»Weil es genau so gelaufen ist«, folgert Saszqua.

»Du hast es erfasst! Wie wir da ankommen, bin ich gleich rein in die Kuppel und hab da diesen Typen kennengelernt, Blarf, und gesagt, ›Hey, Bruder, ich bin Rence Gilligan, wo muss ich unterschreiben, um in die TSN zu kommen?‹ Und er so: ›Cool, Alter, einfach hier draufspucken, dann kriegen wir das schon geregelt.‹«

»Ich nehme an, das war die Kurzfassung.«

»Ja, okay. In Wirklichkeit musste ich ihn überzeugen, dass ich der Oberguru der Erde bin und für die ganze Menschheit spreche. Blarf hat das einfach so an die TSN-Zentralregierung gefunkt, mit nichts weiter als meinem DNS-Scan als Nachweis, dass ich wirklich Rence Gilligan bin. Ich fand's ja auch verrückt, wie einfach das ging.«

»Oh Mann, Axe, du machst Sachen.« Saszqua lacht und drückt ihm einen Kuss auf die Lippen. »Hast du darüber nachgedacht, dass du Gilligan mit *deiner* DNS posthum zum Administrator der Erde gemacht hast?«

»In dem Moment nicht direkt«, gibt Axe zu. »Erst als Kolga damit anfing, dass ich nicht Axe sein kann. Und, bin ich genial oder nicht?«

»Wenn du so ein Genie bist, warum hast du dich nicht mit zur Erde nehmen lassen, als der TSN-Frachter die

BEYOND nach Hause gebracht hat?«

»Dann wäre ich ja immer noch in 2051 gewesen, ohne Hyperbium, um den Ring wieder aufzuladen. Deshalb die Idee mit der Kryokapsel. Blarf hat mir geholfen, die Batterie aus dem Anzug einzubauen. Er hat auch diesen Sender für mich gemacht, und die Crew hat ihn in der BEYOND versteckt. War eigentlich alles ganz simpel.«

»Du bist ein Spinner, Axe. Weißt du überhaupt, wie viel Glück du gehabt hast?«

Axe blickt Saszqua von oben bis unten an, und da wird ihm klar, wie viel Glück er tatsächlich gehabt hat. Die tollste Frau des Universums liebt ihn.

Alles andere war einfach bloß Können.

Er grunzt behaglich. »Jetzt, wo die Erde gerettet ist und Kolga uns nicht mehr umbringen will – was stellen wir als nächstes an?«

»Audrey III möchte gerne zurück ins Emporion. Ich habe ihr versprochen, dass wir einen kleinen Abstecher für sie machen.«

»Echt? Weißt du was? Ich geb ihr das Worst-Of-Album von den Ears mit und frag sie, ob sie es einer Radiostation zuspielen kann! Das sind wir ihnen schuldig! Wenn sie schon kein Konzert auf einem Flugzeugträger geben konnten, dann sollen sie wenigstens die ersten sein, die außerhalb der Erde auftreten.«

»Tu, was du nicht lassen kannst. Aber zuerst feiern wir Flibos Geburtstag nach. Ich hoffe, du hast ein Geschenk für sie!«

»Zufällig ja.« Axe grinst unschuldig. »Ich hab Loola und Luma gebeten, die Callax Impestor wieder auf Vordermann zu bringen.« Als er Saszquas entsetzten Blick bemerkt, fügt er eilig hinzu: »Natürlich gedrosselt!«

»Schön, dass du anscheinend doch lernfähig bist.«

»Hey, ich mache mir wirklich Gedanken über Verantwortung und Kindererziehung. Für eine Zweijährige sind hundertfünfzig Stundenkilometer absolut ausreichend.«

Saszqua verpasst ihm eine Klatsche auf die Stirn. »Axe, du bist und bleibst ein Knallkopf.«

»Aber ein unwiderstehlicher.« Er legt eine Hand in ihren

Nacken und zieht sie mit gespitzten Lippen langsam zu sich herunter.

Dann setzt er sich kerzengerade auf. »Scheiße!«

»Was ist denn jetzt schon wieder?«

»Ich hab was vergessen!«

EPILOG

Auf einem Asteroiden, der unbemerkt in völliger Stille und Dunkelheit durch den Leerraum driftet, steht ein Raumschiff. Es hat die Form einer Kartoffel. Einer alabasterfarbenen, von innen heraus leuchtenden Kartoffel.

Natürlich wissen die Mimianer, was eine Kartoffel ist. Sie wissen alles, denn das Informatorium, das auf einem Postament in der Mitte der Zentrale ruht, sinnbildet das Wissen des Universums direkt in ihre alten, weisen Gehirne.

»Es ist Zeit für die letzte Etappe«, sagt der Erste.

»Der Auserwählte wartet auf unser Geschenk«, sagt der Zweite.

Der Dritte nickt und wendet sich an das Bordgehirn der ÜBERBRINGER: »Triebwerke hochfahren. ALS vorbereiten. Wir starten in wenigen Sekunden.«

Das wird nicht mehr nötig sein, sinnbildet das Informatorium. *Die Zeit wurde soeben umgeschrieben. Wir werden den Auserwählten genau hier treffen.*

»Tatsächlich?«, wundert sich der Dritte. »Wann denn?«

Jetzt.

Eine Erschütterung läuft durch den Asteroiden.

Es wäre eine gute Idee, die ÜBERBRINGER zu vergrößern und in das Schiff des Auserwählten zu versetzen, schlägt das Informatorium vor.

Der Dritte gibt den entsprechenden Befehl. Die drei Mimianer bemerken nichts von dem Vorgang. Sehr wohl aber bemerken sie, dass eine Minute später jemand gegen die Außenhaut ihres Schiffs klopft.

»Lassen wir ihn herein«, sagt der Erste.

Eine Öffnung bildet sich. Ein zotteliger, vollbärtiger Kopf blickt zu ihnen herein, viermal so groß wie die Köpfe der Mimianer in ihrer derzeitigen Größe. Die drei Alten erstarren vor Ehrfurcht.

»Hi, Jungs! Ich wollte euch nur das hier wiedergeben.« Axe legt einen Ring, der eindeutig mimianischer Herkunft ist, auf den Boden der ÜBERBRINGER. »Gehört einem jungen Burschen namens Leffricarp. Kennt ihr den?«

»Der Praktikant?« Der Erste kratzt sich am Kopf. »Wieso hat er dich vor uns gefunden?«

»Ja Mensch, um euch Pfeifen zu retten! Leider ist er gleich danach plattgewalzt worden. Aber halb so wild. Wenn ihr eure Weltraumknolle nicht schrottet, wird ihn auch keiner auf die Rettungsmission schicken, und dann hat sich das mit dem Plattwalzen auch erledigt. Grüßt ihn schön von mir!«

Der Zweite berührt vorsichtig den Ring, als könnte dieser aus Antimaterie bestehen. »Dir ist klar, dass du gerade ein Zeitparadoxon auslöst, das unser ganzes Universum in sich zusammenfalten könnte?«

»Ihr kriegt das schon hin, Jungs.« Axe wendet sich zum Gehen.

»Warte!« Der Erste macht einen hastigen Schritt auf Axe zu. »Du bist der Auserwählte!«

Axe dreht sich langsam wieder um. »Häh? Wer ist tot?«

»Hast du nicht schon immer davon geträumt, über das Wissen des Universums zu verfügen?«, fragt der Dritte.

»Dieses Angebot gilt nur für dich«, ruft der Erste mit beschwörend erhobenen Händen. »Für niemanden sonst!«

»Ach du Kacke!« Axe zieht eilig den Kopf aus dem Schiff. »Den Trick kenn ich! Glaubt ja nicht, dass ich euch irgendwo draufspucke! Und seht zu, dass ihr eure Weltraumkartoffel aus meinem Schiff bekommt!«

Dann ist er verschwunden.

Die Mimianer blicken einander ratlos an.

»Vielleicht sollten wir nach Mi zurückfliegen und es in tausend Jahren noch mal versuchen«, sagt der Dritte niedergeschlagen. Er will gerade dem Bordgehirn den Befehl geben, die Öffnung zu schließen, als etwas Grünes hindurch kullert, zwischen den dreien liegenbleibt und sie treuherzig aus schimmernden Knopfaugen anblinzelt.

»Hubi-Hubi!«, macht der Schnoggel. »Öch-Öch!«

Die Explosion fegt die Mimianer durch die Zentrale.

Als sie sich hustend und stöhnend aufrappeln, ist die Mündung eines Betäubungsstrahlers auf sie gerichtet.

»Das ist ein Überfall!«, kräht Flibo. »Hände hoch, ihr alten Säcke!«

Lust auf mehr?
Mehr FE ERSTUR-Kurzgeschichten?

Bitteschön:

Schwer gestört und gut frisiert

Käp't Bad Axe – Geißel der Galaxis

Lieber durchgeknallt als tot

Das Blutaxt-Debakel

Weitere ohrenbetäubende und total schräge Lachmuskelangriffe sind in einer göttlichen Anthologie zu befürchten.

www. leserattenverlag.de

GERMAN KAIJU

Die größte Anthologie Deutschlands!

Das Motto hinter dem Buch, dass wir zusammen mit Nerd und Herausgeber Markus Heitkamp verwirklicht haben, ist sehr einfach:

Zerstören – Fressen – Erobern

Elf Autoren entführen Sie in die Welt der Riesenmonster, wo sich verrückte Wissenschaftler abnormer Monstrositäten bedienen, außerirdische Aggressoren mit Hilfe von Giganten nach der Herrschaft streben und sich Mutter Erde mit brachialer Gewalt gegen die Ausbeutung durch den Menschen zur Wehr setzt. Seien Sie dabei, wenn Deutschland in Schutt und Asche gelegt wird und nichts und niemand den Aufmarsch der German Kaiju aufhalten kann.

Eine Hommage an den klassischen japanischen Monsterfilm.

Mit zerstörerischen Geschichten von:

Thomas Heidemann, Wolfgang Schroeder, Tom Daut, Torsten Scheib, Thomas Williams, Hanna Nolden & Markus Heitkamp, Simona Turini, Finley »Gun« McKinley, Markus Kastenholz und mit Christian Von Aster.

Druckausgabe 20,- EUR
eBook 14,99 EUR

WAYPOINT FIFTYNINE

[Leise, psychedelische Fahrstuhlmusik]

»Wenn dir mal wieder die unendlichen Weiten des Weltraumes zu viel werden und dich die Sorgen zu überwältigen drohen: Komm zu uns. Wir servieren dir mit einem Lächeln und einem offenen Ohr den Drink deiner Wahl.«

»Vergiss deine Sorgen ... [Panflötengesäusel] ... Waypoint FiftyNine ... [Engelschor erschallt] ... wir halten uns an die intergalaktische Schweigepflicht* und sagen nichts davon deiner Frau, Mann, KI, Versicherungsvertreter, Kopfgeldjäger, Verleger, Mechaniker, Schneider, Einhorn, Diebin, Nonne, Xenomorphen, Geheimagenten, Gevatter, Struwwelpetra, Gebrauchtschiffhändler, Weihnachtsmann, Reiseveranstalter [Alamedisches Triangelinferno] ... im Waypoint FiftyNine sind wir für dich da! [Kienlisches Riff der Hölle]«

*Diese Schweigepflicht gilt nicht für die engagierten Autorinnen und Autoren des Leseratten Verlages von der Erde, aber hey, wer würde schon glauben, was diese Freaks so erzählen?

Mit funtastischen Geschichten von:
Dennis Frey, Lea Baumgart, Dorothee Stern, Jasmin Aurel, Nele Sickel, Jessie Weber, Jacqueline Mayerhofer, Wolfgang Schroeder, Sandra Florean, Alvar Borgan, Veronika Lackerbauer, Nob Shepherd, Katja Rocker, Lukas Wesslowski, Tanja Kummer, Renée Engel, Isabell Hemmrich, Florian Krenn, Peter Michael Meuer & Laurence Horn.

Druckausgabe 20,- EUR
eBook 9,99 EUR

GO!DESSIA
Das Möhrchen-Massaker

Angestaubte Götter – dass wir nicht lachen! Unsere reinkarnierten Seelen stecken zwar nicht in Superhelden-Körpern, aber wir haben Möhrchen … und den Groove.

Unser Hauptjob: Götter.

Unser Zweitjob: Wir sind Go!Dessia und unsere Band rockt nicht nur Bühnen.

Unser Schicksal: Die Welt retten – immer und immer wieder gerne.

Du denkst, Du hättest schon alles gelesen? Dann zieh Dir besser Omas Gummihöschen an, denn dieser *Thriller* politisch vollkommen unkorrekter Tatsachen ist nicht nur für Rockmusiker, die Fantasy lieben. Sondern auch für Fantasy-Fans mit Hang zum Headbangen.

Eine quietschbunte, fiese, liebevoll-gemeine und vollkommen kranke, aber ehrliche Liebeserklärung an die Freundschaft und die Musik. Und an Möhrchen.

Druckausgabe 15,- EUR
eBook 9,99 EUR

DER TAG DER TOTEN KATZE

**»Ich hasse es,
wenn der Tag damit beginnt,
dass ich eine überfahrene Katze
begraben muss.«**

Auf diese Einleitung hin schrieben 14 Autoren die Erzählungen in diesem Buch. Frei von einem vorgeschriebenen Genre, gestalten sich die Kurzgeschichten dabei von märchenhaften Begegnungen, über erheiternde Begebenheiten, bis hin zu morbiden Betrachtungen rund um eine überfahrene Katze.

Besonders für Liebhaber skurriler Kurzgeschichten ist dieses Büchlein unumgänglich.

Mit kuriosen Geschichten von:

Alexandra Baginsky, Christiane Bößel, Gabi Büttner, Fräulein JackyD, Geli Grimm, Marc Hamacher, Alexa Innocenti, Helga Jahnel, Michael Kracht, Udo Kübler, Sabine Peterson, Sara Puland, Christina Stöger und Katinka Weisenheimer.

**Druckausgabe 9,90 EUR
eBook 6,99 EUR**

Nachtrag in eigener Sache:

Wenn es etwas wirklich Lästiges an all den neuen Rechtschreibreformen in Deutschland gibt, dann sind es die »Kann, aber muss nicht«-Regeln bei der Kommasetzung. Nicht einmal die Experten vom DUDEN wollen sich hier festlegen und eiern mit schwammigen Vorschlägen herum, anstatt definitiv eindeutige Regeln zu erschaffen.

Wichtig ist uns vom Verlag, dass der Text verständlich und lesbar ist. Sollte Ihnen als Leserin oder Leser aber doch in unseren Texten ein Komma fehlen, dann bedienen Sie sich an dieser Serviceseite. Einfach hier ein Komma ausschneiden und vorne in den Text an der entsprechenden Stelle einkleben. :-)

,	,	,	,	,	,	,	,
,	,	,	,	,	,	,	,
,	,	,	,	,	,	,	,
,	,	,	,	,	,	,	,
,	,	,	,	,	,	,	,
,	,	,	,	,	,	,	,
,	,	,	,	,	,	,	,
,	,	,	,	,	,	,	,
,	,	,	,	,	,	,	,
,	,	,	,	,	,	,	,
,	,	,	,	,	,	,	,
,	,	,	,	,	,	,	,
,	,	,	,	,	,	,	,
,	,	,	,	,	,	,	,
,	,	,	,	,	,	,	,
,	,	,	,	,	,	,	,
,	,	,	,	,	,	,	,
,	,	,	,	,	,	,	,
,	,	,	,	,	,	,	,